U0630320

世界传世藏书　图文珍藏版

世界十大名著

马松源⊙主编

线装書局

总　序

　　世界文学名著既是一代又一代人共同的回忆,也是人类思想的精华结晶。可以说,每一个人都有一段关于名著的美好回忆。故事里有寒风萧瑟的莫斯科、风雨如晦的巴黎,烟雾弥漫的伦敦,美丽神奇的希腊……每一座城市里都有让我们无法忘怀的人物穿梭其中。那是最好的时代,也是人类群星闪耀不息的时代。文学大师们自逝去的时光深处风尘仆仆而来,带来一个又一个充满伟大情怀和睿智思想的故事。

　　为了方便我国读者在品种繁多、应接不暇的图书信息中选择自己必读的世界文学名著,我们征求了国内众多实力派作家和著名文学翻译家的意见,选择了十部真正称得上“经典中的经典”的世界文学精品奉献给读者。她们是:《战争与和平》、《巴黎圣母院》、《童年》、《在人间》、《我的大学》、《呼啸山庄》、《红与黑》、《飘》、《简爱》和《神曲》。这十部影响人类历史的世界文学经典作品,从问世那天起就受到了世人的瞩目,受到了世界各国读者的喜爱,至今畅销不衰。

　　列夫·托尔斯泰,一座令人景仰的圣山,他的代表作《战争与和平》,是一部不朽的世界文学名着,具有史诗的气魄,画面广阔,人物众多。书中既有俄国和西欧重大历史事件的记叙,又有故事情节的虚构;既写了金戈铁马、刀光血影的战斗,又写了安逸宁静的日常生活;既有慷慨激昂的议人论世,又有细腻婉约的抒情述怀。

　　长篇小说《巴黎圣母院》是法国文豪维克多·雨果第一部引起轰动效应的浪漫派小说。小说以 15 世纪路易十一统治下的法国为背景,通过一个纯洁无辜的波希米亚女郎惨遭迫害的故事,揭露了教士的阴险卑鄙,宗教法庭的野蛮残忍,贵族的荒淫无耻和国王的专横残暴。作品鲜明地体现了反封建、反教会的意识和对人民群众的赞颂。

　　《童年》、《在人间》、《我的大学》是苏联著名作家高尔基所写的自传体小说三部曲。小说通过对主人公阿廖沙童年、少年及青年时期的成长经历和心路历程的描写,让我们看到了一个倔强、富有同情心和不断追求的青少年形象,青少年在成长期所遇到的种种问题、所经受的各种心理考验,对于读者来说无比亲切感人,是不可错过的成长必读书。

　　被公认为英国文学史上一位伟大的天才的艾米莉·勃朗特的长篇小说《呼啸山庄》是“唯一一部没有被时间的尘土遮没了光辉的杰出作品”,有着永久的艺术魅力。可是,这位仅仅在世上度过三十个春秋的女子,她的一生是非常不幸的,郁郁寡欢,孤寂凄凉。命运没有给过她一丝微笑,一缕爱情,一点荣誉,就连她呕心沥血写成的《呼啸山庄》,出版后也没有得到公正对待,甚至被评论界的某些人斥责为"一部骇人听闻、荒谬绝伦、毫无意义的作品","一部恐怖的、令人作呕的小说","小说充满阴森恐怖、病态心理和异教思想"。

《红与黑》是法国著名作家司汤达的代表作,是欧洲批判现实主义文学的奠基作。小说紧紧围绕主人公于连个人奋斗与最终失败的经历这一主线,广泛展现了"19世纪最初30年间压在法国人民头上的历届政府所带来的社会风气",反映了19世纪早期法国的政治和社会生活中的一些本质问题。

《飘》这部小说所描写的故事发生在1861年美国南北战争前夕。生活在南方的少女郝思嘉从小深受南方文化传统的熏陶,可在她的血液里却流淌着野性的叛逆因素。随着战火的蔓廷和生活环境的恶化,郝思嘉的叛逆个性越来越丰满,越鲜明,在一系列的的挫折中她改造了自我,改变了个人甚至整个家族的命运,成为时代时势造就的新女性的形象。作品堪称美国历史转折时期的真实写照,同时也成为历久不衰的爱情经典。

《简爱》是夏洛蒂的一部作品。作者借一个出身寒微的年轻女子奋斗的经历,抒发了自己胸中的积愫,深深打动了当时的读者。小说的独特之处不仅在于小说的真实性和强烈的感染力,还在于小说塑造了一个不屈于世俗压力,独立自主,积极进取的女性形象。该小说要表达的,即妇女不甘于社会指定她们的地位而要求在工作上以至婚姻上独立平等的思想,这在当时,对英国文坛是一大震动。

《神曲》全诗长14233行,由《地狱》《炼狱》和《天堂》三部分构成,是对但丁梦游三界的神奇描述。在这部巨著中,作者以丰富的想象力,精深的神学哲学修养和高度的艺术技巧为我们创造了一个光怪陆离而又极其广阔的世界。那凄幽阴森的地狱,恬淡宁静的炼狱,灿烂辉煌的天堂,形形色色的妖魔鬼怪,鲜活如生的众多人物形象,以及他们各自不同的境遇,无不使人产生身临其境的感觉,引发强烈的心灵震撼。

总之,这是一套影响读者一生的超级读物,这十部伟大的作品,或讲述冒险的历程和不平凡的经历,激起读者热爱科学、向往探险的热情;或讲述平凡人的不平凡的人生,用他人的故事激励读者;或讲述悬疑推理的故事,满足读者对未知领域的好奇心,培养逻辑思维;或讲述科学探索、观察自然,培养学习兴趣;或讲述爱:师生之爱、同学之情、家庭之爱,使青少年懂得爱、付出爱。这些名著和读者的生活息息相关,读来轻松愉悦,既能培养阅读兴趣,又能提高文学修养。一套书读完十大名著,与大师同行,感受世界文学名著的独特魅力。

世界十大名著

战争与和平

（俄罗斯）托尔斯泰⊙著　　亢继军⊙译

线装书局

图书在版编目(CIP)数据

战争与和平/(俄罗斯)托尔斯泰(Tolstoy,L.N.)
著;马松源主编.—北京:线装书局,2012.11
(世界十大名著)
ISBN 978-7-5120-0671-3

Ⅰ.①战… Ⅱ.①托… ②马… Ⅲ.①长篇小说-俄
罗斯-近代 Ⅳ.①I512.44

中国版本图书馆 CIP 数据核字(2012)第 235463 号

战 争 与 和 平

原　　著:(俄罗斯)托尔斯泰
主　　编:马松源
责任编辑:高晓彬
封面设计:
出版发行:线装书局
地　　址:北京市西城区鼓楼西大街 41 号(100009)
　　　　　电话:010-64045283
　　　　　网址:www.xzhbc.com
印　　刷:北京彩虹伟业印刷有限公司
字　　数:3160 千字
开　　本:710×1040 毫米　1/16
印　　张:280
版　　次:2012 年 11 月第 1 版第 1 次印刷
印　　数:1—3000 套
书　　号:ISBN 978-7-5120-0671-3

定　　价:1980.00 元(全十卷)

ISBN 978-7-5120-0671-3

9 787512 006713 >

目 录

导　读

　　列夫·尼古拉耶维奇·托尔斯泰(1828~1910)是俄国批判现实主义文学最伟大的代表,世界文学史上最伟大的作家之一。1828年9月9日出生于图拉省克拉皮文县的亚斯那亚·波利亚纳。托尔斯泰家是名门贵族,父亲是尼古拉·伊里奇伯爵,母亲玛丽亚·尼古拉耶夫娜是尼古拉·谢·沃尔康斯基公爵的女儿。托尔斯泰自幼接受典型的贵族家庭教育,曾就读于喀山大学东方语文学系,准备当外交官。次年又转入法律学系。他的主要作品有自传体三部曲《童年》《少年》《青年》,中篇小说《一个地主的早晨》《哥萨克》,长篇小说《战争与和平》《安娜·卡列尼娜》《复活》。60年代至70年代创作的长篇巨著《战争与和平》和《安娜·卡列尼娜》,使他赢得了崇高的世界声誉。80年代末创作的《复活》是作者一生创作和思想探索的总结。

　　托尔斯泰的代表作《战争与和平》是俄国文学史上第一部卷帙浩繁、长达130万字的史诗般长篇巨著,自问世至今,因其场面浩大,人物繁多,被称为"世界上最伟大的小说"之一。小说取材于1812年俄法战争时期,以1812年俄国卫国战争为中心,反映了从1805年至1820年的重大历史事件:"近千个人物,无数的场景,国家和私人生活的一切可能的领域,历史,战争,人间一切惨剧,各种情欲,人生各个阶段,从婴儿降临人间的啼声到气息奄奄的老人的感情最后迸发,人所能感受到的一切欢乐和痛苦,各种可能的内心思绪,从窃取自己同伴的钱币的小偷的感觉,到英雄主义的最崇高的冲动和领悟透彻的沉思……在这幅画里都应有尽有。"作者对生活的大面积涵盖和整体把握,对个别现象与事物整体、个人命运与周围世界的内在联系的充分揭示,使这部小说具有极大的思想和艺术容量。作者把战争与和平,前线与后方、国内与国外、军队与社会、上层与下层联结起来，既全面反映了时代风貌，又为各式各样的典型人物创造了极广阔的典型环境。作者对人物的描写形象既复杂又丰满，常用对比的艺术方法来表述，体裁在俄国文学史上是一种创新，也超越了欧洲长篇小说的传统规范。小说从1805年彼得堡贵族谈论拿破仑在欧洲的征战写起，中经俄奥联军同拿破仑全线溃退，最后写到1825年十二月党人运动前夕。作品着重写了保尔康斯基、别祖霍夫、罗斯托夫、库拉金四十家族在战争与和平环境中的思想和行动，以四个家庭的主要成员安德烈、皮埃尔、娜塔莎的命运为贯穿始终的情节线索，描绘了俄国的社会风尚，展示了广阔的生活画卷。它是一部现实主义的、英雄史诗般的长篇小说。小说的出现，正值俄国批判现实主义文学空前繁荣时期，它像一颗璀璨的明星为俄国的文学增添了光彩，也为托尔斯泰赢得了世界文豪的声誉。

《战争与和平》曾被美、苏、英、法等多国改编成影片搬上银幕，许多世界级明星如奥黛丽·赫本、亨利·方达等都曾扮演过其中的角色。但在所有的改编影片中，苏联拍摄的这部最忠实于原著，也最为成功。影片荣获莫斯科电影节大奖和当年奥斯卡最佳外语片奖。影片场面壮阔、气势磅礴、制作精致、构思严谨，完美地融托尔斯泰的原著精神于其中，在银幕上再现了俄法战争时期俄罗斯广阔的历史画卷。

第一部

一

"不错，公爵，热那亚和卢加成为波拿巴家的领地了。可是我要告诉您，假使您仍然对我说我们没有战争，假使您还袒护这个敌人的所有卑劣行为和他造成的惨祸，那么我就不会理您了，您就不是我的朋友了。您被我吓坏了，是吧？好了，我们坐下来探讨下吧。"

1805 年 7 月，相当有名的安娜·帕夫洛夫娜·舍列尔，她是玛丽亚·费奥多罗夫娜皇后的女官和亲信，在迎接首个来赴晚会的达官要人瓦西里公爵时说了这些话。安娜·帕夫洛夫娜好几天都在咳嗽，她说她自己患上了流感。请帖是当天早上由穿红制服的听差送出的，内容全部一个样：

"伯爵，假设您没有其他再好的消遣，您假使不在乎跟我这个可怜的病人共度一个晚间，请在今晚七至十时莅临寒舍，将隆重欢迎。安娜·舍列尔。"

"我的天！"进来的公爵回答，毫无羞愧之意。他身着绣花朝服，脚穿长筒袜和半高筒鞋，胸前戴着几枚明星勋章，扁平的脸上带着愉悦的神情。

他法语说得十分流畅，语气不但宁静，而且很有长者之风，那是只有长期混迹于上流社会和宫廷的重要人物才能有的口吻。他走到安娜·帕夫洛夫娜面前，俯下他那洒了香水的光光的秃头，吻了她的手，就怡然自得地坐到沙发上。

"首先告诉我，您过得好吗？亲爱的朋友。好叫我放心。"他没有改变口气。但是从他彬彬有礼、关怀体贴的声调中，显露出冷淡甚至嘲笑的意思。

"精神遭到折磨，身体又怎能好呢？……这年头，有点感情的人，又怎么会心安理得？"安娜·帕夫洛夫娜说，"今晚你一直在我这里待着吧，好吗？"

"可英国公使馆的招待会呢？今天是礼拜三。我需要到那里去一下，"公爵说，"我女儿就要来接我，和我一块去。"

"我还以为今天的招待会被取消了呢。实话说,这些招待会啦,焰火啦,都烦死人了。"

"假使他们了解了您的心意,招待会自然会取消的。"公爵说,他如同一挂上足了弦的钟,习惯地说出连他自己也不奢望他人相信的话。

"别折磨我了。跟我说,针对诺沃西利采夫的紧急报告作了什么决定?您全都清楚的。"

"如何对您说?"公爵说,他的语气冷冰冰不带感情,"作了什么决定?他们决定:波拿巴既已破釜沉舟,拿我们也只能背水一战了。"

瓦西里老公爵的话来总是懒洋洋的,如同演员背旧台词似的。而安娜·帕夫洛夫娜·舍列尔恰恰相反,即便她已经是四十多岁的人,反而生气勃勃,容易激动。

她待人热情。有时她甚至不愿如此去做,可为了不让熟人失望,她还是做了热心人。安娜·帕夫洛夫娜脸上时常挂着微笑,尽管这和她那姿色衰萎的面容不对称,可就如同娇惯的孩子一般,表示她经常意识到自己小小的缺点,但是她不想,也不能,而且认为不需要去改正。

在探讨政治事件时,安娜·帕夫洛夫娜兴奋起来。

"哎呀,不要对我说奥地利了!可能我什么都不明白,但奥地利一直以来不想打仗。我们被它出卖了。唯有俄罗斯才算欧洲的救星。我们的上帝明白他的崇高使命,并且忠于他的使命。我唯一相信的就是这点。我们完美无缺的皇帝将承担起世界上最伟大的任务,他是如此受人欢迎,如此仁慈,这样的人上帝是不会抛弃,他一定可以完成他的使命——镇压革命这个怪胎,现在做革命的代表是这个刽子手，革命就变得愈发危险了。唯有我们才能讨回殉难者的血债。我们还能指望谁呢，我问您？……铜臭满身的英国不能了解亚历山大皇帝的思想是如此伟大。他们不能了解我们皇上的自我牺牲精神，我们皇上丝毫不为自己着想，他只想为全世界谋福利。可是他们允诺了什么呢？什么都没有允诺。就是吗，也不会言出必行的。普鲁士公开宣称，波拿巴是战无不胜的，整个欧洲都没方法应对他……不管是谁的话，我都怀疑。普鲁士中立，是想骗人。我只信任上帝和我们的君主。他肯定可以拯救欧洲！……"她忽然停住了，对自己的急躁感到羞愧。

"我想，"公爵笑着说，"假使不是派温岑格罗德去，而是派您去，您肯定可以强迫普鲁士国王同意的。您的口才太棒了。""给我来一杯茶，可以吗？"

"马上就来。顺便说一下，"她停顿一下，"等会我这里要来两位十分重要的人物，一位是莫特马尔子爵，法国最显赫的家族之一。他是一个不错的流亡者，真正的流亡者，另一位是莫里约神父；您认识这位睿智无比的人物吗？皇帝已经接见过他了。您知道了吗？"

"啊！可以见到他们，我太激动了，"公爵说，"请您告诉我，"他接着说，好像猛然想起一件事，而且漫不经心地说起来，而事实上这恰是他这次来访的主要目的，"听说守寡的太后想任命丰克男爵担当驻维也纳使馆的一等秘书，这消息可信吗？这人可不怎么样。"

瓦西里公爵想给他的儿子赢得这个差事，可是别人却想通过玛丽亚·费奥多罗夫娜替男爵弄到这个位置。

安娜·帕夫洛夫娜几乎闭上了眼睛，意思是说，任何人都不能议论太后喜欢做的或者想做的事。"这可是太后的妹妹举荐的，"她说话时，声调既哀痛又冷漠。安娜·帕夫洛夫娜一提起太后，脸上马上现出无比的忠诚和衷心的敬意，同时还伴随淡淡的哀伤。她说，太后陛下很器重丰克男爵，于是她的眼中又蒙上了一层若有若无的悲哀。

公爵沉默着。安娜·帕夫洛夫娜凭她独有的宫廷的和女人的圆滑和灵通，想一边指责公爵，因为他竟敢对那个被举荐给太后的人不信任，一边又安抚他。

"顺便说说您的事吧，"她说，"您要清楚，自从您的女儿出现以来，人们都被她迷住了，大家都以为她是位大美人。"

公爵深鞠一躬，表示尊敬和感激。

"我常想，"安娜·帕夫洛夫娜停顿了一会儿后接着说，并且向公爵跟前凑了凑，对他亲切地微笑着，意思是说政治和社交的谈话已经完结，现在可以谈心了，"我时常想，生活中幸福常常分配得不公平。为什么您命中就有这么两个好孩子(除去您的小儿子阿纳托利，我讨厌他)，"她一挑眉毛，不容置辩地插了一句，"为何赐给您如此可爱的两个孩子呢？可是您却不欣赏他们，因此您不配有这样的子女。"

接着她兴致极高地微微一笑。

"有什么法子呢？别人一定会说我不是做好爸爸的料。"公爵说。

"不要开玩笑。我想和您说正事儿。我对您的小儿子不是很满意。这话只能在您我之间说说(她脸上再次露出哀伤的神情)，有人在太后面前提到他，而且为您惋惜……"

公爵没有应答，她一语不发，若有所思地看着他，等待回答。瓦西里公爵眉头一皱。

"我也是没办法啊。"他终于说道，"您是清楚的，为了让他们受教育，我做了当父亲的所能做的一切，可是结果却栽培了一对笨蛋。伊波利特这个笨蛋多少还算安分，而阿纳托利可就是个不知天高地厚的混蛋了。他们唯一不同的地方就在这。"他稍显不自然，还高兴地微笑说，笑得嘴边打成皱纹，俗气而让人生厌。

"为什么这些孩子偏偏赐给您这样的人家？如果您不做父亲，我就没有什么可责备您的了。"安娜·帕夫洛夫娜说，她抬起眼来，露出沉思的样子。

"我是您的忠实奴仆，我的孩子是我的负担。该我负担的事，我又有什么办法呢？"他不言语了，摆出一切都愿意听从于命运的摆布的样子。

安娜·帕夫洛夫娜也沉默不语。

"您不想给您那放荡的儿子阿纳托利娶亲吗？据说，"她说，"老姑娘都有说媒的习惯。我还没有觉得自己有这个毛病，但有一个姑娘……，她陪伴老父亲，生活很不幸，名叫博尔孔斯卡娅。"瓦西里公爵尽管具有上流社会人士特有的敏捷的悟性和记性，但对她的话只是晃晃脑袋，表示可以考虑，却没有回答。

"您可知道，这个阿纳托利每年要花掉我四万卢布。"他说，他无法克制他那忧愁的思绪。他沉默了一会儿。

"照这样下去，五年后会怎么样啊？这就是父亲的好处。您那位公爵小姐，她有钱吗？"

"她父亲很有钱，但十分吝啬。他住在乡下。您知道，这位有名的博尔孔斯基公爵在先帝在世时就退伍了,绰号叫'普鲁士王'。他人聪明极了,就是乖僻,并且难处。小姐十分不幸。她有个哥哥,是库图佐夫的副官,不久前刚娶了丽莎·梅南,他今天要到我这里来。"

"听我说,亲爱的安内特,"公爵说,他突然抓住对方的手,而且不知为什么向下拉了拉,"请多帮忙,我永远是您的最忠实的奴仆。她门第好,又有钱。这就是我所需要的。"

于是,他拿起女官的手吻了吻,接着,他靠到圈椅上握着女官的手,而眼睛却看着别的地方。

"等一下,"安娜·帕夫洛夫娜沉吟着说,"我今天和丽莎(博尔孔斯基的妻子)谈谈。也许事情会成功的。我也做起媒来了。"

二

安娜·帕夫洛夫娜的客厅里渐渐挤满了客人。来赴会的全是彼得堡的达官要人,这些人尽管在年龄和性格上各不相同,但他们所生活的社会却是一样的;瓦西里的女儿——美丽的海伦来了,她是来接父亲一起去赴领事馆的招待会的。她佩戴着成绩优秀的女中学生所特有的那种奖章,穿着赴舞会的服装。年轻、有名、小巧玲珑的公爵夫人博尔孔斯卡娅,据说是彼得堡最迷人的女人,也来了,她是去年冬天出嫁的,因为怀孕,已经不在盛大的交际场所露面,可是小的招待会还是参加的。瓦西里公爵的儿子伊波利特带来由他引见的莫特马尔;来赴会的还有莫里约神父以及其他许多人。

"您还没见过我的姑母吧?"安娜·帕夫洛夫娜对每一位来客说,然后郑重地领着客人去见一位头上扎着高高的花结的小老太太;安娜·帕夫洛夫娜一边介绍客人的姓名,一边把视线缓缓地从客人移向姑母,然后就走开了。

每个客人都向这位谁也不认识、谁也不感兴趣的姑母行礼问候一番。安娜·帕夫洛夫娜对他们的问候露出悲哀的、庄重的神情,默默地赞许。姑母对每位客人全说一样的话,谈到他们的健康,谈到自己的和太后的健康,"谢天谢地,太后今天好些了。"每位前来请安的人,为了表示礼貌,都不露出着急的样子,但却怀着履行沉重的义务之后的轻松之感离开老太婆,整个晚上再也不到她跟前去了。

年轻的博尔孔斯卡娅公爵夫人带着一个丝绒绣金的手提包,里面放着她的针线活儿。正像非常惹人喜爱的女人常有的那样,她的缺点——翘嘴唇和半张开的嘴——仿佛成为她的独特的美。不管谁看到这个精神饱满、活泼可爱、尽管怀孕然而轻松快乐的少妇,都感到愉快。老年人和抑郁苦闷的年轻人,只要和她在一起待一会儿,谈几句话,就似乎觉得他们也变得和她一样了。凡是和她说过话、看见她一说话就露出妩媚的微笑,看见她经常雪白闪亮的牙齿的人,就会觉得他那一天受到格外的宠幸。每个人都有这样的想法。

娇小的公爵夫人提着针线包,迈着急促的小步,一摇一摆地绕过桌子,快活地整了整衣裳,就在银茶炊旁的沙发上坐下来,仿佛不管做什是吗,对她自己和身边的人,都是一种娱乐。

"我把针线活儿带来了。"她一面打开手提包,一面对大家说。

"您瞧,安内特您真是会开玩笑,"她转身对女主人说话,"您说是一个小小的晚会。我穿得太不合适了。"

她伸开两臂,让大家看她那件镶花边的雅致的灰色衣裳,胸口以下系着一条宽宽的缎带。

"放心吧,丽莎,您仍旧是最漂亮的,"安娜·帕夫洛夫娜回答说。

"您可知道,我的丈夫,"她继续用同样的腔调对一位将军说,"就要离开我了,战争到底有什么意思? 让他去送死。"她对瓦西里公爵说,不等回答,又转身和公爵的女儿——美丽的海伦说话。

"公爵夫人是多么可爱呀!"瓦西里公爵低声对安娜·帕夫洛夫娜说。

小公爵夫人刚到不久,进来了一个肥肥胖胖的魁伟青年,他戴着眼镜,头发剪得短短的,穿着时髦的浅色裤子,领子是折角的,又高又硬,礼服是咖啡色的。这个肥胖的年轻人是叶卡捷琳娜女皇时代赫赫有名的大官别祖霍夫伯爵的私生子。他还没有供过职,才从国外留学回来,这是他初次涉足社交界。安娜·帕夫洛夫娜像对待客厅里最低一级的客人那样,对他点点头。尽管这是最低一级的礼节,但是当皮埃尔刚一进门,安娜·帕夫洛夫娜就露出惊慌不安的神色,仿佛看见一个不该在那个地方出现的庞然大物似的。皮埃尔的确比客厅里其他男人都高大些,但这种惊慌不安却来自他那既聪明而又羞怯、既敏锐而又自若、不同于客厅中其他人的眼神。

"皮埃尔先生,谢谢您的光临。"

安娜·帕夫洛夫娜领他去见姑母时,边说边惶恐地向姑母递了个眼色。皮埃尔含混不清地嘟囔了一句,一直用眼睛搜寻什么。他兴致勃勃,满面春风,微微含笑,像对一个熟朋友似的向矮小的公爵夫人鞠了躬,随后走到姑母跟前。安娜·帕夫洛夫娜的不安并不是没理由的,因为皮埃尔没有听姑母讲完太后的健康情况,就离开了她。安娜·帕夫洛夫娜连忙用话拦住他。

"您认识莫里约神父吗?他这个人,很有趣……"她说。

"是的,我听说过他那个谋求永久和平的计划,十分有趣,但不大可能实现。"

"您是这样想的吗?……"安娜·帕夫洛夫娜说,她本想应酬几句,就去尽她做女主人的职责,但是皮埃尔又做出一个不礼貌的举动。刚才他没有听完姑母的话就走开了,现在他又用话缠住想离开他的对谈者。他低着头,叉着腿,开始向安娜·帕夫洛夫娜证明,他为什么认为神父的计划是空中楼阁。

"咱们以后再谈吧。"安娜·帕夫洛夫娜微笑着说。

她摆脱了这个不经世事的年轻人,又去履行她女主人的职责,继续东听听西望望,哪里不起劲,就到哪里鼓动一下。安娜·帕夫洛夫娜在客厅里走来走去,时常走到发生冷场或者谈得太多的人堆跟前,插进三言两语或者把客人调动一下,于是谈话机器又节奏均匀、彬彬有礼地开动起来。但在她这样照料的时候,仍旧可以看出她特别不放心皮埃尔。皮埃尔不论是在听莫特马尔周围的人们谈话,或者走到有神甫在场的那一堆人里,她都关切地看着他。安娜·帕夫洛夫娜的这次晚会,对于一向在国外留学的皮埃尔说来,是第一次在俄罗斯见到的晚会,他知道整个彼得堡知识界的人才都聚集在这里,他像孩子走进玩具店一样,左顾右盼,目不暇接。他一面望着人们的面孔,一面盼望听到奇谈高论。最后,他走到莫里约跟前,他觉得这里谈得很有意思就停下来,像一般年轻人喜欢做的那样,等待机会发表自己的意见。

三

安娜·帕夫洛夫娜的晚会很成功。只有老姑母和坐在她身旁的一位老妇人显得不大谐调。客人们分成三组。在男人占多数的一组里,神父是中心人物。年轻人那一组的中心人物是瓦西里公爵的女儿——美人海伦公爵小姐和小博尔孔斯卡娅公爵夫人。第三组是以莫特马尔子爵和安娜·帕夫洛夫娜为中心。

子爵眉清目秀,很有礼貌,是个可爱的年轻人。不论什么场合他都非常谦让,俯首听命。安娜·帕夫洛夫娜显然是要利用他来款待客人。莫特马尔那一组马上谈起昂吉安公爵被害的经过。子爵说,昂吉安公爵死于自己的宽宏大量,而波拿巴的怨恨是别有原因的。

"真是这样吗?子爵,给我们讲讲吧。"安娜·帕夫洛夫娜说。

子爵鞠躬表示服从,而且谦恭有礼地微微一笑。安娜·帕夫洛夫娜让客人把子爵围在中间,来听他讲故事。

"子爵本人就认识那位公爵。"安娜·帕夫洛夫娜对一位客人低声说。"子爵特别会讲故事。"她对另一个人说。"他出身高贵。"她对第三个人说。

子爵嘴角含着机智的微笑,就要开始讲故事了。

"到这里来,亲爱的海伦。"安娜·帕夫洛夫娜对坐在稍远的另一组的中心人物,美丽的公爵小姐海伦说。

海伦公爵小姐微微含笑;她站起来,脸上自始至终带着一种绝代佳人似的微笑。当她走过时,她那有常春藤和青苔花边的素白礼服发出窸窸窣窣的声音,白净的肩膀、光泽的头发和璀璨的钻石都光彩夺目,她一直朝安娜·帕夫洛夫娜走去,眼睛不看什么人,可对所有的人都笑容可掬,似乎她把欣赏她的身材、丰腴的双肩和装束入时得非常裸露的胸脯和背脊的美的权利慷慨大方地赐予每个人,似乎给舞会带来全部光彩的也是她。海伦的确是太漂亮了,她身上不但没有卖弄风情的意味,并且相反,仿佛她为自己无可置疑的、其魅力之大足以征服任何美貌,感到不好意思。似乎她宁愿减少自己的美的魅力,可就是办不到。

"太漂亮了!"看见她的人都这么说。当她在子爵对面坐下,仍然带着始终不变的微笑注视着他的时候,子爵仿佛被一件不平凡的东西所惊倒,他耸了耸肩,垂下眼睛。

"夫人,当着这么多人,我会出丑的。"他低下头,微笑着说。

公爵小姐把裸露的丰满的臂靠在小桌上,含笑等待着。在讲故事的全部时间,她直挺挺地坐着,时而看一眼轻轻地倚在桌边的丰满的美丽的手臂,时而整整钻石项链,看看更加美丽的胸脯;她不时地整理衣服的皱褶,当故事讲到动听的时候,她回头望望安娜·帕夫洛夫娜,立刻露出和女官一致的表情,然后又安闲自在地浮出容光焕发的微笑。娇小的公爵夫人也跟着海伦从茶桌旁过来了。

"我要干活了。"她说。"怎么了,您在想什么?"她转身对伊波利特公爵说,"帮下忙,请把我的手提包拿来。"

公爵夫人微笑着跟大家说话，人们给她腾出位子，她坐了下来。"现在我坐好了，"她说了一句，就请求开始讲故事，另外还一边做着针线活。

伊波利特公爵把手提包递给他，跟着她走过去，把圈椅移得离她更近一些，在她身旁坐下。

让人吃惊的是，这位可爱的伊波利特和他美丽的妹妹长得十分相像，而尤其令人惊奇的是，虽然相像，但他却丑得出奇。他的脸型和妹妹的一样，可妹妹那种乐天的、自满自足、洋溢着青春活力、永驻不变的微笑和体态非凡的古典美，使她光艳逼人；相反，哥哥那副面容却呆滞阴沉，总有一种自以为是和不满的表情，身子又瘦又弱。眼睛、鼻子、嘴巴挤在一起，变成一副莫名其妙、枯燥无味的鬼脸，而手脚永远摆不出自然的姿势来。

"讲鬼的故事吗？"他说。他在公爵夫人身边坐下，连忙戴上长柄眼镜，仿佛没有眼镜他就不能说话似的。

"不是，不是。"讲故事的人吃了一惊耸耸肩说道。

"我最讨厌有关鬼的故事了。"伊波利特公爵说。

伊波利特说话十分自以为是，叫人弄不清他的话是十分聪明呢，还是十分愚蠢。他穿一件深绿色的礼服，还有长筒袜和半高统皮鞋。

子爵讲得很不错：昂吉安公爵秘密到巴黎去会乔治小姐，当场碰上也受到这位女演员垂青的波拿巴；拿破仑在遇见公爵的时候突然犯昏厥症晕倒了，于是他就落入公爵手中，公爵并没有把波拿巴怎么样，可后来波拿巴却将公爵处死来报答公爵的宽宏大量。

故事很动听而有趣，尤其是讲到两个情敌突然彼此认出对方的时候。女士们个个都很激动。

"真妙！"安娜·帕夫洛夫娜说，一面回头用探询的目光望了望娇小的公爵夫人。

"真是好极了！"娇小的公爵夫人低声说道。同时，把针插在手工上似乎是表示故事太有趣，太美妙，听得她连活都做不下去了。

子爵十分欣赏这无言的赞许，感激地微微一笑，又接着讲下去；但是，安娜·帕夫洛夫娜总在留意使她担心的那个年轻人，她突然发现不知为什么他和神父谈得太热烈，声音太高了，于是她连忙前去援救。果然不错，皮埃尔竟然和神父谈起政治均势问题，神父显然对这个年轻人的天真热情很感兴趣，就对他大谈起他那套得意的理论。两个人都很高兴，旁若无人，这使安娜·帕夫洛夫娜不快活。

"办法是欧洲的均势和民权。"神父说,"只要有俄国这样以野蛮落后闻名于世的强国,大公无私地出来领导以谋求欧洲均势为宗旨的联盟,全世界就有救了!"

"那么您怎样得到这种均势呢?"皮埃尔刚想说话,安娜·帕夫洛夫娜恰好走过来,严肃地瞅了皮埃尔一眼,问那位意大利人可受得了本地的气候。意大利人忽然改变了脸色,虚假地应酬起来。

"能参加你们的社交活动,我很荣幸。现在还没有工夫想到气候呢。"他说。

安娜·帕夫洛夫娜为了便于监视,让他们加入人多的那一组。

这时客厅里又来了一位客人。这位新来的客人就是年轻的安德烈·博尔孔斯基公爵,也就是小公爵夫人的丈夫。博尔孔斯基公爵中等身材,是一个十分英俊潇洒的青年,面目清秀,神色严峻。他浑身上下,从倦怠烦闷的眼神到从容不迫的步履,和他娇小活泼的妻子正好形成尖锐的对比。看来,客厅里所有的人他全认识,并且使他感到厌烦。尤其厌烦他的妻子。他做了一个鬼脸,向她背过身去。他吻了吻安娜·帕夫洛夫娜的手,接着眯起眼睛朝在场的人扫视了一下。

"您要去打仗吗?公爵。"安娜·帕夫洛夫娜说。

"库图佐夫将军希望我做他的侍从官。"

"您的太太丽莎怎么办?"

"她到乡下去。"

"您怎么好把您那可爱的夫人从我们身边带走呢?"

"安德烈,"他的妻子说,她对丈夫说话和对其他男人说话一样都用那种娇滴滴的腔调。"子爵给我们讲了一段乔治小姐和波拿巴的故事,真是好极了!"

安德烈公爵眯起眼睛,转过身去。安德烈公爵一进客厅,皮埃尔就一直非常关注他,这时他走上前去拉住他的手。安德烈公爵头也不回,皱起眉头,露出一副怪相,表示对碰到他的手的人不耐烦,可是当他一回头看见是皮埃尔,脸上马上露出了和蔼而快乐的笑容。

"嗬,想不到!……连你也到上流社会的交际场里来了!"他对皮埃尔说。

"我知道您会来。"皮埃尔答道,"我到您府上吃晚饭,"为了不致打扰子爵讲故事,他低声补充说,"可以吗?"

"不，不行，"安德烈公爵笑着说，同时紧握对方的手，表示不必多问。他还想说些什么，可这时瓦西里公爵和他的女儿起身告辞，男客们全都起身给他们让路。

"请您原谅我，亲爱的子爵。"瓦西里公爵对那个法国人说，亲热地拉住他的袖口往椅子上按了按，叫他不要起来。"叫人头痛的领事馆的招待会毁掉了我在这里的愉快，而且打断了您的故事。离开您这美妙的晚会，太遗憾了。"他对安娜·帕夫洛夫娜说。

他的女儿海伦公爵小姐，轻轻提着衣裙褶，从椅子中间走过，她笑得更加妩媚了。当她从皮埃尔身旁经过时，皮埃尔差不多是用惊奇的、狂喜的目光注视着这位美人。

"好漂亮。"安德烈公爵说。

"真漂亮。"皮埃尔说。

瓦西里公爵走过时，抓着皮埃尔的手，转身对安娜·帕夫洛夫娜说话。

"请您开导开导这只熊吧，"他说，"他在舍下住了一个月，我这是第一次在交际场中看见他。年轻人是很需要聪明女士们的社交界的。

四

安娜·帕夫洛夫娜微微一笑，答应照管皮埃尔，她知道皮埃尔的父亲和瓦西里公爵是亲戚。那个原先坐在老姑母身旁的老妇人，赶忙站起来，在前厅赶上瓦西里公爵。刚才装出来的兴致从她脸上消失了。她眼睛里充满了不安和恐惧，和善的眼睛里满含着眼泪。

"公爵，关于小儿鲍里斯的事，您办得怎么样了？"她在前厅边追边问道，"我在彼得堡不能再住下去了。请您告诉我，有什么消息可以带给我那可怜的儿子吗？"

瓦西里公爵不愿搭理她，但她却微笑着，抓住他的手不让他走掉。

"您只要向皇上说一句，他就可以调到近卫军去了，这在您算不了什么。"她请求道。

"请您相信，我一定会尽力，公爵夫人。"瓦西里公爵答道，"可是求皇上我有困难。我劝您最好还是通过戈利岑公爵去找鲁缅采夫，这么办比较明智。"

老妇人名叫德鲁别茨娅公爵夫人，出身于俄国最显贵的家族之一，但现在已经落魄。她这次来是想为她的独生子在近卫军中谋个差事。她来参加安娜·帕夫洛夫娜的晚会,是为了见瓦西里公爵。瓦西里公爵的话使她吃了一惊,她有点怨恨,但很快她又露出微笑,把瓦西里公爵的手抓得更紧了。

"公爵,"她说,"我恳求您看在上帝的分上,为小儿办妥这件事吧,我会永远把您当作恩人。""请您不要生气,您答应我吧。我求过戈利岑,他拒绝了。请您发发慈善心吧。"她说,极力赔着笑脸,可是她的眼睛里却含着泪水。

"爸爸,我们要晚了,"等在门口的海伦公爵小姐转过头来说道。

瓦西里公爵知道权势不能随便使用,如果有求必应,那么很快他就无法为自己而向别人求情了。德鲁别茨卡娅公爵夫人再三恳求,使得他觉得仿佛受到良心的责备。她提醒他一个事实:当初走上仕途的时候,他曾受过她父亲的提携。并且,这位母亲,为了孩子,不达目的会决不罢休。

"亲爱的安娜·米哈伊洛夫娜,"他用亲昵而枯燥的腔调说道,"您所希望的,我几乎不可能办到;但我要办到这件不可能办到的事情:您的儿子会调到近卫军里去的,我向您保证。您满意了吧?"

"我亲爱的,您太好了! 您是多么仁慈的人啊!"

他要走开。

"等一等,还有两句话。等他调到近卫军以后……"她犹豫起来。"您和米哈伊尔·伊拉里奥诺维奇·库图佐夫很要好,请您把鲍里斯举荐给他当副官。那时,我也就放心了。"

瓦西里公爵微微一笑。

"这个我可不能答应。自从库图佐夫被任命为总司令以后,求他的人太多了。"

"不,大好人,请您一定答应我。"

"爸爸,"那位美人又用同样的声调说,"我们要晚了。"

"好,再见,再见啦。您听见她说什么了吧?"

"那么您明天就奏明皇上?"

"一定的,但是向库图佐夫求情,我不能答应。"

"不行,一定答应,一定答应,瓦西里,"安娜·米哈伊洛夫娜紧接着说,露出卖弄风情的年轻少妇的媚笑,但现在却很不相称。

为了儿子,她可谓使出了浑身解数。她仍回来听子爵讲故事,实际想等待时机离开,因为她的事已经办完了。

"最近,《米兰的加冕礼》那幕喜剧,您觉得怎么样?"安娜·帕夫洛夫娜说。"还有新的喜剧呢!热那亚和卢加各族人民向波拿巴先生请愿。"

安德烈公爵直瞅着安娜·帕夫洛夫娜的脸,冷冷一笑。

"'上帝赐我王冠'。"他引了一句波拿巴在加冕时说的话。

安娜·帕夫洛夫娜接着说:"波拿巴已恶贯满盈。"

子爵仍然说自己的话。他轻蔑地叹了口气,换了个姿势。伊波利特不屑一顾,画徽章给娇小的公爵夫人看,并滔滔不绝地向她解释。

"阿弥陀佛。"他说。

公爵夫人面带笑容听着。

"如果波拿巴再在法国的王位待上一年,"子爵仍顾自己发挥,"事情就越发不可收拾。阴谋、暴力、放逐、死刑将要永远把法国社会,我指的是法国上流社会,断送掉,那时……"

他耸耸肩,摊开两手。皮埃尔想说什么:子爵的话使他感兴趣,但是监视他的安娜·帕夫洛夫娜把话接了过去。

"亚历山大皇帝宣布,"她带着一提起皇家就露出的悲哀,说,"他要让法国人自己选择自己的政体。毫无疑问,一旦摆脱掉篡位的奸贼,全国上下都会争先恐后归顺合法的国王。"安娜·帕夫洛夫娜说,竭力讨好这个亡命的保皇党。

"难说,"安德烈公爵说,"子爵言之有理,事情现在很糟糕。可是我相信,走回头路是困难的。"

皮埃尔红着脸说道:"据我所知,贵族都已经投向波拿巴了。"

"这是波拿巴派的言论,"子爵对此不屑一顾,"现在很难知道法国怎样。"

"这是波拿巴说的。"安德烈公爵冷笑着说。他尽管不喜欢子爵。

他引用了一大段波拿巴的话。"得了。"子爵反驳说,"在杀害了公爵之后,甚至最偏激的人也不再把他看作英雄了。"

站在旁边的皮埃尔又插嘴了。"处死昂吉安公爵,"皮埃尔说,"对国家有其必要性。拿破仑不怕由他一个人负全责,我认为这正是他精神伟大之处。"

"天哪!我的天哪!"安娜·帕夫洛夫娜害怕地低声说。小公爵夫人一面说,一面微笑。"皮埃尔先生,谋杀就是伟大吗?"

"哇!哇!"

几个人同时惊叹起来。

"妙极了!"伊波利特公爵拍着大腿嚷道。子爵只是耸了耸肩。

皮埃尔洋洋自得地从眼镜上方端详着听众。

他不顾一切地说道："波旁王朝逃避革命，使人民陷于无政府状态。只有拿破仑善于理解革命，战胜革命，因此，不能为了一个人而坏了全体。"

"您到那边去，好吗？"安娜·帕夫洛夫娜说。但是皮埃尔不搭理，仍旧讲他的话。

"不，"他越讲越高兴，"拿破仑伟大，因为他站在革命之上，他扬弃了革命的弊端，保留了所有好的东西——公民的平等权利啦，言论出版自由啦，等等，因此他才取得了政权。"

"是的，倘若他取得政权以后，不是利用政权来屠杀，而是把政权交给合法的国王，"子爵说，"那么，我就会称他作伟人了。"

"他无法这样做。人民把政权交给他，正是因为他使人民摆脱了波旁王朝，并且是因为这个原因，人民才把他看作伟人。革命是伟大的事业。"皮埃尔先生不顾一切地继续说道。

"革命和弑君都是伟大的事业吗？……您还是到那边一桌去吧？"安娜·帕夫洛夫娜又说了一遍。

大家又谈了一通弑君，理想等等，争论不休。

"自由平等，"子爵轻蔑地说，仿佛为了证明人们的愚蠢似的，"这都是高调，早就名誉扫地了。谁不爱自由平等？我们的救主早就宣讲过自由平等。难道革命以后人们过得更幸福吗？恰恰相反。我们希望自由，而波拿巴却消灭自由。"

安德烈公爵时而笑着看看皮埃尔，时而看看子爵，时而看看女主人。安娜·帕夫洛夫娜尽管精通上流社会的世故，却被皮埃尔的狂妄无礼吓坏了。可是后来她看到，皮埃尔虽然说了些亵渎神圣的话，但并没有惹恼子爵，她就和子爵联合起来，集中力量攻击这位演说家。

"但是，皮埃尔先生，"安娜·帕夫洛夫娜说，"一个伟大人物可以处死公爵，他甚至可以随便处死任何无辜的人，您对此怎么解释呢？"

"请问，"子爵说，"您怎样解释雾月十八日呢？难道这不是一个骗局吗？"

"他杀死了全部非洲俘虏，"娇小的公爵夫人说。"这太可怕了！"她耸了耸肩。

"无论如何，他是一个暴发户。"伊波利特公爵说。

皮埃尔先生不知道回答谁好，他看了一下所有的人，笑了笑。脸上露出一副稚气、善良、甚至有点拙笨的表情,仿佛在请求饶恕。

子爵尽管和他是第一次见面,可是已经看出,这个雅各宾党人完全不像他的话那样可怕。大家全沉默了。

"你们要他一下子回答所有的人,那怎么行呢?"安德烈公爵说。"再说,对于一位政治家,我们应当分清,哪些是他的私人行为,哪些是统帅的或者皇帝的行为。"

"是的,是的,自然是这样。"皮埃尔接过去说,看到有人帮他的忙,他很兴奋。

"必须承认,"安德烈公爵继续说,"在阿尔科拉桥上的拿破仑是个伟人,在雅法医院里向鼠疫患者伸出手来的拿破仑也是个伟人,可是……可是有些事他也做得不对。"

安德烈公爵想和缓一下皮埃尔的失言;他欠起身来准备走,而且向妻子暗示了一下。

突然,伊波利特公爵站了起来,示意大家留下,让大家坐下,他开始说:

"我想让你们听一个从莫斯科听来的笑话,我用俄语讲,因为用法语讲就没有味道了。请原谅。"

伊波利特公爵开始用俄语讲,俄语说得很差。大家都留了下来,因为伊波利特公爵十分希望大家听他的故事。

"莫斯科有位太太,她很吝啬。她需要两个跟车的仆役。要十分高大的。这是她的爱好。她有一个侍女,也是个大个子。她说……"

说到这里,伊波利特公爵停了下来,用力思索。

"她说……对了,她说:'丫头(a la femme de cha mbre),穿上制服,站在马车后面,跟我们一道去串门。'"

说到这里,没等听众笑,伊波利特公爵扑哧一声笑起来。那位老太太和安娜·帕夫洛夫娜,还有另外一些人,都笑了笑。

"她坐上车走了。突然来了一阵大风。侍女的帽子刮跑了,长长的头发披散下来……"

他说到这里再也忍不住了,笑得上气不接下气,一边断断续续地说:

"于是整个社交界都知道了……"

笑话就这样结束了。这个笑话尽管不是什么精彩的笑话,可是却快乐地结束了皮埃尔先生令人不快的、无礼的谈话。随后,大家就一起谈论一些鸡毛蒜皮的小事。

五

　　客人们谢过安娜·帕夫洛夫娜，开始告辞了。

　　皮埃尔笨头笨脑。他长得肥肥胖胖，个子比一般人高，他不懂礼貌，没有道谢就离开了。而且还心不在焉，临走时拿错了帽子。不过他心不在焉、不懂进客厅的礼节，不善于在客厅里说话，所有这些都被他的温厚、纯朴、谦恭的表情补偿了。安娜·帕夫洛夫娜向他转过身来，怀着基督徒的温和，并没有怪罪他那不得体的谈吐，向他点了点头，说：

　　"希望再看见您，但是也希望您能改变您的意见，皮埃尔先生。"她说。

　　她对他说这话时，皮埃尔不回答，只是鞠躬，又一次向大家露出他的微笑，这微笑没有别的意思，只表示："意见归意见，可是你们看我这个人多么善良，多么好。"所有的人，连同安娜·帕夫洛夫娜在内，都感到了这一点。

　　安德烈公爵走到前厅，把肩膀转向给他披斗篷的仆役，毫无表情地听他妻子和伊波利特公爵闲扯。伊波利特站在怀孕的漂亮的公爵夫人身边，一个劲儿从长柄眼镜里直愣愣地看她。

　　"进去吧，安内特，您会着凉的。"娇小的公爵夫人向安娜·帕夫洛夫娜告别时说。"就这样办。"她又低声说了一句。

　　安娜·帕夫洛夫娜已经对丽莎谈过她想给阿纳托利和娇小的公爵夫人的小姑做媒。

　　"我靠您了，亲爱的朋友，"安娜·帕夫洛夫娜也低声说，"您给她去信，而且告诉我，令尊对这件事的意见。再见。"于是她离开了前厅。

　　伊波利特公爵走到娇小的公爵夫人跟前，弯下身来把脸凑近她，低声对她

世界传世藏书

世界十大名著

·战争与和平·

图文珍藏版

说了一些话。

两个仆役，一个是公爵夫人的，手里拿着披肩，一个是伊波利特公爵的，手臂上搭着长襟礼服，站在那里等着他们把话说完。他们虽听不懂法语，脸上的表情却似乎他们懂得，但是不愿露出懂得的样子。公爵夫人像平时一样，说话时满脸笑容，听话时笑出声来。

"我多亏没去领事馆。"伊波利特公爵说，"无聊……今天的晚会好极了，您说对吧，好极了？"

"听说，那里的舞会好得很呢，"公爵夫人翘起嘴答道，"交际场中的漂亮女人全要出席。"

"不是全部，因为您就不去，不是所有的。"伊波利特公爵边说边兴奋地大笑，他从仆役手里抓过披肩，给公爵夫人披上披肩。不知是因为笨手笨脚还是故意如此，披肩已经披好了，他还是半天没有放下手来，似乎在拥抱那个年轻的女人。

她一直含着微笑，优雅地闪开他，转脸看了看丈夫。安德烈公爵闭着眼睛：他看上去很疲倦，要睡的样子。

"您准备好了吗？"他问道，避开妻子的目光。

伊波利特公爵匆匆穿上他那件按照流行的式样做的长过脚跟的礼服，跌跌绊绊地追着公爵夫人跑到门廊，这时仆役正扶她上马车。

"公爵夫人，回头见。"他喊道。他的舌头也像两条腿一样，不听使唤。

公爵夫人提起衣服，在车厢里坐下，车厢黑暗。她的丈夫正忙着整好佩刀。借口帮忙的伊波利特公爵碍了大家的事。

"对不起，阁下。"安德烈公爵用俄语对妨碍他走过去的伊波利特公爵满脸不快活地说。

"我在等你呢，皮埃尔。"安德烈公爵说道，声音亲热而柔和。

车夫开始赶车，车轮隆隆地响起来。伊波利特公爵笑声朗朗，站在台阶上等候子爵，他答应送他回家。

"您那位小公爵夫人真可爱。"子爵和伊波利特在马车里坐下来，说。他吻了吻自己的手指。"真是地地道道的法国女人。"

伊波利特忍不住笑了。

子爵说道："她的丈夫真可怜，就是那个打肿了脸充胖子的小军官。"

伊波利特又扑哧一笑，说："法国女人与俄国女人相比，可不是好对付的。"

皮埃尔先到,他如同像在自己家里一样,径直走进安德烈公爵的书房,马上习惯地躺在沙发上,从书架上随手取下一本书,用臂肘支着头,从半中间读起来。

"你和舍列尔小姐是怎么回事?她现在一定病得更加厉害了。"安德烈公爵走进客厅,搓着白皙的小手说道。

皮埃尔翻过身来,把沙发弄得轧轧作响,他把脸转向安德烈公爵,高兴地微微一笑,把手一摆。

"不是的,那个神父很有趣,只是不懂道理……我认为永久的和平是可能的,可是我也不知道该怎样实现……反正不是通过政治均势的途径……"

显然安德烈公爵对这些抽象的议论不感兴趣。

"你到处说你心里想的那一套是不行的。怎么样,你决定了没有?你想做骑卫兵还是外交官?"安德烈公爵停了一下问道。

皮埃尔坐在沙发上,盘起两腿。

"实在说,我还不知道呢。这两样我都不喜欢。"

"但是总得做个决定吧?令尊在等着呢。"

皮埃尔才满十岁就和一个做家庭教师的神父到国外去了,他在国外一直待到二十岁。回到莫斯科以后,他父亲辞退那个神父,对他说:"去彼得堡吧,到处看看,选个职业。我什么都同意。这是给瓦西里公爵的信,这是钱。把一切情形写信告诉我,我会尽全力帮助你。"皮埃尔一去三个月,没有什么结果。安德烈公爵正是和他谈这件事。皮埃尔擦了擦前额。

"他一定是个共济会会员。"他说的是他在晚会上遇见的那个神父。

"别胡思乱想。"安德烈公爵阻止他说,"我们最好还是谈谈正事吧。你去过骑卫军吗?……"

"没有,没去过,但是我心里有个想法,正想跟您谈谈。这次是反拿破仑的战争。倘若为了自由而战,那我是理解的,我第一个就去服兵役。但是帮助英国和奥地利去反对一个世界上最伟大的人……这不好。"

皮埃尔这番谈话太幼稚。安德烈公爵只是耸耸肩。

"倘若大家都是为自己的信念而战,那么就不会有战争了,"他说。

"那就太好了。"皮埃尔说。

安德烈公爵冷冷一笑。

"确实很好,可永远不会有这么一天……"

"那么您为什么去打仗呢?"皮埃尔问。

"为什么? 我不知道。必须去。我只知道我必须去……"

他沉吟了一下。"还因为我现在的生活不合我的意!"

<h1 style="text-align:center">六</h1>

从隔壁房里传来衣服的窸窣声。安德烈公爵似乎突然醒过来似的,全身抖动了一下,脸上又露出他在安娜·帕夫洛夫娜的客厅里的那副表情。皮埃尔把脚从沙发上放下来。公爵夫人走了进来。她已经换上家常穿的便服,然而却同样雅致、鲜艳。安德烈公爵站起来,很有礼貌地把圈椅移到她跟前。

她连忙坐到圈椅里,用法语说道:"为什么安内特不结婚? 先生们,你们倘若聪明,你们就该娶她。请原谅我的话,你们一点也不会欣赏女人。您多爱抬杠,皮埃尔先生!"

"我正跟您的丈夫抬杠呢,我不明白他为什么要去打仗。"皮埃尔丝毫不像其他年轻男人那样对年轻女人说话很拘束。

公爵夫人颤抖了一下。皮埃尔的话显然触到了她的痛处。

"是啊,我也是这样说。"她说。"我实在不明白,为什么男人不打仗就不能活? 为什么我们女人就什么都不想,什么都不要呢? 请您来评评吧。他做叔父的副官,可算是一个最显赫的位置。谁不知道他,谁不器重他。前些日子我在阿普拉克辛家听见一位太太问:'这就是赫赫有名的安德烈公爵吗?'"她笑了。"人人欢迎他。他很容易就能当上侍从武官。您知道,他和皇上关系不错。我和安内特都说,促成这件事并不麻烦。您是怎么看呢?"

皮埃尔瞧了安德烈公爵一眼,觉得安德烈不想谈这些事情,他就没有回答。

"您什么时候走?"他问。

"唉! 别再提走的事了,我不愿听。"她说话的腔调,跟在客厅里和伊波利特说话时一样,既任性又撒娇。这在家里尽管不合适,因为皮埃尔在这里可以被看作家庭的一员。"今天,我想到就要断绝这一切宝贵的关系……以后会怎么样,安德烈,你知道吗?"她意味深长地看了看丈夫。"我很害怕,真的很害怕。"她说着背脊直打战。

丈夫神情异样地望着她,仿佛他觉察出室内除了他和皮埃尔之外,还有另外一个人,这使他感到惊讶似的。然而他还是冷冰冰地、礼貌地对妻子发出了

疑问:

"你怕什么,丽莎? 我不明白。"他说。

"所有的男人都自私得很,所有的,所有的男人都是为了自己! 为了满足自己奇怪的念头,天晓得为了什么,就抛弃了我,把我一个人囚禁在乡下。"

"家里有我父亲和妹妹在那里呢,丽莎。"安德烈公爵轻轻地说。

"如果没有我自己的朋友们,还照样是形单影只一个人……他还想叫我不害怕呢。"

她开始埋怨丈夫了。但是又不好意思在皮埃尔面前提起她正怀孕的事。

"我还是不明白,你怕什么。"安德烈公爵盯着妻子,慢慢地说。

公爵夫人脸红了,绝望地挥了挥双手。

"安德烈,你完全变了……"。

"你的医生要你注意早休息,"安德烈公爵说,"你最好去休息吧。"

公爵夫人默不作声,她那毛茸茸的短嘴唇突然颤抖起来。安德烈公爵站起来耸了耸肩,在房间里转了一圈。

皮埃尔惊讶而天真地透过眼镜时而看看他,时而看看公爵夫人,他动了一下,似乎要站起来,可是却没有这样做。

"皮埃尔先生在这里也不要紧。"小公爵夫人突然说,俊秀的面孔一下变成了一副苦相,仿佛要哭的样子。"我早就想对你说,安德烈,你为什么这样对我? 我怎么了? 你要到军队里去,你不怜惜我。为什么?"

"丽莎!"安德烈公爵只说了这么一句,可是在这句里有恳求,有威胁,并且自以为她会后悔自己的话。但是她赶忙继续说下去:"你待我像待病人或者孩子似的,我什么都看得出。你半年前是这样的吗?"

"丽莎,求你不要再说下去了。"安德烈公爵加重声音说道。

皮埃尔听着这场谈话,不禁激动起来,站起来走到公爵夫人面前。看来,他见不得别人流泪,连他自己也想哭了。

"冷静些,公爵夫人。这都是您的想象,因为,我自己就体验过……因为……请原谅,外人在这里是多余的……好,冷静点……再见……"

但安德烈公爵拉住他的手,不让他走。

"别走,等一等,皮埃尔。公爵夫人心肠十分好,她不会让我失去和你共度一个晚上的愉快的。"

"不,他只为自己着想。"公爵夫人说,气得流出了眼泪。

"丽莎。"安德烈公爵冷淡地说,声音很高,意思是说他的耐性已经达到极点了。

公爵夫人那俏丽面庞上的愤怒表情,突然变成了一副惹人怜爱的恐惧的样子,她皱起眉头,用美丽的眼睛看了看丈夫,脸上流露出怯懦、负疚的神情。

"我的天哪,我的天!"公爵夫人说,一只手提着裙子,走到丈夫跟前,吻了一下他的前额。

"再见,丽莎。"安德烈公爵说,他站起来,十分冷淡地吻了吻她的手,像对待陌生人似的。

两个朋友都沉默着,谁也不想开口。皮埃尔看安德烈公爵,安德烈公爵用小手擦了一下前额。

"咱们吃晚饭去吧。"他叹了口气,边说边站起来朝门口走去。

他们走进一间餐厅,餐厅刚重新装修过,优雅华贵。这里的一切,从餐巾到银器、陶瓷和水晶玻璃器皿,都具有一派新婚家庭所特有的焕然一新的气象。吃饭时,安德烈公爵用臂肘支在餐桌上,说话时的神情,像早就在心中郁积很久,现在忽然决定一吐为快,他那神经质的激动表情,皮埃尔以前还从未曾见过。

"结婚前一定要考虑周全,谨慎,谨慎,再谨慎。永远不要结婚,我的朋友。这是我的真心话。不然你就会大错特错,以至不可挽回了。到老得不能动的时候再结婚吧……否则你身上一切美好、高尚的东西都会被毁灭掉。一切都在无关紧要的小事上消磨掉了。真的,真的! 别这么吃惊地望着我,如果你还壮志未酬,那你每走一步都感觉到,给你准备的只有客厅,在那里你将要成为与宫廷的奴仆和白痴同类的人,除此之外,一切都完了,处处行不通……就是这么回事!"

他用力把手一挥。

皮埃尔摘下眼镜,显得更善良了,他惊奇地望着朋友。

"我的妻子,"安德烈公爵继续说,"是一个十分好的女人。她是可以让丈夫放心的。这种人现在已经不多了。但是,我的天哪,只要我现在能变成没有结婚的人,我愿意不顾一切! 我这话只对你一个人讲,并且是第一次讲,因为我是爱你的。"

安德烈公爵说这些话的时候,与先前懒洋洋地仰坐在安娜·帕夫洛夫娜的圈椅里,半闭着眼睛,从牙缝里说法语的那个博尔孔斯基更不相像了。他那冷峻的脸上每根筋肉都兴奋得不得了,神经质地颤动着,他那双本来好像熄灭了生命之火的眼睛,现在却炯炯有神。看来,他平时越是显得死气沉沉,在激动的时刻就越是精力充沛。

"你不理解我为什么这样说。"他继续说。"要知道,这是一个人的全部生活经历。你提起波拿巴和他的事业,"他说,尽管皮埃尔并没有谈起波拿巴。"你提到波拿巴,可是波拿巴,当他进行工作,向他的目标前进的时候,他是自由的,除了自己的目标,他一无杂念,所以他达到了目标。但是把自己和女人拴在一起,像一个戴上脚镣的囚犯,你就会失去一切自由。希望和力量只能使你感到沉重,使你悔恨交加。客厅、流言蜚语、舞会、虚荣、琐碎小事——这一切就是我的生活。我现在要去战斗,去参加空前伟大的战争,而我却什么都不懂,什么都不会,我只会说却不会做。"安德烈公爵继续说,"在安娜·帕夫洛夫娜那里,大家都听我说话,还有那些女人……可惜你不知道,那些讲礼貌修养的女人和所有的女人是什么东西!我父亲说得对。自私自利、爱好虚荣、愚昧无知、毫无价值——女人的真面目就是这样。你仔细看看交际场的女人,好像她们有点什么,其实金玉其外,败絮其中。千万不要结婚,亲爱的,不要结婚。"安德烈公爵不说话了。

"我觉得可笑,"皮埃尔说,"您认为自己无能,认为自己的生活被毁掉了。其实您正前程远大呢……"

他的话表明他对朋友的估价很高,对他的前途抱有很大的希望。

"怎么能这么说!"皮埃尔想。皮埃尔认为安德烈公爵是一切美德的模范,因为在他身上最完美地结合着的正是皮埃尔所缺少的"毅力"。皮埃尔一向叹服安德烈公爵在同各种各样的人交往时那种从容不迫的态度,非凡的记忆力和博学多识(他什么都读,什么都知道,什么都懂)。尤其使他叹服的是他的工作能力和学习劲头。尽管,皮埃尔常常为安德烈公爵缺乏哲学的幻想力(皮埃尔在这方面有特别的爱好)而感到吃惊,对安德烈来说,这不成为缺点,反而增加了他的力量。

"我是没有希望了。"安德烈公爵说。"关于我有什么可说的?还是谈谈你吧,"他停了一下说,心安理得地微微一笑。那笑容霎时间也在皮埃尔的脸上反映出来。

"我有什么可说的?"皮埃尔说,露出无忧无虑的快活的微笑。"我算什么?

我是一个私生子。"他忽然脸红了。看来，他费了很大劲儿才说出口。"既无名位，也没钱财，当然……，目前我是自由的，很快活。可就是怎么也不知道我应当做什么。我想好好跟您商量一下。"

安德烈公爵用和善的目光望着他。可是在友爱亲切的目光中，仍然流露出一种优越感。

"我很尊重你，你是我们圈子里唯一的活人，你很自在，要怎样就怎样，都不成问题。你做什么都会事事顺利，但只是有一样：你别再上库拉金家去了，不要再过那种生活。所有那些酗酒、荒唐，那些……对你没有好处。"

皮埃尔耸耸肩说："没有办法的事，老兄，女人嘛。"

"我不懂，"安德烈回答说，"如果是正派女人的话，自然另当别论；可是库拉金家的女人和酒，我不敢苟同。"

皮埃尔住在瓦西里·库拉金公爵家，他和公爵的儿子阿纳托利厮混，过着放荡的生活，为了使阿纳托利浪子回头，大家希望他能和安德烈公爵的妹妹结婚。

"我告诉你！"皮埃尔说，他仿佛忽然想起一件十分令人快乐的事似的。"真的，我早就有这个想法了。过这种生活，没有任何好处。整天头痛，钱也用光了。今天晚上他们又叫我，我决定不去了。"

"你能向我发誓吗？"

"我发誓！"

皮埃尔出来时已经是后半夜一点多了。这时正是彼得堡六月的白夜。皮埃尔雇了一辆四轮马车，准备回家。可是离家越近，他就越觉到这种既像黄昏又像黎明的夜晚无法入睡。无人的街道上可以望得很远。在路上皮埃尔突然想起，在阿纳托利·库拉金家里今晚一定有一群熟人聚赌，赌后照例是一顿狂饮，最后以皮埃尔喜爱的娱乐结束。

"到库拉金家去一趟，那该多好。"他想道。可是立刻又想起他曾向安德烈公爵保证不去库拉金家的誓言。

可是，他盼望再享受一次对他是十分熟悉的放荡生活，他决定去那里。他心中忽然想到：诺言是无所谓的，因为在答应安德烈公爵之前，他也答应过阿纳托利公爵到他那里去。最后他想，所有这一切誓言都是可真可假的，没有什么确定的意义，特别是当他考虑到，也许明天他会死掉，也可能发生什么十分的变故,那就根本谈不上什么誓言不誓言了。这样一来,皮埃尔决定到库拉金家里去。

马车驶到骑卫兵营房旁一所大住宅前面,阿纳托利的家便在这里,他走上灯光明亮的台阶,上楼梯,进入一扇敞开的门。前厅没有人,里面横七竖八地摆着空酒瓶、斗篷、套鞋,散发着酒气,隐约听见里屋的谈话声和喊叫声。

赌局和晚餐已经结束了,可是客人还没有散去。皮埃尔脱下斗篷,走进一间屋里,这里只有吃剩的晚餐和一个仆人,他偷偷地喝了几杯剩酒。从第三间屋里传来骚乱声、大笑声、熟悉的喊叫声和狗熊的低吼声。八九个年轻人神情紧张地聚在打开的窗口。有三个人正在玩一只小熊,一个人牵着链子拖着它吓唬另外两个人。

"我压史蒂文斯一百卢布!"一个人喊道。

"不能扶东西!"另一个人喊道。

"我压多洛霍夫!"第三个人喊道。"库拉金,你来把手掰开。"

"喂,别玩狗熊了,这里在打赌呢。"

"要一口气喝完,否则就算输。"第四个人喊道。

"雅科夫,拿瓶酒来,雅科夫!"主人喊道,他是一个身材修长的美男子,仅穿一件敞到胸口的薄薄的衬衫。"等一下,诸位先生！他来了,彼得鲁沙,亲爱的朋友。"他转身对皮埃尔说。

另外一个个子不高,蓝眼睛明亮清澈的人,在窗口喊道:"到这里来把我们的手掰开!"这喊声是所有醉酒的喊声中最清醒的。这人是多洛霍夫,谢苗诺夫团的军官,有名的赌徒和决斗家,同阿纳托利住在一起,皮埃尔微笑着,兴奋地看了看四周。

"我一点儿不懂。是怎么回事啊?"他问。

"等一等,他没有醉。拿瓶酒来。"阿纳托利说,他从桌上拿起一只杯子,走到皮埃尔面前。

"先喝了再说。"

皮埃尔开始喝酒,一杯接着一杯地喝,皱着眉头打量着别人,听他们谈话。阿纳托利一面给他斟酒,一面说,多洛霍夫和在座的英国海军军官史蒂文斯打赌,条件是多洛霍夫坐在三楼的窗沿上,两脚垂到窗外,一气喝完一瓶罗姆酒。

"一定得喝完,"阿纳托利递给皮埃尔最后一杯,说,"不然我不饶你!"

"不,不想喝了。"皮埃尔说,他推开阿纳托利,走到窗前。

多洛霍夫握住英国人的手,直截了当地提出打赌的条件,他主倘若对阿纳托利和皮埃尔说的。

多洛霍夫中等个头,卷发,生着一对明亮的蓝眼睛,二十五岁左右。像所有的陆军军官一样,他没有留胡子,嘴全部露出来,特别惹人注意。嘴的曲线十分美。多洛霍夫家道不富,也没有什么亲戚关系。可是大家都尊重他,连阿纳托利本人也尊重他。多洛霍夫什么赌博都愿意赌,并且几乎是每赌必赢。喝酒不论多少,从来不会失去清醒的头脑。库拉金和多洛霍夫在当时彼得堡浪子酒徒之中都是出名的人物。

罗姆酒拿来了。窗框太小,两个仆人正忙着拆除。

阿纳托利洋洋得意地走到窗前。他一心想毁坏点什么。他推开仆人,揪了揪窗框,但是揪不动,他就把玻璃打碎了。

"你来试一试,大力士。"他转身对皮埃尔说。

皮埃尔揪住横梁,用力一揪,橡木窗框咔嚓一声,有的地方弄断了,有的地方是被揪出来的。

"全部拆掉,不然还以为我扶东西呢。"多洛霍夫说。

"英国人吹牛吧……是不是?……好了吗?……"阿纳托利说。

"好了。"皮埃尔说,他望着多洛霍夫,他正拿着酒往窗前走去,窗外是明亮的天空,天空中,晚霞和晨曦交融在一起。

多洛霍夫拿着酒瓶跳上窗台。"听着!"他站在窗台上对屋里人喊道。大家都不作声了。

"我打赌。我赌五十金卢布,您想不想赌一百?"他问那个英国人。

"算了,就五十吧。"英国人说。

"好,赌五十金卢布,条件是我一口气喝完一瓶罗姆酒,坐在窗台外边喝完,坐在这儿(他弯身指窗外倾斜的墙壁),并且不扶任何东西……是不是这样?……"

"很好。"英国人说。

阿纳托利向英国人转过身来,抓住他的燕尾服的纽扣,低下头看着他(因为英国人是个矮个子),用英语把打赌的条件重说了一遍。

"等一下,"多洛霍夫一边用酒瓶敲着窗户让大家注意,一面喊道,"等一下,库拉金。大家听着,倘若有人也能这样做,我愿出一百个金卢布。懂吗?"

英国人点了点头,可并没有表示他究竟愿不愿意接受这个新的条件。阿纳托利没有放开英国人,尽管英国人点头表示他都明白,阿纳托利还是把多洛霍夫的话翻译了一遍。一个近卫军骠骑军官,爬到窗台上,探头朝下望了望。

"哎-哟!"他望着窗下人行道上的石板,低声说。

"别胡闹!"多洛霍夫喊道,把那个军官从窗台上揪下来,那人被马刺绊了一下,跌跌撞撞地跳到屋里。

为了拿时方便,多洛霍夫把酒瓶放在窗台上,然后小心地、慢慢地爬上了窗户。他垂下两脚,双手撑着窗沿,打量了一下,坐稳了,放开两手,左右移动了一下,把酒瓶拿到手里。阿纳托利拿来两支蜡烛放到窗台上,尽管这时天已经大亮。大家全聚集在窗口。英国人站在前面。皮埃尔微笑着,一句话没说。在场的一位年龄较大的人,面带惊恐和愤怒的神色,突然挤到前面,想抓住多洛霍夫的衬衫。

"诸位先生,这太危险了,他会摔死的!"有一个人说。阿纳托利挡住他。

"别碰他,你会吓着他,他会摔死的。对吗?……那怎么办?……啊?……"

多洛霍夫转过身来,坐稳了,又用两手撑着窗沿。

"谁倘若再靠近我,"他说,"我立刻把他扔到下面去。好了!……"

他说完"好了!"之后,又转过身来,松开两手,拿起酒瓶,移到嘴边,往后仰着头,抬起不拿酒瓶的那只手,保持平衡。一个拾碎玻璃的仆人弯着腰不动了,眼睛一动不动地望着窗口和多洛霍夫的脊背。阿纳托利瞪大眼睛,直挺挺地站着。英国人努着嘴,在一旁瞅着。那个想阻拦的人跑到屋角里,面对墙壁躺到沙发上。皮埃尔捂住脸,虽然他此刻满脸惊恐的神色,却仍带着一丝笑意。大家都屏住呼吸,一声不吭。皮埃尔把手从眼睛上拿开。多洛霍夫还是那样坐着,只是头更往后仰,仰得后脑勺上的卷发都碰到衣领了,拿酒瓶的那只手一面抖动一面用力,越举越高。酒瓶举得越来越高,头也仰得更厉害。"怎么这么久?"皮埃尔心里想。他觉得好像过了半个小时了。忽然,多洛霍夫用背脊往后移了一下,一只手剧烈地抖动起来;这样抖动足以使他坐在斜坡上的全身往下滑。他整个人都滑动了,他的手和头因为用力,抖得更厉害了。一只手举起来想抓住窗台,但是又放下了。皮埃尔蒙住眼睛,对自己说,再也不睁开了。突然他觉得周围的人在骚动。他一看:多洛霍夫已经站在窗台上,他的脸苍白,可是很兴奋。

"空了!"

他把酒瓶扔给英国人，英国人利落地接住。多洛霍夫从窗口跳下来，嘴里喷出强烈的罗姆酒气。

"太好了！好样的！这才叫打赌！真是不知死活的家伙！"四面八方喊起来。

英国人赶忙数钱。多洛霍夫皱着眉头一声不响。皮埃尔跳上窗台。

"诸位先生！谁愿意跟我打赌？我照样做，"他突然喊道，"没人打赌，我也干。叫人拿瓶酒来。我做得到……叫人拿酒来。"

"让他干，让他干！"多洛霍夫微笑着说。

"你怎么了？发疯了？谁让你干？你连站在楼梯上头都发晕。"四面八方嚷起来。

"我敢保证喝完，拿一瓶罗姆酒来！"皮埃尔喊道，醉醺醺地捶着椅子，接着就往窗口爬。

大家抓住他的双臂；可是他的气力很大，凡是挨近他的人，都被他推得远远的。

"不行，我们制服不了他，"阿纳托利说，"等等，我来哄他。喂，我来跟你打赌，不过是在明天，现在我们大家都有事。"

"走吧，"皮埃尔喊道，"走！……把小熊也带去……"

于是他抓住那只熊，抱住它，然后把它举起来，和它在房间里跳起舞来。

七

瓦西里公爵履行了他的诺言。因为在安娜·帕夫洛夫娜晚会上，他答应德鲁别茨卡娅夫人给她的独子鲍里斯谋个官职。鲍里斯的事被奏明皇上后，他被破格委任在近卫军谢苗诺夫团当准尉。但别的打算都没有成功。在安娜·帕夫洛夫娜的晚会后不久，安娜·米哈伊洛夫娜就回了莫斯科，直接到她的有钱的亲戚罗斯托夫家里去了，这是她在莫斯科寄身的地方。她那个刚入伍就升为近卫军准尉的爱子鲍里斯，从小就在这个家庭里教养成人，在这里住了好多年。近卫军已经在八月十日从彼得堡开走，儿子留在莫斯科置办军服。在去拉兹维洛夫的路上才能赶上队伍。

罗斯托夫家里有两个娜塔莉娅——母亲和小女儿——过命名日。从早上起，波瓦尔大街上那座莫斯科全城闻名的罗斯托娃伯爵夫人的大宅子门前，车水马龙,来祝贺的人接连不断。伯爵夫人和漂亮的大女儿在客厅里陪客,客人川流不息,走了一批又来一批。

伯爵夫人生着一副东方型的清瘦面孔,年纪约莫四十五岁,由于孩子过多(她生过十二胎),面容显得憔悴。体弱无力使得她的举止言谈缓慢,但这却给她增添一种令人肃然起敬的风度。相处如同家人的安娜·米哈伊洛夫娜·德鲁别茨卡娅公爵夫人,也坐在那里,帮助接待和应酬宾客。年轻人坐在后面房间里。伯爵送往迎来,邀请所有的客人赴宴。

"十分感谢先生们女士们,我代表我个人和过命名日的亲人感谢您。别忘了来用晚餐。谢谢,谢谢。"送走一位客人后,伯爵回到客厅里应酬未走的男客或女客。他移过一把圈椅,带着爱享福和会享福的人的神气,潇洒地叉开两腿,把两手放在膝头上,摇晃着身子,谈天谈地,说东道西,一会儿说俄语,一会儿说法语,还忙于热情地接待来客。真是疲惫不堪。有时从前厅回来,顺便穿过花房和仆役室走进大理石大厅,大厅里已经摆好准备八十人就餐的餐桌,他一面看仆人搬来银器和瓷器,摆桌子,铺桌布,一面把贵族出身的总管德米特里·瓦西里耶维奇叫到跟前,说:"喂,米坚卡,要当心,一切都安排好。对,对,"他说,满意地打量着摆开的大餐桌。"摆台十分重要。这样就好……"他得意地舒了口气,又回客厅去了。

"玛丽亚·利沃夫娜·卡拉金娜和小姐到!"伯爵夫人那身材高大的侍从走进客厅,用低沉的声音禀报道。伯爵夫人沉吟了一下,嗅了嗅镶着丈夫肖像的金鼻烟壶。

"这些客人真累人。"她说,"好吧,再见她这最后一个吧。她很有教养。请吧,"她用忧郁的声音对仆人说,那意思似乎是说:"好吧,就让你们把我折磨死吧!"

一位身材高大、丰满、神态傲慢的太太,和她圆脸的、满面笑容的女儿,走进客厅。

大家都随便闲聊。

"伯爵太可怜了,"一位女客说,"他的身体已经够差的了,现在又为儿子操心,这真要他的老命!"

"怎么回事?"伯爵夫人问,好像她不知道那个女客说的什么,其实关于别祖霍夫伯爵苦恼的原因,她已经听过十几遍了。

"这都是如今教育的好处,"一位女客说,"早在国外的时候,这个年轻人就任性妄为。现在在彼得堡，更是无法无天了。"

"当真！"伯爵夫人说。

"他乱交朋友，"安娜·米哈伊洛夫娜插嘴说，"瓦西里公爵的儿子、他、还有一个多洛霍夫，听人说，谁知道他们干了些什么。两人都自作自受。多洛霍夫被降为士兵，别祖霍夫的儿子被送到莫斯科。阿纳托利·库拉金呢，他父亲尽管把案子私了了，但也被赶出了彼得堡。"

"他们究竟干了什么呢？"伯爵夫人问。

"简直是一伙强盗，特别是多洛霍夫，"那位女客说，"他是玛丽亚·伊万诺夫娜·多洛霍娃的儿子。你们大家想想看：他们三个不知从哪里弄到一只狗熊，放在马车上，去看一群女戏子。警察分局局长跑来制止，结果他们逮住警察分局局长，把他跟狗熊背对背后捆到一起，扔到莫伊尔卡河里。狗熊在水里游，那个警察分局局长躺在熊背上。"

"我的天，那个警察分局局长样子肯定挺好看。"伯爵笑得要死。

"哎哟，太可怕了！伯爵，这有什么可笑的？"

太太小姐们也忍不住笑起来。

"好不容易才把那个倒霉蛋救上来，"女客仍旧说，"基里尔·弗拉基米罗维奇·别祖霍夫伯爵的儿子就是这么刁钻古怪，寻开心！"她补充说。"听说他受过很好的教育，也很聪明。这就是他在国外受教育的结果。我希望大家都别理他。"

"您怎么说这个年轻人很有钱？"伯爵夫人说，俯身避开姑娘们，那些姑娘都装作没有听见的样子。"要知道，他的孩子全是私生子。似乎……皮埃尔也是私生子。"

女客摆了摆手。

"我想，他有二十来个私生子呢。"

安娜·米哈伊洛夫娜公爵夫人也加入谈话，看来，她是想卖弄一下。

"是这么回事，"她别有用心地也压低声音说，"基里尔·弗拉基米罗维奇伯爵的名声无人不晓……他有多少孩子，连他自己也数不清，不过他宠爱皮埃尔。"

"去年，这个老头子还怪好看的呢！"伯爵夫人说，"比他漂亮的男人，我还没见过。"

"现在可不行了，"安娜·米哈伊洛夫娜说，"因为妻子的关系，瓦西里公爵是他的全部财产承继人,可是伯爵很爱皮埃尔,让他受教育,还奏明了皇上……他一旦去世(他的身体很不好,随时都可能死掉,罗兰也从彼得堡来了),谁也不知道这笔巨额财产会落到何人手里,是皮埃尔呢,还是瓦西里公爵。四万农奴和数百万家产。我知道得很清楚,是瓦西里公爵亲自告诉我的。基里尔·弗拉基米罗维奇还是我的表舅呢。并且他是鲍里亚的教父。"她用似乎并不看重这些事的语气补上一句。

"瓦西里公爵昨天到莫斯科来了。我听说他是来视察的。"那位女客说。

"是的,可是,说句实在话,"公爵夫人说,"这只是借口,他来目的是来找基里尔·弗拉基米罗维奇伯爵,他听说伯爵已经不行了。"

"不过,这真是个大玩笑,"伯爵说,他见那位年岁大的女客无心听他的话,就向小姐们转过身来。"我想,那个警察分局局长的样子一定挺好玩。"

他做了一下演示,惹得众人大笑不已。"好吧,请务必来舍下用晚餐。"他说。

八

大家沉默了。伯爵夫人兴奋地望着那位女客,同时也不掩饰:如果那位女客现在起身告辞,她也丝毫不会感到不快。女客的女儿正在整理衣服,用探询的目光望着母亲,这时隔壁房间里传来人们的脚步声和绊倒椅子的响声,一个十三岁的小姑娘跑进来。就在这时,门口出现了一个穿深红色领子衣服的大学生,一个近卫军军官,一个十五岁的姑娘和一个面孔红红的胖胖的小男孩。

伯爵一跃而起,跌跌绊绊地走过去,伸开双臂,搂住跑进来的小姑娘。

"啊,她来了!"他笑着喊道,"过命名日的! 亲爱的小寿星!"

"亲爱的,什么事都得分时候。"伯爵夫人装出一副严肃的表情说。"你总是惯着她,埃利。"她对丈夫说。

女客说:"您好,亲爱的,祝您愉快。"她又转向母亲说:"您有一个多么好的孩子啊!"

小姑娘黑眼睛,大嘴,尽管不漂亮,但很活泼。因为跑得太快,披肩滑了下来,露出孩子的小肩膀。乌黑的卷发向后摆着,光着的胳膊又长又细,穿一条镶花边的裤子,两只小脚穿着没有系带的浅口皮鞋。她快长成少女了。她从父亲怀里挣脱出来,跑到母亲跟前,不管母亲的严厉数落,把脸藏到她的花边披肩里,笑起来。不知她在笑什么,一面时断时续地讲着从裙子下面拿出来的布娃娃。

"瞧见吗? ……布娃娃……咪咪……您瞧。"

娜塔莎再也说不下去了(她觉得一切都好笑)。她倒在母亲怀里,大笑起来,笑得那么响亮,所有的人,连那个古板的女客,都不由得笑起来。

"好了,去吧,把你这个丑八怪也拿走!"母亲说,装出生气的样子把女儿推开。"这是我的小女儿。"她对女客说。

娜塔莎把脸从母亲的花边披肩里抬起来,看了她一眼,又把脸藏了起来。

那位女客觉得自己该说几句话了。

"请问,亲爱的,"她对娜塔莎说,"这个咪咪是您什么人? 一定是女儿吧?"

娜塔莎不喜欢女客那种宽厚的口气,所以一句话也没有回答,只冷淡地看了女客一眼。

这时,年轻的一代全坐在客厅里了,他们是安娜·米哈伊洛夫娜的儿子鲍里斯——军官、伯爵的长子尼古拉——大学生、伯爵十五岁的外甥女索尼娅,还有伯爵的小儿子小彼得鲁沙。显然,他们尽力把他们的高兴和愉快制约在礼貌的限度以内。可以看得出,他们在后面几个房间里所谈的比在这里谈论的无聊话题要有趣得多。他们不时互相看看,忍不住要笑出声来。

两个年轻人——大学生和军官,从小就是朋友,他们同岁并且两人都很漂亮。鲍里斯浅黄头发、身材修长,在他那沉稳而漂亮的面孔上,五官生得清秀、端庄。尼古拉个头不高,卷发,表情开朗。他的上唇已经开始长胡子了,整个面孔洋溢着刚毅和热情。尼古拉刚走进客厅,脸就红了。看样子,他想说话,但不知该说什么;但鲍里斯却相反,他立刻就找到了话题,沉着而风趣地谈起布娃娃咪咪,他说当它还是少女的时候,他就认得它了,那时它的鼻子还没有破,在他们相识的五年中,它老了,头盖骨也全裂了。他说完之后,看了娜塔莎一眼。娜塔莎躲开他的目光,看了一眼眯着眼睛、抿着嘴笑得发抖的小弟弟,她再也忍不住,跳起来,撒开灵活的小腿,飞快地从客厅里跑了出去。鲍里斯没有笑。

"您也要走了吗? 妈妈? 您要马车吗?"他笑着对母亲说。

"行,走吧,走吧,你去吩咐准备马车。"她微笑着说。

鲍里斯悄悄地出来,去找娜塔莎去了,那个胖男孩气冲冲地跑了出去。似乎因为他的计划被打乱了,生气了似的。

九

年轻人中,除伯爵夫人的长女和那个做客的小姐外,客厅里就只剩下了尼古拉和外甥女索尼娅。索尼娅是个身材苗条、娇小玲珑的黑发姑娘,长长的睫毛,目光很柔和,发辫又黑又粗,脸色有点儿发黄。她举止从容,纤细的四肢,柔软而灵活,仪容有几分狡黠和矜持,使人想到她长大后,一定会楚楚动人的。出于礼貌,她装出对大家的谈话很感兴趣,其实,她很想从客厅里冲出去,和她的表兄一块儿玩。

“是的,”老伯爵指着尼古拉,转身对女客说,“他的朋友鲍里斯升为军官,为了友谊,他不愿落在他后面,撇下大学和我这个老头子,也要服兵役去了,亲爱的,本来已经在档案处给他找到一个职位,一切都办好了。这就是讲交情吧?”他用疑问的口吻说。

“是啊,听说已经宣战了。”女客说。

“早就这么说了,”伯爵说。“今天说,明天说,不过说说罢了。亲爱的,这就是讲交情!”他又重复了一遍。“他去当骠骑兵了。”

女客不知道该说什么,只是摇了摇头。

“完全不是为了友谊。”尼古拉涨红着脸,连忙辩解道。“完全不是为了友谊,我只觉得服兵役是我的义务罢了。”

他看了看表妹又看看那位做客的小姐,她们两人都含着赞许的微笑望着他。

“保罗格勒骠骑兵团团长舒伯特今天来我们家吃饭。他是来度假的,他要把他带走。有什么办法呢?”伯爵耸耸肩,开玩笑似的说道。

“我已经对您说过,爸爸,”儿子说,“您倘若不愿意我走,我可以留下。可是我知道,我除了服兵役,什么也不能做;我不是外交家,不会做官,不会掩饰自己的感情。”他说着露出一副青春少年的轻佻相,不停地打量索尼娅和那位做客的小姐。

索尼娅出神地盯着他。

“好了,好了!”老伯爵说。“太急躁……都是波拿巴冲昏了大家的头脑,人人都想着他是少尉出身当上皇帝的。好吧,但愿上帝保佑。”他又补了一句,没有注意到那位女客讥讽的微笑。

年长的谈论起波拿巴来。卡拉金娜的女儿朱莉对小罗斯托夫说：

"太遗憾了，星期四您没有到阿尔哈罗夫家去。您不在那里，真无聊。"说着，对他莞尔一笑。

年轻人受宠若惊，露出青春的媚笑，坐得离她更近了些，和笑盈盈的朱莉单独交谈起来，丝毫没注意到他这无意的微笑却像一把妒忌的尖刀刺进了索尼娅的心。索尼娅红着脸，装着一副笑脸。谈话当中，他回过头来看了看她，索尼娅不怀好意地瞪了他一眼，强忍住泪水，嘴上却装出微笑，站起来走出屋去。尼古拉兴致顿时烟消云散了。谈话刚一停顿，他就怀着心慌意乱的神情，出去找索尼娅去了。

"这些年轻人都不知道掩盖心事。"安娜·米哈伊洛夫娜指着离去的尼古拉说。"姑表亲很危险的。"她又说。

"是的，"伯爵夫人说，"为了能从他们身上得到一点欢乐，我们经受了多少痛苦，操过多少心啊！但是现在，仍叫人整天价担惊受怕！少男少女到这个年龄，正是充满了危险的年龄。"

"这全要看教育如何了。"女客说。

"是啊，您说得对，"伯爵夫人接着说。"直到现在，谢天谢地，我都是我孩子们的朋友，他们充分信任我。"伯爵夫人说，她重犯了许多父母曾经犯过的错误，以为儿女对她们什么都不隐瞒。"我知道，我永远是我女儿们的知心人，尼古连卡容易冲动，如果他胡闹（男孩子免不了要胡闹），也不致像彼得堡的少爷们那样。"

"是啊，这些孩子都十分好。"伯爵附和说，他总是用"很好""好极了"这些词来解决他弄不清楚的问题。"真奇怪，居然想去当骠骑兵！叫您有什么办法，亲爱的！"

"您的小女儿真可爱！"女客说，"火暴性子！"

"是啊，火暴性子，"伯爵说，"像我！她有一副特别好的嗓子：尽管是我的女儿，我也要照实说，她肯定会成为歌唱家，萨洛莫妮第二。我们请了一位意大利人教她。"

"不太早吗？听说，这个年龄练唱对嗓子有害。"

"哪里，不算早！"伯爵说，"咱们母亲那一辈不是十二三岁就成亲了吗？"

"她现在就已经爱上鲍里斯了！"伯爵夫人淡淡地一笑，望着鲍里斯的母亲说："您知道，如果我把她管得太严，倘若不许她……谁知道他们背地里会干出什么事(伯爵夫人是想说他们会接吻),而现在,她的所作所为我都知道。她每天晚上自动跑来,什么都讲给我听。也许我是在娇惯她,可是,实在说来,这样似乎更好些。我对大女儿就管得严。"

"是的,我受的教育就完全不同。"长女——美丽的薇拉伯爵小姐微笑着说。

微笑并没有使薇拉的面孔变得好看;她的脸变得反而不自然。大姐薇拉长得很漂亮,人也不笨,学习优良,受过很好的教育,她的嗓音悦耳,说话也合情合理,可是奇怪的是,所有的人,连那位女客和伯爵夫人在内,都转脸看她,似乎是奇怪她为什么这样说,而且感到不安似的。

"人们对长男长女从来都是挖空心思的,总想把他们造就成非凡的人物。"女客说。

"没有什么可隐瞒的,我亲爱的,伯爵夫人在薇拉身上费尽了心思,"伯爵说。"那有什么关系!她总算出落得很好。"说着这话,并向薇拉赞赏地挤了挤眼。

客人们起身告辞了,说都来吃晚饭。

"真不懂礼貌!坐个没完没了!"客人走后,伯爵夫人说。

十

娜塔莎从客厅跑出来,等候鲍里斯出来。她已经等急了,因为他没有立刻出来,急得她直跺脚,立刻就要哭了,这时突然传来一个年轻人的脚步声,不紧不慢的。娜塔莎连忙跑到花桶中间藏起来。

鲍里斯在花房里停住了脚步,四外张望了一下,掸了掸制服袖子上的尘土,走到镜前,端详他那漂亮的面孔。娜塔莎屏住气,从躲藏的地方张望,看他要做什么。鲍里斯在镜前站了一会儿,微笑了一下,就朝门口走去。娜塔莎想叫他,但随即又改变了主意。

"让他找吧。"她心里想。鲍里斯刚走出去,索尼娅就从另一道门进来了,她满脸通红,两眼含泪,愤愤地嘟哝着。娜塔莎本打算朝她跑过去,可是她忍住没有动,仍然藏在原来的地方,看看将发生什么事。她感到一种特别新鲜的乐趣。索尼娅嘟哝着,不住地回头看客厅门。尼古拉从客厅里出来了。

"索尼娅!你怎么了?怎么能这样啊?"尼古拉说,一面向她跑来。

"没什么,没什么,别管我!"索尼娅大声哭起来。

"不,我知道为什么。"

"您知道,那好极了,您找她去吧。"

"索——尼娅!听我说一句话!不要仅凭一点胡思乱想这样折磨我,折磨你自己行吗?"尼古拉握住她的手,说。

索尼娅没有抽出自己的手,停住不哭了。

娜塔莎屏息不动,用发光的眼睛从躲藏的地方观望。"现在会发生什么事呢?"她想。

"索尼娅!你就是我的一切,"尼古拉说,"我要向你证明这一点。"

"我不愿听你说这种话。"

"好,我以后不说了,原谅我,索尼娅!"他把她拉到怀里,吻了吻她。

"啊,多好啊!"娜塔莎想道,索尼娅和尼古拉从花房走出来时,她也跟了出去了,把鲍里斯叫到跟前。

"鲍里斯,到这里来。"她带着很有深意的、狡黠的神情说。"我要和您说一件事。来,来,"她说着,把他领到花房里她原来躲藏过的花桶中间。鲍里斯微笑着跟着她走。

"有什么事?"他问。

她有点不知说什么好,向四周看了一下。看见她原先扔在花桶上的布娃娃,把它拿到手里。

"您亲亲这娃娃吧。"她说。

鲍里斯用专注、和蔼的眼光望着她高兴的面庞,没有说话。

"不愿意吗?那就到这里来吧。"她边说边向花丛深处走去,把布娃娃扔在一边。"走近点,走近点!"她低声说。她用手抓住军官的袖口,绯红的脸上露出严肃和恐慌的神情。

"那么您愿意吻我吗?"她说,声音低得几乎听不见,同时她仰起头看着他,含着笑,激动得几乎哭出来。

鲍里斯脸红了。

"您真可笑!"他俯下身来,说,脸也更红了,可是没有什么动作,只是等待着。

她突然跳到一只花桶上,这样她就比他高了,她用两手搂着他,在他的脖子上方弯起她那细细的赤裸的手臂,她把头发甩到后面,正好吻在他的唇上。

然后,她穿过花盆溜到花桶的另一边,低头站在那里。

"娜塔莎,"他说,"您知道,我是爱您,但是……"

"您爱上我了吗?"娜塔莎打断他的话。

"是的,爱上您了,可是我有个请求,咱们别像刚才那样……再过四年……我就会向您求婚。"

娜塔莎沉吟了一下。

"十三,十四,十五,十六……"她扳着细细的指头计算。"好!就这样说定了?"

喜悦和欣慰的微笑使她容光焕发,脸上特别高兴。

"说定了!"鲍里斯说。

"永远吗?"小姑娘说,"一直到死吗?"

于是,她挽起他的手臂,一同缓步向起居室走去。

十一

来访的客人把伯爵夫人累坏了,她吩咐不再接见任何人,命令门房,再有来贺喜的,只邀请他们一定来赴宴就是了。伯爵夫人想和小时候的好友安娜·米哈伊洛夫娜公爵夫人单独聊聊,自从公爵夫人从彼得堡回来以后,伯爵夫人还没有好好地看她呢。安娜·米哈伊洛夫娜一脸哭丧相,却做出讨人喜欢的样子,把圈椅向伯爵夫人移近一些。

"我对你什么都谈,"安娜·米哈伊洛夫娜说,"咱们这辈的老朋友已经所剩无几了!所以我们的友情特别可贵了。"

安娜·米哈伊洛夫娜看了薇拉一眼。伯爵夫人握住朋友的手。

"薇拉,"伯爵夫人转脸对长女说,长女显然不受宠爱,"您怎么一点都不懂事啊?难道你不觉得你在这里碍事吗?找妹妹们去吗,要不……"

美丽的薇拉轻蔑地微微一笑,显然她并不觉得委屈。

"如果您早对我说,妈妈,我早就走了。"她说着,就回自己房里去了。可是,当她经过起居室时却看见两边窗口对称地坐着两对情侣,于是停下脚来,轻蔑地一笑。索尼娅靠近尼古拉坐着,他正把他第一次写的诗抄给她看。鲍里斯和娜塔莎坐在另一边窗下,看见薇拉进来就不说话了。索尼娅和娜塔莎带着负疚和幸福的神情看着薇拉。

看到这些钟情的少女们很使人兴奋和感动,但她们的情景很明显并没有使薇拉感到快乐。

　　"我请求过你们多少次了,"她说,"不要用我的东西,你们都有自己的房间。"她把尼古拉身边的墨水瓶拿起来。

　　"等一下,等一下。"他蘸了蘸笔尖,说。

　　"你们尽做些让人讨厌的事,"薇拉说,"刚才跑到客厅里,弄得大家都替你们难为情。"

　　她说得很对,或许正因为如此,四个人谁也不答话,只是你看看我,我看看你。她拿着墨水瓶但并不走。

　　"像你们这样的年纪,能有什么秘密,娜塔莎和鲍里斯,还有你们俩,全都是胡闹!"

　　"这和你无关,薇拉。"娜塔莎低声辩解说。

　　她今天对人显然比平时更和气,更亲切。

　　"真是胡闹,"薇拉说,"我为你们害羞。这算什么秘密?……"

　　"各人有各人的秘密。我们并没有管你和贝格的事啊。"娜塔莎发火了。

　　"我想你们也不会管的,"薇拉说,"因为我一举一动从来没有什么不对的地方。等着吧,我一定去和妈妈说,说你是怎样对待鲍里斯的。"

　　"娜塔莉娅·伊利尼什娜待我很好,"鲍里斯说。"我没有什么可抱怨的。"他说。

　　"您别管,鲍里斯,您是个大外交家,真没劲。"娜塔莎用颤抖的声音委屈地说。"她凭什么老找我的岔?你永远不会明白,"她转身对薇拉说,"因为你从来没有爱过任何人,你没心没肝,你不过是让莉夫人(这是尼古拉给薇拉起的十分难堪的绰号),你最爱干的事就是惹别人不快活。你向贝格卖弄风情去吧,爱怎么卖弄就怎么卖弄。"她连珠炮似的把话说完。

　　"对了,反正我不会当着众人的面去追逐年轻的男人的……"

　　"得了,你总算达到目的了,"尼古拉插嘴说,"对任何人都说这么难听的话,搅得大家都不快乐。咱们到儿童室去吧。"

四个人像一群受惊的小鸟，一齐站起来走了出去。

"是你们对我说了难听的话，我也没说什么。"薇拉说。

"啊！让莉夫人！"从门外传来讥笑声。

美丽的薇拉惹得人人生气，大家都不快乐，但是她微微含笑，对人们对她说的那些话，显然并不放在心上，她走到镜前理了理围巾和头发，端详着自己漂亮的脸，更显得冷淡、沉着了。

客厅里还在谈话。

"啊！亲爱的。"伯爵夫人说，"如果这样下去，我们这点财产不会支撑很久的！这全怪那个俱乐部和他的好脾气，难道住在乡下就能安生吗？又是看戏又是打猎的，天晓得还有什么名堂。唉，我的事有什么可谈的！还是谈谈你都是怎么打算的吧！我常常不明白，安内特，像你这么大的岁数，一个人坐着马车，一会儿到莫斯科，一会儿到彼得堡，找所有的部长，找所有的达官要人，不管什么人都应付得了，真使我惊奇！你怎么处理得这样好？我在这方面简直什么都不懂。"

"啊，我亲爱的！"安娜·米哈伊洛夫娜公爵夫人回答说。"上帝保佑，你是不知道寡妇人家没有积蓄，又有一个宝贝儿子，是多么艰难。样样都得学会，"她颇为自豪地说，"那场官司使我长了见识。如果我想见某个大人物，我就写信：某公爵夫人求见某某，于是我就坐车亲自登门拜访，一次不成，两次，三次，四次，不达目的，决不罢休。别人对我有什么看法，我一概不管。"

"那么鲍连卡的事你是拜托谁呢？"伯爵夫人问，"要知道，你的孩子已经当上近卫军的军官了，而我的尼古卢什卡才是个士官生。没有人为他去奔走。你是拜托谁的？"

"拜托瓦西里公爵。他心十分好。一口应承，而且奏明了皇上。"安娜·米哈伊洛夫娜公爵夫人兴高采烈地说，全忘了她为达到目的所遭受的屈辱。

"瓦西里公爵见老了吧？"伯爵夫人问。"自从在鲁缅采夫家我们演了那出戏之后，我就没见过他。他一定把我给忘了。他追求过我。"伯爵夫人含笑回忆道。

"还是那样，"安娜·米哈伊洛夫娜回答，"他总是待人亲切，甜言蜜语的。他不是那种势利的人。'真对不起，我为您效劳太少了，亲爱的公爵夫人，'他对我说，'有事您尽管吩咐吧。'不管怎么说，他总算是一个好人，是个好亲戚。

可是,娜塔莉,我是很疼儿子的,你是知道的。为了他的幸福,我什么都做了啊。但是我的景况却坏到了极点,"安娜·米哈伊洛夫娜神情忧郁,低声继续说,"坏到极点了,我现在的处境可怕极了。那场倒霉的官司使我倾家荡产,可是毫无结果。你想也想不到,有时我简直是一分钱也没有了。我真不知道我用什么给鲍里斯置办军服。"她掏出手绢哭起来。"我需要五百卢布,但是我只有二十五卢布。我只能靠基里尔·弗拉基米罗维奇·别祖霍夫伯爵了。如果他不愿帮助他的教子,——他是鲍里斯的教父,——不拨给他一笔生活费,那么我所有的辛苦奔走就白搭了:我真是无依无靠啊。"

伯爵夫人满眼含泪,默不作声。

"我常常想,"公爵夫人说,"基里尔·弗拉基米罗维奇·别祖霍夫伯爵一个人生活……有这么多钱财……他活着有什么意思呢? 生命对于他成了负担,但是鲍里斯的生活才刚刚开始。"

"他一定会给鲍里斯留点什么的。"伯爵夫人说。

"谁知道呢,亲爱的朋友! 这些阔佬、大官全自私得很。但是我还是要立刻带鲍里斯去见他,直截了当把事情告诉他。别人爱怎么说就怎么说吧,说实在的,只要关系到我儿子的命运,我什么都不管。"公爵夫人站起身来。"现在两点钟,你们四点钟才吃晚饭,我去一趟还赶得过来。"

安娜·米哈伊洛夫娜像彼得堡的贵妇人那样,精明强干,善于抓紧时间。她打发人把鲍里斯叫来,和他一起向前厅走去。

"再见,我亲爱的。"她对送她到门口的伯爵夫人说。"祝我马到成功吧。"她背着儿子小声说道。

"您到基里尔·弗拉基米罗维奇伯爵那里去吗,亲爱的?"伯爵也要到前厅去。"如果他好一些,就叫皮埃尔到这里吃晚饭。好在他是来过的,跟孩子们跳过舞。一定叫他,亲爱的。塔拉斯今天一定会大显身手的。他说连奥尔洛夫伯爵家里都不会有像我们今天这样的晚餐呢。"

十二

"亲爱的鲍里斯,"当他们进入基里尔·弗拉基米罗维奇·别祖霍夫伯爵家的大院子时,安娜·米哈伊洛夫娜公爵夫人对儿子说,"鲍里斯,你要和气点,热情点。基里尔·弗拉基米罗维奇伯爵毕竟是你的教父,你的前途全靠他了。

千万记住,亲爱的,要亲切点,你能做到……"

"但是我知道,这样做,除了屈辱,什么结果都得不到……"儿子冷淡地回答说,"但是我既然答应您,为了您,我一定做到。"

门房尽管知道大门外停着谁的马车,可他还是把母子二人上下打量了一番,别有意思地看了看公爵夫人的旧外套,问他们要见谁,见公爵小姐,还是见伯爵,听说要见伯爵,他说大人今天病势更重,不见任何人。

"咱们走吧。"儿子用法语说。

"我的朋友!"母亲用恳求的声音说,又碰了碰儿子的手。

鲍里斯不出声了,他没有脱大衣,用探问的目光望着母亲。

"我的好人,"安娜·米哈伊洛夫娜和声细气地对门房说,"我知道基里尔·弗拉基米罗维奇伯爵病得很厉害……我正是为这个来的……我是他的亲戚……我不会打扰他的,我的好人……我只要见一见瓦西里·谢尔盖耶维奇公爵,他不是住在这里嘛。请通报一下。"

门房沉着脸子,拉了一下通到楼上的铃铛,就转身走了。

"德鲁别茨卡娅公爵夫人要见瓦西里·谢尔盖耶维奇公爵。"他对从楼上跑下来的一个侍者喊道。

母亲整整衣褶,对着嵌在壁上的威尼斯大穿衣镜照了照,打起精神,迈开穿破皮鞋的双脚,踩着楼梯地毯,登上楼去。

"我的朋友,你答应我了。"她又转身对儿子说,用手碰他,给他打气。

儿子垂下眼,顺服地跟着她。

他们走进大厅,这里有一扇门通到瓦西里公爵专用的房间。

母子二人走到大厅中间,正巧瓦西里公爵走了出来,他穿一件丝绒面的皮上衣,按照居家的习惯,只戴一枚金星勋章,他正送一位黑发的美男子。此人就是闻名彼得堡的罗兰医生。

"这是真的吗?"公爵说。

"亲爱的公爵,'人非圣贤,谁能无过?'可是……"医生回答说。

"好的好的……"

瓦西里公爵看见了安娜·米哈伊洛夫娜和她儿子,神情冷淡。儿子看见母亲的眼睛顿时露出极度的悲哀,于是淡淡地一笑。

"唉,真是的,我们是在多么难过的情况下见面的啊,公爵……我们病人怎么样了?"她说,似乎没有看见盯着她的冷冰冰的、令人难堪的目光。

瓦西里公爵带着疑问的神情看看她,然后看看鲍里斯。鲍里斯毕恭毕敬地鞠了一躬。瓦西里公爵没有回礼,转身对安娜·米哈伊洛夫娜摇摇头,动了动嘴唇表示病人的希望不大,作为对她的问话的回答。

"真的吗?"安娜·米哈伊洛夫娜惊叫了一声。"唉,这太可怕了! 想起来就叫人害怕……这是我的小儿。"她指着鲍里斯说。"他要亲自来向您道谢。"

鲍里斯又毕恭毕敬地鞠了一躬。

"请您相信,公爵,做母亲的永远忘不了您为我们做的好事。"

"能为你们做点事,我十分兴奋,亲爱的安娜·米哈伊洛夫娜。"瓦西里公爵边说边整了整胸前的皱褶花边。在莫斯科,较之在彼得堡安内特·舍列尔家的晚会上,他对受他恩惠的安娜·米哈伊洛夫娜无论在态度上,还是在语气中都傲慢得多了。

"要好好工作,不负皇恩。"他板起面孔对鲍里斯说。"我很兴奋……您是在这里度假吗?"他用冷淡的口气慢慢地说。

"待命,大人,接到命令就出发。"鲍里斯回答说,他对公爵的生硬态度既不表示难过,也不表示愿意交谈,依旧沉着、恭敬,公爵不由得盯了他一眼。

"您和母亲住在一块吗?"

"我住在罗斯托娃伯爵夫人家里,"鲍里斯说,随后又补了一声,"大人。"

"就是那个跟娜塔莉娅·申申娜结婚的伊利亚·罗斯托夫。"安娜·米哈伊洛夫娜说。

"知道,知道,"瓦西里公爵用单调的声音说,"我始终不明白娜塔莉为什么会嫁给这么一个蠢货和小丑,并且还是个赌鬼。"

"不过,他很善良,公爵。"安娜·米哈伊洛夫娜说,一边露出动人的微笑,似乎她也知道罗斯托夫伯爵应该得到这样的评语,只是她请求怜悯一下这个可怜的老头。

"医生们怎么说?"公爵夫人沉默了片刻,问道,脸上露出极大的悲痛。

"希望不大。"公爵说。

"我想再一次感谢叔叔对我和鲍里亚的恩惠。这是他的教子。"她补充了一句,好像瓦西里公爵听了这个消息会非常兴奋似的。

瓦西里公爵皱着眉头,沉思起来。安娜·米哈伊洛夫娜明白,他怕她成为争夺别祖霍夫伯爵遗产的对手。她连忙宽慰他。

"如果不是我真爱叔叔,对他忠心耿耿的话,"她说,在说"叔叔"时,她的声调又坚定又漫不经心，"我知道他的为人，高尚，直爽，可是只有公爵小姐们在他跟前……她们还太年轻……"她向前探过头去，低声细语地说："公爵，他恐怕不行了。既然如此，就该给他准备后事。我们女人家，公爵，"她莞尔一笑，"从来就知道这种事该怎么谈。我必须见见他。不论这使我多么难过，好在我是苦惯了的。"

公爵看来已经明白，甚至在安内特·舍列尔家的晚会上已经明白，要想摆脱安娜·米哈伊洛夫娜是不容易的。

"这样见面会使他太难过了吧，亲爱的安娜·米哈伊洛夫娜，"他说，"咱们还是等到晚上吧，医生说很危险。"

"但是，在这种时候，公爵，不能再等了。"

内室的门开了，走出一位公爵小姐——伯爵的侄女。她满面愁容，神情淡漠。她长得很不匀称，上身长，腿短。

瓦西里公爵向她转过身来。

"他怎么样了？"

"还是那样。您能希望怎么样，这么乱……"公爵小姐说，她看着安娜·米哈伊洛夫娜，像不认识她似的。

"亲爱的，认不出我了吗？"安娜·米哈伊洛夫娜快乐地微笑说，一边迈着轻快的步子朝伯爵的侄女小跑过去。"我能帮您的忙吗？"

公爵小姐没有回答，甚至连一点笑容也没有，就很快出去了。安娜·米哈伊洛夫娜脱下手套，仿佛一副胜利者的姿态，在圈椅里坐下来，而且请瓦西里公爵坐到她的身边。

"鲍里斯！"她对儿子说，微微一笑。"我到伯爵叔叔那里去一下，你先去找皮埃尔，我的朋友，别忘了转告他，罗斯托夫家请他。他们请他吃晚饭。他大概不会去的吧？"她转身对公爵说。

"恰恰相反。"很不耐烦公爵说。

他耸了耸肩。仆人领着年轻人下楼，从另一道楼梯上去找彼得·基里洛维奇。

十三

皮埃尔在彼得堡没有找到职业，因为闹事被遣送到莫斯科。人们在罗斯托夫家讲的那段故事是真实的。皮埃尔参与了那次捆绑警察分局局长和狗熊的事件。他几天前才到,像平常一样,住在父亲家里。他尽管料到他的事已经闹得莫斯科满城风雨,他父亲周围那些对他从来没有好感的女人,一定会利用这个事惹伯爵生气,但是他到达的当天,仍旧到他父亲的房间里去了。他走进公爵小姐们平时常待的客厅,向正在绣花和读书(其中一人正在朗读)的小姐们问好。她们一共三人。最大的有洁癖、上身很长、板着面孔,也就是刚才出来看到安娜·米哈伊洛夫娜的那个姑娘,她正在朗读;两个小的面色红润,容貌端庄秀丽,所不同的是其中一个唇上生有一颗黑痣,她们两人正在刺绣。看见皮埃尔,大公爵小姐停止了朗读,用惊恐的眼神静静地望着他;没有黑痣的那位小公爵小姐也露出同样的表情;生有黑痣的是最小的一个,生性活泼爱笑,朝刺绣架俯下身去把笑脸藏起来,大概是因为她预见到将有一场好戏可看吧。她把线往下引,俯下身,仿佛在辨认图案,好不容易才忍住笑。

"您好表妹,不认识我了吗?"

"我太认识您了,太认识了。"

"伯爵身体好吗? 我能见见他吗?"皮埃尔笨拙地问,但并不觉得窘。

"伯爵肉体和精神都在受折磨,您好像存心要他受更大的精神折磨。"

"我可以见见伯爵吗?"皮埃尔又问。

"哼! ……如果您想杀死他,那您就去见他吧。奥莉加,你去看看给表叔炖的鸡汤好了没有,快到时候了。"意思是说她们很忙。

奥莉加出去了。皮埃尔站了一会儿,看了两个表妹一眼,鞠了个躬说:

"那么我就回房去了。什么时候能见,请通知我。"

他走了,背后传来生有黑痣的那个表妹银铃般的、但是很低的笑声。

第二天瓦西里公爵来了,而且在伯爵家里住下。他把皮埃尔叫来,对他说:"在这里,您可不能胡闹了。伯爵病得十分、十分重:你千万不要见他。"

这以后再也没有人来打扰皮埃尔,他一个人整天都待在楼上自己的房里。

当鲍里斯进来找皮埃尔时,他正在房间里来回踱步,有时走到墙角停下来,对着墙摆出威吓的姿势,仿佛要用长剑刺穿看不见的敌人,有时嘴里咕哝着听不清的话。

"英国完了,"他说,皱着眉头。"皮特出卖了祖国,应该对他绳之以法……"他这时正想象自己是拿破仑本人,跨过海峡,攻占了伦敦。但他还未来得及说完对皮特的判决,突然看见一位身材匀称、面貌清秀的青年军官向他走来。

他站住了。皮埃尔离开鲍里斯的时候,鲍里斯只有十四岁,所以皮埃尔一点也记不得他了;即使这样,皮埃尔仍然以他特有的敏捷和亲热握住鲍里斯的手,露出友好的微笑。

"您还记得我吗?"鲍里斯快乐地微笑着,安静地说,"我是和家母一同来看伯爵的,似乎他老人家身体不大好。"

"是的,似乎不大好。总有人打扰他。"皮埃尔一面回答,一面极力回忆这个人是谁。

鲍里斯感觉出皮埃尔不记得他了,但是觉得没有必要说自己是谁,他一点不感到窘迫,直盯着皮埃尔。

"罗斯托夫伯爵请您今天晚上到他家里吃饭。"鲍里斯说。

"啊!罗斯托夫伯爵!"皮埃尔兴奋地说,"原来您是他的儿子,是伊利亚。您看看,都认不出您了。您还记得咱们和雅科太太一块儿到麻雀山去吗……很久以前的事了。"

"您错了,"鲍里斯沉着地说,含着几分讥笑的意味,"我是鲍里斯,是安娜·米哈伊洛夫娜·德鲁别茨卡娅公爵夫人的儿子。老罗斯托夫名叫伊利亚,小罗斯托夫叫尼古拉。我并不认识什么雅科太太。"

皮埃尔感到很不自在。

"哎呀,怎么搞的!我都弄错了。莫斯科的亲戚太多了。您是鲍里斯……对了。好,咱们总算弄清楚了。喂,您对布伦出征有何感想?拿破仑一渡过海峡,英国人就要倒霉了?我看,出征十分有可能。只要维尔纳夫不出差错!"

对于布伦出征的事,鲍里斯根本不知道,他不读报,维尔纳夫这个名字,他也是第一次听说。

"我们住在莫斯科的,对政治不感兴趣。"他用讥笑的口吻平淡地说,"我对这毫无所知,也不去想它。莫斯科最关心的是飞短流长。"他继续说,"目前人们正在谈论您和令尊呢。"

皮埃尔温和地一笑。但是鲍里斯盯着皮埃尔的眼睛,把话说得清楚明白,冷淡无味。

"莫斯科除了传播流言蜚语就没事可干。"他接着说,"大家都想知道伯爵把财产留给谁,其实,说不定他比我们谁都活得长,我由衷地希望这样……"

"是的,这些事真烦人,"皮埃尔附和说,"真叫人讨厌。"

鲍里斯脸上微微一红说:"您一定会觉得,人人都想从富翁手里捞点什么。"

"就是这么回事。"皮埃尔心里想。

"为了避免误会，我正想告诉您，如果您把我和家母也看成这类人，那就大错特错了。我们很穷，可是，我至少要为自己声明一下：正因为令尊有钱，我才不把自己算作他的亲戚，不论是我，还是家母，永远不会向他索取，也不会从他手里接受任何东西。"

皮埃尔半天没有弄明白，后来才恍然大悟。"这是什么话！我难道……谁会往这上头想……我十分清楚……"

可是鲍里斯又打断了他的话：

"我十分兴奋把要说的全说了。您也许会不快乐，那就请您原谅。"他说。他不仅不接受皮埃尔的安慰，反而安慰皮埃尔："我希望我没有得罪您。我这人就是心直口快……我应当怎样回话？您去罗斯托夫家吃晚饭吗？"

鲍里斯从尴尬的地位摆脱了出来，却把别人放在了那个位子上，他又变得非常快乐了。

"不，您听我说。"皮埃尔安静下来，说，"您这个人真不一般。您刚才说得很好，很好。当然，您不了解我。我们很久不见了……很小的时候就分手了……您可以这样怀疑我……我明白您的意思，完全明白。倘若我就做不到，我没有这份勇气，但是这很好。我很兴奋和您认识。真奇怪，"他停了一下，微笑着补充说，"您把我看成什么了！"他笑起来。"这有什么？咱们将来会进一步了解的。就这样吧。"他握了握鲍里斯的手。"您可知道，我还没到伯爵那里去过呢。他没有叫我……我觉得他这个人怪可怜的……可是有什么办法呢？"

"您认为拿破仑的军队能渡过海峡吗？"鲍里斯笑着问。

皮埃尔看出鲍里斯想改变话题，于是就顺水推舟，开始阐述布伦出征的利弊。

仆役来请鲍里斯到公爵夫人那里去。公爵夫人要走了。为了能和鲍里斯更接近，皮埃尔答应去伯爵家吃晚饭。他紧紧握住鲍里斯的手，……鲍里斯走后，皮埃尔又在屋里踱了很久，脑子里只顾回忆这个可爱的、聪明而坚强的年轻人。

他对这个年轻人怀着一种说不出的柔情，他下定决心，一定和他交朋友。

瓦西里公爵送别公爵夫人。公爵夫人用手绢捂着眼睛，泪流满面。

"这太可怕了，太可怕了！"她说，"不管付出多少代价，我都要尽到自己的义务。我一定来守夜。不能就这样扔下他不管。每分钟都是宝贵的。我不懂公爵小姐们还拖延什么。也许上帝能使我有办法给他做临终的仪式……再见，公爵。"

瓦西里公爵说："再见，亲爱的！"

"唉呀，他病得真可怕，"母子二人又坐上马车时，母亲对儿子说，"他几乎什么人都不认识了。"

"我不明白，妈妈，他对皮埃尔的态度怎么样？"儿子问。

"遗嘱会说明一切的，我的孩子；遗嘱也关系着我们的命运呢……"

"但是您凭什么认为他也会给我们留点什么呢？"

"唉呀，我的孩子！他那么富有，而我们又这么穷！"

"可这不能算是理由啊，妈妈。"

"唉呀，我的上帝！我的上帝！他病得太厉害了！"母亲叹息道。

十四

当安娜·米哈伊洛夫娜和儿子去基里尔·弗拉基米罗维奇·别祖霍夫伯爵家时，罗斯托娃伯爵夫人用手绢捂着眼睛，独自一人坐了很久。最后她才按了按铃。

"您怎么了，亲爱的，"伯爵夫人对那个让她等了几分钟的侍女生气地说，"您不想服侍我还是怎么的？那我就另给您找个事做。"

伯爵夫人为女友的艰难和贫穷难过不已，所以情绪很坏，每当这时，她总是用"亲爱的"和"您"称呼侍女。

"对不起，太太。"侍女说。

"请伯爵来一下。"

伯爵一步一晃地向妻子走来，像往常一样，面带几分歉疚的神情。

"好太太！我亲爱的，烧松鸡味道真好，我尝过了。我花一千卢布买塔拉斯卡不白花，值得！"

他在妻子身旁坐下，胳膊肘支在膝盖上，两手抓着花白的头发。

"您有什么事，好太太？"

"是这么回事，亲爱的，——你这里怎么脏了一块？"她指着他的背心说，"这是调味汁弄脏的，一定是的。"她微笑着加了一句。"是这么回事，伯爵，我没钱了。"

她顿时满脸愁容。

"唉呀,我的好太太!……"伯爵连忙掏钱夹子。

"我需要很多,伯爵,我要用五百卢布。"她掏出麻纱手绢,擦丈夫的背心。

"立刻,立刻。喂,来人哪!"他喊道,"叫米坚卡到我这里来!"

米坚卡出身贵族,在伯爵家教养成人,现在是伯爵家的总管。他轻手轻脚走进来。

"有件事,亲爱的。"伯爵对进来的毕恭毕敬的年轻人说。"你给我拿……"他沉思起来,"对,拿七百卢布,对。要当心,像那次又破又脏的不要拿来,要好的,是给伯爵夫人的。"

"是的,米坚卡,拿干净的票子。"伯爵夫人忧愁地叹息着。

"大人,请吩咐什么时候送来?"米坚卡说,"您知道……不过请您放心,"他见伯爵开始急促地喘粗气,知道这是要发脾气的兆头,连忙补了一句,"我差一点忘了……是不是立刻送来?"

"对,对,就是的,马上拿来。就交给伯爵夫人。"

"这个米坚卡真是个好人,"年轻人走后,伯爵微笑着说,"从来没说过'办不到',我最烦人家说'办不到'。什么都办得到。"

"唉,钱哪,伯爵,钱哪,有了它,世上惹出多少不幸啊!"伯爵夫人说,"但是这笔钱,我很需要。"

"好太太,您手面大方是出了名的。"伯爵说,吻了吻妻子的手,又回书房去了。

当安娜·米哈伊洛夫娜从别祖霍夫家回来时,那笔钱,已经放在了伯爵夫人的小桌上了。一律是新票子,用手绢盖着。安娜·米哈伊洛夫娜注意到,不知什么事使伯爵夫人心神不定。

"怎么样,我的朋友?"伯爵夫人问。

"唉呀,他的情况可怕极了!都认不得他了,他病得真厉害,真厉害。我待了一会儿,没说几句话……"

"安内特,看在上帝分上,别推辞。"伯爵夫人突然说,她脸红了。她一边说,一边从手绢下面拿出钱来。

安娜·米哈伊洛夫娜一下子就明白是怎么回事,立刻弯下身来,以便拥抱伯爵夫人。

"这是我给鲍里斯的治装费……"

安娜·米哈伊洛夫娜已经搂着她哭了。伯爵夫人也哭了。两人流下的全都是快乐的泪水……

十五

罗斯托娃伯爵夫人和女儿们正陪着一大群客人坐在客厅里。伯爵把男客领到书房,请他们欣赏他收藏的土耳其烟斗。他有时出来问一声:"她来了吗?"大家全在等候玛丽亚·德米特里耶夫娜·阿赫罗西莫娃,她在社交界绰号叫"恐龙",她为人正直坦荡,所以声名赫赫。提起玛丽亚·德米特里耶夫娜,整个莫斯科和彼得堡没有人不知道,连皇家贵族也知道她。人人都敬重她,且惧怕她。

书房里烟雾缭绕,人们正在谈论战争,谈论征兵。还没有人看到敕令,可是大家都知道已经颁发了。伯爵坐在土耳其式沙发上,他两边的两位客人边吸烟边谈话。伯爵本人既不吸烟,也不谈话,可是对两人的谈话都很感兴趣。

谈话的,其中一个是文官,他已经上了年纪,但是穿戴却像最时髦的年轻人。他盘腿坐在沙发上,很随便,嘴角叼着琥珀烟嘴,眯着眼睛,忽断忽续地吸烟。这位是老鳏夫申申,伯爵夫人的堂兄,莫斯科交际场中都叫他"毒舌"。另外一位是面色红润、神采奕奕的近卫军军官,他梳洗得干干净净,装束得一丝不苟,吸着烟,不时吐着烟圈。他是谢苗诺夫团的军官贝格中尉,和鲍里斯一起到团部入伍的就是他,娜塔莎在挑逗薇拉(伯爵夫人的大女儿)时戏称他为她的未婚夫。伯爵坐在他们二人中间,聚精会神地听着。他除了爱玩牌之外,最使他快乐的就是听人家争论了,尤其是争论是由他挑起的时候。

"怎么,令人尊敬的阿尔方斯·卡尔雷奇老弟,"申申嘲笑说,用文雅的语法说粗话是他的特色,"您想从连队里捞点油水吗?"

"不是的,彼得·尼古拉耶维奇,我只是想说,当骑兵确实比当步兵好处少得多。彼得·尼古拉耶维奇,请您想想我现在的处境吧。"

贝格说话总是十分精确、沉着,并且文质彬彬。他只愿意谈论与自己有关的事。谈话一涉及他个人,他就滔滔不绝,带着明显的得意神情说个没完。

"请想想我的境况吧,彼得·尼古拉耶维奇:如果我当骑兵,虽然是中尉级的军衔,四个月的收入也不会超过二百卢布;现在我可以收入二百三十卢布。"

他显得十分兴奋。

"再说,彼得·尼古拉耶维奇,调到近卫军,我的地位就更重要了,"贝格继续说,"并且近卫军步兵特别缺人。请您想想看,凭这二百三十卢布,怎么够我花的。我得节省点,还要寄一些给家父。"他说着吐出一个烟圈。

"真是名不虚传,德国人从斧背上都能榨出油来。"申申说,而且向伯爵挤了挤眼。

伯爵哈哈大笑。别的客人看见申申在谈话,都围过来听。贝格不管别人的态度如何,只是讲自己的如意算盘。贝格讲这一切,显然自得其乐,他好像丝毫没有想到,别人也会有别人感兴趣的事。不过他讲得那么好听,又那么一本正经,年轻人那一派天真的自私心毫不掩盖,把听众都征服了。

"老弟,您不论当步兵,还是当骑兵,都会无往而不胜的,我敢保证。"申申说着拍拍他的肩膀,然后把脚从沙发上放下来。

贝格兴奋地微微一笑。大家都向客厅走去。

晚宴就要开始了,这时,客人都在等候晚餐前的小吃,众人谈些无关急要的话,以免显得尴尬。男女主人不时望望门口,有时交换眼色。客人们很想知道这是为什么。

皮埃尔在快开宴时才来,他一下坐在客厅中间挡住了大家的路。他东张西望,不大关心伯爵夫人的谈话。这使大家都感到不自在,只有他一个人没有觉察出这一点。大部分客人都知道他那桩熊的故事,所以都好奇地端详这身高体胖的老实人,奇怪这个汉子怎么会跟警察分局局长开那样的玩笑。

"您刚回国不久吧?"伯爵夫人问他。

"是的,夫人。"他看看周围,回答道。

"您还没见我丈夫吧?"

"还没有,夫人。"他很不合时宜地微笑了一下。

"您最近似乎到巴黎去了? 我想一定很好玩。"

"很有意思。"

伯爵夫人向安娜·米哈伊洛夫娜使了个眼色。安娜·米哈伊洛夫娜明白,这是要她来应付这个年轻人,于是赶忙在他身旁坐下,谈起他的父亲;他像回答伯爵夫人一样,只用简短的话回答她。客人们都在谈话。

"拉祖莫夫斯基家的人……太好了……阿普拉克辛娜伯爵夫人。"谈话声从四面八方传来。伯爵夫人起身朝大厅走去。

世界传世藏书

世界十大名著

·战争与和平·

图文珍藏版

"是玛丽亚·德米特里耶夫娜吗?"从大厅传来她的声音。

"正是她,"一个女人大声回答说,话音未落,玛丽亚·德米特里耶夫娜就进了客厅。

所有的小姐,几乎所有的人都站了起来。玛丽亚·德米特里耶夫娜在门口停下来,这位五十岁的老太太身材高大肥胖,高高地昂起白发曲卷的头,把客人们打量一番。玛丽亚·德米特里耶夫娜只说俄语。

"恭喜过命名日的夫人和孩子们,"她声音洪亮,把其他声音都压下去了。"你近来好吗?老荒唐鬼,"她对吻她的手的伯爵说,"你大概在莫斯科闷得发慌吧?猎犬无用武之地了吧?可这有什么法子呢,老头子,你看这小雏儿都长大了……"她指着姑娘们说,"不管你愿不愿意,总得给她们找女婿。"

"怎么样,我的哥萨克好吗?(玛丽亚·德米特里耶夫娜管娜塔莎叫哥萨克。)"她说,抚摸着高兴走过来吻她手的娜塔莎。"我知道这丫头厉害,但是我喜欢她。"

她从大手提包里掏出一对梨形的红宝石耳坠送给娜塔莎,随后马上朝皮埃尔转过身去。

"喂,喂!亲爱的!到这儿来,"她装得低声细气地说。"来呀,亲爱的……"

她带着威胁的神情把袖子往上卷了卷。

皮埃尔走过来,透过眼镜天真地望着她。

"走近点,走近点,亲爱的!你父亲得意的时候,只有我一个人对他说真话,对于你,我也要说实话。"

她停了一下。大家都默不作声,等待着将要发生的事,觉得刚才只不过是开场白。

"好样的,没说的!好样的孩子!……父亲卧床不起,他倒把警察分局局长绑在熊背上,寻起开心来了。不嫌丢人,贤侄,不嫌害臊!你去打仗多好。"

她转过身去,把手递给伯爵,伯爵差点笑出声来。

"怎么样,我想该入席了吧?"玛丽亚·德米特里耶夫娜说。

伯爵和玛丽亚·德米特里耶夫娜走在最前面,骠骑兵上校挽着伯爵夫人。这位上校是个贵客,将要和尼古拉一起去追赶团队。后面是安娜·米哈伊洛夫娜和申申。贝格把手臂伸给薇拉。面带微笑的朱莉·卡拉金娜和尼古拉一起入席。他们之后还有成对的其他男女,排满了整个大厅,最后是单个走的孩子们和男女家庭教师。仆人忙合起来,乐队开始奏乐,客人们都落了坐。大家依次坐好。伯爵和伯爵夫人殷勤款待,大家谈笑风生,吃得喝得都很尽兴。

十六

餐桌上男客们谈得越来越热闹了。上校说,宣战的诏书已经发出,他亲眼看到一份诏书今天由专差送给了总司令。

"真难理解,为什么我们要帮波拿巴打仗呢?"申申说。"他把奥地利打得落花流水,恐怕又要轮到我们头上了。"

上校被申申的话惹恼了。

"为什么? 仁慈的阁下。"他带着浓重的德国口音说。"皇上在诏书里说得明白,他不能眼看着俄国受到威胁。帝国的安全、尊严和盟国的尊严不能受到威胁。"他说。

凭着他那卓越的记忆公文的本领,他把诏书的引言背诵了一遍:"……皇帝的希望,他唯一的目的,乃在于为欧洲奠定和平的巩固基础。现决定派一支军队出国,为此目的而努力。"

"就是为了这个,仁慈的阁下。"他带着教训的口吻结束了他的话。喝了一杯酒,看了看伯爵,征求他同意。

"有句俗话说得好,'叶廖马,叶廖马,莫如家中坐,纺好你的纱,'"申申皱起眉,含笑说。"这话很适合我们。即使是苏沃洛夫又该如何——连他也被打得稀里糊涂的,我们苏沃洛夫式的英雄好汉们如今到哪里找去? 我请问您。"他说,一会儿是俄语,一会儿又是法语。

"我们应当战斗到最后,"上校捶着桌子说,"为皇帝陛下捐躯。要尽可—能—地(他特别把'可能地'这个词拖得很长),要尽可能地少发议论,"他结束说,然后又转向伯爵。"这是我们老骠骑兵的看法,我的话完了。年轻人和年轻的骠骑兵,您的意见如何呢?"他又对尼古拉说。尼古拉一听是在谈战争,连忙竖起耳朵听上校说话。

"完全同意您的高见,"尼古拉回答道,接着,他坚决有力地说:"我坚信,俄国人要么是死,要么是胜利。"说过这话之后,因为觉得太过火,所以有点局促不安。

"您说得太对了。"坐在他身旁的朱莉叹口气说。尼古拉说话时,索尼娅浑身颤抖，脸顿时红到耳根，又从耳根红到脖颈。皮埃尔仔细听着上校的话，赞许地点点头。

"说得好。"他说。

"真正的骠骑兵，年轻人。"上校又捶了一下桌子，大声叫道。

"你们在那儿嚷什么？"玛丽亚·德米特里耶夫娜从桌子对面问道。"你干吗要捶桌子，"她对骠骑兵说，"你对谁发火？是不是你以为现在法国人就在你面前？"

"我在说实话。"骠骑兵笑了笑。

"都是在谈战争，"伯爵在餐桌的另一端喊道，"我的儿子就要去打仗了，玛丽亚·德米特里耶夫娜，儿子要去打仗了。"

"我有四个儿子都在军队里，我一点儿也不发愁。你是死在床上，还是死在战场上，全是上帝的安排。"玛丽亚·德米特里耶夫娜轻描淡写地说。

"这话对。"

谈话又集中起来——妇女在餐桌的一端，男人们在餐桌的另一端。

"你就不敢问，"小弟弟对娜塔莎说，"你就不敢问！"

"我就要问。"娜塔莎回答说。一脸兴奋的样子，欢快地下了决心。

她的脸一下子红起来，她欠起身来，向坐在对面的皮埃尔递了个眼色，叫他听着，她朝母亲转过脸去。

"妈妈！"大家都听到了她的童音。

"什么？"伯爵夫人吃惊地问，但从女儿脸上看出她在淘气，就朝她严厉地摆摆手，摇摇头，做出威吓和制止的样子。

谈话停了。

"妈妈！我们吃什么甜食？"娜塔莎的声音显得更坚决，更果断了。

伯爵夫人想皱眉，可是皱不起来。玛丽亚·德米特里耶夫娜摆动着肥胖的食指，吓唬她。

"哥萨克！"她威吓说。

客人都看着年长的人，不知道该怎样应付这场儿戏。

"你要当心！"伯爵夫人说。

"妈妈！我们吃什么甜食？"娜塔莎已经勇敢、任性、快活地喊起来，她相信她的儿戏不会惹人讨厌的。

索尼娅和小胖子彼佳笑得不敢抬头。

"谁说我不敢问。"娜塔莎对小弟弟和皮埃尔低声说,她又瞟了皮埃尔一眼。

"冰激凌,只是没你的。"玛丽亚·德米特里耶夫娜说。

娜塔莎看出没有什么可怕的,因此连玛丽亚·德米特里耶夫娜也不怕了。

"玛丽亚·德米特里耶夫娜!哪一种冰激凌?我不喜欢奶油冰激凌。"

"胡萝卜冰激凌。"

"不对,是哪一种?玛丽亚·德米特里耶夫娜,是哪一种?"她几乎大声地喊起来,"我想知道!"

玛丽亚·德米特里耶夫娜和伯爵夫人笑起来,大家也都笑起来。觉得小姑娘既勇敢又机灵。

十七

大家分在两处打波士顿牌,一处在起居室,一处在图书室。

伯爵打牌。年轻人在伯爵夫人的怂恿下,都聚在古钢琴和竖琴周围。朱莉用竖琴弹了一支变奏短曲,她和别的姑娘们一起邀请以音乐天才闻名的娜塔莎和尼古拉唱支歌。娜塔莎因为大家像待大人似的待她,显得很得意,但仍有点羞怯。

"咱们唱什么?"她问。

"《小泉流水》。"尼古拉答道。

"好,快点。鲍里斯,快过来,"娜塔莎说,"索尼娅到哪儿去了?"

她向四周看了看,见她的朋友不在屋里,就跑出去找她。

娜塔莎跑到索尼娅房里,没有找到她的朋友,又跑到儿童室,也没找到。娜塔莎明白了,索尼娅一定在走廊的大箱子上。走廊的大箱子是罗斯托夫家少女们发泄悲哀的地方。索尼娅果然在大箱子上,脸朝下躺在保姆肮脏的条纹布羽毛褥子上,身上的淡红纱衫都揉皱了。她用手捂着脸在哭。娜塔莎一整天都因为过命名日而容光焕发,这时忽然变了脸色:她愣住了,随后,宽宽的脖颈颤动了一下。

"索尼娅!你怎么啦?……出了什么事?呜—呜—呜!……"

娜塔莎于是咧开大嘴,也哭开了。索尼娅想抬头,想回答她,可是办不到,于是把头埋得更深了。娜塔莎侧身坐在蓝色的羽毛褥子上,搂着女友。索尼娅鼓足力气,站起身来,擦擦眼泪,说起话来。

"尼古连卡过七天就要走了,他的……公文……已经下来了……他自己跟我说的……我本来不想哭的……"她把手里的一张纸拿给娜塔莎看:那是尼古拉写的诗,"我本来不想哭的,但是你不知道……他有一颗多么好的心。"

于是,她又哭起来,哭他的心肠好。

"你当然好喽……我不嫉妒……我爱你,也爱鲍里斯,"她打起精神说,"他很可爱……你们没有障碍。可尼古拉是我表兄……必须……总主教亲自许可……就是那样也不行。再说,如果妈妈(索尼娅认伯爵夫人做母亲,可以这样称呼她)……她说我坏了尼古拉的前途,说我忘恩负义,真的……说老实话……"她画了个十字,"我这么爱妈妈和你们大家,只有薇拉一个人……为什么啊?我有什么对不起她的?我十分感激你们,宁愿为你们牺牲一切,但是我什么也没有……"

索尼娅说不下去了。娜塔莎安静下来,但从她脸上可以看出,她完全懂得她朋友的痛苦。

"索尼娅!"她突然说,好像猜到了表姐苦恼的真正原因。"一定是薇拉在饭后对你说什么了?是不是?"

"是的,这些诗是尼古拉自己写的,我还抄了一些别的诗。她在我桌上发现了这些诗,她说要拿给妈妈看,还说我忘恩负义,说妈妈绝对不会让他娶我,他要娶朱莉。你没看见他整天跟她在一起吗?……娜塔莎!为什么啊?……"

她又哭起来,哭得比刚才更伤心了。娜塔莎把她扶起来,搂着她,含着泪水微笑着安慰她。

"索尼娅,你别听她的话,你还记得咱们和尼古拉三人在起居室怎么说的吧,是晚饭后,记得吗?我们不是把将来的事全安排好了吗?比方申申叔叔有个兄弟,就是娶他的亲表妹,而咱们是远房的表亲。鲍里斯也说这是完全可以的。你知道,我什么都对他说了。他十分聪明,十分好,"娜塔莎说……"索尼娅,你别哭,我亲爱的,"她笑着说,"薇拉最坏了,别去理她!尼古拉会亲自对妈妈说,并且他对朱莉并没有什么感情。"

听了这些话,索尼娅欠起身来,这只小猫又活跃起来了,眼睛闪闪发光。

"你是这样想吗?是这样吗?是实话吗?"她边说边整理衣衫和头发。

"真的!是实话!"娜塔莎回答说,一面替她的朋友整理辫子。

她们两人情不自禁地都笑了起来。

"咱们去唱《小泉流水》吧。"

"好的。"

"坐在我对面的那个大胖子皮埃尔真有意思!"娜塔莎突然停下来说,"我很兴奋!"

说着,娜塔莎就在走廊里跑起来。

索尼娅抖掉身上的绒毛,把诗稿藏在怀里,脚步轻盈地跟着娜塔莎向起居室跑去。在客人们的请求下,年轻人唱了一曲四重唱《小泉流水》,这曲子大家都爱听。随后尼古拉唱了一支他刚学会的歌:

> 在快乐的夜晚,幽静的月光下,
> 想到世上还有一个人,
> 她是那样深情地怀念你!
> 想到这里,多么甜蜜。
> 她那纤纤玉手拨动金色的竖琴,
> 奏出热情的曲调,
> 呼唤你啊,呼唤你!
> 再过一两天,极乐世界就在眼前,
> 但是,唉,你的朋友活不到那个时候!

没等唱完,大厅里的年轻人就想跳舞,回廊上响起乐师们的脚步声和咳嗽声。

皮埃尔坐在客厅里,申申对皮埃尔谈起使他感到枯燥乏味的政治问题,还有一些客人也加入了他们的谈话。音乐响起时,娜塔莎走进客厅,一直走到皮埃尔跟前,红着脸,笑着说:

"妈妈叫我请您去跳舞。"

"我不大会跳,"皮埃尔说,"倘若您愿意做我的老师……"

娜塔莎幸福极了:她已经和大人、和从国外回来的人跳舞了。她坐在大家都看得见的地方,像大人似的和他谈话。手里拿着一把某位小姐的扇子,她摆出一副韵味十足的交际家的姿态(天晓得她是什么时候,什么地方学来的),她摇着扇子,笑着和她的舞伴谈话。

"你们瞧,你们瞧,看她这样子,像个什么样子?"老伯爵夫人经过大厅时,

世界传世藏书

世界十大名著

·战争与和平·

图文珍藏版

指着娜塔莎说。

娜塔莎脸一红，笑起来。

"妈妈，您怎么啦？您为什么为难我呢？这有什么可大惊小怪的？"

大家正在跳舞，玩牌的人也走了出来。走在前面的是玛丽亚·德米特里耶夫娜和伯爵——两人都喜形于色。伯爵开玩笑地摆出彬彬有礼的样子。他挺直腰板，容光焕发，露出特别潇洒机敏的微笑，苏格兰舞刚一跳完，他就向乐师们拍手，对回廊上的第一提琴手喊道：

"谢苗！你会奏《丹尼拉·库波尔》吗？"

这是伯爵喜爱的一种舞蹈，年轻时就跳过。

"看爸爸！"娜塔莎对着整个大厅喊道（完全忘了她正在跟大人跳舞），她那卷发的头低到膝盖，银铃般的笑声响遍了大厅。

的确，大厅里所有的人都带着微笑看那个愉快的老头，他身旁是身材比他高大的、威风凛凛的女人——玛丽亚·德米特里耶夫娜。他弯起手臂，跟着拍子摇摆着，真可谓眉飞色舞。《丹尼拉·库波尔》舞曲刚一奏响，大厅门口突然挤满了仆人的笑脸，一边是男仆，一边的女仆，他们都来看玩得兴奋的主人。

"瞧咱们家老爷！简直是一只鹰！"站在门口的保姆大声说。

伯爵和玛丽亚·德米特里耶夫娜成了众人注目的中心，伯爵跳得很是尽兴，出够了风头。

"咱们当年就是这样跳舞的，我亲爱的。"伯爵说。

"《丹尼拉·库波尔》就是这样跳！"玛丽亚·德米特里耶夫娜呼哧呼哧地喘着气说。

十八

罗斯托夫家大厅里，当大家狂欢得有点累的时候。别祖霍夫伯爵第六次发作了中风病。医生宣布已经无法挽救了。

这天晚上，莫斯科军区总司令亲自来和别祖霍夫伯爵做最后的诀别。

富丽堂皇的接待室里坐满了人。当总司令单独和病人待了约莫半小时，走出来的时候，人们都恭敬地站起来。这些天来变得消瘦、苍白的瓦西里公爵陪着总司令，低声向他重复着什么。

送走总司令，瓦西里公爵一个人坐在大厅的椅子上，把一只腿高高地跷在另一只腿上，胳膊肘支着膝盖，用手捂着眼睛。他坐了一会儿，然后匆匆地向后院公爵大小姐的住处走去。

在灯光昏暗的房间里，人们时高时低地说话，每当有人出入病人的卧室时，大家就静下来，用充满疑问和期待的目光望着那扇门。

"人的寿数，"一位老教士对坐在他身旁的太太说，"是命定的，不能超过。"

"我想，终敷礼是不是太晚了？"那位太太尊敬地问道。

"这桩圣礼，太太，隆重得很。"老教士用手摸了摸秃顶。回答说。

"刚才是谁？是总司令吗？"坐在另一个角落的人问道。

"看上去很年轻！……"

"六十多岁了！怎么，听说伯爵已经不认人了，是吗？要行终敷礼了吧？"

"我认识一个人，曾经受过七次终敷礼。"

二公爵小姐从病人卧室走出来，眼睛都哭红了，她在罗兰医生旁边坐下。罗兰医生把胳臂支在桌上，悠闲地坐在叶卡捷琳娜女皇画像下面。

"很好，"医生在回答关于天气问题时说，"莫斯科很像乡下，天气很好。"

"是吗？"公爵小姐叹息着说。"可以给他喝水吗？"

罗兰沉吟起来。

"他吃药了吗？"

"吃了。"

医生看了看表。

"拿一杯开水，放点酒石……"

"从来没有犯了三次中风还能活过来的。"一个德国医生对副官说。

"他本来是个精力充沛的男子汉！"副官说，"这笔遗产将来留给谁呢？"他又低声说道。

"愿意做继承人的到处都是。"德国人微微一笑。

大家又向那扇门看去:门响了一声，二公爵小姐照罗兰的指示调好饮料，给病人送去。德国医生走到罗兰面前。

世界传世藏书

世界十大名著

·战争与和平·

图文珍藏版

"也许还能撑到明天早上吧?"德国人问。

罗兰把嘴一撇,否认了德国医生的话。

"就在今天晚上,不会更晚,"他低声说。他因为能够预言病人的情况而得意地微笑着。

这时,瓦西里公爵推开了大公爵小姐的房门。

屋里半明半暗,圣像前点着两盏小油灯。神香和鲜花散发着馨香。屋里摆满了小衣柜、小橱柜、小桌子等等小型的家具。屏风后的高床上铺着洁白的罩单。一只小狗叫起来。

"啊,是您吗,表兄?"

她站起来整了整头发,她的头发永远是油光光的。

"怎么,出什么事了吗?"她问。"把我吓坏了。"

"没什么,还是那样;卡季什,我只是来跟你说一件事,"公爵说,疲倦地坐在圈椅上。"你把椅子都坐热了,"他说,"坐到这里来吧,咱们谈谈。"

"我还以为出什么事了呢。"大公爵小姐边说,表情严肃地坐在公爵对面,准备听他谈话。

"老想睡,表兄,就是睡不着。"

"怎么样,亲爱的?"瓦西里公爵说,他握起大公爵小姐的手,习惯地往下一按。

看来,"怎么样"这句话是指他们俩心照不宣的很多事情。

大公爵小姐叹了口气,看了看圣像。瓦西里公爵认为她疲倦了。

"至于我,"他说,"你以为我轻松吗? 我每天像马一样劳累。但是我还得跟你谈谈,卡季什,并且十分认真地谈谈。"

瓦西里公爵沉默了。脸上的表情令人生厌。

大公爵小姐把小狗抱在膝上,目不转睛地看着瓦西里公爵的眼睛。可是,看样子,她即使默不作声坐到天亮,也决不会提出问题来打破沉默。

"你要知道,亲爱的公爵小姐,我的表妹,卡捷琳娜·谢苗诺夫娜,"瓦西里公爵说,内心充满了斗争。"现在这种时刻,我们应当想到各种情况。要考虑到将来,考虑到你们……我像爱自己的孩子一样爱你们,这你是知道的。"

大公爵小姐仍然没有什么反应。

"最后,还要考虑到我的家庭。"瓦西里公爵烦躁不安地继续说,"你知道,卡季什,你们马蒙托夫家三姊妹,还有我的妻子,咱们是伯爵唯一的直系继承人。但是，我亲爱的，我已经快六十了，对一切都得有个准备。我已经派人去找皮埃尔，伯爵直指着他的肖像，一定要他来见他，你知道吗？"

瓦西里公爵用疑问的眼光看了看大公爵小姐，弄不清她是什么态度……

"我正不停地祈祷上帝，表兄，"她答道，"祈求上帝宽恕他，让他纯洁的灵魂平静地离开这……"

"当然，这是当然的，"瓦西里公爵不耐烦地接着说，"可是，归根结底，归根结底，问题是，去年冬天伯爵已经立下遗嘱，把他的全部财产并没有留给咱们，全留给皮埃尔了。"

"让他去立他的遗嘱好了，"大公爵小姐安静地说，"但是他的遗产不能留给皮埃尔！皮埃尔是私生子。"

"亲爱的，"瓦西里公爵忽然说，不禁高兴起来，"但是如果伯爵给皇上写信，要求立皮埃尔为嫡子，那怎么办呢？……"

大公爵小姐笑了。

"我还要告诉你，"瓦西里公爵抓住她的手接着说，"信已经写好了，皇上也知道了这件事。不过，问题是这封信有没有销毁。"瓦西里公爵叹了一口气。"伯爵的文件立刻就要开封，那时遗嘱和信就要呈给皇上，他的申请十有八九会得到批准的。皮埃尔将作为合法的儿子继承一切。"

"我们那一份呢？"大公爵小姐问，露出讥讽的微笑。

"卡季什，事情明摆着，到那时候，他就是全部遗产的唯一合法继承人了。你应该知道，亲爱的，遗嘱和信是不是已经写好，或者写好了又销毁了。假如这些东西被人遗忘，那你就应当知道它们放在哪儿，而且要找到它们，因为……"

"竟有这样的事！"大公爵小姐打断他的话，冷笑着，"我是个妇道人家，在您看来，我们一贯是愚蠢的。但是，据我所知，私生子没有继承权……"

"说了这么多，你还是没有明白，卡季什！假如伯爵给皇上写了信，那就是说，皮埃尔已经不再是皮埃尔，而是别祖霍夫伯爵了，那时根据遗嘱，他就能接受一切遗产。"

"我知道遗嘱已经立下了，但这是无效的，您好像认为我是个大笨蛋，表兄。"大公爵小姐说。

"我亲爱的公爵小姐卡捷琳娜·谢苗诺夫娜！"瓦西里公爵不耐烦地说，"我不是来和你吵架的。我再对你说一遍，假如给皇上的信和对皮埃尔有利的遗嘱是在伯爵的文件中，那么，亲爱的小姐，你和你的妹妹就不是继承人了。"

大公爵小姐大声嚷道。

"这样倒好,"她说,"我从来什么都不想要。"

她从膝盖上把小狗推下去,整了整衣裳的皱褶。

"这就是善有善报,恶有恶报,"她说,"好极了! 好极了! 我什么都不需要,公爵。真的。"

"是的,但你还有妹妹。"瓦西里公爵回答说。

可是大公爵小姐没有听他的话。

"是的,这个情况,我早就知道,不过又忘了,在这个家里,除了最卑鄙的忘恩负义,我还能期待什么呢……"

"你到底知不知道遗嘱放在哪儿?"瓦西里公爵问,他显然很激动。

大公爵小姐想站起来,可是公爵拉住她的手,按住她。大公爵小姐那副神情忽然对全人类都感到失望似的,她恶狠狠地盯着谈话对方。

"还来得及,我的朋友。你记住,卡季什,这一切都出于偶然,是在愤怒和患病的时候做出来的,过后就忘了。我们所要做的,亲爱的,就是改正他这个错误,减轻他弥留之际的痛苦,不让他在临终时受良心的谴责。"

"对那些为他牺牲一切的人,"大公爵小姐一面说着,一面猛然要站起来,可是公爵阻止了她,"他从来就不会赏识他们。不,表兄,"她叹了一口气,又说,"我必须记住,在这个世界上不能期待报酬。这个世界上只有狡猾、狠毒。"

"好啦,镇静点,我知道你是好人。"

"不,我不是的。"

"我知道你的心,"公爵反复地说,"我很看重你的友谊,希望你对我也有同样的看法。镇静一下吧,咱们言归正传吧。在这最后时刻,请告诉我遗嘱放在什么地方。我们立刻就把它拿给伯爵看看。他准是早忘了,他一定想销毁它。"

"现在我全知道了。我清楚这是谁搞的鬼。我知道。"大公爵小姐说。

"问题不在这儿,亲爱的。"

"就是您的被保护人,您的亲爱的安娜·米哈伊洛夫娜,这种卑劣、无耻的女人,给我当使唤丫头我也不要。"

"咱们还是抓紧时间吧。"

"哎呀,您听我说! 去年冬天,她跑到这里来,在伯爵面前说尽了我们的坏话,就是这个时候,伯爵立下了这无耻的文件。"

"问题就在这里,你为什么不早告诉我呢?"

"文件在他的公文包里,在枕头底下压着,我恨这个卑鄙的女人,"大公爵小姐几乎在大喊大叫,样子完全变了。"她为什么要钻到这里来? 我一定要把该说的话对她全说出来。会有那么一天的!"

十九

这些谈话在客厅和在大公爵小姐卧室进行的时候,载着皮埃尔和安娜·米哈伊洛夫娜的马车驶进了别祖霍夫伯爵的院子。当车轻轻地驶过铺在窗下的干草的时候,安娜·米哈伊洛夫娜转身对皮埃尔说了几句宽慰的话,但是他睡着了,于是把他叫醒。皮埃尔醒来,跟着安娜·米哈伊洛夫娜下了马车,这才想了想他将要跟垂死的父亲见面的问题。他发现马车不是停在前门,而是停在后门。下车时,有两个小市民装束的人赶忙从后门口跑到墙边阴影里。皮埃尔停了一下,发现住宅两旁阴影里还有几个同样装束的人。不论是安娜·米哈伊洛夫娜还是仆人,或是车夫,一定都会看见这些人的,但他们并不去注意他们。由此可见,皮埃尔暗自断定,事情应该是这样的,就跟着安娜·米哈伊洛夫娜走了。安娜·米哈伊洛夫娜一面快步上楼,一面招呼皮埃尔跟上。皮埃尔虽然不明白他为什么非得见伯爵不可,更不明白为什么必须从后门走,可从安娜·米哈伊洛夫娜的自信和匆忙的神态看来,他心中断定这是非这样不行的。在楼梯半中腰,几个提着水桶的人,皮靴踩得咚咚地响,迎面跑下来,差点儿把他们绊倒。这几个人贴着墙根让皮埃尔和安娜·米哈伊洛夫娜过去,当这几个人看见他们时,没露出一点吃惊的神色。

"这儿和公爵小姐们的住处相通吗?"安娜·米哈伊洛夫向其中一个人问道。

"是的,"一个仆人高声答道,"靠左边的门,太太。"

"也许伯爵没有叫我,"皮埃尔走到楼梯拐弯的平台时,说,"我还是回自己的房间去吧。"

安娜·米哈伊洛夫娜停下来,等着与皮埃尔一块儿走。

"啊,亲爱的!"她摆出那天早上对儿子说话的姿势,拉着他的手,说:"您不要太痛苦,要像个男子汉大丈夫。"

"我不去不可以吗?"皮埃尔亲切顺从地从眼镜里看着安娜·米哈伊洛夫娜,问道。

"啊,我的朋友,忘掉人家对您不公平的待遇吧,想想看,他是您的父亲……也许就要去世。一见面我就像爱儿子一样爱上了您。皮埃尔,相信我,我不会忘掉您的利益的。"

皮埃尔一点也不明白,只是越发感觉到,一切都应当如此。于是,顺从地跟着已经在开门的安娜·米哈伊洛夫娜。

门正对着后门的过厅。皮埃尔从没看到过住宅的这一部分,甚至没有想到还有这些内室。一个手捧托盘托着水瓶的侍女从后面赶过他们,安娜·米哈伊洛夫娜连声称呼她为好姑娘、亲爱的,向她问候公爵小姐们的健康情况。她们继续往前走。走廊左边第一道门就是公爵小姐们的住室。托着水瓶的侍女太匆忙没有把门关上(这时整个住宅上下一片忙乱),皮埃尔和安娜·米哈伊洛夫娜走过时,不由得往屋里扫了一眼,看见瓦西里公爵和大公爵小姐彼此坐得很近,正在谈话。瓦西里看见有人走过,做了个不耐烦的动作,往椅背上一靠;大公爵小姐一下跳了起来,发疯似的砰的一声把门关上。

这个举动和大公爵小姐平时的宁静大不相同,瓦西里公爵脸上的惊恐神情和他那一向傲慢的神气也不相称,这使皮埃尔大惑不解。安娜·米哈伊洛夫娜没有露出惊奇的神色,只是淡淡地一笑,叹了一口气。

"拿出男子汉的勇气来,我的朋友,我一定维护您的利益。"

皮埃尔不明白到底是怎么回事,更不明白维护自己的利益是什么意思,但他觉得,这一切都是应该如此的。他们穿过走廊来到与伯爵的客厅相连的昏暗的大厅。大厅尽管很豪华,但却给人一种冷冷清清的感觉。客厅里仍然是那些人,差不多仍坐在原来的位置上,交头接耳,低声谈话。人们一下子静下来,都转脸看走进来的哭丧着苍白的脸的安娜·米哈伊洛夫娜和低着头恭顺地跟在她后面的肥胖高大的皮埃尔。

从安娜·米哈伊洛夫娜的表情可以看出,她已经知道现在是最紧要的关头了。她叫皮埃尔一步也别离开她,带着彼得堡女人那种精明强干的劲头,走进房间,那神气比早上更见厉害了。她觉得,她带来垂危的伯爵想要见到的人,因此她被伯爵接见是很有把握的。她急忙扫视了一下屋里的人,看见伯爵的神父,她似乎忽然变矮了半截,踏着小碎步跑到神父跟前,恭恭敬敬接受了神父的祝福。

"谢天谢地,您来得正好,"她对一个神父说,"要不叫我们做亲属的多么担忧啊。这个年轻人是伯爵的儿子,"她把声音压得更低,说道:"可怕的关头啊!"

她又走到医生跟前,对医生说:"亲爱的,年轻人是伯爵的儿子⋯⋯还有救吗?"

医生一声不吭,只是翻了翻眼,耸了耸肩。安娜·米哈伊洛夫娜也同样迅速地耸耸肩,翻了翻几乎是闭着的两眼,叹了口气,就离开医生回到皮埃尔跟前去了。她和皮埃尔说话时,态度特别老实可亲,声音特别柔和忧郁。

"上帝保佑!"她说,指了指小沙发,叫他坐在那里等她,她蹑手蹑脚径直往那扇大家望着的门走去,门轻轻一响,她就隐在门后不见了。

皮埃尔拿定主意唯命是从。安娜·米哈伊洛夫娜刚进去,皮埃尔就发现屋里所有的目光都好奇而同情地集中在他身上。他看到,人们都在窃窃私语,目光里流露着惊恐、甚至低声下气的神情。人们都对他表示以前从未有过的尊敬:一位他不认识的太太,本来在和神父们谈话,这时站起来,把座位让给了他,副官把他掉下的一只手套拾起来递给他。当他从医生们身旁走过时,他们都不再说话,赶忙给他让路。皮埃尔觉得既莫名其妙,又似乎理所当然。他从副官手里默默地接过手套,在那位太太的座位上坐下,把两只大手放在摆得对称的膝盖上,姿势像埃及雕像一样天真。他已经暗自拿定主意,认为非如此不可,他今天晚上要想不致丢丑和做出蠢事,就不应当按照自己的想法行事,必须完全服从指挥他的人的意志。

不到两分钟,瓦西里公爵穿着佩有三枚金星勋章的俄罗斯长衫,高高地昂着头,大模大样地走进来。他从早上起好像瘦了一些,当他看见皮埃尔时,眼睛似乎比平时睁得更大了。他走到皮埃尔面前,握住他的手,而且往下按了按,仿佛想试试这只手长得结实不结实。

"鼓起勇气,我的朋友。他吩咐把您叫来。这是一件好事⋯⋯"他想走开。

但皮埃尔觉得应该问一下。

"身体怎么样⋯⋯"他犹豫起来,不知称垂死的人为伯爵是否合适。他不好意思叫他父亲。

"半小时以前,发作了一次。年轻人,不要害怕。"

皮埃尔被弄糊涂了。他茫然地看了看瓦西里公爵,后来才想起发作是指发病。瓦西里公爵边走边对罗兰说了几句话,就踮起脚尖向那扇门走去。他后面跟着大公爵小姐,接着是神父们和教堂下级职员,仆人们也朝门口走去。安娜·米哈伊洛夫娜跑了出来了,她的脸仍然很苍白,可是带着坚决执行职务的神情,她碰了碰皮埃尔的胳膊,说:"上帝保佑,我们去吧。"

皮埃尔踏着软绵绵的地毯,朝门走去,他发现副官、那位不认识的太太、还有一个仆人都跟着他来了。

二十

皮埃尔非常熟悉这个大房间。金碧辉煌的神龛下,摆着一张长沙发,上面放着雪白的、新换过的枕头,在这上面躺着父亲别祖霍夫伯爵的高大的身躯,齐腰盖着一床浅绿色的被子。躺在圣像下面,两只又肥又大的手压在被子上。沙发前面站着几位神父,穿着肥大的、闪着金光的祭服,长长的头发披散在祭服外面。神父身后不远的地方,站着两个年幼的公爵小姐,以及大公爵小姐卡季什。安娜·米哈伊洛夫娜与那位不相识的太太站在门旁。在门的另一旁,靠近长沙发,瓦西里公爵站在雕花的丝绒椅后面,每一个人的神情各不相同。

副官、医生和男仆们站在瓦西里公爵后面,男女分列两边。

年纪最小的索菲,也就是那个面颊绯红、爱笑、有一颗黑痣的公爵小姐,一看见皮埃尔,就想笑,只好悄悄地溜到圆柱后面。神父念完祈祷文,安娜·米哈伊洛夫娜和瓦西里公爵各有所想。这时唱诗声停止了,只听见一位神父恭恭敬敬地祝贺病人领了圣礼。病人仍旧毫无知觉、静静地躺着。他身边的人行动起来,响起脚步声和低语声,只有安娜·米哈伊洛夫娜的声音比较高。

皮埃尔听见她说:

"必须移到床上去,在这里是不行的……"

于是医生们、公爵小姐们和仆人们把病人围了起来。从长沙发周围的人们小心的动作,皮埃尔猜到,临终的人已经被抬起,而且正在搬移。

"快帮我一把,不然会掉下去的,"一个仆人惊慌地叫道,"从下面……再来一个人。"几个声音同时说。

抬病人的人们在高床旁忙了几分钟,就散开了。安娜·米哈伊洛夫娜拉了拉皮埃尔的手,对他说:"过来。"皮埃尔跟着她来到床前,病人被摆在床上,姿势悠闲自得,这显然是由于刚刚做完圣礼的缘故。皮埃尔走到跟前时,伯爵两眼直直地望着他。皮埃尔站在那里不知所措,用询问的目光望了望引导他的安娜·米哈伊洛夫娜。安娜·米哈伊洛夫娜教导皮埃尔讨好伯爵,伯爵已经很可怜了。

"他老人家想翻身，"仆人轻声说，就走过来翻转伯爵沉重的身躯，让他脸对着墙。

皮埃尔站起来帮忙。

当人们给伯爵翻身的时候，他的一只胳膊软弱无力地垂到身后，他想拿过去，可是白费气力。伯爵脸上露出了一丝苦笑。皮埃尔一见这微笑，心中忽然一阵战栗，鼻子发酸，泪水模糊了他的视线。病人被翻转过来，面对墙侧卧着。他叹了口气。

"他昏过去了，"安娜·米哈伊洛夫娜看见前来换班的公爵小姐，说，"咱们走吧。"

皮埃尔出去了。

二十一

客厅里没有别人，只有瓦西里公爵和大公爵小姐，正在激动地谈论什么。他们一见皮埃尔和引他的人进来，就不言语了。皮埃尔看见大公爵小姐藏起了一件东西，而且低声说：

"我见不得这个女人。"

"卡季什已叫人摆上茶了。"瓦西里公爵对安娜·米哈伊洛夫娜说，"可怜的安娜·米哈伊洛夫娜，您最好喝点茶提提神，不然您有点支持不住了。"

他对皮埃尔没说什么，只是满怀深意地捏了捏他的胳膊。皮埃尔和安娜·米哈伊洛夫娜到小客厅去了。

为了喝茶提神，大家都围到桌子周围。但人们心里并没有忘记将会发生的事。安娜·米哈伊洛夫娜去大客厅找瓦西里公爵和大公爵小姐。

"公爵夫人，请您告诉我，什么是必要的，什么是不必要的。"大公爵小姐说，情绪激动。

"可是，亲爱的公爵小姐，"安娜·米哈伊洛夫娜挡住通到卧室去的路，不让大公爵小姐过去，和蔼而恳切地说，"在可怜的叔父需要休息的时刻，这样不是使他太难过了吗？在他的灵魂已经准备好的时刻，谈论俗世的事情……"

瓦西里公爵在圈椅里坐着，装出对两个女人的谈话并不怎么感兴趣的样子。

"算了吧，我亲爱的安娜·米哈伊洛夫娜，让卡季什随便些吧，伯爵多么疼

世界传世藏书

世界十大名著

·战争与和平·

图文珍藏版

爱她,您是知道的。"

"这个文件里写的什么,我根本不知道,"大公爵小姐指着她手里的镶花公事包,转脸对瓦西里公爵说,"他的真正的遗嘱放在他的写字台里,而这份文件是被他遗忘了的……"

她想躲开安娜·米哈伊洛夫娜,但安娜·米哈伊洛夫娜跳过去,又挡住她的去路。

"亲爱的、仁慈的公爵小姐,"安娜·米哈伊洛夫娜说,用一只手紧紧抓住公事包,"亲爱的公爵小姐,我求求您,可怜可怜他吧。"

大公爵小姐没有说话。只传来用力争夺公事包的声音。大公爵小姐一言不发,安娜·米哈伊洛夫娜抓得紧紧的,但声调仍然保持着甜蜜而柔和的韵味。

"皮埃尔,过来,我的亲爱的。我看,他在商谈家务事中也不是外人:公爵,您说对不对?"

"您干吗不说话,我的表兄?"大公爵小姐突然大叫一声。"您干吗一声不响,您不是看见一个莫名其妙的人竟跑到垂死的人家里干涉家务,大吵大闹吗?可恶的女人!"她凶狠地低声说,用尽全力拽公事包,但安娜·米哈伊洛夫娜还是抓住不放。

"唉呀!"瓦西里公爵带着责备和惊奇的神情说。他站了起来。"真是笑话,放开吧。您听见了吗?"

大公爵小姐松开了手。

"您也放开!"

安娜·米哈伊洛夫娜没有听他的话。

"放开,您听我说。全由我负责。我去问他。我……这样您总该满意了吧。"

"可是,我的公爵,"安娜·米哈伊洛夫娜说,"在做了这样隆重的圣礼之后,让他平静一会儿吧。皮埃尔,您说说您的意见,"她转脸对着年轻人;皮埃尔走到他们跟前,吃惊地端详着大公爵小姐那副凶恶的、失去一切礼仪的脸和瓦西里公爵跳动的两腮。

"您要记住,您对一切后果要负责的,"瓦西里公爵厉声说。

"可恶的女人!"大公爵小姐喊道,忽然向安娜·米哈伊洛夫娜扑过去,抢那个公事包。

瓦西里公爵低下头,把两手一摊。

世界传世藏书

世界十大名著

·战争与和平·

图文珍藏版

这时，那扇房门，忽然砰的一声敞开了，并且碰到墙上，二公爵小姐从里面跑出来，拍着两手。

"你们在干什么!"她不顾一切地说，"他就要死了，但是你们把我一个人撇在那儿。"

大公爵小姐丢下公事包。安娜·米哈伊洛夫娜马上弯下腰，捡起那件被大家争夺的东西，就往卧室里跑。大公爵小姐和瓦西里公爵清醒过来，也跟着她进去了。几分钟后，大公爵小姐第一个从卧室出来。她面色苍白，咬着下嘴唇。她一见皮埃尔，脸上就露出难以压制的愤恨。

"好哇，您现在兴奋了，"她说，"您正希望有这一天呢。"

于是她大哭起来。用手绢捂着脸，从房里跑出去。

在大公爵小姐之后，瓦西里公爵也走出来。皮埃尔看见他的脸发白，下巴抖动着，像发疟疾似的。

"唉，我的朋友!"他说道，声音里含有一种真诚和软弱的调子，"我们到底犯了什么罪，我们到底骗了多少人，这都是为了什么? 我已经是五六十岁的人了，我的朋友……你看，我……人一死，什么都完了。死是可怕的。"他哭起来。

安娜·米哈伊洛夫娜最后一个出来。她的步子轻盈，缓缓地走到皮埃尔跟前。

"皮埃尔! ……"她说。

皮埃尔用询问的目光看了她一眼。她吻了吻年轻人的脑门，泪水沾湿了他的脸。她停了一下。

"他死了……"

皮埃尔透过眼镜端详她。

"咱们走吧，我陪着您……"

她把他领到幽暗的小客厅里，安娜·米哈伊洛夫娜从他身边走开了，回来时，他已经枕着胳膊睡着了。

第二天早上，安娜·米哈伊洛夫娜对皮埃尔说：

"我的朋友，如果您能得到这笔巨大的遗产，请您冷静些，要担负起责任，像个男子汉。"

皮埃尔默不作声。

"亲爱的，要不是我在这儿，天晓得会发生什么事……"

皮埃尔一点也没有听懂，只是默不作声。安娜·米哈伊洛夫娜和皮埃尔谈

世界传世藏书

世界十大名著

·战争与和平·

图文珍藏版

过话,就坐车回罗斯托夫家安歇去了。第二天早上醒来,她对罗斯托夫家里的人和所有认识的人详细讲述了别祖霍夫伯爵去世的经过。她对皮埃尔和伯爵大加赞赏,但对大公爵小姐和瓦西里公爵却很有微词。

二十二

在童山尼古拉·安德烈耶维奇·博尔孔斯基公爵的庄园里,老公爵每天都在盼望着小安德烈公爵夫妇的到来,但是期待并没有破坏老公爵家里井井有条的生活秩序。大将尼古拉·安德烈耶维奇公爵,在保罗皇帝时代就被放逐到乡下,他和女儿玛丽亚公爵小姐以及小姐的女伴布里安小姐,在童山闭门家居。他说,人有两个万恶之源:游手好闲和迷信,人的美德也有两个:活动和智慧。他自己教育女儿,为了在她身上培养这两种美德,他教她代数和几何,把她的生活安排得没有任何空闲。他本人也是一天忙到晚。公爵特别讲秩序,这赢得了人们对他的特别的尊敬。

公爵是个身材不高的老头,戴着敷粉的假发,有一双干枯的小手和两道灰白的下垂的眉毛。

年轻的公爵夫妇到来的那天早上,像平时一样惴惴不安,玛丽亚公爵小姐在该上课的时候到接待室里去请早安,她画着十字,默念祷词。希望当天的会见能顺利地过去。

公爵缓缓站起,低声说道:"请。"

门里传来车床均匀的响声。公爵小姐怯生生地拉开门在门口停住脚步。公爵在车床旁做工,回头看了看,仍然不停地做他的事。

大书房里摆满了常用的东西。大桌子上堆放着书和图纸,高大的玻璃书橱,一切都有条不紊。公爵具有矍铄老人顽强而又相当耐久的气力。他从来不为自己的孩子祝福,只是把他那当天还未刮过的、满是胡荐的腮帮伸给女儿,严厉地、却又是关切温存地看看她,说:

"你好吗?……好,坐下吧!"

他拿起亲手写的几何学的练习本,用脚把圈椅移过来。

"这是明天的!"他很快便能找到那一页,在一节的头尾用硬指甲画了个记号。

公爵小姐低头看桌上的练习本。

"等一下,有你的信。"

公爵小姐一见信,脸上马上泛起红晕。她连忙拿起来,低头去看。

"是爱洛绮丝的信吧?"公爵问道,冷冷一笑,露出还十分坚固、有点发黄的牙齿。

"是的,是朱莉来的。"公爵小姐胆怯地看着,胆怯地微笑着,说。

"再放过两封,第三封我就要检查了,"公爵厉声说,"以免你们在信里胡说八道。第三封我一定要检查。"

"这封信您也可以看,爸爸。"公爵小姐回答说,脸越发红了,把信递给他。

"第三封,我说过了,是第三封。"公爵推开信,喊道。

"喂,小姐,"老头开始讲课,"喂,小姐,这些三角形是相等的:请看,a b c 角……"

公爵小姐吃惊地望着父亲那双离她很近的、炯炯有神的眼睛,脸上红一阵,白一阵。看得出,她什么都没听懂,但是又怕这种畏惧心理会妨碍她听懂父亲进一步的讲解。不知是老师的错还是学生的错,每天总是这样:公爵小姐的眼睛模糊了,什么也看不见,什么也听不见,只感到严父干瘪的脸挨近身边,感到他的呼吸,闻到他的气味,而且一心想着怎样尽快离开书房,回到自己房里自由自在地解习题。老头火气很大:气得把自己坐的圈椅推开,又拉回来,他尽力使自己不发火,但几乎每次都大发雷霆,骂人,有时把练习本扔得老远。

公爵小姐回答错了。

"怎么这样糊涂!"公爵大吼起来,把练习本推开,猛然转过身去,立时站起来,来回走了一趟,用手摸一下公爵小姐的头发,又坐下来。

他靠近一些,继续讲解。

"不行,公爵小姐,不行,"当公爵小姐拿起作业本,准备走开的时候,他说,"数学是非常重要的,我的小姐。我希望你能学好。俗语说,习惯产生爱好。"他拍拍女儿的腮帮,"糊涂想法就会从头脑里跑掉了。"

她要走了,他打了个手势拦住她,从高桌子上拿过一本全新的书。

"你的爱洛绮丝还给你寄来一本《奥秘详解》宗教书。我不干涉任何人的信仰……我翻了一下。拿去吧。好了,去吧,去吧!"

他拍了拍她的肩膀,亲手把门关上。

玛丽亚公爵小姐面带忧虑和惊慌的表情回到自己房里。她在书桌旁坐下,桌上放着一些小巧精致的肖像,堆放着练习本和书籍。公爵小姐的杂乱无章正好和她父亲的井井有条相当。她放下几何练习本,赶快把信拆开。信是小时候最知己的朋友寄来的,就是那位参加罗斯托夫家命名日宴会的朱莉·卡拉金娜。

朱莉用法语写道:

亲爱的、最珍贵的朋友,别离是一件可怕、多么令人难过的事啊!我心中反复念叨着,我的生存和幸福有一半系在您的身上,尽管您我身处两地,咱们俩的心却是用拉不断的环扣联结起来的,我的心是不甘听天由命的,尽管我在终日游乐和无所作为的环境中生活,但我无法克制自我们离别后隐藏在我内心深处的悲哀。为什么我们不能像去年夏天那样在您那宽敞的书室里聚会,坐在那蓝沙发上"倾吐衷肠"呢?为什么我不能像三个月前那样从您那温柔、安静、聪慧的眼神中,从我所喜爱、当我给您写这封信时仍然在面前的眼神中,汲取新鲜的道德力量呢?

读到此处,玛丽亚公爵小姐轻叹一声,照了一下壁镜。镜子里映出一副消瘦的面孔。一向脉脉含愁的眼睛这时显得特别失望。"她奉承我呢。"公爵小姐心里想道,她转过脸来接着看信。然而朱莉并不是奉承朋友:公爵小姐那双深邃、明亮的大眼睛的确很美,虽然整个面孔不算漂亮。她接着念下去:

整个莫斯科全在谈论战争。我的两个哥哥,一个已经出国,另一个随同近卫军向国境线出发。我们亲爱的皇上已经离开彼得堡,据推测,陛下有意御驾亲征。万能的上帝大发慈悲派来一名天使当我们的元首,但愿上帝保佑他能推翻这个扰乱欧洲安宁的科西加怪物。且不说我的两个哥哥,这次战争还使我失去了一个最知心的人。我是说年轻的尼古拉·罗斯托夫,他满腔热情,不愿袖手旁观,毅然离开大学,投入军队。亲爱的玛丽,我向您承认,虽然他还很年轻,他这次投笔从戎却给予我莫大的痛苦。去年夏天我就对您说过,这个年轻人身上有那么多的高尚情操和真正的青春激情,在二十岁的人就变成小老头的当今时代,这是少见的!尤其是他为人十分坦率,心地淳厚。他是那么纯洁和富有诗意,我们两人的交往尽管短暂,但使我这颗受过许多痛苦的可怜的心尝到最甜蜜的欢欣。我以后给您讲讲我们离别的情景。那一切至今仍然历历在目……哦!亲爱的朋友,您十分幸福,因为您未曾体验这些炽热的欢欣和剧烈的痛苦。您很幸福，因为痛苦总比愉快更加强烈。我很明白，尼古拉伯爵和我，除了作为朋友，不可能有别的什么关系，因为他太年轻了。可是这甜蜜的友谊，这诗意盎然、白璧无瑕的交情，是我的心所需要的。这个问题谈得够多了。轰动全莫斯科的重大新闻是老别祖霍夫伯爵的死和他的遗产继承问题，您想想看吧，三位公爵小姐所获无几，瓦西里公爵一无所得，而全部遗产的继承人却是皮埃尔，另外他还被承认为法定的嫡子，所以他现在是别祖霍夫伯爵和俄罗斯最大财产的所有者了。听说瓦西里公爵在这件事的全部过程中扮演了极可鄙的角色，狼狈不堪地溜回了彼得堡。我得向您承认，我对遗嘱问题是一窍不通的，不过我知道，自从这个大家全直呼为皮埃尔的年轻人成为别祖霍夫伯爵和全俄罗斯最大的富豪以后，我觉得有趣的是，那些有待嫁的女儿的母亲们，以至小姐们本人，对这位先生突然改变了腔调。顺便在这里说说，我总认为此人最没出息。因为这两年大家都拿我的择配寻开心（所提的对方多半是我不认识的），所以莫斯科婚姻大事记，竟认定我将成为别祖霍娃伯爵夫人。但是您是知道的，我对此事毫无兴趣。提起婚事，我倒想谈谈。您可知道，那位官称大婶的安娜·米哈伊洛夫娜前不久万分机密地告诉我，现在有人正在安排您的婚事呢。男方不是别人，恰恰是瓦西里公爵的儿子阿纳托利，他们打算给他娶一个富有的、门第显赫的小姐，他父母选中了你。我不知您对此事有什么看法，可我认为我有责任预先告诉您。听说他长得挺漂亮，然而却是一个天字第一号的浪荡公子。关于此人，我听说的只有这些。

扯得够多的了。第二页立刻要写完了，妈妈派人来叫我到阿普拉克辛家去赴宴。

您读一读我给您寄去的那本神秘的书吧，这本书在我们这里大受欢迎。尽管其中有些地方很难为我们凡人的贫弱智力所理解，但这是一本卓越的书，读了它，能使人的灵魂得到慰藉和提高。再见。向令尊致敬并向布里安小姐问好。衷心拥抱您。

朱　莉

　　再启：请将令兄和他可爱的夫人的消息告诉我。

公爵小姐沉思了片刻，心有所思地轻轻一笑，她一下子站起来，迈着沉重的

图文珍藏版

脚步,走到桌前。她拿出一张纸,给朱莉写回信:

　　亲爱的、最珍贵的朋友:十三日来信给了我莫大的喜悦。您依旧爱我,我那富有诗意的朱莉。被您说得那么坏的别离,看来在您身上并没有发生它常有的那种影响。您抱怨离别,而我这个失去一切我珍爱的人的人,倘若敢于抱怨的话,那我该说什么呢? 哦,倘若没有宗教的慰藉,人生会变得十分悲惨。您为什么在提起您对一个年轻人有好感时,居然认为我对这种事态度是严肃的呢? 在这方面,我只是严以律己。别人这种感情我是理解的,但由于我对这种感情没有体验,就不能表示赞许,同时也不加以非难。但是我觉得,基督对邻人的爱,对敌人的爱,比起年轻人的美丽眼睛在一个像您那样富有诗意的热情的年轻姑娘身上所引起的那种感情要可敬可喜得多,要好得多。

　　别祖霍夫伯爵的死讯在没有收到您的信之前就传到我们这里了,家父闻耗极为伤感。他说伯爵是这个伟大时代剩下的倒数第二个代表,现在该轮到他了,他要努力做到他这一轮晚一些到来。上帝保佑我们不要遇到这样的不幸吧!

　　我不能同意您对皮埃尔的意见,他从小我就认识。我觉得他永远有一颗美好的心,而这正是我最珍视的人的品质。至于说到他的继承遗产问题和瓦西里公爵扮演的角色,这对他两人都是十分可悲的。哦,亲爱的朋友,我们的救主说,富人进天堂比骆驼穿针眼还难,这话千真万确! 我可怜瓦西里公爵,更可怜皮埃尔。他这么年轻就得担起这么巨大财产的担子,他将来的道路要经历几多诱惑啊! 如果有人问我,世界上什么是我所最希望的,我会说,我希望比最穷的乞丐还穷。千谢万谢,亲爱的朋友,谢谢您给我寄来的那本在你们那里轰动一时的书。但是,您对我说,这本书里除了一些好的东西,还有一些为我们几人的贫弱智力所不能理解的东西,那么我觉得,读不能理解的东西是多余的,不会给我们带来什么益处的。我根本无法了解有些人的癖好:他们热衷神秘的书籍,以致把自己的思想弄得混乱不堪,因为这些书只能使他们的头脑产生怀疑,激发他们幻想,养成他们夸张的性格,这与基督的质朴精神完全背道而驰。我们最好还是读读《使徒行传》和《福音书》吧。我们不必费神去钻研书本上那些神秘的东西,但是只要我们这些可怜的罪人还有肉体的躯壳存在,使我们与永生之间隔着一道穿不透的帷幕,我们怎能认识上

帝可怕而神圣的奥秘呢？我们最好只研究救主遗留给我们的作为人间
指导的那些伟大法规；我们要竭力信奉这些法规，而且要努力相信，我们
越少胡思乱想，就越能使上帝兴奋，上帝拒绝一切并非来自他的知识，我
们越少去探索他不愿让我们知道的事情，他就会越快地用他那神灵的智
慧启示我们。

家父没有对我提起求婚的人，他只说接到瓦西里公爵的信，而且等
待他来拜访。至于我的婚姻，我最珍爱的朋友，我可以告诉您，我认为结
婚是必须服从的神圣教规。不论对我说来是多么沉重，可要是上帝要我
负起贤妻良母的义务，我将努力忠实地履行这一义务，不去考虑探究我
对上帝赐给我的丈夫是否有感情。

我接到家兄来信，说他将偕同妻子来童山。这次欢聚是短暂的，因
为他要离开我们去参加天知道怎样和为什么把我们卷进去的这场战争。
不仅在你们那里——一切事件和交际的中心，就连我们这里——在田间
的劳动和城市的人们通常想象的乡村静谧中，也可以听到战争的反响，
也同样令人感到沉重。家父总对我讲我一点也不懂的进军和转移。前
天，我像往常一样在村子里散步时，看见一个惊心动魄的场面……那是
从我们领地上征去从军的一队新兵……真应当看看那些出征的人们的
母亲、妻子和儿女的情景，听听他们双方的痛哭！好像人类已经忘记救
主教导我们仁爱和宽恕的教规，而把互相残杀当作主要的美德。

再见，亲爱的、善良的朋友。愿您时常受到救主和圣母神圣而万能
的庇护。

玛 丽

"啊，您是在写信呀，不久前，我给我可怜的母亲就写过一封信。"布里安小
姐笑嘻嘻地说。她说得十分快，声音响亮悦耳。和玛丽亚公爵小姐那种心事重
重、郁郁寡欢、愁眉不展相比，她带来一种完全不同的活泼快乐并且洋洋得意的
情调。

"公爵小姐，我想告诉您一件事，"她又压低声音说，"公爵把米哈伊尔·伊
万内奇骂了一通。他的心情很坏……"她说，很得意自己的声音。

玛丽亚公爵小姐答道："我不愿谈论父亲的心情。"

公爵小姐看了看钟，发现练习钢琴的时间已经过了五分钟，她神色惊慌地
向起居室走去。

二十三

须发斑白的老仆人一面打盹,一面听着大书房里公爵的鼾声。小姐正在练琴。

这时,一辆轿式马车和一辆小型四轮马车驶到大门口,安德烈公爵从轿式马车上下来,把娇小的太太扶下车,让她走在前面。头戴假发、须鬓花白的吉洪从接待室门里探出身子,低声报告说老公爵正在休息,随后赶忙把大门掩上。吉洪和安德烈公爵都知道,什么事都不得打乱作息的秩序。他转身对妻子说:

"二非常钟以后他老人家才起来。咱们先到玛丽亚公爵小姐那儿去吧。"他说。

小公爵夫人尽管有点发胖了,但仍然惹人爱怜。

她环顾四周对丈夫说:"喂,快点!"她一边向四周打量,一边对吉洪、对丈夫、对跟随的仆人微笑。

"是玛丽在弹琴吧? 让我们吓她一跳。"

安德烈公爵走在她后面,心事重重的样子。

"你见老了,吉洪。"他一边走,一边对吻他的手的老头子说。

走到传出钢琴声的那个房间前面,从旁门跳出一个金发的法国女人。布里安小姐乐得发狂了。

她说:"太好了! 你们来了,公爵小姐一定会兴奋极了! 应该先打个招呼。"

"她没料到我们会来吧。"公爵夫人吻着她说。

他们走到传出反复弹奏那同一乐句的起居室门前。安德烈公爵停住脚步,皱了皱眉头。

公爵夫人走了进去。乐句戛然而止,传出惊呼声、玛丽亚公爵小姐的沉重脚步声和亲吻声。安德烈公爵走进去时,公爵夫人和公爵小姐正搂在一起,两人的嘴唇还紧紧贴在刚一见就吻的地方。布里安小姐站在一旁。安德烈公爵不大理解这两位女人的亲热。

两个女人相互寒暄、问长问短。

"我一下子就认出了公爵夫人。"布里安娜小姐插嘴说。

"我一点都没想到……"玛丽亚公爵小姐惊叫道,"安德烈,我还没看见你呢。"

安德烈公爵和妹妹手拉手相互吻了吻。

小公爵夫人说起来没完没了。小公爵夫人讲述他们在救主山上遭遇到对她怀孕的身体很危险的变故，又立刻想起她把她所有的衣服都留在彼得堡了，真不知道在这里穿什么，又谈起安德烈完全变了，吉蒂·奥登佐娃嫁给了一个老头子，玛丽亚公爵小姐将有一个真正的求婚人。玛丽亚公爵小姐始终静静地望着哥哥，美丽的眼睛含着疼爱，也有忧愁。很明显她心头的思绪与嫂嫂所谈的毫不相干。当嫂嫂正谈论彼得堡最近一次举行的盛会时，她向哥哥转过身去。

"你非要去打仗不行吗，安德烈?"她叹口气说。

丽莎也叹了一口气。

"并且明天就走。"哥哥回答说。

"他扔下我不管了，谁知道是为了什么，他本来是有晋升机会的……"

玛丽亚公爵小姐仍在想自己的心事，没等听完，就转向嫂嫂，望着嫂嫂的肚子。

"真的有了吗?"她说。

小公爵夫人的脸色变了，叹了一口气。

"是的,真的有了,"她说,"啊！这太可怕了……"

丽莎忽然哭起来。

"她需要休息,"安德烈公爵不快活地说,"是不是,丽莎？把她领到你的房间去吧,我去见爸爸。他怎么样,还是那样吗？"

"还是那样,一点也没变,你看看就知道了。"公爵小姐兴奋地答道。

"还是在那个时刻在林荫路上散步、在车床上做工吗？"安德烈公爵嘴角含着一丝笑意问道。

"还是那个时候上车床干活,还做数学题,给我上几何课。"玛丽亚公爵小姐兴奋地回答。

二非常钟后,吉洪来请小公爵去见父亲。老头子为了表示欢迎儿子,破例改变了一下生活习惯:他吩咐,允许儿子在他午饭前穿戴的时间进入他的卧室。老公爵一向是旧式装束:穿长衫,敷粉戴假发。当安德烈公爵走进父亲的卧室时,老头子正坐在安乐椅里,披着敷粉披肩,把头伸给吉洪去扑粉。

"啊！战士！你要征服波拿巴吗？"老头子说,"你至少应当好好教训他一顿,不然长此以往,连我们也快要变成他的臣民了。你好！"他说着把脸伸了过去。

老头子在饭前小睡后心情极好。他快活地端详着儿子。安德烈公爵走上前去,吻了吻父亲。他没有回答父亲的话题——拿当时的军人,特别是拿波拿巴开个小玩笑。

"爸爸,我来了,把怀孕的媳妇也带来了。"安德烈公爵说,他关切地注视着父亲。"您身体怎么样？"

"孩子,只有蠢货和荒唐鬼才生病呢,我从早忙到晚,生活又有节制,当然健康了。"

"感谢上帝！"儿子微笑着说。

"这与上帝毫无关系！好,你来讲一讲,"他接着说下去,又回到他得意的话题上,"德意志人怎样教会你们用新的科学,就是用所谓战略来跟波拿巴作战的。"

安德烈公爵微微一笑。

"爸爸,让我想一下,"他面带笑容地说,"我还没安排好呢。"

"瞎说,瞎说。"老头子大声说,晃了晃脑袋,抓住儿子的手。"你媳妇的房间已经准备好了。玛丽亚公爵小姐会带她去,并且她有说不完的话要说。女人就爱这样。她来我很兴奋。坐下谈谈吧。我了解米切尔森的军队,也了解托尔斯泰的……同时登陆……南方的军队做什么呢?普鲁士中立,这我知道。奥地利怎么样?"他从安乐椅里站起来,在屋子里边说边走,吉洪跟着他跑,把一件件衣服递给他。"瑞典怎么样? 他们怎样跨过波美拉尼亚呢?"

安德烈公爵见父亲非要谈不可,就开始讲预想会战的作战计划,起先有点勉强,但后来越谈越有劲,谈到中间,不知不觉讲成法语了。他说,一支九万人的军队一定能迫使普鲁士放弃中立,加入战争;这支军队的一部分将在施特拉尔松与瑞典军队会师;二十二万奥军连同十万俄军,将在意大利境内和莱茵河上作战;五万俄军和五万英军,将在那不勒斯登陆;总数五十万的军队将从各个方向围攻法军。老公爵始终一面走一面穿衣服,其中有三次突如其来地打断了儿子的话。第一次他喊道:

"白的! 白的!"

因为吉洪没有把他所要的那件背心递给他。另一次,他停下来问道:

"她快要生产了吧?"他带着责备的神情摇着头,说:"这样不好! 说下去,说下去。"

第三次是在安德烈公爵快说完的时候,老头子用走腔的老嗓子唱起来:"马尔布鲁出征去了,不知什么时候才能回来。"

儿子只微微一笑。

"我不是说我就赞同这个计划,"儿子说,"我只是告诉您有这么回事。拿破仑也有一个很好的计划。"

"你告诉我的并没有一点新东西。"老头子若有所思,嘟嘟哝哝地,忽然说:"到餐厅去吧。"

二十四

老公爵洒过发粉,刮过脸,在规定的时刻走进餐厅,儿媳、玛丽亚公爵小姐、布里安小姐都已经在等着他了,此外还有公爵的建筑师米哈伊尔·伊万诺维奇。他之所以能有如此殊荣,是因为公爵想证明,人人都一律平等。

餐厅像住宅里所有的房间一样,又高又大,眷属和仆人站在每把椅子后面,静候公爵出来。安德烈公爵一面看谱系图一面摇头,并且面带笑意。

"一看就能认出是他老人家!"他对走过来的玛丽亚公爵小姐说。

玛丽亚公爵小姐吃惊地看了哥哥一眼。她不明他笑什么。她但是很崇敬父亲的。

"每个人都有自己的弱点。"安德烈公爵接着说,"以他那样的雄才大略,竟然关心这些小事!"

玛丽亚公爵小姐不理解哥哥为什么竟说出如此大胆的意见,她正想反驳,书房里突然传来期待已久的脚步声:老公爵像平时一样迅速而快活地走进来,似乎故意用他那匆忙的样子来跟家中的严格秩序做个对比似的。老公爵站住把所有的人扫视了一番,然后停在小公爵夫人身上。小公爵夫人这时心中感到一种好似内侍官见皇上驾到时的感情。他摸了摸公爵夫人的头,然后又笨拙地拍了拍她的后脑。

"我十分兴奋,十分兴奋,"他说,又看了一眼她的眼睛,就快速地走开,在自己的位子上落座,"坐下,坐下!米哈伊尔·伊万诺维奇,请坐。"

他叫儿媳妇坐在他身边。

"噢哟!"老头子打量着圆圆的肚子说,"太性急了,不好!"

他笑,他笑得枯燥无热情令人不快乐。

"你应当多活动尽量多散步。"他说。

小公爵夫人没有作声。老公爵问起她的父亲,小公爵夫人这才说话,微微一笑。他又问起一些熟人,小公爵夫人开始活跃地谈起来,替好些人向公爵问好,而且转述城里的流言。

"阿普拉克辛娜伯爵的丈夫死了,她太可怜了,眼泪都哭干了。"

她越来越活泼,公爵就越来越严厉地看她。忽然间,公爵仿佛一下子看透了她似的,把身转向了米哈伊尔·伊万诺维奇。

"喂,米哈伊尔·伊万诺维奇,我们的波拿巴快要倒霉了。安德烈公爵说,已经集合了大批军队来对付他!咱们还老以为他是个废物呢。"

米哈伊尔·伊万诺维奇莫名其妙。

"他是位大战术家!"公爵指着建筑师对儿子说。

话题又转到战争,转到波拿巴和当时的将军和政治家。老公爵对近来的新人物不屑一顾。安德烈公爵快乐地容忍着父亲对新人物的嘲笑,十分兴奋地引父亲说下去,而且恭听着。

"人们总觉得过去一切都好,"他说,"其实,就是苏沃洛夫不是也陷入莫罗的圈套脱不了身吗?"

"这是谁对你说的？谁说的？"老公爵喊道。"苏沃洛夫！"他抛出一只碟子，吉洪连忙接住。"苏沃洛夫！……好好想想吧，安德烈公爵。只有两个人：腓特烈和苏沃洛夫……莫罗算得什么！假如让苏沃洛夫自由行事的话，莫罗早当俘虏了，但是奥地利军事参议院拖他的后腿。他算倒了霉了。你也会尝到这种滋味的！苏沃洛夫既然对付不了他们，米哈伊尔·库图佐夫又怎么行呢！不行的，孩子，"他说，"你和你的将军们对付不了波拿巴。应该收买一些法国人，叫他们敌我不分，自相残杀。德意志人帕伦奉命到美国纽约找法国人莫罗去了，"他是说那一年邀请莫罗加入俄国军队的事，"真是怪事!! 怎么啦，难道那些波将金们、苏沃洛夫们、奥尔洛夫们都是德意志人吗？不是的，孩子，不是你们发了疯，就是我老糊涂了。愿上帝保佑你们，我们等着瞧吧。他们居然把波拿巴当成伟大的统帅了！哼！……"

"我绝对不是说，他一切全是好的，"安德烈公爵说，"不过，波拿巴毕竟是一个伟大的统帅！"

"米哈伊尔·伊万诺维奇！"老公爵对建筑师喊道，"我对您说过波拿巴是一位伟大的战术家吧？他也是这么说。"

"当然，大人。"建筑师回答话。

老公爵冰冷地笑了一声。

"波拿巴是个幸运儿。他的士兵都很优秀。并且他先向德意志人开刀，只有懒汉才打不过德意志人。开天辟地以来，人人都打败过德意志人。"于是，老公爵开始分析波拿巴在军事上和在政治上所犯的错误。安德烈公爵只是听着，尽力克制着不做答辩，他尽管仍坚持着自己的看法，但不能不吃惊老公爵对欧洲军政局势的深刻了解。

"你以为我这个老头子不懂得目前的形势吗？"他结束说，"我每时每刻都在惦记着时局！我整夜睡不着。好，你说说看，你那伟大的统帅究竟在什么地方显过本领？"

"说来话长。"儿子回答说。

"你到你的波拿巴那里去吧！布里安小姐，你的庸才皇帝又多了个崇拜者了！"他操着一口漂亮的法语喊道。

"我又不是波拿巴党。"

"不知何时才回来…"

公爵唱着离开了餐桌。

小公爵夫人整个午餐一声不响,最后,和小姑进了另一间屋子。

她说:"你父亲很聪明,我有点怕他。"

"啊,他很善良!"玛丽亚公爵小姐说。

二十五

安德烈公爵在第二天晚上动身。老公爵没有改变他的生活规律,午饭后就回到自己房里去了。小公爵夫人留在小姑的房间里。安德烈公爵穿着常礼服,在他住的房间里和他的随从收拾行李。他检查了马车,把箱子装到车里,随后吩咐套马。只有一些随身带的东西还放在房里,一只小箱子、一只银制食品箱、两支土耳其手枪和一把佩刀——父亲的赠品,是从奥恰科夫城下带回来的。安德烈公爵这些旅行用品都很整齐,全是崭新的,十分干净,用呢绒套子套着,再用带子仔细地扎起来。

安德烈倒背着手,在屋里来回踱步,眼睛望着前方,若有所思地摇头。他不愿别人看见他悲伤;所以,他一听见门廊里有脚步声,就赶快松开手,在桌旁停住,假装捆绑箱套,尽力显出镇静和莫测高深的表情。这是玛丽亚公爵小姐的沉重脚步声。

"我听说你已经吩咐套马了,"她气喘吁吁地说,"我很想跟你单独谈一谈。谁知道咱们这一别要到何时才能再见呢!我来,你不生气吧?你变得多了,安德留沙。"

她叫了一声他的小名"安德留沙",不由得微笑了。很明显,她想到这个严峻的美男子,居然是那个瘦巴巴的小淘气安德留沙,她童年的伙伴,觉得十分奇怪。

"丽莎呢?"他问。

"她太累了,在我卧室的沙发上睡着了。啊,安德烈!她真是个好人!"她说着就在哥哥对面坐下来,"她完全是个孩子,一个愉快可爱的孩子。我真喜欢她。"

安德烈公爵默不作声。可是公爵小姐看见他脸上露出讥讽的、轻蔑的表情。

"应当宽容小缺点,谁没有缺点啊,安德烈!你别忘了,她是在上流社会被教养成人的。何况她现在的处境并不好。应当为每个人设身处地想想。你想想看,她离开过惯的生活,又和丈夫分别,孤身一人住在乡下,并且还有身孕,她这个可怜的孩子心里是什么滋味? 真够她受的。"

安德烈公爵望着妹妹微笑。

"但是你不是也住在乡下吗?"他说。

"我和她不一样。不过,安德烈,你得替她想想,一个年轻轻的上流社会的女人,在最好的年华,埋没在乡下,孤身一人,……你是知道的……在一个过惯上流社会的女人看来,我这个人干巴巴的,不懂娱乐,只有布里安小姐……"

"我不欢喜您那位布里安。"安德烈公爵说。

"啊,不! 她十分可爱,又善良。她没有一个亲人。说实在的,我不需要她。我从来就是一个野人,现在更是如此。我喜欢孤独……爸爸很喜欢她。爸爸从来只对这两个人——她和米哈伊尔·伊万诺维奇,表示亲近,因为他们都受过他的恩典。她十分善良,爸爸也喜欢听她朗读。她读得好极了。"

"说实话,玛丽,我想父亲的性格有时会使你难堪,是吗?"安德烈公爵忽然说。

玛丽亚公爵小姐先是一惊,然后就害怕起来。

"使我? ……使我?! 使我难堪?!"她说。

"我想,他很严厉,现在一定变得很难相处了。"安德烈公爵这是在有意为难或者说考验妹妹。

"你各方面都很好,安德烈,只是你有点自视过高,"公爵小姐说,"这可不对。难道父亲是可以评论的吗? 就算可以,那么,像爸爸这样的人,除了使人崇拜以外,还能引起别的感情吗? 跟他在一起,我十分满足,十分幸福! 但愿你们大家都像我一样幸福。"

哥哥怀疑地摇了摇头。

"只有一件事使我难过,——我对你实说了吧,安德烈,——就是父亲对宗教的看法。"

"啊,亲爱的,恐怕你和修道士都白费心机。"安德烈公爵嘲笑地说。

"啊,我的朋友,希望上帝能听到我的祈祷。安德烈,"她沉默着,怯生生地说,"我求你一件大事。"

"什么请求,亲爱的?"

"你得先答应我你不会拒绝。答应我,安德留沙。"她说着就把手伸进手提包里,握住一件东西,可是不拿出来,只是用恳求的目光胆怯地望着哥哥。

"我不怕添麻烦的。"安德烈公爵回答说,好像已经猜出是怎么回事了。

"不管你怎么想都好!我知道你跟爸爸性格一样。不过为了我的缘故,请你一定做!这东西是父亲的父亲,也就是咱们的祖父,一上战场就戴在身上的……"她仍旧没拿出她在手提包里握住的东西,"你肯答应我吗?"

"当然,是怎么回事啊?"

"安德烈,我用这圣像为你祝福,你答应我永远戴在身上……答应吗?"

"如果它不太重……为了使你兴奋……"安德烈公爵说,但是,一见妹妹听了这句笑话脸上露出痛苦的表情,他立刻改口道,"很乐意,我真的十分乐意,亲爱的。"

"不管你的意愿如何,上帝一定会拯救你,宽恕你。"她说。声音激动得发颤,她郑重地把一个救主像捧到哥哥面前。

她画过十字,吻过神像,然后把它递给安德烈。

"请你收下,安德烈,为了我……"

她的大眼睛放射着善良而羞怯的光芒。这双眼睛照亮了整个清瘦的、病态的面孔,使它变得更美丽了。

"谢谢你,好妹妹。"安德烈说。

她吻了吻他的前额,又坐到沙发上。他们默默无语。

"我已经对你说过,安德烈,你要和气而宽厚。对丽莎不要太严厉。"她开始说,"她很可爱,很善良,并且她现在的处境又是那么困难。"

"玛沙,你怎么老对我说这些事?"

玛丽亚公爵小姐脸红了,不好意思再作声。

"我什么都没对你说过,但是有人对你说了什么了。这使我感到难过。"

玛丽亚公爵小姐更不好意思了。她想说点什么,但是说不出来。哥哥已经猜到:小公爵夫人饭后哭过,谈起难产的预感,害怕生孩子,自叹命苦,埋怨公公和丈夫。后来就睡着了。想到这里,安德烈公爵怜惜起妹妹来。

"有一点你要知道,玛莎,我不能责备我的妻子,过去没责备过,将来也永远不会责备,在对她的态度上,我也没有什么可责备自己的。无论处在什么环境,我永远都是这样。但是,倘若你想知道实情……我可以告诉你:我不幸福。她幸福吗?也不幸福。这是为什么?我不知道……"

他一面说,一面站起来,走到妹妹跟前,吻了吻她的前额。

"咱们到她那儿去吧,应当同她告别!要不,你一个人先去,把她叫醒,我随后就到。彼得鲁什卡!"他招呼他的听差,"快来拿东西。"

玛丽亚公爵小姐站起来,朝门口走去。她突然收住了脚步。

"上帝保佑你,安德烈。"

"啊,真的吗!"安德烈公爵说,"谢谢,玛莎,我立刻就来。"

安德烈公爵在去妹妹房间的路上,又碰见了面带妩媚笑容的布里安小姐,今天这是第三次。

"我还以为您在房间里呢。"她说,有点不好意思。

安德烈公爵严厉地看了她一眼,有些恼怒。他对她一言不发。这位法国女人面红耳赤,她一句话不说就走开了。他走到妹妹门前的时候,公爵夫人已经醒了,正在起劲地说话。

"老伯爵夫人真是老来俏。哈,哈,哈,玛丽!"

他妻子正在讲祖博娃伯爵夫人的闲话,这样的话和这样的笑声,安德烈公爵已经听过五六遍了。安德烈轻轻地走进房间。小公爵夫人坐在安乐椅里,手里拿着手工,滔滔不绝地回忆彼得堡的事情。安德烈公爵走过来,抚摸了一下她的头,问她旅途的疲劳是否已经恢复。她回答了一声,仍然继续谈她的。

马车停在门口。外面是黑暗的秋夜。车夫连辕杆都看不清。仆人们提着灯笼在台阶上来回奔忙。一个个大窗户透出辉煌的灯光,照得整所大房子通亮。家仆们聚在前厅准备跟小公爵告别;家里人:米哈伊尔·伊万诺维奇、布里安小姐、玛丽亚公爵小姐和公爵夫人,都站在大厅里。安德烈公爵被父亲叫到书房里,老头子想单独跟他话别。大家正等着他们出来。

安德烈公爵走进书房的时候,老公爵戴着老花镜,穿着白色的睡衣,正坐在桌旁写字。他回头看了一眼。

"你要走了?"他又写起字来。

"我来向您道别。"

"吻我这儿吧,"他伸出面额,"谢谢,谢谢!"

"为什么要谢我?"

"因为你不拖延时日,没有被女人的裙带绊住脚。报国至上。谢谢,谢谢!"他继续写下去,"你有什么要说吗? 只管说吧。我可以同时干两样事。"他补充说。

"关于我的媳妇……把她留下来让您操心,真不好意思……"

"别胡扯,说你要说的吧。"

"我媳妇临产的时候,请派人到莫斯科请一个产科医生来……"

老公爵停下笔,严肃地盯着儿子。

"我知道,如果大自然不帮忙的话,什么人都帮不上忙的。"安德烈公爵说,他有点发窘,"当然,这种不幸百万里面只有一个,可是,她和我全有这种幻觉。不知什么人对她瞎说了什么,她做梦都梦见,所以她很害怕。"

"嗯……嗯……"老公爵一边说,一边仍旧写完。"我照办。"

他把笔一挥,签了个花体字,忽然转身对儿子大笑。

"事情有点不妙,是不是?"

"什么事情不妙,爸爸?"

"老婆呀!"老公爵爽快地说。

"我不明白。"安德烈公爵说。

"孩子,这是没有办法的,"公爵说,"女人全一样,离婚是不可能的。你别怕,我不对什么人说,你自己也知道。"

他用瘦骨嶙峋的小手抓住儿子的手,抖了抖,盯着儿子又发出了一阵冰冷的笑声。

儿子叹了一口气,表示承认父亲十分了解他。老头子快速地叠信和封信,时而抓起火漆、印戳、信纸,时而又放下。

"有什么办法?长得漂亮嘛!一切我都照办。你放心吧。"他一面封信,一面断断续续地说。

安德烈默不作声。老头子站起来,把信交给儿子。

"听着,"他说,"不要担心老婆:凡能办得到的,全要办到。你听我说:把这封信交给米哈伊尔·伊拉里奥诺维奇,我在信上说,希望他给你一个合适的位置,不要总叫你当副官。你对他说,我记得他,而且喜欢他。他待你怎样,来信告诉我。倘若他待你不错,就干下去。尼古拉·安德烈耶维奇·博尔孔斯基的儿子决不依靠别人的恩典在人家手下服务。现在到这儿来。"

他说得很快,话没说完就停下来,不过,儿子已经习惯理解他的话了。他把儿子领到办公桌前,掀开盖,拉开抽屉,拿出一个练习本,上面满是他写的又粗又长又密的字迹。

"我当然会比你先死。告诉你,这是我的回忆录,等我死后,把它呈交皇上。这儿有一张债券和一封信:这是奖给《苏沃洛夫战史》撰写人的奖金。把这些寄给科学院。这是我的笔记,等我死后,你可以看看,你会从中得到教益。"

"一切全照办，爸爸。"他说。

"好了，那么就再见吧！你要记住一点，安德烈公爵：假如你被打死，我这个老头子会很难过的……"他说到这里突然一停，随后突然大喊大叫地接着说："我倘若听说你的行为不像尼古拉·博尔孔斯基的儿子，我就要……感到羞耻！"他尖叫了一声。

"您不必担心，爸爸。"儿子微笑着说。

老头子不说话了。

"我还要恳求您，"安德烈公爵接着说下去，"倘若我被打死，如果我有了个儿子，请让他在您身边长大……请您费神。"

"不让你媳妇教养吗？"老头子说着大笑起来。

他们默默地面对面站着。老头子的锋利目光直看着儿子的眼睛。

"告别完了……走吧！"他突然说。"走吧！"他打开房门，愤怒地高声叫道。

"怎么回事？怎么了？"公爵夫人和公爵小姐看见安德烈公爵走出来，又瞥了一眼穿着白睡衣、没有戴假发、戴着老花镜、怒声喊叫的老头子探出来的身影，异口同声地问道。

安德烈公爵叹了口气，什么也没回答。

"好了。"他对妻子说。这一声"好了"别有意味。

"安德烈，立刻就走吗？"小公爵夫人说，她脸色苍白，带着恐惧的神情望着丈夫。

他拥抱她。她大叫一声倒在他的肩膀上，失去了知觉。

他小心翼翼地把她放在安乐椅中。

"再见，玛丽亚。"他小声对妹妹说，拉着她的手吻了吻，快步走出房去。

公爵夫人躺在安乐椅里，布里安小姐给她揉太阳穴。玛丽亚公爵小姐扶着嫂嫂，她那美丽的眼睛满含泪水，一动不动地望着安德烈公爵走出去的那扇门，朝着公爵画十字。安德烈公爵刚走出去，书房的门突然敞开了，露出穿白睡衣的老头子的严峻身影。

"走了吗？走了就好了！"他说，愤愤地端详一下失去知觉的小公爵夫人，带着不满的神情摇摇头，砰的一声把门关上。

世界传世藏书

世界十大名著

·战争与和平·

图文珍藏版

第二部

一

　　1805 年 10 月,俄军占领了奥地利大公治下的几座村庄和城市,从俄国又开来一些新的团队,驻扎在布劳瑙附近民房里,给当地居民添了很多麻烦。库图佐夫总司令的大本营也建在布劳瑙。

　　1805 年 10 月 11 日,一个刚开到布劳瑙的步兵团在离市区半英里的地方驻下来,等待总司令检阅。

　　在行军最后一站的那天傍晚,接到总司令要检阅行军中的团队的通知。尽管团长弄不准是不是应该穿着行军的服装接受检阅? 可是,在营长会议上,决定团队准备正规的检阅。于是士兵们在三十俄里的行军之后,整夜不睡,缝缝补补,洗刷干净,副官和连长清点人数,挑选人员。第二天早上,这个团队已经不像最后一段行军的头一天那样不成样子了,而变成了一支两千人的整齐队伍,每个人的纽扣和皮带都闪亮发光。并且不但外表整齐,倘若总司令要检查军装里面的话,他会看到每个人都穿着同样清洁的衬衣,他也会发现每只背囊里都有规定数量的物品,正如士兵们所说,"锥子、肥皂,全有。"只有一件事使大家不得安心,就是脚上穿的。弟兄们的靴子半数以上已经破了。但这个不能怪罪团长,因为虽经一再要求,俄国军需部还是没有把东西发下来,而这个团队已经走了一千俄里了。

　　团长是个容易冲动的、鬓发和眉毛都已斑白的老将军,他体格敦实,穿一套崭新的带着明显折痕的军服,金光闪闪的肩章很厚,增加了他的高大。团长很是得意。他在队伍前面走来走去,身子有点弯,一走一哆嗦。看样子,这位团长对自己的团队很欣赏,为他的团队感到高兴,把全副精神都贯注在团队上了。尽管如此,他除了对戎马生涯感兴趣,对社交和女人也同样感兴趣。

"喂,老伙计,米哈伊洛·米特里奇,"他对一位营长说,"昨天夜里可把咱们整苦了。不过,功夫不负有心人,咱们的团队不坏……你说是不是?"

营长明白这是句打趣的话,大笑起来。

"就是在察里津皇家草场接受检阅,也不会被赶出去的。"

"什么?"团长说。

这时,在通到城里的大路上,出现了两个骑马的人,是一个副官带着一名哥萨克兵。

副官是总司令部派来的,说是总司令希望看到行军状态的团队。穿着大衣,背着背囊,不要有什么准备。

昨天,奥地利军事参议院有一名参议由维也纳来见库图佐夫,建议并要求俄军赶快跟费迪南大公及马克的军队会师,可是库图佐夫认为这样不好。所以,他在列举了其他理由之外,还打算请那位奥地利将军亲眼看看从俄国新开来的部队的惨状,以证明自己的意见是对的。他检阅团队是为了这个目的,因此,团队的情况越糟,总司令就越兴奋。尽管那个副官不知道缘由,可是他向团长传达了总司令的强烈要求,那就是士兵必须穿大衣,背背囊,否则总司令就不满意。

听了这番话,团长低下头,默默地耸了耸肩,面红耳赤地把两手一摊。

"真倒霉!"他说,"我跟你说过,米哈伊洛·米特里奇,所谓行军,就是要穿着大衣。"他责备营长。"唉,我的上帝!"他补了一句,就毅然决然地向前走去。"各连连长!"他用惯于发号施令的声音喊道,"司务长!……他就要到了吗?"

"我看还得一个钟头。"

"我们还有时间换服装吗?"

"我不知道,将军……"

团长走到队伍前面,命令重新穿上大衣。连长跑回各连,司务长忙起来了,因为大衣已经破了,转眼之间,队伍又乱起来了。到处都是士兵跑来跑去,他们把肩膀往前一耸,从头上卸下背囊,取出大衣,高举着胳膊伸进袖子。

半小时以后,方队由黑色变成灰色的了。团长走到团队前头,从远处打量它。

"这又是怎么回事? 怎么搞的?"他停下来喊道,"三连连长! ……"

"将军传见三连连长! 将军传见连长,团长传见三连! ……"

声音顺着队伍传下去,一个副官跑去寻找那个军官。

这些用力喊叫的声音越传越走样，等传到目的地的时候，已经变成"三连传见将军"了。那个被传的军官从连队后面走出来，他尽管上了年纪，不惯跑步，但他还是慌慌张张地小跑着去见将军。这个上尉像没有背会书的小学生回答功课似的，脸上露出不安的神色。由于纵酒而发红的脸上泛起一块块斑点，嘴巴也合不拢。他离团长越近，就越放慢了脚步，当他上气不接下气地跑到跟前的时候，团长上上下下把他打量了一番。

"您快要给弟兄们换上无袖长裙了！那是怎么回事？"团长喊道，他用下巴指了指三连中一个穿着浅蓝色大衣的士兵，"您刚才上哪儿去了？总司令就要到了，而您离开了自己的岗位，嗯？……我要叫您知道让弟兄们检阅的时候穿婆娘的衣裳有什么好处！……嗯？……"

连长直盯着长官，两个指头在帽檐上越按越紧，仿佛他认为只有这样才能得救。

"嗯，您为什么不说话？您连里那个打扮成匈牙利人的是什么人？"团长绷着脸开玩笑说。

"大人……"

"什么'大人，大人'的？"

"大人，那是降级的军官多洛霍夫……"陆军上尉低声说。

"什么，他是降为元帅还是降为士兵？降为士兵，那就应该和别的士兵穿同样的军服。"

"大人，是您亲自准许他行军的时候可以这样的啊。"

"是我准许的？是吗？你们这些年轻人老是这样。"团长稍微冷静些说，"我准许的？倘若对你们说句什么，你们就……怎么啦？"他说着说着又发起火来，"请把弟兄们穿得像样一点……"

团长回头看了看副官，就迈着他那哆哆嗦嗦的步子向队伍走去。看样子，他对自己发脾气很得意，从队伍前面走过时，他想再找一些发泄怒气的借口。他骂了一连连长几句，借口他戴的奖章没有擦亮，又骂了二连连长几句，因为他那一连的队伍站得不齐，他这样一路骂着走到第三连。

"你怎——么站的？腿摆在哪儿？脚摆到哪儿去了？"离那个穿浅蓝色大衣的多洛霍夫还有五人远的时候，团长就用带着痛苦的声调喊起来。

多洛霍夫慢慢伸直他的腿，不服的目光直对将军的脸望过去。

"为什么穿蓝大衣？脱掉！……司务长！给他换衣服……坏坏……"

不等团长说完，多洛霍夫就连忙说："将军，我一定执行命令，但是，我没有义务忍受……"

"站队时不准说话！……不准说话，不准说话！……"

"我没有义务忍受侮辱。"多洛霍夫把话说完，声音中毫不示弱。

将军和士兵的目光相遇。将军愤愤地没有作声。

"请把衣服换一换吧，我求您了。"他说着就走开了。

二

"来了！"一名信号手喊道。

团长脸一红，向马跑过去。他用发抖的手抓住马镫，纵身上马，坐稳后，抽出佩刀。他带着幸福的、坚毅的表情，咧着嘴，准备喊口令。全团士兵像梳理羽毛的小鸟一样，抖擞一下，就屏息不动了。

"立——正！"团长发出一声惊心动魄的口令。

一辆驾着纵列马的高大的浅蓝色维也纳轿式马车，疾驰而来。骑马的随员们和克罗地亚人卫队在车后飞跑着。库图佐夫身旁坐着一个奥地利将军，他穿一身在俄国人的黑军服中间显得很奇特的白军服。马车在团队前停下来。库图佐夫和那个奥地利将军低声说着什么，库图佐夫露出一丝微笑。似乎根本不存在二千名士兵似的。

发出口令声，团队又震动了一下，锵锵地一齐举枪致敬。全团高呼："祝大——人——健康！"接着又是一片死静。开始时，在团队行进的整段时间，库图佐夫一动不动。后来，他和那个穿白军服的将军，由随员伴随着，并肩从队伍前面走过。

团长看上去更愿意执行下属的职务，而不愿执行长官的职务。

库图佐夫从队伍前面走过，有时停下来对军官们说几句亲热话，有时对士兵们也说几句。有好几次他看着靴子悲哀地摇摇头，而且指给奥地利将军看，脸上的表情好像说，对这件事他并不责备任何人，但这实在是太糟了。团长每当这时就跑上前去，唯恐放过总司令谈到本团的每句话。库图佐夫后边，跟随着二十来名随员。离总司令最近的是一个英俊的副官。这就是博尔孔斯基公爵。在他身旁走着的是他的同僚校官涅斯维茨基，他身材高大，十分肥胖，生着一张俊秀、和善的笑脸和一对水汪汪的眼睛。涅斯维茨基被一个骠骑军官逗得不由得要笑。那个骠骑军官面无笑容,呆呆地瞪着两眼,一本正经地望着团长的脊背,模仿团长每一个动作。每当团长哆嗦着向前躬身的时候,那个骠骑军官也就跟着惟妙惟肖地打哆嗦和哈腰。涅斯维茨基一边笑,一边示意别人,让别人也看。

库图佐夫无精打采地走过队伍。来到三连的时候,他突然停下来。随员们没有料到他会这样,都收不住脚步,拥了上来。

"啊,季莫欣!"总司令说,他认出了那个因为蓝大衣而受申斥的红鼻子上尉。

本来,季莫欣在遭受团长申斥的时候腰杆就已经挺得无法再直了。现在,上尉把腰杆挺得更直了:看样子,倘若总司令再看他一下,他就会吃不住劲了。库图佐夫很体谅他,于是赶忙转过脸去。库图佐夫那张因伤疤而变形的虚胖的脸上,掠过一丝差不多是觉察不出的笑意。

"又一个伊兹梅尔战役的战友,"他说。"一个勇敢的军官! 你对他满意吗?"库图佐夫向团长问道。

团长哆嗦了一下,走上前去回答说:"很满意,大人。"

"人人都免不了有缺点,"库图佐夫面带笑容地走开了,说道,"他是个爱喝酒的人。"

团长没敢答话。那个骠骑军官这时还在惟妙惟肖地模仿上尉的表情和姿势,涅斯维茨基忍不住笑出声来。库图佐夫回头看了看。那个骠骑军官趁库图佐夫转脸的工夫,他居然来得及做了个鬼脸,立刻又摆出最正经、最恭敬、最无辜的样子,这真是功夫。

第三连是最后一连,库图佐夫沉吟起来,他好像想起了什么。安德烈公爵走出来,用法语低声说:"您让我提醒您一下关于本团降职军官多洛霍夫的事。"

"多洛霍夫在哪儿?"库图佐夫问。

多洛霍夫已经穿上士兵的灰大衣,正着急地等待着传唤他。这时从队伍里走出一个身材挺拔、金黄色头发的士兵。他走到总司令面前举枪敬礼。

"有什么要求吗?"库图佐夫眉头微微一皱,问道。

"这就是多洛霍夫。"安德烈公爵说。

"啊!"库图佐夫说,"我希望这次教训能使你改过自新,好好地工作。皇上是仁慈的。如果你做得好,我也会记得你的。"

世界传世藏书

世界十大名著

·战争与和平·

图文珍藏版

那双明亮的蓝眼睛直视着总司令。

"我求您一件事,大人,"他说,声音响亮、坚定、毫不紧张,"我要立功赎罪,表明我对皇帝陛下和俄国的忠诚。"

库图佐夫转过脸去,既不耐烦又自以为是地转身向马车走去。

团队分头向布劳瑙附近指定的营盘走去,希望能在那里得到靴子和衣服,在艰苦的行军之后休息一下。

"您不会对我有看法吧,普罗霍尔·伊格纳季奇!"团长骑马跑到带队的季莫欣上尉跟前,对他说。因为顺利地通过了检阅,团长脸上流露出按捺不住的喜悦。"这是给皇上服务……没法子……有时免不了在队前发发脾气……我先道歉,您了解我……我十分感激!"说着他把手伸给连长。

"不用客气,将军,我对您怎么会有意见!"上尉回答,他的鼻子发红了,微笑着。

"请告诉多洛霍夫先生,我不会忘记他,请他放心。我一直想问你,他怎么样?品行好吗?在各方面……"

"他工作很卖力,大人……不过脾气……"季莫欣说。

"怎么?脾气怎么样?"团长问。

"大人,一天一个样。"上尉说,"今天看来很懂事,和和气气的。但是明天一下子就变成了野兽。在波兰的时候,他就打死一个犹太人……"

"是的,是的,"团长说,"对这个不幸的年轻人,还是要多加照顾。他的来头不小哇……所以您要……"

"是,大人。"季莫欣说。

"是的,是的。"

团长在队伍里找到多洛霍夫,勒住了马。

"一打仗就有肩章了。"团长对他说。

多洛霍夫转脸看了看,没说一句话,也没改变他那含着嘲笑的表情。

"好,这好极了,"团长继续说,"我请弟兄们喝一杯。"他大声说,叫士兵们都听得见。"我谢谢大家!"随后他超过这个连队,向另一个连队驰去。

"说实在的,他真是个大好人,在他手下当兵很好。"季莫欣对身旁的一个下级军官说。

"总之,他是个红桃老 K……"那个军官笑着说。

军官们的快乐心情也传给了士兵。连队高高兴兴地行进着。四面八方传来士兵的谈话声。

"听说库图佐夫是个独眼龙,只有一只眼?"

"可不是嘛!地地道道的独眼龙。"

"不……老弟,他比你还眼亮呢。靴子和脚布,样样都看在眼里……"

"我的老弟,他朝我的脚看了一眼……嘿!我心想……"

"那个跟他一块来的奥地利人,似乎用石灰刷过似的。白得像面粉!"

"我说,费杰绍!……有没有听见什么时候开战?你站得近。听人说,波拿巴本人就驻在布鲁诺沃。"

"波拿巴驻在这儿!真会胡说,笨蛋!他什么全知道似的!现在普鲁士人正闹乱子。这就是说,奥地利人正在镇压他们。把普鲁士人平定下去,才同波拿巴开战。可是他偏说波拿巴驻在布鲁诺沃!因此是个笨蛋。你听得还不够多。"

"你瞧,军需官真可恨!第五连已经快到村子了,立刻就要煮粥了,我们还没有走到地方。"

"给我一点面包干,鬼东西。"

"你昨天给了我一点烟叶,是吧?怪不得,老弟。好,拿去吧。"

"能让我们休息一会儿就好了,要不还得饿着肚子走五六俄里。"

"倘若德意志人给咱们套好马车,那就太棒了。坐上去,多神气!"

"老弟,这儿的老百姓野蛮极了。那边好像都是波兰人,是在俄国统治下;但是这儿,老弟,全是德意志蛮子。"

"歌手到前面来!"只听上尉喊道。

歌手们跑到前面,大声歌唱。歌子的开头是:"朝霞起,太阳升……"最后一句是:"弟兄们,光荣一定属于卡缅斯基爷爷和我们……"这支歌是在土耳其作战中编的,现在在奥地利唱,只是把其中的歌词"卡缅斯基爷爷"改为"库图佐夫爷爷"。

鼓手是一个干瘦、俊秀、年约四十的士兵,他按照士兵的唱法干净利落地结束了最后一句。然后,当他确信所有的眼睛都注视着他的时候,他两手捧过头顶,似乎捧的是一件看不见的贵重东西,停留一会后忽然把它拼命一扔:

哎嗨,我的穿堂啊,我的穿堂!

"我的新穿堂……"二十个人接着唱起来,响板手虽然负荷着全副装备的重量,却敏捷地跑到前头去,面朝连队倒退着走,耸动着肩膀,击打着响板。士兵们合着拍子,甩起胳膊,迈开阔步,不由得把脚步走齐了。连队后面传来滚滚的车轮声、弹簧坐垫的轧轧声和马蹄的得得声。库图佐夫带着随从回城。总司令打了个手势,叫弟兄们便步走。听见歌声,看见一个跳舞的士兵和高高兴兴、精神抖擞地走着的全连士兵,总司令和他所有的随从脸上都露出快乐的神情。连队从右边数第二排,有一个蓝眼睛的士兵十分惹人注意,他就是多洛霍夫,他踏着拍子行进着,姿势活泼而优美。那个喜欢模仿团长的骠骑兵少尉落到了马车后面,他驰到多洛霍夫跟前。

骠骑兵少尉热尔科夫有一个时期在彼得堡属于多洛霍夫领导下的暴徒集团。在国外热尔科夫看见多洛霍夫是一个士兵,认为没有必要去认他。现在,当库图佐夫和这个降级的军官谈过话以后,他又怀着老友重逢的喜悦来和他打招呼。

"亲爱的老友,你怎么样?"他问道。

"我怎么样?"多洛霍夫冷淡地回答说,"就像你看见的那样。"

活泼有力的歌声,给热尔科夫说话时那潇洒快乐的声音、多洛霍夫回答时故意的冷淡,增添了一种特别的意味。

"喂,和长官处得来吗?"热尔科夫问。

"没什么,全是些好人。你是怎么混到司令部去的?"

"临时调来的,是我值班。"

他们沉思了一会儿。

"她从右手袖筒里放出一只鹰。"歌中唱道,一种刚健快乐的感觉油然而生。

"听说奥地利人打败了,是真的吗?"多洛霍夫问。

"鬼知道,全这么说。"

"我十分兴奋。"多洛霍夫简单明了地答道,和歌词的内容正相配。

"喂,找个晚上到我们那里打打牌吧。"热尔科夫说。

"是不是你们的钱太多了?"

"来吧。"

"不行,我发过誓了。在晋级以前,不喝酒,不赌钱。"

"那有什么,只要一打仗……"

"到时候再看吧。"

他们又沉默不语了。

"需要什么就来吧,司令部里总有办法……"热尔科夫说。

多洛霍夫冷冷地一笑。

"你虽然放心好了。我需要什么不会去求人,自己能办到。"

"我只是说……"

"我也只是说。"

"再见。"

"祝你健康……"

……遥望故乡,

山高路远……

热尔科夫一蹬马刺,马暴跳起来,合着歌曲的拍子越过连队去追赶马车。

三

检阅归来,库图佐夫陪同那位奥地利将军,走进自己的办公室。他叫副官把有关新到部队情况的文件和先头部队总指挥费迪南大公的信件拿来。安德烈·博尔孔斯基公爵拿着需要的文件走进来。库图佐夫和奥地利军事参议院参议员坐在一幅摊在桌上的作战地图前。

"啊……"库图佐夫打量着博尔孔斯基说,他示意副官等一下,随即用法语继续谈话。

"我只说一点,将军,"库图佐夫说,他的话不由得人不听,"如果问题是我说了算,弗朗茨陛下的旨意早就执行了。我早就和大公会师了。请相信我的真诚,对于我个人,把军队的最高统率权移交给贵国比我更有才干的人,对我是一桩可喜可庆的事。可是,我们必须服从客观情况,将军。"

库图佐夫微微一笑:"您有充分的理由不相信我,并且不论您对我是相信还是不相信,我是根本无所谓的。问题就是这样。"

奥地利将军露出不满意的神色,他只好气愤地对库图佐夫说道:"相反,陛下极为重视阁下参加我们的共同事业。但是我们认为,目前的迟缓不利于这次

战争。"

库图佐夫笑着鞠了一躬。

"但是根据费迪南大公殿下最近给我的信,我坚信奥军在马克将军的指挥下,现在已经取得了决定性的胜利,再也用不着我们的帮助了。"库图佐夫说。

奥地利将军紧皱着双眉。可是库图佐夫温和地微笑着。

"把那封信拿来。"库图佐夫对安德烈公爵说,"请看看吧。"库图佐夫露出讥讽的微笑,向奥地利将军读了费迪南大公来信中的一段。

库图佐夫读完后,深深地叹了一口气,亲切地看着对方。

"但是,大人,有一句话说得好,凡事应当作最坏的设想。"奥地利将军想言归正传。

他不满意地向副官看了一眼。

"对不起,将军。"库图佐夫打断他的话,也向安德烈公爵转过脸来,"我说,亲爱的,你到科兹洛夫斯基那里把我们侦察员的报告全部拿来。这里是诺斯蒂茨伯爵的两封信,这是费迪南大公殿下的信,还有这些,"他一边说,一边递给他几件公文,"根据这些文件用法语清清楚楚拟一个备忘录,把我们所得到的奥国军队行动的全部消息写成一个简单的报告。写好后呈这位大人过目。"

安德烈公爵听过以后,向接待室走去。

尽管安德烈公爵离开俄国没有多久,但变化却很大。整天像忙于一件快乐而有趣的事情似的。他脸上流露出自满和满足的神情。他的微笑和眼神也格外光彩照人了。

安德烈公爵是在波兰赶上库图佐夫的，库图佐夫待他很不错，交给他比较重要的任务。库图佐夫在维也纳写了一封信给他的老同事——安德烈公爵的父亲。

"您的儿子，"他写道，"他勤奋、坚定、可靠，有希望成为一个出色的军官。我手下能有这样的下属使我感到兴奋。"在库图佐夫司令部的同事之间以及在军队里，也像在彼得堡上流社会里一样，安德烈公爵有两种恰恰相反的名声。有一部分人认为他会有远大的前程，但多数人却认为他冷酷自傲。

安德烈公爵从库图佐夫办公室来到接待室，和值勤副官科兹洛夫斯基聊起来。

"什么事，公爵？"科兹洛夫斯基问。

"奉命拟一份备忘录，解释我们为什么不前进。"

"为什么不前进呢？"

安德烈公爵耸了耸肩。

"有马克将军的消息吗？"科兹洛夫斯基问。

"没有。"

"倘若他被打败的事是真的，消息也该来了。"

"也许是吧。"安德烈公爵说着，朝门口走去。迎面碰上了一位新来的奥地利将军。他身材高大，穿常礼服，头上缠着黑布，脖子上挂着一枚玛丽亚·特雷西娅勋章。

"库图佐夫元帅呢？"新到的将军用生硬的德语说，向两旁打量着，径直朝办公室走去。

"元帅有事。"科兹洛夫斯基一边说，一边赶忙向陌生的将军走去，"请问将军贵姓？"

陌生的将军轻蔑地看着科兹洛夫斯基，仿佛惊讶他有眼不识泰山。

"元帅有事。"科兹洛夫斯基安静地重复说。

将军的面色沉了下来，觉得自己处境很尴尬。这时库图佐夫走了出来，正好给他解了围。

"我是不幸的马克。"他声音嘶哑地说。

库图佐夫站在办公室门口，脸上的表情有几秒钟凝然不动。然后他恭恭敬敬地低下头,闭着眼,静静地让马克先走,然后把门带上。

先前传闻奥军溃败和全军在乌尔姆城下投敌的消息已经得到证实。半小时后,命令传达下来,迄今按兵不动的俄国军队也就要迎战杀敌了。

司令部里只有极少数军官特别关注战事的进程,安德烈公爵就是其中的一个。看见马克和听了他的军队覆灭的详细经过,安德烈公爵明白,战局已经输掉了一半,俄国军队的处境十分困难。一想到骄傲的奥地利遇到可耻的失败,想到也许再过一星期会看到并且参加在苏沃洛夫以后的第一次俄法战争,他就不由得激动不已。

安德烈公爵心情激动有点烦躁不安。安德烈照例回房间给父亲写信。在走廊上遇见同屋的涅斯维茨基和滑稽家热尔科夫,他们像平时一样不知在笑什么。

"你怎么一脸的不快活?"涅斯维茨基看见安德烈公爵面色苍白,眼睛发亮,便问道。

"没什么可兴奋的。"博尔孔斯基回答说。

正当安德烈公爵与涅斯维茨基和热尔科夫相遇的时候,走廊的另一边走来一位奥地利将军施特劳赫和奥地利军事参议院议员,他们全是昨天刚到,那位奥地利将军是驻在库图佐夫司令部专管俄国军队的给养的。以走廊的宽阔,供两个将军和三个军官各走各的路是绰绰有余的;但是热尔科夫用手推开涅斯维茨基,上气不接下气地说:"来了!……来了!……闪开,让路!请让路!"

两位将军走过来,他们并不想讲究麻烦的礼节。热尔科夫脸上忽然露出抑制不住的、傻乎乎的笑。

"大人,"他走上前去用德语对奥地利将军说,"向您贺喜。"

他低着头,像个学跳舞的孩子似的,一会儿并起左脚,一会儿又并起右脚。

那个奥地利军事参议院议员将军细细地打量了他一下。将军眯起眼睛,准备听他说下去。

"我荣幸地庆贺马克将军驾到,庆贺他平安无事,只不过这儿碰伤了一点。"他指了指自己的脑袋。

将军皱起眉头,转身走开了。

"真是幼稚!"他走了几步以后,愤愤地说。

涅斯维茨基哈哈大笑,搂住安德烈公爵,但是博尔孔斯基脸色更苍白了,愤怒地推开他,向热尔科夫转过身去。看见马克的样子,听见他惨败的消息以及想到俄国军队未来可能的遭遇,这使安德烈忧心忡忡。

"仁慈的阁下,"他尖叫一声,下巴颏微微颤抖着,"您愿意当一个小丑,我不愿管您,可是如果您再敢在我面前出洋相,我可要让您知道知道,应该怎样控制自己。"

涅斯维茨基和热尔科夫被这个反常的行动惊呆了,睁大两眼望着博尔孔斯基。

"怎么啦,我只不过表示祝贺。"热尔科夫说。

"请您住口!"博尔孔斯基大喝一声,拉起涅斯维茨基的手就走开了。

"你怎么啦,老弟?"涅斯维茨基安慰他说。

"什么怎么啦?"安德烈公爵很激动,"你要知道,我们不是做一名效忠皇上和祖国的军官,就是做一个对老爷们的事情漠不关心的奴才。四万人牺牲了,我们的盟军全军覆没,你们竟然拿这样的事开玩笑!"

"您也这样做,更是不应该。只有毛孩子才这样闹着玩。"安德烈公爵看见热尔科夫少尉还能听见他的话,就故意说了这么一句。

他等了等,等着少尉的回答。可是少尉转身从走廊里出去了。

四

保罗格勒骠骑兵团在离布劳瑙两英里的地方驻防。士官生尼古拉·罗斯托夫所在的骑兵连驻扎在一个名叫扎尔策涅克的德意志村庄里。骑兵连长杰尼索夫大尉住了村中最好的房子,他是以瓦西卡·杰尼索夫这个名字闻名整个骑兵师的。士官生罗斯托夫自从在波兰赶上了团队,就和连长住在一块。

十月八日,马克失败的消息震惊了整个大本营,骑兵连部仍然过着安静的行军生活。罗斯托夫一大早骑着马采办军需品回来,此时,通宵没有牌运的杰尼索夫还没有回家。穿着士官生制服的罗斯托夫催马来到门前,喊了勤务兵一声。

"喂,邦达连科,亲爱的朋友,"他对三步并作一步奔到他的马前的骠骑兵说,"遛遛马,朋友。"他说话时依旧带着友善的、愉快的柔和腔调,这是好心的年轻人在幸福的时刻都带有的。

"是,大人。"霍霍尔兴奋地摆着脑袋回答说。

另一个骠骑兵也奔到马前,可是邦达连科已经把缰绳甩过来牵到手中了。

看来士官生给酒钱很大方,伺候他会捞到好处。罗斯托夫摸了摸马脖子,又摸了摸马的臀部,然后来到门廊前。

"好马! 会成为一匹好马的!"他自言自语地说道,于是面带笑容,手扶马刀,锵锵地响着马刺跑上台阶。房东是德意志人,穿一件卫生衣,戴着睡帽,正在用叉子清除牛粪,他从牛棚里往外张望了一下。他一看见罗斯托夫,马上容光焕发。他兴奋地微微一笑,挤了挤眼:"早上好!"看样子,他很乐意跟这个年轻人搭讪。

"已经干起活来了!"他说,高兴的面孔仍然带着喜悦的、友善的微笑。

"奥地利万岁! 俄罗斯人万岁! 亚历山大皇上,乌拉!"他把德意志房东常说的这几句话喊了一遍。

房东笑起来,干脆走出牛棚,摘掉帽子,举在头顶上挥动着,同时高喊:"全世界万岁!"

罗斯托夫和房东一样,笑着喊道:"全世界万岁!"两人真可谓情投意合。

"你们老爷怎么了?"他问杰尼索夫的仆人拉夫鲁什卡——他是全团有名的滑头。

"昨晚出去就没回来。一定是又输了。"拉夫鲁什卡回答说,"我算是摸透了。赢了钱,早就回来吹牛了。倘若早上还没回来,准是输得一个子不剩。憋着满肚子的火回来。您喝咖啡吗?"

"来一杯,来一杯吧。"

很快,拉夫鲁什卡端来了咖啡。

"来了!"他说,"现在该倒霉了。"

罗斯托夫向窗外瞥了一眼,杰尼索夫正往回走。杰尼索夫个子很小,红脸膛,眼睛又黑又亮,乌黑的须发很蓬松。敞开着骠骑兵的短斗篷,肥大的马裤下垂得打着皱褶。揉皱的骠骑兵制帽歪到脑后。他低着头,神色沉重地朝门廊走过来。

"拉夫鲁-什卡,"他生气地大声喊道,"给我脱,混蛋!"

"我不是正脱着嘛。"拉夫鲁什卡回答说。

"啊! 你已经起来了。"杰尼索夫走进屋来,说。

"早起来了,"罗斯托夫说,"我已经领了干草,并且见过玛蒂尔达小姐了。"

"真的吗? 老弟,昨晚我真倒霉,输了个精光!"杰尼索夫喊道。"真倒霉! 真倒霉! 你一走,我的手气就越来越不行了。喂,拿茶来!"

杰尼索夫皱着眉头,带着一丝苦笑,露出结实的短牙齿,用手狠抓着头发。

"鬼使神差,叫我去找这个大耗子(一个军官的外号),"用手搓着额头和脸,说道:"你想想看,他连半张牌也没有给我。"

杰尼索夫接过烟袋,紧紧地攥在手里敲打地板,弄得火星乱迸,仍旧喊道:"他见小注就让,见大注就吃。见小注就让,见大注就吃。"

他敲得火星四溅,把烟袋敲坏了,干脆扔到一边。他沉默了一会儿,突然抬起一对又黑又亮的眼睛看了看罗斯托夫,很是兴奋。

"有女人就好了。在这儿除了喝酒就闲得慌。快点打起来也好……"

"喂,谁在那儿?"他听见有人就转脸对着门口喊道。

"司务长!"拉夫鲁什卡说。

杰尼索夫眉头皱得更紧了。

"讨厌,"他一边说,一边把钱袋扔了过去,"罗斯托夫,亲爱的,数数里面还剩多少,把它放到枕头底下。"说着出去见司务长去了。

罗斯托夫倒出钱来,把新旧金币分开,开始数起来。

"啊!捷利亚宁!你好!昨晚我输了个精光。"从另一间屋传来杰尼索夫的声音。

"在谁那儿?在大耗子贝科夫那儿吗?……我知道。"另一个尖细的声音说,接着捷利亚宁中尉走了进来,他个子很小,同是那个骑兵连的军官。

罗斯托夫把钱袋扔到枕头底下,握了一下向他伸过来的湿乎乎的小手。捷利亚宁是在出征前从近卫军调来的。尽管他在团里表现很好,可是人们都讨厌他,特别是罗斯托夫,既无法克服也无法掩饰他对这个军官毫无理由的厌恶。

"怎么样,年轻的骠骑兵,我的白嘴鸦好不好?"他问。(白嘴鸦是捷利亚宁卖给罗斯托夫的刚开始调练的小马。)

中尉跟人说话时,从来不关心对方的眼睛;自己只顾东张西望。

"我看见您今天骑来着……"

"很好,是一匹好马,"罗斯托夫回答说,这匹马是七百卢布买的,而实际上连三百五十卢布也不值,"左前腿有点瘸……"

"蹄子裂了!这有什么要紧。我教给您钉什么掌。"

"是啊,请您指点指点。"罗斯托夫说。

"我当然指点,这又不是秘密。您买这匹马,将来会感激我的。"

"那么我叫人把马牵来。"罗斯托夫说,他想摆脱捷利亚宁,就出去叫人把马牵来。

杰尼索夫蹲在过道的门槛上,手里拿着烟袋,对着正向他报告的司务长。杰尼索夫向罗斯托夫挤了挤眼,用大拇指指了指捷利亚宁坐着的那间屋,做了个鬼脸,表示厌恶之情。

"唉,我讨厌这家伙。"他当着司务长的面,毫无顾忌地说。

罗斯托夫耸了耸肩,仿佛说:"我也同样,可有什么法子呢!"他吩咐后,就回捷利亚宁那里去了。

捷利亚宁坐在那里,仍旧一副懒洋洋的样子,搓弄他那双白净的小手。

"世上真有如此讨厌的家伙。"罗斯托夫一面进屋,一面想。

"怎么样,已经叫人把马牵来了吗?"捷利亚宁一边站起来一边冷漠地四下张望。

"吩咐过了。"

"咱们一块去吧。我只是来向杰尼索夫问点事。杰尼索夫,您接到命令了吗?"

"还没有。您到哪儿去?"

"我想去教年轻人如何钉马掌。"捷利亚宁说。

他们走出门廊,到马棚里去了。中尉讲了讲如何钉马掌,就回去了。

罗斯托夫回来看见桌上摆着酒瓶和灌肠。杰尼索夫坐在桌前很快地写字。他阴郁地看了一眼罗斯托夫。

"我在给她写信。"他说。

他用臂肘倚着桌子,手里拿着笔,很兴奋有机会立刻把他想写的话全说出来,于是,他对罗斯托夫讲起他写的信。

"你可知道,朋友,"他说,"不恋爱,就等于睡大觉。我们是凡夫俗子……但是我们一旦恋爱,就变成神人了。……又是什么人来了?滚他的蛋。我没工夫!"他冲着向他走来的拉夫鲁什卡喊道。

"还能是谁?是您亲自吩咐的。司务长领款来了。"

杰尼索夫皱起眉头,想大声嚷嚷几句,可是憋住了。

"真糟糕,"他自言自语说,"钱包里还有多少钱?"他问罗斯托夫。

"七枚新币,三枚旧币。"

"唉,糟糕!你怎么像死人一样,去叫司务长!"杰尼索夫喝令拉夫鲁什卡。

"杰尼索夫,不必客气推让,把我的钱拿去吧,我有。"罗斯托夫红着脸说。

世界传世藏书

世界十大名著

·战争与和平·

图文珍藏版

"我讨厌向自己人借钱，不喜欢。"杰尼索夫嘟囔着。

"你倘若不肯用我的钱，那就是看不起朋友了。真的。我有。"罗斯托夫又说了一遍。

"不，不。"

杰尼索夫走到床前，想从枕头底下拿钱包。

"你放在哪儿的，罗斯托夫？"

"在最下面的枕头底下。"

"可是，没有啊。"

杰尼索夫把两个枕头扔到地板上，没找到钱包。

"真是怪事！"

"等一下，你没有弄掉吧？"罗斯托夫一边说，一边把枕头一个个拿起来抖搂。

他掀起被褥抖了抖。仍旧没有发现钱包。

"会不会是我忘了？不会啊，我心里还想，你当宝贝似的枕在头底下，"罗斯托夫说，"我是把钱包放在这儿的。跑到哪儿去了？"他转脸对拉夫鲁什卡说。

"我没进来过。放在哪儿，还应该在哪儿。"

"但是，没有啊。"

"您总是这样，往哪儿一扔，就忘了。您看看您的口袋。"

"不会，倘若我心里没有想它是宝贝，那也许会忘，"罗斯托夫说，"我很清楚地记得是放好了的。"

拉夫鲁什卡把整个床都翻腾了一遍，看了看床底下，桌子底下，找遍了整个屋子。杰尼索夫一言不发，注视着拉夫鲁什卡的一举一动，当拉夫鲁什卡吃惊地摊开两手，说是到处都没找到的时候，他回头看了看罗斯托夫。

"罗斯托夫，你是不是耍小孩子的把戏……"

罗斯托夫感到杰尼索夫的目光集中到了他身上，他抬起眼睛，随即垂了下来。血液全部涌到脸上和眼睛里。他喘不过气来。

"屋子里除了中尉和您本人，没有人来过。一定在屋里某个地方。"拉夫鲁什卡说。

"住嘴，鬼东西，快给我找去，"杰尼索夫一下子涨红了脸，摆出一副吓人的样子，向仆人扑过去喊道，"非找到不可，否则揍人。一个个地揍一遍。"

罗斯托夫躲开杰尼索夫的视线，扣起上衣，佩上马刀，戴上军帽。

"我对你说，不找到钱包不行，"杰尼索夫喊着，抓住勤务兵的肩膀摇晃着，把他往墙上撞。

"杰尼索夫，放开他；我知道是谁拿的。"罗斯托夫一边说，一边低头朝门口走去。

杰尼索夫停下来，沉思了一下，他明白了罗斯托夫的意思，于是抓住他的手。

"胡说！"他喊道，"我说，你发疯了，我不准这样。钱包在这儿，我剥掉这个混蛋的皮，就会在这儿找到了。"

"我知道是谁干的。"罗斯托夫声音颤抖地又说了一遍，朝门口走去。

"我告诉你，不能这么做！"杰尼索夫喊道，向士官生扑过去，想拦住他。

可是罗斯托夫把手挣脱出来，凶狠地直盯着杰尼索夫的眼睛，怒火中烧，仿佛杰尼索夫是他最大的敌人。

"你知道你说的是什么话吗？"他的声音发抖，"除了我，这屋里谁都没来过。倘若不是他，那么就是说……"

他说不下去了，从屋里跑出去。

"嘿，随你的便吧。"罗斯托夫听见了这么一句。

罗斯托夫来到捷利亚宁的住处。

"老爷不在家，到司令部去了。"捷利亚宁的勤务兵对他说。"出什么事了吗？"勤务兵又加了一句，士官生难看的面色使他吃惊。

"没什么。"

"您早来一步就好了。"勤务兵说。

司令部离扎尔策涅克村三俄里。罗斯托夫没有回家，要了一匹马，骑上到司令部去了。司令部驻扎的那个村子有一家酒馆。军官们经常光顾。罗斯托夫来到这家酒馆，看见门廊边拴着捷利亚宁的马。

中尉坐在酒馆的第二间屋里，面前放着一盘小灌肠和一瓶酒。

"啊，您也来了，年轻人。"他微笑着说。

"嗯。"罗斯托夫说，他费了好大劲才说出这个字，在邻近的桌旁坐下。

两人全不说话，屋里坐着两个德意志和一个俄国军官。大家都不说话，只听见餐刀碰击盘子的声音和中尉吃饭的声音。捷利亚宁吃完了早饭，从口袋掏出一个对折的钱包，用又白又小的手指拉开钱包的环儿，拿出一枚金币，扬起眉毛,把钱交给侍者。

"劳驾,快点。"他说。

金币是新的。罗斯托夫站起来走到捷利亚宁面前。

"让我看看钱包。"他说,声音极低。

捷利亚宁眼珠子骨碌碌地乱转,总是扬着眉毛,把钱包交了出来。

"是的,是个好钱包……是的……是的……"他说,面色突然苍白了。"瞧瞧吧,年轻人。"他又说。

罗斯托夫接过钱包,瞧了瞧里面的钱,又瞧了瞧捷利亚宁。中尉照他的老习惯东张西望,突然间,他变得似乎非常快活似的。

"倘若到维也纳,我一定把钱用光,如今在这种差劲的小城镇上,有钱也没处用。"他说,"好了,给我吧,年轻人,我要走了。"

罗斯托夫沉默着。

"您怎么样?也要吃早饭吗?饭菜挺好的。"捷利亚宁继续说,"给我吧。"

他伸手抓住钱包。罗斯托夫松开了手。捷利亚宁拿过钱包揣进马裤兜里,不在意地挑起眉毛,微微张着嘴巴,仿佛在说:"是的,是的,我把自己的钱包揣到兜里,这是很平常的事,跟谁都不相干。"

"怎么啦,年轻人?"他叹了口气,说道,看了看罗斯托夫的眼睛。一道目光从捷利亚宁眼睛里闪电般地向罗斯托夫的眼睛投来,从罗斯托夫的眼里又折回去,再折回来,又折回去,这一切全都发生在一瞬间。

"到这边来。"罗斯托夫一面抓住捷利亚宁的手,一面说。他几乎拖着他走到窗口。"这是杰尼索夫的钱,是您拿了……"他低声说。

"什么?……什么?……您开玩笑?什么?……"捷利亚宁说。

但是他说话的声音,像绝望的嚎叫,乞求饶恕似的。这下罗斯托夫心中的疑团像一块石头落了地。他感到一阵轻快,就在这一瞬间,他又觉得站在他面前的这个倒霉的家伙怪可怜的,可事情既然开了头,就得做到底。

"您的想法真是奇怪,"捷利亚宁咕哝说,拿起军帽向另一间不大的空房走去,"需要解释一下……"

"这个我认得,我能证明。"罗斯托夫说。

"我……"

捷利亚宁脸色苍白,眼睛还是乱转,可已不敢抬起头来看罗斯托夫的脸,只顾断断续续地哭起来。

"伯爵！……不要把一个年轻人给毁了……这些该死的钱,您拿去吧……"他把钱扔到桌上,"我有老父老母！……"

罗斯托夫不管捷利亚宁的目光,拿起钱,一言不发,就走出屋去。可是他在门口停住了,又转回来。

他眼里含着泪水,说道:"您怎么可以干出这等事?"

"伯爵……"捷利亚宁向士官生走过来,说道。

"不要靠近我,"罗斯托夫向一边闪开,说道:"您要用钱,就把这拿去吧。"他把钱包扔给他,就从酒馆里跑了出来。

<h1 style="text-align:center">五</h1>

就在当天晚上,骑兵连的军官们在杰尼索夫屋里进行了一场热烈的谈话。

"听我说,罗斯托夫,您应该向团长道歉。"一个骑兵上尉,对激动得面红耳赤的罗斯托夫说。

这个骑兵上尉基尔斯坚曾经两次因决斗而降为士兵,而两次都复了原职。

"不管谁说我骗人,我都不答应！"罗斯托夫大声喊道,"他说我撒谎,我也说他撒谎。事情就是这样。可以天天派我值班,也可以抓起我来,但是谁也不能强迫我道歉,如果他认为自己是团长,就不屑于跟我决斗,那么……"

"您等一下,老弟。您听我说,"骑兵上尉插嘴说,一边心平气和地将他那两撇长胡子,"您当着别的军官的面说有一个军官偷窃……"

"当着其他的军官的面谈起这件事,我并没有错。我就是因为骑兵队里用不着这么多的讲究才来当骑兵的,可是他说我撒谎……那他就得赔偿我名誉……"

"您说的都不错,谁不会认为您是胆小鬼,可是这解决不了问题。您问问杰尼索夫,士官生要求团长赔偿他名誉,这像话吗?"

杰尼索夫咬着胡子,神色忧郁地听着,他不想参与这场谈话。他对骑兵上尉提出的问题摇了摇头。

"您在军官们面前对团长说这种下流勾当,"骑兵上尉接着说,"波格丹内奇(团长的名字)制止了您。"

"不是制止,而是说我撒谎。"

"是的,您对他说了些蠢话,应当说对不起。"

"根本不可能！"罗斯托夫喊道。

"没想到您会这样，"骑兵上尉认真地板起面孔说，"您不想道歉，可是，老弟啊，您对不起团长，并且也对不起我们大家。本来嘛，您事先应该好好想想，跟旁人商量一下，看看这件事该怎么办，可是您不管三七二十一当着军官们的面全给抖搂出来了。现在叫团长怎么办呢？把那个军官交出去受审，使全团蒙受耻辱吗？为了一个坏蛋而让全团丢脸吗？依您看，这是可以的？照我们看，不能这样。波格丹内奇做得漂亮：他说您说的不是实话。话尽管难听，可这有什么办法呢？老弟？他是为了全团的利益。"骑兵上尉的声音开始打战，"老弟，您在团里待不了几天；今天在团里，明天就被调去当副官。你不在乎人家说：'保罗格勒团的军官中有个小偷！'对我们来说但是件大事。是不是这样，杰尼索夫？"

杰尼索夫一直一声不响，也不动弹，只顾看着罗斯托夫。

"您为了顾全个人的面子，不肯道歉，"骑兵上尉继续说，"但是我们这帮老人，都是在团队里长大的，死也死在团队里，团队的荣誉对我们十分宝贵，波格丹内奇也是知道这一点的。您这样做不好。"

骑兵上尉站起来，背过脸去不看罗斯托夫。

"说得对，对极了！"杰尼索夫跳起来说，"怎么样，罗斯托夫，说话啊！"

罗斯托夫脸红一阵，白一阵，他看看这个，又看看那个。

罗斯托夫眼里含着眼泪说："我错了，完全错了！您还要怎么样呢？……"

"这就对了，伯爵！"骑兵上尉转过身来喊道，拍了拍他的肩膀。

"我跟你说了吧，"杰尼索夫大声说，"他是个好人。"

"这样就对了，伯爵，"骑兵上尉又说了一遍，"您去道一下歉，阁下。"

"诸位，一切我都办得到，以后，我不会再提这事了，"罗斯托夫用恳求的声音说，"可是我不能道歉。"

杰尼索夫大笑起来。

"这对您更不好。波格丹内奇爱记仇，您这样固执会受到报复的。"基尔斯坚说。

"老实说，不是固执！我对您说不清这是一种什么感情，说不清楚……"

"那就随您的便吧。"骑兵上尉说。"那个坏东西藏到哪儿去了？"他问杰尼索夫。

"他说他病了，明天就下令开除他。"杰尼索夫说。

"只能说因病,不能用其他的解释。"骑兵上尉说。

"不论是病不是病,不要叫他碰见我——我会杀死他的!"杰尼索夫大声说。

热尔科夫走进屋来。

"你怎么啦?"大家齐声问道。

"进军,诸位。马克被俘,全军投降了。"

"胡说!"

"我亲眼看见他的。"

"怎么? 你看见马克还活着? 有胳膊有腿儿的?"

"进军! 进军! 他带来这个消息,该请他喝一瓶酒。你怎么到这儿来了?"

"又被派到团里来了,全是因为马克那个老鬼。奥地利将军告了我一状。我向他庆贺马克驾到……罗斯托夫,你怎么啦?"

"我们这儿从昨天以来就一团糟,老弟。"

团部的参谋来了,热尔科夫的消息得到证实。命令明天出发。

"要进军啦,诸位!"

"谢天谢地,可待烦了。"

六

库图佐夫向维也纳方向撤退,一路破坏身后的桥梁。十月二十三日,俄军抢渡恩斯河。当天中午,俄军的辎重队、炮队和士兵纵队分两路从桥上通过恩斯城。

正当温暖湿润的秋天。掩护桥梁的俄军炮垒所在的高地前面一片开阔的景致,时而被斜风细雨的薄纱帷幕掩盖着,时而展现开来,阳光下的景物似乎抹了一层漆,离得很远也看得清清楚楚。脚下小城里白层红顶、教堂和桥——桥两边潮水般涌过的俄国军队,都尽收眼底。还能看见多瑙河湾的船只和小岛,为恩斯河和多瑙河的汇流所包围的一座花园城堡,多瑙河左岸松林覆盖的陡崖峭壁和那神秘远方的翠绿的峰峦和蔚蓝的峡谷。还能看见高耸在似乎从未采伐过的野生松林后面的修道院塔楼,还有恩斯河对岸远山上敌人的侦察骑兵。

在高地的群炮中,一个指挥后卫部队的将军带着一名侍从军官站在前头用望远镜观察地形。稍后一点,由总司令派到后卫队来的涅斯维茨基坐在炮架后面。跟随涅斯维茨基的哥萨克兵把行囊和水壶递过来,于是涅斯维茨基请军官们吃油炸包子和真正的茴香甜酒。军官们兴高采烈地围着他,有的跪在潮湿的草地上,有的盘腿坐着。

"这位奥地利公爵真不赖,在这儿修一座城堡。好地方。你们怎么不吃,诸位?"涅斯维茨基说。

"多谢,公爵。"一位军官回答说,跟这么一个重要的参谋人员谈话,他觉得骄傲,"真是漂亮的地方。我们从花园旁边经过时,看见两只鹿,房子漂亮极了!"

"您瞧,公爵,"另外一位军官说,他很想再吃一个包子,但是不好意思,于是装作观察地形,"您瞧,我们的步兵已经到了那儿。就在那儿,在村后的草地上,三个人在拖什么东西。他们要去侦察这座城堡。"他带着明显的赞同的神情说。

"对了,对了,"涅斯维茨基说,"不过,我也很想,"他一面嚼包子,一面又说,"上那儿去一趟。"

他指了指那边山上带塔楼的修道院,微微地一笑,眼睛眯成一条缝,放出光来。

"那才叫神气呢,诸位!"

军官们大笑起来。

"吓唬吓唬那些修女也好。据说有年轻的意大利姑娘呢。真的,我愿意少活五年!"

"反正她们也够寂寞的。"一个胆子比较大的军官笑着说。

其间,站在前面的侍从军官指给将军看一件东西,将军拿起望远镜观察。

"对,对,"将军气愤地说,拿开望远镜,耸了耸肩,"完全正确,敌人要炮击渡口了。他们还在那儿磨蹭什么?"

河对岸,用肉眼可以看见敌人和他们的炮垒,炮垒冒出素白色的烟雾,跟远方传来爆炸声,能看见我军正忙着过河。

涅斯维茨基喘着粗气,站起来,满脸含笑地走到将军面前。

"大人,请吃一点,好吗?"他说。

"事情不妙,"将军没有理他的话,说道,"咱们的人动作太慢了。"

"我去一趟行不行,大人?"涅斯维茨基说。

"好,请您去一趟,"将军说,"告诉骠骑兵,按照我的命令,最后过来的把桥烧掉,而且再检查一下桥上的引火物。"

"好极了。"涅斯维茨基答道。

他叫哥萨克兵牵过马来,吩咐收起行囊和水壶,轻轻地把他那肥重的身体翻到鞍镫上。

"我真的要找修女去了。"他对微微含笑望着他的军官们说,于是沿着羊肠小道向山下急驰而去。

"喂,上尉,打一炮,看看能射多远!"将军转身对一个炮手说,"给大家解解闷儿。"

"炮手们就位!"一个军官发出口令,一会儿的工夫,炮手们都高高兴兴地从篝火旁跑去装炮弹。

"一号,放!"一声令下。

一号炮手赶快跑开。大炮发出震耳的响声,榴弹从山下我军的头上呼啸而过,着地后冒起一股白烟,爆炸了,炮弹离敌人还很远。

一听见炮响,士兵和军官都喜笑颜开了;大家一起站起来观看山下我军的行动和前方渐渐逼近的敌军的行动。这时,太阳完全从乌云里露出来,这一声悦耳的炮响,加上那灿烂的阳光,给人一种振奋的、快乐的感觉。

七

桥的上空已经飞过两颗敌人的炮弹,桥上挤得水泄不通。涅斯维茨基走到桥中间下了马,他那肥胖的身躯紧贴着栏杆,站着不动。他笑着回头看了看身后几步远处牵着两匹马停住的哥萨克兵。涅斯维茨基刚想向前移动,士兵和大车又向他涌来,又把他挤到栏杆上,他没有办法,只是苦笑。

"你这人真是,老弟!"哥萨克兵对一个赶车的辎重兵说,这个士兵从车马旁成群的步兵中硬挤过去,"你这家伙! 你能不能等一等:你没看见将军想过桥吗?"

但是,那个辎重兵并不理会,依旧大声吆喝那些挡住去路的士兵。

"喂! 老乡! 靠左走,等一下!"

但是,老乡们肩膀挨着肩膀,刺刀碰着刺刀,黑压压的一片。大家从桥上川流不息地走过。涅斯维茨基凭栏往下望了望,只见恩斯河浪头不高,然而水流湍急,波涛流至桥桩附近,汇集起来,泛起粼粼的波纹,随后绕过去,奔腾前进。

他望了望桥上,看见是同样清一色的士兵波涛——士兵,带饰,带布罩的高筒军帽,背囊,刺刀,长枪,还有军帽下宽颧骨、凹腮帮、没精打采的面孔,以及踏着泥泞行走的脚。有时,有如恩斯河浪涛中溅起一点白沫,在士兵的波涛中夹带着一个披斗篷、面孔和士兵不同的军官。有时,似乎河中一块打旋的木片,桥上走过被士兵的波涛卷起的一个步行的骠骑兵、勤务兵或者居民。有时,宛如漂在河上的大木头,从桥上漂过一辆由众人簇拥着的连队的或者军官的大车,车上装得满满的,盖着皮子。

"你瞧,像堤坝决了口似的,"哥萨克兵无可奈何地站在那儿说,"人还多吗?"

"差一个一百万!"一个身穿破大衣、从近旁走过的士兵挤了挤眼,立刻就不见了。

"倘若他(他指的是敌人)这时候往桥上送煎饼,"一个老兵对他的同伴心情沉重地说,"那你就想不起抓痒了。"

这个老兵也过去了。后面紧跟着一个坐在大车上的士兵。

"他妈的,包脚布塞到哪儿去了?"一个勤务兵一面跟着车跑,一面摸索着大车的后部。

这个兵也随着大车过去了。

在这后面,是几个兴高采烈的、喝了酒的士兵。

"只见他,我的好人儿,抢起枪托对准牙齿就是一下……"一个把大衣掖得高高的士兵大摇大摆着一只胳膊,兴奋地说。

"对了,对了,就是那好吃的火腿。"另一个士兵哈哈大笑回答说。

他们也过去了,涅斯维茨基没有听出到底打了谁的牙齿,火腿又是指的什么。

"看他们慌张的!敌人才放了一炮,就以为都要完蛋了。"一个军士带着气愤的神情说。

"那家伙!大叔,我是说炮弹,一从我身旁飞过去,"一个大嘴巴的年轻士兵忍不住要笑,"差点把我吓昏了。说真的,吓死了,真了不得!"

这个士兵也过去了。后面跟着一辆大车,这辆大车与众不同。这是德式双套大车,车上载的好像是全部的家私。一个德意志男人在前头引着牲口,车后拴着一头大花牛。羽毛褥子上坐着一个怀抱婴儿的老妇和一个年轻结实、面颊红润的德意志少女。看来,这辆难民车的通行是得到特别的许可的。士兵的眼睛都转到妇女们身上,当大车一步步走过时,这成了士兵们的话题。所有的面孔几乎全部流露出对妇女含有猥亵念头的笑容。

"瞧,德国灌肠(这是德意志人的外号)也逃难了!"

"把女人卖给我吧。"另一个士兵对德意志人说,把"卖"字说得特别重,那个德意志人又气又怕,大踏步地走开。

"瞧打扮得真漂亮! 鬼东西!"

"在她家扎营该多好,费多托夫!"

"我是见识过的,老弟!"

"你们到哪儿去?"一个吃着苹果的步兵军官问道,他也似笑非笑地望着那个漂亮的姑娘。

德意志人闭了闭眼,表示他没听懂。

"你要不要,要就给你一个。"军官一面说,一面递给姑娘一个苹果。

姑娘笑了笑,接过了苹果。涅斯维茨基像其他人一样,也目不转睛地望着她们。她们过去后,走过来的又是同样的士兵,谈着同样的话,后来,大家全停住了。正像常有的情形,桥头某连辎重车的马不肯走了,一大群人只好等着。

"干吗都停着不动? 毫无秩序!"士兵们说。"你往哪儿挤? 见鬼! 不能等一等吗? 他倘若轰桥,就更糟了。快看,把那个军官挤的。"站着的人你看看我,我看看你,同时不忘说话,只顾一个劲地往桥头上挤。

涅斯维茨基正往桥下看恩斯河的流水,突然听见一种异样的声音,似乎有个东西在迅速移近……这东西很大,扑通一声落入水里。

"好家伙,射到哪儿去了!"站在近旁的士兵回头望了望扑通落水的地方,胆战心惊地说道。

"他是来给咱们加油的,让咱们快点过桥。"另一个心神不安地说。

人群又移动了。涅斯维茨基知道了这是炮弹。

"喂,哥萨克,把马牵来!"他说,"唉,弟兄们,闪开! 闪开点! 让路啊!"

他费了好大的劲才挤到马跟前。他边喊边往前走。士兵们向一旁挤了挤,给他让出路来,可是很快又向他挤过来,甚至踩着他的脚,这不能怪离得最近的人,因为后面的人挤得更厉害。

"涅斯维茨基! 涅斯维茨基! 你这个鬼东西!"身后传来一个沙哑的声音。

涅斯维茨基回头望了望,隔着移动着的步兵,他看见了面孔通红、头发又黑又乱、军帽歪到脑后、剽悍地斜披着披肩的瓦西卡·杰尼索夫。

"命令这些魔鬼，叫他们让开路。"杰尼索夫喊道，看样子他那火暴性子又上来了。他挥舞着军刀。

"唉！瓦夏！"涅斯维茨基兴奋地回答，"你怎么啦？"

"骑兵连过不去。"瓦西卡·杰尼索夫恶狠狠地露出雪白的牙齿，用马刺刺着他那匹乌黑的贝都印骏马，大声喊叫着。那匹马痛得直哆嗦，嘶叫着。

"这是怎么回事？真像一群羊！走开……让路！……站住！那辆大车，他妈的！我要砍了！"他一面喊，一面真的抽出马刀，挥舞起来。

士兵们恐惧地互相挤了挤，于是杰尼索夫向涅斯维茨基走过去。

"你今天怎么没喝酒！"杰尼索夫走到跟前时，涅斯维茨基问他。

"没有工夫！"瓦西卡·杰尼索夫回答说，"团队整天东拉西扯。要打就快打。鬼晓得这是怎么回事！"

"你今天打扮得真漂亮！"涅斯维茨基打量着他的新披肩和新鞍垫，说道。

杰尼索夫笑了笑，掏出一块喷香的手绢，向涅斯维茨基的鼻子伸过去。

"那可不行，去打仗嘛！我刮了脸，刷了牙，洒了香水。"

身边带有哥萨克卫兵的涅斯维茨基那副威风凛凛的姿态，再加上挥舞着马刀、拼命叫喊的杰尼索夫那副坚决的神情，发生了作用，他们挤到桥头，把步兵挡住了。涅斯维茨基在桥头找到了那个应该接受命令的团长，完成了任务，就回去了。

腾清了道路，杰尼索夫就停在桥头。他一面漫不经心地勒住马，一面望着迎面走来的连队。桥板发出清脆的马蹄声，仿佛有几匹马在驰骋似的。连队四人一排，由军官们带领着，川流不息地从桥上走过，排头已经开始走出对面的桥头。

过了桥的士兵挤在桥头，不同兵种的士兵互相瞧不起，观看从他们身旁整整齐齐走过的服装整洁讲究的骠骑兵。

"小伙子穿得倒漂亮！就等着逛波德诺文斯克庙会！"

"他们没什么用！只能拿来摆样子！"另一个人说。

"步兵，不要扬土！"一个骠骑兵开玩笑说，他骑的那匹马一翻蹄子，溅了那个步兵一身泥浆。

"叫你背着背囊行两次军，准得把你那细带子磨破，"那个步兵一边擦脸上的泥，一边说，"那你就没人样了，只像只鸟落在马背上！"

"济金，倘若把你放在马背上，你就神气了。"这是一个上等兵在嘲笑一个瘦小的背着沉重行囊的士兵。

"在裤裆里夹根小棍,那就是你的马了。"一个骠骑兵接过来说。

八

其余的士兵挤在桥头,成漏斗形匆匆过桥。大车终于过完了,拥挤的情形减轻了些,最后一批人也已经走到桥上。只有杰尼索夫骑兵连留一部分人在桥那边阻击敌人。前面是一处荒原,那儿偶尔有小股侦察兵在运动。突然,对面山坡路上出现了穿青色外套的军队和炮兵。这是法国人。哥萨克侦察兵飞马下山。杰尼索夫骑兵连的人,尽管尽力谈些无关的话,眼睛向一旁张望,而心里却一直在寻思那边山上的情况,不断地看着地平线那边出现的黑点,他们认出那就是敌人。午后天又放晴了,灿烂的阳光普照着多瑙河和四周黑色的群山。四外静悄悄的,山那边偶尔传来敌人的号角声和呐喊声。在骑兵连和敌人之间,除了零星的侦察兵之外,已经没有别的人了。双方的距离大约是三百来俄丈的空地。敌人停止了射击,而这使人更清楚地感觉到了两军对垒的界线。

"只要向这条生与死的分界线迈出一步,就意味着苦痛和死亡。那边是什么? 谁在那边? 谁也不知道,可是都很想知道。"

敌方山头上冒起一股浓烟,一颗炮弹呼啸着从骑兵连头上飞过。聚成一堆的军官散开了各就各位。骠骑兵尽力把马排齐。骑兵连鸦雀无声。大家望望正前方的敌人,望望连长,静候命令。接着飞来第二颗、第三颗炮弹。很明显是向骠骑兵射击的。骠骑兵目不斜视,但是每当传来炮弹飞过的声音,全连人都屏住呼吸。当炮弹飞过时,全在鞍镫上欠欠身子,随后再坐下来。士兵们头也不回,只斜起眼睛,好奇地看看同伴的反应。从杰尼索夫到号兵,每个人的脸上,都表现出一种内心斗争、急躁和激动的神情。司务长面色阴沉地打量着士兵。士官生米罗诺夫每次听见炮弹飞过都弯下身子。罗斯托夫站在左边,骑着他那匹腿有点毛病的骏马"白嘴鸦",露出幸福的神情,就像一个被叫到众人面前应试的小学生,相信自己肯定能拿优等成绩似的。他目光炯炯地环顾众人,似乎是让大家注意他在炮火下是多么镇静。可是毕竟有些紧张。

"谁在那儿哈腰鞠躬? 士官生米罗诺夫! 那样不行! 您看我!"杰尼索夫喊道,他在一个地方待不住,骑着马在连队前转来转去。

翘鼻子、黑须发的瓦西卡·杰尼索夫那副面孔,以及他那短小结实的身量,握着出鞘的刀柄的青筋暴露的手指跟平时没有什么两样,特别是跟他晚上喝了两瓶酒以后的神情一样。不过脸比平时更红了,他像一只喝水的小鸟,高高地昂起头,两条腿死劲地把马刺对着那匹贝都印骏马的两肋刺下去,驰到连队的另一翼,嗓子嘶哑地叫大家察看一下手枪。他纵马来到基尔斯坚跟前。这个上尉向前跨了一大步迎着杰尼索夫。

"怎么样?"他对杰尼索夫说,"这场仗打不起来。你看吧,咱们准得后撤。"

"鬼知道他们打的什么算盘!"杰尼索夫抱怨道。"啊!罗斯托夫!"他看见士官生很兴奋,便对他喊了一声,"这回你可等到了。"

他赞许地对士官生微微一笑。罗斯托夫觉得他幸福极了。这时团长来了,杰尼索夫向他驰去。

"大人!请下进攻令!我把他们打回去。"

"进什么攻,"团长用干巴巴的声调说,似乎要赶走讨厌的苍蝇似地颦起眉头,"您为什么站在这儿不动?没有看见左右两翼都在撤退吗?把骑兵连带回去。"

骑兵连过了桥,退出了大炮射程,没损失一个人。接着,本来展开散兵线的第二骑兵连也过了桥,最后几个哥萨克兵也从那边撤回来了。

保罗格勒团的两个骑兵连过桥以后,先后向山上撤退。团长卡尔·波格丹内奇·舒伯特骑着马向杰尼索夫的骑兵连走去,他在离罗斯托夫不远的地方慢慢行进,可是并不注意他。尽管为捷利亚宁的事发生冲突以后,这是他们首次见面。罗斯托夫感到他现在的顶头上司正是他觉得对不住的这个人,他目不转睛地盯着团长大力士般的背脊、生着淡黄头发的后脑和通红的脖颈。罗斯托夫有时觉得波格丹内奇只是装出不在意的样子,其实他这时的全部目的是在考验士官生的勇敢,于是他挺直腰杆,毫无惧色地东张西望。他有时觉得,波格丹内奇有意走得很近,向罗斯托夫表现他的勇敢。有时他想,他的仇人为了惩罚他罗斯托夫,故意派骑兵连冒死去冲锋陷阵。有时他又想,在冲锋陷阵后,他会走到他面前,向受伤的他宽宏大量地伸出和解的手。

这时热尔科夫向团长驰来。热尔科夫离开团队没有多久。他被赶出司令部后,没有在团队待下去,他说他不傻,在前线净干些苦差事,在司令部不干事却能得到更多的报酬,于是他设法在巴格拉季翁手下谋得一个传令官的差事。他带着后卫司令官的命令来见他以前的长官。

"团长,"他阴郁而严肃地说,一边张望着过去的伙伴,"命令停下来,把桥烧掉。"

"给谁的命令?"团长不快活地问。

"我也不知道是给谁的命令,团长,"这个骑兵少尉严厉地回答,"不过公爵命令我:'去告诉团长,叫骠骑兵快点撤退,而且把桥烧掉。'"

热尔科夫之后,一个侍从武官带来了同样的命令。在侍从武官之后,涅斯维茨基骑着一匹哥萨克马驰来,那匹马驮着肥胖的涅斯维茨基吃力地飞奔着。

"怎么回事,团长,"马还在跑着他就喊起来,"我跟您说过要把桥烧掉,不知是谁弄错了,他们在那边都急疯了,真是莫名其妙。"

团长沉着地止住了团队,向涅斯维茨基转过身来。

"您跟我说过引火物的事,"他说,"但是您并没有跟我说过放火烧桥的事。"

"怎么可能呢,我的老爷子,"涅斯维茨基勒住马,脱下军帽,用胖胖的手抚弄着被汗水打湿的头发,说道,"既然放下了引火物,怎么可能没有说烧桥呢?"

"我不是您的'老爷子',校官先生,您没说要我烧桥!我懂得公事,我必须严格执行命令。您说过把桥烧掉,但是由谁来烧,您却没说过……"

"咳,总是这样。"涅斯维茨基把手一挥,说道。"你怎么在这儿?"他向热尔科夫转过脸来。

"也是为了这件事。你浑身湿透了,让我来给你拧干吧。"

"您说过,校官先生……"团长用气愤的腔调接着说。

"团长,"侍从武官插进来说,"快点行动吧,要不敌人就要推进大炮向我们射击了。"

团长沉默地看看侍从武官,看看肥胖的校官,看看热尔科夫,脸沉了下来。

"我一定烧桥。"他用庄重的声调说,强调他会尽职尽责的。

团长用他那筋肉发达的长腿把马一拍跑到前面,命令第二骑兵连——就是罗斯托夫在杰尼索夫手下服务的那一连,转回桥上去。

"果真如此,"罗斯托夫想道,"他想考验我!"他的心紧缩了,血涌到脸上。"让他看看我并不是胆小鬼。"他想道。

骑兵连全体官兵又一下子紧张了起来。罗斯托夫一直用眼睛盯着团长,想从他的表情证实他的猜度。团长连一眼也没有看他,跟往常在前线上一样,目光严厉而庄重。命令发出了。

"快!快!"他附近同时传来几个声音。

世界传世藏书

世界十大名著

·战争与和平·

图文珍藏版

骠骑兵匆忙下马，弄得马刀绊住了缰绳，马刺叮当乱响，连他们自己也不知道要干什么。罗斯托夫不再观察团长了。因为他很怕落在骠骑兵后面。杰尼索夫向后仰着身子，喊叫着从他身旁驰过。

"担架！"后面传来喊声。

罗斯托夫没有多想，他飞跑着，努力跑到所有人的前面。可是到了桥头，他没有留意脚下，一下踏进又烂又粘的泥里，绊倒了。别人赶过了他。

"靠西边走，上尉。"他听见团长的声音，团长脸上露出洋洋得意和兴奋的神情。

罗斯托夫擦了擦沾满污泥的两手，望着自己的仇人，想要继续往前跑，以为向前跑得越远越好。但是波格丹内奇喝住了他。

"谁在桥中间乱跑？靠右边！士官生，回来！"他怒冲冲地喊道，随后向杰尼索夫转过身来，这时杰尼索夫为了显示自己的勇敢，正骑着马在桥上跑。

"干吗要去冒险，上尉！你下来好不好。"团长说。

"别担心，枪子儿长眼睛的。"瓦西卡·杰尼索夫在马背上转过身来回答说。

这时，涅斯维茨基、热尔科夫和侍从武官一块站在射程以外，望着远处的炮队。

"他们能不能把桥烧掉？谁将抢先？是他们先跑到把桥烧掉，还是法国人先跑到射程以内把他们全部消灭？"每个人都担心这个问题。他们在夕阳辉映下遥望着大桥和骠骑兵，遥望着桥对岸，望着逐渐向前推进的带着刺刀和大炮的穿青色上衣的人影。

"哎呀！骠骑兵要吃苦头了！"涅斯维茨基说，"现在离霰弹射程不远了。"

"他何必带这么多的人去。"侍从武官说。

"可不是，"涅斯维茨基说，"只要派两个麻利的小伙子，照样办得了。"

"咳，大人，"热尔科夫目不转睛地盯着骠骑兵，插嘴说。他那一派天真的神情，使人无法断定他是不是说正经话。"咳，大人！您是怎么想的！派两个人，那谁给咱们弗拉基米尔勋章？这样尽管吃亏，但是可以替骑兵连请赏，他本人也可以得到勋章。我们的波格丹内奇是懂得怎样办事的。"

"瞧，"侍从武官说，"那是霰弹炮！"

他指给大家看那卸了前车正在迅速移开的大炮。

在法国人那边,在拥着大炮的人群里,冒起一股硝烟,几乎是同时,又冒出第二股,第三股,就在传来第一声射击的时刻,又冒出第四股。接着两声炮响,然后是第三声。

"噢,噢哟!"涅斯维茨基抓住侍从武官的手,仿佛一阵剧痛使他大叫一声,"您瞧,倒下一个,倒下了,倒下了!"

"是两个吧?"

"我倘若沙皇,永远不打仗。"涅斯维茨基转过身去说。

法国人又赶快装上大炮。穿青色外套的步兵跑步向桥上移动。又在不同的间歇冒出几股硝烟,霰弹在桥上发出劈里啪啦的声音。但是这一次涅斯维茨基看不见桥上发生的事情。桥上腾起一团浓烟。骠骑兵已经烧着了桥。

在骠骑兵回到饲养员那儿之前,法国人一共发射三颗霰弹。有两发没有命中,可是最后一发落到一堆骠骑兵中间,打倒了三个人。

罗斯托夫只顾想他对波格丹内奇的态度,站在桥上不知该做什么。没有人可供他砍杀,他也不能帮助旁人烧桥,因为他没有稻草辫子。他正在东张西望,突然间,桥上发出一阵声响,离他最近的一个骠骑兵哎哟一声倒在桥栏杆上。罗斯托夫和另外几个人一齐向他跑过来。又有人喊叫:"担架!"四个人搀起那个骠骑兵就要抬他。

"噢—噢—噢!……松开我,看在上帝的分上。"受伤的人喊道;可是人们还是把他抬起来放到担架上。

尼古拉·罗斯托夫转过身去,似乎要寻找什么东西似的向远方眺望,向多瑙河的流水、天空、太阳眺望。多么好的天空,多么碧蓝而深远的天空!那沉沉西坠的太阳多么明朗!那远方多瑙河的水光多么柔和可爱!而尤其美好的是那多瑙河对岸青翠的远山、修道院、神秘的峡谷、雾霭笼罩的松林……那儿平静,幸福……"我什么都不要,我什么都不要,我只要能到那。"罗斯托夫想到。"在我一个人的心里,在那阳光里,有那么多的幸福,但是这儿……是一片呻吟、痛苦、恐怖,以及混沌、忙乱……又有人喊叫什么,大家又往后跑,我也跟着他们跑,这就是它,就是它,就是那个死神,它在我上面,在我周围……转瞬之间——我就永远看不见这太阳,这河水,这峡谷了……"

这时太阳渐渐隐到乌云里去了,罗斯托夫面前又走过了几个担架。对死和担架的恐怖,以及对太阳和生活的爱——这一切汇成一个令人痛苦、恐惧的景象。

世界传世藏书

世界十大名著

·战争与和平·

图文珍藏版

"上帝啊！天上的父啊,救救我,宽恕我,保护我吧!"罗斯托夫喃喃自语。

骠骑兵跑到饲养员跟前。

"感觉怎样,老弟,闻到火药味了吧?"他耳边响起瓦西卡·杰尼索夫的喊叫声。

"一切都结束了,但是我是胆小鬼,是的,我是胆小鬼。"罗斯托夫想。他沉重地叹息着,从饲养员手里牵过他那匹瘸着一条腿的"白嘴鸦",骑了上去。

"刚才那是什么,是霰弹吗?"他问杰尼索夫。

"对!"杰尼索夫喊道,"咱们的小伙子干得漂亮! 但是这种活儿太没劲,冲锋才有意思,把狗杂种杀个痛快! 但是现在,人家像打靶似地打我们。"

团长、涅斯维茨基、热尔科夫和侍从武官一群人在离罗斯托夫不远的地方站着,杰尼索夫向他们走去。

"还好,似乎没人注意我。"罗斯托夫心中想道。

"您有呈报的材料了,"热尔科夫说,"等着瞧吧,我也能升为少尉。"

"请您向公爵报告,我把桥烧了。"团长得意地、快活地说。

"倘若问到损失呢?"

"损失很少!"团长用粗重的声音说,"两名骠骑兵受伤,一名光荣牺牲。"他显然满心欢喜。

九

在波拿巴指挥的十万大军的追击下,库图佐夫统率三万五千名官兵,急急忙忙向多瑙河下游退却,沿途遭到当地居民的敌视。他们对盟军已经失望,忍受着给养的不足,被迫作战。只在兰巴赫、阿姆施特滕、梅尔克等地有过战斗;尽管连敌人都承认俄国人打得勇敢坚定,而结果却是更加迅速地退却。在乌尔姆免于被俘而在布劳瑙与库图佐夫会合的奥军,现在也离开了俄军。库图佐夫手下只有自己这支力量,弱小并且疲于奔命的军队了。保卫维也纳已经谈不上。库图佐夫只有一个目的,就是避免像马克那样在乌尔姆全军覆没,希望能和从俄国调出的部队会师。

十月二十八日库图佐夫及其军队渡过多瑙河到达左岸以后,第一次停下来,和法军的主力隔河对峙。三十日向左岸的莫蒂埃师团发动攻击,而且击溃了它。这次战役首次缴获了战利品:旗帜、大炮和两名敌军将军。两个星期以来，这还是第一次。尽管，俄军的情况仍极为糟糕，在克雷姆斯停留和对莫蒂埃的胜利仍然大大提高了士气。在全军和大本营里流传着最乐观然而却不是实情的传闻，说是从俄国调出的纵队快到了，奥地利人打了胜仗，波拿巴吓跑了。

在战斗进行的时候，安德烈公爵跟随着在这次战役中阵亡的奥地利将军施米特。安德烈公爵的马受了伤，他的手臂也被子弹擦伤。蒙总司令格外恩宠，他被派往奥地利宫廷报告这次喜讯，当时奥地利宫廷已经迁往布吕恩，不在维也纳了。在战事正在进行的那天夜里，精神焕发而不知疲倦的安德烈公爵骑上马，带着多赫图罗夫的报告到克雷姆斯去见库图佐夫，当天夜里安德烈公爵就作为信使被派往布吕恩。被派做信使，不可是一种鼓励，并且是升迁的重要的一步。

夜是黑沉沉的，繁星满天。开仗前夕落了一场雪，白茫茫的雪地中间延伸着一条黑魆魆的大道。安德烈公爵坐在驿车里，回忆昨天战斗的情景，有时兴奋地想象他的胜利的消息将要引起的印象，时而想起总司令和同事们的送行，他感觉很幸福。他一闭上眼，耳朵里就响起枪炮声，这和车轮的辚辚声以及胜利的印象融成一片。有时他想象俄国人逃跑了，他本人也被打死了，可是他赶快醒来，怀着幸福的心情，似乎重新意识到并没有这回事。恰恰相反，是法国人逃跑了。

在满天繁星的黑夜之后，明亮欢快的早上来临了。雪在阳光下融化，马飞奔着，道路两旁闪过各式各样的树林、田地、村庄。

在一个驿站上，安德烈赶上了运送俄国伤员的车队。领队的俄国军官躺在前面的大车上，正对着一个士兵大骂。长形的德式大车在石头路上颠簸着，每辆车载着六七个面色苍白、扎着绷带、满身脏污的伤员。有些人在谈话，有些人在吃面包，伤势最重的用惹人可怜的眼神望着驰过的信使。

安德烈公爵命令停一下，他问一个士兵什么时候受伤的。

"前天在多瑙河上。"士兵答道。安德烈公爵给了那个士兵三枚金币。

"给大家的。"他向走过来的军官又说。"祝你们尽早康复，弟兄们，"他对士兵说，"还有许多的仗要打呢。"

"军官大人，有什么消息吗？"那个军官问道。

"有好消息！走吧。"他向车夫喊了一声，马车继续向前驰去。

安德烈公爵到达布吕恩时，天色已经全黑了，他发现高楼大厦、灯光通明的商店、住宅的窗户、街灯、辚辚驰过的漂亮马车。安德烈公爵尽管一路急行，整夜未眠,但他向宫廷走去的时候,却觉得比昨天更加精神焕发。这时,战斗的一切细节又生动地呈现在他的眼前,这次已经不是模糊的,而是确切的。他生动地想象弗朗茨皇帝可能向他提出的问题以及他对这些问题怎样回答。他本以为立刻就会引他朝见皇帝。可是在宫廷门口迎面跑出来一个文官,知道他是信使后,就带他到另外一道门去了。

"顺着走廊向右走;大人,我们去找值日的侍从武官,"文官对他说,"他会领您去见陆军大臣。"

接待安德烈公爵的值日侍从武官请他稍等一下,他去通报陆军大臣。五分钟后,侍从武官回来了,他非常客气地鞠着躬,请安德烈公爵先走,领着他穿过走廊,向陆军大臣的办公室走去。安德烈公爵向陆军大臣办公室门口走去的时候,他那愉快的心情大大减少了。他觉得他受了侮辱。但很快他又开始藐视侍从武官和陆军大臣了。"这些人没有闻到火药味,他们还以为取得胜利十分容易呢!"他心中想。他轻蔑地眯起眼睛,走进陆军大臣的办公室时有意放慢了脚步。陆军大臣面对一张大办公桌坐在那儿,有两分钟没有注意进来的人。陆军大臣低垂着两鬓花白、头顶光光的脑袋,正在看文件,一边用铅笔做记号。当门打开,响起脚步声的时候,他还是头也不抬地只顾看文件。

"把这文件送出去。"陆军大臣把文件递给他的副官,仍然没有注意信使。

安德烈公爵不理解这是为什么。"这于我毫无关系。"他心中想道。陆军大臣把文件推到一边整理好后,才抬起头来。他有一个聪明而富有特点的脑袋。可是在他转向安德烈公爵的那一瞬间,他脸上那副聪明而刚毅的表情,一下子改变了,结果露出愚蠢、虚假的笑容。

"是库图佐夫大元帅派来的吗?"他问,"是好消息吧?同莫蒂埃打了一仗?打胜了?是时候了!"

他接过写给他的紧急通报,带着忧郁的神情读起来。

“唉，我的老天！我的老天！施米特！”他用德语说，“太不幸了。太不幸了！”

他匆匆看了一遍，把紧急通报放回桌上，看了看安德烈公爵，若有所思。

“唉，多么不幸！您说这是一次有决定意义的战役吗？可是，并没有抓住莫蒂埃。”他沉思了一下，“我很兴奋您带来了好消息，尽管施米特的牺牲为胜利付出了高昂的代价。陛下一定愿意召见您，但不是现在。谢谢您，您去休息一下。明天检阅后您来参加朝觐吧。到时候我会通知您。”

“再见，十分感谢您。皇上一定会接见您的。”他重复了一遍，低下头去。

当安德烈公爵走出宫廷的时候，他觉得，胜利给他的兴致和幸福，现在全没有了。他全部的思绪马上改变了；那场战斗仿佛已经成为遥远的过去。

十

安德烈公爵在布吕恩住在一个熟人——俄国外交官比利宾那里。

“啊，亲爱的公爵，十分欢迎。”比利宾对安德烈公爵说。“弗朗茨，把公爵的东西放到我的卧室里！”他对领博尔孔斯基进来的仆人说。“怎么，是来报捷的？好极了。我病了。”

安德烈公爵梳洗穿戴完毕，走进外交官的豪华书房，在摆好的菜饭前坐下。比利宾悠闲地坐在壁炉旁边。

在长途旅行之后，尤其是在失掉一切干净和优雅的生活条件的长期行军之后，安德烈公爵一到这从小就习惯了的阔绰环境中，一种舒适、恬静的感觉便油然而生。除此以外，在受到奥地利人那番接待之后，能和一个俄国人谈谈心，也使他感到很兴奋。

比利宾三十五岁左右，单身，和安德烈公爵属于同一阶层。他们在彼得堡就认识，但直到上次安德烈公爵跟随库图佐夫到维也纳时，他们才接近起来。他是一个有经验的外交家了，因为他从十六岁就开始供职，曾在巴黎、哥本哈根等地待过，如今在维也纳担任很重要的职务。奥地利首相和我们驻维也纳的大使都认识他，并且看重他。他既热爱工作又善于工作，别看他懒，他有时能够通宵不眠地坐在办公桌前。他什么工作都做得很好。比利宾之所以被重视，除了文字工作之外，还由于他具有上层社会待人接物和言谈应对的本领。

比利宾很健谈，但很少废话。比利宾爱说俏皮话，在社交界很受欢迎。

比利宾爱干净,面部表情很丰富,眼睛爱直勾勾地看人。

"好,现在讲讲你们的伟大胜利吧。"他说。博尔孔斯基谦逊地讲了讲。

"他们的接待很冷淡。"他最后说。比利宾咧嘴笑了笑。

"你们尽管取得了很大的胜利,可是并不十分伟大。"比利宾说。

"不是吗? 你们用全力对付莫蒂埃的一个师,莫蒂埃竟从你们手里跑掉了,还谈得上什么胜利呢?"

"但是,认真说来,"安德烈公爵回答,"我们总比乌尔姆的情况好些吧,……"

"你们为什么不给我们抓一个元帅呢?"

"因为事情并不那么容易。"

"我知道,"比利宾打断他的话,"可是,说实在的,弗朗茨皇帝不会太兴奋的……"他目光笔直地打量了一下安德烈公爵。

"马克全军覆没,费迪南大公和卡尔大公也无所作为,只有库图佐夫打了一次真正的胜仗,你们为什么反而不快活?"博尔孔斯基说。

"问题就在这里,库图佐夫的胜利,是俄国的胜利,而不是奥地利的胜利,马克、费迪南、卡尔都打败了,你现在来报告库图佐夫的胜利,不是在存心取笑吗?"比利宾说。

博尔孔斯基被弄得莫名其妙。

"今天早上利希滕费尔斯来过这里,"比利宾接着说下去,"他给我看一封信,信里详细地描写了法军在维也纳的检阅。您瞧,你们的胜利并不令人兴奋,您也不会被人当作救命恩人……"

"是啊,一切对我都无所谓!"安德烈公爵说,他开始懂得,他的克雷姆斯战役的消息,跟奥地利首都的陷落这样重大的事件比起来,的确微不足道。"维也纳怎么被占领的? 那座桥呢,还有那闻名的桥头堡,还有奥尔斯珀格公爵呢? 我们听说奥尔斯珀格公爵在保卫维也纳。"他说。

"奥尔斯珀格公爵在河这边,是在保卫我们呢。他尽管保卫得不好,但总算是在保卫。维也纳在河那边。桥还没有被占领,大约不会被占领的,因为那儿已经布上了地雷,并且发出了炸桥的命令。否则,我们早就到波希米亚山区了,你们也要尝尝两面夹攻的苦头了。"

"可是,总不能说,战事到此已经结束了。"安德烈公爵说。

"我看是结束了。这儿的大人物也都是这么看的,就是不敢说出来罢了。"

仗刚打的时候我说过决定问题的不是你们的迪伦斯坦交锋,也不是火药,而是那些想出这个问题的人,"比利宾重述他的一句俏皮话,停顿了一下,"问题就要看亚历山大皇帝和普鲁士国王在柏林会谈的结果了。如果普鲁士加入联盟,奥地利就会被迫参加。仗就要打起来。如果不是,那么问题只是商谈在哪儿拟订新的谈判条款了。"

"真是了不起的天才!"安德烈公爵突然喊道,"这个人真幸运!"

"您是说波拿巴吗?"比利宾疑惑地说,"是说波拿巴吗?"

安德烈公爵说:"您真的以为战争结束了吗?"

"我是这样看的。奥国上了当,它会报复。它所以觉得上当,首先因为各省遭到了破坏,军队被击溃,首都被占领,其次还因他们和法国正在拉拉扯扯,拟订和约草案,企图单独缔结秘密和约。"

"这不可能!"安德烈公爵说,"这太无耻了。"

"等着瞧吧。"比利宾说。

安德烈公爵走进给他准备的房间躺在羽毛褥垫上沉思起来。

他闭上眼睛,耳边马上响起排炮声、步枪声、车轮声,……但不久便沉沉地睡着了。

十一

第二天,他醒得很晚。昨天的事又浮上脑际:他首先想到的是今天要朝见弗朗茨皇帝,还想起陆军大臣、彬彬有礼的奥地利侍从武官、比利宾以及昨天晚上的谈话。为了上朝,他穿起久已不穿的全副仪仗服装,焕然一新,英俊潇洒,一只手缠着绷带,进入比利宾的书房。书房里有四位外交使团的绅士。公使馆的秘书伊波利特·库拉金公爵,博尔孔斯基认识,其余三位不认识。

这些上流社会的绅士不关心战争和政治,只关心上流社会、女人和公务方面的事。但他们很乐意把安德烈公爵看成自己人。

"但最妙的是,"其中一个人谈到外交界的一个同事的失败,说道,"最妙的是奥地利首相直截了当地告诉他,任命他到伦敦去是一种升迁。你们能想得出他当时的神情吗?……"

"但最糟的是,诸位,让我来揭露库拉金:人家正倒霉,他这人却幸灾乐祸!"

伊波利特公爵歪在一张躺椅里，放声大笑起来。

"您说吧。"他说。

"哦，毒蛇！"几个人同声说。

"您不知道，博尔孔斯基，"比利宾对安德烈公爵说，"不论法国军队多么可怕，也比不上我们这位老弟在女人中间的胡作非为来得可怕。"

"男人的一半是女人，"伊波利特公爵发言了。比利宾等人望着伊波利特的眼睛大笑起来。安德烈公爵看出，这个伊波利特是这个小集团的小丑。

"真的，我应该请您欣赏一下库拉金，"比利宾对博尔孔斯基低声说，"他最爱谈政治，而且自命不凡。"

他在伊波利特身边坐下，皱起脑门上的皱纹，跟他谈起政治来。大家都围过来。

伊波利特煞有介事地环顾大家，开始说："关于联盟问题，柏林内阁一筹莫展……你们懂吧……并且，倘若皇帝陛下不改主意的话……"

"等一等，我还没有说完……"他抓住安德烈公爵的手，说道："插手此事比不插手要好。"他沉吟一下。"我们11月28日的通牒不能认为是结束……"

他松开博尔孔斯基的手，表示他说完了。

这时，比利宾开了一个玩笑。

大家都笑了。伊波利特笑得比谁都响。

"我说，诸位，"比利宾说，"博尔孔斯基是我的客人，我要尽力款待他。倘若在维也纳，这很容易办到。可是在这讨厌的摩拉维亚山洞里，难了，所以请大家多帮忙。应该尽力款待他。你们张罗看戏的事，我负责社交，伊波利特，您当然是和女人打交道了。"

"应当让他看看阿梅莉，美极了！"自己人中间的一个边说边吻自己的指尖。

"总之，应当让这个杀红了眼的大兵更接近人道的观点。"比利宾说。

"我恐怕不能享受了，诸位，我现在就得走。"博尔孔斯基看了看表，说。

"到哪儿去？"

"去觐见皇帝。"

"哦，哦！哦！"

"那好，再见，博尔孔斯基！再见，公爵，请来我们这儿吃午饭，"几个人异口同声地说，"我们已经把您抓在手心里了。"

"您跟皇帝谈话时,尽可能多称赞他们的军需供应和行军路线的安排。"比利宾送博尔孔斯基来到前厅时说。

"我本来想夸奖,但是已经知道了实情,我就做不到了。"博尔孔斯基微笑着答道。

"不过,尽可能多说点。他喜欢接见人,但是他本人不好说话,也不会说话,等会儿您就清楚了。"

十二

朝觐的时候,安德烈公爵在指定的地点站在奥地利军官中间,弗朗茨皇帝只是目不转睛地看着安德烈公爵的脸,向他点头示意。朝觐以后,昨天那个侍从武官彬彬有礼地向博尔孔斯基传达,皇帝愿意召见他。弗朗茨皇帝站在屋子中央接见他。开始谈话之前,安德烈公爵吃惊于皇帝的不知所措。

"请您说一说,是什么时候开始战斗的?"他急忙问道。

安德烈公爵做了回答。皇帝一连问了几个同样普通的问题。

"战斗是几点钟开始的?"皇帝问。

"前线的战斗是几点钟开始的,我不知道。可是在迪伦斯坦,军队是傍晚六点钟开始进攻的。"博尔孔斯基说,他高兴起来,打算趁机详细地讲一番。

可是皇帝微微一笑,打断了他的话。

"有多少英里?"

"从哪儿到哪儿,陛下?"

"从迪伦斯坦到克雷姆斯。"

"三英里半,陛下。"

"法国人放弃了左岸吗?"

"据侦察兵报告,最后一批法国兵是夜间乘木筏子渡过河的。"

"克雷姆斯的粮草够吗?"

"粮草供应的数量没有达到……"

皇帝打断了他的话:"施米特将军是几点钟阵亡的?"

"可能是在七点钟。"

"七点钟?真惨!真惨!"

皇帝表示感谢。安德烈公爵一走出来,立刻被侍臣们团团围住了。到处都

世界传世藏书

世界十大名著

·战争与和平·

图文珍藏版

投来亲切的目光,送来温存的话语,昨天那个侍从武官责备他为什么不住在宫里,而且要把自己的房间让给他。陆军大臣也过来向他祝贺,因为皇帝授给他三级玛丽亚·特雷西娅勋章。皇后的侍从请他去见皇后陛下。大公夫人也想见见他。他不知如何是好,他停了几秒钟,定一定神。俄国公使抓住他肩头,把他领到窗口,跟他谈起来。

跟比利宾的话不同,他带来的消息很受欢迎。计划要举行一次感恩祈祷。库图佐夫被授予玛丽亚·特雷西娅大十字勋章,全军都受了奖。博尔孔斯基接到各方的邀请,他整个上午都得拜见奥地利的显要人物。下午四点多钟拜会结束,安德烈公爵在回比利宾住所的路上,想着怎样向父亲报告战斗经过和布吕恩之行的信稿。在比利宾的住所门口,停着一辆装了半车东西的四轮马车,比利宾的仆人弗朗茨费劲地拖着一口箱子从门里出来。

"什么事?"博尔孔斯基问道。

"咳,大人!我们必须搬走。那些可恶的人又跟着我们来了!"弗朗茨说,把箱子费劲地堆到马车上。

"怎么回事?你说什么?"安德烈公爵问道。

比利宾向博尔孔斯基走来。比利宾平日安静的脸上,露出不安的神情。

"不,这真是妙极了,我说的是大桥事件。他们没有遇到任何抵抗就过桥了。"他说。

安德烈公爵完全茫然了。

"您到哪儿去了,全城的车夫都知道的事,您怎么还不知道?"

"我刚从大公夫人那儿来。我在那儿什么也没听到。"

"您没看见到处都在收拾行李吗?"

"没看见……到底是怎么回事?"安德烈公爵着急地问。

"怎么回事:法国人越过了奥尔斯珀格防守的那座桥,桥没被炸毁,缪拉现在正沿着通向布吕恩的大道前进,一两天内就要到这儿。"

"怎么,到这儿?为什么没把桥炸掉,不是已经埋了地雷吗?"

"这个我正想问您呢。谁也不清楚,连波拿巴本人也不知道。"

博尔孔斯基耸了耸肩。

"既然桥被占领,军队当然也就完了。"

"可不是嘛。"比利宾答道,"您听我说,我对您讲过法国人进了维也纳。一切都很不错。就在昨天三位元帅老爷——缪拉、拉纳、贝利亚尔——骑着马到桥头去了。其中一个说:'诸位,这座塔博尔桥埋了地雷和扫雷装置,桥前面有一个威力强大的桥头堡,还有一支受命炸桥和阻击我们的一万五千人的军队。可是,如果我们拿下这座桥,我们的皇帝陛下一定会很高兴。来,让我们把它拿下来。''我们立刻就去。'另外两个说。于是他们就去攻那座桥,占领了它,现在他们率领全军正在多瑙河这一边向我们,也向你们,向你们的交通线进攻。"

"少开玩笑吧。"安德烈公爵忧虑而严肃地说。

安德烈公爵感到又伤心又快乐。他一听到俄军的处境是如此绝望,就立刻想到,给俄军解围的注定是他,这是土伦的再现,它将使他崭露头角,将给他打开一条通向辉煌前程的道路!他在听比利宾谈话时,就已经想象他怎样回到军队,怎样在军事会议上提出唯一能够拯救军队的意见,怎样只委派他一个人去完成这个计划。

"少开玩笑吧。"他说。

"我不是开玩笑,"比利宾接着说,"再没有比这更真实更可悲的了。值班的军官们放他们进入了桥头堡。他们对值班军官乱吹了一通:说什么战争结束了,弗朗茨皇帝要同波拿巴会面,他们想见见奥尔斯珀格公爵,等等。军官派人去请奥尔斯珀格,这帮元帅老爷拥抱军官,开玩笑,骑在炮身上。这时,法军的一个营偷偷地来到桥头,把装着引火物的口袋丢到河里,随后就向桥头堡逼近。最后,我们亲爱的中将、奥尔斯珀格·冯·毛特恩出现了。'亲爱的敌人!奥地利军队的精英,土耳其战争的英雄!敌对行为结束了,我们要握手言和了……拿破仑皇帝渴望认识认识奥尔斯珀格公爵。'一句话,这帮元帅老爷不愧为牛皮匠,他们对奥尔斯珀格说了这么多的花言巧语。那营法国军队冲进桥头堡钉死大炮,就把桥占领了。还有更妙的,"他接着说下去,"更妙的是那个掌管大炮的军士(那是一尊点着地雷炸毁桥梁的信号炮),一见法国军队向桥头冲来,本想开炮,但是拉纳拉开了他的手。那个比自己的将军聪明的军士走到奥尔斯珀格跟前报告说:'公爵,您受骗了,您瞧!法国人冲过来了!'缪拉一看,如果让军士再说下去,阴谋就要被戳穿了。他假装吃惊地对奥尔斯珀格说:'我真看不出闻名于世的奥地利军纪在哪儿,'他说,'您竟让下级对您这样说话!'于是,奥尔斯珀格公爵觉得受不了,就下令逮捕了那个军士。事情就是这么美妙……"

"是叛变了吧?"安德烈公爵说。

"这不是叛变,也不是下流和愚蠢,这叫步马克的后尘。"

比利宾轻松地说。他现出兴奋的样子，微微带着笑意仔细研究自己的指甲。

"您要到哪去？"他忽然对站起身来回自己房间的安德烈公爵说。

"我要走了。"

"到哪儿去？"

"回部队。"

"您不是还打算待两天吗？"

"但是现在我立刻要走。"

安德烈公爵吩咐手下人做好出发的准备，然后，就回自己的房间去了。

"我说，亲爱的，"比利宾走进他的房间，说道，"我替您想过。您为什么要走呢？"

安德烈公爵看着对方，没有回答。

"您为什么要走呢？我知道，这是您的责任——当军队处在危险之中的时候，应当赶回去。这我是理解的。"

"根本不对。"安德烈公爵说。

"但是您也该替自己想想吧？"

"比利宾。"博尔孔斯基说。

"我是出自友情才这样说的。您既然可以留下，那何必要走呢？等待着您的，不是您到不了部队和约就签订了，就是和库图佐夫一起蒙受失败和耻辱。"

比利宾觉得他的话是完全正确的。

"这个我不能考虑。"安德烈公爵冷冷地说，而心里却在想："我之所以要走，是为了挽救军队。"

"您真是位英雄，朋友。"比利宾说。

十三

当天夜里，博尔孔斯基就动身回部队去了，连他自己也不知去哪儿才能找到部队，又担心在去克雷姆斯的路上被法军抓住。

在布吕恩的全体宫廷人员都在收拾行李，笨重的物件已经送到奥尔米茨。在埃采尔斯多夫附近，安德烈公爵的马车驶到大路上，俄国军队正在匆忙和混乱中行进。路上挤满了车辆，马车简直无法通过。安德烈公爵又饿又累，他向哥萨克军官要了一匹马和一名士兵,穿越车队去找总司令和自己的行李车。一路上他都听到关于俄国军队处境危险的消息,官兵仓皇逃跑的景象证实了这些消息。

"我们要彻底打垮这支俄国军队,"他想起了战役开始前波拿巴在给他的军队的命令中所说的话。"如果只有死而别无选择呢?"他想,"既然需要如此,那好吧!我一定做得不比别人差。"

安德烈公爵轻蔑地望着这些没有尽头的混乱的队伍、车辆、辎重队、炮队。它们争先恐后地夺路而逃,排成了三四行,挤满了泥泞的大路。四面八方,前前后后,凡是能够听到的地方,到处可以听见车辆的吱呀声,马车、大车和炮架的隆隆声,马蹄的得得声,鞭子的呼啸声,赶车人的吆喝声,士兵、勤务兵和军官的叫骂声。道路两旁到处都是剥了皮的和未剥皮的死马,毁坏的大车旁零星地坐着士兵。到处是成群结队离开队伍的士兵,他们到附近的村庄去不是牵羊捉鸡、抱干草,就是拿起装满东西的袋子。士兵们在没膝的泥泞中抬着大炮和篷车,鞭子在呼啸,马蹄在打滑。指挥行军的军官在车队之间驰来驰去。他们的声音淹没在一片喧哗吵闹中。他们一筹莫展。

"瞧,这就是可爱的正教军队。"博尔孔斯基回忆起了比利宾的话。

他想打听一下总司令的驻地,于是向车队走去。迎面驶来一辆士兵们拼凑起来的车子。一个士兵赶着车,在皮顶篷下面,帘子后面,坐着一个把脑袋完全裹在围巾里的女人。安德烈公爵走上前去,正要问那个士兵,他的注意力一下子被篷车里那个女人的绝望喊叫吸引过去了。因为赶车的士兵想超越别的车辆,指挥车队的军官正用鞭子抽他,鞭梢扫着了车帘。女人发出刺耳的尖叫。她看见安德烈公爵,就从车帘下探出身子,伸出干瘦的手来,一边摇晃,一边喊道:"副官,副官先生!……看在上帝的分上……救救我吧……这怎么得了啊?……我是第七猎骑兵团军医的家属……不让我们过去。我们落在后面了,跟自己的人走散了……"

"我敲碎你的脑壳,滚回去!"凶狠的军官向士兵嚷道,"跟你的臭娘们儿一起滚到后面去!"

"副官先生,救救我吧。真不成体统!"军医太太喊道。

"让这辆车过去吧。里面是一位妇女。"安德烈公爵走到军官跟前,说道。

军官看了一眼,没有搭理,又转身对士兵说:"我揍死你……滚回去!"

"放他们过去吧,我对您说。"安德烈公爵把嘴一撇又说了一遍。

"你是什么人?"军官忽然发作起来。"你算老几? 往后站。"他又说,"我敲碎你的脑壳。"

看来军官很爱说这句话。

"把小副官训得够受的。"从后面传来一个人的声音。

没等军官说完,气歪了脸的安德烈公爵就冲到他面前,扬起了鞭子:"请—您—放—他们—过去!"

军官把手一挥,赶紧走开了。

"都是你们这帮人、你们这帮司令部的人搞的,搞得一团糟。"他嘟嘟囔囔地说,"您看着办吧。"

安德烈公爵连眼皮都没有抬,就赶忙离开了那个称他为救命恩人的军医太太,向人们指点给他的总司令驻地驰去。

他进了村子,下了马,向第一户人家走去,打算稍微休息一下,吃点东西,清静一下。"这是一群乌合之众,不是军队。"他一边想,一边向窗口走去,他突然听到一个熟悉的声音叫他的名字。

他四处张望。从小窗口探出涅斯维茨基的漂亮面孔。涅斯维茨基正嚼着东西,招手叫他进去。

"博尔孔斯基,博尔孔斯基! 你没听见还是怎么的? 快过来。"他喊道。

安德烈公爵进了屋,看见涅斯维茨基和另外一个副官正在吃东西。他们急不可待地问博尔孔斯基可曾听到什么消息。涅斯维茨基有点惊慌不安,这种表情在涅斯维茨基那副一向嬉笑的面孔上格外明显。

"总司令在哪儿?"博尔孔斯基问。

"在这儿,就在那所房子里。"副官回答说。

"听说要讲和,要投降,是真的吗?"涅斯维茨基问。

"我正要问您呢,我费了好大的劲儿才赶上你们,此外我什么也不知道。"

"老兄,赶上我们又怎么样! 真可怕! 我不该嘲笑马克,现在咱们更倒霉了。"涅斯维茨基说,"坐下吃点东西吧。"

"公爵,眼下什么都找不到了,您的勤务兵彼得也不知去向。"另一个副官说。

"总部在什么地方?"

"咱们要在茨奈姆过夜。"

"我把要用的东西重新打包,用两匹马驮着,"涅斯维茨基说,"驮包打得好极了。就是越过波希米亚山也能行。情况很坏，老兄。你怎么啦，不舒服吗，怎么老哆嗦？"涅斯维茨基看见安德烈公爵像触了电似地发抖，问道。

"没什么。"安德烈公爵回答说。

这时他又想起了刚才那场军医太太和辎重队的军官那场冲突。

"总司令在这儿做什么？"他问。

"我什么也不知道。"涅斯维茨基说。

"我只知道一件事，那就是一切都让人厌恶，厌恶，厌恶！"安德烈公爵说着就到总司令那儿去了。

安德烈公爵进了门洞。库图佐夫跟巴格拉季翁和魏罗特尔一起在一家农舍里。魏罗特尔是接替阵亡的施米特的奥地利将军。在门洞里，身材矮小的科兹洛夫斯基在文书的对面蹲着。文书卷着袖口，趴在底朝上的木桶上，正忙着抄写东西。科兹洛夫斯基一脸疲惫，看样子他也是一夜未睡。他瞅了安德烈公爵一眼，连头也没有向他点一下。

"另起一行……写好了吗？"他继续向文书说道，"基辅掷弹兵团队，波多尔斯克团队……"

"慢点，大人。"文书转脸看了看科兹洛夫斯基，没好气地回答。

这时传来库图佐夫激动的、不满意的声音，还有一个陌生的声音。

安德烈公爵感觉到一定发生了什么重大的不幸的事。

安德烈公爵急忙向科兹洛夫斯基问了几个问题。

"等一下，公爵。"科兹洛夫斯基说，"给巴格拉季翁下书面命令呢。"

"投降吗？"

"投什么降，作战命令都发出了。"

安德烈公爵向门口走去。他正要开门，门开了，库图佐夫走了进来。他直视着他的副官的脸，库图佐夫心事重重，没有认出安德烈公爵。

"怎么样，写好了吗？"他转身对科兹洛夫斯基说。

"立刻就好了，大人。"

跟在总司令后面出来的是巴格拉季翁，他个子不高，干瘦，看去还不算老。

"向您报到。"安德烈公爵大声说道，一面把信递上去。

"哦，从维也纳来的？好的。等一会儿，等一会儿！"

库图佐夫和巴格拉季翁走到门廊阶台上。

"公爵，再见，"他对巴格拉季翁说，"基督保佑你。祝你建立奇功。"

库图佐夫的脸突然变得柔和了,眼里涌出了泪水。他用左手把巴格拉季翁拉到跟前。

"基督保佑你!"库图佐夫又说了一遍,随后向马车走去。"和我坐一辆车走吧。"他对博尔孔斯基说。

"大人,我希望我能有点用处。请准许我留在巴格拉季翁公爵的部队里吧。"

"上车,"库图佐夫说,当他发现博尔孔斯基犹豫不决时,就又说,"好军官我自己也需要,我自己也需要。"

他们坐进马车,车走了好几分钟两人都没说话。

"以后要做的事多得很,什么样的机会都有。"他带着老年人洞察一切的神情说,似乎博尔孔斯基心中所想的他都一清二楚。"他的部队明天能回来非常之一,我就谢天谢地了。"库图佐夫似乎自言自语。

安德烈公爵看了看库图佐夫,看到了在伊兹梅尔战役中库图佐夫丢去了眼球的眼睛。"是的,他有权利这么安静地谈到这些人的死亡!"博尔孔斯基想。

"正是为此,我才请求派我到这个部队里的。"他说。

库图佐夫没有回答,陷入了沉思。五分钟后,他脸上已经没有一点焦虑的痕迹了。他带着几分讥笑的神情问起安德烈公爵会见奥地利皇帝的事,以及克雷姆斯战役在宫廷有什么反应等等。

十四

十一月一日,侦察兵的消息表明,库图佐夫所率领的军队几乎陷入了绝境。据侦察兵报告,法国人越过维也纳桥后,正以极大的兵力向库图佐夫与俄国开来的援军之间的交通线推进。如果库图佐夫留在克雷姆斯,拿破仑的十五万大军就会切断他的交通线,把他的四万疲惫不堪的军队包围起来,他的处境就要同马克在乌尔姆的处境一样。如果库图佐夫决定放弃与俄国援军取得联络的道路,那他就要一面抵御敌人的优势兵力,一面落荒退入情况不熟悉的波希米亚山区,并且将会失掉与布克斯格夫登的联系。如果库图佐夫为了跟援军会师,决定沿着从克雷姆斯到奥尔米茨的大道撤退,那就要冒这样的危险:他可能被已越过维也纳桥的法军抢在前头,这么一来,他就要被迫带着全副重装备和辎重,一边行军,一边同兵力两倍于他的,而且从两面向他夹攻的敌人进行战斗。

库图佐夫选择了后一条出路。

正像侦察兵报告的,法军过了维也纳桥,在库图佐夫前头一百多俄里,正日夜兼程地向茨奈姆前进。抢在法军之前赶到茨奈姆,那就意味着俄军的得救的希望大一些;否则,那就意味着肯定要遭到跟乌尔姆战役一样的耻辱,甚至是全军覆没。但是带领全军赶到法军前头是不可能的。法军从维也纳到茨奈姆的道路,比起俄军从克雷姆斯到茨奈姆的道路来,又短又好。

得到消息的当天夜里,库图佐夫派出巴格拉季翁部四千名前卫,从克雷姆斯-茨奈姆大道右边翻山越岭到达维也纳——茨奈姆大道。巴格拉季翁必须一刻不停地赶路,然后面对维也纳,背朝茨奈姆安营扎寨。如果他抢在法军前头赶到,他必须尽力阻止他们前进。而库图佐夫本人则率领全部重装备向茨奈姆进发。

风雨之夜,巴格拉季翁带领饥饿、赤脚的士兵走了四十五俄里没有道路的山地,有三分之一的人掉队,比法军早几个小时来到维也纳-茨奈姆大道上的霍拉布伦。而库图佐夫率领的辎重队还要走一昼夜才能到达茨奈姆,因此,要想挽救部队,巴格拉季翁就得在霍拉布伦跟相遇的全部法军周旋一昼夜,这根本不可能。然而命运却使不可能成为可能。法国不战而骗取了维也纳桥,这一成功经验促使缪拉想照样去欺骗库图佐夫。缪拉在前往茨奈姆途中遇见巴格拉季翁带领的力量薄弱的部队,以为这就是库图佐夫的全部人马。为了确有把握地消灭这支军队,他要等待从维也纳出发后沿途掉队的人员,因此他提议停战三天,条件是双方的军队不改变位置,原地不动。缪拉说,和平谈判正在进行,为了避免不必要的牺牲,所以建议停战。担任前哨的奥地利将军诺斯蒂茨伯爵听信了缪拉的军使的话,往后撤退,给巴格拉季翁的部队让出路来。另一个军使驰到俄军散兵线上,宣布和平谈判的消息,建议俄军停战三天。巴格拉季翁回答说,是否接受停战的建议,他不能做主,于是派一名副官前去请示库图佐夫。

对库图佐夫说来,停战是赢得时间的唯一手段,可以利用它休整一下疲劳的巴格拉季翁部队,让辎重和重装备哪怕向茨奈姆多推进一站路也好。停战的建议为拯救俄军提供了唯一的、意外的机会。库图佐夫接到这个消息后,立刻派他手下的侍从武官长温岑格罗德前往敌方营地。温岑格罗德不但要接受停战建议,而且还要提出投降的条件;同时,库图佐夫派遣几名副官去催促克雷姆斯-茨奈姆大道上全军的辎重全速前进。只有又饿又累的巴格拉季翁部队屹然不动地与兵力七倍于它的敌人相对峙,掩护着辎重和全军的行动。

果然不出库图佐夫所料,一方面,这个无用的投降建议使得一部分辎重获得了通过的时间;另一方面,缪拉的错误不久就会被发觉。离霍拉布伦二十五俄里,驻在申布鲁恩的波拿巴一接到缪拉的报告以及关于停战和投降的草案,他立刻就看出其中有诈,于是马上给缪拉写了一封信。

缪拉亲王鉴:

我找不到合适的字眼来表达我对您的不满。您不过是指挥我的前卫部队,没有我的命令,您无权做出停战的决定。您要使我丧失全部的战果。马上撕毁停战建议,并向敌人进攻。您要对他宣布,签订这个投降书的将军没有这样的权力,除了俄国皇帝,什么人都没有这样的权力。

但是,倘若俄皇同意这个协议,我也可以同意;可这不过是玩弄诡计罢了。您要前进,消灭俄国军队……您是能够俘获它的辎重和大炮的。

俄皇的侍从武官长是个骗子……军官如未被授予全权代表资格,就不能起什么作用;他也是没有全权代表资格的……在越过维也纳桥的时候,奥地利人受了骗,而您现在却受了俄皇侍从武官的骗。

拿破仑

1805 年雾月 25 日 8 时于申布鲁恩

波拿巴的副官带着这封措辞严厉的信,向缪拉飞驰而去。波拿巴不信任自己的将军,生怕放走了已经落网的牺牲品,便亲自带领全部近卫军,向战场推进。而四千名巴格拉季翁部队,却快活地燃起篝火,烘衣裳,取暖,三天以来第一次煮饭,大家都不再想他们险恶的处境了。

十五

安德烈公爵向库图佐夫提出的坚决请求,得到了批准。下午三点多钟,安德烈公爵来到格伦特,见过巴格拉季翁。波拿巴的副官还没有到达缪拉部队,战斗还没有开始。在巴格拉季翁部队里,人们对整个战局一无所知,他们谈论和平,但不相信和平有可能实现;谈论打仗,又不相信战斗立刻就要开始。

巴格拉季翁知道博尔孔斯基是个受宠的亲信副官，所以格外优待。他对他解释说，今明两天将有战斗，在战斗时，他将有充分的自由：跟随他，或者在后卫监视撤退秩序。

"不过，今天可能不会打起来。"巴格拉季翁安慰安德烈公爵似地说。

"如果他是一个一般的司令部的花花公子，是为挣十字勋章来的，那他在后卫照样可以挣到。如果他愿意留在我身旁，那也好……如果他是一个勇敢的军官，会有用场的。"巴格拉季翁想。安德烈公爵什么也没说，只要求准许巡视一下阵地，熟悉一下部队的部署，在执行公务时好认得路。部队值勤的校官自愿给安德烈公爵带路；这个军官是个美男子，衣着讲究，食指上戴着钻石戒指。

到处都是面带愁容的军官和士兵。

"瞧，公爵，拿这些人真没办法。"校官指着那些人，说。"指挥官们把士兵惯坏了。再瞧瞧那儿，"他指着随军商贩搭起的帐篷，"都聚在那儿闲坐。公爵，应当去吓唬他们一下。费不了多大工夫。"

"一块儿去，我也吃点干酪和面包。"安德烈公爵说，他还没来得及吃东西。

"您怎么不早说，公爵？您要早说，我可以招待您。"

他们下了马，走进商贩的帐篷。几个面红耳赤的军官坐在桌旁又吃又喝。

"这又怎么啦，诸位！"校官用责备的口吻说。"这样玩忽职守是不准许的。公爵有令，谁都不许来。看您这样子，上尉先生，"他转身对一个又矮又瘦、浑身是泥的炮兵军官说。"图申上尉，您怎么好意思这样？"校官继续说，"您是炮兵，应当做个模范，但是您不穿靴子。如果有情况，您不穿靴子，那就好看了（校官露出笑意）。都给我回到自己的岗位上去，诸位，全回去，全回去。"他用长官的口吻说。

安德烈公爵看了看图申上尉，不由得笑了。图申一声不吭面带笑容，不停地倒换着两只没有穿靴子的脚站在那儿，他那对聪明而友善的大眼睛带着疑问的神情时而看看安德烈公爵，时而望望校官。

"士兵们说：不穿靴子更方便。"图申上尉说，他微微含笑，他想用诙谐的调子改变一下尴尬的处境。

可是没等把话说完，他就觉得没有人理会他的诙谐。

"你们都回去吧。"校官尽力保持着严肃的态度，说。

安德烈公爵又把这个炮兵军官上下打量了一下。在这个人身上，有一种特别的十分吸引人的东西。

校官和安德烈公爵骑上马继续前进。

他们一路走过去,出村以后,看见左前方正在构筑工事。几个营的士兵在寒风中只穿一件衬衣,像一窝白蚁似地在工事里忙碌。土堤后面的人不断甩出一铲一铲的红土。他们走到工事前面视察一番后,又往前走。在工事后面,他们碰见几十个不断轮换、跑步离开工事的士兵。他们只好捏着鼻子驱马快走,避开这里难闻的空气。

"这就是军营的乐趣,公爵先生。"值勤的校官说。

他们驰到对面山上。法国军队尽收眼底,安德烈公爵停下来仔细观察。

"那边是我们的炮垒,"校官指着最高的制高点,说:"就是那个不穿靴子的怪人指挥的炮垒。那儿高,什么都望得见,咱们去吧,公爵。"

"谢谢,我想一个人走走,"安德烈公爵想摆脱这个校官,说:"不必客气,您请便吧。"

校官落到后面了,安德烈公爵一个人往前走去。

安德烈公爵发现条件尽管很艰苦,但士兵们很乐观,斗志昂扬。安德烈心中很激动。突然,传来一个士兵的嚎叫声,一个胖少校,不理会那嚎叫声,不停地说:"士兵偷窃是可耻的,士兵应当正直、高尚、勇敢。如果偷自己弟兄的东西,就是不要脸,他就是坏蛋。再打,再打!"

不断传来软鞭子的抽打声和假装的拼命的嚎叫声。

"继续打,继续打。"少校说。

那个年轻军官露出不解的痛苦的表情,用疑问的目光望着骑马走过的副官,离开了挨打的人。

安德烈公爵来到前沿,沿着阵地走下去。尽管两军对垒,但气氛并不很紧张。

从大清早起,严禁走近散兵线,可是长官们赶不走看热闹的人。据守散兵线的士兵,已经不再去看法国人了,反而去观看前来看热闹的人,百无聊赖地等待着换班的时刻。安德烈公爵停下来细细观察法国人。

"你瞧,你瞧。"有一个士兵指着一个俄国火枪手对同伴说。那个火枪手,正跟一个法国掷弹兵流畅地、激动地谈话。"你瞧,他说得多流利!连法国人都比不上他。你也来一句,你也来一句,西多罗夫!"

"别急,听一听,哦,真流利!"那个被认为擅长法语的西多罗夫答道。

两个谈笑的人所指的那个士兵,是多洛霍夫。安德烈公爵认出他来,仔细地听他在说什么。

"说下去,说下去!"连长鼓励他说,"再说快点。他在说什么?"

多洛霍夫没有回答连长,他正全神贯注地跟一个法国掷弹兵展开热烈的争论。他们谈的当然是那次战役。这个法国兵把奥地利人和俄国人弄混了,说那次战役是俄国人投降了,而且从乌尔姆逃跑了,而多洛霍夫说俄国人不仅没有投降,并且把法国人揍了一顿。

"我们受命来到这里赶你们,我们肯定会把你们赶跑。"多洛霍夫说。

"当心你们自己和你们的哥萨克,别都被活捉了。"法国掷弹兵说。

在一边观看和旁听的法国士兵都笑起来。

"我们要打得你们团团转。"多洛霍夫说。

"不可能。"一个法国兵说。

两人唇枪舌剑,争论不休。"你们皇上真他妈的该死!"多洛霍夫用俄语骂了一句,是大兵的粗话,然后他挎上枪,走开了。

"咱们走吧,伊万·卢基奇。"他对连长说。

"你看人家的法语,"散兵线上的士兵说,"你也来一句,西多罗夫!"

西多罗夫挤了挤眼,就转身对着法国人乱说了一通。"卡里,马拉,塔法,萨菲,木特尔,卡斯卡。"

"嗬,嗬,嗬!哈,哈,哈!呵哈!"士兵们哄然大笑。笑声越过散兵线传染给了法国人,大家都笑了。

但是枪炮仍旧装着弹药,房屋和堑壕的枪眼依旧威严地瞪视着前方,卸掉前车的大炮仍旧互相瞄准着对方。

十六

安德烈公爵走遍了整条战线,随后登上校官所说的那个俯瞰整个战场的炮垒。

果然,从炮垒眺望,几乎整个俄军的布置和大部分敌人都在视野之内。

安德烈观看了一会儿,对两军的布局有了了解,心中想着二条改进的意见。

突然,窝棚里传出一个声音,腔调特别亲切诚恳,使他感到惊讶,他不由得仔细倾听起来。

"不,老兄,"那个悦耳的、安德烈公爵听来很熟的声音说,"我说,倘若能知道死后的情形,就不会有人怕死了。就是这样,老兄。"

另外一个声音打断了他的话。

"不管怕不怕,反正一样——跑不了。"

"说来说去还是怕!咳,你们这些人。"第三个刚毅的声音打断了前两个声音,"你们当炮兵的真精明:你们什么都有,伏特加,下酒菜,要啥有啥。"

那个声音刚毅的人,大笑起来。

"不过还是怕死。"第一个熟悉的声音继续说,"不管怎么,灵魂要升天……但是,我们知道,并没有什么天,只有大气。"

那个刚毅的声音又插嘴说。

"让我们尝尝您的药草酒吧,图申。"他说。

"哦,原来就是那个没穿靴子的上尉。"安德烈公爵想。

"请喝药草酒是可以的,"图申说,"不过话又说回来,了解来世……"没等说完,空中突然传来呼啸声;越来越近,越快,越清楚,越清楚,越快,一颗炮弹砰的一声落在离窝棚不远的地上,炸成了碎片。

就在这瞬间,从窝棚里头一个跑出来的是把烟斗叼在嘴角的小个子图申。他的和蔼而聪明的脸孔有点苍白。紧接着出来的是那个声音刚毅的人——一个英姿潇洒的步兵军官,他向自己的连部跑去,一边跑,一边扣纽扣。

十七

安德烈公爵骑上马,站在炮垒上眺望。他发现原先不动的法军现在动荡起来,左边果然是炮垒。炮垒上的硝烟还没有散开。两个骑马的法国人,在山上奔驰。在山下,大概要加强散兵线,清清楚楚看见一个不大的敌人纵队在移动。头一炮的硝烟还没有散完就出现了第二团硝烟,又发射一炮。战斗开始了。安德烈公爵掉转马头,驰回格伦特去找巴格拉季翁公爵。他听见背后炮击声越来越密,越来越响。很明显,我们开始回击了。山下,传来步枪的射击声。

勒马鲁瓦带着波拿巴的那封严厉的信刚刚驰到缪拉那里,羞惭的缪拉为了补救自己的错误,马上调动军队向中央推进并向两翼迂回,打算趁皇上还没有到达,在天黑以前,就把他面前这支微不足道的小部队吃掉。

"战斗开始了!"安德烈公爵想。"可是,我的土伦在哪儿?怎样把它表现出来呢?"他心中暗想。

"战斗开始了！又可怕，又快活！"每个士兵和军官的面孔全都说明了这一点。

还没有走到构筑工事的地方，他看见对面来了一队骑马的人。最前面的人骑着一匹白马，披着毡斗篷，戴着羔皮帽。这个人是巴格拉季翁公爵。安德烈公爵停下来等他。巴格拉季翁公爵勒住马，向安德烈公爵点了点头。

"战斗开始了！"巴格拉季翁公爵脸上也有这样的表情。安德烈公爵怀着不安的心情注视着这张凝然不动的脸。

"在这张凝然不动的面孔后面到底有没有什么东西？"安德烈公爵一面望着他，一面问自己。

"他想看看战斗，"随从的热尔科夫指着军法检察官对博尔孔斯基说，"可是他的心口已经疼了。"

"得了吧，"军法检察官精神抖擞，带着天真而又狡诈的微笑说道。

"好玩极了，公爵先生。"值勤校官说。

说话之间，他来到图申的炮垒，在他们面前已经落了一颗炮弹。

"落了个啥东西？"军法检察官故作天真地问。

"法国烙饼。"热尔科夫说。

"就用这个打？"军法检察官问，"好家伙！"

他似乎兴奋得心花怒放了。话音刚落，又传来出人意料的可怕的啸声，忽然碰到什么稀软的东西上面，啸声停止了，只听得嗤—嗤—嗤—砰的一声——

在军法检察官背后靠右的地方,一个哥萨克兵连人带马倒在了地上。热尔科夫和值勤校官在马鞍上俯下身,勒转马闪到一旁。军法检察官停在哥萨克兵面前,哥萨克兵死了,马仍在挣扎。

巴格拉季翁公爵眯着眼睛回头看了看,当他看出骚乱的原因时,冷淡地转过身来,仿佛说:"这有什么大惊小怪的!"他勒住马,微微弯了弯腰,整好挂着斗篷的佩剑。这口剑跟别的军人所佩带的不一样,是口古老长剑。安德烈公爵想起这口剑的故事:在意大利作战时,苏沃洛夫把自己的这口剑赠给了巴格拉季翁,这个回忆使他感到十分温馨。他们来到刚才博尔孔斯基在那里观察战场的那个炮垒。

"是谁的连队?"巴格拉季翁公爵向一个站在炮弹箱旁的军士问道。

他问:"是谁的连队?"而其实是问:"你们怕不怕?"军士当然明白。

"是图申上尉的,大人。"军士快活地答道。

"好,好。"巴格拉季翁顺口说了一句。

正当他走过去的时候,那门炮发射了一颗炮弹,震得他和侍从们耳朵发聋,硝烟一下子把大炮包围了起来,从硝烟里可以看见炮手们把炮托起,赶忙用力把它推回原处。宽肩个大的一号炮手,拿着通条,宽宽地叉着两腿,跳到炮脚前面。二号炮手哆嗦着手,装火药。一个有点微微驼背的小个子——军官图申,没有留意将军到来,他向前跑去,被炮架尾绊了一下,他用手在额上搭个棚,细细地眺望。

"再加二分,这样就正好了。"他用尖细的嗓子喊道,而且极力喊得有英勇气概。"二号,"他尖声喊道,"狠狠地揍,梅德韦杰夫!"

巴格拉季翁把那个军官叫过来。图申行了个军礼,走到将军面前。尽管图申炮队的任务是射击谷地,但他却用燃烧弹射击前面的申格拉本村,因为村前有大批的法军正在活动。

他跟他最尊重的司务长扎哈尔琴科一商量,决定最好是把那村子点着。"好!"巴格拉季翁对这个军官的报告答道。他好像在考虑什么,开始观察战场。右翼的法军逼得最近。基辅团队防守的高地下面河谷里传来惊心动魄的枪声,侍从武官指给公爵看,右方更远的地方,在龙骑兵背后,一个法国纵队正向我们的侧翼迂回。左方的地平线被近处的树林遮住了。巴格拉季翁公爵命令从中央阵地抽出两营兵力支援右翼。一个侍从武官壮着胆子对公爵说,如果抽走这两个营,炮队就孤立了。巴格拉季翁公爵向那个侍从武官转过身来,默默地看了看他。安德烈公爵觉得,侍从武官的意见是对的。但是这时从据守谷地的团长那里驰来一个副官,报告说,有大批法军从山下涌上来,我们的团队溃败,正向基辅掷弹团方向退却。巴格拉季翁公爵低了一下头表示同意。他骑马慢慢向右翼走去,而且派一个副官到龙骑兵那里传达向法军进攻的命令。可是被派去的副官半小时后回来报告,龙骑兵团长已经退到冲沟后面,因为他们遇到了强大的火力。因此他下令射手们下马徒步进入森林。

"好!"巴格拉季翁说。

正当他离开炮垒的时候,左边树林里也传来射击声,因为左翼离得太远,巴格拉季翁公爵没时间亲自赶到,他派热尔科夫去见那个在布劳接受库图佐夫检阅的团队的老将军,告诉他赶快退到冲沟后面,因为右翼大约支持不了太久。至于图申和掩护他的一个营,却被遗忘了。安德烈公爵用心倾听了巴格拉季翁公爵跟长官们的谈话和他下的命令,他发现,巴格拉季翁公爵实际并没有下什么命令。因为巴格拉季翁公爵十分镇定,安德烈公爵看出,虽然事情的发展带有偶然性,并且与这位长官的意志无关,可是他的确起了很大的作用。那些面色惊慌的长官一到巴格拉季翁公爵跟前,就变得镇静了,士兵和军官们兴奋地向他问好,因为他的在场,都变得更加活跃,并且很明显是在他面前炫耀自己的勇敢。

十八

巴格拉季翁公爵来右翼最高点后,开始往下走,下面传来砰砰的枪声,烟雾弥漫,什么都看不见。他们越走近河谷,就越什么也看不清楚,也就越感觉到接近了真正的战场。他们开始遇见伤员。有两个士兵架着一个满头流血、没有戴帽子的伤员。他喉咙里呼呼噜噜直响,不停地吐血,看样子,子弹打中了他的嘴或者喉咙。他们还碰见一个硬朗地独自行走着的伤员,他没有带枪,大声地呻吟着,胳膊刚被打伤,疼得他直摇晃,血流如注。他脸上的神情,与其说是痛苦,不如说是恐惧。跨过大路,是一个陡坡,他们看见坡上躺着几个人。他们遇见一群士兵,其中也有没受伤的。士兵们往上爬坡,沉重地喘着气,尽管看见将军来了,仍然大声说话,大摇大摆地走路。在前面烟雾中,已经看得见一队队的灰大衣,一个军官看见巴格拉季翁,连喊带跑地去追一群士兵,叫他们回来。巴格拉季翁向队伍走去,队伍里不时响起枪声,压住了谈话声和口令声。大气充满了硝烟。士兵们的脸都被火药熏黑了,可是仍露出高兴的神情。有些人用捣药杆捣火药,有些人往药池里装火药,从袋子里取火药,还有些人在射击。可是他们向谁射击,却看不见。时时传来清脆的嘶嘶声和咝咝声。"这算是什么?"安德烈公爵骑马走到一群士兵跟前,心中想道,"这不能算是散兵线,因为他们挤成一团!不能算是进攻,因为他们按兵不动。也不能算是方阵,因为他们站得不对。"

团长是一个又瘦又弱,面带笑容的小老头,眼睛被眼皮遮着一大半,这给他增加了一副温和的神情,他骑着马走到巴格拉季翁公爵跟前,像主人接待客人似地接待了他。他向巴格拉季翁公爵报告,法国骑兵曾向他的团队进攻,尽管进攻被打退了,团队却损失过半。

团长向巴格拉季翁公爵转过身来,一再劝他回去,因为这里太危险了。"赏个脸吧,大人,看在上帝分上!"巴格拉季翁对他的士兵的表现很满意。

"走得真像个样。"巴格拉季翁的侍从中有一个人说。

纵队的排头已经下到河谷。

刚才作战的我们那个团的残部,赶忙排着队向右让开。从他们后面,第六猎骑兵团的两营人整整齐齐地开来了。他们还没有走到巴格拉季翁面前,就已经听得见许多人齐步走时发出的沉重脚步声。左翼有一个圆圆的脸、身材魁梧、面带傻呵呵的表情的连长走得离巴格拉季翁最近,这就是从窝棚里跑出来的那个人。此时此刻,他除了雄赳赳地从长官面前走过之外,什么都不想了。

几百名士兵都雄赳赳、气昂昂、斗志昂扬。

"干得好,弟兄们!"巴格拉季翁公爵说。

"愿为一大一人一效一劳!……"队伍中发出一片喊声。

军官发出了停止行进和解下背囊的命令。

巴格拉季翁在队伍前走了一周,接着下了马。他把缰绳交给哥萨克兵,把斗篷脱下来也交给他,伸了伸腿,整了整头上的帽子。这时,由军官带头的法军纵队的排头已经在山下出现了。

"上帝保佑!"巴格拉季翁说。

法军已经逼得很近了,跟巴格拉季翁公爵一块走着的安德烈公爵已经清楚地看得出法军的子弹带、红肩章,甚至他们的面孔。他清清楚楚看见一个法国老军官拉着灌木,迈着两脚,吃力地往山坡上爬。巴格拉季翁公爵还没有发布新的命令。忽然间在法军中间响起枪声,一声、两声、三声……在乱糟糟的敌人队伍中间硝烟弥漫，紧接着枪声响成一片。我们有几个人倒下了。其中也有那个刚才曾是那么快活、那么努力行进的圆脸军官。但是就在第一声枪响的同时，巴格拉季翁转脸看了看，喊起了："乌拉！"

"乌拉—拉—拉！"我们队伍里响起一片拉得长长的喊叫声，于是我们的队伍越过巴格拉季翁公爵，汇成不整齐、快活的一群，生龙活虎地跑下山坡，去追击混乱的法军。

十九

第六猎骑兵团的攻击掩护了右翼的撤退。被遗忘的图申炮队在中央炮击申格拉本村，有力地阻止了法军的前进。法军忙于扑救被风势蔓延开来的大火，由此给了俄军以撤退的时间。中央部队向后撤退，匆忙并且杂乱。然而在撤退中各队并没有乱作一团。由亚速和波多尔斯克两个步兵团以及保罗格勒骠骑兵团组成的左翼，因受到法军拉纳所统率的优势兵力的进攻和迂回而陷于混乱。巴格拉季翁派热尔科夫前往左翼将军那里传达马上撤退的命令。

热尔科夫策马疾驰而去。但是刚刚离开巴格拉季翁，就没有了勇气。一种难以抑制的恐惧情绪占领了他，他不能到那危险的地方去。

他驰近左翼的军队后，不敢向那子弹飞舞的前线去，而是在不可能找到的地方寻找将军和长官，最后没有把命令送到。

左翼指挥权属于年长的、在布劳接受库图佐夫检阅的团长，也就是多洛霍夫在那里当兵的那个团的团长。而左翼的最左边缘的指挥权却委任给罗斯托夫所在的保罗格勒团的团长，因此发生了分歧。两个团长各不相让，互相斗气，正当右翼早已开火，法军开始攻击的时候，两位长官却忙着互相侮辱的谈判。不论是骑兵还是步兵，对当前的战事没有准备。各团的人马，从士兵到将军，都没有想到要战斗，都在安静地做些日常的工作：骑兵在喂马，步兵在拾柴。

"反正论官阶他比我大，"德国籍的骠骑兵团长红着脸对前来的副官说，"他愿意怎么办就怎么办好啦。我可不能让我的骠骑兵去送死。号兵！吹退却号！"

形势危急。向右翼和中央轰击的排炮声和步枪声连成一片，拉纳率领的身披外套的法国射手越过磨坊的堤坝，已经在离这边两射程远的地方列成队形。步兵团长迈着不稳的步子走到马跟前，骑了上去，腰杆挺得直直的，显得很高大,策马向保罗格勒团团长奔去。两个团长在立刻相遇了,他们有礼貌地互相鞠躬,但内心却藏着嫉恨。

"无论怎么样,团长,"将军说,"我不能把一半人马留在森林里。我请求您,我请求您,"他反复地说,"占领阵地,准备进攻。"

"不是自己的事情我请您不要干涉。"团长愤怒地回答,"您是骑兵……"

"我不是骑兵,团长,我是俄国将军,您如果不清楚的话……"

"我很清楚,大人,"团长突然策动坐骑,大声喊道,他的脸都气紫了。"请劳驾到前沿走走,您就会明白那阵地一点用处也没有。我不愿葬送自己的团来让您开心。"

"您太无礼了,团长。我不是来寻开心的,你无权说这种话。"

将军接受团长比赛勇敢的邀请,他挺直胸膛,紧皱眉头,和他一块向前沿去,仿佛他们俩的全部分歧只有在枪林弹雨的前线上才能得到解决。他们来到前沿,几颗子弹从他们头上飞过,他们一声不响地停下来。其实前沿并没有什么可看的,因为在刚才他站着的地方就可以看得一清二楚,在那些灌木林和条条冲沟之间骑兵是没有用场的,而法军正向左翼迂回。将军和团长,像两只要斗架的公鸡,威严地、互相怒视着,徒然等待着对方露出害怕的迹象。两个人都经住了考验。因为无话可说,两个人谁也不愿给对方以借口——说他是第一个走出枪林弹雨的。要不是这时在树林里,突然传来噼里啪啦的枪声和一片低沉的呐喊声,他们会长久地站在那里互相比赛勇敢。在树林里拾柴的士兵受到法军的攻击。骠骑兵已经不能随同步兵一块撤退了。他们被法军的散兵线切断了撤退的道路。现在不管地形多么不利,为了给自己打出一条生路,也不得不展开攻击了。

罗斯托夫所在的那个骑兵连队刚骑上马,就被敌人迎头堵住。又像在恩斯河桥上那样,在骑兵连和敌人之间别无他人。

团长骑马来到前沿,无可奈何地回答了一些军官的问题,坚定地下了一道命令。谁也没有明确地说什么,可是要冲锋的话却传遍全连。发出列队的口令,传出军刀出鞘的锵锵声。但就是没有人动弹。左翼的军队,不管是步兵还是骠骑兵,都感到连长官自己也不知道该怎么办,长官的徘徊传染了士兵。

"快一点,最好快一点,"罗斯托夫想,他想体会一下冲锋陷阵的愉快。

"上帝保佑,弟兄们,"传来杰尼索夫的声音,"跑步,前进!"

罗斯托夫看见右边有几排自己的骠骑兵,前面更远的地方有一条长长的黑戋，尽管看不清楚，可是他认定那就是敌人。可以听见稀稀拉拉的枪声，但离得很远。

"加快！"口令传出，罗斯托夫感觉到他的"白嘴鸦"抬起臀部，飞奔起来了。

他预先猜到了他的马的动作，所以十分兴奋。他曾注意到前面有一棵树。马飞快地越过了中间线。罗斯托夫紧握着刀柄，心中想。

"乌拉—拉—拉！！"响起一片呐喊声。

"不管是谁，如果落在我的手里，让他试试看。"罗斯托夫一边想，一边用马刺刺"白嘴鸦"，使它全速前进，把别人都落到后面。前面已经可以看见敌人。忽然间，仿佛有一把大笤帚似的东西扫过整个骑兵连。罗斯托夫举起马刀准备砍杀，正在这时，在前面驰骋的士兵尼基琴科离开了他，罗斯托夫像做梦似的，觉得他依旧风驰电掣地奔驰，同时又觉得停留在原地不动。一个熟识的骠骑兵邦达尔丘克从后面追上来，生气地看了看他。邦达尔丘克的马向旁边一闪，从他身旁绕了过去。

"这是怎么回事？我不能动弹了！——我倒了，被打死了……"罗斯托夫在一瞬间自问自答。他已经是独自一人躺在旷野里了。他身下是温暖的血。"不，我受了伤，马被打死了。""白嘴鸦"想撑起前腿，可是摔倒了，压住了骑马人的脚。血从马头上流出来。马挣扎着，可站不起来。罗斯托夫想站起来，也摔倒了：图囊挂住了马鞍。我们的人在哪儿，法国人在哪儿——他不知道。四周没有一个人影。

他抽出脚，站起来。"那条明显地把两军分开的线现在在哪儿？在哪个方向？"他问自己，但回答不出。"是不是我发生了什么不幸？这种情况常有吗？遇到这种情况应该怎么办？"他一面问自己，一面站起来。这时他感觉他那麻木的胳膊似乎一件多余的东西。手似乎是别人的。他看了看手，没有什么血迹。"那不是人来了，"他看见有人向他跑来，兴奋地想，"他们来救我了！"

"难道他们是来捉我？这是些什么人呢？"罗斯托夫不相信自己的眼睛，一直在想。"难道是法国人吗？"他望着那些渐渐跑近来的法国人，尽管一分钟之前他还奔驰着追赶这些法国人，要想砍杀他们，但是现在他们快到跟前的时候，他怕极了。"他们是什么人？为什么跑？是不是找我来了？是向我这儿跑吗？想干什么？杀死我吗？杀死我这个为大家所钟爱的人吗？"他不禁浮想联翩。"杀死——也许可能！"他不明了自己的处境，原地不动地站了十多秒钟。最前面那个长着鹰钩鼻的法国人端着刺刀，屏住呼吸，迅速地向他跑来，他那狂热的、陌生的面孔,使罗斯托夫大为吃惊。他抓起手枪,没有向那人射击,却用它向法国人掷去,然后拼命向灌木丛跑去。他狂奔着,怀着兔子逃避猎犬的心情。一种为自己年轻、幸福的生命担心的心情占据了他的整个身心。他迅速地逃过田埂,在田野上狂奔,不时扭转着他那苍白、善良、年轻的脸,一股惊恐的冷气掠过他的背脊。"不,最好不要回头。"他心中想,可是快跑到灌木的时候,他又回头看了一次。法国人落到后面了,就在他回头看的那一刻,那个跑在最前面的人把快步换成慢步,而且回头对后面的同伴大声喊话。罗斯托夫停下来。"有点不大对吧,"他想,"他们想杀死我,这是不可能的。"就在这时,他的左手感到特别沉重。他再也跑不动了。法国人也停了下来,开始瞄准。罗斯托夫闭着眼睛,弯下腰来,一颗、两颗子弹呼啸着飞过。他汇集最后的力量,用右手托着左手,跑进了灌木丛。在灌木丛里有俄国的射手。

二十

受到忽然袭击的步兵团队从树林里逃出来,各连队混成一团,蜂拥而逃。一个士兵在惊慌中说了一句:"给切断了!"这句话带着恐怖感传遍了人群。

"给包围了! 给切断了! 完蛋了!"逃跑的人喊叫着。

团长一听见后面的枪声和喊叫声,就明白他的团队发生了可怕的事情。他首先想到的是,他服役多年、从来没有过任何过失,而这次可能犯了玩忽职守和指挥失当的错误。想到这里,他大惊失色,就在这一刻他忘记了不听指挥的骑兵团长,忘记了将军的尊严,完全忘记了危险和自卫感,他抓住鞍鞒,用马刺刺马,冒着雨点似的子弹,向团队飞驰。他只有一个想法:弄清是怎么回事,不管怎样得想办法补救和改正错误。

他侥幸地从法军中穿过,驰到树林外边的田野上,此时我军正经过这里逃跑,连口令也不听,顺着山坡一直往下跑。不管团长怎样拼命地喊叫,不管团长那副面孔是多么恼怒,他又是怎样挥舞军刀,士兵仍然在狂奔,说话,向空中放枪,不听口令。决定胜负的士气动摇明显助长了恐怖气氛。

由于喊叫和硝烟,将军咳嗽起来,他绝望地站住了。看来一切都完了,然就在这时,进攻我们的法军,不知为什么,忽然往回跑去,从林边消失,树林里出现了俄国的射手。这是季莫欣的连队,只有这个连队在树林里遵守秩序,在林边沟渠里埋伏着,忽然向法军发动袭击。季莫欣拼命喊叫着向法国人扑过去,他挥舞着军刀向敌人冲去，法国人还没清醒过来就丢下武器逃走了。跟季莫欣并肩奔跑的多洛霍夫，面对面杀了一个法国人，他是第一个抓住一个投降的法国军官的脖领的。逃跑的人回来了。各营再次集合，被切成两段的左翼法国军队转眼之间被打退了。后援部队已经赶到，逃兵都停住了脚步。团长和埃科诺莫夫少校站在桥边。这时一个士兵跑到团长跟前，抓住他的马镫，差点偎靠着他。这个士兵穿着淡蓝色的毛呢大衣，没有背背囊，没有戴高筒帽，包着头，肩上挎着法军子弹盒，手中握着军官的军刀。这个士兵脸色苍白，一对蓝眼睛大胆地望着团长的脸，而嘴角却含着微笑。虽然团长忙着向埃科诺莫夫少校发布命令，但这个士兵还是引起了他的注意。

"大人，这是两件战利品，"多洛霍夫指着法国军刀和子弹盒，"我俘虏了一个军官。我挡住了逃跑的连队。"多洛霍夫累得上气不接下气，时断时续地说，"全连都可以作证。请您记住，大人！"

"好，好。"团长说着，又向埃科诺莫夫少校转过脸去。

可是多洛霍夫还不走开，他解开手帕，扯下来，露出头发上结板的血迹。

"我受了刺刀伤不下火线。请您记住，大人。"

图申的炮兵连被忘了，直到战事快要结束，而中央阵地的炮声仍在轰轰隆隆，巴格拉季翁公爵才派值勤校官到那里，接着又把安德烈公爵派了去，命令炮兵连尽快撤退。图申炮垒近处的掩护部队，在战斗中不知奉了谁的命令撤走了。炮兵连仍在坚持轰击，它之所以没有被法军攻下，是因为敌人不能设想四面没有掩护的炮队竟敢这么大胆地射击。相反，从这个炮队的顽强的战斗看来，敌人认为在中央集中着俄军的主力，对这个据点发动了两次攻击，但两次全被这个高地上的四门孤立无援的大炮用霰弹击退了。

巴格拉季翁公爵走后不久，图申就把申格拉本村轰得起火了。

"瞧，乱成了一团！着火了！瞧那黑烟！打得好！好极了！好大的烟！好大的烟！"炮兵们欢呼雀跃。

所有的大炮都向着起火的地方轰击。似乎鼓励似的，每放一炮，士兵就跟着喊叫："打得好！就这样干！真有你的……好极了！"火借风势，很快蔓延开来。走出村外的法国纵队又返回来，大约是为了报复这次的吃亏，敌人在村子右边架起十门大炮，向图申轰击。

法国人的还击并没有改变那热火朝天的场面，只不过改变一下情绪。用后备炮车的马替换了打死的马,把伤员移走,四门大炮转过来对付那十尊大炮。图申的军官同事在战事刚开始的时候就阵亡了,一小时之内,四十名炮手中十七人失去了战斗力,但是炮兵们依旧兴高采烈。有两次他们看到下面离他们不远的地方出现了法国人,他们就用霰弹向他们射击。

小个子图申,动作无力而笨拙,他不停地要求勤务兵为了这一炮再装一袋烟,他一面往前跑,一面从烟袋锅里撒着火星,把小手搭在脑门上观望法国人。

"打,弟兄们!"他说,托起轮子移动大炮,旋转着螺旋。

震耳欲聋的射击声每次都使图申打战,在硝烟中,他叼着小烟斗从这尊炮跑到那尊炮,时而瞄准,时而计算弹药,时而下令换掉死伤的马匹,他用他那尖细无力、并且不很果断的声音不住地喊叫。他很高兴。只有当打死或者打伤人的时候,他才皱皱眉头,背过脸去不看阵亡的人。那些士兵,大半都是英俊小伙子。

轰鸣、嘈杂和不停的操心,图申没有体验到一点不快乐的恐慌的感觉,在他的脑海里也没有那种他可能被打死或者打伤的想法。相反,他越来越愉快。

在他的想象中,敌人的大炮不是大炮,而是烟斗,有一个看不见的吸烟人喷着奇怪的烟圈。

"瞧,又喷烟了。"图申低声自言自语。就在这时,从山上腾起一团硝烟,被风吹成一条长带向左飘去。"小球就要飞来了,——我们给他送回去。"

"您有什么吩咐吗,大人?"站在一边的军士听见他嘟囔,问道。

"没什么,拿榴弹来……"他回答。

"你来一个,亲爱的马特维夫娜。"他自言自语。在他心目中,马特维夫娜是指那尊靠边的旧式大炮。他把围在大炮周围的法国人想象成一群蚂蚁。那个美男子,醉鬼,第二尊大炮的一号炮手,在他的想象世界中是一位大叔。图申最愿看他,他所做的一切都使他兴奋。山下步枪互射,此起彼伏,他把它想象成某人在那里呼吸。他倾听着时起时伏的枪声。

"听,又喘气了,又喘气了。"他自言自语。

他把自己想象成一个体格英俊、力大无比、双手抱着炮弹向法国人掷去的伟男子。

"马特维夫娜,亲爱的,露一手!"他一边说,一边离开大炮,这时传来陌生的声音:"图申上尉! 上尉!"

图申吃惊地回头看了看。这就是在格伦特商贩帐篷里把他撵出来的那个校官。他气喘吁吁地对他喊道："您怎么啦,发疯了? 两次给您退却的命令,但是您……"

"他们干吗老跟我过不去? ……"图申一面惊慌地看着长官,一面心中暗想。

"我……没什么……"他把两个指头放在帽檐上,说,"我……"

可是没等上校说完。从近旁飞过的炮弹逼迫他赶快弯下身来,趴在马背上。他停了一下,刚想再说,又飞来一颗炮弹阻止了他。他掉转马头就走了。

"撤退! 全体撤退!"他从远处喊道。

士兵们全笑了。一分钟后,一个副官驰来传达了同一个命令。

这是安德烈公爵。他来到图申炮连所在地时,首先看到马,它断了一条腿,躺在其他套在车上的马旁嘶鸣。前车中间躺着几个被打死的人。当他走近时,炮弹一颗接一颗从头顶上飞过,他感到一阵寒战。但是,一想到自己害怕,就又振作起来。"我不能害怕。"他想,他在大炮中间沉着地下了马。他传达了命令之后,没有离开炮兵阵地。他决定亲眼看着大炮从阵地上移下来并撤走。他和图申一起跨过死尸,在法军猛烈的炮火下,忙着撤走大炮。

"刚才来了一位长官,一会儿就溜走了,"一个军士对安德烈公爵说,"不像您,大人。"

安德烈公爵没有跟图申说一句话。他们两人都忙得不亦乐乎。他们把四尊炮中未受损伤的两尊套上前车,开始下山(抛下一尊被打坏的炮和一尊独角兽炮),安德烈公爵骑马来到图申跟前。

"再见了。"安德烈公爵向图申伸出一只手,说。

"再见,亲爱的朋友,"图申说,"亲爱的人! 再见,亲爱的朋友。"图申说,不知为什么突然热泪奔流。

二十一

风停了,乌云在战场的上空低垂着,地平线上,乌云和硝烟融成一片。天渐渐黑下来,两处的火光显得格外明亮。炮声稀疏了,可是后面和右面的枪声却更加频繁,更加接近。图申和他的炮队从火线上撤下来。途中碰到好多人,其中就有两次奉命而一次也没有到达图申炮兵连的热尔科夫。他们七嘴八舌一齐给他发命令和传达命令,告诉他应当到哪里去和如何走,而且责备他,申斥他。图申什么也没向部下吩咐,骑着炮兵的一匹瘦马在后面走;他怕说话,连自己也不知为什么,一说话就想哭。虽然有命令把伤员抛下,仍然有许多伤员拖着步子跟着部队走,要求搭坐炮车。那个在战斗前从图申的窝棚里跑出来的雄赳赳的步兵军官,腹部中了枪弹,被安放在马特维夫娜炮车上。山脚下,一个面色苍白的骠骑兵士官生,用一只手托着另一只手来到图申面前,要求搭坐炮车。

"上尉,看在上帝分上,我的胳膊受了挫伤,"他怯生生地说,"看在上帝分上,我走不动了。看在上帝分上!"

看样子,这个士官生央求搭车已经好几次了,然而全都遭到拒绝。他用犹豫的、可怜的声音哀求:"叫我坐上去吧,看在上帝分上。"

"让他坐,让他坐,"图申说,"给他铺上大衣,我说,大叔,"他对他所喜爱的那个士兵说,"那个受伤的军官呢?"

"抬下去了,死了。"有人回答。

"让他坐上去。坐吧,亲爱的,坐吧。安东诺夫,铺上大衣。"

这个士官生是罗斯托夫。他用一只手托着另一只手,脸色苍白。人们扶他上了马特维夫娜炮车,这就是安放过那位阵亡军官的炮车。铺在下面的大衣有血迹,浸湿了罗斯托夫的马裤和手。

"您受伤了吗,亲爱的?"图申走到罗斯托夫乘坐的那尊炮车跟前,说。

"不是挂彩,是挫伤。"

"裤子上怎么有血?"图申问。

"这是那个军官流的血,大人。"一个炮兵回答,他一面用大衣袖子擦血,好像为弄脏了大炮而感到歉疚。

在步兵帮助下,炮车吃力地爬坡,到了贡台斯多尔夫村,停了下来。天已经黑透,十步以外看不清士兵的服装,枪声停止了。突然,从右边不远的地方,又传来呐喊声和枪炮声。在黑暗中,发出闪光。这是法军又一次进攻,驻在这个村子的士兵首当其冲。所有的人又都冲出村子,可是图申的大炮无法移动,炮手们、图申和士官生只好坐在那里听天由命。对射渐渐停了,从旁边的街上传来士兵们高兴的谈话声。

"你还好好的吗,彼得罗夫?"一个士兵问。

"揍得他够受的,兄弟。现在不敢来了。"另一个士兵说。

"什么也看不见。他们揍起自家人来了!弟兄们,黑得对面不见人。有水喝吗?"

　　法国人被打退了。在漆黑的夜里,图申的大炮被发出嗡嗡声的步兵队伍围着,像镶在框子里似的,又向前行进了。

　　低语声、谈话声、马蹄和车辆的响声,汇成一片嗡嗡声。在这片嗡嗡声中,听得最清楚的是伤员的呻吟声和谈话声。他们的呻吟声似乎充满了包围着军队的全部黑暗。呻吟和夜的黑暗融成一体。过了一会儿,移动的人群起了一阵骚乱。一个骑白马的人带着随从走过,一边走,一边说。

　　"他说什么?现在到哪儿去?站住不动了吗?向我们表示感谢,还是怎么啦?"四面传来急切地询问,所有移动的人群都站住了,是有命令叫停下来。所有的人全在泥泞的道路中间原地站住不动。

　　篝火发出亮光,谈话声听得更加清楚了。图申上尉派一名士兵替士官生去找救护站或者军医,然后就在士兵们生起的篝火旁坐下了。罗斯托夫也向篝火走来。由于疼痛、寒冷和潮湿,他全身像发疟疾似地打哆嗦。他困得要命,但是那只受伤、无处安放的胳膊疼得要命,他怎么也睡不着。他时而闭闭眼,时而看看红得耀眼的火光,时而看看他身旁盘腿坐着的图申,——看看他那有点驼背的瘦小身量。图申那对善良而聪明的眼睛充满了同情。他看得出,图申尽管想尽力帮助他,但无能为力。

　　罗斯托夫茫然地望着,倾听着周围发生的一切。一个步兵走到篝火旁,蹲下来伸手烤火;他转过脸来。

　　"可以烤烤火吗,大人?"他带着疑问的神情对图申说,"我跟连队失掉了联系,大人;连我自己也不知道我来到哪儿了。太倒霉了!"

　　跟这个士兵一起走到篝火跟前的,是一个包扎着腮帮的步兵连长,他要图申下令把大炮移开一点,以便辎重车队过去。在连长之后的是两个士兵。他们正在争夺一只靴子,拼命地吵骂和厮打。

　　"什么,是你捡的!见鬼!"一个士兵声音嘶哑地大叫起来。

　　随后又来了一个消瘦、苍白的士兵,脖子上缠着渗透血污的包脚布,他愤怒地向炮兵们要水。

　　"怎么,要叫我像条狗一样死掉,还是怎么的?"他说。

　　图申吩咐给他水。然后又跑来一个快活的士兵,替步兵讨一点火。

　　"给步兵们一点可爱的火种吧!老乡,祝你们平安,回去后,我们会加倍奉还。"他一面说,一面拿走了通红的炭火。

　　在这个士兵之后,又有四个士兵用大衣兜着一件什么东西从篝火边走过。

其中一个绊了一下。

"他妈的,把劈柴放在路上。"他嘟囔了一句。

"人早死了,还带着他干吗?"其中一个说。

"你得了吧!"

于是他们兜着东西在黑暗中消失了。

"怎么?痛吗?"图申低声问罗斯托夫。

"痛。"

"大人,请您去见将军。就在村里一家农舍里。"军士走到图申跟前说。

"这就去,老弟。"

图申站起来,扣上大衣,整理了一下,就离开了篝火……

离炮兵的篝火不远的地方,巴格拉季翁公爵坐在一家农舍里用饭,跟聚在他那里的几个部队的长官谈话。这里还有一个眼睛半睁半闭、贪婪地啃着羊骨头的小老头,一个酒足饭饱、因而满面红光、供职二十二年无差错的将军,一名手上戴着刻有名字的戒指的校官,还有焦虑地望着大家的热尔科夫和面色苍白、嘴唇紧闭、像发热病似地眼睛冒火的安德烈公爵。

一面缴获的法国旗帜倚在墙角,那个军法检察官带着天真的表情一面抚摸着旗帜的布面,一面直摇头。隔壁一间小屋里是一个俘虏——法国龙骑兵上校。一些我们的军官围在那里看他。巴格拉季翁公爵对长官们一一表示感谢,并问到战事和损失的详细情况。在布劳接受检阅的团长向公爵报告说,战斗刚开始他就从树林里撤退,把砍柴人召集起来,让他们撤走后,他用两营兵力同敌人展开了白刃战,最后把法国人击溃了。

"大人,我一见第一营乱了阵脚,我站在路上心里想:'把他们撤下来,用另一营的火力对付他。'我就这样做了。"

"还有一件事应当向您报告,大人,"他想起多洛霍夫与库图佐夫的谈话和他跟这个降职的人最后一次的见面,"我亲眼看见,降职当兵的多洛霍夫俘虏了一名法国军官,他表现得非常好。"

"大人,我亲眼看见保罗格勒团的士兵们冲锋陷阵,"热尔科夫神色不定地东张西望,插嘴说;他在这一天根本没有看见骠骑兵,只是从一个步兵军官嘴里听到他们的情形。"打垮了两个方阵,大人。"

许多人听了热尔科夫的话,微微一笑,像平时一样,都等着听他的笑话。可是听见他所说的也是有关我们的军队和今天战役的光荣,神情就严肃起来,虽

世界传世藏书

世界十大名著

·战争与和平·

图文珍藏版

然很多人都很明白,热尔科夫说的话是一派胡言,一点根据也没有。巴格拉季翁公爵向那个小老头团长转过身去。

"谢谢诸位,所有的部队——步兵、骑兵和炮兵,作战都很英勇。中央阵地怎么放弃了两门大炮?"他一边用眼睛找人,一边问。"我似乎是请您去的。"他对值勤的校官说。

"有一门被击毁了,"值勤校官答道,"另外一门,我就不知道了。整个时间我亲自在那里照管,刚刚离开那里……打得确实十分激烈。"他谦逊地补充了一句。

有人说图申上尉就在这个村子里,于是就派人找他。

"您不是也在那儿吗?"巴格拉季翁公爵对安德烈公爵说。

"对,我们差一点儿碰在一起了。"值勤副官对博尔孔斯基快乐地微笑说。

"我没有看见您的荣幸。"安德烈公爵冷淡并且生硬地说。

大家都一声不响。图申小心翼翼地从将军们背后挨进去。图申像平时一样,一见长官就窘得慌,他在狭窄的屋子里绕过将军们的时候,没有留意旗杆,绊了一下。有几个人笑起来。

"怎么有一尊大炮放弃了?"巴格拉季翁紧紧皱着眉头问,与其说他是对图申皱眉头,不如说他是对那几个笑的人(其中笑得最响的是热尔科夫)皱眉头。

直到这时,在威严的长官面前,图申才十分恐惧地想到他的失职和耻辱,因为他丢掉了两门大炮而自己还活着。因为他心情太激动,一直没能思考这个问题。军官们发笑更把他弄糊涂了。他站在巴格拉季翁面前,下巴颏直打哆嗦,勉强地说:"我不知道……大人……没有人了,大人。"

"您可以从掩护部队调人!"

至于掩护部队已经撤走的事,图申没有提,尽管这是千真万确的事实。他担心说出来会连累别的长官,他一声不响,目不转睛地看着巴格拉季翁的脸,像一个答不出考题的小学生望着老师的眼睛。

沉默持续了好久。巴格拉季翁公爵很明显不想做出严厉的样子,不知说什么好,其他的人也不敢插嘴。安德烈公爵低头翻起眼来看看图申,他的手指紧张地颤动着。

"大人,"安德烈公爵用生硬的声音打破了沉默,"您派我去图申上尉的炮兵连。我到了那儿,发现三分之二的人和马匹被打死,两门大炮被打坏,什么掩护部队也没有。"

巴格拉季翁公爵和图申这时都一齐盯着正在说话的、尽力克制然而内心激动的博尔孔斯基。

"大人,如果允许我说出我个人的意见的话,"他接着说,"我就要说,我们今天的胜利,应当归功于这个炮兵连和图申上尉以及他的部队的不屈不挠的英勇精神。"安德烈公爵说,不等回答,就站起身来离开了桌子。

巴格拉季翁公爵看了看图申,很明显,他不愿对博尔孔斯基尖锐的论断表示怀疑,但同时又觉得不能全部相信他的话,他低下头对图申说,他可以走了。安德烈公爵跟着他走出来。

"谢谢,亲爱的,您救了我。"图申对他说。

安德烈公爵把图申打量了一下,一言不发,就离开了他。安德烈公爵心里又愁闷,又沉重。一切都如此奇怪,不像他所希望的那样。

"他们是什么人?他们想干什么?他们想要怎么样?要到何时这一切才能了结?"罗斯托夫望着晃来晃去的人影,心里这样想。胳膊的疼痛越来越难以忍受了。困得要死,眼前直跳。为了求得心静,他闭上了眼睛。

他迷糊了一会儿,梦见了许多事物:梦见母亲和她那又白又大的手,梦见索尼娅瘦削的肩头,娜塔莎的眼睛和笑声,还梦见杰尼索夫和他说话的声音以及他的胡子,还梦见了捷利亚宁,梦见他跟捷利亚宁和波格丹内奇的全部事件。

他睁眼望着天空。漆黑的夜幕下,在这光亮中,细碎的雪花飞舞着。图申没有回来,军医也没有来。他独自一人,这会儿只有一个小兵赤裸着坐在篝火对面,烘烤他那黄瘦的身体。

"我是个没人要的人了!"罗斯托夫想,"没人帮助我,没人可怜我!从前我在家的时候,身强力壮,快快活活,大家都爱我。"他哀叹一声,禁不住呻吟起来。

"很痛吗?"那个小兵一面在火上抖他的衬衣,一面问,不等回答,就咳嗽一声,补充说:"这一天毁掉多少人——真可怕!"

罗斯托夫没有听那个士兵说话。他望着在火上飞舞的雪花,回忆起俄罗斯的冬天,家里温暖的、窗明几净的房间,毛茸茸的皮衣,飞快的雪橇,健康的身体,以及家庭的爱抚和关心。"我干吗要到这儿来!"他想。

第二天法军没有发动进攻,巴格拉季翁的残部和库图佐夫的军队会师了。

第三部

一

　　瓦西里公爵从来不想自己的计划。他更没有想到要做对不住别人的事。他在和人交往中,总是见风使舵,产生各种打算和想法,这些连他自己也并不是非常了然的计划和想法构成了他的全部生活。他从没有对自己说过诸如此类的话,例如:"某人现在有权有势,我应当取得他的信任和友谊。"或者对自己说:"皮埃尔很有钱,我应当勾引他娶我的女儿,向他借我所需要的四万卢布。"但是当他碰到有权有势的人时,本能就立刻提示他,这个人可能有用,于是瓦西里公爵就接近他,一有机会,不用事先准备,就本能地阿谀奉承起来,做出亲近的样子,说些需要的话。

　　在莫斯科,瓦西里公爵把皮埃尔笼络住,给他张罗一个相当于五等文官的宫内侍从的职位,非要他和他一块去彼得堡,而且在他家里住下。为了使皮埃尔娶自己的女儿,瓦西里公爵竭尽了全力。他这样做似乎是出于无心,但同时又有不达目的不罢休的劲头。

　　不久以前还过着无忧无虑的单身生活的皮埃尔,在出乎意外地变成富翁和别祖霍夫伯爵之后,却感到众事缠身,忙乱不堪,只有在床上休息的时候,才能自得其乐。他要签署文件,到那他并不很了解其作用的衙门看看,向总管家问这问那,还要到莫斯科近郊的田庄上走动走动,接见许多人,他们以前从不承认他这个人的存在,而现在他倘若不愿见他们,就会使他们感到委屈和失望。这些各色人等——实业家、亲戚、熟人,对这个年轻的继承人都怀着同样的好感,对他都很亲切;他们每个人对皮埃尔的高尚品质显然都无可辩驳地信服。他时常听到:"以您的大慈大悲,"或者:"以您那伟大的胸襟,"或者:"您本人是这么纯洁,伯爵……"或者:"如果他能像您这么聪明,"诸如此类的话,于是他就真的相信自己具有无限的仁慈和非凡的智慧了,何况他经常在内心深处觉得他确实十分仁慈和十分聪明。甚至以前居心不良和怀有敌意的人,也对他温柔和喜爱起来。那个身腰细长、头发梳得像洋娃娃似的最凶的大公爵小姐,在葬礼完毕以后,走到皮埃尔的房间。她奋拉着眼皮,不停地喘气,对他说,她对过去他们之间的误会感到非常遗憾,现在她觉得她没有权利要求什么,只请求在她遭到这次打击之后,允许她在这所她喜爱的和付出很多牺牲的房子里停留几星期。她说着忍不住哭起来。这位木雕泥塑般的公爵小姐竟有如此之改变,使皮埃尔大为感动,他抓起她的手,请求她原谅,连他自己也不知要她原谅什么。从那天起,公爵小姐亲自动手给皮埃尔编织带条纹的围巾,彻底改变了对他的态度。

"为她做一件好事吧,亲爱的。不管怎么说,她总为死者吃了不少的苦头。"瓦西里公爵一面说,一面让皮埃尔在一张对公爵小姐有好处的凭据上签字。

瓦西里公爵决定,这块骨头(三万卢布的期票)最终会扔给这个可怜的公爵小姐,以免得她到处嚼舌头,说瓦西里公爵曾参与抢夺镶花皮包的事件。皮埃尔在期票上签了字,从此公爵小姐变得更和善了。两个妹妹对他也亲近起来,尤其是那个俊俏的、生有黑痣的最年轻的公爵小姐,一见他就嫣然一笑,现出窘态,常常使皮埃尔感到手足失措。

皮埃尔觉得,人人都喜欢他是理所当然的,如果有人不喜爱他,他反倒觉得不正常了,所以他完全相信他周围的人们的真心诚意。并且他也没有时间去考虑这些人是不是真心诚意。他总是忙个不停,每时每刻都觉得他是陶醉在温柔和愉快之中。他觉得他是某种重要的共同活动的中心,他觉得人们经常对他有所希望,而如果他做不到某件事,他就会使许多人感到烦恼,辜负了他们的期望,如果他做到某件事,就一切都好,——于是他就有求必应,可是这个"好"却总很渺茫。

在刚开始的时期,瓦西里公爵比其他任何人更多地支配着皮埃尔的事情和皮埃尔本人。自从别祖霍夫伯爵死后,他就没有放松过皮埃尔。瓦西里公爵摆出那副神气,仿佛他被繁务琐事压得筋疲力尽,但出于同情心,不能眼看着这个无依无靠的青年人任凭命运和骗子们的摆布而置之不顾,他毕竟是老朋友的儿子,并且说到底,他拥有如此巨大的财产。别祖霍夫伯爵死后,他在莫斯科停留的日子里,时常把皮埃尔叫到跟前,或者亲自去找他,教导他应该做什么。听他那疲劳而又自信的腔调,使人觉得他每次都附加着这样的话似的:"琐事真是把我忙坏了。但是,如果扔下你不管,则未免太残酷了,我所告诉你的是唯一可行的。"

"我说,贤侄,咱们明天终于要起身了。"有一天他说,边说边闭上眼睛,手指挨个地在他的胳膊肘上按下去,而他那口吻就仿佛他说的事是他们之间很久很久以前就决定了的,而且不可能有别的决定。

"咱们明天就动身,我把我的马车借给你。我很兴奋。咱们这儿重要的事都办完了。我早该走了。我才接到一位大臣的信。我曾向他举荐过你,他在外交使团里给你补了个缺,你当上宫内侍从了。今后在你面前展开了外交的前途。"

不管他那疲倦而自信的腔调多么有力,可是长久以来就思考自己前程的皮埃尔,想表示反对。但是瓦西里公爵打断了他的话。

"要知道,亲爱的,我这样做是为了你,也为了我自己的良心,用不着谢我。再说,一切都听你的便,就是明天辞掉不干也行。你到了彼得堡就全明白了。并且你早就该远离这些可怕的回忆。"瓦西里公爵叹了口气。"就这样啦,亲爱的。我的仆从就坐你的马车走吧。对了,我差点儿忘了,"瓦西里公爵又顺带说,"你知道,亲爱的,我和死者有一笔账没有清,从梁赞寄来一笔款子,我收到后就留下了:反正你不需要钱用。咱们以后会算清的。"

瓦西里公爵所说的"从梁赞寄来一笔款子,"是几千卢布的代役租金,被瓦西里公爵扣下了。

在彼得堡也跟在莫斯科一样,皮埃尔被温柔宠爱的气氛包围着。他不能不接受瓦西里公爵给他安排的位置,或者更确切地说是称号(因为他用不着做什么事),而结交、邀请和公益事业是那么多,以致皮埃尔比在莫斯科更有那种昏昏沉沉、忙忙碌碌、越来越接近而仍然没有实现的某种幸福的感觉。

他从前那帮光棍朋友,多数都不在彼得堡。近卫军出征去了,多洛霍夫降为士兵,阿纳托利在外省军队里,安德烈公爵在国外,所以皮埃尔既不能过从前他喜欢过的夜生活,也无法跟年长、可敬的朋友谈谈心。他在宴席间、在舞会上、并且多半是在瓦西里公爵家里——在公爵肥胖的妻子和美人儿海伦的圈子里,消磨掉所有的时间。

安娜·帕夫洛夫娜·舍列尔的态度也变了。

从前,在有安娜·帕夫洛夫娜在场的时候,皮埃尔一直觉得自己说话不礼貌,没有分寸,说些不该说的。他要说的话,在他头脑中准备的时候,似乎是聪明的,但是一等他大声说出来,就变得愚蠢了,而伊波利特的最愚蠢的话,听来却使人觉得聪明并且可爱。现在,不管他说什么都是好极了。即使安娜·帕夫洛夫娜不说出这一点,他也看得出,她想这么说,可是为了尊重他的谦虚,才忍住没说出来。

从 1805 年初冬到 1806 年,皮埃尔时常接到安娜·帕夫洛夫娜常用的粉红色请柬,请柬上而且附言:"美丽的海伦也要来我这里。"

皮埃尔首次看到这几句话的时候,觉得他和海伦之间正在形成别人公认的某种关系,这使他吃惊,仿佛给他加上了一种他没法履行的义务似的,但是同时,作为一个好玩的假设,又使他很兴奋。

安娜·帕夫洛夫娜的晚会还跟第一次一样,只是安娜·帕夫洛夫娜拿来款待客人的一道新鲜的菜肴,这次已不是莫特马尔,而是一位才从柏林来的外交家,他带来了最新的消息——有关亚历山大皇上到达波茨坦以及两位最伟大的朋友为了维护正义誓结生死不变的联盟以反对人类公敌的具体情况。安娜·帕夫洛夫娜在接待皮埃尔时,脸上带着一点淡淡的悲哀,这显然是对这个年轻人最近遭到的丧事——别祖霍夫伯爵之死的一点表示,而她所表示的那点哀愁,恰似她一提起玛丽亚·费奥多罗夫娜皇太后陛下所表示的一样。皮埃尔为此感到荣幸。安娜·帕夫洛夫娜用她那常用的手法,把客人分成几组。其中有瓦西里公爵和各位将军的最大的一组,分到了那个外交家。另外一组围着茶桌。皮埃尔想参加第一组,可是安娜·帕夫洛夫娜就像战场上的司令官,因为千百条妙计涌上心头而还未能实现,心里正在着急,她一看见皮埃尔,就用手指碰了碰他的衣袖。

"今天我想给您说件事。"她望望海伦,对她微微一笑。

"亲爱的海伦,今晚你可一定要陪着我这可怜的姑母。为了不让您太孤单,这里有一位可爱的伯爵,他绝不会拒绝陪着您的。"

美人儿到姑母那去了,但是安娜·帕夫洛夫娜依旧把皮埃尔留下,看样子要给他做最后一次必要的指示。

"她漂亮极了,是吧?"她指着飘然而去的庄重的美人儿对皮埃尔说。"真有风度!这么年轻的姑娘,可待人接物是那么有分寸,言谈举止是那么娴静优雅。她一举一动都出自内心!她嫁给谁,谁就会得到幸福!您说是不是?我只想知道您的意见。"说到此处,安娜·帕夫洛夫娜就让皮埃尔走了。

对于她的问话,皮埃尔真心地做了肯定的回答,承认海伦确实如此。

姑母在一个角落里接待这两个年轻人,看来,她想隐藏她对海伦的崇拜,想更多地表示她对安娜·帕夫洛夫娜的畏惧。她望着侄女,似乎在问她应当怎样对待这两个人。安娜·帕夫洛夫娜离开他们的时候,又用手指碰了碰皮埃尔说:"我这儿有趣吧?"她说着,又拿眼睛看了看海伦。

海伦莞尔一笑,那神情是表示,她不允许任何人见了她而有不着迷的可能。姑母咳嗽了一阵,咽下唾沫说,她看见海伦感到很兴奋;然后转向皮埃尔,依旧带着同样的神情,用同样的话寒暄了几句。在枯燥乏味、磕磕绊绊的谈话中间,海伦向皮埃尔瞧了一眼,对他轻轻一笑,那是她用来对谁都露出的明媚的微笑。这种微笑是皮埃尔看惯了的,因而对之毫无感觉,没有引起他任何的注意。姑母这时正讲皮埃尔的先父——别祖霍夫伯爵收集的鼻烟壶,而且把自己的鼻烟壶拿出来给大家看。海伦公爵小姐要看看这个鼻烟壶上的姑丈的画像。

"这一定是维涅斯的作品。"皮埃尔说出了一个著名微型彩画家的名字,一面从桌上探身去取鼻烟壶,一面倾听另外一张桌上的谈话。

他直起身来想走过去,可是姑母从海伦背后直接把鼻烟壶递了过来。海伦向前低身让开地方,微笑着回头张望。她跟平常参加舞会时一样,穿着流行的袒胸露背的衣裳。她的上半身(皮埃尔一向觉得它像大理石雕刻的)离他的眼睛是那么近,他情不自禁地用他那近视眼细看她那具有魅力的肩膀和脖颈,而且离他的嘴唇是如此近,他只需稍一弯身,就能碰到她了。他感觉到了她的身体的温暖,闻到了香水味,听到她呼吸时束腰轧轧作响。他看见的不是和她那衣裳构成一个整体的大理石雕像般的优美,他看到的和感觉到的是她那只遮着一层衣服的身体的全部魅力,他既经看见了这个,就再也不能看到别的了,就像我们不能再相信已经被揭穿的骗局一样。

"难道您到如今还没注意到我是多么美吗?"海伦好像在说。"您没留意我是个女人吗?是的,我是可以属于任何人,也可以属于您的女人。"她的眼神这么说,也就在这一瞬,皮埃尔感觉到,海伦不但可以,并且应该做他的妻子,不会有其他可能。

关于这一点他此刻确信无疑,就像他现在正和她举行婚礼似的。这件事怎样实现?什么时候实现?他不知道。他甚至不知道这件事是好是坏(不知为什么,他甚至觉得这不是件好事。),可是他知道这将要实现。

皮埃尔把眼睛垂下去,又抬起来试图重新把她看作一个离他遥远的、对他陌生的美人儿,就像他平常看见的她那样,可是这已经办不到了。她离他太近了。她已经对他产生了支配的力量。他和她之间,除了他自己的意志的障碍之外,已经没有任何别的障碍了。

"我看你们在那儿挺快活的。"传来安娜·帕夫洛夫娜的声音。

皮埃尔心惊胆战地回想自己是否有什么不体面的行为,他涨着脸四处张望。他似乎觉得,所有的人都跟他一样知道他发生了什么事。

过了一会儿,当他走近其他人的时候,安娜·帕夫洛夫娜对他说:"听说您在装修您在彼得堡的房子。"

(这的确是真的:建筑师说,他必须这样做,连皮埃尔自己也不知为什么,就装修起他在彼得堡的一所大住宅来了。)

"这很好。"她对瓦西里公爵微笑着说。"您还年轻。您需要多听别人的忠告。您不要生我的气,说我倚老卖老。"她沉默了。"如果您要结婚,那就是另一回事了。"她用视线把他们二人连在一起。皮埃尔没有看海伦,海伦也没有看他。可是他依旧觉得她紧靠着他。他嘟囔了一句,脸红起来。

皮埃尔回到家里,久久不能入睡,老想着他遇到的事。他遇到了什么呢?什么也没遇到。他只知道,有人向他提起他从小就认识的女人海伦是个美人儿的时候,他曾心不在焉地说:"是啊,她长得很好看。"他知道,这个女人可能属于他。

"但她很愚蠢,连我也说她很愚蠢。"他想。"她在我心中引起的感情之中,有一种可恶的、见不得人的东西。有人说,她的哥哥阿纳托利爱上了她,她也爱上了他,弄得满城风雨,就是因为这才把阿纳托利打发走的。还有她的哥哥伊波利特……她的父亲瓦西里公爵……事情不妙。"他想。他正这样推论时,他发现自己在微笑,他意识到,另有一串推论从前面一串推论中间凸现出来,他在想到她毫无用处的同时,又幻想着她将成为他的妻子,她可能爱他,她可能变成另外一个人,他所想到的和听到的有关她的一切,可能是假的。他又不把她看作瓦西里公爵的女儿,只看见遮着一层灰色衣裳的她那整个的身体。"不对,以前我为什么没有这个念头呢?"他又对自己说这是不可能的,这个婚事,他觉得,有一种丑恶的、不自然的、不正当的东西。他想起她以前说的话和眼神,以及当他们俩在一块的时候,那些看见他们的人说的话和眼神,他想起安娜·帕夫洛夫娜在提起房子的时候对他说的话和眼神,回忆起来自瓦西里公爵和别人的众多的这类暗示,他不禁害怕了,他害怕自己已经受到某种约束,不得不做显然不好的和他不应做的事。但是,在他这样想的时候,从他心灵的另一面,又浮现出她那具有各种女性美的形象。

二

1805 年 11 月间,瓦西里公爵要到四个省份去视察。他为自己弄到这份差事,目的是要顺便看看他的业务混乱的田庄;他把驻在防地的儿子阿纳托利带在身边,和他一块绕道去拜访尼古拉·安德烈耶维奇·博尔孔斯基公爵,他希望儿子能够娶这个老财主的女儿。但是在临走和办这些新事之前,瓦西里公爵不得不把皮埃尔的问题解决一下。皮埃尔虽说最近整天在家,也就是在他住着的瓦西里公爵家里,虽说他很像一个正在恋爱的人:他在海伦面前显得十分可笑、激动、笨手笨脚,但是,他总不提求婚的事。

"一切都很好,可是,总得有个结果吧?"一天早晨,瓦西里公爵不安地叹息着。他觉得皮埃尔承他这么大的情(上帝保佑他!),在这个问题上,他做得不够漂亮。"年轻……轻浮……好吧,不管他啦。"瓦西里公爵想道,为自己的好心肠感到快乐,"事情必须了结。明天是海伦的命名日,我请几个人来,如果他不明白他应当做的事,那么我就要管了,是的,我要管。我是父亲!"

皮埃尔从安娜·帕夫洛夫娜的晚会回来后,度过了一个心情激动的不眠之夜，认定和海伦结婚是不会幸福的，他应当摆脱她，远远地走开，尽管皮埃尔这样决定了，可是又过一个半月，他还没有从瓦西里公爵家里搬走，他怀着忧虑的心情感觉到，在众人的眼睛里，他和海伦的关系一天比一天更亲近了，他已无法恢复他从前对她的看法，他无法摆脱她，这尽管可怕，但他只好把自己的命运和她结合起来。也许他本来可以一走了之，但是，哪一天瓦西里公爵家里都举行晚会（早先他家里很少请客），如果皮埃尔不愿扫大家的兴，不使大家失望的话，那么，每次晚会他都得在场。瓦西里公爵极少在家，有时他从皮埃尔身旁走过时，就抓住他的手，把他那剃光的有皱纹的腮帮伸给他亲吻，不是说"等明天搬吧"，就是说"在这儿吃顿饭吧，要不我就看不见你了"，或者说"我为了你才留在家里，"诸如此类的话。尽管瓦西里公爵为皮埃尔留下来（就像他所说的），他跟他也说不了两句话。皮埃尔觉得他不能使他失望。他每天总是对自己说："必须了解她，要弄清楚：她到底是怎样一个人？是我先前不对了，还是我现在错了？不，她不蠢；不，她是个好姑娘！"他有时自言自语地说。"她从未做过错事，她从没说过一句蠢话。她很少说话，但是她的话总是简单明了。所以她不蠢。她从来没有露过窘态，现在也没有窘态。所以她不是坏女人！"他开始经常跟她谈点问题，自言自语地发表意见，可是她每次不是随便说几句表示她对这问题不感兴趣，就是用那最能使皮埃尔感到她的优越性的默默的微笑和目光，作为对他的回答。她认为，所有的议论，比起她这一笑，都是扯淡，她在这点上是对的。

她对待他总是和颜悦色并且信赖，老是堆出专门对他才有的微笑，她这微笑，比起她平常为了美容而摆出的微笑，含着一种意味更深的东西。皮埃尔知道，每个人都在等他最后一句话，等他迈过那个界线，他也知道，他迟早得迈过这个界线。可是一想到这可怕的一步，他就感到一种莫名其妙的恐惧。在这一个半月期间，皮埃尔觉得他朝着这个可怕的深渊越走越近了，他曾不断地对自己说："这是怎么回事？要下决心才行！难道我没有决心吗？"

他想下决心，可是他恐慌地感觉到，遇到这种场合他却失去了他认为自己曾经有过的、并且也确实有的那种决心。他那天在安娜·帕夫洛夫娜家里低身去拿鼻烟壶时所体验到的那种欲望完全支配着他，从那时起，那种欲望就引起他不自觉的内疚，压制住他的决心。

海伦的命名日那天，瓦西里公爵邀请几位最亲近的人——就像公爵夫人所说，几位亲戚朋友，到家里吃晚饭。所有这些亲戚朋友全受到这样的暗示，就是:这一天是决定过命名日的姑娘的命运的一天。客人们入席了。那位身躯庞大、当年的美人而今仍旧气度非凡的库拉金娜公爵夫人,在主人席上落座。她两旁坐的是最尊贵的客人——老将军和他的妻子,还有安娜·帕夫洛夫娜·舍列尔;坐在餐桌末端的是年纪较轻的贵宾,家里人也坐在那里,皮埃尔和海伦并排坐着。瓦西里公爵不吃晚餐:他绕着餐桌走来走去,兴趣盎然地时而在这个客人身边坐坐,时而在那个客人身边坐坐。他对每个人都随便说几句兴奋的话,只除了皮埃尔和海伦,他仿佛没有注意他们在场似的。瓦西里公爵使大家全活跃起来。

大家痛痛快快玩了一阵。坐在上席的贵宾们看来都很快活,受到非常不同的高兴心情的影响。只有皮埃尔和海伦默不作声地并排坐着,两个人都含着容光焕发的微笑,一种为自己的感情感到羞愧的微笑。不论人们谈论什么,怎么发笑,也不管人们多么津津有味地喝莱茵酒,吃软炸肉,吃冰激凌,也不论人们怎么把视线避开这对情侣,好像对他们漠不关心,不去注意,可不知为什么,从不时投向他们俩的目光看来,使人感觉到,笑话也好,发笑也好,大吃大喝也好,——全是假装的,所有在场的人们的注意力都集中在皮埃尔和海伦这对情侣身上。瓦西里公爵瞟了女儿一眼。在他笑的时候,他脸上的表情似乎在说:"对了,对了,一切都很顺当,今天一切全要决定。"安娜·帕夫洛夫娜拿眼睛瞟一瞟皮埃尔,瓦西里公爵认为这是向他未来的女婿和女儿的幸福祝贺。老公爵夫人不满地向女儿一瞥,忧郁地叹着气向邻座的女客让酒,这声叹息似乎是说:"是啊,亲爱的,现如今咱们除了喝杯甜酒,再没有咱们干的事了;现如今是这帮年轻人尽情地享福的时刻了。"那位外交家注视着那对情侣的面孔,心中想道:"我所讲的真是无聊,似乎我对它们十分感兴趣似的,看人家,那才叫幸福呢!"

皮埃尔觉得自己是一切的中心,这使他感到又兴奋又拘束。他极像一个忘情地干某件事情的人。他什么也看不清楚,什么也不懂得,什么也听不见。他的头脑里只是有时忽然闪过片段的思想和眼前事物的片段的印象。

"这么看来,一切全完了!"他想道。"这一切是怎么弄成这样的呢? 并且是这么快! 现在我知道,不只为了她个人,也不只为我自己,而是为了大家,这件事非得成功不可。他们都在等待着这件事,全都很相信这肯定会实现,我不能够,不能够辜负他们的期望。可是怎么实现呢? 我不知道,但是要实现,一定要实现!"皮埃尔凝视着他眼睛下面那光彩照人的双肩,心中这样想。

不知为什么,他忽然害羞起来。他惭愧的是:他一个人受到众人的注意,他在别人心目中是一个幸运儿,面孔长得不漂亮的他,可成为占有海伦的帕里斯。"但是,这种事总是这样,而且应当这样,"他安慰自己说。"可是,话又说回来,我为了这件事做了什么呢?这是什么时候开始的呢?我是跟瓦西里公爵一块儿从莫斯科来的。那时什么都还没有发生。后来,我有什么理由不在他家住呢?后来,我和她一起玩牌,替她捡起过手提包,和她一起坐车兜风。这是什么时候开始的,这一切是什么时候完成的?"现在他简直就是以未婚夫的身份坐在她身旁,听见,看见,感觉到她的接近,她的呼吸,她的动作,她的美丽。有时他突然觉得,不是她,而是他自己这么非同一般的美丽,所以人们才这样看他,于是,因为受到大家的赞赏而感到幸福的他,挺起胸,抬起头,为自己的幸福而感到兴奋。突然,传来一个声音,一个熟人的声音,这个声音又对他说了一遍。可是皮埃尔是这么专注,以致不明白人家对他说的什么。

"我问你,你是什么时候接到博尔孔斯基的信的,"瓦西里公爵又说了一遍,"你是多么心不在焉,我的亲爱的。"

瓦西里公爵含着微笑,皮埃尔看见,所有的人全都对他和海伦微笑。"既然你们都知道,那就知道吧,"皮埃尔自言自语。"这有什么关系?这是真的,"他对自己微笑了,笑得温和而且孩子气,海伦也微笑了。

"你究竟是什么时候收到的?从奥尔米茨寄来的吗?"瓦西里公爵重复说,似乎他必须知道这个才能解决一场争论似的。

"怎么能谈或者想这类琐事呢?"皮埃尔想。

"是的,是从奥尔米茨寄来的。"他叹口气答道。

晚餐后,皮埃尔领着他的女伴跟着其他人走进客厅。客人们开始散了,有些人没有跟海伦告辞就走了。有些人过来待一下,就离开了,而且不让海伦送他们,似乎不愿误了她的正事。那位外交家神情忧郁,一声不响地走出了客厅。他心中想道,比起皮埃尔的幸福来,他的全部的外交生涯,全都不过是一场空。老将军在回答老伴的时候,气愤地向她嘟囔了几句。"嗨,你这个老笨蛋,"他想道。"看人家叶连娜·瓦西里耶夫娜,就是活到五十岁也是个美人儿。"

"我好像可以向您道喜了。"安娜·帕夫洛夫娜向公爵夫人一边低声说,一边用力地吻了她。"要不是偏头痛,我就多留一会儿。"

公爵夫人一言未发,对女儿的幸福的妒嫉正在折磨着她。

送客人的时候,皮埃尔一个人和海伦在小客厅里坐了很久。在这以前,在最近一个半月里,他也经常单独和海伦待在一起,可是从来没有向她谈情说爱。

今天他觉得不得不这样做，但是他怎么也下不了决心迈出这最后的一步。他心中有愧，他好像觉得他在海伦身旁占的是人家的位置。"这个幸福不该我来享受，"内心的声音对他说，"这个幸福是给那些没有你所拥有的东西的人们预备的。"但是总得说点什么，于是他开口了。他问她对今天的晚会是否满意。她仍像平时一样，简单明了地回答说，今天的命名日是她所过的命名日中最兴奋的一次。

　　还有几个近亲没有走。他们坐在大客厅里。瓦西里公爵拖着慵懒的步子，来到皮埃尔跟前。皮埃尔站起来说，天已经很晚了。瓦西里公爵用严厉而询问的目光看了看他。但严厉的表情很快就改变了，瓦西里公爵抓住皮埃尔的手往下一拉，叫他坐下，亲热地微微一笑。

　　"怎么样，廖莉娅？"他随即对女儿说。

　　他又向皮埃尔转过身去。

　　皮埃尔微笑了，可是从他的笑容可以看出，他明白使瓦西里公爵感兴趣的是什么。瓦西里公爵忽然嘟囔了一句，走了出去。皮埃尔觉得，即使瓦西里公爵也有窘迫的时候。这位上流社会的老人的窘态感动了皮埃尔，他望望海伦——她仿佛也窘迫了，用眼神说："有什么办法，都是你的错。"

　　"非得跨过这一步不可了，但是我办不到，办不到。"皮埃尔想，他又闲扯起来。

　　当瓦西里公爵走进客厅的时候，公爵夫人低声和一位上年纪的太太谈起皮埃尔。

　　"当然罗，是很美满的一对，可是……"

　　"婚事都是上天注定的。"上年纪的太太回答。

　　瓦西里公爵好像没有听见太太们谈话，走到远处的角落，在沙发上坐下。他闭上眼睛，像是在打盹。他低下头，可是忽然醒过来。

　　"阿琳娜，"他对妻子说，"去看看他们在干什么。"

　　公爵夫人向门口走去，她带着意味深长而又毫不在意的神情从门口走过，向客厅看了一眼。皮埃尔和海伦仍坐在那里谈话。

　　"还是那样。"他回答丈夫。

　　瓦西里公爵皱起眉头，把嘴一撇，撇到一边。他抖擞精神，站起来，经过太太们身旁向小客厅走去。他高兴地快步走到皮埃尔跟前。公爵的面孔是那么异样地喜气洋洋，皮埃尔看见他，吓得赶忙站起来。

"谢天谢地!"他说。"老伴都告诉我了!"他用一只胳膊搂着皮埃尔,另一只搂着女儿。"亲爱的廖莉娅! 我很、很兴奋。"他的声音颤抖了。"我敬爱你的父亲……她会做你贤惠的妻子……上帝祝福你们! ……"

他拥抱女儿,接着又拥抱皮埃尔,用他那老年人的嘴巴吻他。泪水确实沾湿了他的两腮。

"夫人,到这儿来。"他喊道。

公爵夫人进来,也哭了。那个上年纪的太太也用手绢擦眼泪。大家都吻了皮埃尔,他也吻了几次美丽的海伦的手。过了一会儿,他们俩又单独待在一起了。

"这一切都注定是这样的,不可能会是另外的样子,"皮埃尔想道,"可以用不着问,这事是好还是坏。是好事,因为是确定了的,也没有事先令人苦恼的疑问。"皮埃尔默默地握住未婚妻的手,看着她那一起一伏的美丽的胸脯。

"海伦!"他提高声音说,接着就停住了。

"在这种场合应当说点不同的话,"他想道,但是他怎么也想不起究竟该说什么。他看了一下她的脸。她更偎近他,脸上泛起了红晕。

"咳,摘掉这个……戴着这个怎么……"她指着眼镜说。

皮埃尔摘掉了眼镜,他的眼睛除了具有一般戴眼镜的人常有的那种怪相外,还带有惊疑的神情。他想俯身吻她的手,可是,她的头又快又粗鲁地一摆,截住他的嘴唇,让它凑到自己的嘴唇上。她那变得令人不快的惊慌神色,把皮埃尔吓了一跳。

"现在已经晚了,一切全完了。说实话,我也是爱她的。"皮埃尔想。

"我爱您。"他想起在这种场合必须说的话,于是就这样说了,但这句话说得底气不足,连他自己都觉得可耻。

一个半月后,他举行了婚礼,而且迁进了新居——彼得堡一所重新修整的别祖霍夫伯爵的大公馆,人人都羡慕皮埃尔,说他是拥有娇妻和百万家产的幸运儿。

三

1805 年 12 月,老公爵尼古拉·安德烈伊奇·博尔孔斯基接到瓦西里公爵的信,信中说,他将要和儿子一起前来拜访。

"用不着把玛丽带到交际场去:求婚的自己找上门来了。"小公爵夫人听到这个消息,不经意中说了一句。

尼古拉·安德烈伊奇公爵皱了皱眉头,什么也没说。

接到信又过了两个星期,一天晚上,瓦西里公爵的仆人先来了,第二天,他本人和儿子也来了。

博尔孔斯基老头一贯看不起瓦西里公爵的人品,尤其是近来,当瓦西里公爵在保罗和亚历山大两个新朝中飞黄腾达之后,更加看不起他了。而现在,他从这封信和小公爵夫人的暗示中了解到是怎么回事以后,他就变成对之恶意鄙视了。他提起来老是嗤之以鼻。在瓦西里公爵应当到达的那天,尼古拉·安德烈伊奇公爵觉得特别不满,情绪恶劣。不知是因为瓦西里公爵要来,他才情绪恶劣呢,还是由于他情绪恶劣,因而对瓦西里公爵的到来才格外感到不满,总之,他心情很糟,吉洪一早就告诫建筑师不要带着报告去见公爵。

"您听他是怎么走路的,"吉洪说,他叫建筑师注意公爵的脚步声。"他用整个脚后跟走路——我们就知道……"

虽然如此,公爵仍然按照往日的习惯,一到八点多钟,就身穿黑貂皮领短皮衣,头戴黑貂皮帽出来散步。第一天下了一场雪。尼古拉·安德烈伊奇散步的那条通到花房的小道已经打扫过,扫过的雪地上还可以看见笤帚的痕迹,小道两旁松软的雪堤上插着一把铁锹。老公爵到花房走走,随后又到下房和其他房舍走走,他一直紧皱眉头,沉默不语。

"雪橇过得来吗?"他向管家问道。

"雪很深,大人。我已经吩咐人把大道打扫一下了。"

公爵点点头,向台阶走去。"谢天谢地,"管家想道,"满天乌云总算过去了!"

"雪橇十分难过来,大人,"管家补充说。"听说,大人,有一位大臣要来拜会大人?"

公爵向管家转过身来,用愤愤地目光盯着他。

"什么? 大臣? 什么大臣? 是谁吩咐的?"他用难听的、生硬的声音说。"不为我的女儿公爵小姐打扫,却为一个大臣打扫! 我不知道有什么大臣!"

"大人,我以为……"

"你以为!"公爵喊道,他越说越急,越急越语无伦次。"你以为……强盗! 下流坯! 我这就教你以为。"他扬起手杖,就向阿尔帕特奇挥去,要不是管家本能地躲开,就会挨一下。"以为! ……下流坯!"他快速地喊道。阿尔帕特奇因为自己竟然敢于躲开主人的手杖,吃惊不小,他走到公爵面前,恭顺地低下光秃的脑袋,也许正因为这样,公爵依旧骂个不停:"下流坯! ……把路给填上!"尽管如此,但是他再没有挥起他的手杖,就跑进屋里去了。

午饭前,公爵小姐和布里安小姐知道公爵的心情不好,都站在那里恭候他:布里安小姐满面红光,好像是说:"我什么都不知道,我仍旧像往常一样,"玛丽亚公爵小姐面色苍白,丧魂失魄,眼帘下垂。玛丽亚公爵小姐感到最难受的是:她知道遇到这种情况时应当像布里安小姐那样,然而就是办不到。她觉得:"我如果做出不注意的样子,他会以为我对他不表同情;我倘若也闷闷不乐,情绪很坏,他会说我垂头丧气。"她这样为难地想。

公爵看了看女儿惊慌失色的脸色,怒冲冲地哼了一声。

"不是废物……就是笨蛋! ……"他嘟囔了一句。

"那一个没有来! 准是她们向她饶舌了。"他心中指的是没有到餐厅来的小公爵夫人。

"公爵夫人呢?"他问道。"藏起来啦? ……"

"她有点不舒服,"布里安小姐兴奋地笑着说,"她没有出来。这在她那种情况下是可以理解的。"

"哼! 哼! 哼! 哼!"公爵从鼻孔哼了两声,在餐桌旁坐下。

他觉得碟子太脏,指了指上面的污点,把它扔了。吉洪接过碟子,递给侍者。小公爵夫人不是不舒服,她是怕老公爵,简直怕得不得了。她一听说他的心情很坏,就决定不露面了。

"我为怀着的孩子担忧,"她对布里安小姐说,"老是担惊受怕的,天晓得会出什么事。"

通常小公爵夫人住在童山,经常是心惊肉跳,对老公爵怀着一种她并不自觉的憎恶,因为过分的恐惧使她感觉不到这种憎恶。在老公爵方面,也有一种憎恶,可是它被蔑视遮盖住了。小公爵夫人在童山住惯了以后,十分喜爱布里安小姐,整天跟她在一起,请她在自己房里过夜,常常跟她谈起老公公,说起他的长短。

"有客人要来,公爵,"布里安小姐说。"听说,是库拉金公爵大人和他的公子……?"她带着疑问的口气说。

"哼……这个毛孩子……是我把他举荐到委员会去的,"老公爵带着受辱的神情说。"可是儿子来干什么,我总不明白。也许丽莎韦塔·卡尔洛夫娜和玛丽亚公爵小姐知道,我不明白他为什么把儿子带来。我不需要。"他看了看面红耳赤的女儿。

"你不舒服吗?是不是大臣,就像今天阿尔帕特奇这个蠢东西称呼的,把你吓坏了?"

"不是的,爸爸。"

虽然布里安小姐话题选得很不得当,但她并没有止住,不停地谈花房,谈刚开的一朵花多么好看,喝过汤以后,公爵变得温和了。

饭后,他去看看儿媳。小公爵夫人坐在小桌旁和使女玛莎闲聊。她一见公公走来,面色一下子白了。

小公爵夫人的样子全变了。这会儿她不仅不好看,并且变丑了。两腮下陷,嘴唇翘起,眼皮耷拉着。

"是啊,有点昏昏沉沉的。"她在回答说。

"需要什么吗?"

"不需要,谢谢,爸爸。"

"好的,好的。"

他出来以后,到侍者室,阿尔帕特奇低着头,在侍者室里站着。

"把路填上了吗?"

"填上了,大人。看在上帝分上,请原谅我一时糊涂。"

公爵打断了他的话,尴尬地笑起来。

"好了,好了。"

他伸出手来让阿尔帕特奇吻了吻,就回到书房去了。

当天晚上,瓦西里公爵到达了。车夫和侍者们在道上迎接他,人们在有意洒满雪的路上吆喝着把他的马车和雪橇推到厢房那边。

瓦西里公爵和阿纳托利被领进两个分开的房间里。

阿纳托利脱下坎肩,双手叉腰坐在桌前,笑眯眯地睁着他那双美丽的大眼睛,目不转睛地盯着桌子的拐角。他把他的一生看作某人为了某种原因必须给他安排的一场连续不断的享乐。他对这次来拜会这位凶恶的老头子和富有、丑怪的女继承人,也持这样看法。照他的设想,这一切都会有很圆满和有趣的结果。"干吗不娶她,既然她十分有钱?这没什么不好。"阿纳托利想。

他刮了脸,洒了香水,走进父亲的房间。在瓦西里公爵身边,两个侍仆正忙着给他穿衣裳。他左顾右盼,兴奋地跟走进来的儿子点头,似乎说:"对了,我正是希望你打扮成这个样子!"

"说真的,爸爸,她丑得厉害吗?呃?"他用法语问。

"得了,别胡说!要紧的是,对老公爵要尽力做到尊敬和慎重。"

"如果他骂人,我就走,"阿纳托利说。"我受不了这种老头子的气。呃?"

"你要记住,你的一切全靠这一次了。"

这时,大臣和儿子到来的消息,不但传遍女仆的房间,并且对他两人的外表也有详细的描述。玛丽亚公爵小姐一个人坐在自己房间里,怎么也按捺不住内心的激动。

"他们为什么要写信来,丽莎为什么对我提起这个?显然是不可能的!"她照着镜子,自言自语说。"我怎么到客厅里去呢?就算我喜爱他,我现在见到他也觉得尴尬的。"一想起她父亲的眼神,她就不寒而栗。

小公爵夫人和布里安小姐已经从使女玛莎嘴里得到一切必要的情报,说大臣的儿子是一个面庞红润、眉毛乌黑的俊男子,他父亲拖着两条老腿勉强地爬台阶,而他却像一只雄鹰,在他后面一步跨三级阶梯。小公爵夫人和布里安小姐得到这些情报后,就去找公爵小姐,从走廊里就听到两人高兴的谈话声。她们走进公爵小姐的房间。

"他们来了,玛丽,您知道吗?"小公爵夫人说,她摇摆着她那大肚子,身子沉重地坐到安乐椅里。

她穿得已经不是早上那身便服了,而是一件最好的衣裳。她的头是细心梳过的,她的脸上露出了光彩,可仍旧遮掩不住松皮耷拉、死气沉沉的轮廓。她穿起这身她在彼得堡社交界常穿的衣裳,更显得特别难看了。布里安小姐的衣着也经过一番小小的修饰,她那鲜艳的俊俏面庞更加惹人喜爱了。

她说:"您怎么还不打扮一下,亲爱的公爵小姐。"

小公爵夫人从安乐椅里站起来,打铃唤使女,开始兴奋地为玛丽亚公爵小姐的装束出主意,而且动手做起来。玛丽亚公爵小姐觉得自尊心受了伤害,因为向她求婚的人到来使得她心慌意乱,更伤她的自尊心的是,她的两个女友也认为事情不会有别的可能。她脸红了,那对美丽的眼睛变得暗淡了,脸上布满了红斑,她带着脸上常有的那种殉道者的、难看的表情,任凭布里安小姐和丽莎摆布。这两个女人完全真心诚意地想把她打扮得漂漂亮亮。她长得太丑了。

"不行,真的不行,我的朋友,这件衣裳不好看,"丽莎说,她远远地从侧面看公爵小姐，"你有一件咖啡色的衣裳，叫人拿来！说不定一生的命运就决定在这件衣裳上呢。可是这一件颜色太浅，不好看，真的不好看！"

不好看的不是衣裳，而是公爵小姐的容貌和整个身材，可惜布里安小姐和小公爵夫人没有认识到这一点。她们忘记了，那副受惊的面孔和身材是不会改变的，因此，不管她们如何改变外表和修饰面孔，这张脸仍然显得可怜巴巴的，并且很难看。玛丽亚公爵小姐顺从地任凭她们不停地给她换装，把头发往上梳，披上天蓝色的围巾，穿上好看的咖啡色的衣裳，小公爵夫人围着她转了两三圈，用小手弄好衣褶，抻抻围巾，时而从左边、时而从右边歪着头细细端详。

"不行，这不行，"她两手一拍，斩钉截铁地说。"请原谅，您再换一次吧。卡佳，"她对使女说，"把公爵小姐那件浅灰色衣裳拿来，布里安小姐，您等着瞧我这次的安排吧。"她说这话时，像一个演员预感到成功的喜悦，含着微笑。

但是，当卡佳拿来需要的那件衣裳时，玛丽亚公爵小姐依旧静静地坐在镜子前面，对着镜子看自己的脸，卡佳从镜子里看见，她的眼睛里噙着泪水，她的嘴在打战，眼看就要放声大哭了。

"公爵小姐，"布里安小姐说，"再坚持一下吧。"

小公爵夫人从使女手里接过衣裳，向玛丽亚公爵小姐走去。

"好了，这回我们一定打扮得又朴素又可爱。"她说。

"算了吧，不要管我了。"公爵小姐说。

她们看了看她，她那对美丽的大眼睛满含泪水，心事重重，亮晶晶的、恳求地望着她们。她们明白了，坚持下去非但无用，并且残忍。

"至少要改变一下发式。"小公爵夫人说。

"别管我了，反正都一样。"她强忍着眼泪回答。

布里安小姐和小公爵夫人心里不得不承认，玛丽亚公爵小姐这样打扮十分难看，比她平时还难看，但是已经晚了。她带着她们所熟悉的那种沉思而悲哀的表情望着她们。可是她们明白，一旦她脸上出现了这种表情，她就缄口不言，对自己的决心决不动摇。

"您还是换个式样吧？"丽莎说，她看玛丽亚公爵小姐一言不发，就从屋里走了出来。

玛丽亚公爵小姐独自留下来。她没有实现丽莎的愿望，非但没有改变头发式样，并且没有再照镜子。她无力地垂下眼睛和双手，默默地坐在那里沉思。她幻想她有一个丈夫，一个男人，一个强有力的、出人头地的、具有巨大魅力的男人，他突然把她带到一个完全不同的幸福的世界。她想象她怀抱着自己的孩子，就像昨天她在乳母的女儿那里看见的孩子一样。丈夫就站在跟前，温柔地望着她和孩子。"咳，这是不可能的，我长得太丑了。"她想道。

"请您去喝茶。公爵立刻就要到了。"使女的声音从门外传来。

她清醒过来，对自己的幻想吃了一惊。在下楼之前，她站起来，走进供圣像的小室，她看着被神灯照亮了的大幅圣像的黑脸，双手交叉在胸前，在圣像面前站了好几分钟。玛丽亚公爵小姐心中翻腾着痛苦的疑虑。爱情的欢乐，对男人的尘世爱情的欢乐，对她是可能的吗？在寻思婚姻问题的时候，玛丽亚公爵小姐有一个最主要、最强烈的愿望，那就是尘世的爱情。这个感情越是强烈，她就越是对别人、甚至对自己隐藏着它。"我的上帝啊，"她说，"我怎样才能压住我心中这些魔道？我怎样才能永远没有这些邪念，好让我心静地奉行你的旨意？"她刚一提出这个问题，上帝就在她的内心做了回答："不要为自己抱任何希望，不要探索，不要焦虑，不要羡慕。人们的未来和你的命运都是不可知的，你要在生活中忍耐一切。要是上帝想用婚姻的义务考验你，你就准备执行他的旨意。"怀着这个心安理得的思想，玛丽亚公爵小姐叹了口气，画过十字，就下楼了，她既不想衣裳，也不想发式，也不想她怎样走进去和说什么话。没有上帝的旨意，连一根头发也掉不下来，比起上帝的旨意，这些算得了什么呢。

四

玛丽亚公爵小姐走进客厅的时候，瓦西里公爵和他的儿子已经在那里了，他们正跟小公爵夫人和布里安小姐谈话。当她走进来的时候，男人们和布里安小姐都欠起身来，小公爵夫人介绍说："这就是玛丽！"玛丽亚公爵小姐看见了所有的人，并且看得很用心。她看见瓦西里公爵在她刚进来时，脸沉了一下，但立刻就堆出笑容。她看见小公爵夫人那张脸，带着好奇的神情从客人脸上观看玛丽给客人的印象。她看见布里安小姐头上扎着缎带，容貌俏丽，用她那从没有过的高兴的目光看着他；但公爵小姐却看不见他，她看见的只是一个鲜艳、美丽的庞然大物，当她进来的时候向她移过来。首先是瓦西里公爵走到她跟前，她回答了他的问话，说她不但记得他，并且记得非常清楚。随后阿纳托利来到她面前。她依旧没有看见他。她只感到柔软的手紧紧握住她的手，她用嘴唇轻轻地碰了碰他那涂着油的浅黄色美发下面白净的前额。她抬头向他一看，他的美貌把她惊呆了。阿纳托利用右手大拇指勾住制服扣子，挺着胸，身子往后微倾，一只伸出的脚摇晃着，微微偏着头，一声不响，愉快地望着公爵小姐，看样子，他心中所想的完全不是她。阿纳托利在谈吐上并不机智，也不工于辞令，可是他却镇定自若和自信。阿纳托利默不作声，摇晃着脚，兴奋地看看公爵小姐的发式。"谁倘若觉得这样沉默怪尴尬的，那就请先说吧，我可不想说话。"他那神气仿佛这样说。除此之外，阿纳托利在跟女人接触的时候有一种目空一切的优越感，他那种风度最能引起女人的好奇心、畏惧，甚至爱慕。他那神气仿佛说："我了解你们，为什么要敷衍你们？那倒会使你们兴奋呢！"或许他和女人在一起时并没有这样想（很可能没有这样想，因为他极少动脑筋），但是他就是如此一副神气，如此一个风度。公爵小姐感觉到这一点，她好像想向他表示，她不敢希望使他感兴趣，所以她向老公爵转过身去。大家谈些一般的话题，但谈得很热闹，这多亏小公爵夫人。

　　"至少现在我们是尽情地享受和您在一起的愉快了，亲爱的公爵，"小公爵夫人对瓦西里公爵说，"这一回可不能像在安内特家的晚会上那样了，在那儿您经常溜掉。您还记得那个可爱的安内特吧。"

　　"哎呀，您可别像安内特那样对我大讲什么政治啦！"

　　"还有我们那个小茶桌呢？"

　　"是啊！"

　　"为什么您从来不到安内特那儿去？"小公爵夫人问阿纳托利。"唔！我知道，我知道，"她挤了挤眼，说，"您的哥哥伊波利特把您的事全都和我说了。噢！"她伸出手指来吓唬他。"连您在巴黎的恶作剧我都知道！"

　　"伊波利特没对你说过吗？"瓦西里公爵转脸对儿子说，一面抓住公爵夫人的手，就似乎她想跑开，他差点放掉了她似的，"他没对你说过，他自己，伊波利特，为了可爱的公爵夫人害相思病，而她把他从家里赶出来了？"

　　"这位真是鹤立鸡群，公爵小姐！"他对公爵小姐说。

　　布里安小姐一听说到巴黎，就抓住时机，也参加大家回顾往事的谈话。

　　她竟然冒昧地问阿纳托利，他离开巴黎有多久了，是否喜欢这个城市。阿纳托利非常喜欢回答这个法国女人的问题，他笑眯眯地望着她，跟她谈起她的祖国。阿纳托利一见俊俏的布里安小姐，就认定童山这地方并不乏味。"长得很漂亮！"他一面打量着她，一面心里想。"这个女伴很不错。我希望她嫁给我时，把她带过来，"他想，"这姑娘长得真够漂亮的。"

世界传世藏书

世界十大名著

·战争与和平·

图文珍藏版

世界传世藏书

世界十大名著

·战争与和平·

图文珍藏版

老公爵在书房里沉着地穿衣裳，皱着眉头思考他应当怎么办。他很生气。"瓦西里公爵和他的儿子跟我有什么关系？瓦西里公爵是个牛皮匠，废料，儿子想必也好不了。"他嘟嘟囔囔地说。使他气恼的是，这些客人的到来在他心中勾起了悬而未决的、经常闷在心里的问题，也就是老公爵一向自我欺骗的那个问题。这个问题就是，他是否舍得让玛丽亚公爵小姐离开，让她出嫁。公爵从未给自己直接提出这个问题，因为他知道，他的回答将是公平合理的，而这跟他的感情相矛盾，特别是跟他的生活能力相矛盾。尽管他好像并不珍惜她，然而没有她，尼古拉·安德烈耶维奇公爵的生活是难以想象的。"为什么她一定要出嫁呢？"他想。"不会幸福的。就拿丽莎嫁给安德烈说吧（比他更好的丈夫现在好像很难找到了），她满意自己的命运吗？有谁会出于爱情而娶她呢？又丑又笨。有人要她也是为了地位和财产。难道就不能不结婚吗？那倒要幸福些！"尼古拉·安德烈耶维奇公爵一面想，一面穿衣裳，但是，那个拖延已久的问题却要求立刻做出决定。瓦西里公爵把儿子带来，很明显是有求婚的意思，大约不是今天就是明天就要求直接的答复。门第和社会地位还过得去。"那也好，我不反对，"老公爵自言自语说，"可是，他得配得上她。我们看重的就是这一点。"

"我们看重的就是这一点，"他说出声来，"我们看重的就是这一点。"

他像平时一样，健步走进客厅，快速地向大家扫了一眼，他看见小公爵夫人换了衣裳，布里安头上束着缎带，玛丽亚公爵小姐留着难看的发式，布里安和阿纳托利满面春风，他的公爵小姐在大家谈话时一声不响。"打扮得像个大笨蛋！"他不满地看了女儿一眼，心里想。"不嫌丢人！人家连理都不愿意理她！"

他走到瓦西里公爵面前。

"你好，你好，欢迎，欢迎。"

"友谊不远千里。"瓦西里公爵开腔了，他像平时一样，说得又快又自信，并且亲热。"这是我的次子，请您多加关照。"

尼古拉·安德烈耶维奇公爵打量着阿纳托利。

"好孩子，好孩子！"他说，"过来吻吻我。"

阿纳托利吻了吻老头，好奇地、很镇静地望着他，看他是不是马上就会爆发父亲所说的怪脾气。

尼古拉·安德烈耶维奇公爵在他常坐的沙发角上坐下来，把瓦西里公爵的圈椅移近自己的座位，他一边指着圈椅，一边问起时局和新闻。他仿佛专心倾听瓦西里公爵的谈话,可是却不停地看看玛丽亚公爵小姐。

"这么说,他们从波茨坦有信来?"他重复瓦西里公爵最后一句话,突然站起来,走到女儿跟前。

"你是为客人才这样打扮的,是不是?"他说,"好看,非常好看。你为了客人梳个新式的头,可是我要当着客人的面对你说,没有我的准允,以后不准你改变装束。"

"是我的错,爸爸。"小公爵夫人红着脸结结巴巴地说。

"您完全可以随便,"尼古拉·安德烈耶维奇公爵一面说,一面向儿媳行了个军礼,"可是她没有丑化自己的必要,已经够丑的了。"

他又坐回原位,不再注意难过得流泪的女儿。

"不对,这个发型对公爵小姐很合适。"瓦西里公爵说。

"老兄,年轻的公爵叫什么名字?"尼古拉·安德烈耶维奇公爵转身对阿纳托利说,"过来,咱们谈谈,认识认识。"

"立刻就要看笑话了。"阿纳托利心里想,他含着微笑坐近老公爵。

"是这样:亲爱的,听说您出过国。不像我和你父亲。告诉我,亲爱的,您现在是在骑兵近卫军吗?"老头凑近阿纳托利,直盯着问他。

"不,我调到陆军了。"阿纳托利极力忍住笑答道。

"啊! 是好事。怎么样,亲爱的,您愿意为沙皇、为祖国服务吗? 现今是战争年月。这么一个棒小伙子应当服役,应当服役。怎么样,要上前线吗?"

"不,公爵。我们团已经出发了。我别有所属。爸爸,我属哪儿?"阿纳托利笑着问父亲。

"这个差当得好,真好。我属哪儿! 哈-哈-哈!"尼古拉·安德烈耶维奇公爵笑起来。

阿纳托利笑得更响。尼古拉·安德烈耶维奇公爵突然把眉头一皱。

"好了,去吧。"他对阿纳托利说。

阿纳托利含着微笑又回到女人堆里。

"瓦西里公爵,你把他们送到国外受教育,是不是?"老公爵转身对瓦西里公爵说。

"我是尽力为之。那儿的教育比咱们这儿的要好得多。"

"是啊,如今什么都变了,什么都是新式的。好一个小伙子,好样的! 咱们到我房里去吧。"

他拉着瓦西里公爵的手,把他领到书房里。

一个人和公爵在一起的时候,瓦西里公爵马上就向他说明了来意和希望。

"你想到哪儿去了,"老公爵愤愤地说,"你以为我拿着她不放,离不开她吗? 怪事! 明天就嫁出去我都不放在心上! 但是我告诉你,我要好好地了解我的女婿。你知道我办事的规矩:一切都坦诚相待! 我明天当着你的面问她:如果她愿意,就让他住下。让他住几天,我要了解了解。"老公爵哼了一声。"就让她出嫁吧,我无所谓。"他用跟儿子告别时所用的尖利的声音喊道。

"实话跟您说,"瓦西里公爵说,他使用了那种腔调,就像一个狡诈的人,在谈话对手明察秋毫的洞察力下,认为没有施展手段的必要时所使用的腔调。"您是一眼就把人看透的。阿纳托利不是什么天才,可他是一个老实孩子,是一个好儿子,好亲戚。"

"好的,好的,我们看看吧。"

由于阿纳托利的出现,尼古拉·安德烈耶维奇公爵家里三个女人都同样感觉到,在这之前她们的生活简直不算生活。她们的思维力、观察力和感觉力一下子提高了十倍,她们仿佛一直是在黑暗中过日子,突然被一片全新的、意义丰富的光辉照亮了。

玛丽亚公爵小姐完全不想、也不记得自己的面孔和发型了。那个可能成为她的丈夫的人的漂亮的、爽朗的面孔吸引着她的全部注意力。她觉得他善良、勇敢、果断、刚毅,并且大度。她对此深信不疑。在她的想象中不断涌现出千百个未来家庭生活的幻景。她挥开这些幻景,极力把它们掩藏起来。

"我是不是对他太冷淡了?"玛丽亚公爵小姐想,"我极力控制自己,因为在我内心深处觉得对他已经太亲近了。可是,我对他想的这一切,他是不会知道的,或许他会觉得我讨厌他呢。"

于是玛丽亚公爵小姐极力向这位新客表示好感,但是她不会。

"可怜的姑娘,是个丑鬼。"阿纳托利这样想她。

因为阿纳托利的到来而极端高兴的布里安小姐,有她自己的想法。当然,这个没有一定社会地位、没有亲戚朋友、甚至没有祖国的年轻漂亮的姑娘,并不甘愿在侍候尼古拉·安德烈耶维奇公爵,给他朗读书籍和陪伴玛丽亚公爵小姐中度过一生。布里安小姐很久以来就期盼着一位俄国公爵,这位俄国公爵一下子就看出她比那些容貌丑陋、衣着不雅、举止笨拙的俄国公爵小姐优越,会爱上她而且把她带走。现在这位俄国公爵终于来了。

正像一匹老战马一闻号声就习惯地准备狂奔一样,小公爵夫人也不自觉地卖弄起风情来了,连自己正在怀孕都忘了,她这样做并非居心不良,也没有内心的斗争,仅仅是出于天真、轻浮的取乐罢了。

　　虽然阿纳托利在女人群中通常总是扮演被女人追得厌烦的角色,可是他看到他对这三个女人的影响,依旧感到虚荣心的满足。此外,他开始对俊俏、勾人的布里安体验到一种兽性的情欲,这种勃然爆发的情欲促使他干出最大胆、最粗暴的行为。

　　吃过茶后,大家走进起居室,公爵小姐应大家请求弹奏古钢琴。阿纳托利挨近布里安小姐,支着臂肘站在玛丽亚公爵小姐面前,他目光含笑兴奋地望着她。玛丽亚公爵小姐感觉到向她注视的目光,心中激动不已。可是,阿纳托利的目光虽说是对着她,意思却不在她身上,而是在布里安小姐那小巧的脚上,此刻他正用自己的脚在古钢琴下面触动她的脚。布里安小姐也望着公爵小姐,在她那双美丽的眼睛里,玛丽亚公爵小姐觉得也有一种又惊又喜、满怀希望的新的表情。

　　"她多么爱我!"玛丽亚公爵小姐想。"我现在真是幸福,能有这样的女友和这样的丈夫,我该多么幸福! 难道他真能成为我的丈夫吗?"她想。她没敢看他的脸,总是感觉到那注视着她的目光。

　　晚上,吃完饭大家要离开的时候,阿纳托利吻了吻公爵小姐的手。她自己也不明白哪儿来的这股勇气,她照直地注视了一下那副标致的脸蛋。然后阿纳托利又去吻布里安小姐的手(这是不合礼仪的,可是他做得既自信又随便),弄得布里安小姐顿时满脸通红,她吃惊地看了看公爵小姐。

　　"真有礼貌,"公爵小姐心里想,"阿梅莉(布里安小姐的名字)真的以为我会吃她的醋,而不珍重她对我的体贴和忠心吗?"她走到布里安小姐跟前,热烈地吻了吻她。阿纳托利去吻小公爵夫人的手。

　　"不行,不行……"

　　她说着,就举着指头,笑盈盈地走出屋去。

五

　　大家都散了,这一夜除了阿纳托利躺下就睡着了以外,其他人都久久难以入睡。

179

　　"这个陌生、美貌、善良的男人真能成为我的丈夫吗？主要的是他善良。"玛丽亚公爵小姐想，一种从未有过的恐惧控制了她。她不敢向四处张望，她模模糊糊觉得有人在屏风后面黑暗的角落里站着。这个人就是他，就是魔鬼，而这个魔鬼就是白额头、黑眉毛、红嘴唇的男人。

　　她打铃把使女叫来，要她睡在她的房间里。

　　布里安小姐这天晚上在花房里走了很久，白白地等待着一个人。

　　小公爵夫人埋怨使女没有把床铺好。害得她侧卧也不是，仰卧也不是。怎么都觉得难受，不方便。她的肚子太碍事。而今天比任何时候都更碍事，阿纳托利的出现，使她更生动地回忆起她没有怀孕时样样都是轻松快乐的时光。她身着短衣，头戴睡帽坐在圈椅里。卡佳睡眼迷离，辫发散乱。

　　"我告诉过你，到处都是坑坑洼洼，疙疙瘩瘩，"小公爵夫人再三说，"我倒乐意睡着呢，又不是我的错。"她像个要哭的孩子似的声音发颤。

　　老公爵也没有睡。吉洪在睡意蒙眬中听见他怒气冲冲地来回踱步，哼哧着鼻子。老公爵觉得他为女儿受了侮辱。最使他受不了的是，受辱的不是他本人，而是别人，是他钟爱得甚于爱自己的女儿。他对自己说，他要重新思考这全部问题，找一个正确的、合理的办法，但是他非但没有这样做，反而更把自己激怒了。

"遇见第一个男人就把父亲,把什么都忘了,跑到楼上梳洗打扮起来,摇起尾巴,现出了原形! 甘愿抛弃父亲! 我心中有数,这她是知道的。呸……呸……呸……难道我没有看见这个混小子一个劲地看布里安(应该把她赶走)! 她真的连这个也看不出,一点自尊心全没有了! 你自己没有自尊心也罢,至少也得顾着我的面子。应该告诉她,那个蠢东西心里并没有她,他只顾看布里安。她没有自尊心,我要告诉她这一点……"

对女儿说,她错了,阿纳托利想追求布里安,老公爵知道,这样会刺伤玛丽亚公爵小姐的自尊心,他的心事(不想跟女儿分离)也就解决了,想到这里,他感到自慰。他把吉洪叫来,开始脱衣裳。

"真倒霉,他们为什么要来!"老公爵想。"我没有请他们。他们来看看我的生活。我没有几天活头了。"

"滚他妈的!"他的头还套在睡衣里的时候,他说。

吉洪知道公爵经常有自言自语的习惯,所以虽然看见公爵的脸从睡衣里钻出来,露出疑问和气愤的目光,他仍旧面不改色。

"他们睡了吗?"公爵问。

吉洪像所有的好仆人一样,凭着嗅觉就知道主人在想什么。他猜出这是问瓦西里公爵和他的儿子。

"已经睡了,灯也熄了,大人。"

"不好,不好……"公爵急速说,他把脚伸进拖鞋里,手伸进睡衣里,向他睡的躺椅走去。

阿纳托利和布里安小姐知道,他们有许多话要在背地里谈,所以一大早他们就寻找单独会面的机会。当公爵小姐像往日一样去见父亲时,布里安小姐就在花房里和阿纳托利会面了。

这天玛丽亚公爵小姐向书房门口走去时,心跳得十分厉害。她感觉到,所有的人不仅全知道今天就要决定她的命运,并且知道她心中正在想这件事。

老公爵这天早上对女儿格外和蔼并且态度谨慎。玛丽亚公爵小姐十分清楚这种慎重从事的神情。每当玛丽亚公爵小姐弄不懂算题,他气得紧握干瘦的手,站起来走开,一连几次小声重复同一句话的时候。他脸上就出现这种神情。

他很快谈起正事,而且客气地称呼"您"。

"有人家向我提亲了,"他不自在地在微笑着说。"我想您已经猜到了,"他接着说，"瓦西里公爵到这儿来，把他的学生也带了来。昨天他们向我提亲。您是知道我的规矩的，这个我要问您了。

"我应当怎样理解您的意思，爸爸？"公爵小姐脸色一红一白地说。

"怎么理解！"父亲很愤怒。"瓦西里公爵挑中你当他的儿媳妇，替他的学生向你求婚。就是这么理解。怎么理解？！这我就要问你了。"

"我不知道您的意见，爸爸。"公爵小姐低声说。

"我？我？我有什么？用不着管我。又不是我出嫁。您有什么意见，我想知道。"

公爵小姐看出父亲不愿意这件事，然而就在这一刻，她想到她一生的命运要么现在就决定，要么就永远地错过了机会。她低下头，避开父亲的目光，她觉得在他的目光下她不能思考，只能习惯地唯命是从，她说：

"我只愿遵照您的意思去做，"她说，"如果要我表示自己的愿望的话……"

没等她说完。公爵打断了她的话。

"好极了！"他喊道。"他要你是连同嫁妆一起要，顺便也把布里安小姐也带走。她当夫人，而你……"

公爵不说了。他看出这句话在女儿身上发生了效力。她低下头，就要哭出来了。

"算了，算了，我是说笑话，我是说笑话，"他说。"要记住一样，公爵小姐，我遵守这个信条：姑娘有挑选女婿的充分权利。我给你自由。要记住：你今生的幸福就要看你这次的决定了。不必问我。"

"但是我不知道……爸爸。"

"不必管我！他秉承父命，他可以娶你，也可以娶其他人；而你是有选择的自由的……你回自己房里考虑一下吧，一小时后来见我，当着他的面告诉他：行还是不行。我知道你是要祈祷的，那你就祈祷吧。不过要好好想想。去吧。"

"行还是不行，行还是不行，行还是不行！"公爵小姐像坠入云里雾里，跌跌绊绊地走出了书房，而他还在大声地说。

她的命运决定了，并且幸福地决定了。可是父亲说的关于布里安小姐的那些话，却是可怕的暗示。就算不是真的，但仍然是可怕的，她老是想这件事。她穿过花房一直往前走，什么也看不见，什么也听不见，但是突然间，熟悉的布里安小姐的低语声使她猛醒过来。她抬起眼睛，在离她不远的地方看见了阿纳托利，他搂着那个法国姑娘，正向她小声说话。阿纳托利那张俊秀的脸露出可怕的表情,他看看玛丽亚公爵小姐,布里安小姐没有看见她。

"是谁? 有什么事吗? 等一等!"阿纳托利的脸色仿佛这样说。玛丽亚公爵小姐静静地望着他们。她不能理解这是怎么回事。最后,布里安小姐惊叫一声,逃跑了。

一小时后,吉洪来叫玛丽亚公爵小姐。他叫她去见公爵,而且说,瓦西里·谢尔盖伊奇公爵也在那里。吉洪进来的时候,公爵小姐正搂着泣不成声的布里安小姐坐在沙发上。玛丽亚公爵小姐抚弄着她的头。公爵小姐那对美丽的眼睛仍旧那么安详,洋溢着光辉,脉脉含情地、怜悯地看着布里安小姐那漂亮的面庞。

"啊,公爵小姐,对不起您。"布里安小姐说。

玛丽亚公爵小姐说:"这是哪里话,祝您幸福。"

"您会瞧不起我的,我被情欲所迷惑……"

"一切我都理解,"玛丽亚公爵小姐含着忧郁的微笑回答说。"您放心吧,我的朋友。我去见父亲,"她说着就出去了。

玛丽亚公爵小姐走进书房的时候,瓦西里公爵带着深受感动的笑容坐那儿。

"啊,亲爱的,"他站起来抓住她的两只手,说。他叹了一口气,又说:"我儿子的命运就掌握在您的手里了。我一直很喜欢您……"

他走到一旁。他的眼睛真的流出了泪水。

"哼……哼……"尼古拉·安德烈伊奇公爵直哼哧鼻子。

"公爵代表他的学生……儿子,向你求婚。你愿不愿意做阿纳托利·库拉金公爵的妻子? 你说:行还是不行!"他大声嚷嚷道,"然后我也说出我的意见。是的,我的意见也不过就是我的意见,"尼古拉·安德烈伊奇公爵向瓦西里公爵转过身去,为了回答他那极力恳求的表情,又说了一句。"行还是不行?"

"我的愿望是,爸爸,永远不离开您,永远不跟您分开。我不想结婚。"她睁着一对美丽的眼睛向瓦西里公爵和父亲望了望,坚决地说。

"胡说,废话! 胡说,胡说,胡说!"尼古拉·安德烈伊奇公爵皱着眉头,大声嚷嚷道。他抓住她的手,拉过来,没有去吻它,只是把自己的额头向她的额头低下去,轻轻地碰碰她,他紧握她的手,以至于她叫了一声。

瓦西里公爵站起来。

"亲爱的,您能再想一下吗?"

"公爵,我说的都是我心里的话,我感激您给我的荣幸,可是我永远不会做令郎的妻子。"

"那么就完了,亲爱的公爵。我十分兴奋见到你,很兴奋见到你。回去吧,公爵小姐,去吧,"老公爵说,"见到你,我十分、十分兴奋。"

"我的天职是另一种,"玛丽亚公爵小姐心里想,"我的天职是以另一种幸福为幸福,是以仁爱和自我牺牲的幸福为幸福。不管要我付出多大的代价,我都要成全可怜的阿梅莉的幸福。她是如此热烈地爱他。她是如此热诚地忏悔。我要尽到全部努力成全他们两人的婚姻。如果他没钱,我给她钱,我要恳求父亲,恳求安德烈。如果她能成为他的妻子,我该多么幸福啊。她是那么不幸,流落异乡,孤苦无依! 我的天啊,她连自己的身份都忘了,她该是多么爱他。也许,我倘若她,也会这样做的! ……"玛丽亚公爵小姐想。

六

罗斯托夫家里很久没有收到尼古卢什卡的信,直到仲冬,伯爵才收到一封信,他认出是儿子的笔迹。伯爵一接到信就慌张起来,极力不露声色,踮起脚尖跑到自己房里,关上门,读起来。安娜·米哈伊洛夫娜得知有信来就偷偷到伯爵那里,碰见他手里拿着信又是哭又是笑。

安娜·米哈伊洛夫娜虽然光景好转,仍然住在罗斯托夫家里。

"怎么样?"安娜·米哈伊洛夫娜悲哀地探问,而且准备无论怎样都同情他。

伯爵越发放声大哭了。

"尼古卢什卡……信……受了……伤……亲爱的……受了伤……我的好孩子……伯爵夫人……他升军官了……谢天谢地……怎么对伯爵夫人说? ……"

安娜·米哈伊洛夫娜在他身旁坐下,拿出手绢来擦他脸上的泪水和滴在信上的泪水,又擦自己的眼泪,随后把信读了一遍,安慰伯爵,而且决定,在午餐后晚茶前,她先给伯爵夫人做些准备工作,倘若上帝赐福,晚茶后再公开一切。

全部午餐时间,安娜·米哈伊洛夫娜都在谈论有关战争的传闻,谈论尼古卢什卡。她一连两次问起他的最后一封信是什么时候接到的,虽然她本是知道的。她说,可能很快,也许就在今天,会接到信。每当这些暗示使得伯爵夫人心神不定,惊恐地时而望望伯爵,时而望望安娜·米哈伊洛夫娜的时候,安娜·米哈伊洛夫就巧妙地把话题引到琐事上去。娜塔莎是全家最善于体察人们的语气、眼神和神色的细微变化的人，从刚开始吃饭，她就竖起了耳朵，她看出，在她的父亲和安娜·米哈伊洛夫娜之间有什么事，有什么与哥哥有关的事，看出安娜·米哈伊洛夫娜是在做准备工作。娜塔莎尽管胆子很大，但她打算不在吃饭的时候提出来，然而心中着急，以至于整顿饭她什么都没吃，不住地在椅子上扭来扭去，女教师责备她，她也不听。饭后，她飞似地向安娜·米哈伊洛夫娜追去，在起居室里，她连跑带跳地扑到她的脖颈上。

"大妈，亲爱的，告诉我是怎么回事？"

"没什么，我的好孩子。"

"不，好大妈，亲爱的，一定要告诉我，我知道您有秘密。"

安娜·米哈伊洛夫娜摇摇头。

"您真是个机灵鬼，乖孩子。"她说。

"尼古连卡来信了吧？准是的！"娜塔莎看出安娜·米哈伊洛夫娜的脸上露出默认的表情，大声喊道。

"看在上帝分上，千万要小心：你可知道，这会把你妈妈吓坏的。"

"好的，好的，可是您得告诉我。不告诉？那我马上就去说。"

安娜·米哈伊洛夫娜简单地对娜塔莎说了说信的内容，但条件是不许告诉任何人。

"君子一言为定，"娜塔莎一面画十字，一面说，"我谁都不告诉。"她说着，就立刻跑到索尼娅那里去了。

"尼古连卡……受伤了……有信来……"她得意地说。

"尼古拉！"索尼娅刚说出口，面色唰地一下变白了。

娜塔莎一见哥哥受伤的消息给索尼娅的印象，她这才认识到不该说。

她向索尼娅扑过去，搂着她哭起来。

"轻伤，已经升为军官了。他现在很健康，自己写的信。"她含着眼泪说。

"可见你们女人家全爱哭，"彼佳说，他坚决地迈着大步在屋里走来走去。"哥哥这么出色，我很兴奋，真的，我很兴奋。你们就会哭！什么也不懂。"

娜塔莎含着泪笑了。

"你没有看信吗？"索尼娅问。

"没有看，但是她说，一切都结束了，他已经升为军官了……"

"谢天谢地，"索尼娅画着十字说，"也许她骗你呢？咱们去找妈妈。"

彼佳默默地在屋里踱步。

"我倘若尼古卢什卡的话,我一定会杀死更多的法国人,"他说,"这些家伙坏透了!我要杀他个片甲不留。"彼佳接着说。

"住嘴,彼佳,你真是个大笨蛋!……"

"我一点不傻,谁为了一点小事就哭才傻呢。"彼佳说。

"你记得他吗?"沉默了一会儿,娜塔莎突然问。索尼娅笑了。

"我记不记得尼古拉?"

"不是的,索尼娅,你是不是记得很清楚的,是不是全部都记得。"娜塔莎说,她极力做手势,看样子,她想使她的话带有最郑重的意味。"连我也记得尼古连卡,我记得,"她说。"但是我不记得鲍里斯。完全不记得……"

"怎么?你不记得鲍里斯?"索尼娅吃惊地问。

"并不是说不记得,——我知道他是什么样子,但是不像记得尼古连卡那样记得清楚。我一闭眼就记起尼古连卡,而鲍里斯就记不起(她闭上眼睛),记不起,一点也记不起!"

"唉,娜塔莎!"索尼娅热情而严肃地说,"我一旦爱上了你哥哥,就爱一辈子,不管是他或者是我发生什么事,永不变心。"

娜塔莎瞪起一双好奇的眼睛,吃惊地望着索尼娅,她沉默不语。她觉得索尼娅说的是实话,她说的那种爱情是有的,但是娜塔莎还没有体验过这种爱情。她相信这是可能发生的,可是不能理解。

"你要给他写信吗?"她问。

索尼娅沉思起来。给尼古拉写什么,有没有必要写信,这是一个使她苦恼的问题。现在他已经是个军官,是受伤的英雄,在这个时候她来让他想起她,仿佛让他想起对她负有什么责任似的,是否合适呢?

"我不知道;我想,他写,我就写。"她红着脸说。

"你给他写信好意思吗?"

索尼娅微笑了。

"不害臊。"

"给鲍里斯写信,我觉得怪不好意思的,所以我不写。"

"为什么这样呢?"

"就是这样,我不知道。很不好意思的。"

"我知道她为什么害臊。"被娜塔莎刚才的话惹恼了的彼佳说,"因为她爱上了那个戴眼镜的胖子(彼佳是说那个和他同名的,新近当上伯爵的别祖霍夫),又爱上那个歌唱家(彼佳是说那个教娜塔莎唱歌的意大利籍教师),所以她害臊。"

"彼佳,你这个笨蛋。"娜塔莎说。

"并不比你更傻,亲爱的。"年仅九岁的彼佳说,他简直像一个年迈的将军。

由于安娜·米哈伊洛夫娜在午餐时做了许多暗示,伯爵夫人已经有了思想准备。她回到自己房里,坐在安乐椅里,一动不动地瞧着绘制在鼻烟壶上的儿子的肖像,泪水不住地涌出来。安娜·米哈伊洛夫娜拿着信蹑手蹑脚走到伯爵夫人门前,停下来。

"不要进来,"她对跟在安娜·米哈伊洛夫娜后面的老伯爵说,"等一下。"她关上了门。

伯爵把耳朵贴在钥匙孔上,细听屋里的动静。

起先他听见安静的说话声,然后只有安娜·米哈伊洛夫娜一个人长篇大论的说话,随后是一声大叫,接着是一阵沉默,然后是两个人一块兴奋地说话,随后是脚步声,接着,安娜·米哈伊洛夫娜给他打开了门。安娜·米哈伊洛夫娜脸上觉得很自豪。

"好了!"安娜·米哈伊洛夫娜得意地指着伯爵夫人对伯爵说。此时伯爵夫人一手拿着有儿子肖像的鼻烟壶,一手拿着信,她一会儿吻鼻烟壶,一会儿吻信。

大家都听到了尼古卢什卡写的信。伯爵夫人哭泣着。

"您哭什么,妈妈?"薇拉说,"他信中所说的都是叫人兴奋的事,不该哭啊。"

她说得很对,可是伯爵、伯爵夫人、娜塔莎,都用责备的眼光望着她。"她到底像谁啊!"伯爵夫人想。

尼古卢什卡的信被人们读了好几百遍,那些自认为有资格听听信里写了什么的人,都得去公爵夫人那里,因为她把信握在手中不放。家庭教师、乳母、米坚卡、还有一些熟人都来过,伯爵夫人一次又一次地念信,每次都有新的乐趣,每次从信中都发现尼古卢什卡的新的美德。她很惊奇儿子的不断成长。

"多么漂亮的文体,描写得多好!"她读到信中描写的部分,说,"多么崇高的灵魂!关于自己的事一字不提……一字不提!只提一个叫杰尼索夫的人,而他一定比谁都勇敢。关于自己受的艰难困苦一点都没有写。多么好的心肠!

他的为人我是清楚的！任何人他都记在心上！他谁都没有忘记。我常说,他还是这么大的时候,我就常说……"

经过一个多星期的准备,信的草稿打好了,然后把全家给尼古卢什卡的几封信抄写一遍,在公爵夫人亲自监督和公爵的关怀下,置办一些必需的东西,筹集了一笔费用。安娜·米哈伊洛夫娜是个讲求实效的女人,她连和儿子通信都能在军队中托到人情。她可以把信寄到统率近卫军的康斯坦丁·帕夫洛维奇大公那里。罗斯托夫家的人以为,国外俄国近卫军是一个固定的通信处,如果把信寄到统率近卫军的大公那里,没有理由不送到很近的保罗格勒团部。于是他们决定把信和钱都通过大公的信差送到鲍里斯那里,鲍里斯一定会转交尼古卢什卡。信有老公爵的、公爵夫人的、彼佳的、薇拉的、娜塔莎的、索尼娅的,最后,还有伯爵给儿子的治装费和购买各种东西的六千卢布。

七

11 月 12 日,在奥尔米茨附近扎营的库图佐夫的战斗部队,准备次日接受俄国沙皇和奥地利皇帝的检阅。刚从俄国开来的近卫军在离奥尔米茨十五俄里的地方安营扎寨,等待明天十时前直接到奥尔米茨阅兵场参加检阅。

就在这天,尼古拉·罗斯托夫接到鲍里斯的信,信中说,伊兹梅洛夫团在离奥尔米茨十五俄里的地方宿营,鲍里斯在那里等他前去取信和钱。这正是罗斯托夫十分需要钱的时候,因为部队作战归来,驻扎在奥尔米茨附近,营盘里到处都是随军小贩和奥地利籍犹太商人,他们准备了众多的货物。罗斯托夫前些日子为了庆祝他晋升为骑兵少尉,从杰尼索夫手中买了一匹名叫"贝杜英"的战马,因此负了一身债——欠同事和随军小贩的。罗斯托夫接到鲍里斯的信,就跟一个同事骑马到奥尔米茨,在那里吃了饭,喝了一瓶酒,然后独自一人到近卫军营盘找童年的伙伴去了。罗斯托夫还没来得及换军官服装。他穿的是一件破旧的、佩戴士兵十字肩章的士官生上衣,一条同样破旧的、裤裆衬的皮子磨光了的马裤,腰间佩着一把带穗的军刀。他驰到伊兹梅尔团营地时,心里想,他要使鲍里斯和他的同事们大吃一惊,让他们见识一下久经沙场的骠骑兵的神气。

在全部行军中,近卫军一路游山玩水,炫耀着自己的整洁和纪律。每天的行程很短,背囊有大车来运输,奥地利当局沿途给军官们准备了很好的伙食。团队奏着军乐出入市镇。奉大公的命令,整个行军(近卫军以此为骄傲)都是齐步走,军官也是在各自的位置上徒步行进。在全部行军期间,鲍里斯和现在已经当连长的贝格在一起。在行军中取得连长职务的贝格,由于他的勤恳和细心,已经博得了长官的信任,他在处理自己的钱财方面也极有办法。鲍里斯在行军中认识了许多对他有用的人,通过皮埃尔的介绍信,他认识了安德烈·博尔孔斯基公爵,并希望通过他在总司令部谋个缺。贝格和鲍里斯穿得干干净净,整整齐齐,前一天的行军疲劳已经休息过来,这时他们坐在分配给他们的房间里一张圆桌前下棋。贝格握着点燃的烟斗。

"走啊,看您怎么逃掉?"鲍里斯说。

"尽力吧。"贝格回答说,他动了动小卒,又把手放下了。

这时门打开了。

"原来你在这儿!"罗斯托夫喊道,"贝格也在这里!"

"我的天啊!你变得真厉害!"鲍里斯起身向罗斯托夫迎过去,他虽然站起来,可仍旧没有忘了把碰倒的棋子扶起来;他想拥抱他的朋友,但是尼古拉躲开了。

他们几乎半年不见了。两人都是初次涉足人生道路的年轻人,因此彼此都发现对方变化很大。自从他们最后一次见面以来,两人都有很多变化,两人都想尽快向对方表现他们内心的变化。

"嘿,你们这些可恶的花花公子!打扮得干干净净,漂漂亮亮,似乎才从舞会上回来似的,不像我们这些有罪的大兵。"罗斯托夫摆出军人的气派,指了指他那条满是泥巴的马裤,用他那使鲍里斯觉得新鲜的男中音说。

德意志女主人听见罗斯托夫大喊大叫的说话,从门口探进头来。

"怎么样,挺神气吧?"他挤了挤眼说。

"你干吗这么大嗓门?把他们吓死了。"鲍里斯说。"我没想到你今天会来。"他又说。"昨天我才托一个熟人——库图佐夫的副官博尔孔斯基把信转交给你。我没想到他这么快就把信送到了……你怎么样?已经上过战场了?"鲍里斯问。

罗斯托夫没有回答,他抖了抖系在军服滚绦上的士兵圣乔治十字勋章,指了指他那扎着绷带的胳膊,微笑着看了看贝格。

"你自己看嘛。"他说。

"嗬,了不起,了不起!"鲍里斯微笑着说。"我们这次行军也够来劲的。你知道,皇太子骑着马常常跟着我们的团,于是我们到处得方便,占尽了便宜。在波兰受到了十分好的招待，十分过瘾的宴会和舞会——我简直无法向你描述！皇太子待我们军官好极了。"

于是两个朋友互相倾诉起来——一个讲骠骑兵的纵酒作乐和战斗生活，另一个讲在皇室大员手下服务的好处，等等。

"近卫军！"罗斯托夫说。"我说，派人去买瓶酒来。"

鲍里斯皱了皱眉头。

"如果你非喝不可的话。"他说。

他走到床头，从干净的枕头底下取出钱包，叫人去打酒。"对了，把你的钱和信交给你吧。"他又说。

罗斯托夫把钱扔到沙发上，拿起信，两肘支着桌子，开始读起来。他看了几行，恶狠狠地瞪了贝格一眼，遇到贝格的目光后，罗斯托夫用信遮住自己的脸。

"给您寄的钱真不少。"贝格望着沉甸甸的、把沙发压得陷下去的钱包，说，"可是我们只靠薪水凑合着过日子，伯爵。我给您说说我的处境……"

"我说，贝格，亲爱的朋友，"罗斯托夫说。"倘若您接到家信，或者您遇到亲人，您要向他打听一切情况，我倘若在场的话，我一定会立刻走开，为了不致打扰您。对不起，请您走开，随便到哪儿，随便到哪儿……见你的鬼去吧！"他大喊一声，随即又抓住他的肩膀，和蔼地看着他的脸，看来，他是想尽力缓和一下，又说："您是知道的，请不要生气，亲爱的，我是对老朋友说真心话。"

"哎呀，算啦，伯爵，我完全理解。"贝格站起来，低声说。

"您到房东那儿去吧，他们请您了。"鲍里斯插嘴说。

贝格穿上十分干净的礼服，他发现罗斯托夫注意到了他的礼服，于是微笑着走出屋去。

"咳，我简直是畜生，真的！"罗斯托夫一边读信，一边说。

"怎么啦？"

"咳，我真是头猪，真的，我一封信都没写，把他们都吓坏了，咳，我简直是头猪！"他忽然脸红了，重复说。"喂，派加夫里洛打酒去吧！好，咱们喝他一杯！……"他说。

在父母的信中，另外有一封给巴格拉季翁公爵的介绍信，这是老伯爵夫人依照安娜·米哈伊洛夫娜的忠告，托熟人弄来寄给儿子的。老伯爵夫人嘱咐他务必送到，而且要好好利用它。

"真是胡闹！我怎么用得着这个。"罗斯托夫说着把信扔到桌子底下。

"你为什么扔掉?"鲍里斯问。

"一封介绍信,我要这信干吗!"

"怎么说要这信干吗?"鲍里斯拾起信来,一面念着署名,一面说。"这封信对你非常有用。"

"我什么也不想要,谁的副官我都不当。"

"为什么?"鲍里斯问。

"侍候人的差使!"

"我看,你依旧是个幻想家。"鲍里斯摇摇头,说。

"你仍然是个外交家。可是问题不在这儿……谈点别的吧,你怎么样?"罗斯托夫问。

"就像你看见的这样。直到现在一切都十分好,但是说老实话,我十分想谋一个副官的位置,以免上前线。"

"为什么呢?"

"因为既然在军界干事,就要尽可能弄个光辉前程。"

"哦,原来这样!"罗斯托夫说,很明显他是在想别的。

罗斯托夫用疑问的眼光望着朋友的眼睛,看来,他心中有个问题没有找到答案。

加夫里洛老头打酒回来了。

"现在是不是去叫阿尔方斯·卡尔雷奇?"鲍里斯说。"他陪你喝,我不行。"

"去叫,去叫!这个德国佬怎么样?"罗斯托夫露出轻视的微笑,说。

"他是个很好的人,又正直又可爱。"鲍里斯说。

罗斯托夫又一次定睛看了看鲍里斯,叹了口气。贝格回来了,三个军官对着一瓶酒,谈话热闹起来。两个近卫军军人向罗斯托夫讲他们的行军,讲他们在俄国、在波兰、在国外受到多么隆重的接待,讲他们的司令官大公的言行,讲他怎样善良和暴躁的笑话。贝格像往日一样,当所谈的问题与他无关时,他一言不发,可是讲到大公发脾气的笑话时,他就津津有味地谈起他在加利西亚和大公有一场谈话,当时大公在各团巡视,为了一件犯规的行动暴跳起来。他面带笑容说,盛怒的大公骑马来到他跟前,喊道:"阿尔人!"他要传见连长。

"您可能不信,伯爵,不过我一点不怕,因为我知道我是对的。后来,我走出来,挨了一大通训,可是我一声没吭。后来就什么事都没有了。"

"嗯，有两下子。"罗斯托夫含笑说。

但是鲍里斯看出罗斯托夫要取笑贝格了，于是巧妙地转换了话题。他请罗斯托夫讲讲他是怎样以及在何处受的伤。罗斯托夫兴高采烈，添油加醋地讲起来。

讲到中间，他正说"你想象不出，在冲锋的时候，你体验到一种十分奇异的疯狂感觉"的时候，鲍里斯等待的安德烈·博尔孔斯基公爵走进屋来。安德烈公爵最爱摆出对年轻人庇护的态度，以别人求他帮忙为荣。他对昨天善于讨他欢喜的鲍里斯抱有好感，想满足这个年轻人的愿望。他是奉命把库图佐夫的公文送到皇太子那里去的，顺路来看这个年轻人，希望单独见他。走进屋来，他看见正在讲述战绩的前线骠骑兵（安德烈公爵最讨厌这种人），他亲热地向鲍里斯轻轻一笑，然后眉头微皱，眯着眼睛看了看罗斯托夫，向他微微一弯身，就疲倦地、懒洋洋地坐到沙发上了。碰到他讨厌的人在场，他心里很不舒服。罗斯托夫看出了这一点，他的脸红了。但这对他也无所谓：反正这是一个陌生人。但是他瞥了鲍里斯一眼，看出鲍里斯似乎为他这个前线骠骑兵害臊似的。虽然安德烈公爵讽刺的腔调令人讨厌，虽然罗斯托夫以他那战斗部队的观点对参谋部的小副官统统看不起（这个才进来的人显然属于这一类人），罗斯托夫却感到狼狈不堪，满脸通红。他不说话了。鲍里斯问参谋部有什么消息，在许可的范围内打听一下军事动向。

"大约要继续前进。"博尔孔斯基答道，看样子，他不愿当着外人多谈。

贝格抓住机会恭敬地问，是不是真像传说的那样，将要加倍地发给连长粮秣费。安德烈公爵对这个问题微笑着回答，对这么重大的国家法令，他不能发表意见，于是贝格兴奋地哈哈笑起来。

"您的事，"安德烈公爵又向鲍里斯转过脸来，"咱们以后再谈。"他说着向罗斯托夫瞟了一眼，"检阅完了以后，您来找我，只要有可能，我们全部都办到。"

他环视一下房间，向罗斯托夫转过身来，他对罗斯托夫恼怒起来，他连理都不理，说："您似乎在讲申格拉本一战，是吧？ 您参加了？"

"我参加了。"罗斯托夫愤愤地说，仿佛想用这句话侮辱这个副官。

博尔孔斯基看出了这个骠骑兵的心理，觉得很好玩。他神情略带轻蔑地微微一笑。

"是啊！关于这一战眼下正流传着不少的故事。"

"是不少!"罗斯托夫大声说,他忽然用变得狂怒的目光时而看看鲍里斯,时而看看博尔孔斯基。"故事不少,但都是我们的故事,是那些亲身冒着敌人的炮火的人的故事,我们的故事是有分量的,不是那些坐在参谋部无所事事、只知道领奖的大少爷的故事。"

"您认为我也是这类人吧?"安德烈公爵心平气和、十分兴奋地微笑着说。

一种愤怒的奇怪感觉,以及对此人的镇静的尊敬,这时在罗斯托夫心中交织在一起。

"我不是说您,"他说,"我不认识您,说实话,我也不愿认识您。我是说一般的参谋人员。"

"我要告诉您,"安德烈公爵安静而又威严地打断了他的话。"您想侮辱我,我可以同意,倘若您对自己没有足够的尊敬,侮辱我不难做到的。但是您得承认,在这方面,时间和地点都选得很糟,在最近一两天内,我们大家都要进行一场更为严重的大决斗,此外,德鲁别茨科伊说,他是您的老朋友,我的面孔使您讨厌,根本不是他的过错,不过,"他起身说,"您会知道我的姓名,也会知道上哪儿能找到我。但是不要忘了,"他又说,"不论是我还是您,我不认为是受了侮辱,作为一个比您年岁大的人,我劝您把这件事搁下。好,星期五检阅完了以后,我等着您,德鲁别茨科伊,再见。"安德烈公爵结束了自己的话,对两个人鞠了一躬,就出去了。

他走后,罗斯托夫才想起了应当怎么回答他。因为忘了说这些话,他气愤不已。罗斯托夫马上吩咐备马,冷冷地向鲍里斯告别后,就回自己的住处去了。明天到司令部向这位装模作样的副官挑战呢,还是真的把这件事放下不管?——这个问题烦恼了他一路。一会儿他想,他倘若看见这个矮小体弱的、骄傲的人在他的手枪瞄准下惊慌的神情,可真叫兴奋,一会儿他又奇怪地觉得,在他认识的人中间,没有一个人像这个他如此憎恨的副官那样,使他如此希望成为他的朋友的。

八

鲍里斯和罗斯托夫会面的第二天,奥军和俄军举行了一次检阅。参加检阅的俄国军队有刚从俄国开到的军队和在库图佐夫统率下出征归来的军队。两位皇帝——俄皇偕皇太子,奥皇偕大公,检阅八万盟军。

从大清早起,装束得漂亮整洁的军队就在行动,在要塞前面的空地上整队。一会儿,成千只脚和刺刀跟着飘展的旗帜移动着,按照军官的口令时停时走,绕过别的步兵队伍,转到别处,留着空隙列队。一会儿,响起了有节奏的马蹄声和金属的碰击声,这是穿各色华丽服装的骑兵骑着乌黑、火红、青灰等色的马匹跟在穿绣花衣服的军乐队后面走来了。一会儿,炮队也开到了指定地点。将军们都穿着全副检阅制服。不管将军、军官还是士兵,大家都觉得正在完成一件非同一般的、重大的、庄严的事情。每位将军和士兵都意识到自己是沧海一粟,因而感到自己渺小,但同时也意识到自己是整体的一部分,因而感到自己强大。

从大清早就开始紧张地忙碌着,直到十点钟才准备就绪。在宽阔的空场上排开了队形。全军排成三个横队:前面是骑兵,中间是炮兵,再后面是步兵。

三部分军队——库图佐夫的战斗部队(保罗格勒团在前面横队的右翼),新从俄国开来的军队和近卫团,以及奥军,彼此根本不同。可他们都站在同一横队中,接受统一的指挥,保持同一队形。

一阵激动的低语声像风一样掠过:"来了!来了!"传出吃惊的声音。

从前面奥尔米茨那边出现一簇逐渐走近的人群。忽然,只听得一声:"立正!"然后就像公鸡报晓似的,各个角落此起彼伏地重复着这同样的声音。接着一切都归于安静。

在死一般的寂静中,传出得得的马蹄声。两位皇帝骑马来到队伍的一翼,第一骑兵团的号手吹起大进行曲。乐声中,可以很清楚地听到历亚山大皇帝的年轻的亲热的声音。他说了几句祝贺的话,于是第一团高呼:"乌拉!"

罗斯托夫站在库图佐夫军队的前列,沙皇第一个来到这里。罗斯托夫这时所体验的感情,跟每一个人体验到的相同——这是一种忘我的、对强大力量的骄傲。

他激动得厉害。

"乌拉!乌拉!乌拉!"四面八方传来震天动地的喊声。

年轻英俊的亚历山大皇帝穿着骑卫军制服,戴一顶三角帽,他那令人兴奋的面孔,他那虽然不高可是清脆的声音,吸引住了每一个人。

罗斯托夫站在离号手不远的地方,他那双锐利的眼睛很远就认出了皇上。皇上的一举一动,他的任何一个特征在尼古拉看来全是十分迷人的。

沙皇走到保罗格勒团前面停下来,用法语对奥皇说了句话,露出了笑容。

一见那笑容,罗斯托夫情不自禁地微笑起来。沙皇召见了团长,对他说了几句话。

"我的天啊！倘若皇上对我说话，我会怎么样啊！"罗斯托夫想。"我会幸福死的。"

沙皇转身对军官们说：

"诸位，我衷心地感谢你们（罗斯托夫觉得每一个字都好似来自天庭的声音）。"

罗斯托夫想，倘若他立刻就为自己的皇上而死，那该有多么幸福啊！

"你们已经得到很多圣乔治军旗，你们今后不要对不起这些军旗。"

"只有效死，为他而死！"罗斯托夫想。

沙皇还说了一些话，罗斯托夫没有听清楚，这时士兵们使劲喊起："乌拉！"

罗斯托夫俯在马鞍上，也用尽全力喊起来，他觉得，只要能充分表达他对皇上的欢喜，他情愿喊破嗓子。

沙皇在骠骑兵面前站了一会儿，显出有些犹豫不决的样子。

"皇上怎么会犹豫不决？"罗斯托夫想，但是后来，连这个犹豫不决也使罗斯托夫觉得庄严而令人神往了。

沙皇的犹豫只持续了一瞬间。不久，沙皇在随从的陪伴下，继续向前走去。

在侍从中间，罗斯托夫看见了懒懒散散、松松垮垮地骑在马背上的博尔孔斯基。罗斯托夫想起他们昨天的争吵，于是想到一个问题：应该不应该向他挑战。"当然不应该，"罗斯托夫这时想……"在现在，这件事情还值得去想，去提吗？在感情中充满了爱、喜悦和自我牺牲的时刻，我们之间的争吵和冒犯还算得了什么?！现在我爱所有的人，原谅所有的人。"罗斯托夫想。

沙皇走过差不多所有的团队以后，军队开始进行分列式。罗斯托夫骑着刚从杰尼索夫手中买来的贝杜英，在连队的后尾，他一个人，完全在沙皇的视线以内，走了过去。

在走到沙皇面前的时候，罗斯托夫刺了他的贝杜英两下，居然幸运地使它迈出它高兴时常有的猛烈的快步。

罗斯托夫，向后伸着腿，收紧肚子，觉得自己和马已经成为一体，他眉头紧皱，而表情却是幸福的，正像杰尼索夫所说，疯了似的从皇帝面前驰过去。

"保罗格勒团官兵真是好样的！"沙皇说。

"我的天啊！倘若他命令我马上就跳进火里，我该有多么幸福。"罗斯托夫想道。

检阅完了后,新来的军官和库图佐夫部下的军官三五成群地聚在一起,开始谈论奖赏,谈论奥军和他们的服装、他们的战线,还谈论波拿巴,谈论他眼看就要倒霉,尤其是埃森军团就要开到,普鲁士也将加入我们这边,他就更糟了。

检阅之后,比打了两次胜仗之后对胜利的信心更足了。

九

检阅之后的第二天,鲍里斯穿上最好的制服,到奥尔米茨找博尔孔斯基去了。他指望依靠博尔孔斯基的厚爱,给自己弄一个最好的位置,特别希望谋一个他认为军队中最令人羡慕的要人手下的副官职务。"罗斯托夫有一个一次就寄给他万把卢布的父亲,他自然可以说他谁都不巴结,不愿做什么人的听差;而我除了自己的脑袋就毫无所有,必须给自己谋一个好前程,机会不可放过,要好好利用它。"

这一天,他在奥尔米茨没有见到安德烈公爵。但在奥尔米茨驻扎着大本营、外交使团,还住着两位皇帝和他们的侍从——御前大臣和亲信,此情此景,更加强了他想跻身于这个上层社会的欲望。

可是,尽管颇受冷遇,第二天鲍里斯还是设法找到了安德烈公爵的住处。

鲍里斯进去的时候,安德烈公爵正在听取一个俄国老将军的报告,他轻视地眯缝着眼,显然是在表示:"假如不是我值勤,我连一分钟也不愿同您谈。"而那位老将军几乎是踮着脚尖,笔直地站着,他那发紫的脸上带着阿谀的表情向安德烈公爵报告。

“不错，请等一等。”一看见鲍里斯，安德烈公爵就不再听那个将军说了（那个将军带着恳求的神气跟在他后面跑，求他再听几句话），他向鲍里斯转过身来，兴奋地微笑着向他点头。

鲍里斯不禁想了很多，他先前的预感得到了证实。即要好好和一批人弄好关系。

“昨天失迎啦，抱歉，抱歉。我整天和德意志人打交道。同魏罗特尔去视察作战部署。德意志人认真起来就没个完！”

鲍里斯微笑了，好像表示他懂得安德烈公爵的话。其实，魏罗特尔这个名字，甚至“作战部署”这个字眼，他还是第一次听说。

“怎么样，亲爱的，还是想当副官吗？我一直在想着您的问题呢。”

“是的，”鲍里斯说，不由得脸红了，“我想去求求总司令，库拉金公爵曾有信给他，信里提到我。我之所以要去求一求，”他好像想要表白一下，又说，“只是因为我担心近卫军不可能上前线。”

“好的，好的！咱们要好好地谈一谈，”安德烈公爵说，“但是我得先把这位将军的公事报告一下，然后咱们就随便了。”

鲍里斯焦急地等待着安德烈公爵回来。

“我说，亲爱的，关于您的事，我总在想。”安德烈公爵走进有古钢琴的大厅，说，“您不必去找总司令了，”安德烈公爵说，“他会对您说很多客气话，叫您常到他那儿吃饭，但是再不会有进一步的结果了，我们这些副官和传令官快有一营了。咱们这么办吧：我有个好朋友多尔戈鲁科夫公爵，是侍从武官长，人也很好。您可能不知道，可事实是，库图佐夫和他的参谋部，以及我们所有的人，全做不了主。现在所有的权利都掌握在皇帝手里，所以咱们去找多尔戈鲁科夫，我正要去他那儿。我已经向他提过您，咱们去看看他有没有办法把您安置到他那儿。”

安德烈公爵一有指导青年人、帮助他们钻进上流社会的机会，就格外兴奋。因为禀性高傲，他自己从不接受人家的帮助，而他以帮助别人为借口，常常接近那个能给人以成功、并吸引住他的圈子。他很乐意揽下鲍里斯的事，于是同他一起找多尔戈鲁科夫公爵去了。

当他们走进两位皇帝和他们的亲信驻留的奥尔米茨皇宫的时候，天色已经非常晚了。

就在这天开过一次军事会议，军事参议院全体人员和两位皇帝全都出席了会议。会议决定立即与波拿巴展开大会战,因为我方拥有众多的有利条件,而波拿巴则处于劣势。

多尔戈鲁科夫是最热烈地主张进攻的一个。安德烈公爵介绍了他照顾的军官,但多尔戈鲁科夫公爵只是客气地紧紧握了握鲍里斯的手,没有和他说什么话,很明显他按捺不住要说出他的主张来。

"亲爱的朋友,我们打了一场十分漂亮的仗!但愿将来由此得到同样的胜利。不过,亲爱的朋友,"他时断时续高兴地说,"我必须承认我错怪了奥地利人,特别是错怪了魏罗特尔。多么精确细密,对地形十分熟悉,对一切可能性、一切条件、一切最小的细节,简直洞若观火!不,亲爱的朋友,使劲想也想不出比我们现在更有利的条件了。奥地利人的精细加上俄罗斯人的勇敢——您还要怎么样?"

"这么说来,进攻是完全确定了?"博尔孔斯基说。

"您可知道,亲爱的朋友,我觉得,波拿巴简直莫名其妙。您知道,今天接到他给皇帝的一封信。"多尔戈鲁科夫别有含义地微微一笑。

"真的!写的什么?"博尔孔斯基问。

"他能写什么?还不是那一套,目的不过是想赢得时间。我告诉您吧,他已经是我们的瓮中之鳖了,真的是这样!可是最有趣的是,"他突然傻笑起来,说,"怎么也想不出复信时怎样称呼他。倘若不能称他为执政,自然也不能称他为皇帝,那么我觉得,可以称作波拿巴将军。"

"不过,这之间是有差别的。"博尔孔斯基说。

"就是说嘛,"多尔戈鲁科夫打断了他的话,一边笑一边急速地说,"您认识比利宾吧,这人非常聪明,他提议称他:'篡位的奸臣和人类的敌人。'"

多尔戈鲁科夫快活地大笑起来。

"就是那样称呼了?"博尔孔斯基问。

"但是比利宾最后想出了一个郑重其事的称号。这人既机警又聪明……"

"什么称号?"

"法国政府元首鉴,"多尔戈鲁科夫公爵认真地快乐地说。"好得很,是吧?"

"好,会叫他十分不快活的。"博尔孔斯基说。

"十分不快活!家兄在巴黎时认识他,那时他还不是皇帝,家兄有好几次在他那儿吃过饭,他跟我说,他从未见过这么精明强干的外交家。您知道,他是法国的圆滑和意大利的演技的结晶,您知道他和马尔科夫伯爵的笑话吗？只有马尔科夫伯爵能对付他。您知道手绢的故事吗？好极了!"

爱说话的多尔戈鲁科夫时而转向鲍里斯,时而转向安德烈公爵,讲起波拿巴想考验一下我们的马尔科夫公使的故事:波拿巴故意在他面前丢了一块手绢,随后停下来瞅着他,大概是期待马尔科夫为他效劳,而马尔科夫立刻也把自己的手绢丢在旁边,他拾起自己的手绢,但是没有拾波拿巴的。

"妙极了。"博尔孔斯基说,"是这么回事,公爵,我是来求您给这个青年人帮忙的。您知道是怎么回事吗？……"

但是没等安德烈公爵说完,就有一个副官走进来,叫多尔戈鲁科夫去见皇帝。

"啊,真遗憾!"多尔戈鲁科夫连忙起身,握着安德烈公爵和鲍里斯的手,说。"您知道,我十分乐意效劳。"他再一次握了握鲍里斯的手。可是你们看……改天再说吧!"

鲍里斯觉得,他现在正和最有权势的人物接近,这使他十分激动。在出去的路上,他们又碰上一个人。

"这是什么人?"鲍里斯问。

"这是一个最了不起的、同时又是我最讨厌的人。他是外交大臣亚当·恰尔托里日斯基公爵。"

"就是这些人,"他俩走出宫廷时,博尔孔斯基情不自禁叹息说,"就是这些人决定民族的命运啊。"

第二天军队出征了,直到奥斯特利茨战役结束,鲍里斯没能到博尔孔斯基那里,也没能到多尔戈鲁科夫那里,临时仍旧在伊兹梅洛夫团队里待着。

十

16日黎明,尼古拉·罗斯托夫所在的隶属巴格拉季翁部队的杰尼索夫骑兵连,从宿营地开拔参加战斗了。他们跟着其他纵队走了大约一俄里,被阻在大路上停下来。罗斯托夫看见从他面前走过第一和第二骠骑兵连的哥萨克们、步兵营及炮队,骑着马的巴格拉季翁将军和多尔戈鲁科夫将军后面跟着许多副官。他们的连队被留下来作后备队了。尼古拉·罗斯托夫无聊苦闷地过了一天。上午八点多钟,他听见前方传来枪炮声、"乌拉"声,看见送回的伤员(伤员不多),最后,看见百来个哥萨克兵押送一队法国骑兵。战斗显然完成了,看来战役不大,却非常顺利。回来的士兵和军官谈论着辉煌的胜利以及整整一连法国骑兵被俘。经过一夜寒冷霜冻,白天是晴朗的,阳光照耀。快乐的秋天正好和胜利的消息相配,这个胜利的消息不仅是参加战斗的人在讲述,并且从那些在罗斯托夫面前来来往往的士兵、军官、将军和副官的愉快表情上也显露出来。这更使尼古拉觉得揪心的疼痛,他徒然经受一场临阵前的恐惧,并且在这样快活的一天无所事事。

"罗斯托夫,到这儿来,喝一杯浇浇愁!"杰尼索夫喊道,他在路边坐下来,面前放着行军壶和下酒的小菜。

军官们在杰尼索夫的食品箱旁围成一圈,边吃边谈。

"又带来一个!"一个军官指着由两名哥萨克兵押送的一个法国龙骑兵俘虏说。

其中一名哥萨克兵牵着那个俘虏的一匹法国高头骏马。

"把马卖了吧!"杰尼索夫对那个哥萨克兵喊道。

"好,大人……"

军官们站起来,围着哥萨克兵和法国俘虏。这个法国龙骑兵是一个很好的小伙子,阿尔萨斯人,带着德语口音说法语。他激动得喘不过气来,脸通红,一听到法国话就对军官们——时而对这个时而对那个——滔滔地讲起来。他说他本来不会被俘,这不是他的错,是派他去取马被的班长的错,他对他说俄国人已经在那里了。每句话他都加上一句:可怜可怜我的小马吧。抚摸着他的爱马。看样子他还不大清楚他的处境。他一会儿说他被俘情有可原,一会儿又像是在他的长官面前表白他那军人的勤勉和对勤务的关心。他给我们后卫队带来一股陌生的法国军队的新气息。

哥萨克们以两枚金币的价钱卖了马,罗斯托夫接到汇款后,现在是军官中最富的一个,他把马买下来。

"可怜可怜我的小马吧?"在把马交给骠骑兵的时候,这个阿尔萨斯人天真地说。

罗斯托夫笑笑,抚慰着这个龙骑兵,把钱给他。

"走,走!"哥萨克用手碰了碰俘虏,叫他接着走。

"皇上! 皇上!"骠骑兵中忽然传来叫喊声。

大家全跑开了,忙乱起来,罗斯托夫看见他后面路上有几个戴着白帽缨的骑者跑过来。一会的工夫,众人都各就各位等待着。

罗斯托夫激动得不知如何是好。

人群中传来皇帝的声音。

"是保罗格勒的骠骑兵吗?"皇帝问道。

"是后备队,陛下!"有人回答。

皇帝走到跟罗斯托夫并排的地方站住了。他的面孔比三天前检阅的时候更漂亮了。皇帝有时向骑兵连环视一下,皇帝的视线和罗斯托夫的视线相遇了,两对视线至多停留了两秒钟。随后他忽然扬起眉毛,动作干净利落地用左脚拍了拍马,大步地向前驰去。

年轻的皇帝按捺不住亲临战场的欲望,不顾侍臣们的劝阻,正午十二时他从第三纵队出发,向前卫驰去。在还没有赶上骠骑兵之前,几个侍从武官向他迎来,报告战斗早已顺利地结束了。

这一场只俘虏法国一个骑兵连的战役,被看作是一次大败法军的重大胜利,因此,皇帝和全军,尤其是在战场上硝烟还未散的时候,都相信法国人打败了,被迫退却了。皇上过去几分钟之后,保罗格勒骑兵团奉命继续前进。在维绍这个德意志小城中,罗斯托夫又一次看见了皇上。皇上被一群文武侍从簇拥着,骑着马,侧着身子,姿势优美地拿着金质的长柄眼镜举到眼上,看一个趴在地上、没有戴军帽、满头鲜血的士兵。这个伤兵是如此肮脏、粗俗、丑恶,皇帝与他接近使罗斯托夫觉得受了玷污。罗斯托夫看见皇帝那微驼的肩头颤抖了一下,他用左脚的马刺拍了拍马肚,那匹训练有素的马漠然的张望着,仍旧在原地不动。一个侍从武官下了马,抱起那个士兵,把他放在担架上。士兵呻吟起来。

"轻一点,轻一点,难道不能轻点吗?"皇上说,看来他比那个垂死的士兵还难受,皇帝走开了。

罗斯托夫看见皇帝的眼睛里充满了泪水,听见皇上对恰尔托里日斯基说:

"战争是一件多么可怕的事,太可怕了!"

前卫部队驻扎在维绍城前面,可以看见敌人的散兵线,整整一天,只要稍一接火,敌人就给我们让路。皇上对前卫表示感谢,应许了奖赏,发给每人双份的伏特加。比昨夜更欢乐了,营火燃烧,士兵的歌声不断。杰尼索夫在这夜庆祝自己提升为少校,在宴会就要结束时,已经喝得相当多的罗斯托夫提议为皇上的健康干杯。

"我们在以前的战斗中,"他说,"比如在申格拉本,对法国人既然没有示弱,那么现在皇上亲临前线将会怎么样呢? 我们都去赴死,甘愿为他赴死。诸位,是不是? 也许我说错了,我喝多了,我是这样感觉,你们也有同样的感觉。为亚历山大一世的健康干杯! 乌拉!"

"乌拉!"军官们欢呼道。

军官们干了杯,把杯子摔碎,那个年老的骑兵大尉基尔斯坚又斟满另外几杯,他只穿一件衬衫和马裤,端着一杯酒向篝火走去,他留着很长的花白胡子,扬起一只手,在篝火的火光中停住了。

"弟兄们,为皇帝陛下的健康,为战胜敌人而干杯,乌拉!"他用他那雄壮的低音喊道。

骠骑兵围上来,报以高声地欢呼。

当深夜大家都走开的时候,杰尼索夫拍拍罗斯托夫的肩膀。

"出征的时候没有人可爱,所以就爱起沙皇来了。"他说。

"杰尼索夫,你不能开这个玩笑,"罗斯托夫喊道,"这是一种非常高尚、非常美好的感情,十分……"

"我相信,我相信,朋友,我也有这种感情,而且赞赏……"

"不,你不懂得!"

罗斯托夫站起来,走到篝火群里游荡,他幻想他能为皇上而死。他的确爱上了沙皇,爱上了俄国军队的光荣,爱上了未来胜利的希望。在奥斯特利茨战役前夕那些值得纪念的日子里,体验到这种情感的不只他一个:当时十之八九的俄国军人都是如此,虽然没有这么狂热。

十一

第二天皇上在维绍城驻留下来。御医维利埃数次应召前去看视。大本营和附近的军队传闻圣体欠安。据侍从们说,皇上不吃东西,那一夜睡得不好。欠安的原因是皇上看见死伤的士兵,在他那敏感的灵魂中留下了太强烈的刺激。

十七日黎明,一个打着军使小旗求见俄国皇帝的法国军官从前哨被送到维绍城。这个军官名叫萨瓦里。皇上才入睡,所以萨瓦里只好等候。中午他被皇帝召见,一小时后,他和多尔戈鲁科夫一起到法军的前哨。

传闻萨瓦里前来的使命是关于亚历山大皇帝和拿破仑会见的建议。使全军感到兴奋和骄傲的是,俄皇拒绝亲自会见,由维绍战役的胜利者多尔戈鲁科夫公爵代表陛下和萨瓦里一起前去与拿破仑谈判,倘若谈判果真具有讲和诚意的话。

晚上多尔戈鲁科夫回来了,他直接去见皇上,独自和皇上谈了好久。

11月18日和19日,军队又前进了两站地,敌军的前哨在短促的交锋后就撤退了。自19日中午起,军队的上层忙得不亦乐乎,一直延续到第二天早上,也就是发动那次非常值得纪念的奥斯特利茨战役的11月20日早上。

19日午前,所有的活动、热烈的谈话、奔忙、副官的差遣,还仅限于皇帝的大本营以内。当天午后,活动传到库图佐夫的司令部和各纵队参谋部。晚上,经过副官的传达,活动已经传布到各个角落和军队的各个部分。20日清晨,八万联军从宿营地动身,人声喧哗,摆成九俄里长的大队,浩浩荡荡进发了。

那天安德烈公爵值勤,在总司令身边一步不离。

下午五点多钟,库图佐夫来到皇帝大本营,在沙皇那里待了一会儿,接着去拜访内务大臣托尔斯泰伯爵。

博尔孔斯基趁机去找多尔戈鲁科夫,摸一摸军事情况。安德烈公爵觉得库图佐夫心神不安,对什么问题都不满,同时大本营的人们对他也不满,皇帝大本营的人跟他说话的腔调,都仿佛知道某种别人不知道的事情似的,因此他想找多尔戈鲁科夫谈谈。

"您好,亲爱的。"多尔戈鲁科夫说,他和比利宾正坐在一起吃茶。"明天是节日啊。您那老头子怎么样? 心情不大好吧?"

"不能说心情坏,他是希望别人听听他的见解。"

"在军事会议上听到他的意见了,如果他说得有道理,会听他的。但是现在正是波拿巴最害怕会战的时候,不能再拖延,再等待了。"

"嗯,您见到他了吧?"安德烈公爵说,"波拿巴怎么样? 您对他印象怎样?"

"是啊,看见了,我坚信他最担心会战,"多尔戈鲁科夫重复说,"倘若他不害怕会战,他为什么要求会见,谈判,重要的是,为什么退却? 而退却是那么违背他的一切作战方法。请相信我:他害怕,害怕会战,他倒霉的时刻到了。我对您说吧。"

"请您讲讲他是个什么样的人?"安德烈公爵又问。

"他穿一件灰色常礼服,很希望我称他'陛下',使他懊恼的是,他从我口中没能听到什么称号。他就是这么一个人,仅此而已。"多尔戈鲁科夫微笑着转脸看看比利宾,答道。

"尽管我对老库图佐夫怀着极大的敬意,"他接着说,"可是波拿巴现在的确握在我们的掌心里,倘若我们坐失良机,让他逃走或者欺骗我们,那才叫好看呢! 不行的,不要忘记苏沃洛夫,他有一个原则:别把自己放在受攻击的地位,要主动进攻。请您相信,在战争中,小将充沛的精力,常常比犹豫不决的老将能够更可靠地指出道路。"

"但是我们从哪个阵地去进攻呢? 我今天到过前哨,也不能断定他的主力到底在哪里。"安德烈公爵说。

他想对多尔戈鲁科夫谈谈他所拟定的计划。

"哎呀,反正都一样,"多尔戈鲁科夫急忙说,一面站起来,在桌上打开地图。"各种情况都预见到了:如果他在布吕恩附近……"

于是多尔戈鲁科夫公爵谈起魏罗特尔的侧翼迂回计划,他讲得匆忙并且模糊不清。

安德烈公爵开始反驳,并证明他的计划和魏罗特尔计划一样好,可遗憾的是,魏罗特尔的计划早已批准。安德烈公爵刚一开始证明那个计划的缺点和自己计划的优点,多尔戈鲁科夫公爵就不再听他说话,心不在焉地不看地图,而瞅着安德烈公爵的脸。

"那么好啦,今天库图佐夫那儿召开军事会议:您可以在会上把这些意见都说出来。"多尔戈鲁科夫说。

"我必须这样做。"安德烈公爵从地图旁走开,说。

"你们操什么心,诸公?"比利宾说,他一直含着快活的微笑听他们谈话,看来他要开开玩笑了。"不论明天是打胜还是打败,俄国军队的荣誉总是保险的。除了你们的库图佐夫,所有纵队的长官没有一个俄国人。这些长官全是波兰人。"

"住嘴,恶嘴毒舌,"多尔戈鲁科夫说,"现在已经有两个俄国人了:米洛拉多维奇和多赫图罗夫,本来还有第三个阿拉克切耶夫伯爵的,遗憾的是他这人的神经太脆弱了。"

"米哈伊尔·伊拉里奥诺维奇大约出来了,"安德烈公爵说。"祝你们幸福、顺利,各位。"他又说,握了握多尔戈鲁科夫和比利宾的手,就走了。

回去的路上,安德烈公爵忍不住问坐在身旁沉默不语的库图佐夫对明天的战役有何看法。

库图佐夫严厉地看了看自己的副官,沉吟了一会儿,答道:

"我看要吃败仗,我把这话告诉了托尔斯泰伯爵,请他转告皇上。你猜他怎么回答我?我不管这些。是啊……这就是他给我的回答!"

十二

晚上九时左右,魏罗特尔带着他的作战计划到指定召开军事会议的库图佐夫住处。纵队司令们都得了通知,除了拒绝出席的巴格拉季翁公爵外,所有的人都到齐了。

魏罗特尔是当前战役的总指挥,他那活跃、忙乱的动作和不满的、昏昏欲睡、不愿意主持军事会议的库图佐夫形成鲜明的对照。魏罗特尔显然觉得自己是这场不可制止的运动的首脑。他像一匹上套的马,拉着车往山下直跑。他是拉车呢,还是被车推着跑呢,他不清楚,但他是以最大的速度飞跑,没有时间考虑这个运动会引到什么地方。这天晚上,魏罗特尔曾经两次亲临视察敌人的散兵线,两次向俄国皇帝和奥地利皇帝报告和说明情况。在自己的办公室里,他用德语口授了作战部署。现在他来到库图佐夫这里,已是疲惫难忍了。

看来他太忙了,甚至忘了对总司令应该尊敬:他打断他的话,说起话来十分匆忙,含含混混,眼睛也不看对方的脸,对他提出的问题也不回答,满身脏污,样子可怜巴巴,精疲力竭,手足无措,可同时又是那么自信,骄傲。

库图佐夫住在奥斯特利茨附近一座较小的贵族城堡里。聚在作为总司令办公室的大客厅里的,有库图佐夫本人、魏罗特尔和军事会议成员。他们在喝茶。只等巴格拉季翁公爵一到就开会。后来,巴格拉季翁的传令兵带来公爵不能出席会议的消息。安德烈公爵进来向总司令报告了这件事,因为总司令事先已准许他参加会议,他就在室内留下来。

"巴格拉季翁公爵既然不来,我们可以开始了。"魏罗特尔说着赶忙站起来,向放着一张布吕恩郊区大地图的桌子走去。

库图佐夫坐在高背安乐椅里,敞着制服,他那肥胖的脖颈似乎得了解放,从衣领里伸出来,两只膨胀的老年人的手,对称地放在扶手上,他差点睡着了。他听见魏罗特尔的声音,尽力睁开他那只独眼。

"是的,是的,请吧,要不就太晚了。"他点点头说,又把头低下去,闭上了眼睛。

如果刚开始时，与会人员还以为库图佐夫是装睡，后来，他真的睡着了。魏罗特尔用他那忙得连一分钟都不能错过的动作抬眼看了看库图佐夫，相信他确实入睡了，又拿起文件，高声地读起当前战役的部署，他连标题都念了：

《关于进攻科别尔尼茨和索科尔尼茨后方敌军阵地的部署，1805 年 11 月 20 日拟》

这个部署既复杂又难懂。将军们都不愿听这个难懂的部署。淡黄头发的高个子将军布克斯格夫登背靠墙站着，眼睛盯着蜡烛的火苗，看样子他没有听，甚至不愿人家认为他是在听。在魏罗特尔对面坐着的，是胡子和肩头微翘、面色红润的米洛拉多维奇，他睁着两只发光的大眼，两肘向外弯着，两手支在膝盖上。他一直沉默着，两眼直盯着魏罗特尔的脸，只是在这个奥地利参谋长停止朗读时，才把眼光从他脸上移开。此时米洛拉多维奇就意味深长地看着别的将军们。然而看不出他那意味深长的眼神到底表示什么：他对这个部署是同意还是不同意，是满意还是不满意。朗热隆伯爵坐得靠魏罗特尔最近，在整个朗读过程中，他那张法国南方人的面孔自始至终含着讥讽的微笑，眼睛看着那捏着绘有肖像的金质鼻烟壶的两角迅速转动的纤细手指。在读到一个长句子时，他不再转动鼻烟壶，抬起头来，唇角现出不快活的恭敬表情，打断了魏罗特尔的朗读，想说点什么。但是那位奥地利将军没有停止朗读，愤怒地皱起眉头，摆了摆胳膊肘，似乎在说：等一等，等一会儿你再对我说你的想法，此刻请看着地图听我读。朗热隆带着困惑不解的神情往上翻眼睛，转脸看看米洛拉多维奇，似乎想寻求解释，可是碰到米洛拉多维奇意味深长然而不表示任何意思的眼神，他于是郁闷地垂下眼睛，又转起鼻烟壶来了。

"一堂地理课。"他好像在自言自语，但声音很大，大家都能听得见。

普热贝舍夫斯基表情恭谨有礼，他对着魏罗特尔用一只手拢着耳朵，似乎是全神贯注。小个子多赫图罗夫坐在魏罗特尔对面，样子很用心和谦虚，趴在打开的地图上认真地研究部署和他不熟悉的地形。他多次请魏罗特尔重复他没有听懂的字句和难记的村名。魏罗特尔满足了他的愿望，多赫图罗夫用笔记下来。

朗读持续了一个多小时，这时朗热隆不再转动鼻烟壶，眼睛不看魏罗特尔，也不看任何人，开始说执行这样的部署非常困难，关于敌人的情况只是设想，而敌人可能不是像设想的那样，因为敌人是在运动中。朗热隆的反驳是有道理的，可是他反驳的目的，显然主倘若要那位自以为是、像对小学生读他的部署似的魏罗特尔将军知道,和他在一起的不是一群蠢货,而是一些在军事问题上也可以教教他的人物。魏罗特尔的枯燥声音刚一停止,库图佐夫就睁开了眼睛,就像催眠的转磨声一停,磨坊主就醒来一样,他听到朗热隆说话,他的神情仿佛说:"你们还在说废话啊!"于是他快速闭上眼睛,把头垂得更低了。

朗热隆尽全力恶毒地伤害这个军事部署的作者魏罗特尔的自尊心,他证明说,波拿巴很容易把被攻击变为攻击,由此看来,全部计划将成为没用的东西。对于所有的反驳,魏罗特尔都坚决报以轻蔑的微笑。他显然早就有所准备,不论人家对他说什么,他都置之不理。

"如果他能进攻我们,他今天就进攻了。"他说。

"这么说来,您以为他没有力量?"朗热隆说。

"他至多只有四万人。"魏罗特尔说。

"那么在这种情形下,他就坐待我们进攻,在那儿等死了。"朗热隆说,脸上露出微妙的讽刺的笑意,又转脸看看离他最近的米洛拉多维奇,求他同意。

但是米洛拉多维奇这时根本没有在意两位将军争论的问题。

"真的,"他说,"明天在战场上就见胜负了。"

魏罗特尔又冷冷一笑,意思是说,回答俄国将军们对他的反驳,论证那不但他非常相信并且两位皇帝都相信的事情,他觉得可笑并且难以理解。

"敌人那边黑灯瞎火,营盘里不断地传出声音,"他说。"这说明什么呢?说明他不是在逃走(这才是我们应当害怕的),就是转移阵地(他又冷冷一笑)。即使他占据图拉斯阵地,也不过使我们省去许多麻烦罢了,全部计划一点都用不着变动。"

"那为什么呢?……"安德烈公爵说,他早就在等候时机表示自己的怀疑了。

库图佐夫醒来,他使劲地咳嗽着,环视了一下将军们。

"各位,明天的部署,甚至是今天的部署(因为已经十二点多了)不能变动了,"他说,"你们都听了这个部署,我们每个人都要尽到自己的职责。在战斗前……(他沉默了一下)再没有比睡一个好觉更重要的了。"

他做出要站起身来的样子。将军们鞠躬告辞。已经过了午夜。安德烈公爵也走了。

安德烈公爵未能在军事会议上发表自己的意见,会议给他留下了混乱的、令人不安的印象。谁是对的:是多尔戈鲁科夫和魏罗特尔呢,还是库图佐夫和朗热隆以及别的不赞成进攻计划的人呢,他不知道。"难道库图佐夫不能直接向皇上说出自己的意见吗? 难道由于几个宫内大臣和某些个人的意见,就应该拿几万人和我的、我的生命去冒险吗?"他想。

"是啊,明天很可能我会被打死。"他又想。一想到死,他心中就勾起一连串的回忆,最遥远的和最亲切的回忆。他想起跟父亲和妻子的最后一次离别,想起和妻子刚恋爱的日子,想起她的怀孕,于是他可怜她,也可怜自己。他怀着敏感的激动心情走出他和涅斯维茨基同住的小屋,在门前徘徊。

夜雾弥漫,月光神秘地穿过雾霭。"是啊,明天,明天!"他想,"明天对于我或许一切都完了,不再有这些回忆,这些回忆不再有什么意义。也许就在明天——甚至,一定就在明天,我有这样的预感,我终于有机会第一次表现我所能做到的一切。"于是他想象一场会战,会战的伤亡,集中在一个点的大搏斗,全体长官的惊慌失措。他对库图佐夫、魏罗特尔、两位皇帝坚决地、明确地提出自己的见解。众人对他的见解大为惊奇,可是谁也不去执行它,于是他带领一团人,一师人,事先说好谁也不要干涉他的指挥,他带领一师人奔赴决定胜负的地点,独自一人打了胜仗。然而死亡和痛苦呢? ——另一个声音说。可是,安德烈公爵不理睬这个声音,继续想象他的成功,下一个战役的部署由他一人来拟定。他名义上是库图佐夫麾下的值勤官,但所有的事都由他一个人来做。他独自一人赢得了下次的战役。库图佐夫被撤职,他得到任命……但是以后呢? ——另一个声音又说,就假定在这之前你十次没有受伤,没有被打死或者没有受骗,那么以后怎么样呢? "那么以后……"安德烈公爵自问自答,"以后怎么样我不知道,我不想也不能知道。可是我向往这个,向往荣誉,向往出名,向往被人爱戴,那么我向往这一切,我只向往这一切,我只为这一切而活着,这并不是我的罪过。是啊,就是为了这一切! 我决不会对任何人说这话,可是,我的上帝! 叫我怎么办呢,如果除了荣誉、受人尊敬之外,我什么都不爱。死亡、受伤、家破人亡,没有什么东西是我觉得可怕的。许多人——父亲、妹妹、妻子,我的这些最珍贵的人,不论对于我是多么可亲可爱,可是,只要我能得到片刻的荣誉,出人头地,能得到我不认识的,而且也不会认识的人们对我的爱戴,不管看来是多么可怕,多么不近情理,我可以马上把他们全都割舍。"他一边想,一边倾听库图佐夫院子里的谈话声。从库图佐夫院子里传来勤务兵的声音,可能是车夫在戏弄库图佐夫的老厨师——一个安德烈公爵认识的叫季特的老厨师,那个声音说:"季特,喂,我说季特?"

"嗯。"老头子回答。

"季特,季特,去打禾。"滑稽鬼说。

"呸,见你的鬼去吧。"传来被勤务兵和仆人的哄笑淹没的声音。

"但是,胜过所有的人,这才是我所珍爱和重视的。"安德烈公爵想。

十三

那天夜里,罗斯托夫带一排骠骑兵到巴格拉季翁部队前面布置侦察线。骠骑兵两个两个地散开,他本人骑着马在侦察线上来回巡逻,极力克服着难以忍受的瞌睡。在他后面可以看见一大片空地上我军的篝火在浓雾中闪着幽光,他前面是一片雾气沉沉的黑暗。罗斯托夫不管多么仔细地瞭望雾蒙蒙的远方,总是什么也看不见:时而出现一个灰色影子,时而似乎有个黑乎乎的东西,时而,估计就是在敌人那儿,有一闪一闪的火光,时而他又觉得这只是他的眼睛在闪烁。他闭上眼睛,于是在他的想象中时而出现皇上,时而出现杰尼索夫,时而出现莫斯科的回忆,于是他又赶忙睁开眼睛,在眼前看见他的坐骑的头和耳朵,有时他看见离他只有六步远就要碰着的骠骑兵的黑色身影,而远方仍旧是大雾弥漫的漆黑的夜。"为什么不会呢?"罗斯托夫想,"很可能皇上碰见我,就像交给其他军官那样,交给我一个任务,对我说:'去弄清楚那儿是怎么回事。'人们时常讲起,他是偶然地认识了某一个军官,就把他调到自己身边。倘若他把我调到他身边,那该多好啊!我会怎样保卫他啊,我要对他说出全部真相,我要揭穿那些欺骗他的人!"于是罗斯托夫为了生动地想象自己对皇上的爱戴和忠心,他想象他不但带着极大的愉快把一个敌人或者德意志骗子杀死,不但杀死,并且当着皇上的面打他的嘴巴。忽然远方的喊声唤醒了罗斯托夫。他打了一个寒噤,睁开眼睛。

"我在哪儿!噢,对,我在侦察线上,口令和暗号是车辕,奥尔米茨,真让人遗憾,我们骑兵连明天是后备队……"他想。"我请求上火线,这或许是唯一能够看见皇上的机会了。是的,现在就要换班了。我再巡逻一趟,我回去就去见将军,向他提出请求。"他在马鞍上坐正,催动坐骑再去巡视一遍自己的骠骑兵。他觉得天亮了一些。左边可以看见发亮的慢坡,对面是一个岗子,像一堵墙似的立着。岗子上有一个罗斯托夫怎么也弄不明白的白点:不知是月光照亮的林间空地呢,还是一片残雪或者是一些白屋呢?他甚至觉得有个东西在白点上移动。"那一点可能是雪,"罗斯托夫想,"这可不是塔什了……"

"娜塔莎,妹妹,乌黑的眼睛。娜……塔什卡……(我倘若告诉她我见到了皇上,她会多么惊奇啊!)娜塔什卡……拿着图囊……"——"靠右一点,大人,不然就碰着灌木林了,"一个骠骑兵说,罗斯托夫睡意惺忪地从这个骠骑兵身边走过。罗斯托夫抬起已经垂到马鬃上面的头,在这个骠骑兵身旁停下来。年轻人所特有的那种儿童式的困倦难以抑制地袭扰着他。"嗯,我想什么来着?——可别忘记。怎样跟皇上谈话?不是,不是那回事——那是明天的事,对,对!娜塔什卡,践踏……愚弄我们——愚弄谁?愚弄骠骑兵。骠骑兵和胡子……那个留胡子的骠骑兵在特维尔大街上走,就在古里耶夫家对面,我还想到他呢……老头子古里耶夫……嘿,杰尼索夫真是一个大好人!咳,这一切都是胡扯。重要的是,现在皇上在这儿。他怎样看待我,我很想对他说点什么,可是他不敢……不对,是我不敢。但这都无关紧要,主要的是,可别忘记我想的那件要紧事,就是这样。娜一塔什卡,践一踏,对,对,对,这很好。"他又把头垂到马颈上。突然他觉得人家在对他射击。"怎么啦?怎么啦?怎么回事!……杀!怎么啦?"……罗斯托夫醒过来说。就在他睁开眼的那一瞬间,罗斯托夫听见在他前头敌人那边发出成千上万的拖得很长的声音。他的马和站在他身旁骠骑兵的马都竖起耳朵听这个呐喊的声音。在传来喊声的地方,亮起一个火光,接着又灭了,接着又亮起一个火光,然后全部法军在山上全燃起了火,喊声越来越大。罗斯托夫听见说法语的声音,但是听不清楚。嗡嗡的声音太大了。现在可以听见:啊啊啊!啦啦啦!

"什么声音?你看呢?"罗斯托夫对他身旁的骠骑兵说,"这是在敌人那边吧?"

骠骑兵没有回答。

"怎么啦,你没有听见吗?"罗斯托夫等了好大一会儿没听见回答,又问。

"谁知道,大人。"骠骑兵不快活地回答。

"从地点看,大概是敌人吧?"罗斯托夫又说。

"或许是敌人,或许不是,"骠骑兵说,"黑夜的事,唷!老实点!"他呵斥他骑的那匹骚动不安的马。

罗斯托夫的马也着急了,用蹄子敲着冻硬的土地,听着声音,望着火光。喊声越来越响了,汇成了整片的嗡嗡声,这是只有成千上万的军队才能发出的声音。火光越来越大,可能全线的法国营盘都点火了。罗斯托夫已经不想睡了。

敌军兴高采烈的欢呼声使他激动起来。"皇帝万岁，皇帝！"罗斯托夫现在已经听得十分清楚了。

"不很远，——大约就在小河对岸。"他对身旁的骠骑兵说。

那个骠骑兵只叹了一口气，没作回答，气愤地咳嗽了几声。在骠骑兵散兵线上响起奔驰的马蹄声，在夜雾里突然出现一个像大象似的骠骑兵军士的身影。

"大人，将军们来了！"军士驰到罗斯托夫跟前，说。

罗斯托夫和军士一起迎接那几个沿侦察线驰来的骑者，同时不停地向火光和有喊声的地方张望。有位将军骑着一匹白马。巴格拉季翁和多尔戈鲁科夫公爵，以及几个副官前来了解一下那边奇怪的火光和喊声。罗斯托夫驰到巴格拉季翁跟前，向他做了报告，随后就走到副官们中间，注意听将军们说话。

"请您相信，"多尔戈鲁科夫公爵对巴格拉季翁说，"这只是玩弄诡计而已：他已经退却，命令后卫点火和鼓噪来迷惑我们。"

"未必吧，"巴格拉季翁说，"傍晚我还看见他们在那个岗子上，倘若已经走了，那儿应当全撤了。军官先生。"巴格拉季翁公爵对罗斯托夫说，"他们的侦察骑兵还在那儿巡逻吗？"

"晚上还在巡逻，现在无法知道，大人。请您派我带几个骠骑兵到那儿去看看。"罗斯托夫说。

巴格拉季翁停下来，没有立刻答复他，在雾中竭力注视罗斯托夫的脸。

"那么好吧，您去看一看。"他沉默了一会儿，说。

"是，大人。"

罗斯托夫刺了刺马，叫来军士费德琴科和两个骠骑兵，命令他们跟他下山朝仍在发出喊声的方向全速前进。罗斯托夫一个人带着三个骠骑兵到那神秘、危险的，在他之前还没有人去过的大雾弥漫的远方，他心中又怕又喜。巴格拉季翁从山上向他喊话，叫他不要到河那边，但是罗斯托夫装作听不见他说什么，马不停蹄地向前驰去，不断地误把灌木当作大树，把土坎当作人，不断发现自己受骗。他驰到山下，不管是我们的军队还是敌人的火光，全看不见了，可法国人的喊声却更响亮，更清楚了。在一处洼地上，他看见前面似乎是一条河，但是到跟前才知道是一条大路。上了大路，他勒住马，犹豫起来：是顺着大路走呢，还是跨过大路经过黑土田野上山呢。在雾中发亮的大路上走安全些，因为比较容易看清楚人。"跟我来。"他说，他穿过大路，向法军晚上放哨的山上飞奔。

"大人,有敌人!"后面一个骠骑兵说。

罗斯托夫还没来得及看清楚突然在雾中出现的黑影,火光一闪,响了一枪,子弹飕地一声飞过。第二枪没有放响,只在火药池里闪了闪光。罗斯托夫掉转马头,往回飞驰。断断续续又放了四枪,子弹在雾中响着各不相同的调子飞了过去。罗斯托夫勒住也像他一样由于听到枪声快活起来的马,慢步而行。"再放!再放!"一个愉快的声音在他心中说。可是没有再射击。

只是快到巴格拉季翁跟前的时候,罗斯托夫又放开马飞奔,把手举到帽檐上,驰到他面前。

多尔戈鲁科夫仍旧坚持自己的意见,认为法国人已经撤退,点火只是为了欺骗我们。

"那能证明什么呢?"当罗斯托夫跑到他们跟前时,他说。"他们或许已经退却,而且留下哨兵。"

"看来没有全走,公爵。"巴格拉季翁说,"到明天早上,明天一切都会清楚的。"

"山上有哨兵,大人,仍旧在晚上所在的那个地方。"罗斯托夫报告说,他向前俯着身子行举手礼,禁不住露出愉快的微笑。

"好的,好的,"巴格拉季翁说,"多谢您,军官先生。"

"大人,"罗斯托夫说,"我想求您一件事。"

"什么事?"

"明天我们的骑兵连是后备队,请您把我调到第一骑兵连。"

"您姓什么?"

"罗斯托夫伯爵。"

"啊,好的,跟我当传令官吧。"

"是伊利亚·安德烈伊奇的儿子吧?"多尔戈鲁科夫说。

但是,罗斯托夫没有说话。

"那么我就候命啦,大人。"

"我一定下命令。"

"明天很可能会派我带什么命令去见皇上,"他想,"太好了!"

敌军之所以发出喊声和火光,是因为正在向军队宣读拿破仑的命令时,皇帝骑着马亲自巡视宿营地。士兵们看见皇上,就点起干草火把,而且高呼"皇帝万岁!"跟着他跑,拿破仑的命令如下。

"士兵们!俄国军队进攻你们,为的是要替乌尔姆的奥军报仇。这仍然是你们在霍拉布伦附近打垮的、然后你们一直追到此地的那支军队。我们所占领的阵地坚不可摧,当敌人从我右侧迂回时,他们就把侧翼暴露给我们!士兵们!我亲自指挥你们的队伍。如果你们以一向的勇敢把敌人打得溃不成军,仓皇逃窜,我就远远留在火线以外。万一胜利出现一分钟的可疑,你们将看见你们的皇帝甘冒敌人最初的攻击亲临火线,因为胜利决不容许有所动摇,特别是在这关系法国步兵荣誉的一天,胜利对我们民族的光荣是十分必要的。

不要借口搬运伤员而搅乱队伍!每个人都要下定决心:打败这帮非常仇视我们民族的英国雇佣兵。这次胜利将结束我们的出征,我们就可以回到我们的冬季营房,在法国组成的法国新兵在那里和我们见面;那时由我签署的和约将不辜负我的人民,不辜负你们,也不辜负我。

拿破仑"

十四

早上五点钟,天还漆黑。中路的军队、后备队和巴格拉季翁的右翼还没有动,但左翼的步兵、骑兵和炮兵已经从宿营地起身行动起来,他们应该首先从高地出发进攻法军右翼,按照计划,把它赶到波希米亚群山。人们把多余的东西都扔到篝火里,冒出的烟刺痛了人们的眼睛。天又黑又冷。军官们匆匆忙忙地喝茶,吃饭。士兵们嚼着面包干,顿足取暖;他们都聚到有火的地方,把剩下的窝棚、桌椅、车轮、木桶等,一切带不走的东西都当柴烧了。奥军的纵队向导在俄国士兵中间穿梭。他们充当进军的前驱。一个奥地利军官在团长驻地附近一出现,团队就开始骚动起来:士兵从篝火旁跑开,把烟斗藏到靴筒里,背囊放到大车上,拿起枪来站队。军官们扣上纽扣,挎上军刀和背包,大喊大叫地在队伍前后巡视;辎重兵和勤务兵在套车,装车,捆扎。副官、营长和团长骑上马,画了十字,对留下来的辎重兵发出最后的命令指示,交代应办的事情,于是,数千个单调的脚步声响了起来。纵队出发了,他们不知往何处去,因为周围都是人,因为烟气和越来越浓的雾,他们看不见出发的地点,也看不见要去的地点。

行动中的士兵,被自己的团队包围着,限制着,带领着,正像水手被他所乘的船所包围、限制、带领一样。不管他走多远,不管他进入的地带有多奇怪、神秘、危险,在他周围永远到处是那些伙伴,那些队伍,那个司务长伊万·米特里奇,那只军犬茹奇卡,那些长官,正如一个水手周围永远到处是自己船上的那些甲板、桅杆和索具一样。士兵并不想知道他所乘的船航行的纬度。但在战斗的日子,士兵情绪高昂,极力把自己的兴趣超出团队之外,他细听静察,贪婪地打听他周围所发生的一切。

雾很浓,天尽管亮了,但十步开外什么也看不见。灌木看来像大树,平地像悬崖和斜坡。四面八方,随时都可能跟十步以外看不见的敌人遭遇。但是纵队在雾里走了好久,上山又下山,经过花园和院墙,经过陌生的新地方,到处没碰见敌人。相反,前前后后,四面八方,士兵们全认出我们俄国纵队朝着一个方向前进。每个士兵心情都是轻松的,因为他知道还有许多许多的自家人正向着他要去的方向行进。

"你瞧,库尔斯克团队过去了。"队伍中有人说。

"嘿,老弟,咱们的队伍可多啦!昨晚我望了望,好多的火堆啊,望都望不到边儿。真像莫斯科城!"

虽然没有一个纵队长官到队伍里来,也没有跟士兵们谈谈话(正如我们在军事会议上看见的,纵队长官情绪不好,不满意现在进行的战役,所以只执行命令,并不关心鼓舞士气),虽然如此,仍旧像一向前去打仗一样,尤其是去打一场进攻仗,士兵们总是高高兴兴地。但是在浓雾中走了大约一小时,大部分军队不得不停下来,一种无秩序和乱七八糟的不快活的感觉在队伍中间蔓延开来,很难断定这种感觉是怎么传开的;但有一点是无疑的,这种感觉的确在传播,犹如向低处流的水,它不知不觉、不可遏止地迅速流传着。假如光是俄国军队,没有盟军,那么,这种混乱的感觉要使人人都深信不疑,还得经过很长一段时间;但是现在大家都怀着快意的和自然的心情把发生混乱的原因归咎于无能的德意志人,都相信倒霉的杂乱无章是那些卖灌肠的家伙造成的。

"为什么站着不动?堵住了?是不是碰到法国人了?"

"不是,没有听到动静。否则会有枪响的。"

"急急忙忙地出发,出发了,又莫名其妙地停在野地里,——都是该死的德意志人搞坏了。这些废料!"

"倘若我的话,把他们全赶到前线。否则这帮家伙准在后方藏起来。现在叫我们站在这儿挨饿。"

"怎么样,快了吧? 听说骑兵把路堵住了。"一个军官说。

"咳,该死的德意志人,连自己的地方都搞不清楚了!"另一个军官说。

"你们是哪个师的?"一个副官骑马来到跟前,喊道。

"十八师的。"

"你们还在这儿等着? 你们早该走到前面了。如此下去到晚上也走不到。真是愚蠢的命令,连他们自己也不明白他们在干什么。"那个军官说着骑马走开了。

然后一个将军骑马走过,气得哇哇叫,他说的不是俄语。

"哇喇,胡说什么,一点也听不懂,"一个士兵模仿那个走过去的将军说话,"我毙了这些坏蛋才愉快!"

"规定八点多开到的地方,但是我们走了还不到一半路。这叫什么命令!"到处都这么说。

队伍出发打仗时那股劲头,开始变为对糊涂的命令和对德意志人的埋怨和愤恨。

混乱的原因是，最高指挥部发现我军中路离开右翼太远，下令把正在进行中的左翼奥地利骑兵全部调到右侧。几千乘骑兵从步兵前面通过，因此步兵只能等着。

在前头，俄国将军和奥地利向导发生了冲突。俄国将军大喊大叫要求把骑兵停住，那个奥地利人却分辩说，这不是他的错，而是最高指挥部的命令。这时队伍停在那里，沉闷无聊，士气颓丧。队伍停了一小时，终于又往前移动了，开始往山下走。山上雾气逐渐开始散开，但山下雾更浓了。在前头雾里响了一两枪，起初枪声不均匀，稀稀拉拉：特啦－哒……哒哒，接着响得越来越匀，越来越密，于是在霍尔德巴赫河上开了火。

俄国人没有料到会在下面河上遭遇敌人，可是突然在雾里碰上了，他们没有得到最高指挥官鼓舞士气的话，并且普遍有一种迟到的感觉，主倘若，在浓雾里什么都看不见，俄国兵在没有及时接到长官和副官命令的情况下，懒洋洋、慢腾腾地跟敌人对射，前进一点又停下，而长官和副官由于不熟悉地形，在雾里闯来闯去找不到自己的部队。到达山下的第一、第二和第三纵队，开始战斗时的情况就是这样。库图佐夫所在的第四纵队此刻正停在普拉茨高地。

在洼地开火的地方，雾依旧很浓，山上明朗了，可前面的情况还是一点也看不见。敌人的全部人马就像我们预计的那样在十俄里以外呢，还是就在前面迷雾里呢，——已经八点多了，仍没有人知道。

早上九点了。山下的雾像一片茫茫大海，但是在高地上的施拉帕尼茨村——拿破仑和跟随他的元帅们就在那里，已经完全明朗了。不但所有法国军队，并且拿破仑本人和参谋部都不在河对面，不在我们企图据为阵地并预计在那里开战的索科尔尼茨村和施拉帕尼茨村洼地对面，而是在这边，离我军十分近，拿破仑用肉眼就可以分清我军的骑兵和步兵。拿破仑骑着灰色阿拉伯小马穿着那件他出征意大利时的青色斗篷式大衣，在他的元帅们前面站着。他默默望着那些仿佛从雾海里冒出来的、俄军正远远地在那里移动的山岗，仔细地听谷地射击的声音。他那张当时还是瘦削的面孔上，一双炯炯有神的眼睛朝着一个地方一动不动地盯着。他的预想是确实的。俄国军队一部分已经下到谷地向池沼湖泊地带进发，一部分正离开那个他计划进攻并认为是关键性阵地的普拉茨高地。他在雾中看见，在普拉茨村附近两山之间的洼地上，俄国兵都朝着一个方向向谷地行进，刺刀闪着光，俄国纵队一个跟一个淹没在雾海里。根据昨晚得到的情报,根据夜里在前哨听到的车轮声和脚步声,根据俄国纵队移动时毫无秩序,根据所有推测,他清楚地看出,俄奥联军误认为他离得很远,而且看出在普拉茨高地附近移动的纵队是俄军的中心,并且这个中心力量已经削弱到足以顺利地予以痛击的程度。可是他依旧没有发动战斗。

今天是他的喜庆日子——他的加冕一周年。天亮前他假装睡了几个小时,然后精力饱满,心情快乐,神清气爽,怀着无所不能、一切都会顺利的幸福心情,骑马驰到野外。他在坐骑上一动不动,远望从雾里露出来的高地,在他那张冷冰冰的脸上,有一种特别的神情。元帅们在他后面站着,不敢分散他的注意力。他有时望望普拉茨高地,有时望望从雾里浮出来的太阳。

当太阳完全从雾里出来,耀眼的光辉喷射到田野和灰雾上的时候(他好像正要等到这时才发动战斗),他从他那俊秀的白手上脱掉手套,用它向元帅们打了个信号,于是开始战斗的命令发出了。元帅们带着副官向各个方向驰去,几分钟后,法军主力就快速地扑向普拉茨高地,因为俄军不断走下左边的谷地,那个高地越来越显得空荡荡了。

十五

八点钟,库图佐夫骑马向米洛拉多维奇的第四纵队前面的普拉茨村驰去,第四纵队是来接替已经下山的普热贝舍夫斯基和朗热隆两个纵队的。他向前头一个团的官兵问好,而且发出前进的命令,表明他想亲自指挥这个纵队。他走到普拉茨村前就站住了。安德烈公爵和一大群总司令的侍从站在库图佐夫后面。安德烈公爵觉得自己既激动又焦躁,同时极力保持着镇静。这是一个人在他长久盼望的时刻将要到来经常有的状态。他坚信今天就是他的出头之日。它怎样到来,他不清楚,可是他坚信一定会到来。他对我军态势和地形的了解,也只有我军其他人所能了解的那么些。现在显然谈不上付诸实施的他个人的那个战略计划,早已被他抛到脑后了。安德烈公爵这时已经在揣摩魏罗特尔的计划,他思考可能发生的意外情况,并且想出一些新的方案,那些可能施展他敏捷才思和决断果敢性的新方案。

从下面左侧浓雾中传来看不见的军队之间相互的射击声。安德烈公爵觉得那里将是战斗的中心,那里可能会遇到困难,"派我带一旅人或一师人到那里去,"他想,"我在那里举着军旗走在前面,我要击碎阻挡我前进的一切东西。"

安德烈公爵看着从他面前过去的各营的军旗,他无法无动于衷。他望着一面军旗,心中想:"这或许正是由我举着走在队伍前面的那面军旗。"

黎明前,高地上的夜雾只剩下正融为露水的白露,而在谷地上依旧弥漫着乳白色的雾的海洋。在谷地的左侧,也就是我军向那里去和传来枪声的方向,什么也看不见。高地上空仍然发暗,然而是清朗的,在右边天际悬着一轮红日。在前面远方雾海对岸,可以看见突出的覆盖着树林的山岗,山岗上肯定有敌军,模模糊糊有点什么东西。近卫军进入右边有雾的地方,传来脚步声和车轮声,偶尔出现刺刀的闪光。在左首村后,驰来同样的大队骑兵,然后没入雾海里。前前后后都是步兵在行进。总司令站在村口,让队伍从他面前走过。这天早上库图佐夫显得疲倦而易怒。经过他面前的队伍没有得到命令就停了下来,显然前面给什么挡住了。

"您能不能传令,把队伍排成营纵队,绕过村子走,"库图佐夫对骑马前来的将军愤怒地说,"难道您不懂得,将军大人,阁下,我们是在迎敌,拖成大长队在这窄狭乡村街道上行军,是不允许的。"

"我打算出了村子后再排成纵队,总司令大人。"那个将军回答。

库图佐夫生气地笑起来。

"好哇,准备在敌人眼皮底下整队!简直是太好了!"

"敌人还远着呢,总司令大人,按照部署……"

"部署,"库图佐夫暴躁地嚷道,"是谁告诉您的? ……请执行我的命令。"

"是,总司令大人!"

"亲爱的,"涅斯维茨基小声对安德烈公爵说,"老头子心情很糟。"

一个头戴绿色羽饰军帽,身穿白色制服的奥地利军官驰到库图佐夫面前,他代皇上探问:第四纵队是否已经投入战斗。

库图佐夫没有回答他,转过脸来,他的目光偶然落到站在他身旁的安德烈公爵身上。库图佐夫一看见博尔孔斯基,他那凶狠、辛辣的眼神慢慢变得柔和了,他似乎觉得,他的副官对现在发生的事并没有过错。他不回答奥地利副官,对博尔孔斯基说:

"亲爱的,去看看第三师过了村子没有,叫他们停下来,等候我的命令。"

安德烈公爵刚催马要走,他又把他叫住。

"你问问有没有布置狙击兵。"库图佐夫又说。

"这是干的什么事啊!"他自言自语说,依旧没有回答那个奥地利人。

安德烈公爵飞驰去执行命令。

他赶过在前面行进的各营,叫第三师停下来,证实了我军各个纵队前面果然没有派狙击兵。在前头的一个团长对总司令命令布置狙击兵线感到非常惊奇。这个团长满以为他前面还有军队,十俄里以内不会有敌人的。的确,前面除了被浓雾遮住的空荡荡的斜坡外,什么也看不清楚。安德烈公爵以总司令的名义发出补救这个疏忽的命令后,就驰回去了。库图佐夫依旧站在原处未动,他身躯肥胖,老态龙钟地坐在马鞍上,闭着眼不停地打哈欠。军队已经停下来,士兵们把枪托倚在脚边站着。

"好的,好的。"他对安德烈公爵说,随后他向一位将军转过身来,这位将军手里拿着表,说左翼全部纵队已经下来,是不是继续前进。

"还来得及,大人,"库图佐夫打着哈欠说。"来得及!"他又重复一句。

此时在库图佐夫后面远远传来各团致敬的声音,声音顺着前进中的俄军各纵队全线很快地传过来。很明显,那个接受致敬的人在快速前进。当库图佐夫身后团队士兵开始欢呼的时候,他策马向旁边走了几步,皱着眉头转身望了望。从普拉茨村出来的路上似乎有一连服装华丽的骑兵在飞驰。其中有两个骑者在其余的人前头并肩快速疾驰。一个身穿黑制服,头戴白缨帽,骑着一匹剪尾枣红马,另外一个身穿白制服,骑着一匹大黑马。这是两位皇帝及其侍从。库图佐夫做出一副前线老军人的样子,对站着的军队发出"立正"的命令,随后举手敬礼向皇上走去。他整个体形和态度都忽然变了,变得像个唯命是从的下属。他走上前去向皇上敬礼时,装出一副老老实实的样子,显然这使亚历山大皇帝感到不高兴。

不快活的印象只不过像晴空的残云,从皇上年轻、幸福的脸上掠过,很快就消失了。病后,他瘦了些,但在他那秀美的蓝灰色眼睛里,令人惊异地结合着严肃和温厚,他那薄薄的嘴唇依旧能做出各种表情,主倘若善良并且天真的年轻人的表情。

在奥尔米茨阅兵场上,他比较严肃,在这里他比较快活和精神饱满。在飞驰三俄里后,他的脸有点红润,他勒住马,喘了一口气,回头看看他的侍从们跟他同样年轻、同样高兴的脸。恰尔托里日斯基和诺沃西利采夫,博尔孔斯基公爵和斯特罗加诺夫,以及别的侍从,全是一些服装华丽、愉快兴奋的青年人。他们骑着膘肥力壮、生气勃勃的骏马停在皇上背后,面带笑容互相交谈着。弗朗茨皇帝,是个长长的脸、面色红润的年轻人,身子笔直地骑在漂亮的黑立刻,他忧心忡忡、沉着地向四周环顾。他叫来一个穿白制服的副官,问了他一句话。"大概问他们是几点钟出发的,"安德烈公爵心里想,同时留心着他的老相识,不禁含笑回忆起他的那次朝见。在两位皇帝的侍从中,有从俄奥两方近卫军和团队中挑选出来的精壮的传令兵。马夫们在这些人中间牵着沙皇备用的、披着绣花马被的骏马。

这群跃马前来的杰出青年,焕发出的那股青春的活力、充沛的精力和对胜利的信心,正如野外的新鲜空气一下子从打开的窗户涌进憋气的屋里一样,涌进了郁郁不乐的库图佐夫司令部。

"您为什么还没开始。米哈伊尔·伊拉里奥诺维奇?"亚历山大皇帝急忙对库图佐夫说,同时很有礼貌地看看弗朗茨皇帝。

"我在等待,陛下。"库图佐夫谦卑地俯下身来回答说。

皇上微微皱起眉头,向前侧着耳朵,表示他没有听清楚。

"我在等待,陛下,"库图佐夫重复了一遍(安德烈公爵注意到,库图佐夫在说"我在等待"时,上唇不自然地哆嗦了一下。)"纵队还没有到齐,陛下。"

皇上听清楚了,但他不快活这个回答;他耸耸微驼的肩膀,向他身旁的诺沃西利采夫瞥了一眼,似乎用这一瞥来埋怨库图佐夫似的。

"要知道我们不是在皇后操场,米哈伊尔·伊拉里奥诺维奇,团队没有到齐就无法开始阅兵。"皇上说,他又看了看弗朗茨皇帝,好像是请他来参与,或者最少也得听听他说的话。但是弗朗茨皇帝只顾四外张望,没有听他说话。

"正是因此我才没有开始,陛下,"库图佐夫响亮地说,同时他脸上哆嗦了一下。"正是因为我们不是阅兵,不是在皇后操场上,所以才没有开始,陛下。"他清晰而明确地说。

皇上的侍从们立刻互相看了一眼,脸上都露出不满和责备的神情。

皇上目不转睛地审视着库图佐夫那只好眼,等他说话。而库图佐夫毕恭毕敬地低着头,也在等待。沉默持续了大约一分钟。

"不过,倘若您下命令,陛下。"库图佐夫说,他抬起头来,又把腔调变成拙笨的、没有主见的、驯服的将军的腔调。

他动了动坐骑,把纵队司令米洛拉多维奇叫来,向他下达了进攻的命令。

军队又动起来,诺夫戈罗德团的两个营和阿普舍龙团的一个营从皇上面前走过。

阿普舍龙团的那个营走过时,红脸膛的米洛拉多维奇没穿外套,只穿着制服,佩着勋章,歪戴着大缨帽,英姿勃发地行着举手礼,迈着分列式步伐策马行进,来到皇上面前勒住了马。

"上帝保佑,将军。"皇上对他说。

"陛下,我们会竭尽全力的!"他愉快地回答。

米洛拉多维奇忽然掉转马头,在皇上稍后一点停住了。因为皇上在场而情绪高昂的阿普舍龙团的士兵们迈着威武的步子,整齐而快速地从两位皇帝和他们的侍从们面前走过。

"弟兄们!"米洛拉多维奇大声地喊道。"弟兄们,这不是我们头一次去攻占一个村子!"他喊道。

"甘愿效劳!"士兵们齐声回答。

由于这声忽然的呐喊,皇上的马惊跳了一下。

皇上面带微笑指着英勇无畏的阿普舍龙团士兵,对他的一个亲信说了一句话。

十六

库图佐夫被副官们簇拥着在枪骑兵后面缓步慢行。

他跟着纵队走了半俄里,在一处被人丢弃的孤零零的房屋旁边停了下来,这里有两条岔路延伸到山下,两条路上都有军队在行进。

雾开始散了,在对面两俄里的高地上,已经模模糊糊可以看见敌军。左下方,枪声更清楚了。库图佐夫停下来和一位奥地利将军谈话。安德烈公爵站有稍后的地方看着他们,他转身想向一个副官借用一下望远镜。

"您瞧,您瞧,"那个副官说,他不望远方的军队,而看他下面的山上,"这是法国人!"

两位将军和副官们互相争夺望远镜。大家的脸色突然变了,露出惊慌的神情。本以为法军离我们至少有两俄里,但是他们突然出乎意料地出现在我们眼前。

"这是敌人吗?……不是!……是的,您瞧,他……的确……这是怎么回事?"几个声音说。

安德烈公爵用肉眼看见离库图佐夫站的地方不到五百步的右下方,密集的法国纵队正冲上来迎击阿普舍龙团的士兵。

"关键时刻到了！是我的出头之日了。"安德烈公爵想。他催马来到库图佐夫跟前。

"命令阿普舍龙团的士兵站住，"他喊道，"大人！"

就在这一瞬间，一切全被硝烟遮住了，附近响起了枪声，离安德烈公爵两步远的地方，发出一声惊叫："弟兄们，咱们完了！"这声喊叫有如号令，一听到它，大家撒腿就逃。

混杂的人群越挤越多，一齐向五分钟前军队从皇帝面前经过的地方奔跑。不但很难挡住这股人流，并且本人也身不由己地随着人群向后退。博尔孔斯基只能保持不落在人群后面，他不断地回头张望，感到莫名其妙，无法理解眼前发生的事。涅斯维茨基气得满脸通红，全变样了，他向库图佐夫喊道，倘若他不立刻走开，准得被抓。库图佐夫站在原地不动，也不说话，他掏出一块手帕。他的腮帮在流血。安德烈公爵挤到他跟前，问："您受伤了吗？""您受伤了吗？"说道。

"我的伤不在这里，而是在那里！"库图佐夫用手帕按着受伤的腮帮，指着奔跑的人说。

"叫他们站住！"安德烈喊了一声，同时，大概不相信能挡住他们，策马向右边驰去。

又涌来一股奔跑的人群，裹着他往后退。

奔跑的军队是如此密集，一旦裹进去，就很难出来。有人在喊："走啊，干吗不紧不慢的？"有人马上转身向空中放枪，有人打库图佐夫的马。库图佐夫和他的减少了一半的侍从费了好大的劲才走到左边，向附近发出枪声的地方驰去。安德烈公爵从人流中挤出来，尽力离库图佐夫不要太远，他看见山坡上俄国炮兵连在硝烟中仍不停地向朝它跑过来的法国兵射击。在较高的地方，站着俄国步兵，他们不向前去支援炮兵，也不随着人流后退。一位将军骑着马离开步兵队伍向库图佐夫走来。库图佐夫的侍从只剩了四个，他们都吓得面色刷白。

"叫这些坏蛋站住！"库图佐夫指着奔跑的人群，喘着气对团长说。就在这一瞬间，似乎是为了惩罚这句话似的，像一群小鸟似的子弹飞过团队和库图佐夫的侍从。

法国人在攻击炮兵连时，看见了库图佐夫，就向他射击。随着这阵排射，团长连忙抓住自己一只腿，同时倒下了几个士兵，那个擎着军旗的下级准尉松开了手，军旗摇摇晃晃地往下倒，邻近的几个士兵用枪支住了它。士兵们不待命令就射击起来。

"咳——呀!"库图佐夫带着绝望的神情低吼了一声,他向四周看了一下。"博尔孔斯基,"他低声说,因为意识到自己年老无力,声音发颤了,"博尔孔斯基,"他指指混乱的队伍,指指敌人,低声说,"这是怎么回事?"

可是,没等他说完,安德烈公爵就感到耻辱的眼泪涌到眼眶,愤怒升到喉头。他跳下马,向军旗跑去。

"弟兄们,前进!"他用孩子般的尖声大喝一声。

"机会来了!"安德烈公爵想。他抓起旗杆,怀着欣赏的心情听着对准他射来的飕飕的子弹声。有几个士兵倒下了。

"乌拉!"安德烈公爵喊道。他勉强握住沉重的军旗向前跑,坚信全营全会跟着他跑。

果然,他只跑了几步。一个士兵动了,又一个动了,于是全营都喊着"乌拉"向前跑,而且超过了他。这营的军士跑过来拿起因为太重在安德烈公爵手里摇摇晃晃的军旗,但是他立刻被打死了。安德烈公爵又把军旗接过来,拖着旗杆和全营一块跑。他看见前面我们的炮兵,其中一些人在搏斗,一些人扔掉大炮迎面跑来。他看见法国步兵抓住炮兵的马,把大炮掉转头去。安德烈公爵和营队已经跑到离大炮二十步的地方。他听见子弹在头顶上不住地呼啸,在他左右不停地有士兵呻吟和倒下去。但他不看他们,只关心前面炮兵连发生的情况。他已经清楚地看见一个高筒军帽歪到一边的红发炮兵正和一个法国兵争夺。安德烈公爵已经清清楚楚地看见那两个人脸上露出惊慌失措和愤怒的表情,看来连他们自己也不知道他们在干什么。

"他们在干什么?"安德烈公爵看着他们想,"红发炮兵已经没有武器,为什么不跑? 法国兵为什么不用刺刀刺他? 只要法国兵想起自己的枪,用刺刀刺他,他就跑不掉了。"

果然,另一个法国兵端着枪向两个搏斗的人跑过来,那个红发炮兵一无所知,还为他夺得探帚而洋洋得意呢。可是安德烈公爵没有能看到这件事的结局。他好像觉得,身旁有一个士兵全力挥起一根粗棍子打他的头。他觉得有点痛,主要的是不快乐,因为疼痛分散了他的注意力,使他看不见他正在看的东西。

"怎么啦? 我倒了? 我的腿发软。"他这样想着仰面朝天倒了下去。他想睁开眼看看法国兵和炮兵搏斗的结果,想知道那个红发炮兵有没有被打死,大炮被缴获还是被救下来。可是他什么也没看见。在他的上面除了天空什么也没有，——高高的天空，虽然不明朗，却依旧是无限高远，天空中平静地飘浮着灰色的云。"多么平静、肃穆，多么庄严，完全不像我这样奔跑，"安德烈公爵想，"不像我们这样奔跑、呐喊、搏斗。一点都不像法国兵和炮兵那样满脸带着愤怒和惊恐互相争夺探帚。为什么我以前没有见过这么高远的天空？我终于看见它了，我真幸福。是啊！除了这无垠的天空，一切都是虚无，一切都是欺骗。除了它之外什么都没有，什么都没有。甚至连天空也没有，除了平静、肃穆，什么也没有。谢谢上帝！……"

十七

巴格拉季翁的右翼到九点钟还没有投入战斗。巴格拉季翁公爵因为不想同意多尔戈鲁科夫开火的要求，而且想推卸责任，他提议多尔戈鲁科夫派人向总司令请示。巴格拉季翁明白，两翼之间相距几乎有十俄里，派去的人即使不被打死而且找到了总司令，那么在傍晚之前也是赶不回来的。

巴格拉季翁用他那毫无表情的、睡眠不足的大眼睛看了看他的侍从，他一眼就看见了罗斯托夫那副由于激动和期望而不自觉地屏息敛气的稚气的面孔。他就派他去。

"大人，倘若在没有碰见总司令之前就碰见了陛下呢？"罗斯托夫把手举到帽檐，说道。

"那您就向陛下请示。"多尔戈鲁科夫急忙打断巴格拉季翁的话，说。

罗斯托夫在交卸了搜索任务以后，天亮前睡了几个小时，他情绪很高。

这天早上他的所有愿望都实现了：发动了有他参加的大会战，此外，他担任了最勇敢的将军的传令兵。不但如此，他还接受了去见库图佐夫的任务，甚至最可能见到皇上。晨光明媚，他的坐骑精壮。他的心情欢快而幸福。他接到命令以后，就催马沿着前线驰骋。最先他沿着尚未开火、站立不动的巴格拉季翁部的阵线奔驰，随后他进入乌瓦罗夫的骑兵团驻地，这里已经可以看出军队在移动和准备开火的迹象。驰过乌瓦罗夫的骑兵团，他已经清晰地听见前面的炮声和枪声。枪炮声越来越响。

在清晨的新鲜空气中，从普拉茨高地前面的山坡上传来阵阵步枪的排射声，不断夹杂着稠密的大炮声，炮声不时密得分不出单个的射击声，而是汇成了一片轰隆的巨响。

山坡上可以看见滚滚的步枪硝烟和一团团的大炮硝烟。刺刀在烟尘中闪闪发光,其中可以看见移动着的大量步兵和带有绿色弹药箱的炮兵组成的狭长队形。

罗斯托夫在一个小丘上勒住马停了一会儿,他想察看一下情况。可是无论怎样集中注意力,他既不理解也看不清楚正在发生的事:在烟尘中有人在移动,前前后后一群群的军队也在移动,可是为什么? 是些什么人? 到哪里去? ——不知道。这个景象和这些声音不但没有引起他消沉或者畏惧的感觉,反而给他增添了力量和果敢。

"再加一把劲! 再加一把劲!"他朝着那些声音默念着,他又顺着前线驰骋,越来越深入到已经开火的军队中间。

"那里的情况怎样,我不清楚,但一切都会顺利的!"罗斯托夫想。

一队奥地利骑兵飞驰过去,罗斯托夫看见前面一段战线(这是近卫军)已经开始战斗。

"那更好! 我要到近处看看。"他想。

他近乎沿着前沿阵地奔驰。有几个骑兵迎面驰来。这是我们的枪骑兵,队形杂乱,是从进攻中撤下来的。罗斯托夫从他们面前驰过,不经意中看见其中有一个人挂了彩,他继续向前驰去。

"这和我没关系!"他想。他还没有走上几百步,忽然在整个旷野上出现了一大队身穿耀眼的白制服、一律骑黑马的骑兵,他们从左边斜刺里向他驰来。罗斯托夫想让开骑兵,策马全速奔驰。他本来可以躲开的,倘若骑兵保持原来的速度的话,可是他们不停地加快步子,有几匹马飞奔而来。罗斯托夫越来越清楚地听见他们的马蹄声和武器的锵锵声,越来越清楚地看见他们的马、身形,甚至面孔。这是我们的近卫重骑兵正去迎战向他们驰来的法国骑兵。

重骑兵一边奔跑,一边还勒着马。罗斯托夫已经看得见他们的面孔,听得见一个骑着骏马全速奔驰的军官发出"冲啊! 冲啊!"的喊声。罗斯托夫怕被撞倒或者被卷进对法军的冲锋,他顺着前线拼命策马狂奔,可仍旧未能避开他们。

最前面的重骑兵是一个麻脸的大个子,他看见难免要跟面前的罗斯托夫相撞,凶狠地皱着眉头。要不是罗斯托夫灵机一动想到向这个重骑兵的马眼睛晃了一下鞭子,罗斯托夫连同他的坐骑贝杜英准要被撞翻(罗斯托夫觉得,比起这些高大的人马,他小得可怜)。那匹两俄尺半高的肥壮大黑马揿起耳朵向旁边一闪,但是麻脸的重骑兵抬起巨大的马刺用力踢了一下,那匹马翘起尾巴,伸长脖子,跑得更快了。重骑兵刚过去,罗斯托夫就听见他们高呼"乌拉!"的声音。他回头看见前排的重骑兵已经和戴红肩章的外国骑兵(想必是法国的)混合在一起了。以后就什么也看不见了,因为大炮不知从何处进行轰击,硝烟盖住了一切。

在重骑兵从罗斯托夫面前走过,驰入弥漫的硝烟中那一刻,他犹豫了一下:跟着他们跑呢,还是到他应当到的地方去呢。这是一次连法军自己都为之惊羡的辉煌的袭击。过后罗斯托夫听到令人不寒而栗的消息:从他面前骑着几千匹马飞驰过去的那么一大群服装华美的英俊青年、富家子弟、军官、士官生,在那次冲锋后只剩下十八个人了。

"我没必要羡慕他们,我的机会跑不了,或许我马上就会看见皇上!"罗斯托夫想,继续往前驰骋。

他来到步卫军面前,发现到处都有炮弹飞舞,他这个发现,与其说是因为他听见了炮弹的呼啸,不如说是因为他看见了士兵脸色上的仓皇不安和军官们脸上露出的不自然的威严表情。

他从步卫军某个团的阵地后面经过时,听见有人叫他。

"罗斯托夫!"

"什么?"他应了一声,没有认出是鲍里斯在喊他。

"好极了!我们上过第一线!我们团打过冲锋!"鲍里斯说,露出年轻人头一次上火线常有的那种微笑。

罗斯托夫站住了。

"是吗!"他说。"打得如何?"

"打退了!"鲍里斯兴奋地说,他成了一个多嘴多舌的人了。"你想象不到吧?"

于是鲍里斯讲,近卫军在一个地方停下来的时候,看见前面有一支队伍,以为是奥军,忽然从这支队伍中射来炮弹,才知道部队到了第一线,出乎意料地开起火来。罗斯托夫没等鲍里斯说完,就驱马走了。

"你到哪儿去?"鲍里斯问。

"奉命去见陛下。"

"他就在那儿!"鲍里斯说,他把罗斯托夫说的"陛下"听成"殿下"。

他向罗斯托夫指了指离他们百来步远的大公殿下。那位大公头戴帽盔,身穿重骑兵短瘦制服,正在申斥一个身穿白制服、脸色苍白的奥地利军官。

"这是大公啊,我要去见总司令或者皇上。"罗斯托夫说,他已经策动了马。

"伯爵,伯爵!"贝格从另一边跑来喊道,他和鲍里斯一样兴高采烈。"伯爵,我右手受了伤,我不下火线。伯爵,我左手拿战刀:伯爵,我们姓冯·贝格的都是好汉。"

贝格还在说,但是罗斯托夫没听完就继续前进了。

罗斯托夫驰过近卫军防地和一段空旷地带,为了不再像刚才碰到重骑兵冲锋那样闯进第一线,他远远避开那射击和炮轰最激烈的地点,顺着预备队一线绕着走。忽然在他前面,在我军后方,在他万万想不到有敌人的地方,听见近处炮击的声音。

"这怎么可能呢?"罗斯托夫想。"敌人在我军的后方? 不可能。"罗斯托夫想,他突然为自己,为整个战局担心起来。"不管发生了什么变化,"他想,"现在根本用不着绕着走了。我应当就在这儿找总司令,倘若一切都完了,我的使命也就完了。"

他在驻有各兵种的普拉茨村后的开阔地越往前走,就越证实了忽然袭上心头的不祥预感。

"怎么回事? 怎么回事? 对谁射击? 谁在射击?"罗斯托夫向那些混做一团挡住他的去路,正在逃跑的俄奥两国士兵问道。

"鬼才知道! 全垮啦! 全完啦!"那些逃跑的人群用俄语、德语、捷克语回答他,他们也和他一样不知道发生了什么事。

"打德国佬!"有一个人喊道。

"真他妈的见鬼! 奸细。"

一个德意志人愤怒地说:"这些俄国佬见鬼去吧!……"

路上有几个伤员。咒骂、喊叫、呻吟汇成一片。枪声停了,罗斯托夫过后才听说,原来是俄奥两军士兵互相射击。

"我的上帝! 这到底是怎么了?"罗斯托夫想。"这儿是皇上随时都可能看见的地方啊! ……不会的,这肯定是几个坏蛋干的。这会过去的,没什么了不得的,不可能出什么乱子。"他想。"不过要快点,快点离开这儿!"

罗斯托夫头脑里不可能有失败和逃跑的想法。虽然他看见法国的大炮和军队就在那座他要去那儿找总司令的普拉茨山上,但是他不能,并且也不愿相

世界传世藏书

世界十大名著

·战争与和平·

图文珍藏版

十八

罗斯托夫奉命到普拉茨村附近寻找库图佐夫和皇上,可是这里非但找不到他们,并且连一个长官都没有,只有成群的、乱糟糟的各种军队。他催赶着已经疲乏的马,想快点从这些人群中走过去,但是他越往前走,人群就越乱。在他要想通过的那条路上,拥挤着许多四轮马车和其他各种车辆、各种兵种的俄国兵和奥地利兵,受伤的和没受伤的。这一切在法国炮队从普拉茨高地上射出的炮弹凄厉的声音的伴奏下,发出嗡嗡的响声,乱哄哄地前进着。

"皇上在哪儿?库图佐夫在哪儿?"罗斯托夫碰见人就问,但是没有人回答他。

最后,他抓住一个士兵的衣领,强迫他回答。

"嘿,老弟!老早就溜了,向那边跑掉了!"那个士兵对罗斯托夫说,不知为什么他一边挣脱,一边哈哈大笑。

罗斯托夫丢开这个喝醉了的士兵,又拦住牵着马的某个大官的勤务兵或者马夫,向他打听。勤务兵告诉罗斯托夫,一小时前皇上坐着轿式马车从这条路上疾驰而过,皇上受了重伤。

"不会的,"罗斯托夫说,"一定是别人。"

"我亲眼看到的。"勤务兵露出得意的冷笑,说,"我现在认得出皇上了:我在彼得堡见过好几次皇上。他脸色煞白地坐在马车上。四匹黑马驾辕,我的天啊,从我们面前隆隆地狂奔而过:我现在连御马和车夫伊利亚·伊万诺维奇都认得。好像他除了给皇上赶车,不给第二个人赶车。"

罗斯托夫策马想继续前进。一个受伤的军官从身边走过。他问罗斯托夫:"你找谁?找总司令吗?被炮弹打死了,他就在我们团里,胸膛中了弹。"

"没有打死,受了伤。"另一个军官修正道。

"说的是谁?是库图佐夫吗?"罗斯托夫问。

"不是库图佐夫,我记不得他叫什么了,——反正都一样,活着的没有几个。您到那儿去吧,到那边村子里,长官都在那儿。"那个军官指着霍斯蒂拉德克村,说完就往前走了。

罗斯托夫缓步而行,他不知道他现在为何而来和去找谁。皇上受伤了,仗是打输了。现在必须相信这一点了。罗斯托夫向着指给他的那个方向走去，远远可以看见那边的钟楼和教堂。为什么要着急呢？就算皇上和库图佐夫还活着，没有受伤，现在又对他们说什么呢？

"走这条路，大人，走那边准被打死，"一个士兵对他喊道，"那边会被打死的！"

"咳！什么话！"另一个士兵说，"他要到哪儿去？走那儿近些。"

罗斯托夫想了想，向着人们告诉他会被打死的方向走去。

"现在无所谓了！倘若皇上真的受了伤，我还关心自己干吗？"他想。他来到那个从普拉茨高地下来的伤亡人数最多的开阔地。法军还没有占领这个地方，但是俄国人早已把它放弃了。在战场上，就像田地上堆着禾捆似的，每俄亩都躺着十个至十五个伤亡者。伤员三三两两地爬到一起，发出难听的、罗斯托夫觉得有时假装的喊叫和呻吟。为了不看见这些受苦的人，罗斯托夫策马疾行，他开始觉得害怕了。他不是为自己的生命担心，而是为他所需要的勇气担心。他明白，眼看这些不幸的人会使他丧失勇气。

法国人不再对这遍地死尸和伤员的战场射击了，因为这儿已经没有一个活人了，可是他们看见有一个传令官走过，就对准他射了几发炮弹。可怕的呼啸声和周围的死尸使罗斯托夫产生了一种恐怖的印象，并且使他怜悯自己。他想起母亲最近的一封信。"倘若她现在看见我在这战场上，大炮正向我瞄准，她会有什么感想？"他想。

在霍斯蒂拉德克村里，从战场上撤下来的俄国军队虽然也十分乱，可秩序已经好多了。法军的炮弹打不到这里，枪声听起来也遥远了。这里人们已经清楚地看到，并且也都在说，仗是打输了。罗斯托夫不管问谁，没有一个人知道皇上在哪儿，库图佐夫在哪儿。有人说传闻皇上真的受了伤，又有人说，不对，所以有这个谣传，是因为在皇上的轿式马车上坐着一个随皇帝侍从一同来战场、吓得面无人色的宫廷大臣托尔斯泰伯爵，从战场向后方奔驰。有一个军官告诉罗斯托夫，在村后左首他看见一位大官，于是罗斯托夫就往那儿去了，他对找到什么人已经不怀什么希望，只是为了问心无愧罢了。罗斯托夫走了三俄里左右，赶过最后一批俄国军队，在挖了一条沟的菜园附近看见两个骑马的人，他们站在沟对面。其中一个戴着白缨帽，不知为什么罗斯托夫觉得很眼熟；另外一个不认识的人骑一匹枣红骏马（这匹马罗斯托夫觉得十分熟），来到沟沿，刺了一下马，松开缰绳，轻快地跳过菜园的沟渠。只见尘土沿着马后蹄往堤坡下面溜。他忽然掉转马头，又跳回沟那边去，恭恭敬敬地对那个戴白缨帽的骑者说话，很明显是请他也跳过去。那个罗斯托夫似乎认识的骑马人不知为什么引起了罗斯托夫的注意，他摇头摆手做了一个否定的姿势，罗斯托夫一见这个姿势，立刻认出了他正是他为之悲伤的、崇敬的君主。

"他独自一个人在这空旷的田野里，这不可能，"罗斯托夫想。这时亚历山大转过头来，罗斯托夫看见了栩栩如生地印在他的脑海中的可爱面容。皇上脸色苍白，两腮下陷，眼睛也陷下去了，可是他的容貌显得更秀美，更温和了。罗斯托夫感到幸福，因为这证实了皇上受伤的消息不确实。他感到幸福，因为看见了皇上。他知道，他能够，甚至应该直接去见皇上，转达多尔戈鲁科夫命令他转达的事情。

可是，就像一个正在谈恋爱的青年，当梦寐以求的时刻来临，单独去会见她的时候，竟不敢说出朝思暮想的话，只是浑身发抖，目瞪口呆，惊慌失措地四处张望，想寻求帮助，或者想找个拖延时间和逃跑的机会，现在罗斯托夫实现了他生平最大的愿望，但是不知道怎样去见皇上，他脑海中出现千万条理由使他觉得这样去见皇上不合适、不礼貌、不可能。

"这怎么行啊！趁着他独自一人并且是灰心丧气的时机，仿佛我倒兴奋似的。在这可悲的时刻一个陌生人在他面前出现，他会不快乐而且感到难过的；再说，我现在能对他说什么呢，一看见他，我的心脏就停止跳动，舌头也发干！"为了见皇上而准备的千言万语，此刻一句话也想不起了。

"再说，现在已经下午四点钟，仗也打输了，我怎么还能向皇上请示对右翼发布命令呢？不，我绝对不能去见他，不该打扰他的沉思默想，我宁愿死一千次，也不愿看见他的疾言厉色。"罗斯托夫就这样决定了，他怀着抑郁和失望的心情离开了，同时不停地回头看看仍旧站在那儿徘徊犹疑地皇上。

正当罗斯托夫这样想，悲哀地离开皇上的时候，冯·托尔上尉偶然来到这里，他看见皇上，就一直驰到他跟前，为他效劳，帮助他走过沟渠。皇上感到不舒服，想休息一下，在苹果树下坐下来，托尔站在他身边。罗斯托夫远远地怀着羡慕和后悔的心情看见冯·托尔长久地、热烈地向皇上说什么，皇上握着托尔的手，捂着眼睛似乎在哭。

"我本来也可以处在他的位置的！"罗斯托夫默默地念叨，他强忍着同情皇上的眼泪，怀着完全沮丧的心情往前走，他现在既不知道往何处去，也不明白为何而来了。

当他觉得他个人的弱点是他痛苦的原因的时候,他那失望的心情更加强烈了。

他本来可以……不但可以,并且他应该去见皇上。这是向皇上表达忠心的唯一机会。但是他没有利用它……"我干的什么事啊?"他想。于是掉转马头,向看见皇上的地方驰去,但是沟那边一个人都没有了。只有大车和马车走过。罗斯托夫从一个车夫那里打听到,库图佐夫的司令部就在近处的村子里,车队正向那里行进。最后罗斯托夫就跟着车队去了。

在他前面走着的是库图佐夫的马夫,他牵着一匹披着马被的马。马夫后面是一辆大车,大车后面走着一个戴尖顶帽、穿短皮袄、罗圈腿的老家奴。

"季特,我说,季特!"马夫说。

"干吗?"老头心不在焉地回答。

"季特,去打禾!"

"咳,傻小子,去你的!"老头生气地啐了一口。默默地走了一会,又重复着同样的玩笑。

下午五时,全线都打了败仗。一百多尊大炮落到法国人手里。

普热贝舍夫斯基和他的兵团缴了械。其他纵队损失了将近一半的人,乱糟糟地溃退了。

朗热隆和多赫图罗夫的残部,挤在奥格斯特村池塘边和堤坝上。

下午五时以后,只有奥格斯特堤坝周围还响着激烈的炮击声,这是法军在普拉茨高地斜坡上摆开许多大炮射击我们退却的军队。

在后卫,多赫图罗夫和别的人,集合了几个营的兵力,正在狙击追击我们的法国骑兵。

每隔十秒钟就有一发炮弹飞来,落在稠密的人群中间,或者有一颗榴弹爆炸,杀伤着人,把鲜血溅到站在近旁的人身上。多洛霍夫手受了伤,带着十来个士兵步行(他已经当军官了),他的团长骑着马,全团只剩这些人了。他们被人流卷到堤坝前面,被周围的人群拥挤着,停了下来,因为前面有一匹马倒在大炮下面,人们正把它拖出来。一颗炮弹打中了他们后面的人,另一颗落到前面,鲜血溅到多洛霍夫身上。人群狠命地拥挤,推搡,走几步又停下来。

"走出这几百步,或许就可以得救,再停留两分钟,肯定会死。"每个人都这样想。

多洛霍夫从人群中向堤坝边猛冲过去,绊倒了两个士兵,他跑到池塘的光滑冰面上。

"下来!"他喊道,在冰上一跳一跳地走,冰在他脚下轧轧作响。"下来!"他向炮车喊叫。"撑得住!……"

冰禁住了他,可有点下陷,并且轧轧直响,显然,不但禁不住大炮和人群,甚至他一个人也会陷下去。人们看着他,在岸上拥挤着,还不敢下去。骑着马的团长停在堤坝前面,对多洛霍夫举起手,张着嘴。忽然在人群头上低低地飞来一颗炮弹,人们都弯下身来。有个东西扑哧一声打到潮湿的地方,那个将军从马背上栽倒在血泊中。不但没有人想到去扶起他,甚至没有人看他一眼。

"到冰上去!从冰上走!走啊,走啊!下去,下去!没听见还是怎么啦!走啊!"在那颗炮弹打中将军以后,忽然响起无数的声音。

上到堤上的最后一尊大炮开到了冰上。成群的士兵从堤坝上跑到结冰的池塘里来。最前面的一个士兵踩破了冰面,一只脚掉到水里,他想抽出来,结果陷入了齐腰深的水里。靠近他的几个士兵胆怯了,炮车的驭手勒住了马,但后面仍然传出喊叫声:"到冰上去,为什么站住了,走啊!走啊!"人群中响起可怕的喊声。炮车周围的士兵挥动手赶马,打它们,叫它们掉头下去。马离开了岸边。原先禁得住步兵的冰坍塌了一大块,冰上的四十来个人,有的前,有的后,你推我拥地全掉到水里。

炮弹仍旧不停地呼啸着,落到冰上、水里,多数落到挤满堤坝、池塘和岸边的人群中。

十九

安德烈·博尔孔斯基公爵就在普拉茨山上他擎着旗杆倒下去的地方躺着,流着血,呻吟着。

将近傍晚时分,他不再呻吟了,完全平静下来。他不知道他失去知觉已经有多长时间了。他忽然感觉自己还活着,他的头像裂开似的疼痛难忍。

"那个天空在哪儿,那个我从来不知道,直到现在才看见的高远的天空在哪儿?"这是他首先想到的。"这种痛苦,我本来也不知道,"他想。"是的,我至今什么也不知道,什么也不知道。但是我在哪儿呢?"

他留神细听,听着渐渐走近的马蹄声和说法语的人声。他睁开眼。上面仍旧是高远的天空和更高的浮云,透过浮云是无垠的遥远的苍穹。他没有扭动头,没有看见那些由马蹄声和人声判断已经走到他跟前停下来的人们。

驰到跟前来的是拿破仑和两名随身副官。波拿巴在巡视战场,他发出了加强炮兵对奥格斯特堤坝轰击的最后命令,而且查看一下战场上的死者和伤者。

"优秀的人民!"拿破仑望着一个被打死的俄国掷弹兵,说。这个掷弹兵肚皮贴地躺着,脸埋在土里,脖颈发黑,一只已经僵硬的手伸得老远。

"炮弹用光了,陛下。"这时从轰击奥格斯特村的炮队那儿来了一位副官,说。

"命令从后备中运去一些。"拿破仑说,他走了几步,在仰面躺着的安德烈公爵跟前停下来,他身旁扔着一根旗杆(军旗已经被法国人拿去当战利品了)。

"这个死得好。"拿破仑望着博尔孔斯基说。

安德烈公爵心里明白,这是指他说的,谈话的人是拿破仑。他听见人们称呼这个谈话的人为陛下。但是他听到这些话,就好似听到苍蝇嗡嗡叫,不但不感兴趣,并且不放在心上,立刻就忘掉了。他的头像火烧似的痛,他觉得他的血就要流干了,他看见他上面那个遥远的、高高的、永恒的天空。他知道这是拿破仑——他所崇拜的英雄,可是此刻,与他的心灵和那个高高的、无边无际的天空和浮云之间所发生的一切相比,他觉得拿破仑是那么渺小、那么无足轻重。这时不管是谁站在面前,不管说他什么,对他都无所谓。他兴奋的仅仅是人们站在他跟前,他只希望这些人能帮助他,使他生还,生命在他眼中是如此美好,因为他现在有了不同的理解。他集中力量想动一动,发出一点声音。他轻轻地动了一下脚,发出可怜的、微弱的、病人的呻吟。

"啊!他还活着,"拿破仑说,"把这个年轻人送到救护站去!"

拿破仑说完就迎着拉纳元帅驰去,这位元帅脱掉帽子,微笑着祝贺胜利,驰到皇帝面前。

以后的事安德烈公爵就不记得了。当他醒来时,天已经很晚了,这时他和别的受伤和被俘的俄国军官一起已经被送到医院里。在这次移动时,他觉得清醒些了,能够四外张望,甚至能说话了。

他苏醒后听到的头几句话是一个护送的法国军官匆匆地说:"得在这儿停一停:皇上很快就要过来。他看见这些被俘的先生们一定十分兴奋。"

"今天这么多俘虏,差点把俄军全部都抓来了,大概他都看够了。"另外一个军官说。

"不,那倒难说！据说这个是亚历山大皇帝的近卫军总司令官。"第一个军官指着身穿重骑兵白制服的、受伤的俄国军官说。

博尔孔斯基认出此人是他在彼得堡社交界见过的列普宁公爵。他身边站着另一个受伤的重骑兵军官,是一个十九岁的少年。

波巴拿纵马驰来,他勒住了马。

"谁是将官？"他见到俘虏后说。

人们说出上校列普宁公爵的名字。

"您是亚历山大皇帝骑卫团团长吗？"拿破仑问道。

"我指挥一个连。"列普宁回答说。

"你们团光荣地尽到了职责。"拿破仑说。

"伟大统帅的称赞对于军人是最好的奖赏。"列普宁说。

"我十分兴奋给您这个奖赏,"拿破仑说,"您身边这个年轻人是谁？"

列普宁公爵说出苏赫特伦中尉的名字。

拿破仑看了看他,面带笑容说:"他太年轻了。"

"年轻并不妨碍做一个勇士。"苏赫特伦打断他的话说。

"答得妙,"拿破仑说,"年轻人,你的前途无量！"

为了展示全部的缴获——俘虏,安德烈公爵也被送到面前让皇上过目,他不能不引起他的注意。很明显拿破仑记得他在战场上见过他,他称他为"年轻人",因为这是博尔孔斯基给他的第一个印象。

"是您,年轻人？唔,是您,年轻人？"他对他说,"您觉得怎样？勇敢的人？"

虽然五分钟前安德烈公爵可以跟抬他的担架兵谈几句,可是现在,他直盯着拿破仑一声不响……他觉得,比起他看见的和理解的高高的、公正的、慈祥的天空来,拿破仑现在所关心的一切是那么无足轻重的,他那个崇敬的英雄满怀猥琐的虚荣和胜利的喜悦,是那么渺小,——这使他无法回答他。

并且,比起因为流血过多而衰弱无力、痛苦以及即将来临的死亡在他心中引起的那种庄严伟大的思绪来,一切全都显得微不足道。安德烈公爵看着拿破仑的眼睛,想到伟大是多么渺小,谁也弄不清其意义的生命是多么渺小,在活人中谁也弄不明白和说不清其意义的死亡是多么渺小。

皇帝不等回答就勒转了马,临走时对一个军官说:"叫他们照顾这些先生们,把他们送到我的宿营地,让御医拉雷检查他们的伤口。再见,列普宁公爵。"

于是他策马疾驰而去。

他脸上洋溢着自满和幸福的光彩。

抬安德烈公爵的士兵偶然看见了那枚玛丽亚公爵小姐挂在哥哥身上的金质小圣像,就摘了下来,刚才在看见皇上对这些俘虏表示亲近,又赶快把小圣像归还他了。

安德烈公爵没有看见是谁和怎样又给他戴上的,但是那个有细金链的小圣像忽然在他胸前制服上出现了。

"倘若一切都像玛丽亚公爵小姐所想的那么简单明了,那就好了,"安德烈公爵看了看那枚妹妹以如此深情和虔诚给他戴上的小圣像,心里想,"那就好了。倘若能够知道今生到何处去寻求帮助,而在身后会有什么遭遇,那该多好啊!倘若我现在就能说:主啊,怜悯我吧……那么,我会多么幸福和安心!但是这话我对谁说呢?难道对那个不可捉摸和不可思议的力量说——对它我不但不能祈求,甚至说不出它是伟大,还是渺小,难道对玛丽亚公爵小姐缝在我身上的护身符里的那个神说吗?除了我所了解的那个东西的渺小和那个不可理解、却极为重要的东西的伟大之外,没有什么东西。没有什么东西是靠得住的!"

担架移动了。每一颠簸又使他感到难以忍受的疼痛,发寒热的状态加剧了,他不停地说胡话。父亲、妻子、妹妹和未来的儿子的幻影,以及战役前夜他所感受的缠绵柔情、渺小的、微不足道的拿破仑的身形和在这一切之上的高高的天空——构成了他在热病状态中幻觉的主要内容。

在他的想象中出现了童山的宁静生活和快适的家庭幸福。正当他欣赏这种幸福的时候,忽然出现了一个小小的拿破仑,他那眼神冷酷无情,学识短浅,而且幸灾乐祸,于是开始发生了怀疑、痛苦,只有天空给人以慰藉。快到早上的时候,一切幻觉全搅在一起,融合成一片混沌和不省人事的黑暗状态,据拿破仑的医生拉雷的意见,这种状态的结果极可能是死亡,而不是恢复健康。

"这是个神经质和多胆汁的家伙,"拉雷说,"他不会痊愈的。"

安德烈公爵和其他没希望的伤员全都交给当地居民照料去了。

第四部

一

1806 年初,尼古拉·罗斯托夫休假回家。杰尼索夫也正打算回沃罗涅日城家里,罗斯托夫劝他和他一块去莫斯科,在他家里住几天。快到莫斯科的前一站,杰尼索夫碰见了一个同事,两个人喝了三瓶酒,他在雪橇里躺在罗斯托夫身边,一直睡到莫斯科也没有醒,虽然道路坎坷不平;而罗斯托夫,在快到莫斯科的时候,心情越来越急不可待。

"怎么还不到? 怎么还不到? 唉,这些烦人的街道,小铺子,面包店,路灯,马车!"罗斯托夫想,这时他们已经在哨所检验了休假证,驶进了莫斯科。

"杰尼索夫,到了! 还睡呢!"他说。他身子向前俯倾着,似乎要用这个姿势来提高雪橇的速度似的。杰尼索夫没有回答。

"那不就是扎哈尔常在那儿停车的十字路口拐角;那不就是扎哈尔,还是那匹马。那就是经常去买甜饼的小铺子。快到了吧? 快点!"

"哪所房子?"车夫问。

"就是街头那所大房子,你怎么看不见! 那就是我们的家,"罗斯托夫说,"那就是我们的家!"

"杰尼索夫! 杰尼索夫! 咱们就要到家了。"

杰尼索夫抬起头来,清了清嗓子,什么也没有说。

"德米特里,"罗斯托夫对仆人说。"那不就是咱们家的灯光吗?"

"正是,您哪,老爷书房里还亮着灯呢。"

"都还没睡吧? 啊? 你说呢?"

"注意别忘了马上把那件新骑兵服拿出来给我,"罗斯托夫摸了摸刚留起来的小胡子,又加了一句。"快点赶啊,"他催促车夫。"醒醒吧,瓦夏,"他对又打瞌睡的杰尼索夫说。"喂,快赶,给你三个卢布的酒钱,快赶!"罗斯托夫喊道,这时雪橇离大门口只隔三座房子了。他似乎觉得马在原地不动。最后,雪橇向右拐到大门口,罗斯托夫看见了头顶上灰泥剥落的飞檐、门廊、人行道的标注。他不等雪橇停稳。就跳下来直奔过厅。过厅里没有人。"我的老天! 大家都平安吗?"他想道,他的心几乎要停止跳动了,他停了一刻,马上又穿过过厅和熟悉的、歪斜的阶梯往前跑。依旧是那个老门柄,老伯爵夫人经常为了它擦得不干净发脾气,它仍然是那样不用劲就扭开了。前厅里点着蜡烛。

米哈伊洛老头躺在木柜上睡觉。随从普罗科菲,正在用布条编鞋子。他看了看打开的门,他那睡眼惺忪、冷淡的表情一下子变得又惊又喜了。

"我的天啊! 伯爵少爷"他认出了少爷,喊了一声。"这怎么啦? 我的亲爱的!"普罗科菲激动得发抖,向客厅的门奔去,大概是想去禀报,但显然又改变了主意,走回来偎靠在少爷的肩头上。

"都好吗?"罗斯托夫抽出一只胳膊,问。

"谢天谢地! 都托老天爷的福,刚刚吃过饭! 让我看看您,大人!"

"大家都完全平安吗?"

"谢天谢地,谢天谢地!"

罗斯托夫完全忘了杰尼索夫,他不愿让人抢先去通报,就扔掉皮外套,飞快地跑进了漆黑的大厅。一切都没变——还是那张呢面的牌桌,还是那个带罩的枝形灯架;可是已经有人看见了少爷,他还没来得及跑进客厅,就有一个人像一阵风似的从旁门疾飞过来,拥抱他,吻他。又有第二个,第三个从另一扇门,从第三扇门跳出来;又是拥抱,又是亲吻,又是喊叫,欢喜得流泪。他分辨不出哪儿和哪个是爸爸,哪个是娜塔莎,哪个是彼佳。大家都一块在喊叫,说话,吻他。可是其中没有妈妈——他想起了这一点。

"我,还不知道呢………尼古卢什卡(尼古拉的小名)……亲爱的!"

"你瞧他……我们的……亲爱的,科利亚(尼古拉的小名)……变样了! 怎么不点蜡烛! 拿茶来!"

"亲亲我!"

"宝贝……亲亲我。"

索尼娅、娜塔莎、彼佳、安娜·米哈伊洛夫娜、薇拉、老伯爵都拥抱他,屋子里挤满了男女仆人,大家说个不停,不停地叹息。

彼佳抱着他的大腿。

"还没亲亲我呢!"他喊道。

娜塔莎扳下哥哥的头,在他脸上亲了又亲,然后跳开,扯着他的骑兵外衣大襟,象山羊似的在原地蹦来跳去,尖声地喊叫。

四周都是闪亮的欢欣的泪水,爱抚的眼神,四周都是寻求亲吻的嘴唇。

索尼娅脸红得像块大红布,她也拉着他的手,神采飞扬,愉快的目光直射着她所期待着的眼睛。索尼娅已经十六周岁了,她长得非常漂亮,尤其是在这幸福的、兴高采烈的时刻。她目不转睛地望着他,微笑着,屏着呼吸。他感动地看了看她,可是他总是在期待和寻找谁。老伯爵夫人还没有出来。说话之间从门那里传来了脚步声。步子是那么快,这不可能是母亲的脚步。

但这的确是她,她穿着一件他以前从未见过的、在他走后缝的新衣裳。大家都让开,他向她跑过去。当两人走到一起时,她一头栽到他的怀里,哭泣起来。她抬不起头来,只顾把脸贴到他的骑兵制服的冰冷缀带上。谁也没注意杰尼索夫进来了,他站在那里看着他们母子,不停地擦眼泪。

"这是瓦西里·杰尼索夫,你儿子的朋友,"他向正用疑问的目光看着他的伯爵介绍道。

"欢迎。我知道,我知道"。伯爵抱着杰尼索夫亲吻,说。"尼古卢什卡来信说过……娜塔莎,薇拉,这就是那个杰尼索夫。"

依旧是那些幸福的、激动的面孔朝杰尼索夫那毛发蓬松的身形转过来,把他包围起来。

"亲爱的,杰尼索夫!"娜塔莎尖叫了一声,她乐得不知如何是好,跳到他跟前,抱住他吻了吻。大家都为娜塔莎这个举动觉得很难为情。杰尼索夫也脸红了。但他微微一笑,拿起娜塔莎的手亲了亲。

杰尼索夫被带到为他准备的房间,罗斯托夫一家人围着尼古卢什卡聚在起居室里。

老伯爵夫人坐在他身旁握着他的手不放,不时地亲吻它;其余的人也围在他周围,恐怕放过他的每个动作、每句话、每一瞥,那些喜悦爱抚的目光紧盯着他。小弟弟和姐姐们争吵着,互相抢占靠近他的位子,为了得到端茶、递毛巾、取烟袋的机会争争夺夺。

罗斯托夫为受到人们对他的爱抚而感到幸福;见面的最初时刻是那么幸福愉快,但现在他觉得幸福还不够,他总在期待着更多、更多、更多的什么东西。

次日清晨,他们一直睡到九点多钟。

在前面的房间里,地上横七竖八地摆满了佩刀、皮包、图囊、打开的提箱、脏靴子。两双擦干净了的带马刺的靴子才放在墙边。仆人拿来了脸盆、刮脸的热水和干净衣裳。散发着烟草和男人的气味。

"喂,格里什卡,把烟袋拿来!"瓦西卡·杰尼索夫哑着嗓子喊了一声。"罗斯托夫,起来!"

罗斯托夫揉了揉双眼,从热乎乎的枕头上抬起乱蓬蓬的头。

"怎么啦,晚了吗?"

"晚了,九点多了,"是娜塔莎回答的声音,从隔壁房间里传来浆过的衣服的沙沙声、女孩子们的低语声和笑声,从微开的门缝里闪过蓝色的衣裳、蝴蝶结、黑发和愉快的面孔。这是娜塔莎、索尼娅和彼佳,他们是来看他起床没有。

"尼古连卡,起来!"门口又传来娜塔莎的声音。

"这就起!"

这时彼佳在第一间房里看见了佩刀,就拿了起来,他就像孩子们看见英武的兄长时那样兴奋,他忘记了姐姐们,忽然把门打开了。

"这是你的刀吗?"他喊道。姑娘们连忙躲开。杰尼索夫睁大了受惊的眼睛,把毛茸茸的腿藏到被子里,张望着向朋友求救。彼佳进来后门又关上了,门外传来笑声。

"尼古连卡,穿上睡衣出来吧,"这是娜塔莎的声音。

"这是你的刀吗?"彼佳问,"要不这是您的?"他带着谦卑恭敬的口吻向黑脸膛的大胡子杰尼索夫说。

罗斯托夫赶忙穿上鞋,穿上睡衣,走了出去。娜塔莎登上一只带马刺的靴子,正在穿另一只,当他出来时,索尼娅正转着圈子,想鼓起连衣裙行屈膝礼。两个姑娘都穿着天蓝色的新衣裳,她们都那么鲜艳、红润、愉快。索尼娅跑了,娜塔莎挽起哥哥的手,把他领到起居室时里,他们开始谈起来。他们彼此不等对方回答又问起无数的只有他们俩才感兴趣的琐事。他说的每句话都使娜塔莎发笑,并不是由于他们话真的可笑,而是因为她心情快乐,她欢喜得忍不住要笑。

"啊,多好,好极了!"她对每件事都是这么说。罗斯托夫觉得,在爱的灼热光照下,一年来第一次在他的心中和脸上露出了孩童的微笑,这种微笑是在他离家后从未有过的。

"不,你听我说,"她说,"你现在真是一个大男人了吗?你是我的哥哥,我真兴奋。"她摸了摸他的胡子。"我十分想知道你们男人是怎么样的?是不是跟我们一样?不一样吗?"

"索尼娅为什么跑了?"罗斯托夫问。

"是啊。这说来话长!你怎么称呼索尼娅?是称呼'你'还是'您'?"

"那要看情况,"罗斯托夫说。

"你称呼她'您',我恳求你,我以后再告诉你。"

"这是为什么?"

"好,我现在就告诉你。你知道吧,索尼娅是我的朋友,是很好的朋友,我为了她烫伤自己的胳膊来发誓。你瞧。"她卷起薄纱的袖筒,露出纤瘦柔嫩的小胳膊,在肩膀下,离肘弯很高的地方,有一块红印。

"这是我为了证明我爱她才烧伤的。就是把铁尺在火上烧红,往这儿一按。"

在这曾经当作教室的房间里,罗斯托夫坐在沙发里,望着娜塔莎那对十分活泼的眼睛,他又进入了家庭的、孩童的世界,他觉得这是最高的生活享受,就连用规尺烫手臂来表明爱,他也觉得不无道理:他理解这一点,并不感到奇怪。

"那又怎么样呢?就是这些吗?"他问。

"嘿,我们可好呢,可好呢!用规尺烫手臂,这算什么,是胡闹,但是我们永远是朋友。她一爱上谁,就永远爱上了;可是我不懂这个,我立刻就忘了。"

"那又怎么样呢?"

"我是说她爱我,也爱你。"娜塔莎忽然脸红了。"你还记得在离别的时候……她让你忘掉这一切……她说:我永远爱他,而他可以自由,这真太好了,兴奋极了! 你说是吗? 很兴奋? 是不是?"娜塔莎说这些话是既认真、又激动,可以看出,她以前说这些话时曾是含着眼泪的。罗斯托夫沉思了一下。

"我决不会收回我的诺言的。"他说。"以后也不会,索尼娅这么可爱,放弃自己的幸福不是成了笨蛋了吗?"

"不是的,不是的,"娜塔莎喊道。"我跟她已经谈过这件事。我们知道你会这么说,但是这不行,你懂不懂,因为倘若像你所说,你受诺言的约束的话,那么就似乎她有意说这话似的。那么一来,你仍旧是不得已才娶她,那就根本不对头了。"

罗斯托夫看出,这一切都是经她们深思熟虑过的。他昨天就为索尼娅的美而吃惊,今天一晃看了她一眼,他觉得她更美了。她是一个讨人喜欢的十六岁的姑娘,显然她在热爱着他,他对这一点没有任何的怀疑。他现在怎么能不爱她,甚至怎么能不和她结婚,罗斯托夫这样想,可是……现在还有太多别的欢乐和要做的事!"是啊,她们想得很妙,"他想,"我应当保持自由。"

"很好,"他说,"这个我们以后再谈。啊,我十分喜欢你!"他加了一句。"啊,怎么样,你对鲍里斯没变心吧?"哥哥问。

"胡扯!"娜塔莎笑着嚷了一句。"不论是他还是别的什么人,我都不想,连知道都不想知道。"

"是吗! 那你要怎么样呢"?

"我吗?"娜塔莎反问道,幸福的微笑使她精神焕发。"你看见迪波尔了吗?"

"没有。"

"声名显赫的迪波尔,舞蹈家,你没看见吗? 那其他你就不了解了,你看我的。娜塔莎圈起手臂,提起裙子,像人们在舞蹈时那样,跑开几步,转过身来,两只脚一拍,脚尖着地,走了几步。"你看我站住了吧? 你瞧!"她说,但是她用脚尖站不稳。"你瞧我跳的! 我永远不嫁人,我要当舞蹈家。不过你不要对其他人说。"

罗斯托夫笑得那么兴奋,声音那么高,连在隔壁房间的杰尼索夫都羡慕起来,娜塔莎也不禁和他一起笑起来。"不,你说好不好?"她总是说。

"好。你已经不愿意嫁给鲍里斯了?"

娜塔莎满面通红了

"我不愿意嫁给任何人。我见到他时也会这样说。"

"是真的!"罗斯托夫说。

"真的,这都是胡闹,"娜塔莎还在胡扯。"怎么,杰尼索夫人好吗?"她问。

"好"。

"那么你走吧,穿衣裳去。杰尼索夫,他可怕吗?"

"为什么可怕?"尼古拉问。"不,瓦西卡是个大好人。"

"你叫他瓦西卡吗?……奇怪。怎么,他好得很吗?"

"好得很。"

"那么好了,你快点来喝茶。大家一起喝。"

娜塔莎踮起脚尖像舞蹈演员似的从房里走出去,她面带笑容,那是只有幸福的十五岁的姑娘才有的微笑。罗斯托夫在客厅里遇见索尼娅时脸红了。他不知道如何对待她。昨天在刚见面狂喜的时刻互相亲吻,可是今天他们觉得不能这样做了,他觉得所有的人,母亲和姐妹们,都用好奇的目光望着他,看他用什么态度对待她。他吻了吻她的手,称呼她"您"——"索尼娅"。可是他们的目光碰到一起却相互称呼"你",并且温柔地互相接吻。她的眼神是在恳求他原谅她竟然通过中间人娜塔莎向他提起他的诺言,而且为他的爱情表示感激。他是用眼神表示感谢她让他保持自由的建议,而且说,不论发生什么事,他对她永远不会变心。

"真是,多么奇怪,"薇拉趁大家都不说话的时刻,说,"索尼娅和尼古连卡现在见面时像两个陌生人似的称呼起'您'来了。薇拉的意见正像她所有的意见,都是正确的,但是也正像她所有的意见一样,使大家觉得很尴尬,不但索尼娅、尼古拉和娜塔莎,甚至连老伯爵夫人也像个姑娘似的红了脸,儿子对索尼娅的爱情使她害怕,那样会使他失去与名门贵族联姻的机会。使罗斯托夫吃惊的是,杰尼索夫身着新制服,搽着发油,洒着香水,就像他临阵时那样,相貌堂堂的在客厅里出现了,而且,他对女士们和男士们的礼仪是如此周到,也是罗斯托夫根本没有料到的。

二

尼古拉从军队回到莫斯科,家里人把他看成最好的儿子,是位英雄,永远看不够的尼古卢什卡;亲戚们把他看作可爱的、令人快乐的、有礼貌的年轻人;熟人们把他看作英俊的骠骑军中尉,跳舞的能手,莫斯科最杰出的未婚青年。

整个莫斯科都是罗斯托夫家的熟人。老伯爵今年手头很宽裕,因为所有的田产都抵押了,尼古卢什卡因而得到个人专用的走马和最时髦的马裤,这是一种在莫斯科还没有人穿过的式样顶新的马裤,还买了一双鞋头极尖和带有小银马刺的最流行的靴子,日子过得很舒服。罗斯托夫这次回家,在经过一段时间适应过去生活过的环境后,现在有了一种快乐的感觉。他觉得他已经长大了,是成年人了。为了教义考试没有及格而感到的失望,向加夫里洛借钱还马车夫的债,和索尼娅的偷吻……他想起这一切就像回忆现在离他非常遥远的童年时的事情。现在他是披着银丝镶边的披肩、戴着圣乔治勋章的骠骑军中尉,和德高望重的知名猎手们一起训练走马。在林荫路他有一个相识的女人,晚上常到她家里去。他在阿尔哈罗夫家舞会上指挥玛祖卡舞,和卡缅斯基元帅谈战争问题,常到英国俱乐部去,和经杰尼索夫介绍认识的四十岁的上校称兄道弟。

在莫斯科,他对皇上的热情冷静了一点,因为最近没有看见他。可是他仍旧时常谈起皇上,谈他对皇上的爱戴,他使人感觉他还有话没有说完,他内心对皇上还有某种并不是所有的人都能理解的感情;他也完全有当时莫斯科人们对亚历山大·帕夫洛维奇皇帝的普遍崇拜,当时莫斯科人称他是"天使的化身"。

罗斯托夫在莫斯科短暂停留期间,直到回部队之前,他非但不亲近索尼娅,反而疏远她。她美丽、可爱,显然她热爱着他;但是,他正处在有很多事要做的青春期,没有时间顾及那件事,年轻人珍视自由,害怕约束,他需要可以使他做很多事情的自由。他这次在莫斯科期间,一想起索尼娅,总是对自己说:"嗨,像这样的少女有的是,还有许多我没有见到的。只要我愿意,谈恋爱总来得及,但是现在没有功夫。"此外,他觉得在女流中生活,有失男子汉的刚毅气魄。他装作不得已而去赴舞会和涉足妇女社会。至于赛马、去英国俱乐部、和杰尼索夫狂饮,到某处去——这是另外一回事:这对一个骁勇的骠骑兵是合乎身份的。

三月初,老伯爵伊利亚·安德烈伊奇主持筹办在英国俱乐部欢迎巴格拉季翁公爵的筵席。

伯爵穿着睡衣在大厅里来回走动。吩咐俱乐部主管和有名的俱乐部大厨师费奥克蒂斯特为欢迎巴格拉季翁公爵的酒席置办龙须菜、鲜黄瓜、草莓、小牛肉和鲜鱼。伯爵自俱乐部成立那天就是会员和主任。俱乐部委托他筹办欢迎巴格拉季翁的盛大宴会,是因为极少有人像他那样慷慨好客,不惜重金置办酒席,尤其是因为极少有人像他那样为了办好宴会需要钱时能够并且乐于慷慨解囊。厨师和总管听候伯爵吩咐时,全都眉开眼笑,因为他们知道,跟什么人都没有跟他在置办花费数千卢布的筵席中更能捞到好处的了。

"特别注意,在甲鱼汤里要放鸡冠子,放鸡冠子,懂吗?"

"那么要三个冷盘喽……?"厨师问。

伯爵沉思了一下。

"至少三个……一盘要蛋黄酱凉拌,"他说,伸出一个指头……

"那么,可以买大鲟鱼吗?"总管问。

"既然不愿减价,没办法,那就买吧。对了,我的天啊,我差点儿忘了。筵席上还要摆一道冷盘。哎呀,天啊!"他抓住自己的头发。"谁去把花给我运来?米坚卡!喂,米坚卡!米坚卡,你尽快到郊外别墅去一趟,"他对应声而来的管家说。"你赶快到郊区别墅吩咐花匠马克西姆卡,叫他立刻出官差。告诉他把暖房的花用毡子包好运来。星期五之前给我送来二百盆。"

他又下了一道又一道命令以后,他出去想到伯爵小姐那儿休息,但是又想起必须的事,又回来把总管和厨师叫来,又吩咐了一些事。从门口传来轻快的男人脚步声,小伯爵来了,他年轻貌美,肤色红润,留着黑色的小胡子,莫斯科安定的生活使他得到了充足的休息和保养。

"啊,我的好孩子!忙得我头昏脑涨。"老伯爵说,他微笑着,似乎在儿子面前有点害羞似的。"你能帮一帮也好嘛!还得来一个唱歌班,乐队我有,把那个茨冈人叫来,行不行,你们当兵的喜欢这玩意儿。"

"真是的,爸爸,我看巴格拉季翁公爵准备申格拉本战役还没有你们现在这么忙乱呢,"儿子微笑着说。

老伯爵装出生气的样子。

"你倒会说,你来试试!"

伯爵转向热切地望着他父子二人的厨师。

"你看年轻人成了什么样子,啊,费奥克蒂斯特?"他说。"竟然讥讽起咱们老头子来了。"

"就是嘛,大人,他们就知道吃好的。至于怎么做,筵席怎么摆,他们就不操心了。"

"对,对!"伯爵喊道,他抓起儿子的两只手,继续喊道:"我说,你这回可跑不了啦!你立刻驾上双驾辕雪橇,尽快到别祖霍夫那儿,你就说,伊利亚·安德烈伊奇伯爵派我来,向您要草莓和鲜菠萝。在别处搞不到这些东西的,倘若他不在,你就对公爵小姐说。从那儿出来,你就到拉兹古利阿伊——车夫伊帕特卡知道地点,——你在那儿找到茨冈人伊柳什卡,就是那个曾经在奥尔洛夫伯爵家跳舞的,你记得吧,穿白色哥萨克服的,你把他带来见我。"

"把他的茨冈姑娘们全叫来吗?"尼古拉笑着问道。

"当然,当然!……"

恰在这时,安娜·米哈伊洛夫娜悄悄地走了进来,她那神情永远像煞有介事,忧心忡忡。虽然她每天碰见伯爵,伯爵大都穿着睡衣,但他每次见到她都觉得不好意思,请她原谅。

"没关系,亲爱的伯爵,"她温顺地闭起眼睛,说。"我可以到别祖霍夫那儿去一趟,"她说。"小别祖霍夫来了,现在咱们什么都可以从他的暖房里弄到。我正想见见他。他给我寄来一封鲍里斯的信。谢天谢地,鲍里斯如今在司令部里供职了。

伯爵很兴奋安娜·米哈伊洛夫娜能分担一部分他的任务,于是他叫人给她套了一辆轻便马车。

"您告诉别祖霍夫,让他来赴宴。请客单里有他的名字。怎么,他是和妻子一同来的吗?"他问。

安娜·米哈伊洛夫娜闭上眼睛,脸上现出深深的悲伤……

"别提了,亲爱的,他非常不幸啊,"她说。"如果我们听到的是真的话,那就太可怕了。在我们为他的幸福而庆幸的时候,哪里想得到有今天! 这么一个高尚的天使般的灵魂,年轻的别祖霍夫啊! 是的,我由衷地怜悯他,尽我可能使他得到安慰。"

"怎么回事?"罗斯托夫父子二人异口同声地问道。

安娜·米哈伊洛夫娜深深地叹了一口气。

"玛丽亚·伊万诺夫娜的儿子多洛霍夫,"她神秘地低声说,"据说,完全使她的名声扫地。他救了他,请他到彼得堡家里住,但是……她来这儿,这个亡命徒也追随着她来了,"安娜·米哈伊洛夫娜说,她想表示她同情皮埃尔,但是在她那不自觉的语气里和微微含笑的神态里表露出她是同情那个她叫作亡命徒的多洛霍夫的。"据说,皮埃尔伤透了心"。

"不管怎么样,你还是告诉他,请他到俱乐部来,——所有的事都会过去的。宴会盛大极了"。

　　次日，三月三日，中午一点多钟，二百五十位英国俱乐部会员和五十位客人在等待贵宾、奥地利远征英雄巴格拉季翁公爵来赴宴。奥斯特利茨战役的消息刚传来时，莫斯科陷入迷惑，当时俄国人习惯于打胜仗，听了吃败仗的消息，有些人几乎不相信，另一些人则用不寻常的原因来解释这个令人吃惊的事件。在显贵的、消息灵通和有权威的人士会集的英国俱乐部里，在消息刚传来的十二月份，大家都不谈战事和最近一次战役，似乎是彼此事先商量好了似的。那些指导谈话方向的人们，如：拉斯托普钦伯爵、尤里·弗拉基米罗维奇·多尔戈鲁基公爵、瓦卢耶夫、马尔科夫伯爵、维亚泽姆斯基公爵等，都不在俱乐部露面，都在各自家中亲近的小圈子里聚会，而那些没有主见的莫斯科人（伊利亚·安德烈伊奇·罗斯托夫也属于这一类），在一个短时期内，失掉了谈话的领导人，对于战争的议论众说不一。这些莫斯科人觉得事情有点不妙，谈论这些坏消息令人为难，因此最好是缄口不言。可是过了一些时候，那些俱乐部的舆论权威人士又出现了，于是谈话又变得明确并且肯定。俄国人吃了败仗，这么一件难以置信、骇人听闻、不可能的事情，其原因已经找到。因此一切都弄清楚了，莫斯科各个角落都在讲着同样的话。这些原因就是：奥地利人的背信弃义，军粮供应太差，波兰人普热贝舍夫斯基和法国人朗热隆的背叛，库图佐夫的无能，以及（小声地谈论）皇上由于年轻缺乏经验而信任卑劣小人。可是大家都众口一词地说，军队，俄国军队却是非凡的，干出了英勇的奇迹。士兵、军官、将军，都是英雄。而英雄中之英雄是巴格拉季翁公爵，他因申格拉本战役和奥斯特利茨撤退而声名远播，在奥斯特利茨撤退中只有他率领的纵队秩序井然，并且一整天不断击退两倍于己的敌人。巴格拉季翁之所以被选为英雄，还因为他在莫斯科没有人事关系，是一个陌生人。欢迎他，也就是欢迎战斗的、普通的、没有人事关系和阴谋诡计的、引起人们回忆苏沃洛夫远征意大利的俄国军人。另外，给他这样的荣誉，是对库图佐夫表示不欢迎和不赞成的最妙的办法。

　　"如果没有巴格拉季翁，也要造出一个来。"滑稽家申申说。没有人谈论库图佐夫，有些人低声骂他，说他是宫廷里肤浅的家伙和老色鬼。

　　莫斯科到处都在传诵多尔戈鲁科夫公爵的话："智者千虑，必有一失"，这句话引起对过去胜利的回忆和对目前失败的自我安慰；同时还流传着拉斯托普钦的话：对待法国兵，必须用大话来鼓舞士气；对待德国兵，要给他们讲道理，使他们相信逃跑比前进更危险；而对待俄国兵，就得劝阻他们；"慢一点！"关于我们的士兵和军官在奥斯特利茨战役中的英勇事迹，从四面八方越传越多。某人拯救了军旗,某人杀死了五个法国人,某人独自一人装五尊大炮,不认识贝格的人们也谈论他,说他右手受伤,左手握刀奋勇前进。没有人谈到博尔孔斯基,只有深知他的人惋惜他,说他这么年轻就死了,把怀孕的妻子撇给了怪脾气的父亲。

三

三月三日,英国俱乐部的出席者大多是德高望重的人。还有少数偶然来的客人,主倘若年轻人,其中有杰尼索夫、罗斯托夫,以及重新在谢苗诺夫团当上军官的多洛霍夫。这些年轻人,尤其是年轻的军人,对于老人露出含有轻蔑的尊敬表情,仿佛对老一辈的说:"我们会尊敬和看重你们的,但是要记住,未来毕竟属于我们。"

涅斯维茨基也在场,他是俱乐部老会员。皮埃尔遵照妻子的命令留起了长头发,不再戴眼镜,穿着时髦的服装,只是神情忧郁不振,在大厅里走来走去。和在别处一样,总有一群崇拜他的财富的人围着他,而他一直带着习惯的高高在上的态度和漫不经心的漠视神情对待他们。

按年龄,他应当和年轻人在一起,但论财产和社会地位,他是受尊重的老辈客人中的一个,因此他在两堆人之间走来走去。

瓦卢耶夫秘密地谈起乌瓦罗夫从彼得堡来探听莫斯科人对于奥斯特利茨战役的看法。

伊利亚·安德烈伊奇·罗斯托夫伯爵面带忧心忡忡的神情,踏着他那柔软的皮靴,在餐厅和客厅之间紧张地穿来穿去,他一直是匆匆地并且用完全相同的口气跟那些他全都认识的重要人物和不重要的人物问好,不时用眼睛寻找他的身材匀称的宝贝儿子,欢喜地把视线停在他身上,向他挤挤眼睛。年轻的罗斯托夫和多洛霍夫靠窗口站着,他们俩才认识不久,罗斯托夫很看重这个关系。老伯爵走到他们跟前,跟多洛霍夫握了握手。

"欢迎你光临寒舍,你和我这个小伙子认识了……一块儿入伍,一块儿在战场上逞英豪……嗬!瓦西里·伊格纳季奇,您好,老伙计,"他转向那个从旁走过的小老头,还没等他寒暄完,人们都动起来,一个神色惊慌的仆人前来报告:"客人来了!"

铃响了;委员们拥向前去;分散在各屋的客人们,聚成一堆儿,站在大客厅前的舞厅门旁。

巴格拉季翁出现在前厅门口,他没有戴帽子,也没有带佩刀,他脸上那种像孩子过节似的表情,配上他那刚毅英勇的脸型,甚至给人一种奇怪的感觉。和他一起来的别克列绍夫和费奥多尔·彼得罗维奇·乌瓦罗夫在门口停下来,想让他这位主要的客人走在他们前面。巴格拉季翁紧张起来,他不愿领受他们的情意;在门口谦让一番。最后,还是走在了前面。委员们在第一道门口迎接他,对他说了些欢迎的话,不等他回答,就簇拥着把他领到客厅。客厅门口挤满了会员和客人,弄得无法通行,人们争先恐后,竭力超过别人的肩头看着巴格拉季翁,伊利亚·安德烈伊奇伯爵笑着说:"让开,各位,让开,让开!"推开人群,把客人们领进了客厅,让到中央的沙发上就座。

后来,有人朗诵了一首赞颂巴格拉季翁公爵的诗。

没等念完,管事人就大声宣布:"请入席了!"门敞开了,从餐厅传来波兰舞曲的鸣响:"胜利的欢声如雷动,欢乐吧,勇敢的俄罗斯,"——伊利亚·安德烈伊奇愤怒地看了看仍在读诗的作者,站起来向巴格拉季翁鞠了一躬,人们全站起来,都觉得酒席比诗更重要,又是巴格拉季翁走在大家的前头去入席。人们让巴格拉季翁在首席落座。三百人都按职位和权势在餐厅里各就各位,谁的权势大些,就离贵宾近些。

在宴会开始前,伊利亚·安德烈伊奇向伯爵介绍了他的儿子。巴格拉季翁认出了他,结结巴巴说了几句前言不搭后语的话,就像他今天所有的话一样。伊利亚·安德烈伊奇伯爵兴奋了,在巴格拉季翁跟他儿子说话时,他得意地环顾大家。

尼古拉·罗斯托夫和杰尼索夫以及刚结交的多洛霍夫一起坐在中间的席位。他们对面是皮埃尔和涅斯维茨基公爵。伊利亚·安德烈伊奇和其他委员坐在巴格拉季翁对面,他作为莫斯科礼贤好客的代表来款待公爵。

他的操劳没有白费。他筹办的筵席,荤菜和素菜都是极好的,但在宴会结束之前,他仍旧不能完全放心。

"为了皇上的健康!干杯!"伊利亚·安德烈伊奇喊了一声,这时他那双和善的眼睛满含着喜悦和高兴的泪水。也就在这时,奏起了《胜利的欢声如雷动》的乐曲。大家全从座位上站起来,高呼"乌拉!"巴格拉季翁也高呼"乌拉!"如同他在申格拉本战场喊得那样响。从全体三百人的声音中,能听见年轻的罗斯托夫的兴高采烈的声音。他差点哭了。

“为了皇上的健康。”他喊道，“乌拉！”他一口气干了一杯，把杯子摔在地板上。很多人都跟他学。雷鸣般的喊声持续了很久。喊声一停止，侍者就打扫破碎的杯子，大家全坐下来，互相交谈起来。伊利亚·安德烈伊奇伯爵又站起来，看了看放在他菜碟旁边的字条，于是宣布，为我们最后战役的英雄彼得·伊万诺维奇·巴格拉季翁的健康干杯，伯爵的蓝眼睛又满含泪水。“乌拉！”又响起了三百个客人的声音。大家唱起了大合唱。

> 俄罗斯人不怕艰难险阻，
> 勇敢就是胜利的保证。
> 我们有了巴格拉季翁，
> 所有敌人都将跪倒在我们脚下。
> ………

歌手们刚唱完，接连不断地干杯，伊利亚·安德烈伊奇伯爵也越来越感动，杯子也摔得越来越多，喊声也越来越高。为别克列绍夫、纳雷什金、乌瓦罗夫、多尔戈鲁科夫、阿普拉克辛、瓦卢耶夫等人的健康，为委员们的健康，为主办人的健康，为俱乐部全体会员的健康，为全体来宾的健康，都干了杯，最后，单独为筵席筹办人伊利亚·安德烈伊奇伯爵的健康干杯。在干这一杯时，伯爵拿出手绢，蒙着脸不禁大哭起来。

四

皮埃尔坐在多洛霍夫和尼古拉·罗斯托夫对面，贪馋地大吃大喝。凡是有点知道他的人，都看出他今天大大地变了样。他在整个吃饭时间都默不作声，眯着眼，皱着眉，环视四周，或者出神地两眼发呆，用指头擦鼻梁。他精神不振，面色阴沉。他对周围发生的一切似乎视而不见，听而不闻，专心思索一件烦恼的，难以解决的问题。

那件无法解决、使他苦恼的问题，是那位在莫斯科的公爵小姐曾向他暗示多洛霍夫和他妻子的关系密切，今天早上他接到一封匿名信，另外，信中说他戴着眼镜看不清楚，他的妻子和多洛霍夫的关系只有对他一个人才是秘密。不论是公爵小姐的暗示还是那封信，皮埃尔都完全不相信，可是他现在怕看坐在他对面的多洛霍夫。他的目光每次偶尔碰到多洛霍夫那对俊美傲慢的眼睛,皮埃尔就感到,一种可怕的、混乱的东西在心中油然而生。皮埃尔不自觉地回忆起他妻子过去的一切,以及她和多洛霍夫的关系,皮埃尔清楚地看出,匿名信中所说的,倘若说的不是他的妻子的话,大约是真的,至少,可能像是真的。皮埃尔不由得记起多洛霍夫在那次战役后官复原职,回到彼得堡后就去找他。多洛霍夫利用他和皮埃尔是酒友关系,就直接到他家里去,皮埃尔安排他住下,而且借给他钱。皮埃尔回忆起海伦怎样微微含笑对多洛霍夫住在他们家里表示不满,多洛霍夫如何下流无耻地夸奖他妻子的美丽,从那时起,一直到他来莫斯科,他从来没有离开过他们。

"是啊,他十分漂亮,"皮埃尔想,"我知道他这个人。我为他奔走过,供养过他,帮助过他,正因为如此,才使得他觉得败坏我的名誉,嘲笑我,是一件特别有趣的事。我知道而且了解,倘若这是真的,在他看来这就会在他的欺骗上更增添一层乐趣。是的,倘若这是真的话;可是我不相信,我没有权利并且也不能相信。"他想起当多洛霍夫在干残酷事的时候,他脸上那副表情,例如,当他把派出所所长绑在狗熊身上扔到水里的时候,或者当他没有理由要跟人决斗的时候,或者当他用手枪打死驿站车夫的马的时候。当他看皮埃尔时,他脸上也经常有这种表情。"是的,他是一名决斗家。"皮埃尔想道。"杀死一个人在他不算回事,他肯定觉得人人都怕他,这一定使他很开心。他一定以为我也怕他。我也确实怕他,"皮埃尔想,一有这些想法,他又感觉到一种可怕的、混乱的东西在心中油然而生。多洛霍夫、杰尼索夫和罗斯托夫现在坐在皮埃尔对面,他们看来很开心。罗斯托夫愉快地跟两个朋友谈话,其中一个是骁勇的骠骑兵,另一个是有名的决斗家和浪荡公子,他们不时用讥笑的目光看看皮埃尔,他心事重重,心神不定,身躯庞大,在筵席上很显眼。罗斯托夫对皮埃尔侧目而视,这是因为,第一,在他那骠骑兵的眼光看来,皮埃尔是一个没有军籍的富翁,美人的丈夫,一句话,是一个懦夫;其次,是因为皮埃尔心事重重,神不守舍,竟然没有认出罗斯托夫,没有向他答礼。在为皇上的健康祝酒时,皮埃尔忙于想心事,没有站起来,也没有举杯。

"您怎么啦?"罗斯托夫闪着高兴的、愤怒的目光望着他喊道。"难道您没有听见:为皇上的健康干杯!"皮埃尔叹了口气顺从地站起来干了一杯,等大家全坐下来,他面带着友好的微笑,对罗斯托夫说:

"我没有认出您呢,"他说。可是罗斯托夫顾不上这个,他正在喊"乌拉"呢!

"你干吗不重温旧交啊,"多洛霍夫对罗斯托夫说。

"去他的吧,笨蛋一个,"罗斯托夫说。

"应当向漂亮的女人的丈夫讨好嘛,"杰尼索夫说。

皮埃尔没有听见他们说什么,但是他知道是在说他。他红了脸,转过身去。

"喂,现在为漂亮的女人干杯,"多洛霍夫说,他那样子很认真,但嘴角含着笑意,他向皮埃尔举起杯来。"为漂亮女人和她们的情夫干杯,彼得鲁沙(皮埃尔的俄语爱称),"他说。

皮埃尔垂下眼睛,不看多洛霍夫,也不理睬他,喝了自己杯里的酒。侍者分发库图佐夫的大合唱歌词,在作为贵宾的皮埃尔面前放了一页。他想拿起它,但是多洛霍夫探过身来从他手里抢了过去,开始读起来。皮埃尔向多洛霍夫扫了一眼,又垂下眼来;在整个宴会期间折磨着他的那种可怕的、混乱的情绪油然而生,而且占据了他。他把整个肥胖的身体探过餐桌。

"您胆敢拿!"他大喝一声。

涅斯维茨基和右首座位的客人听见这声喊叫,看出他是对谁而发的,都吃惊地连忙转向别祖霍夫。

"算了吧,算啦,您怎么啦?"他们发出惊恐的低语。多洛霍夫睁着发亮的、愉快的、凶残的眼睛,看了看皮埃尔,他那嘴角含着的微笑似乎在说:"啊,我就是喜欢这样。"

"我不给你,"他说,字音咬得清清楚楚。

皮埃尔脸色苍白,嘴唇发抖,忽然抢过那张纸。

"您……您……这流氓!……我要跟您决斗,"他推开椅子,站起来,说。他觉得,那个在最近几天一直使他烦心的关于他的妻子犯罪的问题,就在他这样做和这样说的一瞬间,终于完全并且坚决地肯定下来了。他恨她,永远跟她决裂了。罗斯托夫不顾杰尼索夫劝告他不要插手这件事,但他仍然同意做多洛霍夫的副手,散席后和别祖霍夫的副手涅斯维茨基谈妥了决斗的条件。皮埃尔回家了,而罗斯托夫和多洛霍夫以及杰尼索夫留在俱乐部里听茨冈和歌手们唱歌,一直坐到深夜。

"那么明天在索科尔尼克森林见吧,"多洛霍夫和罗斯托夫在俱乐部门廊分手时,说。

"你心情安静吗?"罗斯托夫问。

多洛霍夫站住了。

"告诉你吧,我可以用两句话向你揭示决斗的全部秘诀。倘若你在决斗时,立下遗嘱,给父母写温情的信,倘若你想到你可能被打死,那么,你就是个大笨蛋,十有八九要完蛋;倘若你在决斗时意志坚定,一定要把对方最快最准地干掉,那就会诸事顺利,正像我们科斯特罗马的一位猎熊手对我常说的:谁不怕熊啊? 可是,你一看见它,心里只想可别让它跑掉了,害怕的心理就没了。我也是这样。"明天见,亲爱的!"

第二天早上八点钟,皮埃尔和涅斯维茨基驱车来到索科尔尼克森林,发现多洛霍夫、杰尼索夫和罗斯托夫已经在那里了。皮埃尔那副神情,似乎是在集中精力思考一个与当前的事毫无关系的问题。他面容消瘦,脸色发黄。看来是一整夜未睡。他精神恍惚地环顾四周,仿佛害怕灿烂的阳光,皱着眉头。有两种思绪一直萦绕在他的心头:在整夜失眠以后,关于他妻子的犯罪已经确定无疑了,而多洛霍夫却没有罪过,因为他没必要维护一个与他无关的人的名誉。"我处在他的地位也会这样做的,"皮埃尔想。"其实我一定会这样做;这场决斗,凶杀,有什么意义? 不是我杀死他,就是他打中我的脑袋、臂肘、膝盖。离开这儿吧,逃跑,到什么地方躲起来,"他突然起了这个念头。正当他有这个想法的时候,他用那使旁观者不禁肃然起敬的非常镇静和满不在乎的神气问道:"快了吧,准备好了吗?"

一切都准备就绪,两把军刀插在雪里,表示决斗的双方应当走到的界线,手枪也上了膛,这时涅斯维茨基走到皮埃尔跟前。

"伯爵,在这重要的关头,十分紧要的关头,倘若我不对您说实话,我就是没有尽到应尽的职责,也就是辜负了您让我当您的副手所给予我的信任和荣誉,"他怯生生地说,"我认为,这件事没有充分的理由,也不值得为它而流血……是您的不对,您太性急了……"

"可不是,太荒唐了……"皮埃尔说。

"那么让我去转达您的歉意,我相信您的对手会同意接受您的道歉的,"涅斯维茨基说,他像别的当事人一样,还不相信事情真的已经闹到非决斗不可的地步。"您知道,伯爵,承认自己的错误,总比把事情弄得不可收拾要好得多。任何一方都没有受到屈辱。让我去谈判吧……"

"不,没有什么可谈的!"皮埃尔说,"反正一样……准备好了吗?"他又说了一句。"您只要告诉我,朝哪儿走,朝哪儿放枪?"他说,不自然地微笑着。他接过手枪,问开枪的方法,因为他至今从没拿过手枪,这一点他是不愿承认的。"对了,就是这样放,我知道,不过我忘了,"他说。

"没有什么可道歉的,没这回事,"多洛霍夫对也试图调解的杰尼索夫说,于是他也走到规定的地点。

决斗的地点是一片不大的松林空地,离停雪橇的大路八十来步远,由于近来天气变暖,地上的雪正在融化。决斗的双方站在相距四十来步的空地两边。副手们在潮湿的深雪上步量距离,从他们站的地方,到相距十步远插着涅斯维茨基和杰尼索夫的两把军刀作为界线的地方,留下了许多脚印。雪在融化,雾在上升;四十步开外什么也看不见。三分钟后一切准备就绪了,但仍旧拖延着。大家全沉默不语。

五

"喂,开始吧!"多洛霍夫说。

"行啊,"皮埃尔说,依旧微笑着。

气氛是紧张可怕的。显然,如此容易就开了头的事情,已经无法阻止了。杰尼索夫第一个向前走到界线,宣布:

"因为敌对双方拒绝调解,那么就请开始吧:拿起手枪,在喊到'三'时,双方向前走。"

"一!二!三!"杰尼索夫气愤地高声喊道,随后退到一旁。两人顺着踩出的小道往前走,越来越近,在雾中彼此辨认着对方。敌对双方在走到界线时只要愿意开枪,都有权利开枪射击。多洛霍夫不紧不慢地走,没有把枪举起来,他那对明亮闪烁的蓝眼睛注视着对方的脸。像平日一样,他的嘴角似乎含有笑意。

在发出三字口令后,皮埃尔快步向前,他离开践踏的小道,走到没有踩过的雪地上。皮埃尔向前伸出握住手枪的右手,仿佛担心这支手枪会把自己打死似的。他尽力把左手伸到后面,因为他老想用它支撑住右手,但是他知道这是不准许的。皮埃尔走了六、七步就离开小道走到雪地上,他看了看脚下,又很快地望了多洛霍夫一眼,就照人家教给他的那样用指头勾了一下枪机,皮埃尔怎么也没料到声音会这么响亮,他一听见自己的枪声吓了一跳,然后他对自己竟有这样的印象微微一笑,站住不动了。由于有雾,硝烟格外浓,最初一瞬间阻碍他看见东西;但他等待的另一声对他的射击,没有随之而来。只听见多洛霍夫急促的脚步声,透过烟雾,现出他的身影。他用一只手捂着左边身子,另一只手紧紧握住下垂的手枪。他脸色苍白。罗斯托夫跑过去对他说了句什么话。

"不……"多洛霍夫咬紧牙说,"不,没有完,"他跌跌撞撞,踉踉跄跄地又走了几步,到了军刀旁边倒在雪地上。他的左手全是血,他在常礼服上擦了擦手,用它支撑着身子。他的脸色苍白,皱紧眉头,直打哆嗦。

"请……"多洛霍夫想说话,可不能一下子说完……"请吧"他费力地说。皮埃尔差点大声哭出来,向多洛霍夫跑过去,已经要越过界线了,多洛霍夫大喝一声:"回到界线上!"皮埃尔方才明白是怎么回事,于是站到军刀旁边。他们相距只有十步远。多洛霍夫把头低到雪地上,贪婪地嚼着雪,又抬起头来,振作一下精神,把两条腿收回来,寻找牢靠的重心,坐了起来。他吞食冰冷的雪,吸吮着它;他的嘴唇哆嗦着,但仍旧含着微笑;他聚集着最后的力量,眼睛闪着努力和凶狠的亮光。他举起枪来瞄准。

"侧着身子,用手枪掩护,"涅斯维茨基紧张地说。

"掩护!"甚至连杰尼索夫也禁不住向对方喊了一声。

皮埃尔带着抱歉和悔恨的微笑,毫无防御地叉开两腿,张开两臂站着,他那宽敞的胸膛直对着多洛霍夫,他忧郁地看着他。杰尼索夫、罗斯托夫和涅斯维茨基都闭上了眼睛。就在这时,他们听见枪声和多洛霍夫凶恶的喊叫。

"没有打中!"多洛霍夫喊了一声,就无力地脸向下躺在雪地上。皮埃尔抱着头,转身踏着深雪向林中走去,他不知所云地自言自语。

"荒唐……荒唐! 死……谎言……"他紧皱着眉头絮叨着。涅斯维茨基拦住他,把他送回家去。

罗斯托夫和杰尼索夫护送受伤的多洛霍夫。

多洛霍夫躺在雪橇里,闭住眼睛不说话,不论问他什么,他都一声不语,但是进入莫斯科后,他突然醒过来了,吃力地抬起头来,握住坐在他身旁的罗斯托夫的手。多洛霍夫的表情完全变了,出人意外地庄重而温柔。

"唉,怎么样? 你自我感觉怎么样?"罗斯托夫问。

"不好! 不过,这倒没什么。我的朋友,"多洛霍夫时断时续地说,"我们在哪儿? 我知道是在莫斯科。我倒没什么,但是我把她害死了……她受不了这个,她受不了……"

"谁?"罗斯托夫问。

"我母亲。我母亲。我的天使，我所崇拜的天使，母亲，"多洛霍夫握住罗斯托夫的手，哭了。等他稍稍平静一些，他告诉罗斯托夫，他和母亲住在一起，倘若母亲看见他将要死去，她是受不了的。他央求罗斯托夫先到她那里，使她有所准备。

罗斯托夫先去执行他的嘱托，使他大为惊诧的是，多洛霍夫，这个暴徒，专爱找人决斗的多洛霍夫，在莫斯科跟老母亲和一个驼背的姐姐住在一块，竟然是一个非常柔顺的儿子和弟弟。

六

最近一段时间，皮埃尔极少同妻子见面。不管在彼得堡还是在莫斯科，他们的家总是宾客盈门。在决斗后的第二天夜里，他像往常那样，没有到卧室去，就待在他父亲老伯爵别祖霍夫去世的那间特大的书房里。

他歪在沙发上想睡一觉，忘掉他所经历的一切，但他不能入睡。暴风雨般的思绪、回忆，一下子涌上了他的心头，他不但不能睡，并且不能平静，不得不从沙发上跳起来，在屋里快步走来走去。他时而想起刚结婚的日子，她袒胸露臂，眼神懒倦而热情，但在想起她的同时，又想起多洛霍夫在宴会上那张秀美、蛮横、强悍而含有讥笑的面孔，同样是多洛霍夫那张面孔，当他踉跄地倒在雪地上时，成了一张苍白、颤抖、痛苦的面孔。

"发生了什么事？"他问自己。"我打死了情夫，是的，我打死了妻子的情夫。是的，是这么回事。为什么？我怎么竟然干出了这等事——因为你娶了她，"内心的声音在回答。

"但是我有什么过错？"他问。"过错就在于你不爱她而娶了她，过错就在于你欺骗了自己，同时也欺骗了她，"于是他清清楚楚地想起了在瓦西里公爵家晚饭后的那个时刻，当时他言不由衷地说了一句："我爱您"。"一切全是由此而来！我当时就感觉到，"他想，"我当时就感觉到这不对头，我没有权利说这话。果真如此。"他回想起他度过蜜月，他一想起就脸红。在他婚后不久的一天，中午十二点钟，他穿着绸睡衣，从卧室走进书房，在书房里碰到总管家，他恭恭敬敬地鞠躬，看看皮埃尔的脸，看看他的睡衣，露出了笑意，这段回忆他觉得格外生动、受辱、可耻。

"我曾多少次地为她而自豪，为她的仪态万方，为她的交际风度而自豪，"

他想，"为自己的家而自豪，因为她在家中招待整个彼得堡的客人，为她那拒人于千里之外的神态和美丽而自豪。我为之而自豪的原本就是这些?! 我当时就想，我不清楚她。我常常地琢磨她的性格，我就对自己说，我有过错，因为我不了解她，不了解她那种经常的心安理得、自鸣得意、缺乏任何的爱好和愿望，原来全部的谜底就在于她是一个'荡妇'这个可怕的字眼:他对自己说出这个可怕的字眼，于是一切都顺利解决了!

"阿纳托利经常找她借钱，吻她裸露的肩膀。她不给他钱，可是让他吻自己。父亲用玩笑话挑逗她的醋意;她心平气和地微笑着，说她不会那么傻，去吃醋:他爱怎么就怎么吧，这说的是我。有一次我问她，她是不是有怀孕的感觉。她轻蔑地笑起来，她说她不是笨蛋，希望生儿育女，她不会给我生孩子的。"

然后他回忆起，尽管她受的是上层贵族社会的教养，但她的头脑粗鲁、简单、言语庸俗。"我不是大笨蛋……不信你试试……滚开"她说。皮埃尔经常见到她在男女老少心目中获得的成功，他无法知道他为什么不爱她。"我从没有爱过她，"皮埃尔自言自语。"我知道她是一个荡妇，"他不停地自言自语，"可是我不敢承认这一点。"

"可是现在多洛霍夫呢，你瞧他坐在雪地上，勉强地微笑着，也许正在死去，却装出一副英勇的样子，作为对我的懊悔的答复!"

皮埃尔虽然外表上性格软弱，但他却是那种不找知己倾吐苦衷的人。他独自消受自己的痛苦。

"一切的一切都是她一个人的错，"他自言自语。"既然如此，那应当怎么样呢? 为什么我和她结合在一起呢? 为什么我对她说:'我爱你'而这明显是谎话，甚至比谎话还坏"，他对自己说。"我有错，自作自受……怎么? 名誉扫地吗? 生活不幸吗? 唉，全是扯淡，"他想，"丢脸也罢，光荣也罢，都是相对的，一切都以我为转移。"

"路易十六被处死，人们说他卑劣，有罪，"皮埃尔忽然想到，"从他们的观点看来是对的，而那些为他遭到惨死，视他为神圣的人们，也是对的。后来罗伯斯庇尔因为专制而被处死。谁是谁非? 无所谓是非。活着，就活下去:或许明天就死掉，就像一小时前我可能死掉一样。生命比之永恒只是一刹那，犯得上自寻烦恼吗?"可是，正当他这么想，认为自己已经得到安静的时候，他突然想起了她，想起了他最强有力地向她表白言不由衷的爱情的那个时刻，于是他感到血液涌上心头，又不得不站起来，来回走动，摸到什么东西就想摔碎，撕破。"我为什么对她说:'我爱你'?"他反反复复地对自己说。

夜里他叫来仆人,吩咐他收拾行李,打算去彼得堡。他不能和她住在一起。他无法想象他现在怎么跟她说话。他决定明天就走,给她留一封信,向她声明他要永远和她分手。

早上,仆人把咖啡送到书房的时候,皮埃尔在沙发上躺着,手里拿着一本书,正在睡觉。

他醒了,惊慌地四顾,弄不清楚他是在什么地方。

"伯爵夫人叫我问问大人是不是在家。"仆人问。

皮埃尔还没有想好如何,伯爵夫人亲自走进来了,她穿着白缎银边睡衣,随便绾起辫发,她神态平静而庄重,只不过在微凸的大理石般的额头上有几道愤怒的细纹。她强作镇静,在仆人面前不开口说话。她已经知道决斗的事,她就是来谈这个的。她在等着仆人放下咖啡后出去。皮埃尔怯生生地从眼镜上方看着她,正如一只被猎狗围攻的兔子,抿起耳朵,继续在敌人面前躺卧着,他也是这样,试着继续看书;可是他觉得这是没有意义的,而且是不可能的,他又胆怯地瞥了她一眼。她在等待仆人走出去,没有坐下,露出轻蔑的冷笑看着他。

"又怎么啦? 干的什么好事? 我问您?"她严厉地说。

"我? 我怎么啦?"皮埃尔说。

"好一个英雄好汉! 您说说,决斗是怎么回事? 您这样干是要证明什么! 证明什么? 我问您。"皮埃尔在沙发上笨重地翻了翻身,张开嘴,但无法回答。

"如果您回答不出来,我来告诉您吧……"海伦继续说。"您相信人家对您说的一切。人家说……"海伦大笑起来,"说多洛霍夫是我的情夫,"她用法语说,以强调这个词的粗俗含意,"您就相信了! 您这证明什么啊? 您决斗证明了什么? 证明您是个笨蛋,这是人所共知的! 结果怎么样? 结果是我成为全莫斯科的笑料;结果是人人全说您喝得糊里糊涂,昏头昏脑,对那个您无缘无故地吃他醋的人要求决斗,"海伦越说声音越高,越说越来劲……

"嗯……嗯……"皮埃尔皱着眉头,眼睛也不看她,一动不动,嘴里嘟囔着。

"您为什么能相信他是我的情夫? ……为什么? 是因为我爱跟他来往吗? 倘若您聪明一点,令人兴奋一点,我倒愿意和您在一起。"

"不要和我说话……我求您,"皮埃尔低声说。

"为什么我不能说! 我能说并且大胆地说,有了您这样丈夫的妻子,极少有不找情夫的事,"她说。皮埃尔想说话,看了看她,眼睛闪出她无法理解的奇异的光芒,他还是躺着。这时他感到肉体上的痛苦:胸口发闷,呼吸困难。他知道应该做点什么使这种痛苦停止,可他想做的事情太可怕了。

"咱们最好分开,"他时断时续说。

"分开,那就请吧,不过您要给我一份财产,"海伦说……"分开,拿这个来吓唬我!"

皮埃尔从沙发上跳起来,跟跟跄跄地向她冲过去。

"我杀死你!"他喊道,从桌上抄起一块大理石板,用连他自己都想不到的力量,迈出一箭步,向她抡将起来。

海伦吓得变了脸;她尖叫一声从他身边躲开了。父亲的性格在他身上表现出来。皮埃尔感到狂暴的乐趣和魅力。他把石板扔出去,摔得粉碎,张开两只臂膀向海伦走过去,大喝一声:"给我滚!"

一星期后,皮埃尔把占他家产大半的全部大俄罗斯田产的管理权全交给了妻子,孤身一人到彼得堡去了。

七

童山接到关于奥斯特利茨战役和安德烈公爵阵亡的消息已经两个月了,虽然通过使馆写信询问和多方查访，可公爵的尸首仍没找到，在俘虏中也没有他。最使亲属难过的是，他仍旧有可能被当地居民从战场上抬走，也许现在他正流落在举目无亲的地方，一个人在养伤或者将要死去，没法传递自己的消息。老公爵最初是从报纸上知道奥斯特利茨战败的消息的，而报上照例写得简短并且模糊，不过说俄军在打了几个辉煌战役后应该撤退，撤退时秩序井然。老公爵从这个官方消息中知道我们打败了。在报载奥斯特利茨会战消息的一星期后，接到了库图佐夫的来信，信中通知公爵关于他儿子的遭遇。

"我亲眼看见您的儿子，"库图佐夫写道，"手擎军旗在团队前头英勇地倒下了，他没有辜负自己的父亲和自己的祖国。我和全军全感到遗憾的是，到现在还不知他是否活着。有一点是使我和您都感到宽慰的，就是您的儿子可能还活着，要不是这样的话，在我从军使接到阵亡军官名单中，一定会有他的名字的。"

老公爵接到这个消息时已经是夜晚了，当时书房里只有他一个人。第二天早上他像平日一样出去散步；可他同管家、花匠和建筑师一言不发，虽然他满脸怒气，可他对任何人都没有说什么。

玛丽亚公爵小姐在固定的时间到他那儿去了，他正在车床上做活儿，像平常一样，他没有回头看她。

"啊！玛丽亚公爵小姐！"他突然声音不自然地说，扔下凿子。

玛丽亚公爵小姐走到他跟前，看见他的脸色，她的心一下子沉下去了。她的眼睛模糊了。父亲的脸色不是忧伤，不是悲痛，而是气势汹汹。

"爸爸！是安德烈吗？"公爵小姐说，她那难以形容的悲哀和忘我精神，使父亲受不了她的目光，抽泣了一声，转过身去。

"接到消息了。在俘虏名单中没有，在阵亡名单中没有。库图佐夫来信说，"他尖叫一声，似乎想用这声尖叫赶走公爵小姐，"打死了！"

公爵小姐脸色苍白。她忘记了对父亲的畏惧，走到他面前抓住他的手，拉过来搂着他那干瘦、多筋的脖颈。

"爸爸"她说。"不要避开我，让咱们俩一起痛哭吧。"

"这些坏蛋，下流胚！"老头喊道，把脸避开她。"把军队毁了，把人也毁了！为的什么？去，去，去告诉丽莎。"

公爵小姐颓然地倒在父亲身旁的扶手椅里，哭起来。她现在似乎看见哥哥跟她和丽莎告别时，他那又温柔又高傲的神情。她仿佛看见了他温顺地、嘲笑地把小圣像戴到自己身上的情景。"他信不信? 他会后悔他不信神吗? 他此刻在那儿呢? 那永远安息和幸福的地方吗?"她想。

"爸爸,把经过告诉我,"她含着眼泪问。

"去吧,去吧;在会战中阵亡了,那一仗毁掉了俄罗斯最优秀的军人,毁掉了俄罗斯的光荣。去吧,玛丽亚公爵小姐。去告诉丽莎。我就来。"

玛丽亚公爵小姐从父亲那儿回来,这时小公爵夫人正在做针线活儿,她抬头看了看玛丽亚公爵小姐,她有一种只有孕妇才有的与众不同的眼神,那是一种内在的、幸福而安详的眼神。很明显,她的眼睛没有看见玛丽亚公爵小姐,而是看自己身体的内部,那里正在形成一种幸福的神秘的东西。

"玛丽(是玛丽亚的法语称谓),"她说,从刺绣架旁挪开,往后靠着,"把你的手给我。"她拿起公爵小姐的手,按在自己的肚子上。

她的眼睛有所期待地微笑着。

玛丽亚公爵小姐在她跟前跪着,把脸埋到嫂嫂的衣褶里。

"你听,你听,——听见了吧? 我觉得真奇怪。你可知道,玛丽,我会很爱他的,"丽莎说,眼睛发出幸福的光彩望着小姑。玛丽亚公爵小姐抬不起头来:她哭了。

"你怎么了,玛莎(玛丽亚的小名)?"

"没什么……我心里难过……为安德烈难过,"她说,在嫂嫂的膝盖上擦着泪。整个早上,玛丽亚公爵小姐好几次要让嫂嫂思想上有所准备,而每一次都哭起来。小公爵夫人不知道为什么,虽然她不善于察言观色,仍然使她惶恐不安。她没有说什么,但她张皇四顾,似乎在寻找什么。午饭前,老公爵走进她的房间,她是一向怕他的,现在他的脸色十分不安,怒气冲冲地,一言不发就走了。她望了望玛丽亚公爵小姐,然后沉思起来,正像孕妇常有的那样,眼睛的神情是在注意自己的体内,她突然哭了。

"接到安德烈的消息了?"她说。

"没有,你知道,还不可能传来消息,可是爸爸心里不安,我也担心害怕。"

"那么说没事儿?"

"没事儿,"玛丽亚公爵小姐说,她那放光的眼睛沉着地望着嫂嫂。她决定不告诉她接到的可怕的消息。

八

"我的好朋友",三月十九日早上,早饭后,小公爵夫人说,她那毛茸茸的嘴唇仍照平常的习惯翘着;可是,这个家里自从接到噩耗后,不但微笑,并且所有的说话声音,甚至脚步声,都表示着悲哀,小公爵夫人的微笑也是这样,虽然她不明白其中的原因,可是受到普遍情绪的影响,她的微笑更叫人想到共同的悲哀。

"今天我可能不想吃饭。"

"你怎么了,亲爱的? 你的脸色苍白。啊哟,你的脸白极了,"玛丽亚公爵小姐一边惶恐地说,一边迈着笨重而轻柔的脚步跑到她跟前。

"小姐,要不要去叫玛丽亚·波格丹诺夫娜?"身边一个女仆说。(玛丽亚·波格丹诺夫娜是县城里的接生婆,她已经来童山一个多星期了。)

"可不是,"玛丽亚公爵小姐表示赞同,"也许,是真的。我就去。不要怕,我的天使! 她亲吻丽莎,就要从房里出去了。

"唉,不要,不要!"小公爵夫人脸色苍白,并且对无可避免的肉体痛苦露出孩子式的畏惧神情。

"不,是胃不舒服,……丽莎,你就说,是胃不好"于是小公爵夫人哭了,拧着自己的小手。公爵小姐走出去叫玛丽亚·波格丹诺夫娜。

"我的天啊! 我的天!"她听见小公爵夫人在她后面喊叫。

接生婆早已迎面走来了,她搓着白胖的小手,脸上露出沉着的自负神情。

"玛丽亚·波格丹诺夫娜! 似乎是快了,"玛丽亚公爵小姐说,惶恐地睁大两眼望着老太婆。

"是么,谢天谢地,公爵小姐,"玛丽亚·波格丹诺夫娜没有加快脚步,说,"你们当姑娘的,不该知道这种事。"

"医生怎么还不来啊?"公爵小姐说。(按照丽莎和安德烈公爵的意思,临产的时候到莫斯科请一位产科医生,现在大家正时时刻刻等候他。

"没啥,公爵小姐,您放心,"玛丽亚·波格丹诺夫娜说,"没有医生一切也会弄好的。"

五分钟后,公爵小姐从自己房里听见人们抬笨重的东西。她探头看了看:餐厅仆人把安德烈公爵书房里的皮沙发搬到卧室里,不知做什么用。

玛丽亚公爵小姐一个人坐在房里,用心听着家里的动静,有时有人走过,就开门看看走廊里发生了什么事。有几个女人蹑手蹑脚来回走动,转脸看看公爵小姐,又转脸避开她。她不敢打听,关上门,回到自己房里,她时而在扶手椅里坐下,时而拿起《祈祷书》,时而在神龛前面跪下。使她感到难过和惊讶的是,祈祷并不能使她安静。她的房门忽然轻轻地打开了,门槛上出现了她的老乳娘普拉斯科维亚·萨维什娜,因为老公爵的禁令,她差不多从不踏进她的门。

"玛申卡(玛丽亚的小名和爱称),我是来跟你一块儿坐一会儿的,"乳娘说,"你看,我把公爵结婚的蜡烛拿来供在圣徒面前,我的天使,"她叹了口气,说。

"啊,你来了,我真兴奋,乳娘。"

"上帝是仁慈的,亲爱的。"乳娘在神龛前点上几支涂着金粉的蜡烛,然后坐在门旁织袜子。玛丽亚公爵小姐拿起书来读。只有听到脚步声和说话声时,公爵小姐才不安地,疑惑地看看乳娘,同时乳娘也令人安心地看看公爵小姐。家中每个角落,每个人都满怀着公爵小姐在自己卧室里所感受的那种情绪。依照迷信的说法,知道产妇痛苦的人越少,她受的痛苦就越少,因此大家都竭力装作不知道;谁也不提这件事,但是在每个人的脸上,都无法掩盖。

女仆的大房间里听不见笑声。仆人的房里所有的人全都鸦雀无声,坐在那里准备着。家奴的住处点着松明和蜡烛,全没有睡觉。老公爵跷着脚尖,脚后跟着地,在书房里走来走去,打发吉洪去问玛丽亚·波格丹诺夫娜:怎么样了?

"你只说公爵叫你问问:怎么样了?随后告诉我她是怎么说的。"

"你去回公爵:开始分娩了,"玛丽亚·波格丹诺夫娜看了看来者,说。吉洪回去禀告了公爵。

"好的",公爵说着就把门关上,吉洪再没有听见书房里一点声音。过了一会儿,吉洪假装照管蜡烛,走进书房里。发现公爵躺在沙发上睡着了。

这是一个三月的夜晚,冬天似乎还要逞威,狂怒地撒着大雪,掀起了风暴。为了迎接随时都可能从莫斯科到来的德国医生,已经派了备用的马匹到大路上等候,在转向坎坷不平和雪水交融的乡间的小道路口,派有提着灯笼的骑者为来人引路。

玛丽亚公爵小姐早已放下书本:她默默地坐着,一对光亮的眼睛审视着乳娘那张布满皱纹、最细微的特点都是她所熟悉的面孔:头巾下面露出一绺白发,下巴颏垂着小袋形的松肉。

乳娘萨维什娜织着袜子,低声地说,"上帝是慈悲的,根本不需要医生"。

突然,一阵狂风吹开了窗子。

"公爵小姐,我的妈呀,大路上有人来了!"她说,用手扶着窗框,没有关窗。"打着灯笼呢;肯定是医生……"

"哎呀,我的天! 多谢上帝!"玛丽亚公爵小姐说。"得去迎接他,他不会俄语。"

玛丽亚公爵小姐披上披肩,朝来人跑去。当她穿过前厅时,从窗口看见大门口停着一辆马车,灯火通明。她向楼梯口走去。这时玛丽亚公爵小姐觉得有一个熟悉的声音在说话。

"多谢上帝!"那个声音说。"爸爸呢?"

"休息了,"早已站在下面的管家杰米扬的声音回答说。

随后那个声音又说了句什么,杰米扬答了一句,于是厚毡靴的脚步声沿着看不见的楼梯转弯更快地走近了。"这是安德烈!"玛丽亚公爵小姐想道。"不,这不可能,如果是真的,那就太不平常了,"她想道,她正在这样想的时候,在仆人举着蜡烛站在那里的楼梯平台上,出现了安德烈公爵的面孔和身影,他穿着翻领皮外套,身上撒满了雪。不错,这是他,可脸色苍白、瘦削,并且神情也变了:特别地柔和,然而心神不定。他走上楼梯,把妹妹抱在怀里。

"你们没接到我的信吗?"他问,他不等回答,并且也不会得到回答的,因为公爵小姐说不出话来——不等回答就同跟在他后面的产科医生(他是在最后一站遇见他的)仍旧快步上了楼,他又拥抱了妹妹。

"真奇怪的命运!"他说,"玛莎,亲爱的!"他脱掉外套和靴子,就到公爵夫人的房间去了。

九

小公爵夫人歪在枕头上,戴着小白帽(阵痛刚过去)。安德烈公爵走进房来,在她睡的沙发末端停了下来,小公爵夫人一对发亮的眼睛望着他,没有改变表情,依旧流露着孩子般的恐惧和不安。"我爱你们所有的人,我对谁都没做过坏事,干吗叫我受苦? 救救我,"她的表情似乎在说。她看见了丈夫,可是她不清楚他这时在她面前出现是什么意思。安德烈公爵绕过沙发,吻了吻她的额头。

"我的心肝,"他说,他从未这样叫过他。"上帝是慈悲的……"她用疑问的、孩子般责备的目光看了看他。

"我等待你来救我,但是什么也没有,什么也没有,连你也是这样!"她的眼睛这样表示。她对他的到来并不感到吃惊。她不知道他是刚到的。他的到来对她的痛苦和减轻痛苦毫无关系。阵痛又开始了,玛丽亚·波格丹诺夫娜劝安德烈公爵离开房间。

产科医生进到屋里。安德烈公爵走了出来,他看见公爵小姐,又走到她跟前。他们低声谈起来,谈话时时停顿。他们等待着,谛听着。

"你去吧,我的朋友"玛丽亚公爵小姐说。安德烈公爵又到妻子那里,在隔壁房间坐下等着。一个面带惶恐神情的女人从她房里出来,一见安德烈公爵就惊慌得不知所措。安德烈公爵两手蒙着脸,就这样坐着。难以忍受的肉体疼痛的惨叫,从门缝里传来。安德烈公爵站起来,走过去想开门。有人握紧门柄不放。

"不行,不行!"一个吃惊的声音在门里说。——他开始在房里来回踱步。喊声停止了,又过了几秒钟。隔壁房间忽然传出一声凄厉的惨叫。安德烈公爵跑到门口,喊声停止了,传来小儿的啼叫声。

"为什么把孩子抱到那儿?"安德烈公爵头一两秒钟这么想。"孩子?什么孩子?……那儿怎么会有孩子?也许这孩子降生了吧?"

当他突然明白过来时,泪水使他感到窒息,他两肘支在窗台上,像孩子似的哭起来。门开了,医生从房里走出来,他没有穿常礼服,挽着袖子,脸色苍白,下巴颤动着。安德烈公爵向他转过身去,可是医生不知所措地望了望他,一句话没说,就走过去了。一个女人跑出来,她一见安德烈公爵,犹豫地停下来。他走进妻子的房间。她死了,仍旧像五分钟前他看她的时候那样躺着,仍然是那么一副表情。

"我爱你们所有的人,对谁也没有做过坏事,你们为什么这样对待我啊?唉,你们怎么这样对待我啊?"她那秀丽的、可怜的僵冷面孔似乎这么说。

又过了两个小时,安德烈公爵悄悄地走进书房去见父亲。老头已经什么都知道了。他站在门口,门刚一敞开,老头就静静地用他那干瘪、僵硬的胳膊像钳子似的搂着儿子的脖颈,像孩子似的痛哭起来。

世界传世藏书　世界十大名著

·战争与和平·

图文珍藏版

　　三天后，小公爵夫人安葬了，安德烈公爵走上停棺木的阶梯向她告别。棺木里那张脸依旧是那样，虽然紧闭着双眼。"唉，你们怎么这样对待我啊？"那张脸总是这么说。安德烈公爵觉得，他心里仿佛失去了一件东西，他感到内疚，那是他无法挽回也忘不了的内疚。他哭不出来。老头也来吻她那只平静地高高放在另一个乳房上的蜡黄的小手，她的脸也似乎在对他说："唉，你们怎么这样对待我啊？"老头一见这张脸，就愤愤地转过身去。

　　又过了五天，尼古拉·安德烈伊奇小公爵受洗礼。乳娘用下巴压着包布，同时神父用一支鹅毛向孩子又红又皱的小手心和小脚板上涂油。

　　祖父当教父，他颤抖地捧着婴儿，生怕掉下来，绕着疤癞流星的白铁圣水盆走了一圈，把婴儿递给教母玛丽亚公爵小姐。安德烈公爵在另一间房里坐着等圣礼结束，他怕把孩子淹死，吓得连大气都不敢出。保姆把婴儿抱出来，他兴奋地看了看他。

十

　　罗斯托夫参加多洛霍夫和别祖霍夫决斗的事件，由于老伯爵的努力，最终私下了结了。罗斯托夫不但没有像他预料的受到降职处分，相反调任莫斯科总督的副官。因此他无法随着家人到乡下去，一个夏天都留在莫斯科的新任所。多洛霍夫恢复了，在他养伤期间，罗斯托夫跟他的交情更深了。多洛霍夫是在母亲身边卧床养伤的。老太太玛丽亚·伊万诺夫娜为了罗斯托夫和费佳（费奥多尔的小名）友好，十分喜欢他，她经常对他谈起自己的儿子。

　　"可不是，伯爵，在现今咱们这个腐化堕落的社会里，他是太高尚太纯洁了，"她时常说。"好的德行，没有人喜欢，人人都把它看作眼中刺。"老太太认为，多洛霍夫是一个高尚、纯洁的人。

　　而多洛霍夫在养伤期间对罗斯托夫却说了根本令人意想不到的话。

　　"别人都认为我是坏人，我知道，"他说，"不管它。除了我所爱的人，我对谁都不买账。对我所爱的人，我愿意为他卖命，而对其他的人，倘若他挡住我的道儿，我就一脚踢开。我有一个值得崇拜的母亲、两三个朋友，你是其中的一个，说到别人，就只看他对我是有益还是有害了。几乎所有的人都是有害的，尤其是女人。真的，亲爱的，"他说下去，"我曾遇见过仁慈、高尚、侠肠义骨的男人,但是我还没有遇见过不能用金钱收买的女人,不管她是伯爵夫人还是厨娘。我还没有遇见过我在女人身上寻求的那种纯洁无瑕、忠贞不渝的品质。如果我找到了这样的女人,我愿意为她牺牲性命。但是这些娘儿们!……"他做了个鄙夷的手势。"你相信不相信,倘若说我还珍视生命的话,我珍视它仅仅是因为我还希望能够找到使我再生、净化、升华的天仙般的人物。但是你对这不了解。"

"不,我很了解,"罗斯托夫回答说,他受到了这位新朋友的感化。

秋天,罗斯托夫家回到莫斯科。入冬,杰尼索夫也回来了,就住在罗斯托夫家里。尼古拉把许多年轻人带到双亲家里。薇拉是年仅二十的美丽姑娘;十六岁的索尼娅是一朵鲜花;娜塔莎处于大姑娘和少女之间,有时像孩子般的可爱,有时又像少女般的迷人。

在罗斯托夫带来的年轻人中,多洛霍夫是头一批中的一个,家里的人全喜欢他,只有娜塔莎例外。因为多洛霍夫,她差点跟哥哥吵起来。她坚持认为他是坏人,对他和别祖霍夫的决斗,皮埃尔是对的,多洛霍夫不对,就他讨人嫌,矫揉造作。

"我没什么要了解的!"娜塔莎任性地喊道,"他太凶狠,没有感情。我甚至喜欢你的杰尼索夫,别看他酗酒,什么都干,但是我还是喜欢他,因此我是了解他的。我不知怎么对你说好,他一举一动都是别有用心的,我就是讨厌这个。杰尼索夫……"

"杰尼索夫是另一回事了,"尼古拉回答说,他那口气使人感到,跟多洛霍夫比起来,杰尼索夫简直无足轻重,"要了解,这个多洛霍夫有一个多么高尚的灵魂,要看看他怎样对待他的母亲,那是一颗多么了不起的心灵啊!"。

"这个我不知道,总之我和他在一块感到不舒服。你可知道,他爱上索尼娅了?"

"你胡说什么……"

"不信,你等着瞧吧。"

娜塔莎的预言实现了。不爱和妇女交往的多洛霍夫,开始时常到罗斯托夫家里来,他为谁而来,这个问题很快就得出答案:他是为索尼娅而来。而索尼娅虽然从来不敢提这件事,但她心里明白,每当她看见多洛霍夫,脸就红得厉害。

多洛霍夫经常在罗斯托夫家里吃便餐。从来不放过有罗斯托夫家在场的戏剧演出,经常参加在约格尔家举行的青年舞会,罗斯托夫家人是这舞会的常客。他的注意力主要集中在索尼娅身上,他看她时,他那目光使她不能不脸红,就连老伯爵夫人和娜塔莎看见他那目光也脸红了。

显然,这个刚毅、怪僻的男人,被这个肤色稍黑、举止文雅、正在爱着另一个男人的姑娘的不可抗拒的魅力征服了。

罗斯托夫察觉到多洛霍夫和索尼娅之间有一种新的关系。"她们总是不停地闹恋爱,"他这样想象索尼娅和娜塔莎。可是,他和索尼娅跟多洛霍夫在一起已经不像以前那么自然了。于是他更少在家里待了。

自 1806 年秋天开始,又不断地议论要和拿破仑打仗,并且比去年谈得更加热烈。不但规定每千人要征调十名新兵,并且还要征调九名民兵。到处都在诅咒该死的波拿巴,罗斯托夫全家只关心一件事,那就是尼古卢什卡说什么也不愿留在莫斯科,只等过了节,杰尼索夫假期一满,就跟他一块儿回团里去。即将到来的远行,不但没有影响他寻欢作乐,相反更促使他玩了个痛快。多数时间他都是在外面度过,赴宴会、晚会、舞会。

<h1 style="text-align:center">十一</h1>

圣诞节后的第三天,尼古拉在家吃饭,这是他最近少有的事。这是一次正式的饯行宴会:他和杰尼索夫再过十天就要回团队去了。宴会上有二十多个人。多洛霍夫和杰尼索夫也在其中。

在罗斯托夫家里,从来不像这些节日期间如此强烈地令人感到爱情的空气,恋爱的气氛。"抓住幸福的时刻,去爱别人和让别人爱自己吧!"家中充满了这种气氛。

尼古拉很忙,筵席快要开始时才回到家里,他看出索尼娅、多洛霍夫等人特别激动。

"尼古连卡,你到约格尔那儿去吗? 你去吧,我求求你,"娜塔莎对他说,"他特别邀请你,瓦西里·德米特里奇(杰尼索夫)也去。"

"伯爵小姐发出命令,我哪敢不去!"杰尼索夫说,他在罗斯托夫家里开玩笑地充当娜塔莎的骑士,"我准备跳披巾舞。"

"我没有时间! 我早已答应阿尔哈罗夫了,他们那儿有晚会,"尼古拉说。

"你呢……"他问多洛霍夫。话刚出口,他就看出不必这样问。

"嗯,也许……"多洛霍夫冷淡并且不快活地回答说,向索尼娅看了一眼,紧皱着眉头,又向尼古拉一瞥,那目光就像在俱乐部筵席上看皮埃尔时的目光一样。

"肯定出了什么事,"尼古拉想道,饭后多洛霍夫立刻就走了,这更证实了他的想法。他叫娜塔莎,问问是怎么回事。

"我正在找你呢,"娜塔莎跑到他跟前说。"我说的你总是不相信,"她洋洋自得地说,"他向索尼娅求婚来着。"

尽管这一阵子尼古拉极少把索尼娅放在心上,但是他一听到这个,仍然觉得若有所失。对于没有陪嫁的孤女索尼娅来说,多洛霍夫是个合适、并且在某些方面是个出色的配偶。从老伯爵夫人和上流社会的观点看来,是不该拒绝他的。因此,尼古拉听到后第一个反应是对索尼娅的怨恨。他准备说:"好极了,那就忘掉童年的承诺,接受求婚好了。"可是没等他这样说……

"真想不到! 她拒绝了,完全拒绝了!"娜塔莎说。"她说.'她爱另外一个人。'"

"是啊,我的索尼娅不可能有别的做法!"尼古拉想道。

"不论妈妈怎样劝她,她就是不答应,我就知道,她倘若说了,就不会改变……"

"妈妈还劝她!"尼古拉责备地说。

"是的,"娜塔莎说。"你可知道,尼古连卡,你别生气,但是我知道你不会娶她的。天知道我为什么会知道,但是我的确知道你不会娶她。"

"得了,这种事你不会知道的,"尼古拉说,"但是我得跟她谈谈。这个索尼娅真可爱!"他微微含笑加了一句。

"她就是可爱! 我去叫她来找你。"娜塔莎吻了吻哥哥,跑着走开了。

一会儿索尼娅进来了,她神色慌张,带着歉疚的样子。尼古拉到她跟前吻了吻她的手。这是他回家后头一次两人面对面单独地倾诉爱情。

"索菲(索尼娅的法语称谓),"他说,开始有点胆怯,后来就越来越大胆了。"倘若你准备拒绝一个不但出类拔萃,并且对你有好处的配偶,并且他一表人才,品德高尚……他是我的朋友……"

索尼娅打断他的话。

"我已经拒绝了,"她赶忙说。

"倘若你是为我而拒绝,那我怕我……"

索尼娅又打断他的话。她用祈求的、惊恐的目光看了看他。

"尼古拉,别跟我说这个,"她说。

"不,我应当说。这也许是我自大,但是最好还是说。倘若您是为我而拒绝,那么我应该向您说明真实情况。我爱您我以为胜过爱其他一切的人……"

"我已经满足了,"索尼娅一下子面红耳赤,说。

"不,虽然我恋爱过一千次,以后还要恋爱,可是,我对您的这种感情:友谊、信任、爱情,对任何人都没有过。另外,我还年轻。妈妈不希望我订婚。干脆说吧,我不做任何许诺。所以我请求您还是考虑多洛霍夫的求婚吧,"他说。

"别对我说这些了。我什么都不需要。我爱您,把您当作哥哥,我永远爱您,别的什么我都不需要。"

"您是天使,我配不上您,我怕对不起您。"尼古拉又一次吻了吻她的手。

十二

约格尔的舞会是莫斯科最愉快的舞会。

娜塔莎从进入舞会那一刻起,就陷入恋爱状态。她不是爱上某一个特定的人,而是爱所有的人。不管她看见什么人,在她看他的那一刹那,她就爱上他一刹那。

"啊,真好啊!"她不停地跑到索尼娅跟前这么说。

尼古拉和杰尼索夫在大厅里走来走去,带着长辈的神情环顾跳舞的人们。

"她真是可爱,将来肯定是个美人,"杰尼索夫说。

"谁呀?"

"娜塔莎伯爵小姐嘛,"杰尼索夫回答说。

"她跳得真好,舞姿真是优美!"停了一会,他又说。

"你是说谁呀?"

"是说你妹妹嘛,"杰尼索夫气愤地嚷了一声。

罗斯托夫笑了。

大家跳起了新流行的玛祖卡舞曲,娜塔莎和约格尔跳得很神气。一曲结束。

尼古拉知道杰尼索夫的玛祖卡舞跳得很棒。他跑到娜塔莎那里:

"你去邀请杰尼索夫吧。他跳得才叫好呢! 美妙绝伦"他说。

世界传世藏书

世界十大名著

· 战争与和平 ·

图文珍藏版

又轮到娜塔莎邀请舞伴的时候,她站起来,她那双带花结的浅口小鞋快速地挪动,她独自一人怯生生地穿过舞厅,向杰尼索夫坐的角落跑过去。她看见所有的人都把目光投向她,都在等待着。尼古拉看见杰尼索夫和娜塔莎微笑着在争论,杰尼索夫在推让,可是兴奋地笑着,他跑过去。

"请,瓦西里·德米特里奇,"娜塔莎说,"咱们跳一圈,请吧。"

"您怎么啦,伯爵小姐,饶了我吧,"杰尼索夫说。

"得了,得了,瓦夏,"尼古拉说。

"简直像劝小猫似的,"杰尼索夫开玩笑说。

"找一天我给您唱一个晚上,"娜塔莎说。

"小仙女,爱要我怎么就怎么吧!"杰尼索夫说。

杰尼索夫果然跳得极棒,娜塔莎被迷住了,结束时甚至忘了向他还礼。

"这是怎么啦?"她说。

虽然约格尔不承认这是真正的玛祖卡舞,可是大家都惊叹杰尼索夫的技巧,纷纷前来邀请他。杰尼索夫跳完玛祖卡舞以后满脸通红,用手绢擦着汗,在娜塔莎身旁坐下,整个舞会再没有离开她。

十三

那次舞会以后,一连两天罗斯托夫没有看见多洛霍夫,他没有到罗斯托夫家里去,罗斯托夫在他家里没有找到他。第三天罗斯托夫接到他一封短信。

"由于您已知的原因、我不愿前往贵府,并且我就要归队,因此今晚特约友好数人,设宴话别,请即来英吉利饭店一晤。"

罗斯托夫按时到达。马上被领到多洛霍夫包租的房间。大约有二十人聚在桌子周围,多洛霍夫坐在两支蜡烛之间。桌上摆着金币和纸币,多洛霍夫在做庄散牌。在索尼娅拒绝他的求婚后,尼古拉还没有和他见过面,他一想到他们见面的情景,心中就禁不住有些惶惑不安。

罗斯托夫一在门口出现,多洛霍夫就向他投来又亮又冷的目光,看样子他早就在等待他了。

"好久不见,"他说,"谢谢你光临。我这就散完牌,一会儿伊柳什卡带着歌唱队也要来。;"

"我到你家去了,"罗斯托夫红着脸说。

多洛霍夫没有回答。

"你可以下注，"他说。

罗斯托夫这时想起他和多洛霍夫一次奇特的谈话："只有笨蛋才靠运气赌博，"多洛霍夫曾这样说。

"也许你怕跟我赌钱吧？"多洛霍夫说道，笑了笑，脸上带着残酷的神情。

罗斯托夫感到不大自在；他在寻思，但想不出打趣的话来回敬多洛霍夫。可是，当他正在想的时候，多洛霍夫直盯着罗斯托夫的脸，慢吞吞、一字一板、让大家都能听得见地对他说：

"你还记得咱们曾谈过赌博的事……笨蛋赌博靠运气，赌博要有非常把握，我就是要这样试试。"

"是碰碰运气，还是试试把握？"罗斯托夫想了想。

"你最好不要玩，"他加了一句，他把洗好的牌往桌上一拍，又说："下注，诸位！"

多洛霍夫把钱往前一推，准备分牌。罗斯托夫在他身旁坐下，起初他没赌。多洛霍夫老瞅他。

罗斯托夫本不想赌，可是后来却输红了眼，他输掉了四万三千卢布。罗斯托夫简直都快发疯了。

多洛霍夫冷笑着说："这叫'情场得意，赌场失意'我知道，你表妹爱上你了。"

十四

罗斯托夫回家后，觉得事情很可怕了。

家里的人还没睡。罗斯托夫家的年轻人从剧院回来，吃过晚饭，都聚在古钢琴周围。尼古拉一走进大厅，一团爱情的气氛就包围了他。索尼娅和娜塔莎穿着去剧院的那身天蓝色的连衣裙，她们都是那么美，并且她们也知道自己的美丽，微微含笑站在古钢琴旁边。薇拉和申申在客厅里下棋。老伯爵夫人跟一个住在他们家里的贵族老太太在摆牌阵，等待着儿子和丈夫。杰尼索夫两眼发光，头发直立，伸出一只腿坐在古钢琴旁，他那短粗的指头敲着琴键，奏出和弦，他转动着眼睛，用尖细沙哑、然而准确的声音唱着他写的诗歌：《仙女》，他在试图为它配乐。

仙女啊,告诉我:

是什么力量,

使我又弹起久别的琴弦,

你在我心中点燃的火焰,

多么耀眼,

你在我指上倾注的喜悦,

无穷无尽!……

他的歌声热情奔放,黑眼睛光闪闪地望着吃惊的、感到幸福的娜塔莎。

"美妙极了! 好极了!"娜塔莎喊道。"再来一段,"她说,没有看到尼古拉进来。

"他们老是这么一套,"尼古拉一面想,一面探身望望客厅,他看见薇拉和一个老太太陪伴着母亲。

"啊! 尼古连卡来了!"娜塔莎向他跑过去。

"爸爸在家吗?"他问

"你来了,我真兴奋!"娜塔莎说,没有回答他。"我们愉快极了! 瓦西里·德米特里奇为我多住一天,你知道吗?"

"爸爸还没回来,"索尼娅说。

"科科(尼古拉的爱称),你回来了,到我这儿来,亲爱的,"客厅里传来母亲的声音。尼古拉来到母亲跟前,吻吻她的手,默默地靠近她的桌子坐下。从大厅里不时传来笑声和劝娜塔莎唱歌的说笑声。

"得了,得了,"杰尼索夫喊道,"现在再没的可说的了,该您唱意大利威尼斯的船歌了,我求求您。"

老伯爵夫人转脸看了看沉默不语的尼古拉。

"出什么事啦?"母亲问尼古拉。

"咳,没什么,"他答道,"爸爸快回来了吧?"

"大概快了。"

"他们总是这么一套。他们什么都不明白! 我到哪儿待一会才好?"尼古拉想,他又回到放古钢琴的大厅里。

索尼娅坐在琴旁,正在弹杰尼索夫十分喜爱的一首船歌的前奏。娜塔莎准备唱。杰尼索夫两眼充满欣喜的光芒望着她。

尼古拉在室内走来走去。

"为何逼她唱！她能唱个什么？这一点也不令人兴奋，"尼古拉想。

索尼娅弹完了前奏的第一个和弦。

"我的天啊，我毁了，我是一个丢尽脸的人。唯一的出路是对准脑门子来一颗子弹，而不是唱歌，"他想。"躲开吗？但是躲到哪儿去呢？反正一样，让他们唱吧！"

尼古拉愁眉苦脸，不停地在室内走来走去，时时瞅瞅杰尼索夫和姑娘们，可是避开他们的目光。

"尼古连卡，你怎么啦？"索尼娅看着他，她的目光仿佛这样问。她即刻就看出他有什么心事。

尼古拉背转身去。娜塔莎很敏感，也一下就看出了哥哥的神态。她尽管看出了，但她自己此刻是如此愉快，什么悲哀、忧伤、内疚，都和她不相干，她故意欺骗自己"不，我此刻太愉快了，不能由于同情别人的悲哀而破坏自己的欢乐。"她有一个感觉，于是对自己说："不，或许是我弄错了，他应当跟我同样愉快。"

"喂，索尼娅，"她说着就向大厅中间走去，她认为那里的共鸣最好。娜塔莎像舞蹈家似的，抬起头，两手放松地垂下来，她先用脚跟着地，接着踮起脚尖，走到屋子中间停住了。

"瞧，我就是这个样儿！"她在回答杰尼索夫那双追随着她的目光，仿佛这么说。

"她兴奋什么啊！"尼古拉瞧着妹妹想。"她怎么不觉得无聊，不嫌丢人！"娜塔莎唱出了第一个音符，她放开嗓子，挺起胸脯，目光严肃起来。

娜塔莎这年冬天头一次认真地唱起歌来，特别是因为杰尼索夫喜欢她唱。她现在唱起来已经不像一个孩子了。但她唱得还不好，听过她歌唱的专门鉴赏家都这么说。"缺乏训练，可是嗓子十分好，应该训练训练，"大家都这么说。不过人们都是在她唱完以后过了很久才这么说的。实际上，大家都沉浸在其中了。

"这是怎么回事？"尼古拉听到她的歌声，眼睛睁得大大地在想。"她怎么了？她今天唱得这么好啊？"他想。

罗斯托夫也不禁沉浸在里面了。

十五

　　罗斯托夫好长时间没有像今天这样享受音乐的乐趣了。可是娜塔莎一唱完船歌,现实又压上心头。他一言未发,就下楼回到自己的房间。一刻钟后,老伯爵兴高采烈、心满意足地从俱乐部回来了。尼古拉听见他进门的声音,就去见他。

　　"怎么样,玩得痛快吧?"伊利亚·安德烈伊奇说,他对儿子满心欢喜地、高傲地微笑着。尼古拉想说"是的",可说不出口,他差点哭了。伯爵在点烟斗,没有注意儿子的神情。

　　"唉,免不了的事!'尼古拉想。忽然,他对父亲说了,他那口气随随便便,连他自己都觉得恶心。

　　"爸,我有事要跟您商量一下,我几乎忘了。我要用钱。"

　　"啊,是吗!"父亲的兴致好极了。"我对你说过的嘛,你不够用的。需要很多吗?"

　　"很多,"尼古拉红着脸、毫不在意地微笑着说,他对自己这种愚蠢的微笑,后来过了很久都不能原谅。"我输了一点钱,就是说,输了很多,四万三千卢布。"

　　"什么?输给谁的?……你开玩笑!"伯爵大喊一声,突然他的脖子和颈背全红了。

　　"我答应人家明天还账,"尼古拉说。

　　"是吗!……"老伯爵摊开双手,无力地坐到沙发上。

　　"有什么办法!谁都会碰到这种事,"儿子放肆地说,而他内心却认为自己是个无赖和坏蛋,一辈子也赎不回自己的罪。他本想跪下来吻父亲的手求饶,可是他居然用满不在乎、甚至粗鲁的口气说谁都会碰到这种事。

　　伊利亚·安德烈伊奇伯爵听了儿子的话,垂下眼来,慌乱地找什么东西。

　　"是啊,是啊,"他喃喃地说,"很难,凑足这笔钱,我怕很难……谁都会碰到!是的,谁都会碰到……"伯爵向儿子瞥了一眼,就从屋里走出去了……尼古拉本来打算接受训斥,但没想到事情会是这样。

　　"爸爸!爸……爸!"他在父亲后面哭着喊道,"原谅我!"他抓起父亲的手放到自己的嘴唇上,大哭起来。

父子之间正进行这场谈话的时候,母女那边也发生了一场重要的谈话。神情激动的娜塔莎跑到母亲面前。

"妈妈!……妈妈!……他向我提出了……"

"提出了什么?"

"提出,提出了婚约,妈妈!妈妈!"她大声说。

伯爵夫人不相信自己的耳朵。杰尼索夫求婚,向谁求婚?向这个不久前还在玩布娃娃、而现在还在学功课的小姑娘求婚?

"娜塔莎,算了吧,别胡闹啦!"她仍然认为这不过是开玩笑。

"看您说的,胡闹!我是跟您说正经的,"娜塔莎急了。"我是来问您该怎么办,可您说'胡闹'……"

伯爵夫人耸耸肩膀。

"杰尼索夫先生如果真的向你求婚的话,那你就对他说,他是个大笨蛋,不就得了。"

"不,他不是笨蛋,"娜塔莎委屈地、认真地说。

"那么你想怎么样呢?你们现今总在闹恋爱。既然爱上了他,那就嫁给他吧,"伯爵夫人生气地笑着说,"上帝保佑你们!"

"不,妈妈,我没有爱上他,可能没有爱上。"

"既然是这样,那就这样对他说。"

"妈妈,您生气啦?您别生气,亲爱的,我可没什么过错啊?"

"哪里,亲爱的,气什么?倘若你愿意,我去对他说,"伯爵夫人微笑着说。

"不,我自己说,您告诉我怎么说就行了。您倒是挺轻松的,"她微笑着回答母亲。"您倘若看见他向我提亲的情景就好了!我知道他是不愿意提的,他是在不经意中说出来的。"

"那仍旧应该谢绝啊。"

"不,不必。我太可怜他了!他是个好人!"

"那你就接受他的求婚。并且你也该出嫁了,"母亲生气地讥讽地说。

"不,妈妈,我很可怜他,我不知道我该如何说。"

"不用你说,我去说,"伯爵夫人对于竟然把小小的娜塔莎当成大人,感到愤慨。

"不,绝对不行,我自己来,您站在门外听,"于是,娜塔莎穿过客厅向大厅跑去,杰尼索夫仍旧坐在古钢琴旁边的椅子上,两手捂着脸。他一听见她那轻快的脚步声，就一跃而起。

"娜塔莉，"他快步迎上前去，说，"我的命运就请您决定吧，它握在您的手里！"

"瓦西里·德米特里奇，您真叫我心疼啊！……不，您是个好人……但是不必……这样……我永远会爱您的。"

杰尼索夫向她伸出一只手，弯下身去，于是她听到一种奇特的、她所不理解的声音。她吻了吻他那黑发蓬乱的头。正在这时，伯爵夫人走到了他跟前。

"瓦西里·德米特里奇，我感谢您的赏光，"伯爵夫人的声音有点不自然，可杰尼索夫觉得很严厉，"但是，小女还年轻，我觉得，您是我儿子的朋友，应当先对我说。那我就不必向您谢绝了。"

"伯爵夫人……"杰尼索夫耷拉下眼皮，露出歉疚的样子，想说话，但是又说不出来。

娜塔莎看见他副可怜的样子，心情难以安静，大声地抽泣起来。

"伯爵夫人，我对不起您，"他时断时续说，"但是您知道，我非常崇敬您的女儿和您全家，付出两次生命都在所不惜……"他看了看伯爵夫人，看出她表情严峻……"再见，伯爵夫人，"他说，吻了吻她的手，没有瞧娜塔莎一眼，就迈开坚定的步子急匆匆地走了出去。

第二天，罗斯托夫送走了连一天也不愿在莫斯科多待的杰尼索夫。

杰尼索夫走后，罗斯托夫因为等候老伯爵一时难以凑足的款子，又在莫斯科住了两星期，没有出门，多数时间待在姑娘们的房里。

索尼娅对他比先前更温柔、更钟情了。看来她是想向他表示，他的输钱是一件英勇行为，因此她更爱他了。但是尼古拉现在却以为自己配不上她。

他在姑娘们的纪念册上写满了诗和乐谱，在最终还清了四万三千卢布，收到多洛霍夫的收条以后，没有同任何熟人告别，就于十一月底动身前去追赶已经驻波兰的团队了。

第五部

一

皮埃尔和妻子闹翻以后，就动身前去彼得堡。走到托尔若克，驿站没有备换的马，或许是驿站长不愿意给。皮埃尔只好等着。他穿着衣服躺在圆桌旁的沙发上，把穿着厚毡靴的大脚伸到圆桌上，沉思起来。

"箱子要拿进来吗？要铺床吗？要茶吗？"仆人问。

皮埃尔没有回答，他现在是什么也听不见，什么也看不见。他在前一站就在想问题，现在仍在想，他想的那些问题十分重要，以致他对周围发生的一切都不放在心上。他不但对于是早些还是迟些到达彼得堡，或者对于他在这个驿站能否得到休息的地方漠不关心，并且比起他的现在徘徊在心头的思想：在这个驿站是待几个小时还是待上一辈子，对他都是无所谓的。

驿站长、站长妻子、仆人、卖托尔若克刺绣的农妇，都进来要为他服务。皮埃尔没有改变两腿跷到桌上的姿势，从眼镜上方看着他们，不明白他们要什么，不理解他们不解决他所想的那些问题，怎么能活下去。但是，自从那天在索科尔尼克松林决斗回来以后，那些问题就在他的心头存在着，使他度过了一个痛苦的不眠之夜；而现在，在孤独的旅途中，这些问题更加强有力的占据着他。不管他想什么，总要回到那些他不能解决也不能停止向自己提出的问题。仿佛他的头脑中有一颗维持他整个生命的螺丝钉拧坏了。它既拧不进也拔不出，总是在同一个刻槽里悬空打转，并且想让它停止旋转也不可能。

驿站长进来了，他恭敬地请求大人稍候两小时，然后一定给大人换几匹快马。驿站长很明显是在撒谎，只不过是想向旅客多讨几个钱罢了。"这是好还是坏？"皮埃尔问自己。"对于我是好，对于别的旅客就是坏，对于他本人，是不得已的事，因为他不名一文：他说，为了这，一个军官鞭打过他。军官鞭打他因为他要忙着赶路。我射击多洛霍夫，是因为我受了侮辱。路易十六被处死，是因为人家把他当成罪人，一年以后，处死他的人被钉死了，也是因为某种原因。什么是善？什么是恶？应当爱什么，恨什么？为什么活着，我这个人是什么？什么是生，什么是死？主宰一切的是什么力量？"他问自己。对这些问题，他连一个也得不到解答，只有一个解答。这个解答是："死了，什么都完了。死了，一切都揭晓了，或者说，就停止追问了。"可是死也是可怕的。

托尔若克的女贩子尖声叫卖她的货物。"我有几百卢布没处放，而她穿着破皮袄站在那儿胆怯地望着我，"皮埃尔在想。"要这些钱有什么用？这些钱真的可以给她增加一点幸福和精神的慰藉吗？难道世上没有什么东西可以使她和我少受点苦难和死亡吗？死，一切都归于完结，不是今天就是明天就要降临的死，比起永恒来，只不过是瞬间的经历罢了。"

他的仆人递给他一本只剩了一半的书——苏扎夫人的书信体小说。他开始读起来。

他内心和他周围的一切，他都觉得混乱，毫无意义，令人恶心。但在对周围的一切的极端厌恶中，皮埃尔却发现一种极富刺激性的乐趣。

"恭请大人让点地方给他老人家，"驿站长进来说，他引进一位由于没有备换的马而不得不停留的旅客。这位旅客是一个矮个子的老头，他骨架宽大，肤色发黄，满脸皱纹，灰白的长眉毛垂罩着炯炯发光、不可捉摸的浅灰色的眼睛。

皮埃尔把腿从桌上移开，站起来，睡到为他铺好的床上，不时地瞧瞧进来的人，而这个人神情忧郁。满脸倦容，不看皮埃尔，仆人帮助他费劲地脱衣裳。脱剩一件黄粗布面的破旧皮袄和一双穿在骨瘦如柴的腿上的毡靴，这位旅客坐到沙发上，头靠到沙发背上，向别祖霍夫瞅了一眼。他那严肃、聪明、洞察一切的目光使皮埃尔吃惊不小。他想同这位旅客搭话，但当他正想向他问问路途情况的时候，旅客早已闭上眼睛一动不动地坐在那里，叠起两只满是皱纹的手，一个手指上戴着生铁的大戒指，上面雕有骷髅头。皮埃尔觉得他在安详地思考着什么。旅客的仆人也是满脸皱纹、肤色发黄的小老头，他没有胡须。这个动作敏捷的老仆人打开旅行食品箱，拿出茶具摆在桌上，端来滚开的茶水。一切准备就绪以后，旅客睁开眼，挨近桌子坐过去，给自己倒了一杯茶，然后给无须的小老头也倒了一杯递给他。皮埃尔有点不安，觉得有必要跟这位旅客聊一聊。

仆人喝完茶，问他还要什么。

"不要了，把书给我，"旅客说。仆人把书递给他，他埋头读起来，皮埃尔看见那是一本宗教书。旅客忽然把书推到一边，夹上书签，合了起来，又闭上了眼睛，臂肘靠着沙发背，照原先的姿势坐着。皮埃尔望着他，刚想转过脸去，老头睁开眼睛直盯着皮埃尔的脸。

皮埃尔感到很不自在，想避开这个目光，但是老头光亮的眼睛把他吸引住了。

二

"倘若我没有弄错的话，我是荣幸地和别祖霍夫伯爵说话，"这位旅客沉着地大声说。皮埃尔不说话，带着疑问的神情从眼镜上方望着对方。

"我听说过您，"旅客接着说，"听说过先生遭遇的不幸。""先生，我对那件事很感遗憾。"

皮埃尔脸红了，赶忙从床上放下腿，向老头弯下身，露出羞怯的微笑。

"我向您说起这件事不是因为好奇，先生，而是因为更重要的原因。"他沉默了一会儿，目光始终看着皮埃尔，他在沙发上移动了一下，让皮埃尔坐到他身旁。皮埃尔觉得同这个老头谈话很别扭，但他不自觉地顺从了他，走过去坐到他身边。

"您是不幸的，先生，"他接着说。"您年轻，我老了。我愿意尽力帮助您。"

"是的，是的"皮埃尔不自然地微笑着，说。"十分感谢您……请问您打哪儿来?"旅客的面孔不和蔼,但此人对皮埃尔却有一种不可抗拒的吸引力。

"不过,倘若由于某种原因,您觉得和我谈话不快乐,"老头说,"那么您就明说,先生。"他突然出人意料地露出温厚长者的笑容。

"哪里,哪里,完全不是,相反,和您认识,我十分兴奋,"他又瞟了一眼新相识者的手,挨近细瞅一下戒指。他看见戒指上的骷髅头——共济会的标志。

"请问,您是共济会员吗?"他说。

"是的,我是共济会员,"旅客说,"我代表个人和共济会的会友们向您伸出兄弟般的手。"

"我恐怕,"皮埃尔微笑着说,他犹豫不决,"我怕我难以理解,怎么说呢,我怕我对世界的看法和您正相反,我们互不了解。"

"关于您的看法,我是了解的,"共济会员说,"您所说的您那个看法,您以为是您的思维劳动的产物,其实是错误的。请原谅,先生,如果我不知道您的看法,我就不会同您谈了。您的看法是可悲的迷惑。"

"也正如我认为您陷入迷惑一样,"皮埃尔露出一丝笑意,说。

"我从来不敢夸口说我知道真理,"共济会员说。

"我应当对您说,我不信,不……信上帝,"皮埃尔遗憾地、费力地说。

共济会员留心地看了看皮埃尔,笑了笑,就像一个拥有百万财产的富翁笑一个穷得连五个卢布(能使他幸福的五个卢布)都没有的穷人似的。

"是的,您不知道真理,先生,"共济会员说。"您不可能知道他。正由于您不知道他,您才不幸。"

"是的,是的,我不幸,"皮埃尔承认,"但是我怎么办呢?"

"正因为您不知道他,先生,您才非常不幸。您不知道他,但是他就在这儿,就在我心中,他就在我的言谈中,他也在你心中。"共济会员说,声音发抖并且严厉。

他沉吟片刻,喘了口气,看来他是在极力镇静下来。

"倘若他不存在的话,"他低声说,"咱们就不会谈论他了,先生。咱们是在谈什么? 谈谁? 您否定的是谁?"他说,他的声音突然流露出热烈而权威的调子。"如果他不存在,是谁把他空想出来的? 为什么你会有这个假定:有这么一个不可理解的存在? 为什么你和全世界都假定有这个不可思议的存在,具有万能、永恒、无限等品格的存在? ……"他停住了,沉默了很久。

皮埃尔无法也不愿打破这沉默。

"他是存在的,可是却很难理解,"共济会员又说,倘若他是人,你怀疑他的存在,那么我可以把这个人领到你面前让你看。可是,像我这么一个凡夫俗子怎么能把他那一切全能、永恒、至善的品格拿给一个盲目的人看呢?"他沉默片刻。"你是什么人?你算什么?"他露出阴沉的轻蔑的冷笑,说,"而你比小孩还愚蠢。认识上帝是困难的。世世代代,我们就为这个认识而做工作,但离我们的目的还无限的遥远;可是我们在不理解他中只看见我们的弱点和他的伟大……"

皮埃尔听他讲话,大气儿不出,发光的眼睛盯着共济会员的脸,不插嘴,也不发问,完全相信这个陌生人对他说的话。

"上帝不是靠智力所能理解的,而是要在生活中理解,"共济会员说。

"我不明白,"皮埃尔说,他害怕地感觉到他心中又产生了怀疑。他害怕对方的论据有不明确和不足的地方,他担心对他不信任。"我不明白,"他说,"人的智力为什么不能达到您所说的那种认识。"

共济会员露出了微笑。

"只有把内心洗净,我们才能理解至高无上的智慧和真理。"

"对,对,是这样!"皮埃尔兴奋地说。

"最高的智慧只能建立在自我修养的基础上,为达到此目的,我们灵魂中必须有上帝的光,即所谓的良心。"共济会员说。

"对,对"皮埃尔表示同意。

"用精神的眼睛看看自己的内心吧,请扪心自问您满意不满意您自己吧。您只靠智力得到了什么?您算什么?您年轻,您有钱,您聪明,您受过教育,先生。您利用这一切做过什么?您满意自己和自己的生活吗?"

"不,我恨自己的生活,"皮埃尔皱着眉头说。

"既然如此,你就应该设法做点什么。"说完,他就呼唤仆人。

"马怎么样了?"他没看皮埃尔,问道。

"替换的马来了,"仆人回答说。"您不休息一会吗?"

"不啦,吩咐套车。"

"他没有把话说完,也没有答应帮助我,难道就这样丢下我一个人就走了吗?"皮埃尔想道。他站起来,低着头,在屋里走来走去。"是的,我没有想到这一点,我过的是荒淫无耻的生活。"皮埃尔想道,"这个人知道真理,倘若他愿意的话,他能向我说明这个真理。"皮埃尔想对共济会员说这话,但是不敢。最后,

共济会员转过身来,客气地对别祖霍夫说:

"您现在去哪儿,先生?"

"我?……我去彼得堡,"皮埃尔吞吞吐吐地说。"我感谢您,完全同意您。请您教导我……"

共济会员沉思了很久,显然是在思考什么。

"只有上帝才能给予帮助,"他说,"我们共济会只能在可能范围内给您以帮助,先生。您到彼得堡,把这个交给维拉尔斯基伯爵。请让我给您一个忠告。到了首都后,先隐居一些日子,检查自己,不要再走先前的生活道路。现在祝您一路平安,先生。"他看见仆人进来,说,"祝您成功……"

皮埃尔从驿站登记簿上得知,这位旅客是奥西普·阿列克谢耶维奇·巴兹杰耶夫,最有名望的共济会员。共济会是一个神秘宗教组织。他走后,皮埃尔久久没有入睡,他想了很多,他下定决心要加强自己的道德修养,帮助他人。

三

皮埃尔到了彼得堡,没让任何人知道他,也不到任何地方去,整天读一本托马斯·肯庇斯的书。一星期后的一天晚上,波兰伯爵维拉尔斯基,走进了他的房间,此人板着面孔,郑重其事,他随手关上门,弄清楚屋里除皮埃尔外没有旁人时,才开始对他说话。

"我负有委托和建议前来见您,伯爵,"他站着说。"本会有一位地位很高的人申请提前接受您入会,并要我做您的保证人。我认为这是一件神圣的义务。您愿意在我的保证下加入共济会吗?"

"是的,我愿意,"皮埃尔说。

维拉尔斯基点了一下头。

"还有一个问题,伯爵,"他说,"请您诚恳地回答我:您是不是已经放弃了以前的见解而相信上帝?"

皮埃皮沉吟了一下。

"是……是的,我相信上帝,"他说。

"这么说来……"维拉尔斯基刚开口,皮埃尔打断了他。

"是的,我相信上帝,"他又说了一遍。

"这么说来,咱们可以走了,"维拉尔斯基说,"您可以坐我的马车。"

维拉尔斯基一路上一言不发。

他们进入分会大院的大门,通过昏暗的楼梯,走进发着亮光的小前室,脱掉皮外衣。他们从这里又走进另一间屋。一个身穿奇怪服装的人在门口出现了。维拉尔斯基向他走过去,低声对他说了几句话,然后走到一个立柜跟前,皮埃尔看见柜子里有他从未见过的衣裳。维拉尔斯基从柜子里取出一条手绢蒙上皮埃尔的眼睛,在他脑后打了个结子,然后,维拉尔斯基拉他弯下腰,吻了吻他,搀起他的手,领着他继续走。皮埃尔感到结子扯得头发生疼,疼得他皱起了眉头。他垂着双手,微微含笑,跟着维拉尔斯基往前走。

维拉尔斯基领他走了十来步,停住了。

"不管发生什么事,"他说,"您必须要勇敢地忍受着,倘若您下定决心要入我们的会的话。"维拉尔斯基走了。

剩下皮埃尔一个人,他仍旧微笑着。有两次他耸耸肩膀,抬手摸摸手绢,想拿掉它,但是又把手放下了。蒙着眼睛的时间总共不过五分钟,但他觉得似乎过了一小时。他双手发胀,两腿发软;他感觉累了。他体验着最复杂多样的感情。他害怕将要发生的事,更害怕会露出恐惧的样子。这时门上发出几声巨响。皮埃尔取下手绢,环顾四周。屋里漆黑漆黑的:只有一个地方有一件白色的东西,里面点着油灯。皮埃尔走近一看,一张黑色桌子上放着一盏油灯和一本打开的书。书是《福音书》;盛着油灯的白色东西是一个带窟窿和牙齿的人头骷髅。门打开了,进来一个人。

灯光虽然微弱,皮埃尔仍然能够看得见,进来的是个矮个子。迈着小心谨慎的步子走到桌前,把一双戴着皮手套的手放到桌上。

"您来这儿是为了什么?"进来的人向皮埃尔问道。"您这个不信光的真理和看不见光的人,来这儿的目的是什么? 您想向我们要什么? 想要至高的智慧、德行、教导吗?"

在门打开和进来人的时刻,皮埃尔体验着敬畏的心情。皮埃尔屏着呼吸,怀着跳动的心,向训导师走过去。皮埃尔走得更近一点,认出训导师原来是一个名叫斯莫利亚尼诺夫的熟人,他感到受了侮辱:这个进来的人不过是一个会员和有德行的传教士而已。皮埃尔半天说不出话来,训导师不得不把问题再问一遍。

"是的,我……我……要新生,"皮埃尔费力地说出来。

"好的,"斯莫利亚尼诺夫说,立刻又接着说:"您对于我们圣会有没有认识？……"训导师安静而快速地说。

"我……希望……指导……帮助我……新生，"皮埃尔说，由于激动很吃力地说。

"您对'共济'是怎样理解的？"

"我理解，'共济'就是有德行的人们的友爱和平等"皮埃尔说，"我理解……"

"好了，"训导师赶忙说，看来他对回答十分满意。"您有没有在宗教中寻求达到您的目的的方法？"

"没有，我认为宗教是虚假的，所以没求它，"皮埃尔声音极低，训导师听不清，又问他说什么。皮埃尔回答说："我不信神。"

"您寻求真理，是为了在生活中遵循真理的法则，因而您就寻求智慧和德行，是这样吗？"训导师停了一会儿，说。

"是的，是的，"皮埃尔表示同意。

训导师清了清嗓子，把双手交叉在胸前，开始讲话。

"现在我要向您宣讲本会的主旨，"他说。

皮埃尔对训导师所讲的三个目的中的最后一个——改善人类，特别感兴趣。后来，训导师又给皮埃尔讲了七条美德。这七条美德是：1）谦虚，保守本会的秘密，2）服从本会最高地位的人，3）品行端正，4）爱人类，5）勇敢，6）慷慨，7）爱死亡。

"第七条，"训导师说，"要时刻记着死亡，努力做到使自己觉得死亡不再是可怕的敌人，而是朋友……它能把因修德而疲倦的灵魂从灾难的现世生活中拯救出来，把它引入幸福和安宁的境界。"

"是啊，应当是这样的，"皮埃尔想。训导师说了这些话后离开了，让他一个人思考一下。"应当是这样的，但是我太软弱了，还不能爱自己的生活，我现在才刚刚了解一点生活的意义。"

训导师回来后，问皮埃尔，他的志愿是不是仍旧坚定不移，对他要求的一切，他是不是下定决心施行。

"一切都照办，"皮埃尔说。

"倘若您下了决心，我就要引导您了，"训导师一面向皮埃尔走去，一面说。

"为了表示慷慨，请您把所有值钱的东西都给我。"

"我身上什么也没有，"皮埃尔说，他以为叫他交出一切财产。

"您随身带的东西：表、钱、戒指……"

皮埃尔连忙拿出钱包、表，从肥胖的手指上脱结婚戒指，脱了好大一会儿。随后，共济会员说：

"为了表示服从，请您把衣服脱下来。"

"最后，我请您向我坦白您的主要嗜好，"他说。

"我的嗜好！，我的嗜好以前很多，"皮埃尔说。

"最能使您在修行的道路上发生动摇的嗜好，"共济会员说。

皮埃尔静静地思索了一会儿。

"酗酒？大吃大喝？游手好闲？懒惰？暴躁？愤恨？女人？"他想着自己的恶行，在心中估量它们，不知道哪一个占优势。

"女人，"皮埃尔用刚能听见的声音说。共济会员听了这个回答一动不动，也没有说什么。最后，他走到皮埃尔面前，拿起桌上的手绢，又蒙上了皮埃尔的眼睛。

"您要经常注意自己，约束自己的感情，不是在情欲上，而是在内心寻求幸福……幸福的泉源不是在外面，而是在我们内心……"

皮埃尔已经在内心感到这个清新的幸福源泉，现在他内心充满了喜悦和激情。

四

不大一会儿，来暗室见皮埃尔的，已经不是先前那个训导师，而是保证人维拉尔斯基，皮埃尔是由声音听出来的。又问他意志是否坚定，皮埃尔回答说：

"是的，是的，我同意，"他敞着肥胖的胸脯，含着微笑，一只脚穿便鞋、另一只脚穿靴子，迈着不稳并且胆怯的步子，迎着维拉尔斯基对着他那裸露的胸膛指着的利剑走去。

又经过一些仪式，皮埃尔参加了共济会的会议，皮埃尔正式被接受为共济会会员。

皮埃尔回家后，他觉得他似乎经历了几十年的长途旅行似的，他彻底变了，告别了过去的生活方式和习惯。

五

　　皮埃尔入会的第二天,坐在家里读书,在心中设想重新生活的计划。昨天在共济会里他被告知,决斗事件,已经奏明皇上,皮埃尔及时离开彼得堡是明智的。皮埃尔想到南方他的庄园去,在那儿为自己的农奴做点事。他正满心兴奋地思考这件事的时候,瓦西里公爵突然走进了他的房间。

　　"亲爱的,你在莫斯科干的好事啊? 你为什么和海伦闹翻,亲爱的? 你糊涂了,"瓦西里公爵走进来,就说,:"我都知道了,我可以肯定地对你说,海伦是无辜的。"

　　皮埃尔想回答他,可他打断了他:

　　"为什么你不直接找我,谈一谈? 我都知道,全明白,"他说,"你太性急了,我们先不谈这个。有一点你得记住,在整个社会甚至在朝廷中,你把我们父女置于何等地步。"他压低声音,又补充说。"她住在莫斯科,你在这儿,记住,亲爱的,"他往下拽拽他的胳膊,"这不过是一个误会,咱们俩立刻写封信,她就会到这儿来,把一切都解释清楚。要不这样的话,我告诉你,你一定会尝到苦头的,亲爱的。"

　　瓦西里公爵看着皮埃尔。

　　"我们得知,皇太后对这件事很关心。你知道,她是很宠爱海伦的。"

　　皮埃尔有好几次想说话,可是,一方面,瓦西里公爵不让他说,另一方面,皮埃尔担心自己一开口,就会用坚决拒绝和不同意的口气回答他的岳父。此外,共济会的会章说:"要殷勤和蔼",他记起了这个。他皱着眉,红着脸,站起来又坐下。

　　"喂,亲爱的,"瓦西里公爵说,"你只需说个'是',我就代你给她写信,那么我们就可以庆贺一下了。"没等瓦西里公爵把玩笑话说完,皮埃尔脸上现出狂怒的表情,不看对方的脸,低声说:

　　"公爵,我没叫您来,请走吧,走吧!"他一跃而起,给他打开门。"快走,"他又说,几乎不相信自己会这样,同时看到瓦西里公爵露出狼狈和惊吓的样子又感到兴奋。

　　"你怎么啦? 你病啦?"

　　"您走吧!"瓦西里公爵没得到皮埃尔的任何表白,只好离开了。

一星期后,皮埃尔向新结交的共济会友人们辞行,给他们留下了一大笔捐款后,就到自己的田庄去了。他的新会友交给他几封给基辅和敖德萨地方共济会的信,并答应和他通信,在他的新事业中帮助他。

六

皮埃尔和多洛霍夫的事件私下了结了,虽然当时皇上严禁决斗,但决斗的双方及其副手都没有受到处分。然而因决斗引起皮埃尔和妻子分居的事,却传遍了整个社交界。在皮埃尔作为私生子的时候,人们都用宽厚和维护的眼光对待他;当他曾是俄罗斯帝国最理想的未婚夫的时候,人们亲近他,赞美他;在他结婚以后,待嫁闺中的女儿及其母亲,对他已经没希望的时候,皮埃尔在社交界的身价就一落千丈了,何况他不会也不愿讨好社交界。现在人们把所发生的事都归罪他一个人,说他吃醋,是无理取闹,说他像他父亲一样发作了残忍狂。皮埃尔走后,海伦回到彼得堡,所有认识她的人,不但欢迎她,并且对她表示出几分敬意。当提到她丈夫时,海伦做出庄严的表情。这种表情是说,她已经下定决心毫无怨言地忍受她的不幸,她的丈夫是上帝赐给她的十字架。瓦西里公爵则更当众表示了自己的意见。当人们提起皮埃尔的时候,他耸耸肩,指指额头,说:

"这个人精神不正常,我一直就这么说"

"我早就说过,"安娜·帕夫洛夫娜议论起皮埃尔,说,"当时我比谁都说得早,他是一个狂妄的、被现代的堕落思想腐化了的青年人。还在大家都赞赏他的时候,在他刚从国外回来,你们还记得吧,那天晚上他在我这儿装得像马拉似的时候,我就说过这话。结果怎么样呢?当时我就不同意这门亲事,而且预言将会发生的一切。"

1806年底,安娜·帕夫洛夫娜家里又举行了一次晚会。前来赴晚会的都是所谓的上流社会的精华。其中有迷人的、不幸被丈夫遗弃的海伦,莫特马尔,刚从维也纳回来的可爱的伊波利特公爵,两位外交官,姑母,一位被认为品格高尚的年轻人,一位新上任的女官和她的母亲,以及其他几个不太著名的人物。

安娜·帕夫洛夫娜在这次晚会上献给客人的时新人物是鲍里斯·德鲁别茨科伊,他以信使身份才从普鲁士军队回来,现在正在一位非常重要人物手下当副官。

世界传世藏书

世界十大名著

·战争与和平·

图文珍藏版

在这次晚会上,大家认为:不管欧洲的国王和统帅们怎样想方设法纵容波拿巴给我们制造不快乐和麻烦,但是我们对波拿巴的态度是不会改变的,我们对这个问题是不会掩饰我们的想法的,我们对普鲁士国王和其他国王只能说:"那样对你们更坏。这就叫自作自受。"作为献给客人的时新人物鲍里斯进入客厅的时候,来宾已经到齐了,安娜·帕夫洛夫娜引导的谈话,正在谈论我们和奥地利的外交关系,以及和它结盟的可能性。

鲍里斯身穿漂亮的副官制服,体格健壮,英气勃发,面孔红润,他潇洒自如地走进客厅,照例先去问候姑母,然后再回到客人中间。

安娜·帕夫洛夫娜把她那干瘦的手递给他亲吻,给他介绍几个他不认识的人,而且低声把每个人形容一番。

鲍里斯在这段服务期间,由于安娜·米哈伊洛夫娜奔走周旋,还因为他本人的兴趣,以及他独有的审慎性格,已经爬上最有利的地位。他在一位十分重要的人物手下当副官,负有重要使命到普鲁士,现在以信使身份刚从那里回来。他已经学会了怎样拉拢人。因为他发现了这个道理,他全部的生活方式,他和所有旧相识的关系,他对前途的所有计划,彻底改变了,他不富裕,可是他把所有的钱都用在使自己穿得比别人阔绰;他宁愿放弃许多娱乐,也不愿坐一辆寒酸的马车外出。不愿穿旧制服在彼得堡街上露面。他只同那些地位比他高因而对他有用的人接近和结识。想起罗斯托夫家以及他对娜塔莎的童年爱情,使他不快活,自从到军队后,他一次也没去罗斯托夫家。他认为进入安娜·帕夫洛夫娜的客厅,在他的前程上是重要的一步,他现在立刻就明白了要他扮演的角色。他注意观察每张脸,估计同他们每个人的接近可能有什么好处和机会。他在给他指定的美丽的海伦的身旁坐下,细听大家的谈话。

不大一会过后,安娜·帕夫洛夫娜谈起普鲁士国王的刚毅和果断,为的是要引鲍里斯加入谈话。

鲍里斯仔细听每个人谈话,等着轮到他来讲,可在这之间,他已经好几次回头看到他身旁的美人海伦,她也好几次微微含笑用眼神迎接美貌的青年副官的视线。

很自然地谈到普鲁士的情况,安娜·帕夫洛夫娜请鲍里斯谈谈他在格洛高的旅行以及他所见到的普鲁士军队的情况。鲍里斯沉着冷静,讲了很多很多军队和宫廷有趣的细节。鲍里斯把大家的注意力都吸引住了,于是安娜·帕夫洛夫娜觉得,她用这个时新人物款待客人受到了一致的欢迎。海伦特别注意鲍里斯的讲述。她好几次向他问起他旅行中的一些细节,她好像对普军的情况特别关心。他刚一说完,她就带着微笑,向他转过身来。

"您一定要去看我,"她对他说,"星期二,八九点钟,我将十分兴奋。"

鲍里斯答应了她,正想同她谈话,安娜·帕夫洛夫娜借口姑母要听听他说的,把他叫走了。

"您认识她的丈夫吗?"安娜·帕夫洛夫娜闭着眼睛,做出忧郁的样子指着海伦说:"唉!这是一个不幸的女人啊!当着她的面,请您别提她的丈夫,别提。她太难过了!"

七

谈话声彻夜不停,话题多半是政界新闻。

在整个谈话过程中,鲍里斯谨慎地微笑着,显得既自信又潇洒。

当大家起身要走的时候,整个晚上不大说话的海伦又向鲍里斯发出了邀请和亲切的意味深长的命令,请他星期二到她那儿去。

"这对我很必要,"她微微含笑回顾安娜·帕夫洛夫娜,说,安娜·帕夫洛夫娜也含着微笑,支持海伦的邀请。好像那天晚上鲍里斯在谈普鲁士军队时说了某句话,海伦突然从其中发现有见他的必要。她似乎答应星期二他到她那里的时候,她将向他说明为什么有这个必要。

鲍里斯星期二晚上来到海伦富丽堂皇的客厅,并没有得到他非来不可的确切说明。有别的几位客人在场,伯爵夫人极少同他谈话,只是在他吻她的手道别时,她反常地面无笑容,突然悄悄地对他说:

"明天来吃饭……晚上。您一定来……请来吧。"

鲍里斯此次回彼得堡,成了别祖霍娃伯爵夫人家中的密友。

八

战火蔓延起来,战场逐渐靠近俄国边境。到处可以听见咒骂人类公敌波拿巴的声音;在乡村征集民兵和新兵,从前线传来彼此矛盾的消息,照例都是谣传,因此众说纷纭。

1805 年以来,老博尔孔斯基公爵、安德烈公爵和玛丽亚公爵小姐的生活有了极大的变化。

1806 年老公爵被任命担任当时俄国八个后备军总司令中的一个。老公爵尽管年迈体衰,尤其是自从他认为儿子阵亡的那个时期,更显得衰老了,但他认为他无权拒绝皇上亲自委任的职务,重操旧业使他精神大振,身体强壮起来。他常常在他负责的三个省份巡视;他执行任务特别仔细,对下属严厉到残酷的程度,并且凡事必亲自过问。玛丽亚公爵小姐不再跟父亲学数学,只有当他在家的时候,每天早上由保姆陪着,带着尼古拉小公爵(祖父这样叫他)到父亲书房走一趟。尼古拉小公爵和乳母以及保姆萨维什娜,住在去世的公爵大人的房间里,玛丽亚公爵小姐多数时间都是在育婴室度过的,尽力负起小侄儿的母亲的责任。布里安小姐看来也很疼爱这个小孩,玛丽亚公爵小姐常常克己地让她的女友分享看管小天使(她这样叫小侄儿)和同他玩耍的乐趣。

在童山教堂的圣坛旁边,小公爵夫人墓地上方,有一座小礼拜堂,里面有一块从意大利运来的大理石纪念碑,上面雕着一个展翅欲飞的天使。天使的上唇有点翘,仿佛想笑似的。有一次,安德烈公爵和玛丽亚公爵小姐从小礼拜堂走出来,两个人都承认,真奇怪,这个天使的脸使他们想起死者的脸,可是更奇怪的是(对于这一点安德烈公爵未对妹妹说起),安德烈公爵觉得雕像中有种和亡妻脸上同样的温和的责备的神情。"唉,你们怎么这样对待我啊?……"

安德烈公爵回来不久,老公爵就把离童山四十俄里的一大片庄园分给儿子。一是因为童山连着悲痛的回忆,再者因为安德烈公爵有时受不了父亲的脾气,还因为他需要有一个平静独处的环境,安德烈公爵在博古恰罗沃村兴建房屋,大部分时间都在那里度过。

自从奥斯特利茨战役后,安德烈公爵下决心永远不再服役;战争开始了,所有的人都必须服役。他为了避免当现役军人,就在父亲手下担任招募新兵的职务。1805 年战役后,老公爵和儿子似乎换过来了。老公爵做起工作来努力振奋,他希望这次战役一切顺利;安德烈公爵却相反,他没有参加战争,内心暗自为他只看到不好的一面而感到遗憾。

1807 年 2 月 26 日,老公爵到管辖区视察去了,在父亲外出期间,安德烈公爵大部分时间留在童山。小尼古卢什卡已经病了四天了。送老公爵的车夫从城里回来,给安德烈公爵带来了公文和信件。

"大人,彼得鲁沙带来了公文,"一个女仆对安德烈公爵说,他正坐在小椅子上,皱着眉,颤抖着手,从玻璃杯里往一个盛着一半水的酒盅里滴药。

"什么事?"他生气地说,一个不小心,手一哆嗦,多倒了一些药水。他把酒盅里的药水泼到地上,又要水。女仆把水递给他。

"亲爱的,"站在小床旁边的玛丽亚公爵小姐对哥哥说,"最好是等一下……以后……"

"哎呀,得啦,你尽说废话,老说等等,你看等到什么时候,"安德烈公爵凶狠地低声说,他显然想刺激妹妹。

"亲爱的,真的,最好别弄醒他,他睡着了,"公爵小姐用恳求的声音说。

安德烈公爵站起来,拿着酒盅踮起脚尖走到小床跟前。

"真的不要弄醒他吗?"他犹豫地说。

"随你的便——真的……我想……随便你,"玛丽亚公爵小姐说,因为她的意见占了上风,她反倒有点胆怯和害羞似的。她向哥哥指了指低声叫他的女仆。

他们俩看护发烧的小孩已经两夜没睡了。这两昼夜,时而用这样药,时而用那样药,他们不相信家庭医生,正在等候到城里去请的医生。他们因为睡眠不足而弄得筋疲力尽,并且担惊受怕,相互把自己的痛苦推给对方,互相埋怨和争吵。

"彼得鲁沙带来老爷的公文,"女仆小声说。安德烈公爵走出去。

"那么怎么啦!"他接过公文封套和父亲的信,愤愤地说了一句又回育婴室去了。

"怎么样?"安德烈公爵问。

"还是那个样,看在上帝分上,等一下吧。卡尔·伊万内奇经常说,睡眠比什么都宝贵,"玛丽亚公爵小姐叹了口气,低声说。安德烈公爵走到婴儿跟前,摸摸他的额头。他仍在发烧。

"您和您的卡尔·伊万内奇都见鬼去吧!"他拿起盛着滴好药的酒盅走过来。

"安德烈,不要!"玛丽亚公爵小姐说。

但是他阴着脸看了她一眼,目光凶狠,同时又很痛苦,他拿着酒盅向婴儿弯下身来。

"但是我愿意这样",他说。"我请你给他把这药喝下去。"

玛丽亚公爵小姐耸耸肩膀,可是驯服地接过酒盅,叫保姆来灌药。小孩哭起来,声音嘶哑。安德烈公爵皱起眉头,抱着头走了出去,到隔壁房间坐到沙发上。

信件仍旧握在他的手里。他漠然地拆开信封,开始看信。老公爵在青色的纸上用大而长的字体,写道:

"不久前由信使传来极大喜讯,但愿不是谎报。贝尼格森在普鲁士-艾劳大败波拿巴。彼得堡群情欢腾,犒赏不断送往前方。贝尼格森虽是日耳曼人,我也祝贺他。一个叫什么汉德里科夫的科尔切瓦区长官,不知在做什么:至今还没将补充人员和粮食送来,你火速骑马前往,告诉他,在七天内一切备齐,否则我要他的脑袋。我还接到彼坚卡(是彼得的小名)的信,提到他曾参加的普鲁士-艾劳战役,——果然一切属实。只要谁也不干涉他不应干涉的事,连日耳曼人也能把波拿巴打败。听说波拿巴溃不成军。记住,你立刻驰往科尔切瓦执行命令!"

安德烈公爵叹了一口气,拆开另一封信。这是比利宾的来信,两页信纸写得密密麻麻的。他把信叠上,没有看它,又把父亲的信看一遍,末尾一句话是:"立刻驰往科尔切瓦执行命令!"

"不行,对不起,现在没法去,要等小孩好了再说,"他这么想着,走到育婴室门口瞅了瞅。玛丽亚公爵小姐仍旧站在小床旁边,轻轻地摇着小孩。

"他还写些什么不快活的话了?"安德烈公爵想着父亲信的内容。"是啊,正是我不在军队服役的时候,我们打败了波拿巴。是啊,他总是嘲笑我……那就让他嘲笑吧……"他开始读比利宾的法文信。他虽然在读,但连一半也没读懂,因为他实在是心不在焉。

九

比利宾当时是以外交官的身份待在军部里,这封信是在普鲁士-艾劳战役以前写的,现在已经过时了。

他在信中写道:

自从我军在奥斯特利茨获得光辉的胜利以后,您是知道的,亲爱的公爵,我从没有离开司令部。战争的确成了我的癖好,并且为此我获得了极大的满足;三个月来的所见所闻,简直令人难以置信。

我就从头说起吧。您所知道的那个人类公敌进攻普鲁士,普鲁士是我们的忠实盟友,它在三年内只出卖过我们三次。我们庇护它。但是人类公敌根本不理会我们的花言巧语,它毫不客气地向普鲁士扑过去,竟然不给它留一点结束已经开始的检阅的时间,就把它打得落花流水,然后登上波茨坦宫殿的宝座。

"我非常希望,"普鲁士国王在给波拿巴的信中写道,"我能以使陛下最兴奋的礼仪在我的宫廷接待您,为此,我将以非常关切的心情发出一切我所能办得到的命令。啊,我真希望能达到这个目的啊!"普鲁士将军以能够在法国人面前献殷勤为荣,一有要求就缴械投降。统率一万士卒的格洛高城防司令竟然向普鲁士国王询问他应该怎么办。这一切都是百分之百地真实。一句话,我们原计划以我们的军事姿态恫吓他们,但结果我们却卷入了战争,并且是在我们的边境作战,主要的,我们为普鲁士国王打仗,但我们和他一块都枉费心机,徒劳无益。我们万事俱备,只欠一点小意思,即少一个总司令,事情是这样,倘若总司令不那么年轻,奥斯特利茨的胜利可能更有把握些,所以把八十来岁的将军们都考虑一遍,在普罗佐罗夫斯基和卡缅斯基之间选了后者。这位将军模仿苏沃洛夫的架势乘篷车来我们这里,他受到隆重的接待。

四日从彼得堡来了第一个信使。信箱拿到每事必亲自过问的元帅的办公室。我被叫去检信,把给我们的信拣出来。元帅把这件工作交给我们,他在一边看着,等着给他的信。我们找来找去,可是没有给他的信。元帅急了,他自己动起手来。他找到皇上给 T.伯爵和给 B.公爵以及给其他人的信。他气得发疯,他把信拿过去拆开,读起给别人的信来。"好哇,这样对待我。不相信我!让人监视我,好嘛!去你的吧!"于是他就给贝尼格森伯爵下了那道有名的命令。

"我受了伤,无法骑马,因此无法指挥军队。您把您的吃了败仗的军团带到普图斯克:暴露在这里,既无柴火,也无粮草,必须想法补救,您昨天既然在给布克斯格夫登伯爵的报告中认为应该退到我们的边境,那么您今天就照办吧。"

"由于长期的戎马生活,"他在给皇上的信中写道,"我被马鞍擦伤,再加上旧伤,现在我根本不能骑马和指挥这么庞大的军队了,因此我将指挥权交给职位仅次于我的将军——布克斯格夫登伯爵,并将整个参谋部及其所属一切都移交给他,我向他忠告,倘若粮食接济不上,就向普鲁士内地靠近,因为就剩一天的口粮了,据奥斯特曼师长和谢德莫列茨基师长报告,甚至有的团早已断炊。

而农民全被吃光了;我临时住在奥斯特罗连卡医院以待病愈。我诚惶诚恐呈上这个报告,顺便说一句,倘若军队像现在这样再露营半个月,明春连一个健康的人都剩不下了。

"请准许我这个不能完成交付我的伟大光荣的任务而不光彩的老头告老还乡吧。我在医院恭候陛下最仁慈的批示,这样就免得我当一个文书的角色,而不是在军中当一个司令官的角色。我的免职,只不过是一个瞎子离开军队,不会引起任何的波动,像我这样的人,在俄国何止成千上万。"

元帅生皇上的气,因而惩罚我们每个人。

这是喜剧的第一幕。以后的几幕当然就越发有趣可笑了。元帅离职后,我们面对敌人,不得不打一仗。布克斯格夫登按职位是总司令,可是贝尼格森却根本不这么看,何况他带领的军团就在敌人眼皮底下,他打算趁机发动一次战役。于是他就发动了。这就是被认为伟大胜利的普图斯克战役,但是据我看,根本不是那么回事。我们文职人员,您是知道的,判断战争的胜败有一个极坏的习惯。战斗结束时谁退却谁就是打输了,根据这个道理,所以我们说,普图斯克战役是我们打了败仗。总之,战斗的结果是我们退却,可是我们却派信使到彼得堡报捷,并且贝尼格森将军不把军队的指挥权让给布克斯格夫登将军,希望从彼得堡得到总司令的称号以酬谢他的胜利。在这主帅未定期间,我们从事了一连串的极为奇特和有趣的军事运动。我们的作战方案不再是它应有的那样——回避或者进攻敌人,而是只顾回避在职位上应是我们的长官的布克斯格夫登将军。我们是拼命地追求这个目的,甚至过一条无法涉水过去的河,然后就把桥梁烧掉,为的是摆脱我们的敌人,这敌人不是波拿巴,而是布克斯格夫登。我们这种回避他的军事运动之一的结果是:布克斯格夫登将军差点受到优势敌人的进攻而当了俘虏。布克斯格夫登在追,我们在跑。他刚渡过河到了我们这边,我们又回到河那边。终于我们的敌人布克斯格夫登追上了我们,而且攻击我们。于是开始一场解释误会的谈话。两位将军都暴跳如雷,差点酿成一场两个总司令决斗的场面。可是,恰好在这千钧一发的时刻,那个到彼得堡报捷的信使回来了,带回任命我们总司令的消息,于是第一个敌人布克斯格夫登被战败了。我们现在可以思考第二个敌人波拿巴了。可是,正在这时在我们面前出现了第三个敌人——正教俄国兵,他们大声叫喊要面包、牛肉、面包干、干草、马料——什么都要！仓库是空的,道路又不通。正教兵大肆抢劫。一半人马成为散兵游勇,周围村子全遭洗劫,全遭烧杀。居民被劫一空,医院住满病人,到处是饥荒。有两次匪兵甚至攻打司令部,总司令被迫调来一营人把他们赶走。皇上准备授权各师长就地枪决匪兵,但是我非常担心,这样会造成一半军队枪毙另一半军队。

安德烈公爵开始只用眼睛读信,可是后来信中的东西,不由得越来越把他吸引住了。读到这个地方,他把信揉了揉,扔掉了。他闭上眼睛,用手擦了擦前额,似乎是为了赶走对他所读到东西的任何同情,留心听了听育婴室的动静。他突然感到门里有一种奇怪的声音。一阵恐惧向他袭来;他怕在他读信的时候小孩出了什么事。他踮起脚尖走到门前,把门推开。

他刚进去,看见保姆神色慌张地把什么东西藏起来不让他看见,玛丽亚公爵小姐已经不在小床旁边。

"亲爱的",背后传来玛丽亚公爵小姐的、他仿佛觉得绝望的低语声。他心头不禁生起一种无缘无故的恐惧:他的头脑忽然起了一个念头——小孩死了。他所见所闻仿佛都在证实他的恐惧。

"一切都完了,"他想,额头冒出冷汗来。他恐惧地向小床走去,他以为他肯定看见小床是空的,保姆把死孩子藏了起来。他撩起帐子,他那吃惊的眼睛长久地看不见孩子。最后他看见了他:面色红润的小孩叉开胳膊腿横卧在小床上,在睡梦中哑着嘴,蠕动着小嘴唇,均匀地呼吸着。

安德烈公爵看见了孩子,放心了,他还以为他已经失去了他呢。他俯下身来,照妹妹教给他的方法,用嘴唇试试孩子是不是还发烧。娇嫩的前额是湿润的,他用手摸摸头,连头发都湿了:孩子出了许多汗。他不但没有死,现在很明显已过了危险期,他已经在康复。安德烈公爵想把这个可怜的小东西抱起来紧紧搂在怀里;他不敢这样做。他在他面前站着,看他的头和在被子下面隆起的胳膊和腿。附近响起一阵沙沙声,他觉得有个影子投到床帐下面。他没有回头,他一面看小孩的脸,一面听他均匀地呼吸。那黑影是玛丽亚公爵小姐,她迈着无声的脚步走到床前,掀起帐子,进去又把帐子放下。安德烈公爵不回头看就知道是她,把手伸给她。她握住他的手。

"他出汗了,"安德烈公爵说。

"我就是来告诉你这个的。"

孩子在睡梦中轻轻地动了动,微微地笑了笑,用前额擦了擦枕头。

安德烈公爵看了看妹妹。玛丽亚公爵小姐闪光的眼睛满含着幸福的泪水,在半明半暗的床帐里显得更明亮了。玛丽亚公爵小姐靠近哥哥,吻吻他,轻轻地碰了一下帐子。他们俩打了手势,意思是要小心,又在半明半暗的帐子里站了一会儿,似乎他们不想离开这个他们三个人与世隔绝的小天地似的。安德烈公爵第一个从小床边走开,头发被纱帐子弄乱了。"是啊,这是现在留给我的唯一的东西了,"他感叹地说。

十

皮埃尔在加入共济会之后不久,就带着他详详细细开列的在田庄应办事项条文,前往基辅省,那里有他的大部分农奴。

皮埃尔到基铺后,就把各处主管叫到总管理处,向他们说明自己的打算和希望。他说,应该立刻采取措施把农奴从依附地位彻底解放出来,到时农奴不应从事过重的劳动,不应派妇女和儿童干活儿,对农奴应当给予帮助,惩罚应是劝诫,而不应是体罚,各处田庄都应该建设医院、养老院、孤儿院和学校。有些主管听后大为惊奇。他们揣摩话的含义是,小伯爵不满意他们的管理和贪污;另一些主管在担心了一阵之后,发现皮埃尔的新名词很是有趣;还有一些主管觉得听主人讲话简直是一种娱乐;第四类主管是一些聪明人,其中就有总管,他们从这些话里明白了要怎么应付主人才能达到自己的目的。

总管对皮埃尔的打算表示极大的同情;可是他说,除了这些改革外,必须整顿情况不太好的业务。

别祖霍夫伯爵继承了巨大的财产,据说每年有五十万卢布的收入,但是比起过去他从老伯爵手里收入一万卢布时,反而觉得拮据很多。他大概知道一个总的预算。所有田庄一共向地方当局缴纳约八万卢布;莫斯科城外和城内住宅保养费和三位公爵小姐的生活费约三万卢布;付养老院和慈善机构各约一万五千卢布;付伯爵夫人的生活费十五万卢布;付债务的利息约七万卢布;这二年用在已经兴建的教堂上一万卢布;其余十万卢布连他自己也不清楚是怎样花掉的,差不多每年他都得借债。此外,每年总管在信中不是向他报告火灾,就是说歉收,再不然就是改建作坊和工厂。因此,摆在皮埃尔面前的当务之急,是他最不感兴趣和没有能力处理的事情——管理业务。

皮埃尔和总管每天都在研究业务。但是他觉得他的研究一点也没有把业务向前推进。他觉得他所研究的与实际无关,他们没有抓住实际问题,因而没有推进它。一方面,总管老是把事情说得很糟糕,他告诉皮埃尔必须偿还债务,使用农奴开始新的工作,这一点是皮埃尔无法同意的;另一方面,皮埃尔要求立刻着手解放农奴,而总管却说,必须首先偿还地方当局的债务,因此无法很快实现解放。

　　总管不说解放农奴是根本不可能的;为达到这个目的,他提议出售科斯特罗马省的森林,出售低洼的土地和克里木的田庄。但这些交易的手续,按总管的说法,十分复杂,既要解除禁令,又必须提出申请,等候批准,等等,弄得皮埃尔不知如何是好。只好对他说:"对,对,就这么办吧。"

　　皮埃尔不具备那种亲自管事的实干毅力,所以他讨厌业务,只不过是在总管面前装作处理业务。总管在伯爵面前也极力装出处理这些业务对主人非常有利,而对他本人却是个难题。

　　在大城市碰到一些熟人;不认识的人也急于和他结交,非常欢迎这位新到的富翁,全省最大的地主。皮埃尔在入共济会时曾经承认他的主要弱点是易受诱惑,而现在诱惑是如此强烈,以致他无力拒绝它们。皮埃尔的生活现在又像在彼得堡一样了,整天、整星期、整月地在晚会、舞会、早餐和午宴中度过,忙碌终日,不让他有一点冷静下来的工夫,他过的仍旧是先前的生活。而不是他希望过的新生活,只不过是换了一个地方罢了。

世界传世藏书

世界十大名著

·战争与和平·

图文珍藏版

在共济会的三条宗旨中,皮埃尔承认他没有履行每个会员要成为道德生活的模范的规定;在七德中,他彻头彻尾地缺少两德:品行端正和爱死亡。他聊以自慰的是,他履行了另外一条规定——改善人类,和实现了其他两德:爱邻人,尤其是慷慨。

1807 年春天,皮埃尔决定回到彼得堡。在回去的路上,他想巡视他的各个田庄,亲自看一下他所规定的事情做得怎么样,上帝托付他而且他极力想施以恩惠的黎民百姓,目前的情况如何。

总管认为小伯爵的所有企图都是异想天开,对自己、对他本人、对农奴都没有好处,但他还是作了妥协。继续干解放农奴的事是不可能的,他吩咐在各田庄建设学校、医院、养老院、孤儿院等大建筑物;为了迎接主人,各处都做了准备,他知道皮埃尔不喜欢盛大隆重的仪式,可是宗教感恩式的,例如献圣像,献面包和盐等仪式,照他对主人的了解,只有这些东西才能打动伯爵,才能把他糊弄过去。

南方的春天,坐着维也纳轻便马车舒适飞快地奔驰,旅途的寂静,都使皮埃尔的心情快乐。那些还未到过的田庄,景色如画,一个胜过一个;他觉得各处的农奴都安居乐业,对他的恩典由衷地感激。到处都举行欢迎会,这虽然使皮埃尔感到不安,但他内心深处却是兴奋的。

但是,皮埃尔不知道,那个向他献面包和盐而且建造彼得和保罗侧祭坛的地方,是一个每到圣彼得节就逢会的村镇,这个村镇的富裕农奴早就在兴建侧祭坛了,而去见他的那些占村镇非常之九的农奴都一贫如洗。他不知道,依照他的命令不能派喂奶的妇女服徭役,而她们在自己的份地上却在做牛马般的活儿。他不知道,那个手持十字架去迎接他的神父,对农奴课以重税,剥削他们的膏脂。他不知道,按照统一图样建造房子,是由农奴出的劳动力,因而加重了农奴的徭役,减轻徭役只不过是纸上谈兵。他不知道,主管给他看的账簿上表明,按照他的意志,代役租减少了三分之一,而实际徭役租却增加了一半。因此,皮埃尔对他巡视田庄感到非常满足,完全恢复了他离开彼得堡时那种乐善好施的心情,于是给他的师友(他这样称呼会长)写了一封热情洋溢的信。

“多么轻而易举,多么不费劲,就做了这么多好事,”皮埃尔想道,“可是我们对这种事的关心是多么不够啊!”

人们对他的感激使他兴奋,但同时又使他羞愧。这种感激使他想到,他原本能够为这些纯朴善良的人们做更多的事。总管是一个非常愚蠢并且狡诈的家伙,他十分了解又聪明又天真的伯爵,拿他当玩具似的玩弄,他看到预先安排的接待对皮埃尔产生了影响,就更坚决地向他证明解放农奴是不可能的,因为农奴不解放也过得很幸福。

皮埃尔内心也赞同总管的说法:很难设想有比农奴更幸福的人了,获得自由的农奴天知道会是什么样子;可是皮埃尔尽管勉强然而仍旧坚持他认为正义的事情。总管答应尽最大努力执行伯爵的意图,他很清楚,伯爵不但永远不会检查他是否想尽办法出售森林和田庄,是否还清地方当局的债务,并且大概也永远不会过问和追查盖好的房子为什么老空在那里,农奴为什么还像别的农奴一样继续以徭役和现金的形式交出他们所能交出的一切。

十一

皮埃尔满怀幸福的心情从南方旅行回来,在旅途中,他了却了一桩夙愿——顺路去访他两年未见的朋友博尔孔斯基。

在最后一站,皮埃尔得知安德烈公爵不在童山,而在分给他的田庄里,于是就驱车到他那里去了。

博古恰罗沃村坐落在景色单调的平原上,四周是田地和部分被砍伐过的枞树林和桦树林。宅院在村子尽头大路旁边,院后是一个重新挖掘的注满了水的池塘,岸上还没有长出青草,周围是一片幼林,其中有几棵高大的松树。

宅院里有一个打谷仓、几间房屋、马厩、浴室、厢房和一座正在动工的高大砖房。房子周围是一片新开辟的花园。院墙和大门是全新的并且很坚固;木棚里放着两架消防水龙头和涂上绿漆的大木桶;道路是笔直的,桥都敦敦实实,带有栏杆。所有的东西都可以看出精心管理的迹象。皮埃尔向碰到的家奴问公爵住在哪里,他们指了指邻近池塘的一所不大的新厢房。安德烈公爵的老家人安东扶皮埃尔下了车,说公爵在家,把他领到一间干净的小室。

皮埃尔最后一次在彼得堡和他的朋友会见的地方,是那么富丽堂皇,现在这所虽然洁净,却是一所质朴无华的小房子,令人吃惊。他急忙走进散发着松香味、尚未抹灰的小前厅,正要进去,但是安东踮着脚尖赶到他前面去敲门。

"什么事?"传出急促尖厉的声音。

"客人,"安东回答。

"请等一等"随后听见挪动椅子的声音。皮埃尔迈开大步走到门口,和出来的安德烈公爵撞个满怀,安德烈公爵满脸愁容,显得苍老。皮埃尔拥抱他,走近看他的脸。

"出人意料,真叫人兴奋,"安德烈公爵说。皮埃尔不说话,长时间地用惊奇的目光盯着他的朋友。安德烈公爵的变化使他吃惊。安德烈公爵的言谈亲切,唇边和脸上含有笑意,可是眼神暗淡,毫无生气,尽管他很想露出欢喜愉快的光芒。使皮埃尔吃惊并且陌生的,不是他的朋友瘦了,脸色苍白,显得更成熟了,而是眼神和额头的皱纹,这些都使皮埃尔一时不能习惯。

正像久别重逢常有的那样,话题老是不能集中。最后,谈话逐渐集中在先前三言两语提到的问题:过去的生活,未来的计划,皮埃尔的旅行,他的事业,战争,以及其他,等等。皮埃尔在安德烈公爵眼神中所看到的那种专一和沮丧的情绪,在他含着微笑听皮埃尔谈话的时候,尤其是当皮埃尔兴致勃勃地谈到过去的事情和未来的计划的时候,表现得更强烈了。看来,安德烈公爵对皮埃尔的话,尽管很想赞同,可就办不到。皮埃尔开始觉得,在安德烈公爵面前,表现兴奋,谈什么梦想以及对幸福和善行的希望,都是不合适的。他不想说出他对共济会的新信仰,尤其是在这次旅行中,对它更有新的认识,更令他振奋了。他约束着自己,怕显得不成熟,可是同时他又忍不住地想让朋友知道他现在彻底换了个人,成了一个比在彼得堡时期要好得多的皮埃尔了。

"我无法对您说,这一个时期我经历的事情是特别多。连我自己都不敢相信自己了。"

"是啊,自从上次见面以来,咱们的变化都很大,"安德烈公爵说。

"喂,您怎么样?"皮埃尔问。"您有什么打算?"

"打算?"安德烈公爵带着讥讽的口吻重复了一遍。"我的打算吗?"他仿佛对这个词义感到吃惊似的,又重复一遍。"你不是看见了,盖好了房子,明年全搬过来……"

皮埃尔不言语了,用心地审视着安德烈公爵变老了的面孔。

"不是的,我是问……"皮埃尔没有说完,安德烈公爵打断了他的话:

"我的事有什么可说的……你还是说说你这次旅行,讲讲你在田庄上干的事业吧?"

皮埃尔谈起他在自己的庄园所做的事,对他所实行的改革尽力不露出得意的神情。安德烈公爵有好几次暗示皮埃尔,他讲的那些事,人们早已知道了,不但听起来乏味,甚至听到皮埃尔讲就觉得不好意思。

皮埃尔有点不自然,甚至觉得和这位朋友在一起很沉闷,他不讲了。

"告诉你吧,亲爱的,"安德烈公爵说,他显然也觉得和这位客人在一起不轻松,并且有点拘束,"我在这儿是临时的,我不过是来看看,我今天就要回妹妹那里。我介绍你和她认识认识。对了,你大概是认识她的,"他说,显然是在应付客人,他觉得他现在和这位客人没有可谈的东西。"饭后咱们就动身。现在你想看看我的宅院吗?"他们走到外面一直逛到吃饭的时候,两个人像是不太亲近的朋友似的,谈一些政治新闻和熟人。安德烈公爵只有在谈到他正在经营的新宅院和建筑工程的时候,才有点劲头和兴趣,但是就连这也只谈了一半,当安德烈公爵在小木桥上向皮埃尔描述未来房屋布局的时候,他忽然停住了。"但是,这也没有什么可谈的,咱们去吃饭吧,吃完饭就走。"吃饭的时候谈起皮埃尔的婚事。

"我听说这件事,很吃惊,"安德烈公爵说。

皮埃尔脸红了,每当提起这件事,他总是脸红,他赶忙说:

"以后我原原本本把一切经过都告诉您。不过这一切都结束了,永远完了。"

"永远?"安德烈公爵说。"世上根本没有永远的事情。"

"但是您知道这一切是怎样结束的吗?您听说决斗的事吗?"

"就知道你要干这一手。"

"我唯一感谢上帝的是我没有把人打死,"皮埃尔说。

"那为什么?"安德烈公爵说。"打死恶狗甚至是好事情。"

"不,打死人不好,不对……"

"为什么不对?"安德烈公爵反问道。"人并没有判断是非的能力,就是在判断是非这个问题上,人是从来就犯错误,将来还要犯错误。"

"凡是对人作恶,就是不对,"皮埃尔说,他很兴奋,自他来这里后,安德烈公爵第一次活跃起来,开始说话了,而且想把他变成现在这个样子的一切经过都说出来。

"怎样才算对人作恶,有人对你说过吗?"他问。

"作恶?作恶?"皮埃尔说。"我们都知道,什么是人家对自己作恶。"

"是的,我们全知道,自己认为是恶的事情,不能施加于人"安德烈公爵越来越高兴了,看来他想对皮埃尔说出他的新观点。他用法语说。"我认为生活中有两种不幸:受良心责备和疾病。只要没有这两种坏事,就是幸福。"我活着,光为了避免这两件坏事，这就是我现在的全部哲学。"

"但是爱邻人呢？自我牺牲呢？"皮埃尔说。"我无法同意您的说法！活着就为了不做坏事，不后悔，这还很不够。我曾经这样生活过，我为自己活着，结果是毁了自己生活。只有现在，当我为他人，至少我是努力为他人活着的时候，只有现在我才懂得生活的幸福。不，我不同意您的看法，并且您是口头这么说，心里不一定这么想。"安德烈公爵静静地看着皮埃尔，含着嘲讽的微笑。

"你见到我的妹妹玛丽亚公爵小姐，你们会谈得来的，"他说，"也许，对你说来，你是对的，"停了一下，他接着说，"可是人人都按着自己的想法生活：你说你过去为自己生活，差点因此毁掉了你的生活，只有为他人而活着的时候，才找到幸福。但是，我的经验正相反。我过去为名誉而活着。我是这样为他人而生活的结果不是差点，而是彻底毁掉了自己的生活。自从我只为我个人而生活以后，我的心情安静得多了。"

"怎么能只为个人而生活啊？"皮埃尔激动起来，问道。"但是儿子呢？妹妹呢？父亲呢？"

"这一切仍旧是我，而不是邻人，"安德烈公爵说，"所谓别人，邻人，您和公爵小姐称之为邻人，这些都是错误和罪恶的根源。邻人，这就是您要为他们做好事的基辅农奴。"

他看了看皮埃尔，目光含着嘲讽和挑战的神情。看来他有意刺激皮埃尔。

"您在开玩笑，"皮埃尔说，他越来越激动了。"我愿意做好事，虽然做得很不够，并且做得很差，但毕竟算做了，而且做出了一点成绩，这有什么错，犯了什么罪啊？那些不幸的人们，我们的农奴，他们也像我们一样，从生到死，对上帝和真理的认识只限于宗教仪式和没有意义的祈祷，这时倘若有人把来世、果报、褒奖、慰藉等等令人舒适的信念传授给他们，这能算是罪过吗？既然不费力气就可以提供物质帮助，而有人得不到这个帮助就会病死，于是我向他们提供医生、医院、养老院，这有什么过错和不好？农奴、喂奶的妇女，日夜不得休息，我给他们时间，让他们休息，这难道不是明确的、毫无疑问的善行吗？……"皮埃尔急促地说，连字音都咬不清了。"我做了这些事，虽然做得不好，做得不多，但毕竟做了一点事情，您不但不能使我相信我做的事情是坏的，并且也不能使我相信您自己有那种想法。主要的，"皮埃尔接着说下去，"我知道，并且确实知道，行善的乐趣是生活中唯一可靠的幸福。"

"是的，倘若是这样提出问题，那就是另一回事了，"安德烈公爵说。"我盖房子,辟花园,而你盖医院,你我做这些事,都可以消磨时间。至于什么是对的,什么是好的,就让那个全知的人来判断吧,而不是我们来判断。好吧,你愿意辩论,那么就来辩论吧。"于是他们离开饭桌,在门廊上坐下来。

"那么就来辩论吧,"安德烈公爵说。"你提起学校,"他弯起一个指头,接着说,"教育,等等,你是想把他,"他指着一个脱下帽子从他们身旁走过的农奴,说,"从禽兽的状态挽救出来,而且满足他精神的需要,但是我认为,唯一可能的幸福就是禽兽的幸福,但是你呢,偏偏要剥夺他这种幸福。我羡慕他,而你想把他弄成我这个样子,但是又不把我的财产给他。你说的另一件事情是要减轻他的劳动。可是在我看来,体力劳动对于他,正像脑力劳动对于我同样的必要,同样是不可缺少的生存条件。你必须思索。我睡到半夜两点多种,突然心血来潮,辗转反侧睡不着,一直到早上都不能入睡,因为我在思索,并且无法不思索,正如他不能不耕地,不能不割草一样,否则的话,他就会在酒馆里进出,或者在病榻上呻吟。正如我受不了他们那种可怕的体力劳动,他也受不了我这四体不勤的生活,他会因此发胖,慢慢死去的。第三,记不起了,你还说什么来着?"

安德烈公爵屈起第三个指头。

"噢,对了,还有医院,医药。他中风,快死了,而你给他放血,把他救活了。他拖着残疾的身子,又过了十年,成为大家的负担。死对于他,反而舒服得多,简单很多。倘若你是舍不得毁掉一个多余劳动力——我是这样看待他的,那还说得过去,但是你是由于爱护他而给他治病。他是不需要这个的。再说,认为医药曾经治好过什么人,这简直是异想天开! 能杀死人倒是真的!"他说,愤愤地皱起眉头,转身不看皮埃尔。

安德烈公爵把自己的意见表达是如此明白、确切,看来他曾不止一次思考这个问题,就像一个好久不说话的人似的,他很乐意说出心里的话,并且说得很快。他的话越悲观,他的目光就越有神。

"唉呀,这太可怕了,太可怕了!"皮埃尔说。"我真不理解,怀有这样的思想怎么能活下去。我也有这样的时刻,这是在不久前,在莫斯科和在旅行中的事,但是当时几乎痛苦得活不下去,对一切都觉得厌恶……主要的是,我厌恶自己,当时我不吃不喝,不洗脸……您呢? 您怎么样? ……"

"干吗不洗脸啊,太不卫生了,"安德烈公爵说。"相反,要尽力使自己过得痛快一些。我活着,这不是罪过,所以说,我不妨碍任何人,尽力活得好些,直到老死。"

"促使您怀着这种思想的原因是什么呢？有这种思想就可以坐着不动，什么也不干……"

"就是这样我也闲不住。我倒愿意什么都不干呢，比如说吧，蒙本地区的贵族抬举，选我当贵族长，我总算推辞掉了。他们不能了解，我不具备做这种事的才能，没有做这种工作必须具有的那套装笑脸，献殷勤，卑劣庸俗的本领。再比如说，为了有一个清静窝儿，不得不盖这所房子。现在又有后备军的事。"

"您为什么不在军队里服役呢？"

"经过奥斯特利茨战役以后！"安德烈公爵神色忧郁地说。"不，谢谢吧，我发誓不在作战部队里服役，将来也不。就是波拿巴打到跟前，打到斯摩棱斯克，威胁童山，我也不在俄国军队服役。刚才我对你说，"安德烈公爵安静下来，接着说。"我现在在后备军，家父是第三军区总司令，在他手下工作，这是我避免服役的唯一方法。"

"这么说来，您还是在服役？"

"是在服役，"他停了一会儿，说。

"那么您为什么服役呢？"

"我和你说为什么。家父是当代最显赫的人物。可是他老了，他的个性不能说是残酷无情，可是他太喜欢活动了。他过惯了掌握无限权力的生活，因而变得叫人望而生畏。现在皇上任命他为后备军总司令，他有这个权力。两个星期前，倘若我晚到两小时，他会把尤赫诺夫的一个书记官绞死的，"安德烈公爵微笑着说。"我之所以要服役，就是因为除了我，再没有人能够影响他，我可以使他少干一点日后令他烦心的事。"

"啊，您这就对了嘛！"

"哼，事情并不像你想的那样，"安德烈公爵接着说。"对于这个盗窃后备军的靴子的坏蛋书记，我过去和现在都没有一点行善的意思，我甚至喜欢看见绞死他。可是，我是可怜家父，也就是说，也是为着自己。"

安德烈公爵越说越激动，在他向皮埃尔证明在他的行为中完全没有对邻人行善的意思的时候，他的眼睛发出狂热的光芒。

"你想解放农奴，"他接着说。"这很好；但是这不是为你（我想你从没有鞭打过谁，也从未把谁流放到西伯利亚），更不是为了农奴。倘若他们遭到殴打，鞭笞，被流放到西伯利亚，我想，这对他们并没有什么坏处。在西伯利亚他们同样过着牛马一样生活，身上的伤疤长好了，他们仍然和过去一样幸福。解放农奴对于那些人才是需要的，他们在精神上陷于崩溃，内心郁积了许多悔恨，但是又全力压抑着，但因为有权实行公正和不公正的惩罚，而变得粗暴残酷。我是可怜这些人，为了他们，我支持解放农奴。或许你没见过，我可见过，那些享有世袭的无限权力的好人们，随着年龄的增长，越来越变得暴戾，他们横行霸道，残忍成性，他们尽管也知道，可是控制不住自己，于是越来越陷入苦恼。"

安德烈公爵说这些话的时候是那么兴致勃勃，皮埃尔不禁想到，他这些思想是由于他父亲的作风引起的。他一言未发。

"由此可见，我惋惜的是什么——是人的尊严，良心的宁静、纯洁，而不是背脊和脑袋，这些东西不管你怎样抽，如何剥，仍然是背脊和脑袋。"

"不对，不对，一千个不对！我绝对不会同意您的意见，"皮埃尔说。

十二

傍晚，安德烈公爵和皮埃尔坐上四轮马车，向童山出发了。安德烈公爵不停地瞟一瞟皮埃尔，为了表示他的情致很好。偶尔说句话打破沉默。

他指着田地，向皮埃尔讲他在园田管理方面的改良。

皮埃尔神色冷漠地沉默着，只是偶尔回答一两个字，看来他正在集中精力想自己的心事。

皮埃尔在想，安德烈公爵是不幸的，他误入歧途，不知道真正的光明，皮埃尔应该帮助他，启发他，使他提高。可是，皮埃尔刚一想到他应该怎么说和说什么的时候，他就感到，安德烈公爵只需用一句话，一个论据，就把他的说教推翻了，所以他不敢开口，生怕他所珍视的神圣信念受到讥笑。

"不对，您为什么会有这种想法，"皮埃尔忽然开口说，他低着头，摆出顶牛的架势，"您为什么这样想？您不应该有这种想法。"

"我想什么来着？"安德烈公爵吃惊地问。

"关于生活，关于人生的使命。这是不对的。我也曾有过这样的想法，您知道是什么救了我吗？是共济会。不，您别笑。共济会并不像我过去认为的那样，共济会是人类永恒的优秀品质的唯一最好的表现。"于是他就向安德烈公爵讲解他所理解的共济会。

他说，共济会是不受国家和宗教束缚的基督教教义，是平等、友好、博爱的教义。

"只有我们的圣教才具有人生的真谛,其他任何东西都是梦幻,"皮埃尔说。"您要懂得,亲爱的朋友,除了这个共济会,到处都充满了虚伪和错误,我同意您说的,聪明的好人,除了尽力不妨害他人过一辈子,再也没有其他出路。接受我们的基本信仰,加入我们的会,把自己交给我们引导,那么,您很快就会和我有同样的感觉,感觉自己是那个无形的巨大链条的一环,链条的一端隐藏在天国里,"皮埃尔说。

安德烈公爵眼睛望着前面,静静地听皮埃尔讲话。有几次由于辚辚的马车声没有听清,他叫皮埃尔再说一遍。从安德烈公爵眼睛里忽然迸发的光芒,从他的沉默,皮埃尔看出他没有白说,安德烈公爵不再打断他的话,也不再讥笑他了。

他们来到一条涨水的河边,得摆渡过河。在安排马车和马匹的时候,他们上了渡船。

安德烈公爵靠着栏杆,一声不响地眺望沐浴着落日余晖的河水。

"您对这个问题有什么看法?"皮埃尔问,"您为什么老不说话啊?"

"我有什么想法吗?我在听你说呢。这一切都是对的,"安德烈公爵说。"但是你说:加入我们的会吧,入了会,我们就可以向你说明人生的目的和人生的使命,以及统治世界的法则。但是我们到底是谁呢?是人吗?为什么你们什么都知道?为什么只有我一个人看不见你们所看见的?你们在人世间看见了善和真的王国,可是我却看不见。"

皮埃尔打断了他的话。

"您相信来世吗?"他问。

"相信来世吗?"安德烈公爵重说了一遍,可是皮埃尔不让他说下去,他认为他重复这句话就是作了否定的回答,更何况他知道安德烈公爵以前就是无神论者。

"您说,您看不见善和真的王国。我也看不见;倘若把我们的生命看作一切的完结,就看不见这个王国。在这个世界,就是这个世界(皮埃尔指了指田野,说),没有真理,只有虚伪和罪恶。但是在整个宇宙中,有一个真理的王国,我们现在是尘世的儿女,但从永恒来看,我们是全宇宙的儿女。难道我在自己的灵魂中没有感觉到我是这个巨大而和谐的整体的一部分吗?我觉得,我也像宇宙间的一切一样,不但现在不会消失,并且将永远存在。我觉得,除了我,在我上面还存在着神灵,在这个宇宙中有真理存在。"

"是的,这是赫尔德的理论,"安德烈公爵说。"可是,亲爱的,使我完全相信的不是这个,而是生和死,使我相信的是这样的事实,你亲眼看见,一个你所珍爱的、同你结合在一起的人,你对不起这个人,希望能够赎罪,可是这个人忽然在受苦,受折磨,不再生存了……为什么会这样? 不会没有一个答案! 我坚信答案是有的……使我相信的是这件事,并且确切地信服了这件事,"安德烈公爵说。

"对啊,对啊"皮埃尔说,"这不正是我所说的吗!"

"不对,我只是说,使我相信来世的必然性的,不是任何论据,而是这样的事实,当你和一个人手拉手在人生的旅途中行进的时候,这个人一下子在那里消失了,到乌有之乡去了,而你自己却站在这深渊前面往那里张望,我就曾经张望过……

"可是,这又怎么样呢! 您知不知道有一个那里,并且有某人存在? 那里就是来世,某人就是上帝。"

安德烈公爵没有回答。马车和马匹早已上了岸,太阳已经落下一半,傍晚的寒气降临了,渡口旁边的水洼覆上了一层薄冰,使仆人、车夫、船夫吃惊的是,皮埃尔和安德烈公爵仍旧站在渡船上谈话。

"倘若有上帝,有来世,那么就有善和真;人生的最大幸福就在于追求善和真。要活着,要爱,要信仰,"皮埃尔说"真的,相信这个吧。"

安德烈公爵叹了一口气,用闪亮的、孩子般的、柔和的目光,扫了皮埃尔一眼,皮埃尔的脸涨红了,他兴致勃勃,但在智力高超的朋友面前依然感到羞怯。

"是啊,但愿如此!"他说。"咱们该上岸了,"安德烈公爵又说,于是,他一边离开渡船,一边望了望皮埃尔指给他看的天空,在奥斯特利茨战役后,他第一次又看见了他躺在奥斯特利茨战场上看见的那个崇高的永恒的天空,那种久已沉睡在他心中的美好的感情,突然在他心灵中苏醒了。他知道,他虽然不擅长进一步发展这种感情,可是它却在他心中扎了根。同皮埃尔的会见,在安德烈公爵的生活中展开了一个新的纪元,在这以后,尽管表面上仍旧老样子生活,但是在他内心,新的生活已经开始了。

十三

安德烈公爵和皮埃尔来到童山庄园大门前时,已经是黄昏时分了。在他们的马车驰到的时候，安德烈公爵微笑着叫皮埃尔留心在后门口发生的一阵骚乱。一个弯着腰背着行囊的老太婆和一个穿一身黑衣裳、留着长头发的矮个子男人，看见马车来了，就赶忙往门里跑。后面跟着两个女人，这四个人一边惊惶地往后门台阶上跑，一边回头看。

"这是玛丽亚的神亲，"安德烈公爵说。"他们以为是我父亲来了呢。这是她唯一不顺从父亲的事：他吩咐把这些巡礼者赶走，但是她依旧接待他们。"

"神亲是什么呀？"皮埃尔问。

安德烈公爵正想回答。仆人们出来迎接他们，他问老公爵在哪里，是不是立刻就回来。

老公爵还在城里，他随时都可能回来。

安德烈公爵把皮埃尔带到自己的起居室，他在他父亲家中的这个房间总是收拾得干干净净。他先到育婴室去看了一下。

"咱们到妹妹那儿去吧，"安德烈公爵回来后对皮埃尔说，"我还没看到她呢，她现在正躲起来跟她的神亲们待在一块呢。她见到我们会害羞的，那就让她活该吧，你可以见识见识神亲。这很有意思"

"什么是神亲？"皮埃尔问。

"你这就会看到。"

玛丽亚公爵小姐看见他们进来，果然不好意思，脸涨得通红。她的房间很舒服，神龛前面点着长明灯，茶炊后面的沙发上，有一个男孩和她并肩坐着，他留一头长发，鼻子也是长长的，穿一身正教徒的长袍，

一个满脸皱纹的干瘦老太婆坐在沙发旁的圈椅上，她那娃娃似的脸上流露出温和的神情。

"安德烈，你为什么不先跟我说一声？"她温和地责备说，像母鸡护着小鸡似地站在她那些巡礼者前面。

"见到你真兴奋，十分兴奋。"在皮埃尔吻她手的时候，她对他说。皮埃尔小的时候，她就认识他，而现在，他和安德烈的友谊，他妻子给他造成的不幸，尤其是，他那善良、质朴的面孔，使她对他产生了好感，她用美丽、光亮的眼睛，看着他，仿佛在说："我是很喜欢您的，可是请您不要讥笑我的人。"互相寒暄了几句后，他们坐下来。

"啊，伊万努什卡也在这儿，"安德烈公爵微笑地指指那个年轻的巡礼者，说。

"安德烈!"玛丽亚公爵小姐带着恳求的口吻说。

"您可知道,这位是一个女的,"安德烈对皮埃尔说。

"安德烈,看在上帝的分上。"玛丽亚公爵小姐又说。

显然,安德烈公爵对巡礼者的嘲笑和玛丽亚公爵小姐徒劳的袒护,是他们之间经常有的关系。

"朋友,你应该感谢我,"安德烈公爵说"因为我向皮埃尔说明了你和这个年轻人的亲密关系。"

"是真的吗?"皮埃尔好奇而郑重地说(玛丽亚公爵小姐对于皮埃尔的这种态度特别感谢),他透过眼镜细瞅伊万努什卡的脸,伊万努什卡知道人们是在说他,就用调皮的目光看着大家。

玛丽亚公爵小姐为自己的人感到不安根本用不着,他们一点也不怯生。那个老太婆垂下眼睑,瞟着进来的人,她把茶碗底朝上扣在碟子上,把一块咬剩的糖块放在碗边,沉着地坐在圈椅上一动不动,等人家再给她一杯。伊万努什卡一边低头喝碟子里的茶,一边翻起狡黠的眼睛看两个年轻人。

"到过哪儿,到过基辅吗?"安德烈公爵问老太婆。

"去过,您老,"多话的老太婆回答说,"复活节,我在圣徒中是有资格领圣体的。我才从科利亚津来,您老,那儿出现了伟大的神恩……"

"你是和伊万努什卡一块儿去的吗?"

"我自己一个人去的,施主,"伊万努什卡极力用男低音说,"在尤赫诺沃才遇见佩拉格尤什卡(是佩拉格娅的小名)……"

佩拉格尤什卡打断伙伴的话,看来她很想说她的见闻。

"在科利亚津出现了一桩伟大的神恩,您老。"

"怎么啦,又发现圣人的遗骨了吗?"安德烈公爵问。

"得了,安德烈,"玛丽亚公爵小姐说。"佩拉格尤什卡,你别讲了。"

"不……你怎么啦,小姐,有什么不能讲的? 我喜欢他。他是个好人。他这个上帝的选民,曾经给过我十个卢布,我记得这个恩主。我在基辅的时候,有个叫基留沙的疯癫苦行僧,一个真正的神亲,不管冬夏都打赤脚,他对我说,你去的不是应当去的地方,你到科利亚津去吧,那儿有一尊显灵的神像,圣母在那儿出现了。我一听这话,就告别了一块走的圣徒们,于是就去了……"

大家都默不作声的,只有这个巡礼女教徒屏息静气,不急不忙地说话。

"到了那儿,您老,人们跟我说:出现了伟大的神恩,从圣母脸上滴圣油呢……"

十四

佩拉格尤什卡讲了很多她的经历和听说的传闻。

皮埃尔全神贯注地听她讲。安德烈公爵出去了，随后，玛丽亚公爵小姐留下神亲们在那儿喝茶，她把皮埃尔领到客厅里。

"您真是个好人，"她对他说。

"咳，我完全理解，而且非常珍重她那种感情。"

公爵小姐默默地看着他，温柔地微微一笑。

"我早就认识您了，"她说。"您觉得安德烈怎么样?"她赶忙问。"他真叫我担心。他的健康冬天好些，但是去年春天他的伤口复发了，医生说他应该去治疗。在精神方面我也很为他担心。他那性格不像我们女人家，碰到什么不幸，可以痛哭一场。他把痛苦闷在心里。今天他很兴奋，有说有笑，这是您的到来给他的影响:他极少是这个样子。倘若您能劝他出国就好了! 他需要活动活动，这种安静的生活会把他毁掉的。别人都没有留心，我可是看出来了。"

九点多钟，仆人们听见老公爵的马车驶近的铃铛声，都向门外跑去。安德烈公爵和皮埃尔也出来了。

"这是谁呀?"老公爵走出马车，看见了皮埃尔，问道。

"啊，十分兴奋! 来吻我吧，"当他知道是谁后说。

老公爵心情极好，对皮埃尔很亲切。

晚饭前，安德烈公爵又回到父亲的书房，正碰到老公爵和皮埃尔在大声地辩论。皮埃尔证明说，没有战争的日子一定会到来。老公爵带着讥讽的口吻反驳他，可是并不生气。

"把血管里的血抽出来，都灌上水，那时就不会有战争了。妇道人家的胡说，妇道人家的胡说，"他说，但依旧亲切地拍了拍皮埃尔的肩膀，他向桌子走去，安德烈公爵正在那儿翻阅父亲从城里带来的文件，很明显不愿参加谈话。老公爵走到他跟前，开始谈论公事。

"贵族长罗斯托夫伯爵送来的兵员还不到一半。他来到城里，居然想起我的客——我请他吃了一顿好饭! ……你把这个文件浏览一下……喂，老侄，"居古拉·安德烈伊奇公爵拍了拍皮埃尔的肩膀。对儿子说，"你的朋友是好样的,我一见就喜欢他!他向我挑战。别看有些人花言巧语,我连听都不愿听,他呢,净乱扯,并且向我老头子挑战,但是我喜欢。好了,去吧,去吧,"他说,"我可能到你们那儿吃晚饭。我还要再辩论一番。你要好好对待我的傻姑娘玛丽亚公爵小姐,"他从门里向皮埃尔喊道。

只有到了童山,皮埃尔才真正认识到他和安德烈公爵友谊的全部意义和魅力。皮埃尔在和严厉的老公爵以及温和、胆怯的玛丽亚公爵小姐在一块儿时,立刻感到自己是他们的老朋友。他们都爱他。他对巡礼者的态度博得了玛丽亚公爵小姐的好感,公爵小姐用最明亮的目光看他;周岁的尼古拉小公爵(祖父这样叫他)向皮埃尔微笑,伸开两只胳膊让他抱。当他和老公爵谈话时,米哈伊尔·伊万内奇和布里安小姐都面带愉快的笑容望着他。

老公爵出来和他们共进晚餐,显然是为了皮埃尔。皮埃尔在童山停留的这两天,老公爵对他十分和蔼,叫他再到他这里来。

皮埃尔走后,就像一个新客人走后常有的情形,全家人都聚在一起评论他,而全家都只说他的好处,这种情形是少有的。

十五

罗斯托夫这次休假回来,才第一次感觉和认识到他和杰尼索夫以及整个团队结下的缘分是多么深厚。

当罗斯托夫到达团队驻地的时候,他体验到的那种感情,和他来到家门口时所体验的感情一样,当他一眼看见穿着本团制服、敞着怀的骠骑兵的时候,当他认出是红头发的捷缅季耶夫,而且看见枣红马的拴马桩的时候,当拉夫鲁什卡(拉夫尔的小名)高兴地迎着自己的主人喊:"伯爵来了!"——睡在床上的杰尼索夫,蓬头散发的从土屋里跑出来拥抱他,军官们向刚到的人围拢来的时候,罗斯托夫体验到父母和姐妹拥抱他时所体验到的感情一样,欣喜的眼泪哽住了喉咙,使他说不出话来。团队也是家,也像父母的家一样永远可爱和可贵。

罗斯托夫向团长报了到,仍旧被派到原先的骑兵连里,执行值勤任务,征发粮草,参与团队的繁忙事务,他体验到在父母家里所体验到的那种安心、踏实、回到家里的安适感觉。这里一切都秩序井然,一切都是简单明了。整个世界分成两个不相等的部分:一部分是保罗格勒团队,另外一部分是团队以外的一切。他与这另外的部分,没有任何关系。在团队里一切都是清清楚楚的:谁是中尉,谁是大尉，谁是好人，谁是坏人，主要的是，谁是最合得来的同事。可以在行军小贩那里赊账，每四个月清算一次。没有什么要动脑筋和要选择的，只要不做保罗格勒团认为是坏的事，就行了。执行任务的时候，只需做明确规定的和命令要你做的事情，那就万事大吉。

  罗斯托夫又开始过着按部就班的团队生活，他就像一个疲倦的人躺下休息那样，感到喜悦和愉快。在这次战役中，团队生活使罗斯托夫觉得特别快乐，因为自从输给多洛霍夫许多钱以后（不管亲人们如何安慰他，他仍旧无法原谅自己这种行为），他决定不像过去那样服役，为了补偿自己的过失，要好好地服役，要做一个极好的同事和军官，这件事在那个环境里很难办到，而在团队里就很容易。

  罗斯托夫自从输了钱后，决定在五年内还清父母的债务。他每年有一万卢布的收入，现在他想只给自己留两千卢布，其余的都还父母的债。

  我们的军队经过几次退却和进攻，并且在普图斯克、普鲁士-艾劳打了几仗之后，在巴滕施泰因附近集中，等到御驾亲临后，开始新的战役。

  保罗格勒团队是参加 1805 年出征的部队，回国补充休整后，来晚了，没赶上前几次战役。不管普图斯克战役，还是普鲁士-艾劳战役，团队都没有参加，只是在战役后期，才加入作战部队编入普拉托夫师。

  普拉托夫师离开主力独立作战。保罗格勒团的部分部队曾跟敌人交过几次锋,抓了一些俘虏,有一次还夺了乌迪诺元帅的几辆马车。四月间,保罗格勒团在一个遭到彻底破坏、没有人烟的日耳曼村子里一连驻扎了几星期。

正当解冻的天气,道路泥泞,春寒料峭,冰河开冻,造成道路无法通行。一连好几天人和马的粮秣发不下来。因为运输中断,人们三五成群地到各个没有人烟的村子里寻找马铃薯,但是连马铃薯也很难找到。

什么都吃光了,居民全都逃走了,留下来的比乞丐还穷,在他们身上已经没有油水可榨了,甚至最缺少同情心的士兵不但不向他们要东西,反而拿出自己仅有的口粮赒济他们。

保罗格勒团在战斗中只有两人受伤,可是由于寒冷和疾病,将近损失了一半人员。送进医院的人肯定是死,所以那些由于饮食恶劣而患热病和浮肿病的士兵宁愿费力地拖着两腿去前线值勤,而不愿被送进医院。开春的时候,士兵们发现从地里钻出一种像龙须菜的植物,他们管它叫玛莎甜根(其实这根很苦)。士兵们在草地和田地里到处寻找玛莎甜根,尽管下令禁止吃这种有毒植物,可是士兵们仍旧用佩刀剜来吃。春天在士兵中间又流行一种病——手、腿和脸浮肿,医生认为是吃这根引起的。尽管有禁令,可是保罗格勒团杰尼索夫骑兵连的士兵们仍然主要吃这种甜根,因为最后一次发给每人的半俄斤面包干后已经过了一个多星期了,最近送来的马铃薯冻坏了,发芽了。

军马也有一个多星期只靠屋顶的茅草维持生命,瘦得不像样子,自入冬以来,毛就纠成一团团的。

不论有什么灾难,士兵和军官必须照常生活;现在就是这样,虽然面色苍白、浮肿,制服破烂,骠骑兵仍旧列队点名,整理内务,洗刷马匹和装备,拔屋顶上的干草喂马,到锅跟前吃饭,吃完站起来肚子仍旧是空空的,他们嘲笑糟糕的食物和自己的饥饿。

也跟平时一样,军官三三两两地住在缺门少窗的、半倒塌的房子里。年长的军官都在关心怎样弄到草料和马铃薯,年轻的军官仍像平时一样,有的赌牌(尽管没有吃的,但有的是钱),有的玩游戏——投钉和打桩。人们极少谈论战局,一来因为不知道确切的情况,二来也因为人们隐约地感觉到,整个战局不妙。

罗斯托夫还是和杰尼索夫住在一起,自从他们度假以来,两人的交情更密切了。杰尼索夫从来不提起罗斯托夫家里的人,可是从这个骑兵连长对他手下的一个军官这么温和体贴来看,罗斯托夫觉得这个老骠骑兵对娜塔莎的不幸爱情,在增进他们的友谊上起了一定的作用。杰尼索夫显然尽力使罗斯托夫少受危险,爱护他,每次作战后,看见他平安归来,就特别兴奋。有一次罗斯托夫出差,到一个荒废的村庄去找吃的,他发现一家波兰人——一个老头和他女儿,女儿抱着一个婴儿。他们差不多光着身子,饿着肚子,困在那里没法离开,也没有代步的工具。罗斯托夫把他们接到自己的驻地,安置到自己的住处,一连好几星期供养他们,直到老头恢复健康。罗斯托夫的一个同事在谈论女人时,取笑罗斯托夫,说他最狡诈,说他不妨把那个被他搭救的漂亮的波兰女人介绍给大家。罗斯托夫认为这个玩笑是一种侮辱,他恼火了,对那个军官说了些难听的话,杰尼索夫费了好大劲才劝住他们没有决斗。等那个军官走后,杰尼索夫责备罗斯托夫太性急。罗斯托夫对他说:

"不管你怎么说我……我待她就像妹妹一样,我没法跟你说,他的话真气人……因为……就是因为……

杰尼索夫用力拍了拍他的肩膀,在屋里快步走来走去,眼睛不看罗斯托夫,他内心激动时就这样。

"你们姓罗斯托夫的都有这股子傻劲儿,"他说,罗斯托夫看见杰尼索夫的眼睛里含着泪花。

十六

四月,军队得知皇帝驾临的消息,群情欢腾。皇上在巴滕施泰因举行检阅,罗斯托夫没有参加:保罗格勒团队在前哨驻防,距后面的巴滕施泰因还很远。

他们在露营。杰尼索夫和罗斯托夫住在土窑里,窑顶铺的是树枝和草皮。土窑是用当时流行的方法建成的:先挖一条沟——宽一俄尺半,深二俄尺,长三俄尺半。沟的一头做成台阶,这是入口和门廊:沟本身就是房间,好一点的(骑兵连就是这样的),在对着台阶的另一头,用几根木桩架一块木板当桌子。顺着沟的两侧,挖去一俄尺深的土,这就是两张床和两只沙发。窑顶要有一人高,在靠近桌子的一头,甚至可以从床上坐起来,杰尼索夫算是阔绰的,因为他连里的士兵都喜欢他,三角山墙是一块木板搭成的,木板上嵌着一块粘起来的破玻璃。天太冷的时候,从士兵的篝火里弄一些炭火到台阶下面,土窑就变得暖烘烘的,杰尼索夫和罗斯托夫这里经常有很多军官,他们热得只穿一件衬衫。

四月份是罗斯托夫值勤,早上八点钟,他在外面过了一个通宵之后回到土窑,要人把炭火拿来,换下淋湿的衣裳,祈祷过上帝,喝过茶,取过暖,把自己角落和桌上的东西收拾好,就穿一件衬衫、枕着两只胳膊,仰面朝天躺着。他一边兴奋地寻思,因前次侦察有功,他即将晋升,一边等待着杰尼索夫,罗斯托夫想同他聊聊。

土窑外面传来杰尼索夫时断时续的喝斥声,他在发火。罗斯托夫移近窗口,看看他向什么人发脾气,他看见了司务长托普琴科。

"我已经命令你不准他们吃这种根,什么玛莎甜根!"杰尼索夫喊道。"我亲眼看见拉扎丘克从地里拖了一些来。"

"我发了命令,大人,可是他们不听,"司务长回答说。

罗斯托夫又躺下,兴奋地想道:"现在让他来忙乱吧,我已经做了我该做的事,在床上躺着——多美啊!"他听见墙外除了司务长,还有杰尼索夫的勤务兵拉夫鲁什卡说话的声音。拉夫鲁什卡是个做事利落,但有点鬼心眼的小伙子,他正在讲他出去找食物时,看见几辆装着面包干和牛肉的大车。

土窑外面传来逐渐远去的杰尼索夫的喊声和命令声:"备马,第二排!"

"这是要到哪儿去啊?"罗斯托夫想道。

五分钟后,杰尼索夫进到土窑里,两腿泥污就爬上床,愤愤地抽了一袋烟,把自己的东西胡扔一气,腰间插上马鞭,佩上军刀,就出去了。罗斯托夫问他到哪里去,他气哼哼地、含含糊糊地说有点事。

"让上帝和皇帝陛下来审判我吧!"杰尼索夫一边走出土窑,一边说:罗斯托夫听见土窑外面有几匹马飞驰的声音。罗斯托夫没有管杰尼索夫骑马到哪里去。他把自己的角落搞得暖暖和和,就睡着了,一直到傍晚才起身。杰尼索夫还没有回来。傍晚,天晴了;在邻近的土窑有两个军官和士官生玩投钉子游戏,他们笑着把萝卜栽到泥里。罗斯托夫也玩起来,正玩着的时候,军官们看见有几辆大车向他们驶来:十五、六个骠骑兵骑着瘦马跟在大车后面。骠骑兵押着大车来到拴马桩跟前,一群骠骑兵把大车围了起来。

"杰尼索夫还老犯愁呢,"罗斯托夫说,"给养来了。"

"真的来了!。军官们说。"这一下士兵可兴奋啦!"在骠骑兵后面不远的地方,杰尼索夫骑着马过来了,和他一起来的还有两个步兵军官,杰尼索夫正跟他们议论什么。罗斯托夫向他走过去。

"我警告您,连长,"其中一个军官说,这个军官又瘦又小,很气愤。

"我已经说了,总之我不交出去,"杰尼索夫回答说。

"您要负责的,连长,这是暴行——抢劫自己的运输车！我们的人两天没吃东西了。"

"我的人一星期没吃东西了,"杰尼索夫回答说。

"这是强盗行为,您要负责的,阁下!"那个步兵军官提高嗓门又说一遍。

"您干吗老纠缠不休？啊？"杰尼索夫突然发起火来,大喝一声。"要负责的是我,不是您,您不要在这里多嘴,否则要吃亏的。走开!"他冲着那个军官喝道。

"好哇!"那个小个子军官并不示弱,也不走,喊道。"光天化日下公然抢劫,我让您知道……"

"趁着还没吃亏,趁早滚吧。"杰尼索夫冲着那个军官掉转马头。

"好,好,"那个军官带着威胁的口气说,他勒转马头驰走了。

"骑墙的狗,骑墙的活狗,"杰尼索夫在他后面说,这是骑兵对骑马的步兵最厉害的嘲笑。他骑马跑到罗斯托夫跟前,哈哈大笑。

"从步兵手里夺来的,用武力夺来的运输车!"他说。"能看着让弟兄们饿死吗？"

骠骑兵赶来的大车,是分配给步兵团的,杰尼索夫听拉夫鲁什卡说车队没有武装护送,就带着骠骑兵抢了回来。士兵们都分得充足的面包干,甚至其他连队也分得了一些。

第二天团长把杰尼索夫叫了去,他张开五指捂着眼睛,对他说:"我的看法是这样:我对此事毫无所知,也不去插手;可是我忠告您到司令部去一趟,到那里找军需处把这个问题解决一下,倘若可能的话,写一个收据,注明收到多少食品;否则的话,算在步兵团的账上,会惹起纠纷的,结果可能很糟。"

杰尼索夫从团长那里出来,就直接到司令部去了,完全照他的话去办。晚上他回到土窑里,罗斯托夫从来还没见过他的朋友竟有如此一副样子。杰尼索夫说不出话来,上气不接下气呼呼直喘。罗斯托夫问他发生了什么事,他只是模糊地发出微弱的咒骂和恫吓。

罗斯托夫被杰尼索夫的样子吓坏了,他叫他脱掉衣服,喝点水,然后去请医生。

"判我抢劫罪,他妈的！再来点水。就让他们审判吧,可是我还是要揍这些坏蛋,我要告御状。给我一点冰,"他说。

请来的团部医生说需要放血,从杰尼索夫毛茸茸的胳膊上放出一深碟子黑血,这样他才讲出所发生的事情。

"我到了那儿"杰尼索夫讲道。"'喂,你们的长官在哪儿?'他们告诉了我。'请您等一等,好吗?'——'我有公事,我跑了三十俄里,我没有工夫等,快去通报。'好。出来一个贼首,居然训起我来。'这是抢劫!'——我说,'拿了粮食喂饱自己的士兵,不算抢劫,拿了粮食装到自己的腰包里,才是抢劫!'好,他说,'您到军需那儿打个收条,不过您的案子要转到司令部的。'我走进军需的屋子。我一进去——坐在桌旁的人……你猜是谁?!你想不到!……是谁叫我们挨饿,"杰尼索夫喊叫起来,抢起大拳头往桌上狠命一击,差点把桌子捶塌了,把桌上的茶杯都震得跳起来。"是捷利亚宁!!'怎么,原来是你叫我们挨饿?!'那次我给了他一个嘴巴,打得痛快……'啊!好小子……'于是我就冲他抽起来!不论怎样,打得好痛快,我敢说,"杰尼索夫大声说,"要不是人家把我拉开,我准把他打死。"

"你干吗要大喊大叫,平静点吧,";罗斯托夫说。"你瞧,又流血了,等一会,包扎好了再说吧。"

人们给杰尼索夫包扎好,让他睡下。第二天他醒来,情绪不错,心平气和。

可是到中午的时候,团部的副官表情严肃而愁眉苦脸地来到杰尼索夫和罗斯托夫合住的土窑,十分惋惜地拿出团长给杰尼索夫少校的公文,是调查昨天事件。副官说,案情要极大地恶化,已经闹到了军事法庭,因为目前对于抢劫和破坏纪律严惩不贷,最宽大的判决也得受到降为列兵的处理。

据被告申诉,案情是这样的:杰尼索夫抢夺了运输车以后,喝得大醉,一个人去见军需处长,骂他是小偷,威胁要打他,把他拉开后,他又冲进办公室,猛打两名官吏,把其中一名打得胳膊脱臼。

杰尼索夫在回答罗斯托夫提出的问题时,笑着说,可能有一个人扭伤了,不过这都是胡来,是小事,他根本不在乎什么法庭,倘若这些坏蛋竟敢惹他,他就给他们厉害瞧瞧,让他们永远忘不了。

杰尼索夫尽管在口头上对这件案子不当回事,可是罗斯托夫对他了解很深,知道他内心是害怕军事法庭的,而且为这后果显然不妙的案情而烦心,可是他不让其他人看出来罢了。每天都有函调和传票,五月一日那天,命令杰尼索夫把骑兵连移交给次级的军官,然后到师部去解释他在军需处的暴行。在这事的头一天,普拉托夫带领两团哥萨克和两连骠骑兵对敌人做了一次侦察。杰尼索夫跟往常一样,在散兵线面前驰骋,炫耀自己的勇敢。一颗法国狙击兵的子弹射进了他的大腿。要在别的时候，受了这点轻伤，杰尼索夫也许不会离开团队，但是现在，他却利用这个机会，不去师部而进了医院。

<h1 style="text-align:center">十七</h1>

六月间，在弗里德兰打了一仗，保罗格勒团队没有参加这次战役，接着宣告停战。罗斯托夫因为朋友不在跟前很难过，自杰尼索夫走后，杳无消息，他很为朋友的案件和伤势担心，趁停战的机会，请了假，到医院去探望杰尼索夫。

医院在普鲁士的小镇子上，这个镇子遭到俄法军队两次破坏。现在是夏天，田野里风景秀丽，而这个小村镇到处是断壁颓垣，满街垃圾，随处可见衣衫褴褛的居民和醉酒或生病闲逛的士兵，显得尤为凄凉。

医院是一所砖房，医院的围墙木板被拆得所剩无几，很多门窗和玻璃被毁坏。扎着绷带、面色苍白、身体浮肿的士兵有的在散步，有的坐在院子里晒太阳。

罗斯托夫一进门，一股腐肉和病院的气味扑面而来。在楼梯上他碰见一个嘴里叼着雪茄烟的俄国军医。身后跟着一个俄国医助。

"我又不会分身法，"那个医生说，"你晚上到马卡尔·阿列克谢耶维奇那儿，我也去那儿。"医助还向他问了一些话。

"咳！就照你知道的去做吧！难道不是一样吗？"医生看见正在上楼的罗斯托夫。

"您来干吗？阁下，"医生说。"您干吗来了？是不是子弹没怎么样您，您来试试伤寒？这儿是传染病院，老兄。"

"为什么不能来？"罗斯托夫问道。

"伤寒，老兄。谁进来，谁就是找死。只有我和马克耶夫（他指了指医助）在这儿逗留。我们的同行在这儿已经死了五六个了。新来的人不用一个星期就一命呜呼，"医生带着得意的神情说。"请普鲁士大夫，但是我们的同盟者不喜欢到这儿来。"

罗斯托夫向他说明，他想见一见住在这儿的骠骑兵杰尼索夫少校。

"不知道，不清楚，老兄。您想想吧，我一个人管三个医院，四百多病号！总算不错，普鲁士的太太小姐每月给我们寄两俄磅咖啡和两俄磅棉线团，要不我们更要命了。"他大笑起来。"四百多，老兄；并且还不停地送来新的。是四百多吧？嗯？"他问医助。

医助的样子疲倦难当,显然不耐烦地等着多话的医生赶快走开。

"杰尼索夫少校,"罗斯托夫又说一遍,"他是在莫利坦受的伤。"

"似乎是死了。马克耶夫,是吧?"他冷漠地向医助问道。

但是医助没有证实医生的话。

"他是什么样子,是高个子,红头发吗?"医生问。

罗斯托夫把杰尼索夫的外貌描述了一番。

"有,有这么一个人,"医生好像很兴奋地说,"这个人大概死了,但是,我得查一查,我有一份名单。你有吗,马克耶夫?"

"名单在马卡尔·阿列克谢耶维奇那儿,"医助说。"请您到军官病房去,您在那儿就会看到,"他对罗斯托夫说。

"我说,老兄,最好不要去,"医生说,"要不连您自己都要留到那儿!"但是罗斯托夫离开了医生,请医助给他带路。

"喂,注意,可别怨我!"医生在楼梯下喊道。

罗斯托夫和医助进了走廊。在这黑暗的走廊里,病院的气味是如此强烈,罗斯托夫只好捂着鼻子,停住脚步,以便鼓起劲儿来往前走。右首的门打开了,从那儿走出一个人,架着双拐,又瘦又黄,赤着脚,只穿一件衬衫。他靠着门框,用羡慕的、发光的眼睛瞧着走过的人。罗斯托夫往门里看了一眼,看见伤病号都躺在地板上,上面只铺着一层稻草和军大衣。

"这是什么?"他问。

"这是士兵的病房,"医助回答说。"实在没办法,"他好像表示歉意,又说。

"可以进去看看吗?"罗斯托夫问道。

"没什么可看的,"医助说。但是,正因为医助不愿意让他进士兵的病房,罗斯托夫偏要进去。他在走廊里闻到的那股气味,在病房里更加难闻了,更厉害了,并且立刻让人感觉到,走廊的气味是从这儿传出去的。

病房是长方形,阳光透过大窗户把病房照得很亮。伤病员头顶着墙躺成两排,屋中间是走道。他们大多数昏迷不醒,所以不理会有人进来。那些有知觉的都欠起身,或者抬起又瘦又黄的脸,眼睛一动不动地望着罗斯托夫,所有的人都是同样的表情——祈求帮助,羡慕别人的健康。罗斯托夫走到病房中间,向隔壁房间(房门是开着的)望了一眼,里面也同样睡着两排人。他停下来静静环顾四周。他绝对没料到会看见这么一幅景象。就在他面前,在过道中间,在精光的地板上横躺着一个病号,从他留着盖式的发型看来,一定是个哥萨克。这个哥萨克仰卧着,伸开粗大的胳膊和腿。他的面色紫红,眼睛往上翻得只剩眼白,赤脚上和还有血色的手上,像蚯蚓似的青筋暴出来。他用后脑勺碰了碰地板,声音嘶哑地说了句什么,随后老重复那句话。罗斯托夫凑近仔细听他说什么,他听清了他重复的话。这句话是:喝水——水——喝水!罗斯托夫环顾四周,想找人把这个病号放好,给他点儿水喝。

"谁在这儿照看病人?"他问医助。这时从隔壁病房里走出一个辎重兵——医院的服务员,他后退一步,在罗斯托夫面前立正站着。

"您好,大人!"这个兵瞪大了眼睛,大声喊道,他把罗斯托夫当作了医院的长官。

"把他放好,给他水喝,"罗斯托夫指着哥萨克,说。

"是,大人,"这个兵使劲地说,他把眼睁得更大,身子挺得更直,但就是不动地方。

"这儿什么事都做不成,"罗斯托夫垂下眼帘,想走开,这时他觉得右边有一个目光向他射来,于是他回头看了看。差不多就在墙角的地方,有一个穿着军大衣的老兵坐在那里,他的面孔姜黄,瘦得像一具骷髅,但表情严峻。老兵旁边的人指着罗斯托夫,向他说什么。罗斯托夫明白了,这个老兵想求他什么事情。他走近一点,看见这个老头只盘着一条腿,另一条腿从膝盖以上就没有了。老头另一边那个人离得较远,头往后仰着躺在那里一动不动,这是一个年轻的兵,翘鼻子,生着雀斑的脸蜡黄,眼睛往上翻着。罗斯托夫看了看这个翘鼻子士兵,背脊上不禁打了个冷战。

"这个士兵似乎是……"他对医助说。

"我们已经请求过,大人,"那个老兵下巴直打哆嗦,说。"今天一早就死了。我们是人,不是狗……"

"立刻就叫人来抬走,抬走,"医助赶忙说。"咱们走吧,大人。"

"走吧,走吧,"罗斯托夫也连忙说,垂下眼帘,缩着身子,尽力悄悄地走出了病房。

十八

医助带着罗斯托夫穿过走廊,走进军官病房,病房有三间,房门都开着。这些房间有床铺,伤病员有的躺着,有的坐着。有几个穿着医院的长衣在屋里走来走去。罗斯托夫碰到的第一个人,是一个精瘦的小个子,一只胳膊断了,戴着睡帽,穿着长衣,嘴里叼着烟斗,在第一间病房里来回走动。罗斯托夫留心看了看他,尽力回忆在什么地方见过这个人。

"没想到在这儿又碰到啦,"那个小个子说。"图申,图申,在申格拉本是我送您来着,您还记得吧?我少了一截儿,您瞧……"他让罗斯托夫看他那只空空的袖筒,微笑着说。"您是找瓦西里·德米特里奇·杰尼索夫吗?和我住在一起!"当他知道罗斯托夫要找谁以后,说。"这儿,这儿,"于是图申把他领进另一间病房,有几个人正在哈哈大笑。

"他们怎么能在这儿哈哈大笑呢?"罗斯托夫想,他又闻到了在士兵病房已经闻够了的死尸味道,在他经过时,又看见从两旁向他投过来的羡慕的目光和那翻着白眼的年轻士兵的脸。

杰尼索夫头蒙着被子在睡觉,虽然已经快晌午了。

"啊,是罗斯托夫吗?你好,你好!"他喊出的声音仍旧像在团队的时候一样,但罗斯托夫感觉到,虽然他那习惯性的豪放和活跃依然如故,但脸上的表情以及言谈,却流露出从前不曾有过的、隐藏在内心的恶劣情绪。

他的伤势本来很轻,而且六个星期已经过去了,可是还没有长好。他的脸跟所有住院的病号一样,苍白并且浮肿。但使罗斯托夫吃惊的并不是这个;使他吃惊的是,杰尼索夫看见他,并不多么兴奋,他笑得很勉强。杰尼索夫既不问团队的情况,也不问整个战局的情况,当罗斯托夫谈起这个的时候,杰尼索夫也不听。

罗斯托夫还看出,杰尼索夫也不快活人家向他提起团队的事情以及医院外面的自由生活。他似乎想努力忘掉过去的生活,只关心他和军需官的官司。当罗斯托夫问起案情时,他马上从枕头底下拿出军事法庭的公文和他对公文的答复草稿。他一念他的草稿,就来精神了,他特别叫罗斯托夫注意他在草稿中对对手的讽刺语句。杰尼索夫的病友们一见新从外边来了一个人,都围拢来,但是听见杰尼索夫念他的草稿,人们就慢慢地走开了。罗斯托夫从他们脸上的表情看出,这些先生们不止一次听过整个故事,已经听烦了。只有邻床的大胖子枪骑兵坐在自己的床上,阴郁地皱着眉头,抽着烟头,另外还有一只胳膊的小个子图申还在听,不住地摇头。在读到中间的时候,那个枪骑兵打断了杰尼索夫的朗读。

　　"依我看，"他对罗斯托夫说，"干脆求皇上赦免。听说现在要发大奖了，或许能够得到宽恕……"

　　"要我去求皇上！"他说，他本来想说得像以前那样，激昂有劲，但听来却是不必要的急躁。"请求什么？倘若我是强盗，那么我会求饶的，但是，审判我是因为我把强盗揭出来了。就让他们审判吧，我谁都不怕；我勤勤恳恳为皇上、为祖国服务，没有盗窃！把我降为士兵，……听着，我就干脆这样写，我写：'倘若我是国库盗窃犯……'"

　　"你写得好，没得说，"图申说。"可是问题不在这儿，瓦西里·德米特里奇，"他转过脸来对罗斯托夫说，"只有屈服，但是瓦西里·德米特里奇不愿意。军法检察官不是对您说了吗，您的官司不妙。"

　　"就让它不妙吧，"杰尼索夫说。

　　"军法检察官替您写了申诉书，"图申接着说，"您就应该签字，请这位先生带了去。他（指的是罗斯托夫）在司令部肯定有熟人。这个机会再好也没有了。"

　　"我一再说过，低声下气的事，我不干，"杰尼索夫打断对方的话，又接着念他的草稿。

　　罗斯托夫不敢劝说杰尼索夫，虽然他感觉到，图申和其他军官提出的建议是最正确的。

　　杰尼索夫读了一个多小时，才读完他的那篇措辞讽刺的呈文，罗斯托夫没说什么，他怀着非常忧虑的心情，在杰尼索夫这里消磨了那一天的剩余时间，他讲他所知道的事情，也听别人谈论。杰尼索夫整个晚上都闷闷不乐，默不作声。

　　夜里罗斯托夫要走了，他问杰尼索夫有没有什么事情要他办。

　　"你等一下，"杰尼索夫说，他看了看身边的军官们，从枕头底下拿出呈文来，走到窗前，坐下写起来。

　　"看来，鞭子是打不断斧背的，"他说，把一个大信封交给罗斯托夫。这是军法检察官拟的给皇上的呈文，其中并没有军需处的责任，只是请求赦免。

　　"你给转上去吧，看来……"他没有说下去，苦笑了一声。

十九

　　罗斯托夫回到团队，向团长报告了杰尼索夫的案情，就带着给皇上的呈文到蒂尔西特去了。

六月十三日,法、俄两国的皇帝在蒂尔西特会见。鲍里斯·德鲁别茨科伊向他所服务的要人请求把他列入驻蒂尔西特的侍从。

"我想看看这个伟大的人物,"他说的是拿破仑,直到现在,他也像其他人一样,把拿破仑叫作波拿巴。

"您说的是拿破仑吧?"那位将军微笑着对他说。

鲍里斯疑惑地看了将军一眼,他立刻明白了,将军的话是玩笑的试探。

"公爵,我说的是拿破仑皇帝,"他回答说。将军含着微笑拍了拍他的肩膀。

"你的前程无量,"将军对他说,而且答应带着他。

鲍里斯是两位皇帝的涅曼会见的少数目击者之一;他看见带花字头的木筏,看见拿破仑在对岸从法国近卫军面前走过,看见亚历山大皇帝心事重重地在涅曼河岸上一家小酒店里坐着等待拿破仑。看见两位皇帝上了船,拿破仑的船第一个靠拢木筏,他快步走上前去迎接亚历山大,把手伸给他,于是两人一起进入大帐篷。鲍里斯自从出入最高圈子以来,就养成了一个习惯,就是注意观察身边发生的一切,而且记录下来。两国皇帝在蒂尔西特会见期间,他打听拿破仑随行人员的姓名,他们穿的制服,用心聆听那些大人物的谈话。正当两国皇帝进入大帐篷的一刹那,他看了看表,当亚历山大走出大帐篷时,他又看了看表。会见持续了一小时零五十三分钟;那天晚上,他把这些事连同他以为有历史意义的其他事情都记录了下来。因为当时皇帝的侍从不多,对于那些希望仕途顺利的人来说,在两国皇帝会见期间能亲临蒂尔西特现场,是一件非常重要的事情,而鲍里斯居然来到了蒂尔西特,所以他感到他的地位从此就彻底稳固了。人们不但都认识他,并且经常看见他,对他完全习惯了。他曾经两次因执行任务而面见皇上,因此皇上已经认得他的面孔,皇上左右的人不但不像以前那样认为他是新来的人而冷遇他,并且倘若他不在场,反而觉得奇怪。

鲍里斯和另一名副官——波兰伯爵日林斯基住在一起。日林斯基是波兰人,在巴黎受的教育。他富足,热爱法国人,在驻蒂尔西特期间,差不多每天都有法国近卫军和司令部的军官到日林斯基和鲍里斯那里吃午饭和早饭。

六月二十四日晚,和鲍里斯住在一块的日林斯基设宴招待法国朋友。这次晚餐的贵客是一位拿破仑的副官、一些法国近卫军军官和一个法国老贵族出身的少年——拿破仑的少年侍卫。就在这一天,罗斯托夫为了不被人认出,趁着天黑,身着便服来到蒂尔西特,来到日林斯基和鲍里斯的住处。

罗斯托夫和他所在的部队在对待拿破仑和法国人的态度上,还远远没有完成总部和鲍里斯身上所发生的这种化敌为友的转变过程。对波拿巴和法国人的愤恨、蔑视和恐惧的混合感情仍旧在军队中持续着。不久前,罗斯托夫与普拉托夫师的一位哥萨克军官谈话时,曾经争论一个问题:倘若拿破仑被俘,不能把他当作国君,要把他当作罪犯。不久前,在路上碰见一名受伤的法国上校,罗斯托夫激动地向他证明,在堂堂正正的皇帝和罪恶累累的波拿巴之间没有什么和平可讲。因此,在鲍里斯的住处碰见法国军官,他们穿的是他在侧翼前哨用另一种眼光看惯了的制服,这使他格外诧异。他一见从门缝里伸出一个法国军官的脑袋,那种面对敌人的敌对的情绪忽然涌上心头。他在门槛上停住,问德鲁别茨科伊是不是住在这里。鲍里斯听见前厅有陌生人的声音,就出去迎接。他一认出罗斯托夫,脸上就露出厌烦的神色。

"啊,是你,很兴奋,很兴奋看见你,"他说,总算露出微笑向他走过去。但罗斯托夫已经看到了他最初的表情。

"我似乎来得不是时候,"他说,"我本来不想来的,可是我有事要办,"他冷冷地说……

"不,我不过是奇怪你怎么从团队里来了。"这时有人叫他,于是他回答说:"我立刻就来。"

"我看得出,我来得不是时候,"罗斯托夫说道。

"算了,算了,你怎么会来得不是时候呢,"鲍里斯说。他领罗斯托夫到用晚餐的房间,向客人介绍,说明他不是普通人,是骠骑兵军官,是他的老朋友。"这位是日林斯基伯爵,这位是 N.N 伯爵,这位是 S.S 上尉,"他说出客人的姓名。罗斯托夫皱着眉头看着法国人,勉强地鞠了鞠躬,一言不发。

日林斯基看样子不快活接待这个新来的俄国人参加他们的圈子,因此没有跟罗斯托夫搭话。鲍里斯努力使谈话活跃起来。一个法国人带着彬彬有礼的态度跟罗斯托夫说话,问他来蒂尔西特大概是要见皇上吧。

"不是,我是来办事的,"罗斯托夫简短地回答。

罗斯托夫看见鲍里斯脸上露出不快之色,心情一下子不自在起来。他觉得,大家都厌恶地瞅着他,都觉得他碍手碍脚。事实也的确是这样,他妨碍了大家,只有他一人置身于重新展开的谈话之外。"他坐在这儿干吗?"客人们向他投来的目光仿佛这么说。他站起身来,走到鲍里斯跟前。

"真的，我在这儿不方便，"他低声对他说，"咱们去谈一件事，谈完我就走。"

"哪里，一点也不，"鲍里斯说。"倘若你累了，到我房间里躺下休息一会儿吧。"

"说实在的……"

他们走到鲍里斯的小卧室。罗斯托夫没有坐，他很激动，仿佛鲍里斯得罪了他似的，他抓紧向他讲起杰尼索夫的案件，问他能不能通过他的将军在皇上面前为杰尼索夫求情，而且通过他把呈文转上去。鲍里斯跷着二郎腿，左手抚摸着右手的指头，就像将军听下属报告似的，听着罗斯托夫的讲述。罗斯托夫总觉得别扭。

"我听说过这类案件，我知道皇上对这种事情特别严厉。我的意见是不必惊动皇上。我看，最好直接请求兵团司令……不过，一般说来，我认为……"

"这么说，你根本不想帮忙，那你就干脆说好了！"罗斯托夫几乎嚷起来，不看鲍里斯的眼睛。

鲍里斯笑笑。

"相反，我尽力去办，不过我想……"

这时从门口传来日林斯基叫鲍里斯的声音。

"你去吧，去吧，去吧……"罗斯托夫说，他谢绝了晚餐，独自留在小卧室里，听着隔壁法国人愉快的谈话声，来回走了很久。

二十

罗斯托夫到蒂尔西特的那天，正是为杰尼索夫请愿最不利的一天。他本人无法去见值班将军，因为他穿着燕尾服，并且来蒂尔西特并没得到长官的准可；而鲍里斯呢，即使他乐意帮忙，也不能在罗斯托夫来到的第二天办妥。六月二十七日这一天，初步的和平条款签订了。两位皇帝交换了勋章：亚历山大得到荣誉团勋章，拿破仑接受了圣安德烈一级勋章。这一天，法国近卫营设宴款待普列奥布拉任斯基营。两国皇上都将出席这次宴会。

罗斯托夫被鲍里斯弄得又别扭，又不快活，晚饭后，鲍里斯来看他，他装作睡着了，第二天一大早，他没和鲍里斯见面就走了。罗斯托夫穿着燕尾服，戴着圆顶礼帽，在城里闲逛，观看法国人和他们的服装，观看街道和两国皇帝的驻地。

"鲍里斯不愿帮我的忙,我也不愿去求他。就是这样了,"罗斯托夫想道,"我们之间一切都完了,但是,在我没有为杰尼索夫尽我全部努力,主要的,在没有把呈文递给皇上以前,我是不离开这儿的。一定递给皇上!他在这儿!"罗斯托夫一面想,一面不自觉地又来到亚历山大的驻地。

房子周围有几匹坐骑,侍从们都聚在那儿,都在准备皇上出行。

"我随时都可能看见他,"罗斯托夫想道。"但愿我能够把呈文直接递给他,把一切都告诉他……难道会为我穿着燕尾服就抓我吗?不会的!他会知道谁有理,谁没有理的。他无所不晓,无所不知。有谁能比他更公正,更大度呢?即使因为我来到这儿把我逮捕起来,那又有什么要紧呢?"他望着一个军官走进皇帝的住处,心中想道。"这不是人人都可以进去吗?咳!都是扯淡!我进去亲手把呈文递给皇上:这样对于德鲁别茨科伊更糟,是他使我必须这样做。"罗斯托夫突然下了决心,连他自己都没想到,他摸了摸口袋里的呈文,就向着皇帝的住处一直走了进去。

"不啦,我现在绝不可以再像在奥斯特利茨战役之后那样错过了机会,"他想道,每时每刻都在期待着碰见皇上,他一想起这事,就觉得血液涌上心头。"我跑在他的脚下请求他,他扶起我,听我申诉,感谢我。""行善固然使人幸福,而为人申冤才是最大的幸福,"罗斯托夫心中想象皇上这样对他说。他从好奇地望着他的人们身边经过,向皇上住处的门廊走去。

一进门廊,有楼梯直通上去;右首有一扇关着的门。楼梯底下有一道通向一楼的门。

"您找谁?"有一个人问他。

"递请愿书,递给陛下的,"罗斯托夫颤抖地说。

"请愿书交给值日官,请从这边走(他指了指一楼的门),但是不会接受的。"

罗斯托夫一听这漠然的声音,心就凉了;随时都可能见到皇上的想法十分令人神往,但是他又觉得是那么可怕,他甚至想逃走了,但是,迎面来的宫廷侍仆给他打开了值班室的门,罗斯托夫走了进去。

一个三十来岁的矮胖子站在屋里。他一见罗斯托夫进来,就皱起了眉头。

"您贵干?请愿书?……"

"明天吧,来不及了……"

罗斯托夫转身正要走,那个人叫住了他。

"您是从谁那儿来的?您是什么人?"

"从杰尼索夫少校那儿来的,"罗斯托夫回答说。

"您是谁?是军官吗?"

"中尉,罗斯托夫伯爵。"

"胆大包天!要通过司令官呈递。您走吧,走吧……"他开始穿仆役递给他的制服。

罗斯托夫又回到门厅,看见门廊里已经站着许多身穿检阅制服的军官和将军,罗斯托夫还得从他们面前走过去。

罗斯托夫咒骂自己鲁莽,一想到随时可能碰见皇上,当着皇上的面受辱和被逮捕,——想到这里他的心都不跳了,他很明白自己的行为有失体统,十分懊悔,于是垂下眼睛,硬着头皮走出这座房子,从那群服装华美的侍从中间走过去,这时有一个熟悉的声音叫住了他,一个人的手挡住了他。

"是您啊,我的老天,您穿着燕尾服在这儿干吗?"一个低沉的声音问他。

这是一位骑兵将军,在这次战役中赢得皇上特别的宠信,他是罗斯托夫过去的师长。

罗斯托夫吃了一惊,正想辩解,但是他一见将军那副和蔼、有趣的脸,他就走到一旁,激动地向他讲述了全部案情,请求将军为熟悉的杰尼索夫说情。将军听完罗斯托夫的话,严肃地摇了摇头。

"可惜呀,可惜这么一个能干的人,把呈文给我吧。"

罗斯托夫刚把呈文交出去,把杰尼索夫的案情刚讲完,楼梯上就响起了急促的脚步声和马刺声,于是将军离开他,向门廊走去。皇上的侍从人员下了楼,向马跟前走去。还是那个曾参加奥斯特利茨战役的马夫别列托尔·海涅牵来了皇上的马,这时楼梯上响起轻微的脚步声,罗斯托夫立刻就听出了是谁的脚步声。罗斯托夫忘记了自己有被认出的危险,跟着几个好奇的百姓向门廊挤去,于是,在两年之后,他又看见了他所崇拜的依然如故的外貌、面孔、眼神、步态,他又看见了那个伟大和仁慈的皇上……对皇上的狂喜和热爱,又像往日一样强烈地在罗斯托夫心中复活了。皇上穿着普列奥布拉任斯基团的军服——白驼鹿皮裤子和高筒靴,佩戴着罗斯托夫不认识的勋章,走进门廊,手臂夹着帽子,戴着手套。他停下来环顾四周。他向一位将军说了几句话。他还认出了罗期托夫从前的师长,对他微微一笑,把他叫到跟前。

所有的侍从都闪开来，罗斯托夫看见那位将军向皇上谈了相当长的时间。

皇上对他说了几句话，就向他的坐骑走去。人们又向皇上挤去。皇上站在马旁边，一手扶着鞍子，向那位骑兵将军转过脸来，大声说，显然是为了让大家都听见。

"我办不到，将军，我办不到是因为法律比我更有力量，"皇上说。将军顺从地低着头，皇帝上了马，顺着大街疾驰而去。欢喜若狂的罗斯托夫和人群一起跟在他后面奔跑。

二十一

在皇上要去的广场上，普列奥布拉任斯基团的一个营在右首，戴熊皮帽子的法国近卫军的一个营在左首，面对面地排列着。

当皇上驰向持枪致敬的两个营的侧翼的时候，另一群骑者从对面的侧翼驰来，罗斯托夫认出为首的是拿破仑。拿破仑头戴小帽，肩挎安德烈勋章绶带，身穿白坎肩，外罩敞怀的青色制服，骑着一匹十分好的良种灰色阿拉伯马，他策马疾驰，来到亚历山大跟前，举了举帽子。罗斯托夫用骑兵的眼光观察他的动作，发现拿破仑骑马的姿势很难看，还坐得不稳。两个营都高呼："乌拉"和"皇帝万岁！"拿破仑向亚历山大说了一句话。两位皇帝都下了马，挽起手来。拿破仑脸上带着做作的笑容。亚历山大表情和蔼地跟他谈话。

法国宪兵骑着马往后推挡人群，罗斯托夫不顾马踩的危险，专注地注视着亚历山大皇帝和波拿巴的一举一动。意外令他大为吃惊的是，亚历山大以平等的身份对待波拿巴，波拿巴也是以平等的身份跟俄国皇帝谈话，泰然自若。

亚历山大和拿破仑带着一大群侍从向普列奥布拉任斯基营的右翼走去，一直走到站在那里的人群跟前。人们没有料到一下子离皇上这么近，站在前排的罗斯托夫很担心他会被认出来。

"陛下，请允许我把荣誉团勋章奖给贵军最勇敢的士兵。"一个尖厉的声音说，把每一个字母都咬得很清楚。

说话的是矮个子拿破仑。亚历山大认真地谛听他的话，他低下头，快乐地微微一笑。

"授给在这次战争中表现得最勇敢的士兵。"拿破仑又说，每一个音节都说得很清楚，他那镇定和自信的神气，使罗斯托夫大为气愤，他带着这种神情环顾立正站在他面前的俄国士兵的队列。

"请陛下让我问问上校的意见。"亚历山大说,他向营长科兹洛夫斯基公爵急忙走了几步。其间,波拿巴脱掉手套,把它扯破扔掉了。后面的副官赶忙跑上前去把手套捡了起来。

"给谁呢?"亚历山大皇帝低声问科兹洛夫斯基。

"听候您的吩咐,陛下。"

皇上不满意地皱了皱眉头,向四周看了一下,说:

"总得答复他呀。"

科兹洛夫斯基眼神坚决地扫了一下队列,连罗斯托夫也被扫进了他的视线。

"不会是我?"罗斯托夫想道。

"拉扎列夫!"上校眉头一皱,发出命令;站在排头的士兵拉扎列夫雄赳赳地走出来。

"往哪儿走? 就站在这儿!"几个低的声音喝住了不知往哪里去的拉扎列夫。拉扎列夫站住了,惊惶地斜着眼瞅瞅上校,他的脸直发颤。

拿破仑微微往后回了回头,把他那胖胖的小手往后伸,似乎要拿什么东西。他的侍从立刻就明白了是怎么回事,忙乱起来,互相低语,传送着一件东西,罗斯托夫昨天晚上在鲍里斯住处看见的那个少年侍卫跑向前去,毕恭毕敬向那只伸出的手俯下身来,把一枚缀有红绶带的勋章放到手上。拿破仑连看也不看,用两个指头一夹,勋章就夹进了两个指头之间。拿破仑走到拉扎列夫跟前,转脸看看亚历山大皇帝,表示他现在所做的是为了他的盟友。那只拿着勋章的白胖的小手往士兵拉扎列夫的扣子上按了一下。似乎拿破仑知道,只要他拿破仑的手往哪个士兵的胸前碰一碰,哪个士兵就会永远幸福,就是得了赏赐,就是天下最了不起的人。拿破仑刚把那枚十字勋章贴到拉扎列夫的胸前,就松了手,向亚历山大转过身去。几只俄国的和法国的殷勤的手,及时地接住了勋章,把它挂到军服上。拉扎列夫面色阴沉地向拿破仑看了一眼,仍旧静静地持枪敬礼,注视着亚历山大的眼睛。

两位皇帝骑上马走了。普列奥布拉任斯基营的队列解散了,和法国近卫军合在一起坐在给他们预备的餐桌前。

拉扎列夫坐在贵宾席上;俄法两国的军官拥抱他,祝贺他,握他的手。成群的军官和老百姓拥向前去,为的是看看拉扎列夫。俄国人和法国人的谈话声和喧笑声洋溢在广场上餐桌的周围。两个军官喝得满脸通红,兴冲冲地从罗斯托夫面前走过。

"老弟,筵席不错吧? 全是银器,"一个军官说。"看见拉扎列夫了吗?"

"看见了。"

"听说明天普列奥布拉任斯基营回请他们。"

"拉扎列夫真走运! 他得到一千二百法郎的终身年金。"

"弟兄们,瞧这顶帽子!"一个俄国士兵戴上法国兵的皮帽子,大声喊道。

"太好了,真妙极了!"

"你听到口令了吗?"一个近卫军军官对另一个军官说。"前天是拿破仑,法国,勇敢。昨天是亚历山大,俄罗斯,伟大;一天是我们的皇上发口令,另一天是拿破仑发口令。明天皇上将送一枚圣乔治勋章给一个最勇敢的法国近卫军。无法不这样呀! 礼尚往来嘛。"

鲍里斯和他的同伴日林斯基也来观看普列奥布拉任斯基营的宴会。在回去的路上,鲍里斯看见了站在房子拐角的罗斯托夫。

"罗斯托夫! 你好,咱们没有碰见,"他对他说,忍不住要问他发生了什么事,因为罗斯托夫脸上的表情十分阴沉,十分颓丧。

"没什么,没什么,"罗斯托夫答道。

"你来不来?"

"我来。"

罗斯托夫在屋角站了很久,远远地望着那些饮酒作乐的人们。他的脑海里充满了无法制止的痛苦的思绪。心中起了可怕的疑团。他一会儿想起杰尼索夫,想起他那改变了的神情、他的屈服,一会儿又想起整个医院的情景,那些断胳膊断腿,那些脏污和疾病。他现在竟身临其境似的感觉到了医院里死尸的气味,这甚至使他向四周环顾,想弄清楚这气味是从哪里来的。他时而想起自鸣得意的波拿巴和他那只白胖的小手,他现在是一国的皇帝,受到亚历山大皇帝的爱戴。锯断胳膊和腿,把人打死,到底是为了什么呢? 他又想起得到勋章的拉扎列夫和受到惩罚而得不到宽恕的杰尼索夫。他冷不丁发现自己有这么奇怪的想法,使他吓了一跳。

普列奥布拉任斯基营的官兵们的食物气味,再加上他饥肠辘辘,把他从这种状态中唤醒过来:在动身之前得吃点东西。他走进一家饭店。在这里有好多人和军官,这些军官跟他一样,都穿着便服,他好不容易才弄到一份午餐。两个和他同师的军官跟他坐在一张桌上吃饭。谈话自然涉及和约。跟罗斯托夫同事的那两个军官,也像军中大多数人一样,对弗里德兰战役后缔结的和约是不满意的。他们说,只要再坚持一下,拿破仑就垮了,因为他的军队已经是弹尽粮绝了。尼古拉默不作声地吃东西,主倘若喝酒。他一人喝了两瓶酒。内心起伏的思潮不停地折磨他。他害怕沉沦于这些思想,但是又不能停止不想。罗斯托夫听见其中一个军官说,一看见法国人就有气,他忽然完全无缘无故、生气地喊叫起来,两个军官感到很惊讶。

"您怎么能知道应当怎么做就好些!"他喊道,血液忽然涌到他的脸上。"您怎么能判断皇上的行为,您有什么权利来评论?! 我们既不知道皇上的意图,也不知道皇上的行为!"

"但是我一个字也没有提皇上啊,"那个军官辩解说。

可是,罗斯托夫不听他的。

"我们不是外交官,我们不过是个当兵的罢了,"他接着说。"命令我们去死,我们就不能不死。既然惩罚我们,那就是说,我们罪有应得,我们没有资格下断语。皇帝陛下乐意承认波拿巴皇帝,而且和他结成同盟,那就是说,不得不这样做。否则的话,倘若我们对什么都评论,那就没有什么神圣的东西了。那么一来,我们就会说,连上帝也不存在,什么都没有,"罗斯托夫捶着桌子喊道,在他的邻座看来,他的话根本不合时宜,可是,按照他的思路前后完全是一致的。

"我们的责任是竭尽职守,是打仗,而不去思考,如此而已,"他把话说完了。

"喝酒吧,"那个不愿争论的军官说。

"对,喝酒吧,"尼古拉附和说。"喂! 再来一瓶!"他喊道。

第六部

一

　　1808 年,亚历山大皇帝到埃尔富特又一次会见拿破仑皇帝,关于这次隆重会见的壮观情景,彼得堡上流社会有许多议论。

　　1809 年,拿破仑和亚历山大两位所谓当代主宰的关系已经如此亲密,以至于当年拿破仑对奥地利宣战时,俄国军团竟开赴国外协助昔日的敌人波拿巴以反对昔日的盟友奥皇;上流社会甚至在传说拿破仑和亚历山大皇帝的一个妹妹有可能结婚。可是这个时期的俄国社交界除了谈论外交政策外,对国内的改革却格外注意,当时政府各部门的改革已经开始了。

　　与此同时,生活,及其对健康、疾病、劳动、休息这些切身利益的关心,对思想、科学、诗歌、音乐、爱情、友谊、仇恨、情欲的关心,——依旧执着地进行着,不受同拿破仑·波拿巴在政治上的亲近或者疏远的影响,不受一切可能的改革的影响。

　　安德烈公爵在乡下住了两年没有出门远行。皮埃尔想做的那些田庄改革的措施,因为他总是不能专心,结果一无所成,而安德烈公爵毫不张扬,也没有费多大的力气,就完成了这些改革措施。

　　他非常富于那种为皮埃尔所缺少的抓紧工作的本领,这种本领使他能够沉着地推动事业前进。

　　在他的一处田庄里,三百名农奴被解放了(这在当时的俄国是首批范例之一),在其他一些田庄里,徭役制改为代役租制。在博古恰罗沃村,由他出钱聘请一位懂医学知识的产婆,还聘请一位神父教农民和农奴的孩子们识字。

　　安德烈公爵有一半时间是在童山跟父亲和儿子那里度过的;另一半时间是

在博古恰罗沃修道院度过的。虽然他对皮埃尔说过,他对外界发生的事情毫不关心,实事上他却在热切地关注着发生的一切,读了很多书,使他感到吃惊的是,他发现那些刚从彼得堡、也就是刚从生活的漩涡里来访他或者访他父亲的人,对于内政、外交的情况远没有他这个待在乡下不出门的人知道得多。

除了料理田庄,广泛阅读各种书籍之外,安德烈公爵在这期间分析了俄国最近两次不幸的战役,而且正在草拟改革俄国军队制度和法规的方案。

1809 年春天,安德烈公爵前往梁赞省他儿子名下的田庄去观察,他是儿子的监护人。

他乘坐的是一辆敞篷马车,早春的太阳晒得人暖洋洋的,他看看刚出土的小草,看看才抽芽的白桦的嫩叶,看看一团团在明朗的蓝天下飘过的春天的白云。他什么也不想,只是高兴地毫无目的地往两边张望。

马车经过一年前他和皮埃尔在那里谈话的渡口。经过泥泞的乡村、打谷场、冬麦地、桥旁还有残雪的下坡,还经过泥土被雨水冲刷过的上坡、割过庄稼的田地以及有些地方已经发绿的灌木丛林,最后驰进两旁都是桦树林的道路。树林里有点热,一点风都没有。长满黏滑的绿叶的白桦树,一动不动,嫩绿的刚出土的小草和藕荷色的花朵冲开去年的落叶钻了出来,桦树林里有些地方散布着矮小的枞树,它那长青的粗糙的针叶,令人想起冬天。马一走进树林,就喷起鼻子,身上已经冒汗了。

仆人彼得对车夫说了句什么,车夫表示赞同。但是,看来彼得觉得车夫的赞同还不够,他在驭者座上向老爷转过身来。

"大人,真畅快呀!"他说,恭敬地微笑着。

"什么?"

"畅快,大人。"

"他说什么?"安德烈公爵想道。"对啦,一定是在说春天,"他一面想,一面往四外瞧看。"可不是嘛,全都绿了……真快呀! 桦树、稠李、赤杨,全都绿了……可是没有看见橡树。啊,那儿有一棵橡树。"

路边立着一棵橡树。它大约比林子里的桦树老十倍,粗十倍,高两倍。这是一棵有两抱粗的大橡树,有些枝杈早先折断过,树皮也有不少伤痕。它那粗大笨拙、疙瘩流星的手臂和手指横七竖八地伸展着,像一个老态龙钟、满脸怒容、蔑视一切的怪物,微微含笑地站在桦树中间。只有它对春天的魅力不想屈服,既不愿看见春天,也不愿看见太阳。

"春天,还有什么爱情,幸福!"这棵橡树似乎在说。"你们对这老一套已无意义的愚蠢欺骗怎么不觉得厌倦呀!永远是这么一套,永远是欺骗!既没有春天,也没有太阳,也没有幸福。你们看那些被压死的棕树永远孤零零地站在那里,再看看我,我伸出我的伤了皮肤、断了骨头的手指,无论手指从哪儿长出来——从背脊或者从肋部,无论从哪儿长出来,我仍旧是老样子,我不相信你们那些希望和欺骗。"

在经过这片树林时,安德烈公爵好几次回头看这棵橡树,似乎希望从它身上得到点什么似的。橡树下有花有草,但它在这些花草丛中愁眉苦脸,相貌丑怪,性子执拗,站着一动不动。

"是啊,它是对的,这棵老橡树一千倍地正确,"安德烈公爵想道,"就让别的年轻人再去上当吧,但是我们是知道人生的,——我们的一生已经完结!"这棵老橡树在安德烈公爵心中引起了一连串绝望的、然而令人激动的淡淡的愁思。在这次旅途中,他似乎从头把自己的一生思考了一遍,又得出了从前那个心安理得的绝望的结论:他已经无所求,既不做什么坏事,也不惊扰自己,不抱任何希望,应当结束自己的一生了。

二

为了处理梁赞田庄监护事宜,安德烈公爵不得不去见该县贵族长。贵族长就是伊利亚·安德烈伊奇·罗斯托夫伯爵,安德烈公爵于五月中旬去访他。

时间已是暮春时节。树木全换上了新装,路上尘土飞扬,天气炎热,路过有水的地方,真想跳下去洗个澡。

安德烈公爵郁闷不乐,心事重重,考虑他见了贵族长要弄清一些什么事情。马车在花园的林荫道上驰向奥特拉德诺耶村罗斯托夫的住宅。从右边树林里传来姑娘们欢快的喊叫声,他看见一群姑娘在他的马车前面跑过。跑在最前头、离车最近的那个姑娘,长得十分苗条,苗条得出奇,黑头发,黑眼睛,穿一件黄印花布连衣裙,头上扎一条白手绢,手绢下面露出一绺梳得很平整的头发。不知这个姑娘在喊什么,她一认出是陌生人,连看也不看他一眼,就笑着回头跑开了。

安德烈公爵不知为什么突然觉得很难过。天气这么好,太阳这么亮,周围的一切都是这么喜气洋洋;但是这个苗条、漂亮的姑娘不知道并且也不愿意知道他这个人的存在,而对她个人的生活——或许是愚蠢的,然而却是愉快而幸福的生活,感到满足并且幸福。"为什么她如此兴奋? 她在想什么? 该不是想军事法规,也不是考虑梁赞代役租农民的安排吧? 她在想什么? 她为什么那么兴奋?"安德烈公爵情不自禁好奇地问自己。

1809 年伊利亚. 安德烈伊奇伯爵住在奥特拉德诺耶,他仍像往常那样,差点把全省都请来打猎,看戏,吃饭,听音乐。也像款待每一位新来的客人一样,他对安德烈公爵非常欢迎,几乎是强逼着把他留下来过夜。

安德烈公爵度过了枯燥乏味的一天,这一天,两位老主人和一些最尊贵的客人(由于命名日快要来到,老伯爵家中来了很多客人)都在款待他,博尔孔斯基有好几次看年轻人中间那个不知为什么总是笑声不停的愉快的娜塔莎,他一直在问自己:"她在想什么? 她为什么这么快活?"

晚上,剩下他一人,他久久不能入睡。他看了一会书,然后熄了蜡烛,又点着,屋里护窗板是从里面关着的,空气闷热。他恼恨这个蠢老头(他这样叫罗斯托夫)强留住他,说有些必要的文件还没有从城里取回来,他也后悔自己不该留下来。

安德烈公爵站起来,走过去想打开窗户。他刚一打开护窗板,月光仿佛久已警惕地守候在窗外,马上闯了进来。他打开窗户。夜很凉爽,沉寂,明亮。窗前有一排修剪过的树,它的一面暗黑,另一面发银灰色。树下生长着多汁的、潮湿的、曲卷的、有的叶茎呈现银灰色的植物。离黑色的树木更远一点的地方,有一个露水闪亮的屋顶,右首有一棵枝条曲卷的、干和枝又白又亮的树,树的上面,在几乎没有星星的明朗的春天的天空中,悬挂着一轮满月,他臂肘靠着窗台,眼睛凝视着天空。

安德烈公爵的房间是中层;在他上面楼房里也有人,也没有睡。他听见上面有少女的声音。

"只要再来一次,"上面一个少女的声音说,安德烈公爵马上听出了这个声音。

"你倒是睡不睡啊?"另一个声音问道。

"我不睡,我睡不着,叫我怎么办! 喂,最后一次……"

两个少女的声音唱了一个乐句——一支歌最后的一句。

"啊,多么美呀!好了,现在睡吧,结束了。"

"你睡吧,我不睡,"第一个声音回答说。显然她整个人都探出了窗外,因为可以听见她的衣裳的沙沙声,甚至听见她呼吸的声音。周围一切,就像月亮和它的光和影,寂静无声,凝然不动。安德烈也不敢动弹,怕暴露了他的旁听。

"索尼娅!索尼娅!"又传来第一个声音。"咳,怎么能睡呢!你来瞧瞧,多么美呀!真的美极了!索尼娅,你醒醒吧,"她说话的声音差不多是含着泪的。"这么美的夜,从来没有过,从来没有过。"

索尼娅不快活地回答了一声。

"不,你瞧瞧月亮!……咳,真美呀!你到这儿来。亲爱的,我的好姐姐,到这儿来吧。你可知道?就这么蹲着,就这么蹲着,把膝盖抱得紧紧的,尽可能地抱紧,整个人都缩得紧紧的,——这样就会飞起来了。你瞧!"

"算了,别跌下去。"

他听见挣脱的声音和索尼娅不满意的声音:

"已经一点多了。"

"咳,你这个人只会把什么都给破坏了。好了,你走吧,你走吧。"

一切又寂静了,但是安德烈公爵知道她仍旧坐在那儿,他时而听见轻轻地移动声,时而听见叹息声。

"咳,我的上帝!我的上帝!这是怎么回事呀!"她忽然喊起来。"睡就睡吧!"砰的一声关上了窗户。

"没有人关心有没有我这个人!"安德烈公爵在听她说话时想道,不知为什么他在盼着她提起他,可是又害怕她提起他。"又是她!似乎故意似的!"他想。他心中忽然引起一阵出乎意料的年轻人的混乱思想和希望,这与他的全部人生观是大相径庭的,他感到没法说清自己这种精神状态,于是立刻睡着了。

三

第二天,安德烈公爵不等女主人出来,只向伯爵告辞,就动身回家了。

安德烈公爵回去时,已经是六月初了。他又驱车进入那片桦树林,那棵疙瘩流星的老橡树曾给他以古怪的深刻的印象。比一个半月以前,在森林中铃铛响得更深沉了;到处都非常丰满、浓密,到处都是绿荫;散布在桦树林中的小枞树,配合整个气氛,在毛茸茸的幼枝上长出了嫩绿的针叶。

整天都很热,不知哪儿在酝酿雷雨,但是只有不大一块乌云往道路的尘埃上和绿油油的树叶上洒了几个雨点。左边的树林在阴影中发暗;右边湿润,光亮,在太阳下闪光,被风吹得微微摇动。正是野花盛开的季节;夜莺在歌唱,歌声此起彼伏,时远时近。

"对了,就在这儿,在这座树林里,有一棵和我意气相投的老橡树,"安德烈公爵想道。"它在哪儿?"安德烈公爵一面想,一面向道路左边看,他不自觉地欣赏起那棵他所寻找的橡树来,它已经变得认不出来了。那棵老橡树全部变了样,它伸展着枝叶苍翠茂盛的华盖,静静地屹立着,在夕阳下微微摇曳。不论是疙瘩流星的手指,不论是伤疤,还是旧时的怀疑和悲伤的表情,都一扫而光了。透过坚硬的百年老树皮,在没有枝杈的地方,钻出鲜亮嫩绿的叶子。几乎令人不敢相信,这么一棵老树居然生出嫩绿的叶子。"这就是那棵老橡树,"安德烈公爵想道,他心里忽然有一种春天万物复苏的喜悦感觉。他一生中那些美好的时光,一下子涌上心头。奥斯特利茨战场上高高的天空,亡妻脸上责备的表情,在渡船上的皮埃尔,受到幽美夜色感动的那个少女,还有那个夜晚和月光——所有这一切,他都想起来了。

"不,才活了三十一个年头,并不能就算完结,"安德烈公爵坚决果断地说。"光是我对自己的一切都知道是不够的,要让大家都知道,连皮埃尔和那个想飞到天上去的少女也要知道,要让大家了解我,我不应该只为我个人而活着,不要把我的生活弄得和大家的生活毫无关系,而是要我的生活影响所有的人,所有的人都和我一起生活!"

安德烈公爵旅行回来后,决定秋天到彼得堡去,他为这个决定提供了各种理由。每分钟他都想出许多非去彼得堡(甚至从军)不可的论据。正如一个月以前,他不理解他怎么会有离开乡村的想法一样,他现在甚至不理解他从前对积极投入生活怎么会产生了怀疑。他好像明白了,倘若他不把他的人生经验运用到实际中去,不再度积极投入生活,他的全部经验就会徒然浪费了,就毫无意义了。他甚至不明白,为什么以前根据如此微不足道的理由,就认为如果在有了生活的教训之后,又相信自己有用,相信可以得到幸福和爱情,那就未免把自已贬低了。现在理智展示了截然不同的东西。在这次旅行之后,安德烈公爵开始觉得住在乡下很寂寞,以前的工作不再使他感兴趣,他经常独自坐在书房里,然后走到镜子跟前,长时间地端详自己的脸。然后他转过身来,望着亡妻丽莎的画像,她留着卷发,温柔快活地从金色镜框里望着他。她已不再向丈夫说过去那种可怕的话了,她憨厚愉快地带着好奇的样子看着他。安德烈公爵倒背两手长时间地在室内走来走去,时而皱眉蹙额,时而微笑,他再三地思考那些不合理的、非语言所能表达的、像犯罪一般秘密的思想,这些思想是与改变了他的全部生活的皮埃尔、荣誉、坐在窗口的少女、老橡树、女人的美貌和爱情密不可分。每当这样的时刻,倘若有人进来见他,他总是格外冷淡、严厉、专断,讲些枯燥无味的道理。

"亲爱的"玛丽亚公爵小姐往往这时走进来,说,"尼古卢什卡今天不能出去散步:天气很冷。"

"倘若天气暖和,"在这样的时刻,安德烈公爵非常冷淡地回答妹妹,"那么他穿一件衬衫就行了,正因为冷,就应该给他穿暖和的衣裳,之所以要做暖和的衣裳正是为了这个啊。天冷,就应该这样做,而不是当孩子需要空气时留在家里,"他说得十分合乎逻辑,就仿佛为了他内心产生的秘密的、不合逻辑的思想而惩罚什么人似的。每当这时,玛丽亚公爵小姐就会想,脑力工作使男人变得多么冷酷无情啊。

四

1809 年 8 月安德烈公爵到了彼得堡。这一年正是年轻的斯佩兰斯基的声望达到顶峰的时候,也正是他全力推行他的改革计划的时候。就在这年的八月,皇上从马车上跌下来,跌伤了脚,他在彼得霍夫住了三个星期,每天只接见斯佩兰斯基一个人。在这期间,不但正在拟定两道非常著名和震动社会的法令——关于废除宫内官阶和关于八等文官和五等文官考试的法令,并且正在制定一部国家宪法,这部宪法付诸实施后,将改变上至枢密院下至乡公所现存俄国的司法、行政和财政制度。此刻亚历山大皇帝正在实现他在登基时所信仰的自由主义理想,他在实现这些理想时所依靠的助手本来是:恰托里日斯基、诺沃西利采夫、科丘别伊和斯特罗加诺夫等人,这些人被他戏称作社会救济委员会。

现在代替所有这些人的，文职方面是斯佩兰斯基，武职方面是阿拉克切耶夫。安德烈公爵到后不久，他以宫中高级侍从身份，出入宫廷，参加朝觐。皇上两次见到他，而两次都没和他说话。安德烈公爵从来就觉得，皇上不喜欢他，皇上讨厌他的面孔和他整个的人。从皇上向他投来的冷淡疏远的目光中，安德烈公爵比以前更证实了这个推测。朝臣们对安德烈公爵解释说，他不被皇上重视，是因为陛下对他 1805 年以来就不服兵役很不满意。

　　"我自己知道，人人都有自己的好恶，我们对它是束手无策的，"安德烈公爵想道，"因此，关于亲自向皇上呈递军事法规草案一事，连想也不用想了，但问题当然会有办法的。"关于草案的事他告诉了一位老元帅——他父亲的朋友。元帅约了一个时间，亲切接见了他，答应将此事奏明皇上。过了几天，安德烈公爵接到通知，要他去见陆军大臣阿拉克切耶夫伯爵。

　　在约定的那天早上九点钟，安德烈公爵走进阿拉克切耶夫伯爵的接待室。
　　安德烈公爵不认识阿拉克切耶夫，也从未见过他，但就他所了解的有关他的一切，并引不起他对此人的尊重。
　　"他是陆军大臣，是皇帝陛下的心腹；至于他个人的品质，可以不必管它；既然责成他审议我的草案，那么就是说，只有他才能通过我的草案，"安德烈公爵在阿拉克切耶夫伯爵接待室里，在许多人中间等待时，心中想道。
　　安德烈公爵在服役期间——多数时间是当副官，见过许多大人物的接待室，各种类型的接待室，他都很了解。阿拉克切耶夫伯爵的接待室是十分特别的。在阿拉克切耶夫伯爵接待室里，在等待召见的小人物的脸上，有一种羞愧和卑顺的表情；在大官的脸上，共有的表情是局促不安，但为了掩饰这种局促不安，却装作毫不在意，装作嘲笑自己，嘲笑自己的处境和嘲笑他们所等待召见的人。有些人思索着走来走去，有些人交头接耳，哈哈大笑，安德烈公爵听见"西拉·安德烈伊奇（是阿拉克切耶夫的绰号）"这个绰号和"老头子要人的"这句话，老头子尽管是指阿拉克切耶夫伯爵。有一位将军（大人物）因为等得太长时间而感到受了屈辱，他坐在那里两条腿交换着叠起来，一个人轻蔑地微笑着。
　　但是门一打开，所有人的脸上刹那间集中为一个表情——恐惧。安德烈公爵又一次请求值日官替他通报，但是值日官带着嘲笑的目光望着他说，到时候会轮到他的。在副官从陆军大臣的办公室里领进领出几个人之后，又进去一个军官,他那谦卑恭顺和诚惶诚恐的样子使安德烈公爵吃惊。接见这个军官持续了很久。忽然从门里传来一阵雷鸣般的呵斥声,那个军官面色灰白,嘴唇颤抖,抱着头穿过接待室走过去。

随后,安德烈公爵被领到门口,值日官低声说:"右首窗户跟前。"

安德烈公爵进入一间朴素干净的办公室,看见桌旁坐着一个四十来岁的人,腰身长长的,脑袋也是长长的,头发剪得很短,皱纹很深,绿褐色的眼睛上面是紧锁着的眉头,通红的鼻子耷拉着。阿拉克切耶夫向他转过脸来,但是眼睛并不看他。

"您有什么申请?"阿拉克切耶夫问。

"我没有什么……申请,大人,"安德烈公爵轻声说。阿拉克切耶夫把眼睛转向他。

"请坐,博尔孔斯基公爵,"阿拉克切耶夫说。

"我没有什么要申请的,皇帝陛下把我的军事法规草案批转给大人……"

"让我想想,亲爱的先生,那个草案嘛,我看过,"阿拉克切耶夫打断他的话,只有头几句话他说得亲切,接着腔调越来越变得唠叨并且轻蔑。"您提出新的军事法规? 新法规太多了,连旧的都没人执行。何况新法规。现在都在写法规,写比做容易。"

"我是遵照皇帝陛下的旨意前来大人这儿看一下,您打算怎样处理我呈递的那个草案?"安德烈公爵恭敬地说。

"我在您的草案上签署了意见,已经送交委员会了。我反对,"阿拉克切耶夫说,他从写字台上拿起一份文件。"这就是,"他递给安德烈公爵。

公文纸上用铅笔写了一行字,没有大写字母,没有标点。"胡乱抄袭法国军事法典没必要放弃陆军条例。"

"草案交给什么委员会了?"安德烈公爵问。

"交给陆军条例委员会了,我还推荐阁下当委员。只是没有薪俸。"

安德烈公爵笑笑。

"我并不想要。"

"没有薪俸的委员,"阿拉克切耶夫又说一遍。"认识阁下,我很荣幸。喂! 再传! 还有谁?"他向安德烈公爵躬躬身,喊道。

五

　　安德烈公爵在等待任命他为委员会委员的正式通知的时候,走访了几个老相识,特别是有权有势的人和对他有用的人。他这时在彼得堡的心情,就似乎在战斗前夕所感受的一样,有一种骚动的好奇心折磨着他,难以抗拒地驱使他到最高统治阶层中去,那里所做的一切关系着千百万人未来的命运。从老年人的愤慨,从局外人的好奇,从当事人的慎重态度,从人们的忙忙碌碌和忧心忡忡,从他每天都要听到的数不清的委员会名称,他感觉到,在 1809 这一年,在彼得堡这个地方,正在酝酿一场大规模的国内战争,这场战争的总指挥是他所不认识的、非常神秘的、在他心目中认为很具天才的人——斯佩兰斯基。

　　安德烈公爵处在一个极为有利的地位,他在当时彼得堡最高级的各色圈子里都可以受到很好的接待。革新派欢迎他,拉拢他,第一,因为他以睿智和非常博学著称,第二,因为他解放了他的农奴,使他得到开明人士的名声。心怀不满的老一辈人,则希望他在反对革新上支持他们,因为他是老博尔孔斯基的儿子。妇女界和社交界欢迎他,因为他是一个富有、显贵的待婚男人,还由于传闻他已经阵亡和妻子的惨死,他差不多被看作传奇人物。此外,所有以前认识他的人,都众口一词地说,在过去五年间,他有巨大进步,性情温和了,老成持重了,不像先前那样矫揉造作、骄傲自大和冷嘲热讽,现在有一种与年龄俱增的沉稳风度。

人们都在谈论他,对他发生兴趣,都希望会见他。

谒见阿拉克切耶夫伯爵的第二天,安德烈公爵晚上在科丘别伊伯爵家做客。他把谒见西拉·安德烈伊奇的经过告诉了科丘别伊伯爵。

"亲爱的"科丘别伊说,"就是这种事情,您也不得不通过米哈伊尔·米哈伊洛维奇。他是我们的总头。我告诉您吧。他答应今晚来这儿……"

"斯佩兰斯基和陆军条例有什么关系?"安德烈公爵问。

科丘别伊笑笑,摇摇头,仿佛对博尔孔斯基的天真感到吃惊。

"几天前我对他谈到您,"科丘别伊继续说:"谈到您解放农奴……"

"哦,公爵,是您解放了自己的农奴呀?"一个叶卡捷琳娜女皇时代的老头子向博尔孔斯基转过身来,轻蔑地说。

"那是一处没有油水的小田庄,"博尔孔斯基极力把事情说得无关紧要。免得白白惹那个老头子恼火。

"您总是害怕落后,"老头望着科丘别伊说。

"有一点我不明白,"老头接着说,"倘若他们都解放了,那么谁来种地啊?草拟法律倒容易,管理起来就困难了。譬如现在吧,我问您,伯爵,倘若人人都得需要考试,那么谁来当各部门的首长啊?"

"由考试及格的担任,我想,"科丘别伊跷起二郎腿,环顾四周说。

"比如,我手下有一个叫普里亚尼奇尼科夫的,是一个正人君子,金不换的好人,但是他已经六十岁了,难道也得去考试? ……"

"是的,是有点困难,因为咱们的教育太不普及了,但是……"科丘别伊伯爵还没说完,就站起来,搀起安德烈公爵的手,向一个走进来的人迎上去。这个人个子很高,秃顶,头发浅黄,四十来岁,前额宽阔,长脸,面色白得出奇。这人穿一身蓝色燕尾服,脖颈上挂一个十字架,左胸佩一枚金星勋章。这就是斯佩兰斯基。安德烈公爵立刻就认出了他,他心头猛然一跳。斯佩兰斯基整个外表属于那种使人一眼就能认出的特殊的类型。安德烈公爵至今还未见过有谁动作如此拙笨和迟钝,竟然这么镇静和自信,他也从未见过有谁在那半闭的、有点湿润的眼睛里,神情是那么坚定又那么温和,也从未见过毫无表示的笑容居然那么坚强,也从未听过有谁说话的声音是那么柔声细气,不高不低,还有从未见过那么白净细嫩的脸,尤其是那双手,虽然大了些,可是非同一般地丰腴、白净、细腻。这就是斯佩兰斯基,国务大臣,皇帝耳目,他在埃尔富特伴驾时,曾不止一次地与拿破仑会见和谈话。

斯佩兰斯基说话声音很低，满怀着人们都在听他说话的信心，他只望着谈话对手的面孔。

安德烈公爵十分注意斯佩兰斯基的每句话和每一动作。

斯佩兰斯基对科丘别伊说，他没能早些来，很抱歉，因为他在宫里被人留下了。他不直说皇上曾留过他。安德烈公爵看出他这是一种假装的谦虚。当科丘别伊向他介绍安德烈公爵的时候，斯佩兰斯基带着微笑慢慢地把眼睛转向博尔孔斯基，默默地望着他。

"我很兴奋同您认识，我听说过您，"他说。

科丘别伊简略叙述了一下阿拉克切耶夫接见博尔孔斯基的情形，斯佩兰斯基的笑容更展开了。

"陆军条例委员会主任马格尼茨基先生是我的好朋友，"他说，"倘若您愿意，我可以介绍您见见他。（他停了一下。）我希望您会发现他是一个富于同情心的人，他乐于促进所有合理的事情。"

在斯佩兰斯基周围马上围了许多人。

安德烈公爵没有参加谈话，他在观察斯佩兰斯基的一举一动，他在想，不久前这个人还是一个无足轻重的科学院的学生，而现在俄罗斯的命运就握在他的手里——那双丰腴白净的手里。

在人多的地方谈了一会儿以后，斯佩兰斯基站起来走到安德烈公爵面前，请他到房间的另一端。

"那位老先生谈得很起劲儿，把我给缠住了，公爵，弄得我没法和您谈谈，"他说，温和地笑笑，这种态度使安德烈公爵感到荣幸。"我早就知道您：第一，是因为您在处理您的农奴问题方面给我们做出了第一个范例，我们希望有更多的人遵循这个范例；第二，关于宫中官阶的新法令曾引起很多闲言杂语，而您并不因此把自己看作受了委屈的侍从。"

"是的，"安德烈公爵说，"家父不喜欢我利用这个特权，我是从低级官衔开始服务的。"

"令尊是老一辈的人，显然比一味非难这个措施的我们这一代人站得高，其实这个措施只不过恢复了理所当然的正义而已。"

"不过我觉得，这些非难也不是全无道理，"安德烈公爵说，他开始感觉到斯佩兰斯基对他的影响,他设法摆脱它。他不快活样样都和他一致:他想发表不同的意见。安德烈公爵一向言谈流畅,条理清晰,但是现在和斯佩兰斯基谈话时,却有词不达意的感觉。他太注意观察这个著名人物了。

"大概是出于个人的自尊心吧,"斯佩兰斯基低声插了一句。

"一部分也是为了国家,"安德烈公爵说。

六

安德烈公爵住在彼得堡的开始时期,觉得自己在独居生活时期所形成的一些想法,全部被彼得堡的身边琐事弄模糊了。

晚上回到家里,他在记事本上记下了好几处必要的访问,或者定好时间的约会。机械的生活,必须按时做到每日安排,耗费了他大部分的精力。他什么也没做,甚至什么也没想,并且也没有时间去想,只是一味地讲述他先前在乡间已经想好的问题,并且讲述得非常成功。

他有时察觉,他在同一天,在不同场合反复地谈论同一个问题。

星期三,斯佩兰斯基在自己家中单独接见了博尔孔斯基,跟他亲密地谈了很久,这次会见斯佩兰斯基又给安德烈公爵留下了强烈的印象。

安德烈公爵认为可鄙的渺小人物实在是多,他十分希望在某个人身上发现他所追求的至美至善的活的理想人物,因此他想当然地相信,他在斯佩兰斯基身上找到了一个非常有理性、有道德的理想人物。倘若斯佩兰斯基的出身和安德烈公爵一样,教养和道德观念也一样,那么博尔孔斯基就会很快发现他的弱点,发现普通人常有的非英雄的一面,但是现在这个头脑清晰令他惊异的人,正因为不为他人全部了解,更加使他肃然起敬。此外,不知是因为斯佩兰斯基欣赏安德烈公爵的才能呢,还是因为他必须把他笼络过来,斯佩兰斯基既在安德烈公爵面前卖弄他的冷静的理性,同时又用微妙的奉承讨好安德烈公爵。

在星期三晚上的长谈中,斯佩兰斯基不止一次地说:"我们重视一切超出作为一般标准的习惯……"或者微笑着说:"可是我们既要把狼喂饱,又要使羊安全……"或者说:"他们不懂得这个……"总是带着这样的神情:"只有咱们,您和我,咱们才懂得他们是什么人,咱们是什么人。"

这次和斯佩兰斯基长谈,更加强了安德烈公爵第一次会见他时的感觉。他在他身上看见了一个富于理性、思想周密、才智广博的人,他以全部的精力和坚强的意志取得权力,并利用这个权力为俄国谋福利。在安德烈公爵心目中,斯佩兰斯基正是他要做的那种人,这种人对所有生活现象能够提供合理的说明,只承认合理的事物是真实的,善于用理性的尺度衡量一切。在斯佩兰斯基的阐述中,一切都是那么简单明了,安德烈公爵忍不住全部同意他的意见。如果他表示反对或者争辩,那只不过因为他有意要显示自己有独立的见解和不完全服从他的意见罢了。一切都是对的,一切都很好,可是只有一件事使安德烈公爵感到不自在:这就是斯佩兰斯基的目光——它冰冷、清澈,使人看不透灵魂,此外还有那双白净滑腻的手。清澈的目光和白嫩的手莫名其妙地烦扰着安德烈公爵。

总之,使安德烈公爵惊奇的斯佩兰斯基的智力特征,是对智慧的力量和合理性有着毋庸置疑和决不动摇的信念。

在与斯佩兰斯基刚认识的时候,安德烈公爵对他产生了狂热的敬佩,正像他曾经对波拿巴产生的感情一样。斯佩兰斯基是神父的儿子,一些庸俗的人可能会瞧不起他,的确也有不少的人是这样的,因为这个缘故,安德烈公爵格外珍惜他对斯佩兰斯基的感情,并且不自觉地在他内心加强了这种感情。

博尔孔斯基在他那儿度过的第一个晚上,在谈到法典编纂委员会时,斯佩兰斯基带着讽刺的口吻对安德烈公爵说,委员会成立了一百五十年,花了数百万卢布,结果毫无成就,只有罗森坎普夫在各种不同的法律条文上贴一些标签而已。

"这就是国家花掉几百万卢布所得到的全部成绩!"他说。"我们想给参议院以新的审判权,可是我们没有法律。因此,像您这样的人,公爵,现在不出来服公务是一种犯罪。"

安德烈公爵说,"做这种工作需要法律知识,可是他没受过法律教育。"

"谁也没受过,那么您怎么办呢? 这是一种恶性循环,我们必须从其中打出一条路来。"

一个星期后,安德烈公爵就任军事条例委员会委员,并且出乎他的意料,做了法典编纂委员会一个科的科长。应斯佩兰斯基的请求,他开始编纂民法第一部分,而且参照《拿破仑法典》和《查士丁法典》,草拟"人权"章节的条文。

七

　　1808 年，皮埃尔巡视了庄园以后，回到彼得堡，他不知不觉地当上了彼得堡共济会的首领。他安排会友的宴会和丧礼，发展新会员，忙于联系各个支会和寻求真正的会约。他捐款修建大厦，尽力补足义捐的数额，多数会员在这上头是吝啬的，不按时交款。他差不多是一个人出钱维持着共济会在彼得堡建立的一所贫民院。

　　他的生活仍像从前一样，尽情地寻欢作乐。他爱吃好的，喝好的，虽然他认为这种行为不道德，有失尊严，但是他无力拒绝他混迹其中的单身汉社会的那些娱乐。

　　皮埃尔整日忙乱，在纸醉金迷的生活中过了一年，才慢慢觉得，他越是想在共济会这块土地上站稳，他脚下这块土地就越是往下沉。同时他觉得，他脚下这块土地陷得越深，他就更加依赖这块土地。在他刚进入共济会时，他感觉自己就像一个人把一只脚信赖地踏上了沼泽地里一块平坦的地面似的。一只脚刚踩上去，就下沉了。为了最终证实他站的地方是否坚实，又踏上了另一只脚，于是陷得更深，越陷越深，无可奈何地在齐膝深的泥沼里移动了。

　　约瑟夫·阿列克谢耶维奇不在彼得堡。支会的所有成员全部都是皮埃尔认识的人，所以他很难只把他们当成会友，而不看作某某公爵，或者某某伊凡·瓦西里耶维奇，其中大多数都是他平时认识的肤浅的人物。在他们会裙和会徽下面，他看见的是他们平日追求的制服和勋章。在募捐收入的账上，常常有这种情况：总计十来个会员出了二十至三十卢布，大部分是欠账，而其中有一半欠账的人像他一样富有，每当这时，皮埃尔就会想起每个会员曾经答应把一切财产都献给邻人的入会誓言，于是他心中便起了一团疑念，但是他极力剔除这种疑念。

　　渐渐地皮埃尔开始对自己所做的事感到不满。至少就他在这里所见到的共济会来说，他觉得它完全建立在形式上。他并不想怀疑共济会本身，只是怀疑俄国的共济会走错了路，背离了它原来的教义。因此，年底皮埃尔到国外的共济会取经去了。

　　1809 年夏，皮埃尔回到了彼得堡。传说皮埃尔在国外得到了许多高级人员的信任，领会了很多秘密，被提升到更高的一级，并带回很多对俄国共济会有益的东西。彼得堡的会员们都来看他，巴结他，大家都觉得，他在隐藏着什么，同时又在准备着什么。

后来，确定召开了一次二级支会大会，皮埃尔答应在会上把他从共济会最高领袖那里学来的东西传授给共济会的会友。会议室里坐满了人。做完例行的仪式后，皮埃尔站起来演说。

他的演说给人的强烈的印象，但却引起了激烈的争论，大家莫衷一是。

会议结束时，教头带着恶意和讽刺的口吻指责皮埃尔太性急，而且说他在演讲中主导他的东西不是对德行的爱好，而是对争斗的热衷。皮埃尔没有辩驳，只是简单地问是否采纳他的建议，答复是否定的，于是皮埃尔不等举行例行的仪式，就走出支会，坐车回家了。

八

皮埃尔又陷入了他最害怕的苦闷中。他在支会发表演说后，一连三天躺在家里的沙发上，不接待任何人，也不到任何地方去。

在这期间他收到妻子一封信，她恳求见见他，她说她思念他，愿意把她的一生都献给他。

在信的结尾，她通知他，她近日内就从国外回彼得堡。

这封信之后，一个最不受他尊敬的会友闯进来见离群索居的皮埃尔，当谈到皮埃尔的夫妇关系时，这个人发表了一通意见，他说，皮埃尔不宽容妻子是错的，他不宽恕悔过的妻子是违反共济会的首要戒律的。

正在这时，他的岳母，瓦西里公爵夫人，派人来请他，求他哪怕去见她几分钟也好，因为有十分重要的事情要和他商量。皮埃尔看出这是有人对他耍花招，想让他和妻子团圆，这在他目前所处的境况来看，也未尝不可。他什么都无所谓：皮埃尔认为生活中没有什么了不起的事情，由于现在他心情郁闷，以致使他既不重视自己的自由，也不重视非惩罚他的妻子不可的那股劲头了。

"谁都不对，谁都没有错，因此，她也没有错，"他想道。如果说皮埃尔没有当即同意和妻子复婚，那不过是因为他目前心情抑郁，使他无力做出任何决定。

倘若他的妻子来了,他也不会把她赶走。比起缠绕皮埃尔心头的事情,和妻子同居也好,不同居也好,难道不都是一样吗?

皮埃尔没有答复妻子,也没有答复岳母,在一天深夜里整装出发,到莫斯科找约瑟夫·阿列克谢耶维奇去了。以下是皮埃尔的日记。

莫斯科,十一月十七日。

我刚从恩师那里回来,赶快把我在他那里的感受写下来。约瑟夫·阿列克谢耶维奇过着清贫的生活,三年来患着令人痛苦的病。从来没听见他叫苦过一声,也没听见他有怨言。从清早到深夜,除了吃最简朴的食物以外,他全在研究学术。他亲切地接待我,让我坐在他睡的床上;我向他打手势,他也以同样的手势回答我,而且带着温和的微笑问我在普鲁士和苏格兰支会学了些什么,有什么收获。我把我所知道的都给他讲了,而且告诉他我在我们的彼得堡支会上提出的那些原理、我所遭到的冷遇,以及我和会友们的决裂。约瑟夫·阿列克谢耶维奇静静地想了很久,然后他把他的看法告诉了我,他的观点马上照亮了我过去的一切,还有摆在我面前的全部的道路。他使我吃了一惊,问我可记得本会的三个目的:一,保守和了解秘密;二,为了领悟它,净化和完善自己;三,力求自我净化以达到完善全人类。这三条中哪个是首要的目的呢?当然是自我完善自我净化了。

"彼得堡,十一月二十三日。

我又和妻子同居了。岳母眼泪汪汪地来见我,她说海伦在这里,求我听她一句话,又说她是无辜的,她很痛苦,还有许多别的话。我知道,只要让我看见她,我就没法拒绝她的要求。我感到为难,不知道找谁帮助我。倘若恩师在这里,他会告诉我的。我躺在自己的房间里翻阅约瑟夫·阿列克谢耶维奇的信件,我想起我和他的谈话,从中得出结论:我不应该拒绝一个请求的人,对每个人都应当伸出援助的手,何况是一个和我的关系如此密切的人,我应当背负我的十字架。如果说,我宽恕她是为了道德的目的。我这样决定了,也是这样给约瑟夫·阿列克谢耶维奇写的信。我对妻子说,请她忘记过去的一切,我有什么对不住她的地方,请他原谅我,而我没有什么要宽恕她的。我这样对她说,使我感到兴奋。

就让她不知道,重新和她见面使我十分痛苦。我在这所大宅子的楼上住下,正在体验一种新生的幸福。"

九

正像历来那样,当时聚在宫廷中和大型舞会中的上流社会人士,分成许多各有自己特色的小圈子。当中规模最大的要数法兰西小圈子,也就是以鲁缅采夫伯爵和科兰库尔为首的所谓拿破仑同盟。海伦和丈夫在彼得堡刚住下来,就在这个小圈子里占了一个最显著的地位。法国大使馆的官员以及许多属于这一派的人士,都来拜访海伦。

海伦在埃尔富特时,正碰上两国皇帝在那里会晤,她在那里同欧洲所有亲拿破仑的达官贵人都有了联系。她在埃尔富特获得了辉煌的成功。拿破仑本人在剧院里注意到了她,打听她是谁,对她的美貌很为欣赏。她作为一个风度优雅的美人而获得成功,并不使皮埃尔惊奇,因为她一年比一年变得更漂亮了。使他惊异的是,近两年来,他的妻子居然得到了"又聪明又美丽的可爱女人"的名声。有名的德利涅公爵给她写了八页的长信,比利宾在收集名言警句,为的是在别祖霍娃伯爵夫人面前说出来。在别祖霍娃客厅受到接待,被认为是头脑聪明的证明;年轻人在赴海伦的晚会之前,要博览群书,为了在她的客厅里能有话可谈;大使馆的秘书们,甚至大使们,都把外交秘密告诉她,因此,海伦形成了一种势力。皮埃尔知道她是很愚蠢的,他有时参加她那谈论政治、诗歌和哲学的晚会和谈话会,他总是怀着不解和恐惧的奇怪感觉。海伦·瓦西里耶夫娜·别祖霍娃所享有的所谓的声誉从来没有动摇过,她就是讲一些最俗不可耐和最愚不可及的话,大家仍然对她的每一个字都叹为观止,从其中寻求连她本人都意想不到的所谓意义。

皮埃尔正是这么一颗辉煌的交际明星所需要的丈夫。他是一个心意不安的怪人。是贵族大老爷式的丈夫,他不妨碍任何人,不但不破坏客厅的高贵气派,并且由于他不同于妻子的优雅委婉的风度,反而使她得到了有力的衬托。近两年来,因为皮埃尔的兴趣集中在抽象问题的研究,对其他东西都非常蔑视,结果使他在他不感兴趣的妻子的交际场中养成一种漠不关心,随随便便和对一切人都宽厚相待的态度,他这种态度十分自然,所以不禁令人肃然起敬。他像

·战争与和平·

图文珍藏版

去看戏似地进入妻子的客厅,他认识每个人,对每个人都表示兴奋,对每个人也表示同样的淡漠。有时他参加他感兴趣的谈话,他不考虑有什么人在场,只顾发表自己的意见,有时这些意见与当时谈话的调子完全不合拍。可是,对这位彼得堡最出色的女人的怪物丈夫已经形成固定的看法,所以谁也不认真地对待他的高谈怪论。

自从海伦从埃尔富特回来以后,每天到她家来的年轻人中间,官运亨通的鲍里斯·德鲁别茨科伊是别祖霍夫家中最亲密的常客。海伦叫他我的年青侍从,把他看作孩子。她对他的微笑,跟对别人的,并没有什么不同,可是皮埃尔看见她那微笑,有时感到很不痛快。鲍里斯对皮埃尔很尊敬。这种尊敬的意味也使皮埃尔不安。三年前,妻子给他的侮辱曾使他那么痛苦,现在他想方设法避免这种侮辱,避免的方法是:第一,他不认为自己是妻子的丈夫;第二,他不允许自己猜疑。

"不会的,她现在已经不同了。那些往日的迷恋,不会再重演了,"他对自己说。"学者醉心恋爱,还没有这样的例子,"他老对自己重复这条莫名其妙的定理。但是说来奇怪,只要鲍里斯在妻子的客厅出现,皮埃尔就觉得手脚似乎被捆绑起来了一样,感到行动不自然和不自由。"多么奇怪的厌恶感觉,"皮埃尔想道,"先前我差不多是很喜欢他呢。"

在上流社会的眼中,皮埃尔是一个贵族大老爷,是有名的妻子的盲目可笑的丈夫,聪明的怪物,没有成就、但对任何人都无害的老好人。最近这段时期,在皮埃尔心灵中正在进行艰苦复杂的思想活动,这使他受益不浅,也引起很多精神上的怀疑和喜悦。

十

他仍旧写日记,下面就是他近来的日记。

十一月二十四日。

八时起床,读《圣经》,然后去上班(皮埃尔听从恩师的建议,已经在一个委员会服务),回家吃午饭,一个人吃(伯爵夫人那儿有很多我讨厌的客人)。晚上到伯爵夫人那儿。

我怀着幸福、安静的心情就寝。

十一月二十七日。

起晚了，醒来人还发懒，在床上躺了很长时间。我的上帝，帮助我，使我坚强起来，让我能够走你的路吧。读《圣经》，可是没有应有的感情。会友乌鲁索夫来了，我们谈论尘世的空虚。他提到皇上的新计划。我刚要责难，可是想起我的戒律和我们恩师的话：一个真正的共济会员，当国家需要他时，他应该是一个热心的事业家，当国家没有召唤他时，他就做一个冷静的旁观者。

十二月三日。

醒得很晚，读《圣经》，但没有感情。后来到大厅里，在那里来回踱步。我想思索一下，然而却想起四年前发生的一件事。在决斗后，多洛霍夫先生在莫斯科碰到我，他对我说，他祝我身心安泰，虽然太太不在这里。当时我没有理他。现在我回想起那次会见的细节，我在心中对他说出最恶毒的话和最刻薄的回答。当我发现自己又在暴怒时，这才醒悟过来，赶走了这种思想。但对这件事并没有非常忏悔，后来鲍里斯·德鲁别茨科伊来了，讲了一些冒险故事。从他一进门，我就讨厌他的来访，我对他说了难听的话。他顶了我一句。我火了，对他说了好些不快乐的甚至粗暴的话。他不吭声了，我很快清醒过来，但是已经太晚了。我的上帝，我根本不会跟他相处。原因是我的自尊心太强。我把自己看得比他高，所以显得自己比他更坏，因为他原谅我的粗暴，而我相反地瞧不起他。我的上帝，恩赐我吧，使我在他面前更多地看到自己的坏处，使我的行为能给他益处。饭后，我睡了一觉，当我刚要入睡时，清楚地听见有一个声音对着我的左耳说：'你的一天'。

我做了一个梦，梦见我在黑暗中走路，突然我被一群狗围了起来，可是我一点都不惧怕；突然一条不大的狗咬住了我的左大腿不放。我用两只手掐它的脖子。我刚把它摆脱掉，另外一条更大的狗又咬住了我。我把它举起来，但是越举得高，它就越大越重。会友 A. 突然来了，挽起我的手领着我走，把我领到一座大厦前面，要通过一条窄窄的木板才能走进大厦。我踏上木板，但是木板弯了，塌了，我只好往围墙上爬，两只手勉强才够着围墙。后来我费了很大的劲想翻过去，结果身子翻了过去，两条腿还悬在另一边。我环顾一下，看见会友 A. 站在围墙上，他指给我一条宽阔的林荫道和一座大花园，花园里有一座壮丽宏伟的大厦。我醒了。主啊，伟大的造物主啊！帮助我摆脱掉这些狗——各种情欲，尤其是摆脱掉那条把先前那些狗的力量聚于一身的狗，帮助我进入我梦中亲眼看见的那座道德的圣殿。"

十二月七日。

我梦见约瑟夫·阿列克谢维奇坐在我家里，我非常兴奋，想款待他。似乎我一个劲地同旁人闲谈，我忽然想起他可能对这个不快活，我想亲近他，拥抱他。但是一接近他，我看见他的脸变了，变得年轻了，他对我低声讲本会的教义，声音轻得听不清楚。然后我们都从屋里出来，发生了一件怪事。我们在地板上不是坐着就是躺着。他对我说了点什么。我仿佛很想让他知道我的感情，我不去听他的话，开始想象我心中的情况，以及上帝赐给我的恩惠。我的眼眶里涌出了泪水，他看见了这个，我很满意。可是他突然停止了谈话，愤怒地看了看我，跳起身来。我胆怯了，问他刚才是不是在说我；可是他没回答，只是对我做了一个和善的表情，随后我们突然来到我的卧室里，那里摆着一张双人床。他躺在床边上，我特别想和他亲热一下，也想躺在那里。他仿佛问我：'老实告诉我，您的主要癖好是什么？您可知道？我以为您是知道了。'我被问得不知如何是好了，我说懒惰是我主要的癖好。他怀疑地摇摇头。我更慌了，于是我对他说，我尽管照他的劝告和妻子同居，可是实际上并没有做妻子的丈夫。他对这一点表示反对，他说不应当不使妻子受到温存，他使我认识到那是我的义务。可是，我回答说，我羞于那样干；于是突然一切都消失了。

十二月九日。

我做了一个梦，醒来心头仍在乱跳。我梦见我在莫斯科家里的大起居室里，约瑟夫·阿列克谢耶维奇从客厅里走出来。我马上看出他完成了重生，我跑过去迎接他。我吻他的手，他说：'你有没有注意我的脸变样了？'我仍旧拥抱他，看了看他，我仿佛看见他的脸变得年轻了，可是没有头发,而面容根本不同了。我对他说:'倘若我偶然遇见您,我会认出您的'但是我又在想:'我说的是实话吗?'我忽然看见,他像一具僵尸似的直挺挺地躺在那里;后来他逐渐苏醒过来,和我一起走进一间大书房,他手里拿着一本用图画纸装订的大书。我说:'这是我画的。'我把书打开,书里每一页都有漂亮的图画。我知道这都是画的灵魂跟它爱人的恋爱故事。我似乎看见书里有一幅美丽的少女画像,她穿着透明的衣衫,身体也是透明的,正在向云端飞去。我知道这个少女不过是《雅歌》的象征。我一面看这些图画,一面觉得我正在做坏事,但是我的眼睛离不开这些图画。"

十一

罗斯托夫家在乡下住了两年,在这期间,他们的经济状况并没有好转。

尽管尼古拉·罗斯托夫拿定主意在不出名的团队继续当一名小军官,花费比较少,可是在奥特拉德诺耶过的是那样的生活,特别是米坚卡那样处理事情,结果债务逐年不断增加。老伯爵觉得,唯一的办法就是担任一份公差,于是他就到彼得堡去谋事;如他所说,一边谋事,一边最后一次让姑娘们寻寻开心。

罗斯托夫家到彼得堡不久,贝格就向薇拉求婚,他的求婚被接受了。

罗斯托夫家在莫斯科尽管属于上流社会,其实他们并不知道也不在意他们是属于哪个社会,但是在彼得堡他们的交游却相当庞杂并且不固定。在彼得堡他们是被人看不起的外省人,而那些看不起他们的人,无论他们是属于哪个社会的,在莫斯科都曾受到罗斯托夫家的款待。

罗斯托夫家在彼得堡也像在莫斯科一样好客,他们的餐桌上坐着各色人等:奥特拉德诺耶的邻人,境况欠佳的老地主及其女儿们、宫廷女官佩龙斯卡娅、皮埃尔·别祖霍夫,以及在彼得堡当差的县邮局局长的儿子,等等。在男客里面,鲍里斯、皮埃尔、贝格很快成为罗斯托夫在彼得堡家中的常客;皮埃尔是老伯爵在街上碰到后强拖到家里来的,贝格每天都待在罗斯托夫家,他对薇拉伯爵小姐表现了一个有意求婚的年轻人所能表现的那种殷勤。

贝格把他在奥斯特利茨战役受伤的右手给人看,用左手扶握着根本无用的军刀,他这样做倒也没有白费。贝格由于奥斯特利茨战役而得到两枚勋章。

在芬兰战争中,他也顺利地立了功。他因为参加芬兰战争又得到两枚勋章。1809年他是佩戴几枚勋章的近卫军大尉,并且在彼得堡兼任几个十分肥美的差事。

虽然有些自由派的人,在听到贝格的功绩时,微微一笑,可是也不得不承认,贝格是一名勤恳、勇敢、得到上级赏识的军官,并且是一个前程辉煌、品行端正的青年。

四年前,在莫斯科一家剧院里,贝格向一位同事说:"薇拉将成为我的妻子,"从那时起,他就下决心娶她。现在在彼得堡,他比较了一下罗斯托夫家的和自己的经济地位,他认为时机到了,于是提出了求婚。

最初,人们对贝格的求婚怀着不光彩的疑心。一个利沃尼亚地方无名小贵族的儿子,居然向罗斯托娃伯爵小姐求婚,当然未免令人奇怪;可是贝格的自私自利表现得那么天真,那么憨厚,使得罗斯托夫家的人们不禁觉得,既然他本人有这么大的信心,认为这是一件好事,甚至是一件大好事,那么这一定是一件好事。况且罗斯托夫家的经济状况很不妙,求婚的人不可能不知道,而且薇拉已经二十四岁了,各处都露过面,尽管她确实长得好看并且通情达理,可是从未有人向她求过婚。所以就同意了。

"您要知道,"贝格对他的一个同事说,"您要知道,我全部都考虑到了,倘若我不把一切都算计好,倘若还有什么不妥的地方,我是不会结婚的。现在我爸爸和妈妈的生活已经有了保障,我在波罗的海边区给他们安排好了地租,我在彼得堡靠我的薪俸,靠她的财产、靠我省吃俭用,就过得去了。可以过得不错。我不是为了金钱而结婚,那样是不正派的,可是妻子应当带来她的一份,我也添上我的一份。我有公务,她有社会关系和一笔小小的财产。这在当今时代不是无关紧要的,你说是不是?主倘若,她是一个既美丽又可敬的姑娘,而且爱我……"

贝格脸红了,笑了笑。

"我也爱她,因为她懂得人情世故,性格极好。她那个妹妹,一母所生,就根本不同,性格令人讨厌,头脑也不行,她是那么个劲儿,您知道吧? ……但是,我的未婚妻……将来您到我家里去……"贝格接着说,他原来想说"吃饭",可是改变了主意,却说了"喝茶"。

最初，贝格的求婚在双亲心中引起了惶惑不解的感觉，家中有些节日欢乐气氛，但是欢乐不是真诚的，而是表面的。家人对于这桩婚事，都有一种惶惑不安和惭愧的心情。最感到不安的是老伯爵。他说不出让他不安原因，其实这个原因就是他的经济状况。他实在不清楚他还有多少财产，有多少债务，他能给薇拉什么陪嫁。当女儿出生时，给每个女儿都预备了带有三百农奴庄子的陪嫁；但是现在有一处庄子早已卖掉了，另一处抵押出去了，而且已经过了赎回的期限，也非卖掉不可，所以陪送田庄就不可能了。又没有现钱。

贝格已经当了一个多月的未婚夫了，离婚期只有一个星期了，但是伯爵仍没有解决陪嫁的问题，也没有跟妻子商量。伯爵有时想把梁赞的田庄给薇拉，有时想卖掉森林，有时又想贷款。在婚期的前几天，贝格一大早走进伯爵的书房，满脸是兴奋的微笑，恭敬地请未来的岳父告诉他，薇拉伯爵小姐有什么陪嫁。伯爵被这早已预感到的问题弄得非常狼狈，他不假思索就说道：

"你这么关心，叫我兴奋，我兴奋，会叫你满意的……"

他站起来拍了拍贝格的肩膀，想结束这场谈话。可是贝格笑嘻嘻地解释说，倘若他不确切地知道给薇拉多少陪嫁，预先拿到陪嫁中的哪怕一部分，那么，他就得退婚了。

"伯爵，请您想一下，这是因为：倘若我没有一定的资产来维持我妻子的生活，现在就断然结婚，那我的行为就太可鄙了……"

最后谈到结果，伯爵想做得很大方，不愿意再听到什么新的要求，就答应给八万卢布的期票。贝格温和地笑笑，吻了吻伯爵的肩膀，他说他非常感谢，但是，倘若拿不到三万现款，他现在无法安排新的生活。

"至少两万，伯爵，"他又添了一句，"开六万的期票就行了。"

"好，好，就这么办，"伯爵赶快说，"不过，请你原谅，亲爱的朋友，两万现款，我给，另外我还给八万的期票。就是这样，吻我吧。"

十二

娜塔莎十六岁了，这是 1809 年，也就是四年前和鲍里斯亲吻之后，她扳着指头数到的这一年。从那时起，她从没见过鲍里斯。在索尼娅和母亲面前谈起鲍里斯的时候，她像谈久已过去的事，毫不在意地说，以前的一切都是孩提的事,不值得一提,早就忘记了。但是,在她内心最隐秘的深处,关于她向鲍里斯发出的誓言是闹着玩呢,还是认真的有约束力的许诺,却是一个使她苦恼的问题。

鲍里斯自从1805年从莫斯科去军队以后,他跟罗斯托夫家里的人从没见过面。他有好几次回莫斯科,可是一次也没有去罗斯托夫家。

娜塔莎有时在想,他不想见她,当长辈提到他时,口气那么忧郁,这更证实了她的怀疑。

"现在都不把老朋友记在心上了。"一提起鲍里斯,老伯爵夫人就这么说。

安娜·米哈伊洛夫娜最近极少去罗斯托夫家,她似乎特别拿起架子来了,她一谈起儿子的好处和他那光明的前程,就眉飞色舞,兴奋不尽。罗斯托夫来到彼得堡后,鲍里斯就去拜望他们。

他去他们那里,内心并不是不激动。对于娜塔莎的回忆,是鲍里斯最富有诗意的回忆。可是,他下决心要在这次拜访中让她和她的双亲明确地感觉到,他和娜塔莎儿童时代的关系不可能是一种约束。他和别祖霍娃伯爵夫人的亲密关系使他在社交界的地位辉煌,又凭着一位非常信任他的重要人物的保护,他在军界也是地位显赫,他已经暗下决心:要与彼得堡最富有的姑娘结婚,实现这个计划根本不成问题。当鲍里斯走进罗斯托夫家的客厅的时候,娜塔莎正在自己的房间里。她一听说他来了,脸就红了,她差不多是跑着进了客厅,她那非常亲切的微笑,使她精神焕发。

鲍里斯记忆中的娜塔莎,还是四年前他所看到的那个样子:身穿短短的连衣裙,发绺下面一双乌黑晶亮的眼睛,孩子气的狂笑,所以,当一个完全不同的娜塔莎进来的时候,他不自在起来,脸上现出惊喜的表情。这种表情使娜塔莎特别兴奋。

"怎么,还认得你那小朋友——淘气鬼吗?"老伯爵夫人说。鲍里斯吻了吻娜塔莎的手,他说,她变得使他惊奇。

"您漂亮了!"

"那还用说!"娜塔莎眼神含笑地回答。

"爸爸见老了吧?"她问。娜塔莎坐下来,没有参加鲍里斯和伯爵夫人的谈话,她静静地上下细心打量她童年时代的追求者。他感到执着而亲热的目光的压力,他不时望她一眼。

鲍里斯的制服、马刺、领带、发式——所有这一切都是最时兴的。娜塔莎一下就看出来了。他在伯爵夫人身旁微微侧着身子坐在扶手椅里,用右手整理紧套在左手上的手套,十分文雅地抿着嘴,谈论彼得堡上流社会的娱乐,用温和的嘲弄口吻回忆莫斯科的往事和莫斯科的熟人。娜塔莎觉得,他在谈所谓最高级贵族的时候,提到他曾经参加某大使的舞会,以及赴 NN. 和 SS. 的邀请,都是有用意的。

娜塔莎始终平静地坐在那里蹙眉看他。这个眼神越来越使鲍里斯不安和窘迫。他不停地转脸看娜塔莎和中断谈话。他坐了不到非常钟,就告辞了。望着他的,依旧是从前那双好奇的、挑逗的、微含讥笑的眼睛。在这第一次拜访之后,鲍里斯对自己说,娜塔莎仍旧像从前一样令他神往,但是他不应该做感情的奴隶,因为跟这么一个差不多没有财产的姑娘结婚,就会毁掉自己的前程,而倘若目的不在结婚而恢复从前的关系,那是卑鄙的行为。鲍里斯决心不再跟娜塔莎见面,但是,尽管下了这个决心,过了几天他又去了,而且逐渐地去得更勤了,整天地在罗斯托夫家里度过。他觉得他应该向娜塔莎解释一番,告诉她过去的事应该忘记,不论怎么说……她不能成为他的妻子,他没有财产,他们永远不会把她嫁给他的。可是他总也没有作成,不好意思张口做这样的解释。他一天天地越来越陷得难以自拔。在母亲和索尼娅看来,娜塔莎仍旧爱鲍里斯。她唱他喜爱的歌给他听,拿她的纪念册给他看,逼他在上面题字,不让他提过去的事,只让他说现在是多么美好;他每天都是神情恍惚地离开那里,没有说出他想说的话,连他自己也不知道他在做什么,为什么而来,会有什么结果。鲍里斯不到海伦那里去了,每天都接到她的短简责难,但是他依然整天在罗斯托夫家里度过。

十三

一天晚上,老伯爵夫人戴着睡帽,穿着睡衣,她叹着气,不停地清嗓子,在一小块地毯上跪着祈祷,这时只听吱一声门响,娜塔莎赤脚穿着便鞋跑进来,她也是穿着睡衣,头上扎着卷发纸。伯爵夫人转脸看了看,皱了皱眉头。她正在念最后一句祈祷词:"难道我的床就是我的坟墓吗?"她的祈祷情绪没了。娜塔莎红着脸,兴致勃勃,她一见母亲在祈祷,就一下停住脚步,身子往下一蹲,忍不住伸了伸舌头。她看见母亲还在祷告，就踮着脚尖跑到床前，轻快地用一只小脚蹭另一只小脚，把鞋子甩掉，纵身跳到伯爵夫人害怕成为她的坟墓的床上。娜塔莎跳上去，陷到羽绒褥子里，滚到墙边，拉起被子蒙住头，把膝盖曲到下马颏，踢打着两只脚，差点笑出声来，她时而把头蒙起来，时而露出头来看看母亲。伯爵夫人做完了祷告，走到床前，脸上带着严肃的表情；可是她一见娜塔莎蒙着头，就露出和善的微笑。

"哎，哎，哎，"母亲说。

"妈妈，咱们谈一件事，好不好？"娜塔莎说。"来，亲亲你的脖颈，再亲一下。"她搂着母亲的脖子，在下巴颏下面吻了又吻。

"今儿要谈什么呀？"母亲枕好枕头，等娜塔莎翻了两下身，把手伸出来，摆出一脸严肃的神情，和她并排睡在一个被窝里的时候，说道。

趁伯爵还没有从俱乐部回来，娜塔莎夜间来玩，是母女二人最大的乐趣。

"今儿要谈什么？ 我必须告诉你……"

娜塔莎用手捂着母亲的嘴。

"谈谈鲍里斯的事……我知道，"她一本正经地说，"我正是为这来的。您别说，我知道。不，您告诉我！"她放开了手。"您告诉我，妈妈。他可爱吗。"

"娜塔莎，你十六岁了，我在你这个年龄，已经结婚了。你说鲍里斯可爱。他很可爱，我像爱儿子一样爱他，但是你要怎么样呢？ ……你是怎么想的？ 你彻底把他迷住了，这个我是看得出的……"

说到这里，伯爵夫人瞧了女儿一眼。娜塔莎躺在那里一动不动，直瞅着床角红木雕刻的狮身人面像，母亲只能看见女儿的侧面。她脸上那副特别严肃，特别专注的神情，使伯爵夫人感到惊奇。

娜塔莎一面听，一面沉思。

"那又怎样呢？"她说。

"你完全把他弄得神魂颠倒了，何必呢？ 你要他怎样呢？ 你要知道，你是不能同他结婚的。"

"为什么？"娜塔莎仍旧没变姿势，说。

"因为他年轻，因为他穷，因为他是一个亲戚……因为你自己并不爱他。"

"您怎么知道？"

"我知道。这样不好，我的孩子。"

"但是，倘若我要……"娜塔莎说。

"别瞎说……"伯爵夫人说。

"但是，如果我要……"

"娜塔莎，我跟你说正经的……"

娜塔莎不让她说完，就把伯爵夫人的大手拉过来，先吻手背，然后吻手心，然手又翻过来吻上边手指的关节，然后吻关节与关节之间的地方，然后又吻上边的关节，嘴中念念有词："一月，二月，三月，四月，五月。"

"您说呀，妈妈，您干吗不说话呀？说吧，"她一面说，一面转过脸来看母亲，而母亲温柔的目光也正在看女儿。

"这不行，我的好孩子，你们童年时代的关系，不是所有的人都能理解的，在常来咱家的别的年轻人眼中，看见他和你这么亲密，可能对你有不好的看法，主要的，何苦叫他受罪。也许他已经找到合适的对象，有钱的姑娘；但是现在他发了疯啦。"

"他疯了？"娜塔莎又说了一遍。

"我给你讲讲我自己的故事，我有一个表兄……"

"我知道——基里拉·马特维奇，不过他是个老头子。"

"他并不是一直就是老头子。你听我说，娜塔莎，我要跟鲍里斯谈谈。叫他不要来得这么勤……"

"既然他愿意来，为什么不叫他来？"

"因为我知道，这不会有什么结果的。"

"您怎么知道呢？不，妈妈，您别对他说。那像什么！"娜塔莎说，她那语气就像有人要夺去她的财产似的。"好吧，我不同他结婚，就让他来吧，既然他兴奋，我也兴奋。"娜塔莎笑容满面望着母亲。

"不结婚，就这个样儿，"她又说一遍。

"就怎么个样儿啊，我的孩子？"

"就这个样儿。不结婚好得很，不过……就这个样儿。"

"就这样，就这样，"伯爵夫人说，她笑得全身震动。

"得了，得了，别笑啦，"娜塔莎喊道，"整个床都颤动了。您太像我了，也爱大笑……等一等……"她抓起伯爵夫人的两只手，吻小手指的一个关节——六月，接着吻另一只手，七月、八月。"妈妈，他爱得厉害吗？您看是这样吗？您也被人这样爱过吗？十分可爱，十分、十分可爱！就是有点不合我的口味——他是那么窄，窄得像饭厅里的钟……您明白吗？……太窄，您知道吧，颜色发灰，太浅……"

"你胡说什么！"伯爵夫人说。

娜塔莎继续说：

"您真的不懂吗？倘若尼古拉就会懂得……别祖霍夫——他是蓝的，深蓝中带红的颜色，并且他是四方形的。"

"你也向他卖俏呢，"伯爵夫人笑着说。

"不，他是共济会员，我知道了。他太好了，深蓝透红，怎么给您说呢……"

"我的伯爵夫人哪，"是伯爵的声音。"你还没睡吗？"娜塔莎光着脚跳下床，抄起鞋就跑回自己的房间去了。

她久久不能入睡，一直在想，谁都不能理解她所想的一切，以及她内心的一切。

"索尼娅？"她想道。"不，她哪里会了解！她是个有修养的姑娘。她爱上了尼古拉，再也不想别的了。连妈妈也不了解。我是多么聪明，多么……简直令人惊奇，她是那么可爱，"她用第三人称来谈论自己，她心中想象议论她的人是一个非常聪明、聪明绝顶、最好的男人……"她身上什么都有，什么都有，"这个男人继续说，"十分聪明，可爱，并且漂亮，特别漂亮，灵活——游泳、骑马，样样都擅长，还有那副嗓子！是一副奇妙的嗓子！"她想着便不知不觉地进入了美妙的梦乡。

第二天伯爵夫人把鲍里斯请到家里，同他谈了一次话，从此他就没有再来罗斯托夫家。

十四

1810年新年前夕，一位叶卡捷琳娜时代的大臣家里举行舞会。外交使团和皇帝全要参加这次舞会。

在英吉利滨海街上，那位大臣的有名府第内灯火通明。灯火辉煌的大门前，警卫森严，站在门前台阶上守卫的，不但有宪兵，还有警察厅长和几十名警察。车水马龙，川流不息，马车上的仆人身穿红制服，头戴羽饰帽子。从马车里走出身穿制服、佩戴勋章和绶带的男人;身穿绸缎裙衫和灰鼠皮大衣的妇女,小心地踏着踏板,走下马车,然后从入口的红毡上匆匆地走进去。

差不多每到一辆马车,在人群中就有一阵低语声,人们都摘下帽子。

"是皇上吗?……不是,是一位大臣……亲王……大使……你没看见那羽毛吗?……"人群中有人说。

前来赴舞会的,三分之一的人已经到了,但是罗斯托夫一家,还正忙着装束打扮呢。

罗斯托夫家为了这次舞会曾有许多议论和准备,也曾有许多忧虑,担心得不到邀请,衣服不齐全。

陪同罗斯托夫一家赴舞会的是玛丽亚·伊格纳季耶夫娜·佩龙斯卡娅,她是伯爵夫人的朋友和亲戚,人长得又黄又瘦,是前朝的宫中女官,现在罗斯托夫一家在彼得堡上层社交界的活动,就是由她来指导。

罗斯托夫家的人应该在十点钟到道利达花园去找那位女官,但是九点五十五分了,小姐们仍没有穿好衣裳。

这是娜塔莎第一次参加大型舞会。早上八点她就起床,整天都处在狂热的忙乱中。从一大早起,她所有的精力都用在一件事情上,那就是要使她们每个人:她自己、妈妈、索尼娅——都打扮得再漂亮不过。索尼娅和伯爵夫人十分信赖她。

主要的事都已经做完了:脚、手、脖子、耳朵,都已经按照舞会的要求格外仔细地洗过,喷过香水,搽过香粉;都已穿上透花丝袜和带蝴蝶结的白缎鞋,头发也快梳好了。索尼娅穿好了衣服,伯爵夫人也穿好了;但是为大家忙合的娜塔莎却落了后。她还在镜子前面坐着,瘦削的肩头上披着化装罩衫。已经穿好衣服的索尼娅站在屋子中间,把大头针用力地别进最后一条绸带上,把她那纤细的手指按得生疼。

"不对,不对,索尼娅!"正在梳头的娜塔莎双手握着女仆来不及放手的头发,转过身来说,"不是那样打花结,你过来。"索尼娅蹲下身来。娜塔莎换个式样别好了花结。

"不是那样的,小姐,那样不行,"握着娜塔莎的头发的女仆说。

"哎呀,我的上帝,等一会再说! 就是这样,行啦,索尼娅。"

"你们好了吗?"传来伯爵夫人的声音。"快十点了。"

"立刻就好,立刻就好。您好了吗,妈妈?"

"就剩下钉帽子了。"

"您别钉,等我来,"娜塔莎喊道,"您不会!"

"已经十点了!"

十点半就应该到舞场,但是娜塔莎还得穿衣裳,还得到道利达花园。

娜塔莎梳好头,穿着下面露出舞鞋的短衬裙,母亲的短晨衣,跑到索尼娅跟前,把她观赏了一番,然后又跑到母亲跟前。她把母亲的头转来转去,把帽子钉好,利落地吻了吻她的白发,又跑回给她缝裙子的女仆们那里。

娜塔莎的裙子,耽搁了时间,因为裙子太长了;两个女仆正在缝裙子下摆,急促地把线头咬断。第三个女仆嘴里含着大头针,在伯爵夫人和索尼娅之间跑来跑去;第四个女仆高高举着薄纱白裙衫。

"玛夫鲁莎,赶快点,亲爱的!"

"总该好了吧?"伯爵夫人走进来说。"给你们香水。佩龙斯卡娅说不定已经等急了。"

"缝好了,小姐,"那个女仆说。

娜塔莎开始穿衣服了。

"等等,等等,爸爸,别进来!"她对推开门的爸爸喊道,整个脸都盖在轻烟似的白纱裙后面。索尼娅关上门。一分钟后,伯爵进来了。他身着蓝色燕尾服,长袜浅鞋,喷了香水,擦了头油。

"嗬,爸爸,你真潇洒,美极了!"娜塔莎说,她正站在屋子中间整理薄纱的褶儿。

"等一下,小姐,立刻就好,"女仆说,她跪在那里正把裙衫弄直,一边把叼在嘴里的大头针从一边嘴角移到另一边嘴角。

"随你的便吧,"索尼娅看了看娜塔莎的裙衫,带着失望的口气说,"你爱怎么就怎么吧,还是太长!"

娜塔莎向后退几步,照照壁镜。裙衫是长了。

"真的,小姐,一点也不长,"玛夫鲁莎说。

"对,是长了,可以再缝高一点,一会儿就缝好了,"果断的杜尼亚莎说,她取下别在胸前短褂上的针,又跪下去工作起来。

这时,伯爵夫人身穿天鹅绒裙衫,头戴圆筒帽,羞羞怯怯地,脚步轻盈地走了进来。

"我的美人儿呀！"伯爵叫道。"她比你们谁都漂亮！……"他想拥抱她，可是她红着脸闪开了，怕弄皱了衣裳。

"妈妈，把帽子再戴歪一点，"娜塔莎说。"我来给您戴，"她说着就向前猛跑，正在缝下摆的女仆没来得及跟着她跑，把薄纱扯掉一小块。

"我的上帝！这是怎么搞的？实在说，不是我的错……"

"没事儿，我来缝上去，看不出来，"杜尼亚莎说。

"美人儿，我的美丽的公主！"乳母走进来，站在门口说。"我的小太阳，嗬，一群美人儿！……"

在十点一刻，全家终于坐上马车出发了。可是还得先到道利达花园去一趟。

佩龙斯卡娅早就准备好了。并且也是特意打扮了一番。佩龙斯卡娅对罗斯托夫一家人的打扮夸奖一番。

罗斯托夫一家人也同样对她的审美眼光和装束称赞一番。十一点钟各自坐上马车出发了。

十五

这天，娜塔莎从一大早起来就忙个不停，连想象一下将要到来的情景都没工夫。

在这又湿又冷的空气中，在颠簸着的马车里她才有时间生动地想象在那舞会上，在灯火辉煌的大厅里，等待她的是什么：音乐，鲜花，跳舞，皇帝，整个彼得堡最出色的青年。等待她的那情景是如此美好，以至于不敢相信会有这样的事：因为这和马车里的寒冷、拥挤以及幽暗的感觉极不相称。只是当她从入口的红毡地毯上走进前厅，脱掉皮衣，同索尼娅并肩走在母亲前面，登上两旁鲜花锦簇、灯光明亮的楼梯时，这才明白等待着她的一切。只有这时她才想起她在舞会中应有的态度，她努力摆出她认为一位小姐在舞会上必须有的端庄凝重的风度。但是，这时她感到眼花缭乱：她的眼睛模糊了，血液突突地鼓荡着她的心脏。她没能做出那种会使她显得可笑的样子，她一面走，一面激动得屏住呼吸，尽力压住自己的激动。其实这种姿态对她最合适。

前前后后走进来的客人都在低声细语地交谈。楼梯两旁的镜子,照出穿着白的、蓝的、粉红的裙衫,在裸露的手臂和脖颈上戴着钻石和珍珠的太太小姐们。

娜塔莎望了望镜子,她辨不清镜子里的自己和别人。所有的人形成一个绚丽多彩的行列。一走进头座大厅的门口,说话声、脚步声、寒暄声,震聋了娜塔莎的耳朵;辉煌的灯火和衣饰的闪光,更加使她头晕目眩。男主人和女主人在大厅的门口已经站了半小时了,他们不停地说着同一句话:"欢迎光临。"

两个姑娘都穿白裙衫,在乌黑的头发上都戴同样的玫瑰花,都行着同样的屈膝礼,可是女主人情不自禁把目光在纤巧的娜塔莎身上多停留了一会儿。她看着她,除了送她一个女主人的微笑,另外又送了一个特别的微笑。女主人望着她,也许她回想起了自己一去不复返的少女时代和第一次参加舞会。男主人也目送娜塔莎,问伯爵哪个是他的女儿?"

"真可爱!"他吻了吻指尖,说。

大厅里的客人都挤在门口等候皇帝。伯爵夫人也站在人群中。娜塔莎听见并感觉到,有几个声音在打听她,有些人在看她。她明白那些留意她的人,都是对她感兴趣的,这使她多少安下心来。

"有些人和我们一样,也有些不如我们的,"她心中想道。

佩龙斯卡娅告诉伯爵夫人舞会中一些最重要人物的姓名。

"那位是荷兰大使,看见了吗? 就是那个花白头发的,"佩龙斯卡娅指着一个满头灰白鬓发的小老头,说。那个小老头把围着他的一群太太小姐们逗得哈哈大笑。

"瞧,她来了,彼得堡的皇后,别祖霍娃伯爵夫人,"她指着刚走进来的海伦,说。

"真漂亮! 简直不亚于玛丽亚·安东诺夫娜;您瞧,那些年轻的和年老的都缠着她不放。又漂亮又聪明……据说,亲王……为她发了疯。您瞧这母女二人,虽然不漂亮,但是,追的人更多。"

她指着正走过大厅的一位太太和她的长得不好看的女儿。

"这是一个有百万陪嫁的待嫁闺中的姑娘,"佩龙斯卡娅说。"您瞧那些想当未婚夫的人。"

"这是别祖霍娃的哥哥,阿纳托利·库拉金,"她指着一个美男子——骑卫军的军官,说。这个青年军官从她们面前走过,昂首阔步,眼睛望着别处。"十分漂亮!您说是吧?据说,要给他娶这个有钱的小姐呢,还有您的那位表亲,德鲁别茨科伊,也死追着她。听说有几百万的陪嫁呢。还有,那就是法国公使,"在伯爵夫人问到科兰库尔是什么人时,她回答说。"您瞧,样子像皇帝似的。总之还是挺可爱的,法国人都很可爱。社交界没有人比他们更可爱的了。这就是她!我们的玛丽亚·安东诺夫娜仍旧是最美的!她穿戴真朴素。美极了!"

"您瞧这位戴眼镜的肥佬,是世界共济会的会员,"佩龙斯卡娅指着别祖霍夫,说。"把他放在他太太跟前:活像一个小丑!"

皮埃尔一摇一摆地穿过人群,就像从闹市的人群中穿过似的,毫不在意,和蔼可亲地时而向左,时而向右不停地点头。他从人群中挤过去,似乎是在找什么人。

娜塔莎满怀喜悦地望着那张熟悉的面孔,她知道皮埃尔在人群中是在找她们,尤其是在找她。皮埃尔答应她来参加舞会,而且给她介绍舞伴。

但是,别祖霍夫并没有走到她们跟前,他在一个中等身材,穿白制服,英俊秀美的黑发男人身旁站住了,这个男人站在窗口正在和一位佩戴勋章和绶带的高个军人谈话。娜塔莎一下就认出了那个身材不高、穿白制服的年轻人:这是博尔孔斯基,她觉得他年轻多了,快活多了,并且漂亮多了。

"又有一个熟人,博尔孔斯基,妈妈,您瞧见吗?"娜塔莎指着安德烈公爵,说。"您可记得,他在奥特拉德诺耶咱们家住过一夜。"

"啊,你们认识他吗?"佩龙斯卡娅说。"我不喜欢这个人。是当今的大红人,骄傲得了不得!跟他父亲一样。投了斯佩兰斯基的缘,正在拟一个什么草案。您瞧他对小姐太太的态度!她跟他说话,可他竟然转过脸去不搭理人家,"她指着他,说。"如果他对我像对待那些太太小姐那样,我一定痛骂他一顿。"

十六

人们突然动起来,大家都向前挤,又分开来,在两行人中间,在音乐的伴奏下,皇帝走了进来。他后面跟着男主人和女主人。皇帝走得很快,不停地向左右两边点头,好像想尽快度过这最初见面的时刻。皇帝进了客厅;人群向门口涌去;有几个人赶忙挤进去,又带着变了脸色的表情退回来。人群又从客厅门口让开了,皇帝和女主人说着话在门口出现了。一个年轻人抢步走过去,叫人让开。有几位女士全然忘了上流社会的礼节,不怕弄坏自己的装束,向前挤去。男士们开始走到太太小姐跟前去找舞伴,准备跳波兰舞。

人们闪开一条路,皇帝满脸笑容,挽着女主人的手,随便地从客厅走出来。他后面跟着男主人和玛丽亚·安东诺夫娜·纳雷什金娜,再后面是大使们、大臣们,以及将军们,佩龙斯卡娅不停地报出他们的姓名。大部分太太小姐们都有了舞伴,而且正在走出来,或者已经准备跳波兰舞了。娜塔莎感觉到,她同母亲和索尼娅被挤到了墙根,被撇在了一边。她站在那儿,垂着纤细的双手,她那刚刚有点隆起的胸脯有节奏地起伏着,屏着呼吸,闪亮的眼睛吃惊地望着前面,这是一副对享受最大的喜悦或承受最大的悲哀都有所准备的表情。不论是对皇帝,还是对佩龙斯卡娅所指出的那些重要的人物,她都不感兴趣,——她只想一件事:"难道就没有一个人来邀请我,难道我就不能在这第一轮里跳舞了,难道这些男人们都没留心我,他们现在似乎都没看见我,即使看见了,但他们的神气仿佛在说:'啊! 我要找的可不是她。不,这不可能!"她想。"他们应该知道我是多么想跳舞,我跳得十分出色,同我跳舞会使他们十分愉快。"

波兰舞曲已经演奏了很长的时间,在娜塔莎耳畔响起了忧郁的曲调——好似在回忆。她想哭。佩龙斯卡娅已经从她们身边走开了。伯爵在大厅的另一头,只有伯爵夫人、索尼娅和她站在一起,在这些陌生的人群中,没有人关心她们。安德烈公爵同一位女士从她们面前走过,但没有认出她们。美男子阿纳托利微笑着同他的舞伴谈话,他向娜娜塔莎的脸瞥了一眼。鲍里斯两次从她们面前走过,每次都回避她们。不跳舞的贝格和他的妻子走到她们面前。

娜塔莎觉得在舞会上一家人聚在一起是丢人的。薇拉向她谈她的绿色裙衫,娜塔莎不听她的,也不看她。

皇帝终于在他最后一个舞伴身旁停下来,乐曲停了;操心过分的侍从武官向罗斯托夫一家人跑过来,请她们再让开一点,可是她们已经站到墙根了。这时乐队奏起令人神往、抑扬有致的华尔兹舞曲。一分钟过去了,仍没有人出场。司仪武官走到别祖霍娃面前,邀请她。她微笑着把手放在他的肩上,眼睛并不看他。娜塔莎望着她们,为自己没能在这第一轮华尔兹出场,难过得直想哭。

安德烈公爵身穿白色上校制服(骑兵式的),脚上穿的是长筒袜和浅口鞋,他精神勃发,兴致勃勃,站在离罗斯托夫一家人不远处。菲尔霍夫男爵同他谈论明天将要召开的第一次国务会议。安德烈公爵是斯佩兰斯基的心腹,正在参加立法委员会的工作,当然对明天的会议能够提供确凿的消息。可是,他没有听菲尔霍夫对他说的话,他一会儿看看皇帝,一会儿看看那些准备跳舞而没有勇气出场的男人们。

皮埃尔走过来抓起安德烈公爵的手。

"您常常跳舞。这儿有一位我的保护人——罗斯托娃小姐,您邀请她吧,"他说。

"在哪儿?"博尔孔斯基问道。"对不住!"他对男爵说,"这个话题以后咱们再好好谈,在舞会上就应该跳舞。"他照着皮埃尔指出的方向走过去。娜塔莎那副绝望的、屏息不动的面孔一下子就映入了安德烈公爵的眼帘。他认出了她,猜到了她的心情,知道她是刚上阵的新手,他想起那个月夜她在窗台上的谈话,于是怀着兴致勃勃的表情走到罗斯托娃伯爵小姐面前。

"请您认识一下我的女儿吧,"伯爵夫人红着脸,说。

"我很荣幸,已经认识了,倘若她还记得我的话,"跟佩龙斯卡娅说他粗鲁相反,安德烈公爵走到娜塔莎面前彬彬有礼地深深地鞠躬,他还没有说完邀请她跳舞的话,就抬起手来揽起她的腰。他请她跳华尔兹舞。娜塔莎脸上突然容光焕发,露出幸福、感激、孩子气的微笑。

"我早就在等着你了,"这个又惊又喜的小姑娘在举起手搭在安德烈公爵肩上时,用她那就要流泪的微笑,仿佛这么说。他们是第二对出场的。安德烈公爵是最优秀的跳舞家。娜塔莎的舞技也绝非一般的。她那双穿着缎子舞鞋的小脚,轻快地旋转着,脸上焕发着幸福狂喜的光彩。她那裸露的脖颈和手臂瘦削,并不漂亮。比起海伦的肩膀,她的肩膀太瘦了,胸部还不够丰满,手臂纤细;但海伦的身体由于被千百双眼睛玩赏过,仿佛涂了一层油漆,而娜塔莎还是初次袒胸露臂的少女,要不是她认为非这样不可的话,她会感到十分害羞的。

安德烈公爵本来就喜欢跳舞,再加上人们老跟他谈政治,说些俏皮话,他想尽快摆脱这些谈话,还想快些打破由于皇帝在场而形成的令他不快活的气氛,于是就跳舞了,并且选定了娜塔莎,因为她是皮埃尔推荐的,还因为她是他发现的第一个好看的姑娘;但是,他刚一搂起她那纤细灵活的腰肢,她那翩翩的舞姿就在他眼前,她那微笑就在他眼前,她那杯富于魅力的美酒,一下子冲上他的头脑:在跳完了一轮,离开她,站在那里喘口气,看别人跳舞的时候,他觉得自己精神复苏了,变得年轻了。

十七

在安德烈公爵之后,鲍里斯来请娜塔莎跳舞,邀请她的还有那个首先上场的跳舞专家——侍从武官以及别的年轻人,娜塔莎把用不上的舞伴让给索尼娅,整个晚上跳个不停,她满脸红光,兴高采烈。她什么都不理会。她不但没有留意皇上和法国公使谈了很久,皇上对某某贵妇给予格外的眷顾,某某亲王以及某某人做了什么和说了什么,海伦获得了多么巨大成功,受到某人的特别关注;她甚至没有看见皇上,只因在他离开后舞会更加热闹,她这才察觉皇上已经走了。晚餐前跳欢乐的科季利翁舞的时候,安德烈公爵又请娜塔莎跳舞。他向她提起他们在奥特拉德诺耶林荫道初次相遇的情景,提起那个月夜她不能入睡,他无意中听到她说的话。一提起这个,她脸就红了,全力为自己辩解。

安德烈公爵喜欢在上流社会中看见那不带上流社会共有的烙印的东西。娜塔莎的惊奇、喜悦和羞怯的神情,甚至说法语时的错误,恰好具有这样的特点。他对她的态度和同她谈话格外温柔和小心。安德烈公爵坐在她身边,同她谈一些最一般,最琐碎的事,他欣赏她那眼睛和笑容流露的喜悦的光辉,她满面笑容不是因为听了什么可笑的话,而是出自内心的幸福感。当娜塔莎接受别人的邀请,微笑着站起来,翩翩起舞时,安德烈公爵非常欣赏她那羞怯的神态。在集体双人舞进行了一半时,娜塔莎跳完了一轮,回到自己的座位,还在沉重地喘息,又有舞伴来邀请她。她想谢绝,但是,又快活地把手搭到舞伴的肩上,同时向安德烈公爵微微一笑。

"我当然愿意休息一下,陪您坐一会儿,我也累了;但是,您瞧,都来找我跳,我也兴奋跳,我兴奋极了,我爱所有的人,您和我都是明白这一切的。"当舞伴放开她时,娜塔莎穿过大厅跑来找两个女伴。

"倘若她先找表姐,然后找另一个女伴,她将要做我的妻子,"安德烈公爵望着她,不知不觉地自言自语。她先到表姐面前。

"有时头脑里冒出多么无聊的念头!"安德烈公爵想道。"但是,有一点是真的,她的确不平凡,她在这里跳不了一个月,准得出嫁……她是这儿的珍宝,"当娜塔莎在他身旁坐下,一边整理胸前的玫瑰花的时候,他想道。

集体双人舞跳完后,身穿蓝色燕尾服的老伯爵走到两个跳舞的人面前。他邀请安德烈公爵到家里来做客,他问女儿玩得是否痛快? 娜塔莎没有回答,只是轻轻一笑,那微笑在说:"这还用得着问吗?"

"从来没有这么愉快过!"她说,安德烈公爵看见她很快抬起瘦削的手臂想搂抱父亲,但是立刻又放了下来。娜塔莎沉醉在极度的幸福之中。

在舞会上,皮埃尔第一次觉得他妻子在上层社会所处的地位使他感到屈辱。他闷闷不乐,魂不守舍。他倚窗站着,透过眼镜冷漠地向前望着。

娜塔莎去就晚餐,从他身旁经过。

皮埃尔那副阴郁、丧气的神情使她吃惊。她在他面前停下。她想帮助他,把她太多的幸福分给他。

"真愉快,伯爵,"她说,"是不是?"

皮埃尔只是微笑一下,他并没有听明白人家对他说的话。

"是啊,我很兴奋,"他说。

"他们怎么会有不顺心的事呢,"娜塔莎想道。"尤其像别祖霍夫这样的好人?"

十八

第二天安德烈公爵想起昨天的舞会,但很快就忘了:"是啊,确实是一次辉煌的舞会。并且……是的,罗斯托娃特别可爱。在她身上有一种与众不同的新鲜的、独特的东西。"他所想到的昨天的舞会就是这么一些,他喝过茶后,就坐下来办公。

但是,因为疲倦或者由于失眠,安德烈公爵什么都做不成,他老是不满意自己的工作。他听到有客人来访,这倒使他很兴奋。

来客是比茨基,此人在好些委员会中任职,出入彼得堡各个小圈子,是新思想和斯佩兰斯基的热烈崇拜者,又是彼得堡最热心的新闻传播者,他这种人选择派别就像选择衣服一样,只选时兴的,正因为这样,他成为某些派别最热烈的倡导者。他一脱下帽子,就心事重重地跑到安德烈公爵面前,谈起来。他刚打听出今天早上皇上召开的帝国会议的详情,于是就兴致勃勃地谈起这件事。皇上的讲话是不同凡响的。这是只有立宪君主才能发表的演说。"皇上开门见山说,帝国会议和参政院都是国家等级;他说,行使职权不应当独断专行,而是根据法律原则。皇上说,财政应当改革,财政报告要公开,"比茨基讲道,他对某些话特别加重。

"的确,今天的事件开辟了一个新纪元,当代历史最伟大的纪元,"他总结说。

安德烈公爵听着;这次会议是他急切地盼望着,而且认为十分重要,可是使他奇怪的是,当这个大事件已经实现的时候,不但没有使他感动,并且,觉得是一件不值一提的事。他听着比茨基的讲述,嘴角露出一丝嘲讽的微笑。他想:"这与我和比茨基有什么关系,皇上在帝国会议上爱讲什么讲什么,与我们什么相干? 难道这会使我更幸福,更好些吗?"

这个简单的想法一下子就把安德烈公爵先前对正在进行的改革的兴趣一扫而光。这一天,安德烈公爵必须到斯佩兰斯基家里吃饭,但是,现在他却不想去了。

然而,到了约定的时间,安德烈公爵却已经走进了斯佩兰斯基的不大的府第了。安德烈公爵来迟了些,在一间镶木地板的、不大的、十分清洁的餐室里,他发现有几个斯佩兰斯基的亲密朋友。除了斯佩兰斯基的小女儿和她的家庭女教师以外，没有别的妇女在场。客人中有热尔韦、马格尼茨基和斯托雷平。安德烈公爵才进前厅，就听见大声的说话声和响亮的笑声。有一个人很清楚地发出哈-哈-哈的笑声，大概是斯佩兰斯基的声音。安德烈公爵从来没听见过斯佩兰斯基的笑声，这位国家要人的响亮而尖厉的笑声使他觉得有些难以理解。

安德烈公爵走进餐室。所有的人都站在两个窗子之间，靠着一张小桌子。斯佩兰期基春风满面地站在桌边，他身穿灰色燕尾服，佩戴勋章，他在出席国务院会议时穿的白背心和系的高耸着的白领巾，现在还依旧穿在身上。客人们围着他。马格尼茨基正对米哈伊尔·米哈伊洛维奇（是斯佩兰斯基的名字和父称）讲一件趣闻。还没等马格尼茨基开口，斯佩兰斯基就笑开了。安德烈公爵进来的时候，马格尼茨基的话又被笑声淹没了。斯托雷平一面嚼着面包夹干酪，一面发出深沉的大笑；热尔韦低声笑着，而斯佩兰斯基的笑声既尖厉又清脆。

斯佩兰斯基笑个不止，向安德烈公爵伸出他那又白又嫩的手。

"您好，公爵，"他说，"等一下……"他转身对马格尼茨基说，打断了他的故事。"咱们今天约定：这是一次娱乐性午餐，不准谈公事。"随后他又转向说故事的人，又大笑起来。

安德烈公爵听着斯佩兰斯基的笑声，看着大笑的他，感到很惊讶，不禁由失望而变成了悒郁。安德烈公爵觉得这不是斯佩兰斯基，而是另外一个人。斯佩兰斯基先前在安德烈公爵心目中造成的神秘感和魅力，眼下突然变得一目了然和没有味道了。

餐桌上的谈话不断，仿佛是集笑话之大成了。不等马格尼茨基把故事讲完，另一个人就说他要讲一个更可笑的故事。笑话多半都是关于官场的事，再不然就与当官的有关。看来，那些当官的在这群人的眼中根本微不足道，对他们唯一态度只能是善意的嘲笑。

不难看出，斯佩兰斯基喜欢在公事之闲暇休息一下，在朋友圈子里略事消遣，他的客人都知道他这个愿望，都极力逗他，同时也是娱乐自己。但是，这种娱乐却使安德烈公爵觉得沉重和不快。斯佩兰斯基的尖厉声音也使他感到刺耳，那滔滔不绝的虚假笑声，似乎使他的感情受了侮辱。安德烈公爵没有笑，他害怕叫大家扫兴。可是,谁也没有注意他与大家的情调不合拍。所有的人似乎都很快活。

他们所说的并没有什么不雅和不得体的地方,都很俏皮,都可供一笑;但是,其中并没有真正有趣的东西。

饭后,斯佩兰斯基的女儿和她的女教师站起来。斯佩兰斯基用他那白净的手抚弄女儿,吻吻她。安德烈公爵觉得他这个动作也别扭。

男人们仍旧按照英国习惯坐在餐桌旁,面前摆着红葡萄酒。谈到拿破仑在西班牙所干的事时,大家一致赞扬,而安德烈公爵却表示不同的意见。斯佩兰斯基笑了笑,为了改变一下话题,讲了一件与正在谈的话毫无关系的趣闻。大家沉默了片刻。

斯佩兰斯基在餐桌旁坐了一会儿,说:"现在好酒真是踏破铁鞋也寻不到,"他把酒瓶交给仆人后,站了起来。大家都站起来,仍然是有说有笑地走进客厅。仆人递给斯佩兰斯基两封信使送来的信。他拿着信到书房去了。他一走开,欢笑就停止了,客人们都冷静地、低声地交谈起来。

"现在朗诵吧!"斯佩兰斯基从书房出来,说。"惊人的天才!"他对安德烈公爵说。马格尼茨基马上摆好姿势,开始朗诵他讽刺几位彼得堡名流的打油诗,中间有几次被掌声打断。安德烈公爵等念完诗,就到斯佩兰斯基跟前告辞。

"这么早您就忙着到哪儿去?"斯佩兰斯基说。

"我答应去赴一个晚会……"

他们俩都不说话了。

安德烈公爵回到家里,回想近四个月来彼得堡的生活,一件件都历历在目,记忆犹新。他回想起他到处奔走,求人,他的那份被当作参考材料的陆军操典草案的遭遇,他的草案之所以不予考虑,仅仅是因为另外有一个并不像样的草案已经写好,并且呈给了皇上;他回忆起贝格参加的委员会会议;在这些会议上,对会议的形式和程序讨论起来非常起劲并且没完没了,而对实质的问题的讨论却一带而过,草草了事。他回忆起他的法律著作,回忆起他是如何费心地把罗马法典和法国法典的条文译成俄文,想到这里,他为自己的行为感到耻辱。然后,他清楚地想象到博古恰罗沃庄园,他在庄园做的事情,到梁赞省的旅行,想起那些农民,村长德龙,还有把分成章节的人权条文规定实施到他们身上,他居然在这种无聊的工作上花掉了这么多的时间,使他感到惊讶。

十九

第二天,安德烈公爵拜访他还没去过的几家,其中也有前天在舞会上重逢的罗斯托夫家。除了出于礼貌应当去罗斯托夫家外,安德烈公爵还想看看那个性格特别、活泼、给他留下快乐印象的娜塔莎。

先出来迎接他的人中间就有娜塔莎。她穿一身蓝色家常连衣裙,安德烈公爵觉得她更好看了。她和她全家像接待老朋友似的接待安德烈公爵,随意并且亲切。安德烈公爵原先对这家人抱有很深的成见,现在,他觉得他们都极好,平易近人,善良。老伯爵的好客和待人厚道,使得安德烈公爵不好意思推辞,他只好在那里吃饭。"是的,这是一些善良、可爱的人,"博尔孔斯基想,"自然,他们毫不理解娜塔莎具有多么可贵的品质。但是这些善良的人们却构成了一个最好的背景,使这个十分富于诗意、充满了生命力、非常可爱的姑娘更加光艳!"

安德烈公爵觉得在娜塔莎身上有一种对于他来说完全陌生的东西,其中充满了他从不知道的喜悦,早在奥特拉德诺耶林荫道上和在月夜的窗口,这个陌生的世界就曾经使他心动。现在这个世界已经不再使他心神不安了,也不陌生了;他已经亲身进入这个世界并发现了新的乐趣。

饭后,娜塔莎应安德烈公爵之请,在钢琴伴奏下唱歌。安德烈公爵站在窗前,一边同妇女们谈话,一边听她唱。在她唱到一个乐句的中间,安德烈公爵停止了说话,出乎意料,他感觉眼泪哽住了喉咙,这是他从来没有的事。他看了看正在唱歌的娜塔莎,一种新的幸福的感觉在他心中油然而生。他感到幸福,同时也感到惆怅。根本没有什么原因使他要哭,但是,他直想哭。哭什么?哭过去的爱情吗?哭小公爵夫人吗?哭自己失望吗?……哭对未来的希望吗?……也对,也不对。

娜塔莎刚唱完,就跑到他跟前,问他是不是喜欢她的嗓音?她问了这句话后,感到很不好意思的,但是,当她明白她不该这样问时,话已经说出口了。他望着她,微微一笑,说他喜欢她唱歌,同时,他也喜欢她所做的一切。

安德烈公爵深夜才离开罗斯托夫家。他躺下睡觉,但立刻就意识到他不能入睡。他时而点着蜡烛,坐在床上,时而站起来,时而又躺下,一点不为失眠而苦恼:他内心是非常兴奋,分外清新,就仿佛从气闷的房间,走进广阔的自由天地。他并没有爱上罗斯托娃的想法;他也没有一直想着她;只不过在他的思想中总有她的影子,并且,他觉得,他的全部生活焕然一新了。"既然生活以及生活的全部愉快已经摆在我面前,我何苦还要在这狭窄的、闭塞的框框里挣扎和奔忙呢?"他对自己说。于是,他很长时间以来第一次拟定未来的计划。他决定安排一下儿子的教育,给他找一位家庭教师,把儿子托付给他;然后辞职,出国看看英国、瑞士和意大利。"趁着我现在年富力强,应该体验一下自由的生活,"他自言自语。"皮埃尔说得对,他说,要想幸福,就应当相信幸福是可能的,我已经相信他的话。我只要活着一天,就应当生活,并且要幸福地生活,"他想道。

二十

一天早上,阿道夫·贝格上校穿一套刚缝制好的制服,搽过油的鬓角梳得整整齐齐,前来造访皮埃尔。

"我刚从尊夫人那儿来,非常不幸,我的请求未能如愿以偿;伯爵,我希望在您这儿能够幸运一点,"他微笑着说。

"您有何见教,上校? 我愿为您效劳。"

"伯爵,我的新居彻底安顿好了,"贝格通知说,"所以我想为我的,同时也为我夫人的熟人举行一次小小的晚会。我想请伯爵夫人和您赏光到我们那儿喝杯茶……吃晚饭。"

只有海伦·瓦西里耶夫娜伯爵夫人认为同贝格这类人交往有失身份,才好意思拒绝他的邀请。贝格已经把话说得很明白:为什么他要请几个好友到家里聚会,为什么他感到兴奋,为什么他舍不得把钱花在玩牌和其他嗜好上,而准备为好朋友聚会而不心疼花钱,等等,既然这样,皮埃尔不好推辞,就答应了他。

"伯爵,我斗胆请求,一定不要迟到;咱们凑一桌牌局,我们的将军也来。他对我极好。咱们吃顿晚饭,伯爵。那么就多谢您的赏光啦。"

皮埃尔一反他迟到的习惯,这一天到贝格那儿格外早。

贝格夫妇把晚会所需要的一切都准备停当了,专候客人们的到来。

贝格和妻子坐在一间刚落成的书房里,室内窗明几净,装饰着小型半身雕像和绘画,家具一律是新的。贝格身穿一件全新的、扣得紧紧的制服,坐在妻子身边,他向她讲解,人应当结识比自己地位高的人,因为只有如此才能得到交友的乐趣。

贝格由于意识到他比懦弱无能的妇女优越,不禁微微一笑,就不说话了,他心想,无论怎么说,他的这位可爱的妻子仍旧是懦弱无能的妇女,她不可能懂得男人作为丈夫的一切优点。薇拉也由于意识到她比丈夫优越。也微笑一下,她认为他尽管是一个品德优良的好丈夫,但在薇拉看来,他也跟其他男人一样,对生活同样有错误的理解。贝格拿他的妻子来衡量所有的女人,认为她们都是懦弱无能并且愚蠢的,而薇拉则把她对她丈夫一个人的看法推而广之。认为所有的男人都自以为是,实际上人都是最无知的,个个狂妄自大,并且自私成性。

贝格站起来拥抱妻子,担心把他花了很多钱买的花边披肩弄皱,小心地拥抱着,对准她的嘴唇正中间吻了吻。

"只有一样,咱们万万不可早生孩子,"他顺着思路的自然发展,说。

"对,"薇拉回答,"我从来不想早生孩子。活着就要为社会嘛。"

"这个跟尤苏波娃公爵夫人的一模一样,"贝格含着幸福、友善的微笑,指着披肩,说。

这时,仆人报告别祖霍夫伯爵来了。夫妇俩满意地微笑着互相递个眼色,每人都把这来访的光荣归功于自己。

"这就是善于结交的成果,"贝格想,"这就是会处世的结果!"

"记住,我招待客人的时候,请你千万别插嘴,因为我知道招待每个人,在什么时候应当说什么话,"薇拉说。

贝格也露出微笑。

"不行,有时候招待男人应当谈男人的事,"他说。

皮埃尔被请到新客厅里,可是不管坐到哪里,都会破坏对称、情绪和秩序。只好任凭客人来解决这个问题。皮埃尔拉过一把椅子,对称被破坏了,贝格和薇拉马上争先恐后地招待客人,晚会就这样开始了。

薇拉心想,应该谈法国大使馆的事来款待皮埃尔,立刻就谈起来。贝格却认为,谈男人们的事才适当,于是打断妻子的话,提起对奥地利作战的问题,但是,不知不觉地从一般地谈论,突然跳到了个人的问题,即关于人家建议他参加出征奥地利以及他所以不接受建议的原因。虽然谈话毫无条理,并且,由于谈起男人们的事而弄得薇拉生气,但是这对夫妇都很满意,别看只有一个客人,但他们觉得晚会开得很好。

过了不久,贝格的老同事鲍里斯来了。他对待贝格和薇拉的态度,流露着优越感和抬举他们的意味。在鲍里斯之后,来的是上校和他的夫人,随后是将军本人,最后是罗斯托夫家的人,晚会已经同一般晚会毫无两样了。看见客厅中那些动作,听见那些不连贯的谈话声、衣衫的沙沙声和寒暄声,贝格和薇拉控制不住欢喜的微笑。像所有的晚会一样,应有尽有,尤其是将军做得十分像回事,他夸奖住室,拍贝格的肩膀,摆出长辈独断独行的架势安排波士顿牌桌的座位。老头和老头在一起,年轻人和年轻人在一块儿,女主人坐在茶桌边,像其他的晚会一样,茶桌上也放着盛着点心的银盘,一切都跟人家的晚会完全一样。

二十一

皮埃尔是最尊贵的客人,应该同伊利亚·安德烈伊奇、将军和上校坐在一张波士顿牌桌上。皮埃尔正好坐在娜塔莎的对面,自从那次舞会后,在娜塔莎身上发生的奇怪的变化使皮埃尔感到吃惊。她一直沉默寡言,倘若她的表情不是那么温和恬淡的话,她不但没有舞会上那么漂亮,并且几乎变丑了。

"她怎么了?"皮埃尔看了她一眼,想道。她坐在姐姐身旁,正回答向她坐过来的鲍里斯的一句什么话,眼睛不看他,皮埃尔打出一副"通花",令他的配手高兴地吃掉了五张牌,在他收吃掉的牌时,他听见寒暄声和走进来的脚步声,他又看了她一眼。

"她是怎么回事啊?"他更加惊奇地在心中想着。

安德烈公爵带着小心、温柔的表情站在她面前,对她说着什么。她抬起头来望着他,满脸通红,看来,她在用力抑制住急促的呼吸。刚才在她内心熄灭了的火焰,又放出鲜明的光彩。她整个人变了个样。她又从丑变得像她在舞会上那样美了。

安德烈公爵走到皮埃尔面前,皮埃尔看见老朋友脸上的神情焕然一新,散发着青春活力。

在玩牌时,皮埃乐换了几次位子,有时背对着娜塔莎,有时面朝着她,在打六圈牌的全部时间,皮埃尔不停地观察她和他的老友。

"他们之间肯定发生了一件非常重要的事,"皮埃尔想到这里,一种又欢喜又痛苦的心情使他激动不已,无法专心打牌。

打完了六圈,将军站起来说,这种玩法没意思,皮埃尔也乐得随便活动一下。娜塔莎在一旁同索尼娅和鲍里斯谈话。薇拉嘴角噙着轻淡的微笑,在同安德烈公爵谈话。皮埃尔走到他的朋友跟前,问过他们谈的是不是秘密后,就在他们身旁坐下。薇拉看出安德烈公爵对娜塔莎很留意,她认为在晚会上,在真正的晚会上,对于爱情的微妙暗示是不可或缺的,等安德烈公爵孤身一人的时候,她立刻抓住机会同他先谈一般的爱情,进而谈到她的妹妹。她觉得对于聪明的客人(她认为安德烈公爵就是这样的客人)得使点外交手腕。

当皮埃尔走到他们跟前时,他看见薇拉正谈得兴高采烈。安德烈公爵看样子有点不自在。(这在他是少有的)。

"您以为如何?"薇拉带着讥诮的微笑说。"公爵,您洞察一切,一眼就把人看透了。您对娜塔莎有什么看法?她对待爱情能否始终不渝,能否像别的女人(薇拉指她自己)那样,一旦爱上一人,就永远忠于他?我认为那样才是真正的爱情。您的看法是怎样,公爵?"

"我对令妹知道得太少了,"安德烈公爵为了掩饰自己的窘态,含着讥讽的微笑回答,"不能解答这么微妙的问题;但是我注意到,一个女人越是不惹人爱,她就越忠贞不渝,"他又补上一句,望了望这时走过来的皮埃尔。

"对了,这话倒是对的,公爵;在我们时代,"薇拉继续说,在我们时代女孩子太自由了,以致被追求的愉快,经常窒息了她的真实感情。娜塔莎很敏感。话题又回到娜塔莎,这又使安德烈公爵不快活地皱皱眉;他想站起来,但是薇拉带着更加精明的微笑接着说下去。

"我觉得,做了一个追求的对象,谁也比不上她,"薇拉说,"但是直到现在,她从来还没有真正地喜欢一个人呢。您知道,伯爵,"她对皮埃尔说,"甚至我们可爱的表弟鲍里斯,咱们说句心里话,也深深地陷入了温柔乡里……"她是指当时流行的爱情图。

安德烈公爵眉头紧缩,沉默不语。

"您不是和鲍里斯有交情吗?"薇拉对他说。

"是的,我认识他……。"

"他一定对您说过,他对娜塔莎的童年爱情吧?"

"是吗,有过童年的爱情?"出乎意料,安德烈公爵忽然红了脸,问道。

"是的。表亲相处,容易闹恋爱……您说呢?"

"啊,这是肯定的,"安德烈公爵说,他突然活跃起来,但很不自然,他试着同皮埃尔开玩笑,说皮埃尔应当当心他那些五十来岁的莫斯科表亲们,他边开着玩笑边站起来,挽起皮埃尔的胳膊,把他领到一边去了。

"怎么啦?"皮埃尔说,他觉得有点反常,而且注意到了他站起来时投向娜塔莎的一瞥。

"我要,我要跟你谈谈,"安德烈公爵说。"你知道我们的女手套(他是指共济会发给新会友以备送给自己所钟爱的女人的手套)。我……算了,以后再对你说吧……"安德烈公爵的眼睛闪着奇异的光彩,他心神不定地走到娜塔莎跟前,在她身旁坐下。皮埃尔看见安德烈公爵问了她一句话,她顿时涨红了脸,回答他。

这时贝格走到皮埃尔面前,一再请他参加将军和上校之间关于西班牙问题的争论。

贝格很得意,很幸福。喜悦的笑容自始至终挂在脸上。晚会很成功。小姐太太们悄声私语、玩牌、牌桌上提高嗓门的将军、茶炊,甚至点心,都和其他晚会一样;只有一样不足,没有他在晚会上常见的,并且希望模仿的一件事。那就是,缺少男客们的高谈阔论和对某些重大而睿智的问题的争论。现在将军开始了这样的谈话,于是,贝格把皮埃尔也拉来参加。

二十二

第二天,安德烈公爵应伊利亚·安德烈伊奇邀请,到罗斯托夫家吃午饭,而且在他们那里度过了整整一天。

全家明白他是为谁而来的,他也不加掩饰,一天都尽可能地和娜塔莎在一起。不只娜塔莎心慌意乱,但又十分高兴和感到幸福,并且,对将要发生的这件重大的事全家也都怀着恐惧。当安德烈公爵同娜塔莎谈话时,老伯爵夫人带着悲愁而严肃的目光望着安德烈公爵,但是,当他猛然回头看她时,她却害怕了,装着谈一些琐事。索尼娅怕离开娜塔莎,但是,又怕妨碍她和安德烈公爵在一起。娜塔莎独自和他在一起的时刻,她由于害怕那期待着的事情会到来而脸色苍白。她那担心的神情使安德烈公爵感到吃惊。她感到他有话要对她说,可是,他没有勇气。

晚上,安德烈公爵走了,老伯爵夫人来到娜塔莎跟前,低声说:

"怎么样?"

"妈妈,看在上帝的分上,现在别问我吧。没法跟您说,"娜塔莎说。

虽然如此,这天晚上,时而激动,时而惊惧的娜塔莎瞪着两只眼睛,在母亲床上躺了很久。她忽而对她讲他如何夸奖她,忽而讲他怎样说他要出国,忽而讲他问他们今年在哪儿避暑,忽而讲他怎样向她打听鲍里斯的事。

"但是,这种事情,这种事情,我从来没遇见过!"她说。"不过在他面前我感到害怕,在他面前总感到害怕,这是怎么回事呢? 这是不是真的怕呢? 妈妈,您睡着了?"

"没有,亲爱的,连我也怕,"母亲说。"睡去吧。"

"我是睡不着,睡觉是多么愚蠢的事! 妈妈,妈妈,这种事我从来没遇见过!"她说,由于意识到自己内心的感情而惊奇心慌。"我们哪想得到啊!……"

娜塔莎觉得,早在奥特拉德诺耶第一次看见安德烈公爵的时候,就爱上了他了。她早就看中(她坚信她早就看中)的人,正是这个人,现在他又和她相逢了,并且,对她很有意思,这一个奇异的、意外的幸福把她惊呆了。我们在彼得堡,他竟然也来到了这儿。在那次晚会上,我们竟然相见了。这一切都是注定的。这一切巧遇都是命中注定的。我初次见到他,我就感觉到有点儿不平常。"

"他还跟你说什么来着? 一首什么诗? 你念一念……"母亲担心地说,她是问安德烈公爵写在娜塔莎纪念册上的那首诗。

"妈妈,再婚是不是怪丢人的?"

"别说啦,娜塔莎。祈祷上帝吧。姻缘是天定的。"

"亲爱的妈妈,我多么爱您,我真幸福!"娜塔莎高声喊道,她流着幸福和激动的眼泪,拥抱母亲。

在这同一时间,安德烈公爵正在皮埃尔家中向他诉说他对娜塔莎的爱情,而且拿不定决心要和她结婚。

这一天,海伦·瓦西里耶夫娜伯爵夫人举行隆重的招待会,出席招待会的有法国大使以及众多名媛和绅士。皮埃尔住在楼下,他穿过大厅时,他那副心事重重、淡漠灰暗的神情使所有的客人感到吃惊。

　　自从那次舞会后，皮埃尔感觉自己快要得疑心病了，他拼命跟病魔斗争。在亲王和他的妻子交往甚密以后，皮埃尔突然被任命为宫中侍从，从此他在交际场所总觉得心情沉重，抬不起头来，从前那种人生虚幻的思想，在他心中更经常出现了。最近他觉察到受他监护的娜塔莎和安德烈公爵之间的感情，对比一下他的境况和他的朋友的境况，更加重了他的灰暗情绪。不论是对自己的妻子，还是对娜塔莎和安德烈公爵，他都极力避免去想。同永恒比起来，他又觉得一切都不足挂齿，他心中又提出了一个问题："为了什么？"于是日日夜夜他都强迫自己埋头做共济会的工作，希望借此驱逐恶魔的降临。十一点多，皮埃尔走出伯爵夫人的房间，到楼上，坐在烟雾弥漫的斗室的桌旁，穿着一件破旧的睡衣，抄写苏格兰共济会记录原件，这时有一个人走进他的房间，这个人是安德烈公爵。

　　"啊，是您，"皮埃尔带着冷漠和不满的神情，说。"我正在工作，"他指了指抄写本说，他就像一个不幸的人，怀着逃避人生苦难的神情望着自己做的工作。

　　安德烈公爵站在皮埃尔面前，容光焕发，兴高采烈，他没有注意到皮埃尔悲哀的面孔，完全沉浸在自己的幸福之中，对皮埃尔微微一笑。

　　"喂，亲爱的，"他说，"昨天我就想跟你说的，今天就是为这来找你。我从来没有经验过这种事情。我在恋爱啦，亲爱的朋友。"

　　皮埃尔深深地叹了口气，他那沉重的身躯一下倒在沙发上，坐在安德烈公爵身旁。

　　"爱上了娜塔莎，是不是？"他说。

　　"对，对，不是她还会是谁？我原来不相信我会恋爱的。但是，感情战胜了我。昨天我折磨自己，忍受痛苦，但是这个折磨，给我世界上什么东西我都不换。我过去等于白活。现在才刚开始生活，但是，没有她我就活不下去。不过，她能爱我吗？……她会嫌我太老了……你为什么不说话？……"

　　"我？我？我怎么跟您说呢，"皮埃尔忽然说，他站起来在屋里走来走去。"我时常这么想……这个姑娘是一个瑰宝，珍奇的瑰宝……是一个非常难得的姑娘……亲爱的朋友，我劝您不要光想，不要怀疑，您就结婚，结婚，结婚……我相信，再没有谁比您幸福了。"

　　"但是，她呢？"

　　"她爱您。"

"别瞎说了……"安德烈公爵微笑着看着皮埃尔的眼睛,说。

"她爱您,我知道,"皮埃尔不满意地喊道。

"你听我说,"安德烈公爵拉住他的手,叫他停住。"你可理解我的处境?我不找人谈是不行了。"

"好哇,那你就说吧,我很乐意听听,"皮埃尔说,他的面孔真的起了变化,皱纹舒展开了,他很兴奋地听着安德烈公爵说话。而安德烈公爵也似乎完全变成另一个人了。他那郁闷的心情哪里去了?他那对人生鄙视和失望哪里去了?皮埃尔是唯一他愿意对之一诉衷肠的人;于是他就把他心里的话向他全掏了出来。他愉快而勇敢地在做长远打算,他说,他不能迁就父亲的怪脾气而牺牲自己的幸福,他一定要使父亲赞成这桩亲事而且喜爱她,或者,即使得不到他的同意,也要办成功,但是他说了这些后,又感到惊奇,惊奇他自己居然有这么强烈的感情。

"倘若有人对我说,我会这么一往情深,我很难相信,"安德烈公爵说。"我从前的感情根本不是这样的。对我来说,整个世界分成两部分:一部分有她,那儿全是幸福、希望、光明;另一部分没有她,那儿全是苦闷和黑暗……"

"黑暗和愁闷,"皮埃尔重复一句,"是的,是的,我理解这个。"

"我热爱光明,爱光明并不是我的过错。我非常幸福,你了解我吗?我知道你也为我兴奋。"

"是的,是的,"皮埃尔用激动的、忧郁的目光望着他的朋友,肯定地说。安德烈公爵的命运在他心中愈是光明,他个人命运就愈显得暗淡。

23

婚事必须得到父亲的同意,因此,安德烈公爵第二天就去见父亲。

老头子听了儿子禀告,看上去很镇静,而内心却非常气愤。在他行将就木的时候,他不希望生活有什么变化,在生活中多添什么新的东西。"让我按照自己的希望以终晚年吧,以后再随你们的便吧,"老头子自言自语。然而这次和儿子谈话,他还是用了那遇见重大问题才用的外交手腕。他用从容不迫的腔调,对问题做了全面的衡量。

第一,这桩婚事,从门第、家产和声望方面看,并不美满。第二,安德烈公爵已经不年轻了,并且健康欠佳(老头子强别强调这一点)。但是她却太年轻。第三,把唯一的儿子配给一个黄毛丫头,令人于心不忍。第四,最后一点,父亲讥笑地望着儿子,说:"我求你把婚期推迟一年,到国外走一趟,养养身体,给尼古拉公爵找一位德国家庭教师——这本来也是你要办的事,然后,倘若爱情、情欲、决心,等等,等等,真是大得了不得,那你就结婚吧。这是我最后的嘱咐,注意,最后的……"公爵在结束自己的话时的语气,表示他的决定不许有任何改变。

安德烈公爵清楚地看到,老头子希望他的感情或者他的未来的未婚妻的感情经不住一年的考验,或者他本人——老公爵,在这期间死去,于是,他决定听从父亲的意愿:订婚,然后延期一年结婚。

安德烈公爵在离开罗斯托夫家以后,过了三个星期又回到了彼得堡。

娜塔莎在那次同母亲谈话的第二天,整天都在等博尔孔斯基,可是,他没有。第二天,第三天,依然如此。皮埃尔也没来,娜塔莎不知道安德烈公爵到父亲那儿去,所以她不明白他为什么不露面。

这样过了三个星期。娜塔莎什么地方也不愿去,她整天像个影子似的,百无聊赖,无精打采,白天在各屋里闲荡,晚上背着人哭泣,也不到母亲那儿去了。她经常红脸,发脾气。她觉得人人都知道她的失望,笑话她,可怜她。她内心的痛苦原本就很强烈,再加上面子上的难堪,就更加不幸了。

有一天,她到母亲那儿,想对她说点什么,但是她忽然哭了。像一个不知道为何受委屈的小孩子那样流泪了。

伯爵夫人安慰她。娜塔莎听妈妈说话,听着听着,突然打断了她的话:

"别说了,妈妈,我连想都没想,并且,也不愿意想! 他来着来着又不来了,又不来了……"

她声音发抖,差点哭了,但又恢复了常态,安静地接着说:

"我根本不想出嫁。并且,我怕他;我现在彻底安心了……"

在这次谈话的第二天,娜塔莎穿上一件她最爱穿的旧衣裳,因为她记得十分清楚,早上穿这件衣服使她觉得快乐,从这天清早起,她又恢复自从上次舞会后就中断了的原来的生活方式。她喝过茶就走进大厅,她非常喜欢这座大厅的共鸣洪亮,在这里她开始练习视唱。练完第一课,她站在大厅中间,重唱一节她最喜爱的乐句。歌声高昂激越,充满了整个大厅的空间,又慢慢地消失,她兴奋地谛听那仿佛出她意料的音调的美,她一下子心情开朗了。"何苦想得太多,这样不是也好吗?"她自言自语,开始在大厅里走来走去,在音响悦耳的镶木地板上,不是迈着普通的步子,而是每一步都先用脚跟后用脚尖着地(她穿一双她心爱的新鞋),她像听自己的歌声那样听富于节奏的脚跟咚咚声和脚尖摩擦声,她又兴奋了。她经过镜子,对着照了照。"唔,那就是我!"她望着镜子里的自己,她神情好像说:"好哇。我谁也不需要。"

仆人要进大厅收拾东西,可是,她不让进,让仆人出去,又把门关上,继续走来走去。这天早上她又恢复了自我陶醉的状态——她爱慕自己,对着镜子欣赏自己。"这个娜塔莎真美!"她又用第三人称男性口吻评论自己。"她长得既好,嗓子也好,又年轻,她不妨碍任何人,任何人也别打扰她。"可是,虽然人们不打扰她,她仍然无法安静,并且,她立刻感到了这一点。

前厅的大门打开了,有人问"在家吗?"接着听见脚步声。娜塔莎正在照镜子,她什么也没看见。她听见前厅有声响。她在镜子里看见了自己,她的脸色苍白。这是他。她确切知道是他,虽然只是从关着的门里听见一点声响。

娜塔莎跑进客厅,她脸色苍白,惊慌失措。

"妈妈,博尔孔斯基来了,"她说。"妈妈,这太可怕了,这叫人受不了!我不愿……受这个折磨!我怎么办?……"

伯爵夫人还没来得及回答她,安德烈公爵已经走进了客厅,他神色不安,态度严肃。他一看见娜塔莎,就容光焕发了。他吻了吻伯爵夫人和娜塔莎的手,在旁边的沙发上坐下……

"您很久没有光临……"伯爵夫人刚开口,安德烈公爵就接过去回答她的问题,显然他急于想说他需要说的话。

"我这一阵子没拜望你们,我是到父亲那儿去了:我需要和他谈一件非常重要的事。昨晚我才回来,"他看了娜塔莎一眼,说"伯爵夫人,我有事要和您谈谈,"他沉默片刻又说。

伯爵夫人深深地叹了一口气,垂下了眼睑。

"乐意为您效劳,"她说。

娜塔莎知道她应该回避一下,但她做不到:似乎有个东西梗住她的喉咙,她眼睛睁得圆圆的,不礼貌地直瞪着安德烈公爵。

"现在？就在此刻！……不，这不可能！"她想道。

他又瞧她一眼，他的目光使她确信她并没有猜错。——对了，就在此刻决定她的命运。

"你去吧，娜塔莎，等一会儿我叫你，"伯爵夫人悄悄说。

娜塔莎用吃惊和祈求的眼睛望了望安德烈公爵和母亲，走了出去。

"伯爵夫人，我是来向您女儿求婚的，"安德烈公爵说。

伯爵夫人顿时满脸通红，但她没说话。

"您的提婚……"伯爵夫人终于庄重地说。他静静地望着她的眼睛。"您提婚……（她窘迫了）我们很兴奋，那么……我接受你提婚，我非常兴奋。我丈夫……我希望……可是，要看她本人的愿望……"

"先得到您的同意，我再和她谈……您赞成我的求婚吗？"安德烈公爵说。

"同意，"伯爵夫人说，把手递给他，当他俯身吻她的手时，她吻了吻他的前额。她乐意像爱儿子一样爱他，可是，她觉得他这人既陌生又可怕。

"我相信，我丈夫肯定会同意的，"伯爵夫人说，"可是，令尊……"

"我已经把我的安排通知家父，他同意了，但附带一个不更改的条件，就是婚期必须定于一年之后。这也是我要通知您的，"安德烈公爵说。

"对，娜塔莎还年轻，可是——太长了！"

"不这样不可啊，"安德烈公爵叹息着说。

"我把她叫来见您，"伯爵夫人说。

"主啊，饶恕我们吧，"她一面找女儿，一面不停地念叨着。索尼娅说娜塔莎在卧室里。娜塔莎坐在床上，脸色苍白，瞪着一对大眼睛望着圣像，急速地画十字，口中念念有词。她一看见母亲，就跳起来扑到她怀里。

"怎么样，妈妈？……怎么样？"

"去吧，去见他吧。他向你求婚呢，"伯爵夫人说，娜塔莎觉得她的口气非常冷淡……"去吧……去吧，"母亲露出忧愁和嗔怪的神情望着跑开的女儿，深深地叹了一口气。

娜塔莎不知道她是怎样走进客厅的。进得门来看见他，她站住了。"难道这个陌生人现在真的成为我的一切了？"她自问，随即回答道："是的，一切：他现在是我唯一最宝贵的人。"安德烈公爵垂下眼睑，走到她跟前。

"我从第一次看见您，我就爱上了您了。我能抱有希望吗？"

他看了看她，她脸上那派庄严的热情使他吃惊。那表情好像说：干吗要问啊？干吗要怀疑那不需要怀疑的事情？既然用语言表达不了你所感觉到的，干吗还要去表达。"

她走到他面前，站住了。他拿起她的手来亲吻。

"您爱我吗？"

"爱，爱，"娜塔莎有点恼怒似地说，她高声叹了口气，又叹了一声，越来越急地喘起来，忽然大哭起来了。

"哭什么？您怎么了？"

"嗨，我太幸福了，"她回答说，透过泪水露出微笑，她俯下身来偎近他，沉默了片刻，仿佛在问自己可不可以这样做，然后吻了吻他。

安德烈公爵握住她的手，望着她的眼睛，在他心中已经没有了先前对她的爱情。他内心一下子起了一个变化：先前那种诗意的、神秘的憧憬魅力没有了，取而代之的是对她那妇孺的软弱性的怜悯，对她那绝对忠诚和信任的畏惧，以及由于他和她将要永远结合在一起而产生的又沉重又快意的责任感。现在这种感情虽然不像先前那么光辉灿烂和富有诗意，然而却更严肃，更强有力。

"母亲有没有跟您说婚礼至少要在一年以后吗？"安德烈公爵看着她的眼睛，说。

"难道这就是我，就是那个毛丫头（人们都这样叫我），"娜塔莎想，"难道我从现在起就做妻子，和这个陌生的、可爱的、聪明的、甚至受我父亲尊敬的人平等了吗？这会是真的吗？难道真的现在已经不能拿生活当儿戏了，现在我已经长大了，现在对自己的一言一行都要负责了吗？对了，他问我什么来着？"

"没有，"她答道，可是她没有听见他问的话。

"原谅我，"安德烈公爵说，"您很年轻，但是，我已经饱经世故了。我是为您担心。您不了解自己。"

"娜塔莎聚精会神地听着，努力想听懂他的话，可是，没有听懂。

"不管我多么痛苦，我还是把我的幸福推迟一年，"安德烈公爵接着说，"在这期间，您了解一下自己。我请求您一年后再给我幸福；然而您是自由的：我们的订婚暂时保密，倘若您确切地相信您不爱我，或者爱上了……"安德烈公爵尴尬地微笑着说。

"您为什么说这话？"娜塔莎打断了他。"您知道，自从您第一次到奥特拉德诺耶那天起,我就爱上您了,"她说,坚信自己说的是实话。

"有一年的时间您就会认识自己了……"

"整整一年!"娜塔莎忽然说,现在她才明白婚期要延迟一年。"为什么要一年?为什么要一年?……"安德烈公爵向她说明延期的原因,娜莎不听他说话。

"不这样不可以吗?"她问。安德烈公爵什么也没回答,不过他脸上的表情说明这个决定无法改变。

"这真可怕!不行,这太可怕了,太可怕了!"娜塔莎突然说,又大哭起来。"等一年会把我等死的:这不可能,这太可怕了。"她看看未婚夫的脸,她在他脸上看见了痛苦和惶惑的表情。

"不,不,我什么都办得到,"她忽然止住流泪,说,"我太幸福了!"

父亲和母亲进来给未婚夫妇祝福。

从此以后,安德烈公爵就以未婚夫的身份到罗斯托夫家做客了。

二十四

既没有举行订婚礼,也没有向任何人宣布博尔孔斯基和娜塔莎订婚;安德烈公爵坚持要这样做。他说,延期的责任在他,他应负起延期的重担。他说,他将永远遵守自己的诺言,可是,他不愿限制娜塔莎,她完全可以有自由。倘若半年后她觉得她不爱他,她有拒绝他的权利。自然,不管是双亲或娜塔莎本人,都不愿听这种话;可是,安德烈公爵坚持自己的意见。安德烈公爵每天都到罗斯托夫家,但他对娜塔莎不以未婚夫自居:他以您称呼她,只吻她的手。自从求婚那天起,安德烈公爵和娜塔莎之间建立了与过去完全不同的、亲近的、纯朴的关系。他们仿佛直到现在才互相认识。他和她都爱回想他们在什么都没有的时候,彼此对对方的看法;现在他们都觉得他们成了两个完全不同的人了:过去是装腔作势,现在是纯朴而诚恳。最初几天,在同安德烈公爵交往时,家庭中有一种不自然的气氛;他似乎是另一个世界的人,娜塔莎为了让家里的人对安德烈公爵习惯起来,花了不少的工夫,她带着自豪的神情要大家相信,他只是表面上很特别,其他和大家一样,她说她不怕他,别人也不要怕他。过了几天以后,家里的人和他混熟了,当着他的面自然地做日常的事,他也不时参加进来。他可以同伯爵谈家务,同伯爵夫人和娜塔莎谈服装,同索尼娅谈纪念册和挑花十字布。有时罗斯托夫家里的人互相之间,或者当着安德烈公爵的面,谈起这桩婚事是怎样成功的,以及姻缘的预兆是多么明显,大家都感到惊讶:比如安德烈公爵到奥特拉德诺耶做客,他们去彼得堡,娜塔莎和安德烈公爵的相貌相像(安德烈公爵第一次来的时候,保姆就注意到这一点了),1805 年安德烈和尼古拉之间的冲突,以及家里的人见到的其他许多预兆。

凡是家里有未婚夫妇在场时,经常会笼罩着一种诗意的寂寥和沉默的气氛。大家坐在一起,经常相对无言。有时人们站起来走了,只剩下一对未婚夫妇,他们一般不谈他们将来的生活。谈这种事情,安德烈公爵觉得可怕并且不好意思。娜塔莎也有同感,他所有的感情,她总能猜到,并且总有同感。有一次,娜塔莎问起他的儿子,安德烈公爵脸红了,现在他常常会脸红,而娜塔莎特别喜欢这一点,他说,他的儿子不准备和他们住在一起。

"为什么?"娜塔莎吃惊地说……

"我不能硬把他从祖父身边带走,并且……"

"我会很疼他的!"娜塔莎说,她立刻猜到他的意思,"但是,我知道,您是想避免那些责怪您自己和责怪我的口实。"

老伯爵有时向安德烈公爵走过去,吻吻他,向他讨教彼佳的教育和尼古拉的职务。老伯爵夫人看着他们老叹气。索尼娅每时每刻都怕自己成为一个多余的人,尽力找借口走开,让他们单独在一起,事实上他们并不需要这样。当安德烈公爵讲点什么的时候(他很会讲话),娜塔莎带着自豪的神情听他讲;当她讲的时候,她察觉他在专注地端详她,这使她又怕又喜。她疑惑地问自己:"他在我身上找什么? 他那目光找到了什么? 倘若他那目光在我身上找不到他要找的东西,那又怎么样呢?"有时,她那特有的狂喜的情绪又来了,每当这时,她格外爱看爱听安德烈公爵大笑。他不爱笑,可是一笑就笑个痛快,每次笑过后,她就觉得她更接近他了。要不是快要到来的离别使她觉得可怕,娜塔莎就是非常幸福的了。

安德烈公爵在离开彼得堡的前一天,把皮埃尔带来了,他自从舞会后就没有来过罗斯托夫家。皮埃尔看来不知所措,心绪不定。他和老伯爵夫人拉家常。娜塔莎和索尼娅坐在棋桌旁,她叫安德烈公爵过来和她们一块儿下棋。他走到她们跟前。

世界传世藏书

世界十大名著

·战争与和平·

图文珍藏版

"您早就认识别祖霍夫吗?"他问。"您喜欢他吗?"

"喜欢,他是好人,不过很可笑。"

一提起皮埃尔,像平常那样,她就讲起他心神恍惚的笑话,有些笑话甚至是编造的。

"您要知道,我把咱们的秘密和他说了,"安德烈公爵说。"我从小就认识他。他有一颗黄金的心。我请求您,娜塔莎,"他忽然严肃地说,"我走后,谁知道会发生什么事。您也许会变……我知道,我不该说这话,但是有一件事——我不在时,不论您发生什么事……"

"会发生什么事啊? ……"

"不管发生什么不幸,"安德烈公爵继续说,"不论发生什么事,索菲小姐,我求您,只找他去讨主意和帮助。他这人特别漫不经心,并且举止可笑,但是却有一颗黄金的心。"

父母也好,索尼娅也好,安德烈公爵本人也好,都预想不到娜塔莎和未婚夫离别对她可能有怎样的影响。她满脸通红,心情激动得不得了,眼中无泪,在那一整天,她神情恍惚地在家里走来走去,做一些最琐碎的事,仿佛不明白她正等待的是什么事情。甚至在他告别时,最后一次吻她的手,她也没哭。

"别走吧!"她对他只说了这么一句,声调非常恳切,甚至使他思索了片刻,是不是真的必须留下来,并且,过后很久,他都记得她说这句话的声调。他走后,她也没哭;不过,她一连好几天在自己房间里呆坐,对什么都不感兴趣,只是有时说:"唉,他为什么走了!"

他离开两个星期后,令她周围的人感到吃惊的是,她从精神病中醒来了,恢复了原来的状态,可是精神面貌改变了,正如久病初愈的孩子,脸上换了另外一副表情。

二十五

尼古拉·安德烈耶维奇·博尔孔斯基老公爵的健康和脾气,在儿子走后一年内,每况愈下了。他比以前更容易动怒,他那无理由爆发的怒气全倾泻到玛丽亚公爵小姐身上。他好像专挑她的痛处,更加残酷地折磨她的精神。玛丽亚公爵小姐有两个癖好,同时也是两种欢乐:小侄子尼古卢什卡和宗教,这二者都是老公爵用来攻击和讥笑的目标。不管谈什么,他总要扯到老处女的迷信和娇惯孩子。"你想把他(尼古卢什卡)变成和你一样的老处女呀;痴心妄想,安德烈公爵要的是儿子,而不是老处女,"他说。或者,当着公爵小姐的面,他问布里安小姐是不是喜欢自家田庄上的老神父和圣像,于是,打趣地说……

他不断凶狠地侮辱玛丽亚公爵小姐,可是,女儿却连想都没想到是不是应当原谅他。他难道会有什么对不住女儿的吗?难道她的父亲(她知道,他是疼爱她的)会是不公正的吗?并且什么是不公正呢?她本人需要的是受苦受难和爱他人,并且她的确是这样做的。

安德烈公爵冬天来到童山,他愉快、和蔼,并且温柔,玛丽亚公爵小姐很长时间没有见到他这个样子了。她感到他一定发生了什么事,可是,他对玛丽亚公爵小姐没有说起他的爱情。临行前安德烈公爵和父亲做了一次长谈,玛丽亚公爵小姐看到,父子二人在分手前彼此都不快活。

安德烈公爵走后不久,玛丽亚公爵小姐在童山给彼得堡的女友朱莉·卡拉金娜写了一封信,玛丽亚公爵小姐也有一般姑娘们经常会有的那种幻想,就是希望她这位女友将来嫁给她的哥哥,目前这位女友正在为在土耳其战死的哥哥服丧。

"看起来,不幸是我们共同的命运,亲爱的,朋友朱莉。

您的损失真可怕,我只能认为这是上帝的格外恩惠,他由于爱您而给您和给您的高尚的母亲的考验。啊,我的朋友,宗教,只有宗教,不但能安抚我们,并且能把我们从失望中拯救出来;唯有宗教能给我们解释那人类不依靠它就无法理解的问题:为了什么缘故,为了什么目的,善良、高尚、善于在生活中寻找幸福的人,非但不伤害任何人、并且为了别人的幸福必不可少的人——这种人总是被召唤去见上帝,而留在世上的都是些无益的、恶毒的害人虫,或者是一些对自己和对别人成为负担的人。我所见到的使我永不会忘记的第一个死亡——我的可爱的嫂嫂的死,给我的印象特别深刻。正如您问命运之神,为什么您的哥哥就应当死,我也问,为什么天使丽莎就应当死?她不但对人没做过坏事,并且,她心中除了善良的思想,从来没有什么坏主意。这是怎么回事,我的朋友?从那时起,已经五年过去了,凭着我这点愚蠢的智力,也已经十分明了,她为什么必须死,明了这个死只是造物主无限慈善的表现,造物主的一举一动,尽管我们大多不了解,实际上都是对他的创造物的无限仁爱的表现。我经常想,也许因为她太天真纯朴了,简直和天使一样,所以没有能力负起母亲的职责。她作为一个年轻的妻子是完美的;也许她不能做一个无可指责的母亲。说她给我们,尤其是给安德烈公爵留下的,只是纯粹的惋惜和怀念,就不够了,她在天国肯定得到了我连想都不敢想的地位。这种可怕的早死,虽然令人极为悲痛,可是,对我和对我哥哥都有有益的影响,这不仅她的早死是如此,当不幸刚发生,我不可能有这个想法;当时我会带着恐惧驱逐这个想法,但是,现在这个问题就非常明显而毫无疑问了。亲爱的朋友,我对您说这些,只是为了使您相信《福音书》中的真理——它已经成为我生活中的座右铭:若是上帝不许,连一根头发也不可能从我们头上掉下。而上帝的旨意所依据的就是对我们无限的爱,所以我们不管发生什么事,都是为了我们的幸福。您问我们是不是去莫斯科过冬?虽然很想看见您,但是,我不想也不愿去莫斯科。原因是在波拿巴身上,您对此一定很奇怪。这是因为:我父亲的健康大大地恶化:任何逆他意的事情他都不能忍受,他很容易动怒。他的怒气,您是知道的,多半是针对政治问题。波拿巴竟然同欧洲所有君主平起平坐,尤其是同我们的皇上,伟大的叶卡捷琳娜的孙子,平起平坐,一想到这里他就受不了!正如您所知,我对政治是根本漠不关心的,但是,从我父亲的言谈中,从他和米哈伊尔·伊万诺维奇的谈话中,我知道了世界大事,特别是知道了对波拿巴的一切颂扬,似乎全世界只有童山不承认这个波拿巴是伟大的人物,更不承认他是法国皇帝。我父亲对这件事无法容忍。我觉得。我父亲预见到一定会发生冲突,这主要由于自己的政治观点,同时也由于他那不管对谁都无所顾忌地发表政见的作风,所以他不愿意提去莫斯科的事。他所取得的一切治疗效果,会因不可避免的关于波拿巴的争论而抵消的。无论如何,这个问题很快就会决定了。我们的家庭生活,除了哥哥安德烈不在家,一切未变。我已经写信跟您说过,他最近变化很大。自从那次不幸以后,直到今年才完全恢复元气。他又像我小时候知道的样子了:善良、温柔,具有一颗无与伦比的黄金的心。我好像觉得,他已经明白过来,他的一生并没有完结。但是,虽然精神有所好转,而身体却衰弱多了。他比以前更瘦了,更神经质了。我为他担心。同时也为他兴奋:他终于遵照医生的嘱咐出国疗养去了。我希望这样能使他恢复健康。您来信说,彼得堡都说他是一个最能干、最有教养、最聪明的年轻人。请原谅我这个做亲属的自尊心,我从不怀疑这一点。他在这儿对所有的人,从农民到贵族,做的好事是难以计数的。他在彼得堡只是得到他应得的声誉而已。我很奇怪,不知彼得堡的谣言怎样传到莫斯科来的,尤其是像您信中所说的那些不可靠的传闻——关于家兄和小罗斯托娃订婚的传闻。我不认为安德烈将来会同什么人结婚,尤其是同她结婚。原因是:第一,虽然他很少提起他的亡妻,可是,我知道丧妻的悲痛深深地藏在他的心底,以致使他不会续弦和给我们的小天使找一个继母。第二,据我所知,这个姑娘不是安德烈公爵所喜欢的那类女人。我不认为安德烈公爵会选择这么一个妻子,老实说:这不是我所希望的。我太啰唆了,已经写满了两页信纸。再见,我的可爱的朋友;愿您得到上帝神圣、强大的庇护。我的可爱的女友布里安小姐吻您。

玛丽。"

二十六

仲夏,玛丽亚公爵小姐意外地接到一封安德烈公爵从瑞士寄来的信,他在信中通知她一件奇怪的意外消息。安德烈公爵对她说他和罗斯托娃订婚了。整封信都流露着对未婚妻爱的喜悦以及对妹妹温柔的友爱和信任。他写道,他从没有像现在这样爱过,只有现在他才懂得人生;他请妹妹原谅他在童山时没有告诉她这个消息,虽然他告诉了父亲。他没有告诉她是因为怕她央求父亲同意这桩亲事,那样不但达不到目的,反而会惹父亲生气,他那极端的情绪会在她身上发泄。并且,他写着,当时事情还没有像现在最后定下来。"当时父亲给我一年的期限,现在期限已过了一半——六个月了,我对自己的决定比任何时候都更坚定了,要不是医生留我在这里的矿泉治疗,我早就回国了,但是,现在我的归期不得不再推迟三个月。你是知道我和父亲的关系的。我什么都不要他的,我过去是,将来永远是独立的,可是,不遵守他的意志,惹得他生气,就会破坏我一半的幸福,而他和我们一起的日子不会太长了。我给他写了一封同样的内容的信,我请你找一个合适的时机把这封信交给他,并把他的意见告诉我:他是否同意将期限缩短三个月。"

经过好长的犹豫、疑虑和祈祷,玛丽亚公爵小姐把信交给了父亲。第二天老公爵安静地对她说:

"写信告诉你哥哥,让他等我死了再说……快了——我快给他自由了……"

公爵小姐想辩解,可是父亲没让她说下去,他声音提得越来越高。

"结婚吧,结婚吧,亲爱的宝贝……一门好亲事!……人也聪明,啊?又有钱,啊?可不是嘛。尼古卢什卡将有一个好后娘。你告诉他,就是明天结婚也行。她当尼古卢什卡的后娘,我来娶布里安!……哈—哈—哈,他没有后娘也不行呀!可是有一样,在我的家里不需要有太多的女人;他结了婚,就另住去吧。也许你也搬到他那儿去吧?"他转过脸来对玛丽亚小姐说:"上帝保佑,去尝尝受冻的滋味吧……去尝尝吧!……"

经过这次发作后,公爵再也不提这件事了。可是因为怪儿子没有出息而憋在肚子里的闷气,在父女关系上表现出来。在原有的嘲笑口实中,又添了一个新的——关于后娘以及宠爱布里安小姐这两个话题。

"我为什么不娶她啊?"他对女儿说。"一个很好的公爵夫人!"最近一个时期,使玛丽亚公爵小姐感到不知所措和惊讶的是,她察觉父亲越来越接近那个法国女人。玛丽亚公爵小姐在给哥哥的回信中把父亲对他的信的反应告诉了他;可是她安慰哥哥说,父亲早晚会让步的。

尼古卢什卡和他的教育、安德烈和宗教,是玛丽亚公爵小姐的慰藉和乐趣;可是,除此以外,每个人都要有自己的希望,所以在玛丽亚公爵小姐内心深处也隐藏着成为她生活中主要慰藉的幻想和希望。令她感到快慰的幻想和希望是那些神亲——躲过公爵拜访她的苦行教徒和巡礼者。玛丽亚公爵小姐年纪越大,经历越多,见闻越广,就越惊讶于那些在尘世寻求享乐和幸福的人们眼光短浅;为了得到那不可能得到的虚幻的、罪恶的幸福,人们勤劳、奋斗、互相伤害。"安德烈公爵爱妻子,妻子死了,这还不够,他还要把自己的幸福寄托在其他女人身上。"父亲不答应,因为他盼望安德烈有一个更显赫、更富有的配偶。为了追求过眼云烟的幸福,他们都在斗争,受苦,烦恼,毁坏自己的灵魂——永生的灵魂。其实我们是知道这个道理的。上帝的儿子基督降世曾告诉过我们,人生是过眼云烟,是考验,可是,我们总抓住它不放,想从其中找到幸福,为什么就没有人明白呢?"玛丽亚公爵小姐想道。除了这些受人轻视的神亲们,没有人理解,那些背着行囊的神亲们到我这儿来都是走后门,因为怕碰上公爵,不是怕吃他的苦头,而是为了使他免得犯罪。他们背井离乡,抛弃家庭,为了对任何东西都不留恋,摒弃对尘世一切福利的关心,穿着麻布衬衫,隐姓埋名,从一处走到另一处,不损害任何人,而为别人祈祷,为驱逐他们的人祈祷,也为保护他们的人祈祷:没有比这个真理和人生更高的真理和人生了!"

有一个名叫费多秀什卡的女巡礼者,五十岁,小个子,沉默少言,满脸麻子,她打着赤脚,脖子挂着铁链,已经巡行三十年了。玛丽亚公爵小姐十分喜欢她。有一天,在昏暗的屋子里,在一盏长明灯的亮光下,费多秀什卡讲她自己的生活经历,玛丽亚公爵小姐突然有一个非常强烈的想法,她觉得只有费多秀什卡找到了人生的正路,她决定自己也要出去巡礼。费多秀什卡就寝后,玛丽亚公爵小姐思考了很久,无论看来是多么奇怪,最后她决定她要亲自出去巡礼。她把她这个打算只告诉了忏悔师修道士阿金菲神父,忏悔师称赞她的志向。托词送给巡礼者礼物,玛丽亚公爵小姐储备了全套的巡礼者行装:粗布衬衫、树皮鞋、长袍和黑头巾。玛丽亚公爵小姐常常走到珍藏的橱柜跟前,站在那儿出神,决定不了是否已经到了实现她的抱负的时候了。

在听着巡礼者讲故事的时候,她被她们那些纯朴的、对她们说来早已是说顺了嘴、而在她听来,意义非常深刻的词句激动得心潮起伏,好几次她甚至想抛弃一切从家中逃走。她在想象中仿佛看见自己和费多秀什卡一起在尘埃的道路上巡礼,她穿着粗布衬衫,手持法杖,背着背囊,心中摒除妒忌,摒除人间的爱以及一切愿望,从一些圣徒那儿走到另一些圣徒那儿,最后走到没有悲哀,没有叹息,只有永久的喜悦和幸福的地方。

"每到一个地方,我都祈祷;还没有时间习惯那个地方,喜爱那个地方,又向前走了。一直走得两腿无力,躺下来死在某个地方,最后走到一个永远安适的境地,那儿没有悲哀,没有叹息! ……"玛丽亚公爵小姐想道。

但是后来,她看见了父亲,尤其是看见了小科科,她的决心动摇了,她偷偷地哭了,觉得自己是一个罪人:爱父亲和爱侄子,胜过爱上帝。

第七部

一

在 1807 年以后,尼古拉·罗斯托夫继续在保罗格勒团服务,他已经接替杰尼索夫指挥一个骑兵连了。

罗斯托夫成为一个举止粗野、心地友善的小伙子,莫斯科的熟人一定认为他有点风度不够,他却受到部下和长官的爱戴和尊敬,并且,他对自己的生活十分满意。最近,1809 年,他在家信中发现母亲越来越经常地抱怨家境愈来愈糟。希望他能够回家,在年老的父母跟前承欢,使父母得到慰藉。

尼古拉读着这些信,有一种恐惧的感觉,担心人家把他从避开人生日常的纷扰而生活在安静安谧的环境中拉出来。他觉得早晚又得陷入生活的漩涡,那里是乱麻一团,有许多事情要处理,有管家的账目、争吵、阴谋,还有人事关系、交际、索尼娅的爱情,以及对她的许诺。这一切都是非常烦难、混乱,所以他给母亲的回信总是冷冰冰的老一套:上款是"亲爱的妈妈"落款是"您的恭顺的儿子"可就是不提他打算什么时候回家的事。1810 年他接到父母的信,告诉他说娜塔莎和博尔孔斯基已经订婚,因为老公爵不赞同,婚礼要在一年以后才举行。这封信惹得尼古拉烦恼,而且感到屈辱。第一,家里少了他最喜爱的娜塔莎,使他不胜感伤;第二,从他那骠骑兵的观点看,遗憾的是订婚时他不在场,倘若他在场,他会向博尔孔斯基表示和他结亲并不算什么了不得的荣幸,倘若他是爱娜塔莎的话,他可以不管老顽固父亲是否准许而结婚。他犹豫了一下,是不是回去看一看还没有结婚的娜塔莎,恰好这时要举行演习,他又想到索尼娅,想到一些难题,于是又拖延下来。可是那年春天他接到母亲瞒着老伯爵写的信,叫他一定回来。她写道,如果尼古拉不回去把事情管起来,那么全部产业就要拍卖了,全家就得去要饭。老伯爵太软弱,对米坚卡太信任,太好说话,弄得人人都骗他,景况愈来愈糟。"看在上帝的面上,我求你赶快回来吧,如果你不愿看着我和全家落到不幸的地步,"伯爵夫人写道。

这封信对尼古拉发生了影响。他所具有的一般人的常识告诉他应当怎么办。

现在应该走了,不是退役就是请假。为什么要走,他不知道;但是,在饭后小睡后,他吩咐备上那匹灰色"战神",这是一匹好久没骑、极其不驯服的烈马,他骑着这匹汗淋淋的公马回来时,向拉夫鲁什卡(杰尼索夫留给罗斯托夫的仆人)和晚上来他这儿的同事们宣布,他打算请假回家。不管在他说来是多么难以想象和奇怪,在他没有知道司令部是否把他升为骑兵大尉(这是他特别感兴趣的),或者他在近来几次演习是否获得安娜勋章的时候,他竟然走了;不管是多么奇怪,在他没有把三匹黑鬃烈马卖给正在还价的戈卢霍夫斯基伯爵的时候(而罗斯托夫打赌要卖两千卢布),他竟然要走了;不论是多么不可理解,为了对抗枪骑兵为波兰小姐博尔若佐夫斯卡娅举行的舞会,骠骑兵也要为波兰小姐普沙杰茨卡娅举行一次舞会,而在这次舞会上他竟然没有参加——他知道他要从这个光明美好的世界到那充满了荒谬和混乱的地方。一个星期后请准了假。不但本团的并且全旅的骠骑兵同事,每人凑十五卢布的份子给罗斯托夫饯行,而且请了两个乐队和两个歌咏队助兴。罗斯托夫和巴索夫跳了一场特列帕克舞;酩酊大醉的军官们把罗斯托夫抛起来,拥抱他,然后放下;第三骑兵连的士兵们再一次抛起他,喊乌拉! 然后他们把罗斯托夫放在雪橇里,一直护送他到第一个驿站。

从克列缅丘格到基辅,走了全部路程的一半,正如常有的情形,罗斯托夫的思想还停留在后面,停留在骑兵连队;可是过了一半的路程后,他已经忘掉三匹黑鬃烈马,忘掉他的司务长和博尔若佐夫斯卡娅小姐,开始不安地问自己,到了奥特拉德诺耶将要看到什么,那儿的情形会怎么样。离家越近,对家的思念就越强烈,极其强烈;最后一站奥特拉德诺耶到了,赏给车夫三卢布酒钱,他像孩子似的,上气不接下气地跑上宅第的门廊。

狂喜的迎接过去了,与所期待的比较起来,尼古拉有一种奇怪的不满感觉,(早知一切照旧,我何必如此着急!)然后,尼古拉又开始习惯老家的生活。父母依然如故,只是老了些。他们的变化仅仅有点急躁不安,有时不和睦,这是以前没有的,尼古拉很快就明白了,这都是因为境况不佳所致。索尼娅快满二十岁了。她已经不会长得更美,除了现在这个样子,不会有更大的变化了;即使这样,也就很够了。自从尼古拉回来后,她整个人都沉浸在幸福和爱情之中,这个姑娘的爱情忠贞不渝,使他由衷地兴奋,尼古拉感到最惊奇的是彼佳和娜塔莎。彼佳已经是十三岁的大孩子了,已经变了嗓音,他长得漂亮,活泼聪明,然而十分顽皮。尼古拉望着娜塔莎,惊奇地看了她好长时间,笑起来。

"完全变了,"他说。

"怎么,变丑了?"

"完全不是,但是,派头倒十足。公爵夫人!"他凑近她的耳朵低声说。

"对,对,对,"娜塔莎兴奋地说。

娜塔莎讲了讲她和安德烈公爵恋爱经过,讲了讲他到奥特拉德诺耶的情景,把他最近的来信拿给他看。

"怎么,你兴奋吗?"娜塔莎问。"我现在十分安静,十分幸福。"

"很兴奋,"尼古拉回答说。"他是一个优秀的人物。怎么,你爱得厉害吗?"

"怎么对你说呢,"娜塔莎回答说,"我爱过鲍里斯,爱过舞蹈教师,爱过杰尼索夫,可是,那些爱根本不是那么回事。现在我很坦然,很坚定。我知道不会有比他更好的人了,因此我觉得很安静,很畅快。完全和从前不同……"

尼古拉向娜塔莎表示,他对婚期推迟一年不满意;可是,娜塔莎向哥哥发起了猛烈的攻击,向他证明非如此不可:违反公公的意志,进入婆家的门是不会有好结果的,她本人就愿意推迟。

"你根本就不明白,"她说。尼古拉不作声了,同意她的说法。

哥哥常常望着妹妹,觉得很惊奇。她根本不像一个与未婚夫别离的钟情的未婚妻。她几乎和从前一样情绪稳定,态度安详,快快活活。这使尼古拉感到惊讶,甚至对博尔孔斯基的求婚有不信任的看法。他不相信她的终身大事就这样定局了,尤其是他没有看见安德烈公爵和她在一起的情形,更使他有这种看法。他好像觉得这门亲事有不妥当的地方。

"为什么要延期,为什么不举行订婚礼?"他想道。有一次同母亲谈到妹妹时,使他吃惊同时也使他有点满足的是,他发现母亲内心深处对这桩婚事有时也怀着疑虑。

"你看他写的,"她把安德烈公爵的信拿给儿子看,她怀着凡是当母亲的对女儿未来的夫妇幸福都有的那种隐藏的妒忌,说道,"他说,他在十二月以前不能回来。到底是什么事碍了他?肯定是疾病!他的身体不好。你可别对娜塔莎说。你别看她很快活:她这已经是少女时代的结束了,我知道每次接到他的信,她的情绪是怎样的。然而,上帝保佑,万事都会如意的,"每次结束谈话,她都是这样说,"他是一个出色的男人。"

二

尼古拉初到时,神态严肃,甚至沉闷。使他烦恼的是,他不得不过问那愚蠢的家务,而母亲正是为了这个才把他叫回来的。为了扔掉这个包袱,在他到家的第三天,他就气愤愤的,叫他到哪儿去他也不搭理,皱着眉头径直往厢房去找米坚卡,叫他把所有的账目都拿出来。何谓所有的账目,尼古拉比吃惊的、不知究竟的米坚卡知道得更少。和米坚卡的谈话,以及查账的时间持续了不久。在前面厢房等候的村长、农民代表和乡绅,恐惧地、同时不无满意地起先听到小伯爵嗓子愈提愈高,说话的声音嗡嗡响,并且急促,随后听到接二连三的可怕的咒骂字眼。

"强盗!忘恩负义的坏蛋!……把你这个狗崽仔剁个稀巴烂……我可不像父亲那样……我们被你偷光了……"诸如此类。

接着,这些人带着满意和惧怕的神情看见小伯爵满脸通红,两眼充血,抓着米坚卡的脖领把他拖出来,咒骂之后,技巧娴熟地用腿和膝盖顶着他的屁股,用力往前一推,喊道:"滚吧!坏小子,永远不要在这儿露面!"

米坚卡从六级台阶上飞也似地冲下来,一直冲向花坛。

米坚卡的妻子和小姨子带着惊慌的神情从她们的房门口探头探脑地向穿堂张望,房里精亮的茶炊正烧得滚烫,管家的高床,床上铺着用碎布拼成的被子。

小伯爵气喘吁吁,大踏步从她们面前走过,连看也不看她们,回内宅去了。

伯爵夫人立刻从使女们嘴里得知了厢房里发生的事。一方面,她为现在他们的境况肯定会有好转而感到慰藉;另一方面,她怕儿子过于操劳,心中十分不安。她好几次悄悄地走到他的门前,听见他一袋接一袋地吸烟。

第二天,老伯爵把儿子叫到一边,含着胆怯怯的微笑,对他说:

"你可知道,亲爱的,何必发火呢!米坚卡都告诉我了。"

尼古拉心中想道:"我就知道在这个蠢地方,什么都弄不明白。"

"你为他没有把这七百卢布入账而生气。实际上这笔款子已经转账了,你没有往下看。"

"爸爸,他是坏蛋,小偷,我知道。我做过的,就算做过了。倘若您不愿意,我不再理他就是了。"

"不,亲爱的。不,我请你把家业管起来,我老了,我……"

"不,爸爸,倘若我做了使您不快乐的事,就请您原谅,我比您更不会管理。"

"什么农民呀,银钱呀,转账呀,全都见鬼去吧,"他想,"怎么押注,我早就内行,至于什么转账,我根本不懂,"他对自己说,从今后他不再过问家务。只是有一次,伯爵夫人把儿子叫来,对他说,她有一张安娜·米哈伊洛夫娜的两千卢布的期票,问尼古拉怎么办。

"原来是这个事儿,"尼古拉答道。"您说,这事由我来决定;我不喜欢安娜·米哈伊洛夫娜,也不喜欢鲍里斯,可是他们对咱们不错,并且很穷。就这么办吧!"于是他把期票撕得粉碎,他这个行为使老伯爵夫人流着欢喜的眼泪大哭起来。在这之后,小伯爵再没有过问过任何家事,他怀着极大的热情热衷于对他来说还是新鲜的事情——犬猎,老伯爵置办了大规模的狩猎设备。

三

时候已经是初冬的天气,早上的严寒冰冻了被秋雨浸湿的土地,秋播作物生机勃勃地长起来了,被牲口踩得发褐色的冬麦田垅,那淡黄的春播作物禾茬和红色的荞麦田垅,把茂密的秋播作物衬托得特别鲜绿。八月底,山巅和树林在冬麦的黑土田地和禾茬中间还是一些绿洲,这时在嫩绿的冬麦中间,已经变成为金黄色和鲜红色了。野兔的毛已经换了大半,小狐狸也开始出窝了,狼仔已经长得像狗一样大小。这是狩猎的最好季节。热衷打猎的年轻猎手罗斯托夫的猎犬,不但跑得瘦了,并且腿子也跑累了,猎手全体会议决定让狗休息三天,九月十六日进行一次远征,从橡树林开始,因为那儿有一个从未受过惊扰的狼窝。

九月十四日天气形势是这样。

整天猎犬都待在家里;天气很冷,寒风刺骨,可是傍晚开始上雾,转暖。九月十五日,小罗斯托夫大清早起来,穿着睡衣向窗外一看,他看见,再没有比今天早晨的天气更适合打猎的了:天空仿佛在融化,安静地向地面降落。天空中唯一移动的东西,就是烟尘或者是雾霭的微粒静悄悄地下降。花园里秃树枝上是晶莹的水珠,坠落在新落下的树叶上。菜园的土地有如罂粟花黑亮湿润,在不远的地方,与灰暗的潮湿雾幕融为一体。尼古拉走到湿漉漉的泥泞满地的门廊台阶上;周围散发着腐木和狗腥的气味。那只黑毛白花、肥臀、两只又黑又大的眼睛突出、名叫米尔卡的母狗,一看见主人就站起来,向后伸直了腰,像兔子似的伏下前腿,然后突然跳将起来,直向他的鼻子和耳朵舔去。另一只长腿猎犬,在花园小径上看见主人,拱起脊背,箭也似的向台阶冲去,翘起尾巴,蹭尼古拉的腿。

“噢——啊唷!”这是一声最深沉的低音配着最尖厉的高音的猎人的呼唤。从墙角走出猎手长和驯犬长丹尼洛,他满脸皱纹,头发花白,留着乌克兰式的茶壶盖发型,手中握着短柄长鞭,带着只有猎人才有的独立自主和藐视一切的神情。他在主人面前脱下切尔克斯高顶帽,轻视地望着他。这种轻蔑的态度并没有使主人觉得受辱:尼古拉知道,这个蔑视一切、高出一切的丹尼洛,仍旧是他的奴仆和猎人。

“丹尼洛!”尼古拉说,他一看见这打猎的天气、这些猎犬和他的猎手,就觉得,一种抑制不住的打猎欲望,在心中油然而生,似乎一个钟情的人一看见情人,就忘掉原先的各种打算一样。

“大人,有什么吩咐吗?”他问,两只又黑又亮的眼睛从眉头下面向默不作声的主人瞥了一下。“怎么,忍不住了吧?”那双眼睛好像在说。

“好天气,呃? 打一围,跑一圈,怎么样?”尼古拉搔着米尔卡的耳根,说。

丹尼洛不答话,只是眨了眨眼。

“天未亮,我就派乌瓦尔卡去打探了打探,”停了一会儿,他又用他那特有的低音说,“他说,母狼搬家了,搬到奥特拉德诺耶禁伐区,在那儿嚎叫呢。(所谓搬家,是说他们俩都知道的那只母狼带着狼仔迁到奥特拉德诺耶森林,离家两俄里远一处小林子。)

"那就不去不行了,是不是?"尼古拉说。"你把乌瓦尔卡带来见我。"

"遵命!"

"那就先别给狗喂食。"

"是。"

五分钟后,丹尼洛和乌瓦尔卡就都站在尼古拉的大书房里了。别看丹尼洛个头矮,看见他站在书房里却给人很强烈的印象。连丹尼洛本人也感觉到了这一点,他仍旧站在门口,努力把话说得轻些,动也不动,恐怕碰坏主人书房里的东西,尽快把话说完,好早点出去,从天花板底下走到广阔的天幕下面。

询问完毕,而且从丹尼洛口中得知猎犬都很好(丹尼洛本人也想去打猎),尼古拉就吩咐备马。丹尼洛刚出去,娜塔莎快步走进来,她还没有梳头洗脸,也没有更换衣裳,裹着保姆的一条大围巾。彼佳跟着她跑进来。

"去打猎吗?"娜塔莎说。"我就知道!索尼娅说你们不去。我知道今天这么好的天气,你们不可能不去。"

"去,"尼古拉不快活地说,他今天想进行一次真正的猎狼,不乐意带娜塔莎和彼佳去。"去是去,不过光是打狼:你们会觉得没意思。"

"你要知道,这是我最大的乐趣,"娜塔莎说,"这不好:自己去打猎,吩咐备马,但是瞒着我们。"

"俄军不怕万重关,我们去打猎!"彼佳喊道。

"但是,你不能去:妈妈不叫你去,"尼古拉转身对娜塔莎说。

"不,我要去,一定要去,"娜塔莎坚决地说。"丹尼洛,吩咐给我们备马,米哈伊尔把我的猎犬也带了去,"他对猎手长说。

丹尼洛本来就觉得他留在屋里不合适,很别扭,现在又要和小姐打交道,这在他简直不可想象。他垂下眼皮急忙退了出去,仿佛这等事和他无关,生怕不经意伤害着小姐。

四

老伯爵从来拥有大规模的狩猎设备,现在全交给儿子管理,这一天,九月十五日,老头兴致很高,也要参加狩猎。

一小时后,全副猎队来到门廊台阶前面。尼古拉神色严厉并且郑重,表示此刻没有工夫管闲事,不理睬要和他说话的娜塔莎和彼佳,只顾从他们面前走过去。他查看了猎队的各个部分,派了一小队猎犬和猎手去打前站,他骑上那匹枣红顿河马,对他的那群猎犬打着呼哨,穿过打谷场,向通往奥特拉德诺耶禁伐区出发了。老伯爵骑的是一匹名叫维夫梁卡的栗色骟马,由伯爵的马夫牵着;他本人乘一辆轻便小马车赶往指定的地点。

猎犬总共五十四只,由六名猎犬手带领。不算主人,有八名狼犬手,驱赶着四十只狼犬,连同主人的猎犬,大约出动了一百三十只狗,二十名骑马的猎人,向田野进发。

每只狗都认得自己的主人,知道呼号。每个猎人都清楚自己分内的事、把守的地点和担负的任务。大队人马才走出菜园,就不再有一点喧哗声和谈话声,均匀地、静静地沿着通往奥特拉德诺耶森林的大路和田野散开。

马在田野上行走,就像在松软的地毯上行走一样,有时走过大路上的水洼,发出扑哧扑哧的声音。雾蒙蒙的天空,仍旧悄悄地、均匀地向地面下降;空气幽静并且温暖,没有一点声响。偶尔响起猎人的呼哨声、马的响鼻声、扬鞭声,或者离队的猎犬的尖叫声。

走了一俄里的时候,从雾里又出现五个骑马的人带着猎犬,迎着罗斯托夫的猎队走来。为首的是一位胡须灰白、精神爽朗、仪表堂堂的老人。

"您好,大叔,"当老头来到跟前时,尼古拉说。

"没得说哇!……我就知道,"大叔说(这是住在邻村的罗斯托夫家一门穷的远亲),"我就知道,你在家待不住了,今天出猎是好日子。没得说哇!(这是大叔爱说的口头禅。)尽快占领禁伐区,我的吉尔奇克说,伊拉金家带着猎队正在科尔尼克扎队呢;好极了,走吧!他们会从你们眼皮底下把整窝的狼崽抢走的。"

"我们正是去那儿。怎么样,咱们合了吧?"尼古拉问道。"合起来……"

两家的猎犬合成一队,大叔和尼古拉并马而行。娜塔莎策马向他们驰来,头巾下露出高兴的面孔,一双眼睛闪闪发光,彼佳和猎手米哈伊尔,还有保姆派来跟随她的驯马师等人,全不离左右地陪伴着她。彼佳在笑,他在抽打他骑的马,不住地拽缰绳。娜塔莎矫健、自信地骑在黑色的阿拉伯立刻,一只手熟练地、毫不费劲地把马勒住。

大叔不信任地回头看了看彼佳和娜塔莎。他讨厌把儿戏和打猎的正经事混在一起。

"大叔,您好,我们也去打猎,"彼佳喊道。

"您好,您好,当心别踩着狗,"大叔严厉地说。

"尼古连卡,特鲁尼拉这只狗真可爱!它认得我,"娜塔莎在夸赞她那只心爱的猎犬。

"首先,特鲁尼拉完全不是狗,而是猎犬,"尼古拉想,而且严厉地向妹妹瞅了一眼,极力使她感觉到,此刻他们之间应保持一个距离。娜塔莎知道这一点。

"大叔,您别以为我们会妨碍什么人,"娜塔莎说。"我们会待在我们自己的地方,决不胡乱走动。"

"这就对啦,伯爵小姐,"大叔说。"当心,别从立刻跌下来,"他又补上一句,"没得说哇!因为你没有什么可扶的东西。"

离开奥特拉德诺耶禁伐区的那片绿洲只有百十来俄丈远了,猎犬手们正向林中走去。罗斯托夫和大叔商定从哪里放猎犬,他们安排娜塔莎站在一个决不会有什么东西跑过的地点,随后就越过山谷前进了。

"喂,老侄子,你对付的是一只大狼,"大叔说,"当心,别让它溜掉。"

"看情况吧,"罗斯托夫答道。"卡拉伊,准备!"他呼唤了一声,作为对大叔嘱咐的回答。卡拉伊是一只丑陋的、皮毛蓬乱的老公狗,由于曾自己擒一只大狼而出名。大家各就各位,做好了准备。

老伯爵知道儿子在打猎时脾气暴躁,担心迟到,一路紧赶慢赶,在猎犬手还没到地方,伊利亚·安德烈伊奇就已经坐着两匹黑马驾的马车,高高兴兴、面颊红润,腮帮震得直颤,驰过亮绿的田野,到达了留给他的守候点。他拽了拽皮袄,装备好猎具,跨上那匹跟他一样保养得膘肥毛滑、毛色斑白的维夫梁卡骏马。马车被打发回去了。伊利亚·安德烈伊奇伯爵虽然不是一个痴迷的猎手,可是,他对打猎规则却记得烂熟,他向灌木丛边沿驰去,就在那儿停住了,整理一下缰绳,在鞍子上坐好,觉得自己已经准备就绪,微微含笑向四外观望。

他身旁站着一个名叫谢苗·切克马尔的跟班,是一个老骑手,但动作已经不灵便了。切克马尔牵着三只像主人和马一样肥壮的凶猛猎犬。两只不拴锁链的聪明的老狗在一旁卧着。百步开外的空地上,站着伯爵的马夫米季卡,此人是一个玩命的骑手和狂热的猎手。伯爵照例在打猎前喝一银杯猎人露酒,吃点小菜,喝半瓶他所喜欢的波尔多红葡萄酒。

伊利亚·安德烈伊奇因为饮酒和行路,面色发红,眼睛蒙上了一层湿润,显得格外光亮,他裹紧了皮袄,坐在马鞍上,那样子有如准备出外游玩的儿童。

瘦得两肋下陷的切克马尔,把该做的事做完后,不停地打量跟他和睦相处三十年的主人,他知道他现在的心情快乐,正在等待和他快乐地交谈。还有一个老头从树林里小心地骑着马(他显然受到教训)走来,在伯爵身后停住。此人胡须花白,身穿肥大的女长衣,头戴尖顶帽。这是名叫纳斯塔西娅·伊万诺夫娜的小丑。

"喂,纳斯塔西娅·伊万诺夫娜,"伯爵对他挤挤眼,悄悄地说,"你倘若把野兽吓走了,丹尼洛可饶不了你。"

"我……并不比别人差,"纳斯塔西娅·伊万诺夫娜说。

"嘘——嘘!"伯爵发出叫人平静的声音,然后向谢苗转过身去。

"你看见娜塔莉亚·伊利尼奇娜吗?"他问谢苗。"她在哪儿?"

"她和彼得·伊利奇留在扎罗夫草地附近,"谢苗微笑着说。"别看是女流,打起猎来可了不得。"

"你看她骑马,谢苗,才叫人惊奇呢……是吧?"伯爵说,"简直比得过男人!"

"怎么不叫人惊奇? 她真大胆,又十分灵活!"

"尼古拉沙(尼古拉的爱称)在哪儿? 在利亚多夫斯克高地吧?"伯爵低声问。

"是啊,您老。他知道在哪儿把守。他骑马的技术可高超啦,我跟丹尼洛经常大吃一惊,"谢苗说,他知道如何才能讨得主人的欢心。

"骑术很好,是吧? 他骑马的姿势怎么样?"

"简直跟画的一样! 几天前他从扎瓦尔津斯克草地赶出一只狐狸。他越过一个障碍又一个障碍,紧追猛赶——那马价值千金,而骑手更是无价之宝! 这样棒的小伙子哪儿找去!"

"哪儿找去……"伯爵重复说,他因为谢苗很快把话说完而觉得遗憾。"哪儿找去,"他一边说,一边掀起皮袄的底襟,把鼻烟壶拿出来。

"前些日子他从教堂出来,全身佩戴勋章,于是米哈伊尔·西多雷奇……"谢苗没把话说完就听见寂静的空中清晰地传来两三只猎犬追逐野兽的吠声,还有别的猎犬的呼应声。他侧耳细听,向伯爵示意。"找到狼窝啦……"他低声说,"一直往利亚多夫斯克高地追去了。"

伯爵凝视着前面的狭长林带,手里握着鼻烟壶,也没有闻。紧跟着狗吠声之后,丹尼洛吹响了追狼的低沉号角;另外一群猎犬也加入了,可以听见猎犬响亮的吼叫夹杂着追狼的特别的吠声。猎手们已经不是"嗖嗖"地撺掇,而是喊"乌溜——溜",丹尼洛时而低沉、时而尖厉的呼号最惹人注意。他的声音似乎充满了整个森林,并且冲出森林以外,在远处的田野上回响。

伯爵静静地听了片刻,他的马夫肯定地说,猎犬已经分成两队:较大的、吼声十分起劲的一队,渐渐离得远了,另外一队沿着伯爵前面的森林奔跑,可以听见丹尼洛在这一队里发出"乌溜——溜"的声音。这两队合而又分,可是两队都跑远了。谢苗松了口气,弯下身来整理一下被小公狗弄乱了的皮带;伯爵也松了口气,瞅见手中的鼻烟壶,打开来捏了一撮鼻烟。

"回来!"谢苗对跑出林外的小狗喊道。伯爵打了一个哆嗦,把鼻烟壶掉在了地上。纳斯塔西娅·伊万诺夫娜下马去捡鼻烟壶。

伯爵和谢苗望着他。突然,正如常有的情形,追逐的声音一刹那间临近了,那狂吠的狗嘴和丹尼洛的喊声,似乎立刻就要在眼前出现。

伯爵向四处张望,看见米季卡在他右边,他瞪着两眼盯着伯爵,举起帽子,向他指着另一侧的前方。

"当心!"他大叫一声,听得出他早就憋着要喊出来。他放开猎犬,策马向伯爵这边驰来。

伯爵和谢苗骑马驰出树林,看见左边有一只狼,一摇一摆地轻快地向左边他们原先站过的林边跳去。愤怒的狗大叫起来,挣脱了皮带,擦过马蹄向狼追去。

狼停了一下,笨拙地向猎犬转过它那宽额的脑袋,随后仍旧摇摆着身子,摇摇尾巴,猛地一跳,再跳,就窜进森林边缘不见了。就在这时,只听得一阵像哭似的噪叫,从对面林边惊惶地跳出一只、两只、三只猎犬,这群猎犬沿着狼跑过的田野飞奔。在猎犬之后,榛树丛蓦分开了,丹尼洛那匹栗色的、由于出汗皮毛变黑了的马驰了出来。丹尼洛骑在马背上缩作一团,俯着身子,他没有戴帽子,满头乱蓬蓬的白发,通红的脸汗淋淋的。

"乌溜——溜——溜,乌溜——溜!……"他喊道。当他看见伯爵时,他的眼睛突然一亮。

"嘿……!"他举起鞭子指着伯爵威吓道。

"把狼放走了!……好一个猎人!"他似乎不屑于和惊慌失措的伯爵多说废话,对伯爵憋着一肚子怒气,抽打着栗色骟马塌陷和汗湿的两肋,跟着猎犬驰去。伯爵似乎受罚的小学生,站在那儿四处张望,尽力堆起笑脸以博取谢苗对他处境的同情。可是,谢苗已经不在那儿了:他正绕着灌木林奔驰,不让狼跑进森林里去。猎犬手们也从两边堵截,可是,那狼穿过灌木林逃走了,没有一人截住它。

五

这时尼古拉·罗斯托夫正在他的位置上等待着野兽。根据猎犬追狼的吠声时远时近,根据他所熟悉的猎犬的音调,根据猎犬手们呼号声时远时近并且逐渐提高,他可以知道那座孤林中发生的一切。他知道,孤林里有小狼和老狼;他知道,猎犬已经分成两队,正在分头追捕,在什么地方出了差错。他每时每刻期待狼到他这边来。关于狼怎样和从哪个方向跑过来,他怎样捕捉它,他设想了千百个不同的情况。希望和失望不断地交替着。他好几次祈求上帝让狼跑到他这儿来;他如此热切和真挚地祈祷,正像人们为了一点小事而非常激动地祈祷一样。"你为我做这件好事吧,这在你很容易的!"他对上帝说,"我知道,你是伟大的,向你提出这个要求是罪过;可是我谢你啦,上帝,就让那只老狼闯到我这儿吧,就让卡拉伊扑过去,当着在那边守候的大叔的面,拼命地咬着它的喉咙不放。"在半小时内,罗斯托夫成千次地用焦急不定的目光望着林边(那里有一片白杨幼林,中间矗立着两棵稀奇古怪的大橡树),望着边缘被水冲塌的溪谷,望着右首灌木丛上方隐约露出的大叔的帽子。

"不,我不会有这么好的运气,"罗斯托夫想道,"那太可贵啦!不会有的!不管是打牌还是打仗,我一直倒霉。"奥斯特利茨和多洛霍夫在他的想象中鲜明地出现了,只是一闪而过。"但愿在我一生中能猎到一只老狼,我没有更多的奢望!"他想道,他集中听觉和视力,不停地向左望,又向右望,侧耳细听那猎犬吠声极细小的不同。他又向右仔细看一眼,他看见空旷的田野上一个什么东西朝他跑来。"不,这不可能!"罗斯托夫想,他深沉地喘息起来。最伟大的幸福实现了——并且是如此简单,不动声色,没有炫耀和庆祝。罗斯托夫不相信自己的眼睛,怀疑持续了一瞬。狼向前跑,笨重地跳过路上的车辙。这是一只老狼,背脊灰白,肥大的肚皮是粉红色。它放松地跑着,显然认为没有人看见它。罗斯托夫屏着呼吸环顾一下猎犬。那些狗或站或卧,既没看见狼,也不知道眼前的情况。老狗卡拉伊回过头,龇着黄牙在咬它的后腿,怒冲冲地捉虱子。

"乌溜——溜,"罗斯托夫低声喊道。那些狗抖响了链子,跳起身来,竖起耳朵。卡拉伊搔了搔后腿,也站起来竖起耳朵,轻轻地摇了摇尾巴。

"放,还是不放?"当狼从森林那边向他走来时,尼古拉自言自语地说。狼突然改变了面部的表情;它打了一个寒噤,大概看见了它从未见过的、正向它看着的人的眼睛,它稍稍向尼古拉转过头来,就停住了——退回去呢,还是向前走?"咳!反正一样,前进!……"看样子它似乎这样对自己说,于是它不再犹豫,迈着从容坚定的跳跃步伐,前进了。

"乌溜——溜!……"尼古拉用好像不是自己的声音喊道,同时,他那匹骏马箭也似地奔下坡去截那只狼,一路跃过水洼,几只猎犬跑得飞快,超过了马。尼古拉听不见他的喊声,也觉不出他在飞驰,也看不见狗,看不见驰过的地面,他只紧紧盯着那只狼,那只狼加快了速度,仍旧顺着山谷一跃一跃地奔跑,第一个追上那只狼的是黑毛白花、臀部肥大的米尔卡,它渐渐接近那只野兽了。更近了,更近了……眼看就要追上了。可是,那只狼向它微微斜了斜眼,米尔卡不像平常那样更加一把劲儿,而是忽然翘起尾巴,两只前脚撑着地停住了。

"乌溜溜溜——溜!"尼古拉喊道。

红毛柳比姆从米尔卡后面窜出来,箭也似地向狼扑过去,咬住了它的后腿,可是,就在那一瞬间,它惊惶地跳到旁边去了。那狼一蹲身,龇了龇牙,又站起来向前跑去,一大群狗不即不离地跟着它跑。

"不好,跑掉啦!这不行,"尼古拉想,仍旧用沙哑的声音呐喊。

"卡拉伊!乌溜——溜!……"他喊道,一面用眼睛找那只老公狗——他唯一的希望。卡拉伊使出全身气力,尽可能伸长身子,眼睛盯着那狼,挺费力地奔到狼身旁,想截住它。但是狼跳跃得快,狗慢,卡拉伊显然失算了。尼古拉看见前面的森林已经不远,狼跑到那儿就会逃掉。这时前面出现几只狗,差不多是迎面驰来一个猎人。还有希望。一只尼古拉不认得的、来自别队的、长身量、皮色黑褐的小公狗,从前面向狼猛冲过来,差点把它撞倒。可是,狼出人意料地迅速跳将起来,向黑褐色猎犬扑过去,狠狠咬了一口——那只小公狗尖叫一声,头冲地倒了下去,肋上血流不止。

"卡拉尤什卡(卡拉伊的爱称)!我的爷!"尼古拉带着哭声喊道。

多亏这次拦截耽搁了一下,那只腿上的毛纠成团的老公狗已经离狼五步远了。狼似乎察觉出了危险,斜眼看了看卡拉伊,把尾巴夹得更紧,大步逃走了。正在这时,尼古拉只见卡拉伊行动了,——它眨眼工夫已经扑在狼身上,和它一起滚进它们身旁的沟里。

尼古拉看见几只狗和狼厮打成一团,狼在狗下面露出灰白色的皮毛,后腿伸得直直的,抿着耳朵,受惊并且急促地喘息着(卡拉伊箍住了它的喉咙),就是这一瞬间——尼古拉看见这个情景的刹那,是尼古拉一生中最幸福的时刻。他已经抓住鞍桥打算下马刺那只狼了,这时狼忽然从一群狗中间抬起头来,两只前腿搭着沟沿。狼咬了咬牙(卡拉伊已经松开了它),后腿一蹬,跳出了沟,夹紧尾巴,又摆脱了狗群,向前逃去了。卡拉伊大约是摔伤或者是被咬伤,它竖起毛来,挺费力地从沟里爬出来。

"我的老天!这是怎么啦!……"尼古拉大失所望,喊道。

大叔的一个猎手在狼的前头斜刺里驰来,他的几只狗又拦住了狼。又把它围了起来。

尼古拉、他的马夫、大叔和他的猎手,围着狼打转,"乌溜——溜"地叫,每当狼向后一蹲,他们就想下马;每当狼打起精神,又向可以救它命的伐林区跑去,他们就策马赶上去。

早在追捕开始的时候,丹尼洛一听见"乌溜——溜"的喊声,就驰出了树林。他看见卡拉伊捉住了狼,就勒住马,以为战斗结束了。但是,当猎手们都没下马,狼抖擞一下又逃走了的时候,丹尼洛催动了他的枣红马,不是朝着狼,而是径直向伐林区驰去,正如卡拉伊那样,切断狼的去路。多亏这么迂回,正好大叔的狗第二次拦住狼的时候,他赶到了狼跟前。

丹尼洛不声不响地骑着马,左手握着出鞘的匕首,拼命用他那短鞭子拍打枣红马收得紧紧的两肋。

一直到枣红马呼呼地喘着气从尼古拉面前驰过的时候,尼古拉才看见和听见丹尼洛,他听见身体倒下去的声音,看见丹尼洛在一群狗中间趴在狼背上,拼命地揪狼的耳朵。不论是狗,是猎人,还是狼自己,都已经明白了,现在一切都完了。狼吓得竖着耳朵,尽力想站起来,可是狗紧紧围着它。丹尼洛欠起身来往上一纵,就像躺下休息似的,整个人的重量都压在狼身上,一面紧紧抓住它的耳朵。尼古拉想过去刺它,可是,丹尼洛低声说:"用不着,我们捆住它的嘴,"于是,他换了个姿势,一只脚踩着狼的脖子,用一根棍子横插在狼嘴里,绑上,就像给它戴上皮嚼子,然后绑上它的腿,丹尼洛把狼来回滚了两滚。

人们带着喜悦和疲乏的神情,把那只活捉的老狼放到往后躲闪、喷着鼻子的马背上,还有对它直叫的狗,把它驮到了预定的集合的地点。猎犬捉住了两只小狼,狼狗捉住了三只小狼。猎手们带着他们的猎物和故事聚集在一起,大家全来看那只大狼,它耷拉着头,嘴里衔着棍子,睁着一对玻璃球似的大眼睛看周围的狗和人。当人们碰它时,它就蹬几下被绑的腿,野性而单纯地看大家。

伊利亚·安德烈伊奇伯爵也骑马来到跟前碰碰那只狼。

"嗬,好大一只狼,"他说,"真肥大,是吧?"他向站在身旁的丹尼洛问道。

"是只大肥狼,大人,"丹尼洛赶忙脱帽回答。

伯爵想起了他放走了那只狼和为此跟丹尼洛的冲突。

"但是,老弟,你发火了,"伯爵说。丹尼洛什么也没说,只是不好意思地微微一笑,那是孩子般温顺而兴奋的微笑。

六

老伯爵回家了。娜塔莎和彼佳答应立刻就回去。因为天色还早,打猎继续进行。中午时分,猎犬被撒到幼林丛生的山谷里。尼古拉站在一片禾茬地里,从这儿可以望见他的全队猎手。

尼古拉对面是一片麦田,那儿有一个他的猎手一个人在榛树丛薮后面的洼地上站着。猎犬刚撒出去,尼古拉就听见他所熟悉的名叫沃尔托恩的猎犬断断续续的嗥叫;别的狗跟着它叫,追逐声时起时落。一会过后,从孤林里发出追狐狸的呼号,整队猎犬合在一起,离开尼古拉,沿着山谷的一个分叉向麦田追去。

他看见几个戴红帽子的猎犬手沿着草木茂密的山谷边沿奔跑,甚至还看见狗,他急切地期待狐狸从那边麦田出现。

那个在洼地站着的猎人开始行动了,他把猎犬撒出去,尼古拉看见一只毛红体小、样子奇特的狐狸拖着毛茸茸的尾巴在麦田里拼命奔跑。猎犬逐渐接近它。已经追上了,那只狐狸在一群猎犬中间来回打转,越转越快,不停地摇着蓬松的尾巴;一只不知谁的白狗窜上去,接着又有一只黑狗跟上去,于是乱成一团,几只猎犬尾巴朝外围成一个星形,身子差不多一动不动。两个猎人向猎犬驰去:一个头戴红帽,另一个身穿绿色的长外衣,是个陌生人。

"这是怎么回事啊?"尼古拉想。"从哪儿跑来这么个猎人? 这不是大叔的人。"

猎手们夺过那只狐狸,但是,没有把它收起来,都站在那儿不动,那些马拖着缰绳和高高的鞍桥在人们周围站着,狗卧在地上。猎手们挥动着手臂,不知他们要如何处理那只狐狸。那儿吹响了号角——发出斗殴的信号。

"这是伊拉金的猎手和咱们的人干起来了,"尼古拉的马夫说。

尼古拉派马夫去把妹妹和彼佳叫来,他缓缓驰到猎手集合猎犬的地点。有几个猎手向出事地点奔去。

尼古拉下了马,与刚到的娜塔莎和彼佳一块停在一群猎犬旁边,等候事情的消息。从林边向少主人这儿驰来一个参加打架的猎手,他的马鞍后面挂着一只狐狸。他老远就脱掉帽子,尽可能恭敬地说话;但是,他脸色苍白,上气不接下气,一副气急败坏的样子,他一只眼给打青了,可是他很可能不知道呢。

"你们那儿怎么了?"尼古拉问。

"真不讲理,从我们的狗嘴里抢狐狸! 是我的灰狗逮住的。总得讲理嘛! 他想抢狐狸! 我举起狐狸给他一下子。这就是,在鞍子上挂着呢。你想尝尝这个吗?"那个猎手指着匕首说,大概他以为他还在同敌人说话呢。

尼古拉没有和那人说什么,他叫妹妹和彼佳等着他,他驱马向敌对的伊拉金猎队驰去了。

那个胜利归来的猎手回到同伴那里,被几个表同情的人围着问长问短,他把他的功绩讲述了一番。

事情是这样的,同罗斯托夫的人发生争执的伊拉金,在按照一般认可应属于罗斯托夫家的地段打猎,而且似乎有意到罗斯托夫的人正在那儿打猎的树林,叫他的猎手抢人家的猎狗捕获的猎物。

尼古拉从来未见过伊拉金,但是,他在看问题和感情上从来不守中庸之道,因为风传这位地主残暴并且专横,所以对他满心的愤恨,认为他是最凶恶的敌人。他现在去找他,怒不可遏,并且非常激动,手里紧紧握着马鞭,充分准备采取最坚决、最严厉的手段对付敌人。

他刚转过树林突出的地段,就看见一个头戴水獭皮帽,骑一匹乌黑骏马的肥胖绅士迎面走来,后面跟着两个马夫。

尼古拉发现伊拉金不但不是敌人,并且是一个仪表堂堂、彬彬有礼的贵族,他十分想跟年轻的伯爵结交。伊拉金驰到罗斯托夫跟前,举了举水獭皮帽,说他对刚才的事件很觉遗憾;他要惩罚那个胆敢从别人的猎狗嘴里抢夺猎物的猎手,他希望跟伯爵相识,而且邀请他到围场去打猎。

娜塔莎害怕哥哥做出什么可怕的事情,她怀着不安的心情在附近跟着他。她看见两个敌人友好地互相问候,就驰到他们跟前。伊拉金对着娜塔莎高高地举起他的水獭皮帽,兴奋地微笑着说,伯爵小姐不论是对打猎的热情,还是令他久仰的美貌,都很像天仙。

伊拉金为补救他的猎手的罪过,坚持请罗斯托夫到一俄里外他自己留用的山坡去打猎,据他说,那儿的兔子到处跑。尼古拉同意了,于是,增加了一倍的猎队出发了。

到伊拉金那片山地要穿过田野。猎人们渐渐走成纵队。老爷们在一起走。大叔、罗斯托夫、伊拉金偷偷地打量别人的猎犬,努力做得不让别人看出这一点来,而且不安地在别人的猎犬中间寻找可以与自己的猎犬匹敌的对手。

伊拉金的狗群中有一只纯种、红斑点的小母狗,身子虽然细长,但筋肉似钢,嘴脸俊俏,一双黑眼睛突出,它的美使罗斯托夫大为惊异。他听说伊拉金的狗跑得快,他发现这只美丽的小母狗是他的米尔卡的敌手。

伊拉金谈起今年的收成,在正儿八经地谈话中间,尼古拉向他指了指红花母狗。

"您的这只母狗很好!"他用随随便便的口气说。"跑得快吗?"

"这只母狗吗? 是的,是只好狗,能捉野兽,"伊拉金用不在意的腔调说他的红花叶尔扎,这只狗是他去年用三户农奴从邻人那儿换来的。"这么说来,伯爵,你们的收成也不怎么样?"他接着刚才的谈话。伊拉金认为应当答谢小伯爵。他瞧了瞧他的狗,于是选出米尔卡——它那宽阔的体格引起了他的注意。

"您那只黑花狗很好——漂亮!"他说。

"是的,还可以,跑得快,"尼古拉答道。他心里说:"如果野地里跑出一只大灰兔,我就叫你知道这只狗的厉害!"他转身对马夫说,谁能发现一只兔子,我就赏他一个卢布。

"我不明白,"伊拉金接着说,"为什么有些人妒忌人家打野兽,妒忌人家的猎狗。我可以跟您谈谈我自己,伯爵,您知道,我爱骑马;就像咱们现在这样结伴而行……再好不过了(他又向娜塔莎举起水獭皮帽);至于说打了多少野兽,是不是满载而归,这在我是无关紧要的!"

"我也同样。"

"我也不会因为捉到猎物的是别人的猎狗不是我的而气恼,我只为欣赏追逐野兽的情景,您说是不是,伯爵?然后我来判断……"

"阿兔——追呀!"这时停下来的猎犬手中有一位拉长声调喊道。他拉长声音喊:"阿兔——追呀!"

"啊,他似乎发现了,"伊拉金毫不紧张地说。"怎么样,咱们去追吧,伯爵?"

"好的,得赶上去……怎么,一起去吧?"尼古拉回答,他瞟了一眼叶尔扎和大叔的红毛鲁加伊,这两个敌手还没有机会同他的狗较量过呢。"倘若它们把我的米尔卡打败了,那可怎么是好!"他一面和大叔及伊拉金并肩朝着兔子前进,一面想。

"兔子大吗?"伊拉金一面问,一面向那个发现兔子的猎手走去,内心有点激动地向周围张望,吹着口哨招呼叶尔扎……

"您怎么样,米哈伊尔·尼卡诺雷奇?"他转身问大叔。大叔在马背上紧皱着眉头。

"我就算啦!既然你们的——没得说哇!——一个庄子换一只狗,你们的狗都是价值千金。你们比一比,我来看看!"

"鲁加伊!哪,哪!鲁加尤什卡!"他又加了一句,不禁用爱称表示他的抚爱和对这只红毛公狗寄托的希望。娜塔莎看出同时也感觉到这两位老人和她的哥哥深藏在内心的激动,她自己也因之激动起来。

那个站在山坡上的猎手扬着鞭子,老爷们骑着马放松地向他走去;远在地平线上的猎狗向兔子转回来;猎手们(除了老爷们)也走远了。他们缓慢地、镇静地向前移动。

"兔子头朝哪边?"尼古拉向发现兔子的猎手赶了百十步,问道。没等猎手回答,那只灰兔就发觉大祸临头,再也待不住了,跳了起来。那群带系索的猎犬,吼叫着尾随兔子冲下坡去;不带系索的狼犬也从四面八方跟着猎犬去追兔子。那些离得较远的缓步行进的猎手们喊叫着："站住！"把狗集合起来，那些管狼犬的猎手喊叫着"阿兔！"把狗撒开，猎手们开始在田野里奔驰。沉着冷静的伊拉金、尼古拉、娜塔莎和大叔也跃马飞奔，连他们自己也不知往哪儿和怎样去，眼睛只顾盯着狗和兔子，生怕漏掉哪怕一瞬间追逐的情景。这只兔子肥壮善跑。它跳起来，可是并不立刻就跑，而是竖起耳朵，细听四面八方发出的喊声和马蹄声。它跃进十来步，并不快，等狗追来，感到了危险，于是选好方向，抿起耳朵，四爪翻飞地逃跑了。发现兔子的猎手的两只狗离得最近，首先看见兔子，追了上去；可是离兔子还很远，忽然从后面冲出伊拉金的红花叶尔扎，眼看只有一只狗的距离了，它对准兔子尾巴，以惊人的速度扑过去，它以为抓住了兔子，就地打了一个滚。兔子拱起背脊，跑得更快了。宽臀的黑花米尔卡从叶尔扎背后窜到前面，很快赶上了兔子。

"米卢什卡，亲爱的！"尼古拉严厉地喊道。看来，米尔卡立刻就要突击，就要抓住兔子，但是它撵上后扑了个空。灰兔躲到一旁蹲在那儿。美丽的叶尔扎又做出捕捉的架势，它在灰兔尾巴上方立起身来，似乎是在估计距离，这一回可别再搞错了，要抓住它的后腿。

"叶尔扎尼卡（叶尔扎的爱称）！好朋友！"传来伊拉金变了腔的想哭的声音。叶尔扎不懂他的祈求。就在它眼看要抓住灰兔的一瞬间，灰兔忽然一扭身，滚到麦田和禾茬地之间的界沟里去了。叶尔扎和米尔卡又像两匹驾辕的马，肩并肩地追赶兔子；兔子在界沟里跑起来比较轻松，狗无法很快地靠近它。

"鲁加伊！鲁加尤什卡！没得说哇！"这时传来一个新的喊声，于是，大叔的那只红毛驼背的公狗身子一伸一弓地跑了起来，赶上了头两只狗，超过了它们，以惊人的自我献身的精神扑到兔子身上，把它从界沟撞到麦田里，麦田泥泞没膝，它又一次狠命地加一把劲，只见它同兔子一块儿打了一个滚，背脊上粘了污泥。几只狗把兔子围了起来。不大一会儿，大家都站在了这群狗的周围。只有幸运的大叔一个人下了马，割掉兔腿。他抖了抖兔子，控一控血，他环顾四周，手足无措，惶恐不安，转动着眼珠，连他自己也不知和谁说话和说什么。"瞧，没得说哇……瞧，这只狗……瞧，它战胜了所有的狗，不管是价值千金的，还是价值一个卢布的——没得说哇！"他说，一边呼呼地喘气，一边愤愤地东张西望，好像在骂什么人，似乎人人都跟他作对，都欺负他，直到现在才申了冤。"瞧，你们那价值千金的——没得说哇！"

"鲁加伊,给你兔腿!"他说,把割下来的带泥的兔腿扔给狗。"只有你配吃,没得说哇!"

"它累坏了,它一口气追赶了三次,"尼古拉说,他也不听其他人讲什么,也不在意别人是否听他讲。

"这样截算什么!"伊拉金的马夫说。

"一旦落空,随便哪只狗都能追上去捉住它,"这时伊拉金也说,他满脸通红,因为驰骋和激动,费力地喘息着。这时娜塔莎连气都不喘一下,就欢欣若狂地尖叫了一声,震响了人们的耳朵。她这声尖叫表达了其他的猎人当时的谈话中所表达的意思。并且,叫的声音是这么怪,倘若在别的时候,连她自己也一定为这一声野性的怪叫而觉得害羞,大家也会为之惊诧。大叔亲手用皮带捆好灰兔,快速利落地把它搭在马鞍后面,他这样做似乎是在责备所有的人,他那神情又似乎不希望同任何人说话,他骑上那匹浅栗色的马就走了。除他之外,大家都郁郁不乐,感到受了侮辱,都上马走了,过了老半天才恢复若无其事的气氛。他们对那只红毛鲁加伊还端详了很久,它滚了一身泥巴,拱着背脊,响着铁链子,带着胜利者镇静自若的神气,紧跟在大叔的马后面。

"哼,当事情不涉及追赶野兽的时候,我也和别的狗一样。但是一旦追赶野兽,那你就等着瞧吧!"尼古拉觉得那只狗的神气仿佛这样说。

又过了好一会儿,大叔驰近尼古拉和他谈话,尼古拉很得意:在发生了这一切之后,大叔又肯跟他说话了。

七

傍晚,伊拉金辞别了尼古拉,这时尼古拉发现他离家太远了,只好接受大叔的建议,留下猎队,到他那儿,就是到大叔的米哈伊洛夫卡村过夜。

"光临寒舍——没得说哇!"大叔说,"当然再好没有了;您瞧,天气很潮湿,"大叔又说,"歇一歇,伯爵小姐可以坐车回家。"大叔的建议被采纳了,叫一名猎手到奥特拉德诺耶去要马车;尼古拉带着娜塔莎和彼佳到大叔的村子去了。

这时,有五六个男家奴,有老有小,到前厅门廊迎接主人。十来个女人,有老有少,还有小孩,从后门伸头探脑,瞧看骑马的猎人。一看见娜塔莎——一位贵族小姐骑马，引起大叔的家奴们的极大的好奇，许多人根本不怯生，走到她跟前睁大眼睛看她，当着她的面品评她，似乎她是一个供展览的怪物，并不是人，所以它不可能听见也不可能懂得他们说的话。

"阿琳卡，你瞧，她侧着身子骑马！她坐在马鞍上，裙子一摆一摆的……瞧，还有小号角呢！"

"哟，我的老天，还带一把刀子呢……"

"她准是鞑靼女人！"

"你怎么能不栽下来呢？"一个最勇敢的女人直接向娜塔莎问起话来。

大叔在他那草木茂盛的花园里的小木屋门前下了马，瞥了一眼他的家人，威严地喊了一声，让闲人走开，各去做一切必要的准备以迎接客人。

人们急忙散开了。大叔扶娜塔莎下了马，拉着她的手走上摇摇晃晃的门廊木板台阶。室内没有涂灰，墙壁是圆木的，不很干净。过道里散发着新鲜苹果的味道，墙上挂着狼皮和狐狸皮。

大叔领客人穿过前室走进小厅，然后进入客室，随后走进书房，这里摆着一只破沙发和旧地毯，挂着苏沃洛夫、主人的父母和他本人身穿军服的画像。书房里有一股浓烈的烟草味和狗腥味。

大叔让客人们在书房里落座，让他们像在自己家里一样随便，随后就出去了。背上粘有泥污的鲁加伊走进书房，它跳到沙发上躺下，用舌头和牙齿整理全身。书房连着一道走廊，一个帷幔破旧的屏风遮着走廊。屏风后面有妇女的笑声和低语声。娜塔莎、尼古拉和彼佳脱下外衣，坐在沙发上。彼佳支着臂肘很快睡着了；娜塔莎和尼古拉无言地坐着。他们脸发烧，感到很饿，很兴奋。他们互相看看；娜塔莎向哥哥挤挤眼，两人还没等找到一个借口就再也忍不住地哈哈大笑起来。

过了一会儿，大叔进来了，他换了一件卡扎金式的半截衫，下身穿蓝裤子，脚蹬一双短统靴。娜塔莎觉得他这身服装是真正漂亮的服装，完全不逊色于燕尾服或者大礼服（在奥特拉德诺耶她看见大叔这身打扮时，觉得既奇怪又好笑）。大叔也很兴奋；他不但不为他兄妹的笑而生气（他根本想不到他们是笑他的生活方式），他自己也跟着他们情不自禁地笑起来。

"伯爵小姐，小小的年纪真了不起！——没得说哇！——像这样的小姐真少见！"他一边说，一边递给罗斯托夫一杆长烟袋，然后把一杆截短了的烟袋夹在三个手指之间。

"骑了一天马，真像个男子汉，毫不在乎！"

大叔进来不大一会儿，一个小丫头把门打开了，一个体态肥胖、面色红润、双下巴、有着肥厚鲜红的厚嘴唇、四十上下的美貌女人，端着盛满食物的大托盘走了进来。她的眼神和一举一动都显示出端庄大方，同时又讨人喜欢的待客热情，她看了看客人，和蔼地微笑着向他们恭敬鞠了一躬。虽然她胖得出奇，挺着隆起的胸脯和肚子，往后仰着头，可是这个女人（大叔的管家婆）动作十分轻快。她走到桌前，把托盘放下，用她那双白白胖胖的手利落地把酒瓶、小菜以及各种吃食摆好，随后走开，面带笑容站在门旁。"瞧，我多能干！现在你该了解大叔了吧？"她的出现好似是这样对罗斯托夫说。怎么能不了解呢：不只罗斯托夫，连娜塔莎也了解大叔，了解当阿尼西娅·费奥多罗夫娜进来时，他那眉头皱起以及微撇嘴唇露出幸福自满的微笑所表示的意思。托盘里有草药酒、露酒、腌蘑菇、乳浆黑麦饼、鲜蜜、蜜酒、苹果、生核桃、炒核桃以及蜜饯核桃。然后阿尼西娅·费奥多罗夫娜又端来蜜果酱、糖果浆、火腿、刚烤好的子鸡。

这一切都是由阿尼西娅·费奥多罗夫娜经营、收集、制作。这一切都散发着阿尼西娅·费奥多罗夫娜的气息，都有一点她的味道。一切都新鲜，干净，白净，带有愉快的微笑。

"亲爱的伯爵小姐，您尝尝，"她一面说，一面给娜塔莎递这递那。娜塔莎什么都吃，她觉得，这些乳浆饼、这些香甜的果浆、蜜饯核桃和烤鸡，她在无论什么地方也没见过，也没吃过。阿尼西娅·费奥多罗夫娜出去了。罗斯托夫和大叔一边吃饭，喝樱桃酒，一边谈论过去和未来的狩猎，谈论鲁加伊和伊拉金的狗。娜塔莎睁着闪光的眼睛，笔直地坐在沙发上听他们谈话。她有好几次想叫醒彼佳，让他吃点东西，可是他说了句梦话，没有醒过来。娜塔莎在这个新环境中是这么快活，这么舒适，生怕接她的马车来得太快。正如人们在家中接待熟人常有的情形，在谈话偶尔中断片刻之后，大叔似乎回答客人心里想问的话：

"我就这样过完一生……人一死——没得说哇！——万事皆休。还是少作点孽吧！"

大叔说这话时，他脸上的神情很有深意，甚至很美。这时罗斯托夫不由想起他从父亲和邻人那儿听来的关于大叔的好话。大叔是有名的最高尚最无私的怪人。人们请他调解家庭纠纷，请他做遗嘱执行人，向他吐露私房话，选他担任法官和别的职务,但他一贯坚决不担任公职,春秋两季他骑着那匹浅栗色的马在野外逍遥,冬天坐在家里,夏天在他那绿荫葱茏的花园里歇息。

"大叔,您为什么不做官?"

"做过,后来不做了。我不行,没得说哇,——我一窍不通。那是你们的事,我的头脑不够用。至于打猎嘛,那就是另一回事了,——没得说哇!把门打开,"他喊道。"干吗关上门!"走廊尽头有一道门通到单身猎手的住室:就是所谓猎仆室。响起急匆匆的光脚板的声音,有人打开了通往猎仆室的门。走廊里更清楚地传来三弦琴的琴声,显然是一个行家弹奏的。娜塔莎早就侧耳谛听这琴音了,现在她走到走廊里,为了听得更清楚。

"这是我的车夫米季卡……我给他买了一把很好的三弦琴,我爱听,"大叔说。大叔规定:他打猎归来,米季卡就在单身汉猎仆室弹三弦琴。大叔爱听这种音乐。

"好!好听,"尼古拉带着不自觉的轻蔑意味说,似乎不好意思承认琴音使他十分兴奋。

"什么好听?"娜塔莎带着责备的口吻说,因为她听出了哥哥说这话的口气。"不是好听,而是妙极了!"正如大叔的腌蘑菇、蜂蜜和果子露酒是世界上最好吃的,她觉得这支曲子此刻是音乐魅力的顶峰。

"再来一个,劳驾,再来一个,"三弦琴才停下来,娜塔莎就对着那扇门喊道。米季卡调了调琴,又奏起芭勒娘舞曲,带有颤音和变奏。大叔坐在那儿细听,歪着头,含着一丝笑意。芭勒娘舞曲的旋律重复上百次。调了好多次弦,又弹起那个曲调,听的人总也听不厌,只是想再听一次,再听一次。阿尼西娅·费奥多罗夫娜走进来,把她那肥胖的身体靠在门框的立柱上。

"爱听吗?"她带着微笑(十分像大叔的微笑)对娜塔莎说。"他是我们这儿弹得最好的,"她说。

"他这一段弹错了,"大叔忽然做出一个有力的姿势说。"这地方应当弹出爆发的声音——没得说哇——爆发的声音。"

"您也会弹吗?"娜塔莎问。大叔不答,只是轻轻一笑。

"阿尼秀什卡,你去瞧瞧那只吉他还行不行?好久没玩了,没得说哇!都生了。"

阿尼西娅·费奥多罗夫娜非常兴奋,迈开轻快的步子去执行主人的吩咐,把吉他拿了来。

　　大叔对谁也不看一眼,吹了吹灰尘,用干瘦手指敲一下吉他琴面,调了调琴弦,坐到靠背椅上。他拿出舞台姿势,撑开左手肘弯,拿住琴颈稍高的地方,向阿尼西娅·费奥多罗夫娜挤挤眼,不弹芭勒娘舞曲,先拨弄一声清亮的和弦,然后用极缓的速度弹一支名曲:《在大街上》,他弹得不慌不忙,平安静静,然而相当有力。随着庄严欢快的节奏(阿尼西娅·费奥多罗夫娜整个存在都散发着这种欢快),尼古拉和娜塔莎心中立时和着这支曲子的旋律。阿尼西娅·费奥多罗夫娜脸红了,用手帕捂着脸,笑着走出屋去。大叔强劲有力地、音色纯正地弹他的琴,他把变得富于感情的目光投向阿尼西娅·费奥多罗夫娜才离开的那个地方。他脸上露出一丝笑意,尤其是在弹得欢畅,拍子加快,在拨弄琴弦的地方突然发出断裂的声音,这时,他的脸上,露出了更浓的笑意。

　　"好极了,好极了,大叔! 再来一个,再来一个!"他刚弹完,娜塔莎就喊道。她从座位上跳起来,抱着大叔吻他。"尼古连卡,尼古连卡!"她转脸望着哥哥说,似乎在问他:这是怎么回事啊?

　　尼古拉也很喜欢大叔的弹奏。大叔又弹了一支曲子,阿尼西娅·费奥多罗夫娜的笑脸又在门口出现了,她身后还有别的面孔。

　　　　姑娘去汲水,

　　　　汲那清凉的泉水,

　　　　只听有人喊一声:

　　　　姑娘,你等一等!

　　他又弹了一个漂亮的颤音,然后豁然而止,微微耸了耸肩。

　　"嗯,嗯,我的好大叔,"娜塔莎在央求,好似她的生命就系在这上头似的。大叔站起来,好像他身上有两个人,其中一个对欢乐的人严肃地微笑,而那个欢乐的人摆出幼稚的、毫不拘束的准备跳舞的姿势。

　　"来,小侄女!"大叔向娜塔莎挥了挥那只离开琴弦的手。

　　娜塔莎扔掉身上的披肩,快步走到大叔跟前,双手叉腰,动了动肩膀,站住了。

　　这个受过法籍家庭女教师教育的伯爵小姐是何时何地、又是如何从她呼吸的俄罗斯空气汲取了这种精神的？并且从其中得到了早已被其他东西挤掉的舞姿？而这正是大叔所期待于她的那种学不来教不会的俄罗斯的精神和舞姿。她刚一站稳，微微含笑，那神态庄严、高傲、狡黠、欢乐，顷刻之间，尼古拉和所有的在场的人最初那阵担心——担心她做得不像那么一回事——就全部消失了，并且他们在欣赏她了。

她做得正像那么回事，并且是地地道道，简直丝毫不差，阿尼西娅·费奥多罗夫娜立刻递给她一条为了做得更好的不可或缺的手帕，她透过笑声流出了眼泪：这个陌生的有教养的伯爵小姐，身材纤细，举止文雅，满身绫罗绸缎，竟能体会到阿尼西娅的内心世界，以及阿尼西娅的父亲、婶婶、大娘，每一个俄罗斯人的内心世界。

"好，伯爵小姐，没得说哇！"舞跳完了，大叔欢喜地说。"真行，小侄女！该是给你找一个好女婿的时候了，没得说哇！"

"已经找到了！"尼古拉微笑着说。

"是吗？"大叔疑问地望着娜塔莎，惊奇地说。娜塔莎带着幸福的微笑，肯定地点点头。

"别提多好了！"她说。但是她说了这句话，心中突然升起别样的思绪和感情："尼古拉说'已经找到了'这句话时，他那微笑是什么意思？他对这件事是兴奋还是不快活？他似乎认为我的博尔孔斯基不会理解我们这样的欢乐。不，他一切都会理解的。他现在在哪儿？"娜塔莎想道，她的表情忽然变得严肃了。可这只持续了一秒钟。"别想也不该想这件事，"她对自己说，于是微笑着坐在大叔身边，请他再弹一支曲子。

大叔弹了一支曲子和一支圆舞曲；随后，沉默片刻，咳嗽几声，唱起了他心爱的狩猎之歌：

> 昨夜小雪纷纷下，
> 今早地面一层白……

大叔是按照老百姓的唱法唱的，他单纯地坚信，只有歌词才是一支歌的全部意义，至于曲调，自然而然就会形成的，离开歌词的曲调是没有的，而曲调不过是为了有节奏罢了。就是这样，大叔不自觉唱出的曲调，如同鸟唱歌一样，也是非常悦耳的。娜塔莎听了大叔的歌唱，欣喜若狂。她决定不再学竖琴，以后只弹吉他。她从大叔手里拿过吉他，很快就找到了这支歌的和弦。

九点多钟，接娜塔莎和彼佳的一辆敞篷马车和一辆轻便马车来了，还来了三个找他们的骑马人。据一个骑马的人说，伯爵和伯爵夫人不知他们在哪儿，非常着急。

彼佳像死人一样被抬到敞篷马车里，娜塔莎和尼古拉坐轻便马车。大叔把娜塔莎暖暖和和地包裹起来，心怀完全新的情意和她告别。他徒步送到桥头，这里不得不涉水绕过这座过不去的桥，他让几个猎手打着灯笼骑马在前面引路。

"再见，亲爱的侄女！"黑暗中响起他的喊声，这声音跟娜塔莎先前听到的不同，而是跟《昨夜小雪纷纷下》的歌声一样。

他们路过的村庄有红色的灯光和令人心情舒畅的烟味。

"这位大叔真可爱啊！"当他们上了路，娜塔莎说。

"可不是，"尼古拉说。"你不冷吗？"

"不，我很好，很好。我特别兴奋，"娜塔莎甚至有点惶惑地说。他们半天没有说话。

夜又黑又潮。看不见马，只听见它们踏着泥泞的声音。

这个幼稚、敏感、热切地吸取各种生活印象的心灵，发生了什么变化呢？这一切感受在这个心灵中如何安置的呢？可是她非常幸福。快到家的时候，她突然唱起《昨夜小雪纷纷下》的曲调，她一路都在捉摸这个曲调，终于捕捉到了。

"捕捉到了吗？"尼古拉说。

"尼古连卡，你在想什么？"娜塔莎问。他们喜欢互相问这个问题。

"我吗？"尼古拉回忆着说。"你猜怎么，起先我想，鲁加伊那条红毛猎犬很像大叔，倘若它是人的话，他一定不会让大叔离开它，不是因为大叔善于骑马，就是因为他为人随和，一定不会让他离开。大叔这个人十分随和！对不对？嗯，你呢？"

"我吗？别忙，别忙。对了，起先我想，现在咱们坐着车，心想咱们是回家，但是天晓得咱们在黑暗中是到哪儿去，也许突然到了一个地方，睁眼一看，不是奥特拉德诺耶，而是一个仙境。然后我还想……不，就是这些了。"

"我知道，你肯定是在想他，"尼古拉说，娜塔莎从他的声音里听出他是含

世界十大名著

·战争与和平·

图文珍藏版

着微笑说这话的。

"不是，"娜塔莎答道，虽然她的确也想到了安德烈公爵，想到他会喜欢大叔。"我一直在想，我一路都在想：阿尼秀什卡真美，真好……"娜塔莎说。接着，尼古拉听见她那响亮的、无来由的幸福的笑声。

"你可知道，"她突然说，"我知道，我永远不会像现在这么幸福，这么宁静了。"

"胡说，蠢话，废话，"尼古拉说，但是心里想："我这个娜塔莎真可爱！像她这样的朋友，我现在没有，将来也不会有了。她为什么要出嫁？我和她永远这样乘车驰骋该有多好！"

"这个尼古拉真可爱！"娜塔莎想道。

"啊！客厅里还亮着灯呢，"她指着宅院的窗户说，那些窗户在天鹅绒般的潮湿黑夜中闪烁着美丽的光辉。

八

伊利亚·安德烈伊奇伯爵辞去了贵族长的职务，因为这个职务需要很大的开销。但是他的境况仍旧没有好转。娜塔莎和尼古拉时常看见父母秘密商谈，传闻要卖掉罗斯托夫祖传的豪华宅第和莫斯科近郊的田产。不担任贵族长就免掉了大规模招待客人，奥特拉德诺耶的生活因此比往年清静些；可是这座大宅院和下房仍然住满了人，仍旧有二十多人吃饭。这都是一些长期住下来的自家人，几乎等于家庭的成员，要么是一些非住在罗斯托夫家不可的人。这些人是乐师季姆勒夫妇、舞蹈师约格尔和他的家眷、同住的老小姐别洛娃，还有其他许多人；彼佳的教师们、小姐们先前的女教师，以及那些觉得住在伯爵家比住在自己家里舒服并且合算的人们。门前已经不像从前那样车水马龙了，但是生活依然如旧，否则伯爵和伯爵夫人就难以想象怎样活下去，猎队依旧，并且被尼古拉扩大了，马厩依旧养着五十匹马和十五名车夫；命名日仍旧有贵重的礼物和宴请全县的盛大筵席；伯爵的威斯特和波士顿牌局仍然不可缺少，他让大家都能看见他的牌，每天让邻人赢去数百卢布，而邻人把同伊利亚·安德烈伊奇伯爵斗牌看作一项最好的收入。

伯爵经管他的家产，似乎在巨大的捕兽网里挣扎，他尽力不相信他已陷入网里,然而他一步步地越陷越深,感到既无力把捆住他的网冲破,也无法小心地、耐心地把它解开。善良的伯爵夫人觉得,她的孩子们要受穷,这不是伯爵的罪过,因为他只能像他现在这样做人,连他自己也由于意识到他和孩子们的破产而感到痛苦(虽然他瞒着这一点),她在寻找挽救的办法。从她这个妇女的观点来看,办法仅有一条,就是给尼古拉娶一房有钱的媳妇。她觉得这是最后的希望,倘若尼古拉拒绝她给他物色的配偶,那就会永远失去改善境遇的机会了。这个配偶就是朱莉·卡拉金娜,她的父母都是高尚的好人,从小罗斯托夫家的人就认识她,现在她最后一个兄弟也死了,她已经成为富有的未婚姑娘了。

伯爵夫人直接给莫斯科的卡拉金娜写信,向她提出她们两家子女的婚事,而且接到对方令人满意的回答。卡拉金娜说,她本人是愿意的,但问题全看她女儿的意思了。卡拉金娜邀请尼古拉去莫斯科。

好几次,伯爵夫人含着眼泪对儿子说,现在她的两个女儿都有了主了,她唯一的愿望就是希望看见他成亲。她说,了却这桩心事,她就可以安心入土了。随后她说,她看见一个十分好的姑娘,问他对婚姻有什么意见。

在另外几次谈话中,她夸奖朱莉,劝尼古拉趁着假期到莫斯科去玩玩。尼古拉猜到了母亲的意思,有一次,他引她全部讲出了心里的话。她对他说,改善家境的所有希望现在全靠他同卡拉金娜结婚了。

"但是,妈妈,倘若我爱上没有财产的姑娘,难道您要我为了财产而牺牲感情和名誉吗?"他问母亲,他一心只顾表现自己的高尚情操,不了解他这样问多么伤母亲的心。

"不是的,你不了解我,"母亲不知如何辩解,说。"你不了解我,尼古连卡。我是为你的幸福着想,她又说,同时又觉得她说的不是真话,于是她语无伦次了。她哭了。

"妈妈,别哭,您只要告诉我,您希望这样办,您知道,我可以为了您的安宁献出生命,献出一切,"尼古拉说。"为了您,我可以牺牲一切,甚至牺牲我的爱情。"

但是伯爵夫人不愿这样提问题:她不愿儿子做出牺牲,宁愿自己为儿子牺牲。

"不,你不了解我,咱们就别谈了,"她抹着眼泪说。

"是的,或许我是在爱一个穷苦的姑娘,"尼古拉自言自语,"怎么,我真的要为财产而牺牲爱情和名誉吗？真奇怪，妈妈怎么对我说出这样的话。难道就因为索尼娅穷，我就不能爱她？"他想，"就不能报答她那忠实的、一往情深的爱情？我同她结合，一定比同什么朱莉这么一个木偶结合要幸福。我不能强迫自己改变自己的感情，"他自言自语。"倘若我爱索尼娅，那么我觉得，我的感情比一切都更强烈，更高尚。"

尼古拉没有去莫斯科，伯爵夫人没有再同他谈婚事，她怀着忧愁有时恼怒的心情看到儿子和没有陪嫁的索尼娅越来越接近的迹象。她为此责备自己，然而她无法不发牢骚，对索尼娅无法不挑眼，经常无缘由地呵斥她，称呼她"您"和"亲爱的"。最使这位仁慈的伯爵夫人恼火的是，这个可怜的黑眼睛侄女是这么温顺，这么善良，对她的恩人是这么由衷的感激，她对尼古拉的爱情是这么忠贞不渝和富于自我牺牲精神，几乎对她无可指责。

尼古拉在父母跟前将要度完假期。安德烈公爵从罗马寄来第四封信，信中说，要不是他的伤口在温暖的气候中忽然裂开，他的行期必须推延到明年初春的话，他早已在回国的途中了。娜塔莎仍旧爱她的未婚夫，依旧为这一爱情而感到欣慰，对一切生活的欢乐依旧易于感受；但是和他离别的第四个月末尾，一阵阵无法排遣的忧郁开始袭上她的心头。她可怜自己，可怜她不为任何人而虚度年华，而这正是她觉得自己完全能够爱人和被人爱的大好年华。

罗斯托夫的家庭气氛是不快活的。

九

圣诞节到了，除了做做样子的午前祈祷，除了邻人和家奴们的郑重而无聊的祝贺，除了穿戴各种新衣服，此外再没有一点庆祝这个节日的不同的东西了，但是安静无风、零下二十度的严寒、白天耀眼的阳光和夜晚冬的星光，都给人一种需要庆祝这个节日的感觉。

节日的第三天，午饭后，家里人都回到各自的屋里。这是一天中最无聊的时光。尼古拉上午拜访几家邻居，这时在起居室里午睡。老伯爵在书房里休息。索尼娅坐在客厅里的圆桌旁描图样。伯爵夫人在玩牌。小丑娜塔斯西娅·伊万诺夫娜哭丧着脸和两个老太婆坐在窗口。娜塔莎进来走到索尼娅跟前，看了看她的手工，随后走到母亲面前，一声不吭地站在那儿。

"你怎么了，像个游魂似的？"母亲对她说。"你要什么？"

"我要他……现在，立刻就要他，"娜塔莎说，她两眼发光，绷着脸。伯爵夫人抬头仔细看了看女儿。

"别看我，妈妈，别看我，我就要哭了。"

"坐下，和我坐一会儿，"伯爵夫人说。

"妈妈，我要他。凭什么就这样把我毁掉，妈妈？……"她的声音突然中断了，泪水涌了出来，为了不让人看见，她转身快步走出屋去。她来到起居室，在那里站了一会儿，想了想，又走到女仆室。那儿有一个老女仆正数落一个刚从家奴那跑来的小丫头。

"太贪玩啦，"老太婆说，"干什么都得有个时间。"

"放了她吧，孔德拉季耶夫娜，"娜塔莎说。"去吧，玛夫鲁莎，去吧。"

娜塔莎放走了玛夫鲁莎，经过大厅来到前厅。一个老头跟两个年轻的仆人正在那儿玩牌。他们一见小姐进来，就立刻站起来。"我能叫他们做什么呢？"娜塔莎想了想。

"对了,尼基塔,请你去一趟……?"("我派他到哪儿去呢?")"对了,你去抓一只公鸡来;对了,米沙,你去取些燕麦。"

"您要一点燕麦吗?"米沙愉快地、巴不得地说。

"快去,快去,"老头催他说。

"费奥多尔,你去找一截粉笔。"

她走过餐室,吩咐烧茶炊,虽然这时完全不是喝茶的时候。

管餐室的福卡是全家脾气最坏的人,娜塔莎爱拿他试试她的权威。他对她的话不敢相信,走向前去问个究竟。

"唉呀,我的好小姐!"福卡对娜塔莎假装皱着眉头,说。

全家没有别的人像娜塔莎这样打发这么多的人和交代这么多的事了。她看见人不支使他们做点什么就不甘心。她似乎要试试他们之中有没有人生她的气或者对她不满,但是人们再没有比执行娜塔莎的命令那么乐意的了。"我做什么好呢?我去哪儿好呢?娜塔莎在走廊里一边慢慢地走,一边想。

"纳斯塔西娅·伊万诺夫娜,我会生个什么?"她问那个身穿敞胸女上衣迎面走来的小丑。

"你生个跳蚤、蜻蜓、蝈蝈,"小丑答道。

"我的上帝啊,上帝啊,总是这么一套!哎呀,我去哪儿呢?我干什么呢?"她撒开腿,噔噔地快步跑上楼梯去找约格尔,他和妻子住在楼上。约格尔那儿坐着两位女教师,桌上放着几盘葡萄干、核桃和杏仁。两位女教师在谈论在哪处生活比较便宜,在莫斯科还是在敖德萨。娜塔莎坐下听他们谈话,表情严肃,若有所思,随后站起来。

"马达加斯加岛,"她急促地说了一句。"马—达—加斯—加,"她把每个音节清楚地重说了一遍,她不回答肖斯小姐问她说的什么,就走出屋去。

她的弟弟彼佳也在楼上:他和专门伺候他的仆人正在准备晚上放的焰火。

"彼佳,彼得卡(彼得的昵称)!"她喊他。"背我下楼。"彼佳跑到她面前,转身把背朝着她。她跳上去,双手抱着他的脖子,他背着她一纵一纵地往前跑。"行了,不要背了……马达加斯加岛,"她从他背上跳下来,说着就下楼了。

娜塔莎好似是在巡视自己的王国,试了试她的权威,证实人人都是顺从的,但是仍旧觉得无聊;她走进大厅,拿起吉他,坐在柜子后面黑暗的角落里,开始拨弄低音弦,弹她在彼得堡同安德烈公爵一起听过的歌剧中的乐句。在旁人听来,她弹的没有什么意义,可是这些音响在她的想象中唤起了一连串的回忆。她坐在柜子后面,眼睛看着从餐室门缝射进来的一道阳光,她一边听自己弹琴,一边回忆。她全部陷入了对往事的回忆中了。

索尼娅拿着一只杯子经过大厅到餐室去。娜塔莎看了看她,看了看餐室那道门缝,她模糊觉得她正在回忆:从餐室门缝里曾经射出一道阳光,索尼娅也曾经拿着杯子走过去。"完完全全跟现在的情景一样,"娜塔莎想道。

"索尼娅,这是什么曲子?"娜塔莎叫住她,一边用手指拨弄着粗弦。

"哟,你在这儿啊!"索尼娅吓了一跳,说,她走向前去听了听。"不知道。是不是《暴风雨》?"她怯生生地说,怕说得不对。

"以前也有这么一次完全跟这一样:她也是吓了一跳,也是走向前来怯生生地笑笑,"娜塔莎想道,"完全跟这一样……当时我也是这么想:她这人缺点什么。"

"不对,这是《担水人》中的合唱,听见吗?"于是娜塔莎把合唱的曲子唱完,让索尼娅能听出来。

"你上哪儿去?"娜塔莎问。

"我去换一杯水。图样就要描完了。"

"你总是在忙,可是我就做不到,"娜塔莎说。"尼古连卡在哪儿?"

"大概在睡觉。"

"索尼娅,你去叫醒他,"娜塔莎说。"就说我叫他来唱歌。"她在那儿待了一会儿,想着过去的一切是什么意思,她没能解决这个问题,但也不因此感到遗憾,她的脑海中又浮现出她同他在一起,他用钟情的目光看她的情景。

"他快点来吧。我真怕他永远不会来了!最主要的是:我一天天老了,这就是问题所在!将来就不会是现在的我了。也许他今天就到,说话就到。也许他已经到了,正在客厅里坐着呢。也许他昨天就到了,是我忘记了。"她站起来,放下吉他,上客厅去了。全家人、男女教师们和客人们全都早就坐在茶桌旁了。仆人们站在桌子周围,——但是没有安德烈公爵,生活依然如旧。

"啊,她来了,"伊利亚·安德烈伊奇看见娜塔莎走进来,说。"来,坐在我这儿。"可是娜塔莎在母亲身旁站住,环视四周,似乎在寻找什么东西。

"妈妈!"她快速地说。"把他交给我,交给我,妈妈,快,快,"她又忍不住要放声大哭。

她在桌旁坐下,听大家的谈话。"我的天啊,天啊,同样的面孔,同样的谈话,爸爸仍旧那样端着茶杯,仍旧那样对茶杯吹气!"娜塔莎想,她惊惶地感觉到,因为家里人仍然还是老样子,她对全家起了厌恶感觉。

吃过茶后,尼古拉、索尼娅和娜塔莎到起居室他们喜爱的角落。

十

"你有没有这种时候,"他们在起居室坐下后,娜塔莎对哥哥说,"你好像觉得,将来不会有什么了——一切都不会有了;一切美好的,都成为过去了吗?说实在的不是无聊,而是有点悲哀,你有没有这种情形?"

"有,并且十分厉害!"他说。"有时,一切都很好,大家都快快活活的,但是我突然觉得,一切都令人生厌,大家全死掉才好。有一次,团部有音乐会,我没到那儿去玩……我突然烦闷起来……"

"是啊,这个我知道,我知道,"娜塔莎抢着说。"我还小的时候,就有过这样的事。你可记得,有一次为了李子的事惩罚我,你们都去跳舞,我一个人独自坐在教室里哭,我永远不会忘记:我当时心里又难受又可怜所有的人,同时,也可怜自己。重要的是,我并没有过错,"娜塔莎说,"你记得吗?"

"记得,"尼古拉说。"我记得后来我到你跟前,想安慰你,但是你知道,我不好意思。我们太可笑了。当时我有一个木偶玩具,我想送给你。你记得吗?"

"你可记得,"娜塔莎带着思虑的微笑说,"很久很久以前,我们还很小的时候,叔叔叫我们到书房去,那是个旧房间,十分暗——我们一进去,那儿突然出现一个……"

"黑人,"尼古拉带着兴奋的微笑接过去说,"怎么会不记得啊?直到现在我也不清楚,那真的是一个黑人呢,还是我们在做梦,还是人们这样对我们讲的。"

"那人灰黑颜色,你可记得,雪白的牙齿——站在那儿瞅我们……"

"您记得吗,索尼娅?"尼古拉问……

"嗯,嗯,我似乎也记得,"索尼娅胆怯地回答……

"关于黑人的事,问过爸爸妈妈,"娜塔莎说。"他们都说完全没有什么黑人。你不是也记得很清楚吗!"

"当然，直到现在我还记得他的牙齿呢。"

"真奇怪，就似乎做梦似的。我喜欢这样。"

"你可记得，我们正在大厅里滚鸡蛋玩，突然，来了两个老太婆，她们在地毯上来回转悠。有没有这回事？真好玩，你记得吧……"

"可不是。你可记得，爸爸身穿蓝皮衣，站在门廊上放枪？"他们微笑着，怀着极大的乐趣回忆往事，这是富有诗意的少年时代的回忆。他们怀着莫名的喜悦轻轻地笑着。

索尼娅像往常一样插不上话，虽然他们有着相同的回忆。

他们所回忆的，有好些事情索尼娅早已经忘了，而她所记得的在她心里也引不起他们所感受的那种诗意。她只是极力跟着他们学样，以他们的愉快为愉快。

直到他们回忆起索尼娅刚到他们家的时候，她才插话。索尼娅说，她当时惧怕尼古拉，因为他的夹克上有绦带，保姆对她说，也要给她缝上绦带。

"我记得人们对我说，你是在白菜下面出生的，"娜塔莎说，"我记得，我当时不能不信，但是我知道，这不是真的，弄得我很不自在。"

正在谈话时，一个使女从起居室后门探进头来。

"小姐，公鸡拿来了，"那个使女悄悄地说。

"不要了，波利娅，告诉他们拿走吧，"娜塔莎说。

他们正谈着的时候，季姆勒进来了，他走到放在墙角的竖琴跟前，取下覆盖的绒布。

"爱德华·卡尔雷奇，请您给弹一支我最喜爱的菲尔德先生的《夜曲》吧，"老伯爵夫人在客厅里说道。

季姆勒奏了个和音，向娜塔莎、尼古拉和索尼娅转过身来，说："

"嗬，年轻人真平静！"

"我们在谈哲学呢，"娜塔莎说，她回头看了看，随后接着谈话。现在话题转到了梦。

季姆勒开始弹琴。娜塔莎踮着脚尖悄悄走到桌旁，把蜡烛移到了别处，又静静地走回去坐回原位。室内很暗，他们坐的沙发那儿更暗，然而满月的银辉穿过大窗户泻到地板上。

"你可知道，我想，"娜塔莎向尼古拉和索尼娅靠近一些，低声说，这时季姆勒已经弹完了,仍旧坐在那儿轻轻地拨弄琴弦,不知道是罢手呢,还是再弹点别的。"我想,倘若这样回忆下去,回忆下去,老是这样回忆下去,就会回忆出我还没出生之前所记得的一切……"

"这是轮回论,"索尼娅说,她一向用功读书,并且什么都记得。"埃及人认为,我们的灵魂从前是附在牲畜身上的,将来又回到牲畜身上。"

"不,你知道,我不信我们前世是牲畜,"尽管音乐奏完了,娜塔莎仍旧小声说,"我的确知道,我们曾经在某处是天使,并且来过这里,所以什么都记得……"

"我可以参加吗?"悄悄地走过来的季姆勒说,于是在他们身旁坐下。

"倘若我们真的是天使,那么我们为什么降得这么低?"尼古拉说。"不,这不可能!"

"不是降低,谁跟你说降低来着?……为什么我知道我前世是什么,"娜塔莎很自信地反驳道。"要知道,灵魂是不朽的……所以我才是永生的,那也就是说,我以前也活过,永恒、永恒地活着。"

"但是,我们很难想象永恒是个什么样子,"季姆勒说,他向这些年轻人走来的时候,含着温和的、轻蔑的微笑,这时他也像他们一样,低声、严肃地说话。

"永恒有什么难以想象的?"娜塔莎说。"现在有今天,将来有明天,永远不会完结,过去有昨天,有前天……"

"娜塔莎! 现在轮到你了。你给我唱一个,"传来伯爵夫人的声音。为什么老坐在那儿,像一群阴谋家似的。"

"妈妈! 我一点也不想唱,"娜塔莎说,但还是站了起来。

他们所有的人,甚至年纪较大的季姆勒,都不乐意中停谈话,也不愿意离开起居室那个角落,然而娜塔莎站了起来,尼古拉在钢琴旁坐下。像往常那样,娜塔莎选了个共鸣最好的地点,站到大厅中央,开始唱母亲最喜爱的歌。

她尽管说不想唱,但是她很长时间以来和以后很久都没有像这天晚上唱得这么好。伊利亚·安德烈伊奇伯爵在书房里正和管家米坚卡谈话,听见歌声,他像一个贪玩的小学生,赶快做完功课似的,给管家胡乱交代了几项命令,就默不作声了,米坚卡也静静地听着,面带微笑站在伯爵面前。尼古拉专注地望着妹妹,和她共同呼吸。索尼娅一边听,一边想,她和她这位朋友之间的差别多么大啊,她怎么也不会有她表妹那样的魅力,哪怕稍微有一点也不可能。老伯爵夫人坐在那儿含着又幸福又忧郁的微笑,眼睛里噙着泪水,不时地摇摇头。她在想娜塔莎,想自己的青春,想娜塔莎和安德烈公爵的婚事——在这桩婚事中有点不自然和让人担心的东西。

季姆勒在伯爵夫人身旁坐下,闭目静听。

"听我说,伯爵夫人,"他终于说话了,"这是欧洲水平的才能,她没有什么可学的了,多么柔和、圆润、有力……"

"唉!我真为她担心,真的担心,"伯爵夫人说,她忘了同谁说话。她那母性的敏感告诉她,在娜塔莎身上有太多太多的东西,这将使她得不到幸福。娜塔莎还没唱完,十四岁的彼佳高高兴兴地跑来喊道,化装跳舞的人来了。

娜塔莎一下子停住了。

"笨蛋!"她呵斥弟弟,随后跑到椅子跟前,倒在上面放声大哭,哭了很久。"没什么,妈妈,真的没什么,只不过是彼佳吓了我一跳,"她说,尽力装出微笑,但是眼泪直流,哽咽得透不过气来。

家奴们化装成狗熊、土耳其人、店主、太太等等,有的可怕,有的可笑,他们带来了冷气和喜悦,刚到的时候,都怯生生地挤在前厅;然后又躲躲藏藏地涌进了大厅;开始时有点拘束,后来就越来越快活、越和谐地唱歌,跳舞,做圣诞游戏。伯爵夫人认出了几个人,笑了一阵,就到客厅去了。伊利亚·安德烈伊奇伯爵笑逐颜开地坐在大厅里,赞赏着跳假面舞的人们。几个年轻人不知到哪儿去了。

半小时后,大厅里跳假面舞的人们中间,又增加了穿箍骨裙的老太太——这是尼古拉,土耳其女郎是彼佳,小丑是季姆勒,骠骑兵是娜塔莎,还有一个用软木炭画着小胡子和眉毛的切尔克斯人,这是索尼娅。

年轻人认为他们的化装如此漂亮,还应当到别处显示一下才好。

尼古拉想用他的三驾雪橇载着他们几个人在平坦的大道上兜兜风,他提议另外带十个化装的家奴到大叔家去一趟。

"得了吧,你们没有必要去打扰老头子!"伯爵夫人说。"他们那儿连个转身的地方都没有。要去就去梅柳科娃家。"

梅柳科娃是个寡妇,有几个年龄接近的孩子,也有几位男女家庭教师,住在离罗斯托夫家四俄里的地方。

"对,亲爱的,好主意,"兴高采烈的老伯爵表示赞同。"我马上就化装,也跟你们走一趟。我要好好逗逗帕金塔。"

可是伯爵夫人不让伯爵去:他近来老闹腿疼。决定伊利亚·安德烈伊奇不去,倘若路易莎·伊万诺夫娜(肖斯小姐)去,那么小姐们就可以去梅柳科娃家。平时怯弱、害羞的索尼娅比谁都劝说路易莎·伊万诺夫娜不要拒绝她们的请求。

索尼娅化装得最好。她的小胡子和眉毛对她很合适。大家都说她很好看,她今天格外活跃和精神饱满,她这种情绪是从来没有的。内心有一个声音告诉她,要么就在今天决定她的命运,要么就永远失去了机会;她穿男人的服装,仿佛完全变成了另外一个人。路易莎·伊万诺夫娜同意了,半小时后,四辆带着大小铃铛的三驾雪橇向门廊驶来,橇板的铁刃咯咯吱吱地滑过冰冻的雪地。

娜塔莎第一个发出圣诞节狂欢的调子,狂欢互相传染着,越来越高涨,当大家走到严寒的空气里,相互交谈着,笑着,喊着,坐上雪橇的时候,狂欢达到了顶点。

两辆雪橇是平常使用的,第三辆是老伯爵的,用奥尔洛夫的快马驾辕;第四辆是尼古拉专用的,驾辕的马是一匹黑色的小马。尼古拉身穿老太太服装,外罩一件束着腰带的骠骑兵斗篷,握着缰绳站在雪橇中间。

夜色很亮,马惊恐地回头看着喧闹的人们。

娜塔莎、索尼娅、肖斯小姐和两个使女坐尼古拉的雪橇。老伯爵的雪橇里坐着季姆勒夫妇和彼佳;化装的家奴们坐在其余两辆雪橇里。

"你先走,扎哈尔!"尼古拉对父亲的车夫喊了一声,他打算在路上超过他。

那辆老伯爵的雪橇,滑板仿佛冻到雪上了似的,发出咯咯吱吱的声音,响着低沉的铃声,慢慢移动了。两匹边马紧靠着辕马的车杆,马蹄一步一陷,把干得像砂糖似的光闪闪的雪粒翻卷起来。

尼古拉跟着第一辆雪橇也出发了;后面咯咯吱吱响起了其余的雪橇的声响。先是在狭窄的路上小跑。在经过花园时,光秃秃的树影常常横断道路,遮住明亮的月光,但是一走出垣墙,整个浴在月光中一动不动的雪原,钻石似的发出淡蓝色的闪光,向四处伸展开来。一颠,又一颠,前头的雪橇驶过一个坑洼;跟着,后面的也同样颠了两下,四辆雪橇威风凛凛,冲破禁锢着的沉寂,逐渐拉开了距离。

"兔子的脚印,哎哟,好多的脚印!"严寒冻结的空气中回响着娜塔莎的声音。

"真亮啊,尼古拉!"是索尼娅的声音。尼古拉回过头来看索尼娅,他弯下身来靠近看她的脸。从紫貂围巾下露出一张完全变了样的可爱的面孔,眉毛和小胡子都是黑的,在月光下看去是那么近,又那么远。

"这仍旧是原先那个索尼娅,"尼古拉想。他凑近瞧瞧她,笑了。

"您怎么了,尼古拉?"

"没什么,"他说,又朝马转过身去。

上了平坦的大道,路面被撬板划开,在月光下可以看见横七竖八的马蹄印,马自然而然地拉紧了缰绳,加快了速度。扎哈尔的雪橇已经在前面很远了,低沉的铃声也渐渐远去,然而雪橇的黑影在白晃晃的雪地上仍然看得很清楚。从他的雪橇中传来叫声、笑声和假面人的谈话声。

"加油,亲爱的!"尼古拉大喝一声,提提缰绳,挥舞着鞭子。尼古拉回头看了看后面。后面两辆雪橇呐喊着,尖叫着,也跟了上来。那匹辕马在轭下坚定地晃动着,不但没有减速的意思,并且准备需要时再加一把劲,再加一把劲。

尼古拉赶上了第一辆雪橇。他们从一个山坡上滑下去,驶到河边草地上宽广的大路。

"我们到什么地方了?"尼古拉想。"是科索伊草地吧。不对,这儿是我从没到过的地方。这不是科索伊草地,也不是焦姆金山,谁知道这是什么地方!这是一个新奇的仙境。好啦,不管它是什么吧!"他对马喝了一声,打算绕过第一辆雪橇。

扎哈尔勒住马,转过他那一直到眉毛都结了霜的脸。

尼古拉撒开他的马;扎哈尔向前伸出两只手臂,咂了咂嘴,也撒开他的马。

"喂,小心啊,少爷,"他说,两辆并排的雪橇跑得更快了,狂奔的马蹄在翻飞。尼古拉赶到前面去了。扎哈尔仍旧没有改变伸出的两只手臂的姿势,握着缰绳的那只手稍稍抬高一点。

"不行,少爷,"他向尼古拉喊着。尼古拉让他那三匹马飞跃着赶过扎哈尔。马蹄翻起干爽的雪粒,撒到乘车人的脸上,他们身旁响起繁密的声响,迅速移动的马蹄和被赶过的雪橇黑影模糊成一团。四周传来撬板滑雪的啸声和妇女们的尖叫声。

尼古拉又勒住马,向四外张望了一下。四周仍旧是普照着月光和遍地星光闪烁的仙境般的原野。

"扎哈尔喊我向左转;为什么要向左?"尼古拉想。"我们现在是驶向梅柳科娃家吗?这就是梅柳科娃的庄子吗?谁知道我们是在什么地方,天知道我们会怎么样,然而我们会感到十分奇怪并且快乐的。"他向雪橇里瞟了一眼。

"瞧,他的小胡子和睫毛都白了,"坐在车里一个细胡子、细眉毛的人说。

"这个人似乎娜塔莎,"尼古拉想,"而这个是肖斯小姐;或许不是,这个有小胡子的切尔克斯人,我不知道是谁,但是,我爱她。"

"你们不冷吗?"他问。他们没有回答,都笑了。季姆勒在后面的雪橇里喊了一句什么话,可能很可笑,但是,听不清楚他喊什么。

"对,对,"传来笑着回答的声音。

然而这是一座神奇的树林,阴影和钻石般的闪光在林中交相辉映,还是一排排大理石的台阶、奇妙的亭台楼阁的银顶、珍奇的野兽的嚎叫。"倘若这真是梅柳科娃的庄子,那就更奇怪了,我们不知道在哪儿行路,但是居然来到梅柳科娃的庄子了,"尼古拉想。

果然是梅柳科娃的庄子,女仆们和男仆们手持蜡烛欢欢喜喜地跑到大门口。

"是什么人啊?"人们在大门口台阶上问。

"是伯爵家化装跳舞的人,一看那马就知道,"几个声音一齐回答。

十一

佩拉格娅·丹尼洛夫娜·梅柳科娃是个肥胖高大,精力充沛的女人,她戴着眼镜,穿一件敞着怀的宽大外衣,坐在客厅里,四周围着一群女儿,她努力使女儿们愉快。当前厅响起来客的脚步声和说话声的时候,女儿们正静静地滴蜡烛油,然后观看凝结的各种形状的小影子。

骠骑兵、老太太、巫婆、小丑、狗熊,在前厅清清嗓子,擦掉脸上冻结的霜,随后进入人们赶忙点起蜡烛的大厅。小丑季姆勒和老太婆尼古拉带头跳起舞来。吵吵嚷嚷的孩子们把化装的人围了起来,化装的人遮着脸,改变了声音,向女主人请安行礼,然后在室内散开来。

"啊,认不出了!是娜塔莎吗!你瞧,她像谁!真的,她的确像一个人。爱德华·卡尔雷奇真漂亮！我认不出了。跳得真棒！啊，我的老天，切尔克斯人扮得真像；真的，对索纽什卡正合适。这又是谁啊？唔，真逗乐！把桌子搬开，尼基塔，万尼亚。我们刚才还安静地坐着不动呢！"

"哈—哈—哈！……骠骑兵，骠骑兵！简直像男孩子，看那两条腿！……我一看就想笑……"七嘴八舌地说。

娜塔莎，梅柳科娃家的年轻人的宠儿，同她们一块儿消失在后面的房间里了，在这儿，姑娘们赤裸的手臂从半开着的门缝里接过男仆递来她们所要的软木炭、各种长衫和男人的衣裳。非常钟后，梅柳科娃家的全体青年都汇合到化装的人们中间了。

佩拉格娅·丹尼洛夫娜吩咐给客人腾地方，为主仆们准备吃的，然后她不摘眼镜，忍着笑，在假面人中间走来走去，靠近端详他们的脸，一个人她也不认识。她不但不认识罗斯托夫和季姆勒，甚至连自己的女儿，连她们穿的她丈夫的长衫和礼服也认不得。

"这是谁呀？"她端详着扮作喀山鞑靼人的她的女儿的脸，向家庭女教师问道。"我还以为是罗斯托夫家的人呢。喂，骠骑兵，您在哪个团服务啊？"她问娜塔莎。"给这个土耳其人一点果子冻吧，"她对散发食品的仆人说，"他们的法律不禁止这个。"

有时，佩拉格娅·丹尼洛夫娜看着跳舞的人（他们认为一旦化了装，谁也不会认出他们了，所以一点也不觉得难为情）在做古怪滑稽的舞步，她就用手帕捂着脸，忍不住想笑，整个肥大的身子都颤动起来。

"我的小萨沙，小萨沙！"她说。

在跳过俄罗斯民间舞和环舞之后，佩拉格娅·丹尼洛夫娜叫全体家奴和主人一起拉一个大圆圈；叫人拿来一只戒指、一条绳和一个卢布，做集体游戏。

一小时下来，人们的衣服都弄皱了，凌乱了。在流汗的、火热的、快活的脸上，软木炭画的胡子眉毛都模糊了。佩拉格娅·丹尼洛夫娜开始认出化装的人，赞赏服装做得好，十分合姑娘们的身，感谢他们使她开心，请客人们到客厅用晚餐，吩咐在大厅里款待家奴们。

"不行，在澡堂里算卦，那太可怕了！"吃晚饭的时候，一位住在梅柳科娃家的老姑娘说。

"那是为什么？"梅柳科娃的大女儿问道。

"您是不会去的,那得有勇气……"

"我要去,"索尼娅说。

"您讲一讲,那位小姐遇到了什么?"梅柳科娃的二女儿说。

"事情是这样的,一位小姐到澡堂去了,"大姑娘说,"她带去一只公鸡,两份餐具——一切都准备得齐全,她在那儿坐下来。坐着坐着,突然听见车响……一辆雪橇叮叮当当地驶来了;她听见有人来了。他进来了,和人一模一样,军官打扮,他来了,就在她身旁坐下,拿起餐具吃饭。"

"啊!啊!……"娜塔莎吓得睁大眼睛大叫。

"它也像咱们人一样说话吗?"

"跟人一样,完全一样,渐渐地,他开始劝告她,她原可以陪他谈到鸡叫的;可是她害怕了;她怕得用手捂起脸来。他把她抱起来。正在这时使女们跑进来……"

"咳,何必吓唬她们!"佩拉格娅·丹尼洛夫娜说。

"妈妈,您自己也算过卦的……"女儿说。

"在仓库里如何算卦?"索尼娅问。

"现在就可以去试试,到仓库里去听声音。你倘若听到敲敲打打的响声,就不好,听到装粮的声音,就是吉兆;有时也有……"

"妈妈,您讲讲您在仓库听见了什么?"

佩拉格娅·丹尼洛夫娜微笑了。

"没什么,我已经忘了……"她说。"你们谁都不去吗?"

"不,我去;佩拉格娅·丹尼洛夫娜,让我去吧,我想去,"索尼娅说。

"当然可以去,倘若你不害怕的话。"

"路易莎·伊万诺夫娜,我可以去吗?"索尼娅问。

不管是做戒指、绳子或者卢布的游戏,还是像现在这样谈话,尼古拉都没离开索尼娅的身边,而且对她完全另眼相看。他觉得,多亏这个软木炭的小胡子,他今天才第一次全部认识她。索尼娅这天晚上确实是从未如此愉快、活跃、漂亮过。

"瞧她多么好看,而我却像个笨蛋!"他望着她那发亮的眼睛,望着她那小胡子下面的微笑,心中想。

"我什么都不怕,"索尼娅说。"现在就可以去吗?"她站起来。人们告诉索尼娅仓库在哪儿,她应该怎么站在那儿静听,然后递给她一件皮袄。她把皮袄披在头上,看了尼古拉一眼。

"这个姑娘真可爱!"他想。"在这之前我一直在想什么啊!"

索尼娅穿过走廊向仓库走去。尼古拉说他觉得太热,赶忙走出大门。室内由于人很多确实很闷热。

室外仍旧是凝然不动的严寒,仍旧是明月当空,只是更亮了。光亮是那么强,雪地上的星星是那么多,简直使人不愿仰望天空,天上的星星反倒显得暗淡无光了。天空是黑暗的,寂寞的,地上是愉快的。

"我是笨蛋,笨蛋!我一直在等什么?"尼古拉想道,他跑到大门口的门廊上,拐过墙角,沿着通往后门廊的小道走去。他知道索尼娅要经过那儿。半路上有一堆一人多高、上面有积雪的柴火,它投下黑影;光秃秃的老菩提树影纵横交织着投到雪地上和小路上,投到柴火堆上面和近旁。这条小路通往仓库。覆盖着雪的仓库的圆木墙和顶盖好似用宝石雕成的,在月光下闪闪发光。四周寂然无声。心胸仿佛不是呼吸空气,而是呼吸永远年轻的力量和欢乐。

女仆室的门廊台阶上响起脚步声,盖着雪的最后一级台阶发出吱一声响,一个老女仆的声音说:

"一直走,顺着小路一直走,小姐。千万不要回头!"

"我不怕,"索尼娅回答说,她顺着小路朝尼古拉这边走来,她那穿着轻巧便鞋的秀丽小脚,踏在雪上吱吱作响。

索尼娅裹着皮袄走来了。她走到离他只有两步远的地方才看见他;她看见一个不是她平常认识而且有点害怕的那个人。他穿着女人衣裳,头发乱蓬蓬的,面带幸福的、索尼娅从未见过的微笑。她赶忙跑到他身边。

"完全换了一个人,可仍旧是原来的样子,"尼古拉望着被月光照亮的脸,心里想。他把两手探进蒙着她的头的皮袄下面,搂着她,把她紧贴着自己,吻她那带着小胡子和散发着焦炭气味的嘴唇。索尼娅吻他嘴唇的正中间,抽出两只小手托住他的面颊。

"索尼娅!……尼古拉……"他们只说了这两句。他们跑到仓库里,回来时各走各的门廊。

世界传世藏书

世界十大名著

·战争与和平·

图文珍藏版

十二

从佩拉格娅·丹尼洛夫娜那儿回来时,一向眼尖,对什么都留心的娜塔莎,把座位作了重新安排:路易莎·伊万诺夫娜和她,还有季姆勒,坐一只雪橇,索尼娅同尼古拉以及女仆们坐在一起。

在回去的路上,尼古拉已经不再是拼命赶马,而是平衡地行驶了。在奇异的月光下,他不停地端详索尼娅,借助把一切都改变了的月光,从画着眼眉和小胡子后面找寻他往日的索尼娅和现在的索尼娅,他决定永远不和她分离了。他不停地端详,当他认出仍旧和先前一样而又不一样的索尼娅,并且想起那混合着亲吻感觉的软木炭气味的时候,他望了望后退的地面和繁星灿烂的天空,尽情地呼吸着寒冷的空气,觉得自己又进入了仙境。

"索尼娅,你好吗?"他不时这样问。

"好,"索尼娅回答。"你呢?"

在中途,尼古拉把缰绳交给车夫,他暂时跑到娜塔莎的雪橇上,站在弯托梁上。

"娜塔莎,"他低声对她说,"关于索尼娅的事我下了决心了。"

"你对她说了吗?"娜塔莎忽然欢喜得容光焕发,问道。

"啊,你画着小胡子和眉毛,样子真怪,娜塔莎! 你快活吗?"

"我十分快活,十分快活! 我真的在生你的气呢。你对她太坏了,但是这话我没跟你说。这是一颗怎样的心啊,尼古拉,我真兴奋! 我经常讨人嫌,可是只有我一个人幸福,没有索尼娅,我于心不安,"娜塔莎不停地说。"现在我十分兴奋,快到她那儿去吧。"

"不,等一会儿,啊,你真可笑!"尼古拉说,一直注视着她,他在妹妹身上也发现了他以前没有见到的新的、非凡的、富有魅力的、温柔的东西。"娜塔莎,有点神奇。是吗?"

"是的,"她回答,"你做得好极了。"

"倘若以前我看见她是现在这个样子,"尼古拉想,"我早就会问她应该怎样办了,并且不论她吩咐什么,我都照办,那样一切都会很好了。"

"这么说来,你很兴奋,我做对啦?"

"啊,这太好了!不久前我和妈妈为了这事还争论过呢。妈妈说,她笼络你。怎么可以这样说!我几乎和妈妈吵了起来。我绝对不许别人说她的坏话,甚至不允许有这样的想法,因为在她身上只有优点。"

"这太好了吗?"尼古拉说,他重新注视妹妹脸上的神情,看她说的是否是真话。只听吱哇一声,他从弯托梁上跳下来,跑到自己的雪橇上,坐在那里的。还是那个快乐的、微笑的切尔克斯人,他有两撇小胡子和一对忽闪忽闪的眼睛。

回到家里,对母亲说了下他们在梅柳科娃家是如何玩的,尔后姑娘们就回到自己的房间去了。她们脱了衣服,但是不擦掉炭涂的小胡子,长时间地坐在那儿探讨她们的兴奋。她们谈她们婚后如何生活,她们的丈夫怎么和善,她们怎么幸福。在娜塔莎的桌上,杜尼亚莎从昨天就准备了两面镜子放在那里。

"但是,这一切何时才能实现呢?我担心再也不能实现……要能实现那就太棒了!"娜塔莎说着,站起来走到镜子面前。

"坐下,娜塔莎,或许你能看见他,"索尼娅说。娜塔莎点着了几支蜡烛,坐下来。

"我看见一个留小胡子的人,"娜塔莎照见自己的脸,说。

"不要笑,小姐,"杜尼亚莎说。

娜塔莎在索尼娅和女仆帮助下,镜子被摆好;她脸上的表情严肃起来,没有再说话了。她久久地坐在那儿看着两面镜子里一串渐远的蜡烛,她假想,在最后汇合成一个模糊的方形的烛光中,不时看见棺材,不时看见他——安德烈公爵。可是无论她怎么把那个最小的斑点当作人或者棺材的形象,仍然什么都没看见。她开始一直眨巴眼睛,而后离开了镜子。

"为什么别人看见,我什么也看不见?"她说。"哎,索尼娅,你坐下;今天一定要你来,"她说。"不过是替我……我今天思绪慌乱!"

索尼娅在镜前坐下,调整好了位置,观看起来。

"这一回,索菲娅·亚历山德罗夫娜肯定看得见,"杜尼亚莎悄悄说,"老笑什么。"

索尼娅听见了这些话,接着听见娜塔莎随后低语:

"我知道她能看得见,她去年就看见过。"

大家一语不发。"一定能看见!"娜塔莎小声说,但没等话说完……索尼娅突然丢下手中的镜子,用手捂着眼睛。

"哎呀，娜塔莎！"她说。

"看见了吗？看见了吗？看见什么啦？"娜塔莎喊道。

"你看，我不是说了吗，"杜尼亚莎扶着镜子说。

索尼娅一无所见，她只是想眨巴下眼睛，站起来。此刻她听到娜塔莎声音说："准能看见！"……她原本不想蒙骗杜尼亚莎，也不想欺骗娜塔莎，并且坐在那儿也十分难受。但是，连她自己也不清楚怎么了，当她用手捂眼睛的那会，竟然叫起来。

"见到他了吗？"娜塔莎握住她的手，问。

"是的。等会儿……我……看见他了，"索尼娅不自觉地说，她还不明白所谓他指的是谁——是尼古拉呢，还是安德烈。

"为何不说我看见了？别人不是都看见过吗！有谁能明白我是真看见还是没看见？"这念头在索尼娅头脑里一闪。

"是的，我看见他了，"她说。

"什么样子？什么样子？是站着还是躺着？"

"我的确看见了……本来空无一物，猛然一下子，我看见他躺在那儿。"

"安德烈躺着？他病了？"娜塔莎惊讶地、眼睛专注地瞪着女友问。

"不，正相反，正相反——是一副快乐的面孔，并且他向我转过脸来，"她在说这话时，好像觉得她看见了她说的那个情景。

"后来呢，索尼娅？"

"后来看不清楚了，有种发青又发红的东西……"

"索尼娅！他什么时候回来？何时我才能看见他！我的上帝！我真为他也为自己担忧啊，为所有的一切担忧啊……"娜塔莎说，她对索尼娅的安慰视而不见，在床上躺下，熄灯以后，依旧很久地睁着眼睛，不予理睬地躺在床上，望着如水的月光照进冻冰的窗户。

十三

圣诞节很快过去了，尼古拉跟母亲表示他对索尼娅的爱情和要同她结婚的信心。伯爵夫人早就发现索尼娅和尼古拉之间的关系了，并且预料到这场表白，她无语着听完儿子的话，对他说，他爱和谁结婚就和谁结婚；但是无论是她抑或他父亲，对这桩婚姻都不是很看好。尼古拉首次感到，母亲对他不满意，哪怕她十分疼爱他，也不会屈从于他的。她冷冷的，眼睛不看着儿子，叫人去请伯爵；伯爵来了，伯爵夫人原来想当着尼古拉的面，把事情的原委简单明了地告诉丈夫，可是忍不住气恼得哭起来，走出屋去。老伯爵开始犹豫不决地劝说尼古拉，要他改变他的企图。尼古拉回答说，他不能放弃自己的诺言，于是接着父亲叹了一口气，他觉得有点狼狈，马上不一语不发了，接着就到伯爵夫人那儿去了。每当和儿子意见不统一时，他心中总免不了有一种因把家事弄坏而对不住儿子的感觉，为此，儿子不想娶有钱的妻子，而选中没有陪嫁的索尼娅，他对这事不能生儿子的气，——每逢此刻，他不过是更猛烈地认识到，假使家事不是搞得这么坏，对于尼古拉来讲，再没有比索尼娅更好的老婆了；家事弄得太糟只能怪他一个人和他的米坚卡，还有他那改不掉的坏习惯。

父母不再和儿子探讨这个问题；但是过了段时间，索尼娅被伯爵夫人叫来，她带着不管是索尼娅还是她本人都没想到的冷淡口气责怪侄女引诱她儿子和恩将仇报。索尼娅沉默不语，垂着眼帘，听着伯爵夫人尖酸的语句，她不理解到底要她如何做。为了报答恩人，她愿意牺牲一切。自我牺牲的思想是她珍惜的财富；可是这一次她弄不清楚，为谁牺牲，她应该牺牲什么。她不能憎恨伯爵夫人和罗斯托夫全家，但是也没有办法不去爱尼古拉，她知道他的幸福就系在这个爱情上。她沉默着，神情忧郁，什么话都不说。尼古拉觉得，再不能忍受这种情形，就去向母亲辩解。尼古拉恳请母亲原谅他和索尼娅，并且允许他们结婚，同时威胁母亲说，一旦索尼娅受到冷落，他马上和她秘密举行婚礼。

母亲态度太冷淡了，这是尼古拉从未见过的，她回答他说，他早已是个成人了，安德烈公爵在没有父亲的同意就要结婚，他可以那么做，但是她肯定不会承认这个女阴谋家是她的儿媳妇。

尼古拉听到女阴谋家这几个字，暴跳如雷，他声嘶力竭地对母亲说，他无论如何也没想到她逼他出卖他的感情，如果这么说的话，他要最后一次说……但是没等他说出无情的话，母亲从他脸上的表情看出他要说什么，她惊慌地等他说出来，这是句可能一直在他们之间留下感情创伤的话。他没能说出来，原因是娜塔莎脸色苍白、态度严肃地从门口走进来，刚才她在门外偷听呢。

"尼古连卡，别竟说些没用的话，停下来，住嘴！你给我住嘴！……"为了高过他的声音，她几乎是在大叫。

"亲爱的母亲，这真的不是因为……我可怜而可爱的母亲，"她对母亲说，母亲觉得自己近乎马上走到决裂的边缘，她恐慌地看着儿子，可因为固执和执拗，她不示弱。

"尼古连卡，我会跟你解释的，你去吧……您听我说，亲爱的母亲，"她对妈妈说。

她的话是没有任何意义的；可是这些话都达到了她期望的后果。

伯爵夫人把脸埋进女儿怀里，抽泣着；尼古拉站起来抱头走出房间。

娜塔莎从中调解，结果是母亲承诺不让索尼娅受冷落，尼古拉则不能瞒着父母一点事情。

尼古拉决定把团队的事情处理完以后，就退伍回家和索尼娅举行婚礼，尼古拉神色忧郁而严肃，和父母闹得不可爱叫，但是他觉得，他处于热恋中，一月初，他回到了团队。

伴随尼古拉的离开，罗斯托夫家中比以往更憋闷了。伯爵夫人因精神受到刺激而病在床上。

索尼娅因尼古拉的离开而悲伤，而伯爵夫人对待她忍不住的敌对态度让她愈加难过了。伯爵愈加忧心忡忡了，因家庭经济的亏空已经非得采取断然的措施不可了。一定要卖掉莫斯科的房子和莫斯科近郊的田产，为了办这事儿，就必须要去莫斯科。但伯爵夫人的病使这事遥遥无期。

娜塔莎愉悦、快乐地度过刚和未婚夫离别的那段时间，可现在变得愈加急躁和不堪忍受了。她只要想到她那最美好的时光原本可以拿来和他谈情说爱，但现在却白白浪费，心中就忍不住地悲伤。他的信只会让她气愤。现在她专注地想念他，可他却过着真正的生活，看见那些他有兴趣的事物，她只要想到这里就觉得憋闷。他的信越写得有意思，就越叫她愤怒。她给他写信，非但不能给她以慰藉，反而成为无聊、虚伪的义务。她无法用信实打实表达她惯于用声音、微笑和眼神所表达的千分之一的感情。她给他写的信千篇一律、泛泛而谈，甚至她自己也漫不经心，信的草稿还得伯爵夫人替她改正拼写错误。

伯爵夫人的身体依旧不见好转，可莫斯科之行实在不能推迟了。一定要置办嫁妆，必须卖掉房子，此外更重要的是，要在莫斯科等待安德烈公爵，这年冬天尼古拉·安德烈伊奇公爵就住在莫斯科，并且娜塔莎相信安德烈公爵已经到那里了。

伯爵夫人留在乡下，伯爵带着索尼娅和娜塔莎，于一月底到莫斯科去了。